Fantasy

Herausgegeben von Friedel Wahren

Von **L. E. Modesitt jr.** erscheinen in der Reihe
HEYNE SCIENCE FICTION & FANTASY:

Der Recluce-Zyklus

1. *Magische Insel* · 06/9050
2. *Türme der Dämmerung* · 06/9051 (in Vorb.)
3. *Magische Maschinen* · 06/9052 (in Vorb.)
4. *Krieg der Ordnung* · 06/9053 (in Vorb.)
5. *Kampf dem Chaos* · 06/9054 (in Vorb.)
6. *Sturz der Engel* · 06/9055 (in Vorb.)
7. *Der Chaos-Pakt* · 06/9056 (in Vorb.)
8. *Weiße Ordnung* · 06/9057 (in Vorb.)
9. *Die Farben des Chaos* · 06/9058 (in Vorb.)

Weitere Romane in Vorbereitung

L. E. MODESITT JR.

Magische Insel

Erster Roman
des Recluce-Zyklus

Deutsche Erstausgabe

WILHELM HEYNE VERLAG
MÜNCHEN

HEYNE SCIENCE FICTION & FANTASY
06/9050

Titel der Originalausgabe
THE MAGIC OF RECLUCE
Übersetzung aus dem amerikanischen Englisch
von Edda Petri und Siglinde Müller
Das Umschlagbild malte Darrell K. Sweet

Umwelthinweis:
Dieses Buch wurde auf chlor- und
säurefreiem Papier gedruckt.

Deutsche Erstausgabe: 11/99
Redaktion: F. Stanya

Erstausgabe bei Tom Doherty Associates, Inc., New York
(A Tor Book)

http://www.heyne.de
Printed in Germany 1999
Umschlaggestaltung: Nele Schütz Design, München
Technische Betreuung: M. Spinola
Satz: Schaber Satz- und Datentechnik, Wels
Druck und Bindung: Elsnerdruck, Berlin

ISBN 3-453-15628-5

Für

Bob Muir, Clay Hunt
und
Walter Rosenberry

Der Dank kommt zwar verspätet,
aber von Herzen.

I

Während ich in Wandernicht aufwuchs, fragte ich mich oft, warum mir alles so langweilig vorkam. Damit will ich nicht sagen, daß ich nicht das in vollkommenster Weise hergestellte Brot zu schätzen wußte, das mein Vater oder Tante Elisabet regelmäßig buken. Und mit Sicherheit habe ich mich über die kunstvoll geschnitzten Spielsachen und andere Geschenke gefreut, die Onkel Sardit an meinem Geburtstag oder hohen Feiertagen hervorzauberte.

Vollkommenheit hat jedoch auch ihren Preis, vor allem für einen Jugendlichen, der sie von fröhlich-nüchternen Erwachsenen lernt. Mein Preis war die Langeweile – keineswegs ungewöhnlich für einen jungen Mann in der Hälfte des zweiten Lebensjahrzehnts. Doch Langeweile führt zu Ärger, selbst wenn die Dinge angelegt sind, so vollkommen wie möglich zu sein. Selbstverständlich hatte dieses Streben nach Vollkommenheit, das kennzeichnend für die Insel war – manche würden Recluce eher als kleinen Kontinent bezeichnen –, einen guten Grund. Doch dieser gute Grund leuchtete einem ruhelosen jungen Mann keineswegs ein.

»Vollkommenheit, Lerris«, erklärte mein Vater immer wieder, »ist der Preis, den wir für ein gutes Leben bezahlen. Vollkommenheit hält die Zerstörung fern und bietet den Guten einen sicheren Hafen.«

»Aber warum? Und wie?« lauteten stets meine Fragen.

Schließlich mischte sich auch meine Mutter in die Diskussion ein. Das war kurz nachdem ich die vorgeschriebene schulische Mindestausbildung abgeschlossen hatte – mit fünfzehn Jahren.

»Lerris, es gibt im Leben und in der Natur zwei fundamentale Kräfte: Schöpfung und Zerstörung. Schöpfung ist Ordnung. Wir bemühen uns, diese zu wahren und ...«

»Du klingst wie Magister Kerwin: ›Ordnung vermag als einziges das Chaos zu bändigen ... Weil das Böse und das Chaos so eng miteinander verknüpft sind, muß man jegliche zerstörerische Handlung vermeiden ...‹ Ich weiß, daß Vollkommenheit wichtig ist, Mutter. Ich weiß es. Ich weiß es. Ich weiß es wirklich! Aber warum muß Vollkommenheit so verflixt *langweilig* sein?«

Meine Mutter zuckte mit den Achseln. »Ordnung ist nicht langweilig. Sie langweilt nur *dich.*« Sie blickte meinen Vater an. »Offensichtlich langweilst du dich mit uns. Wie gefiele es dir, ein Jahr oder länger bei deinem Onkel Sardit das Schreinerhandwerk zu erlernen, da du noch nicht ganz soweit bist, in die Gefahrenbrigade einzutreten?«

»Meinst du wirklich, Donara?« fragte mein Vater. Offenbar war er nicht begeistert, daß Mutter den Mann seiner Schwester vorschlug.

»Ich habe bereits mit Sardit darüber gesprochen, Gunnar. Er ist willig, die Herausforderung anzunehmen.«

»Herausforderung?« fragte ich empört. »Was heißt Herausforderung? Ich kann alles lernen, was ...«

»Ja, für drei Wochen«, unterbrach mich mein Vater.

»Es ist nicht so, daß du die harte Lehre bis zum Meister der Schreinerkunst durchhalten mußt, Lerris«, fügte meine Mutter hinzu. »Aber die allgemeine Kenntnis des Handwerks und die Disziplin werden dir zustatten kommen, wenn du als Gefahrenbrigadier unterwegs bist.«

»Ich? Warum sollte ich durch wilde Länder stampfen?«

»Du wirst.«

»Ganz gewiß.«

Doch das einzig Gewisse war die Tatsache, daß ich

lernen sollte, wie man die Wandschirme, Tische, Stühle und Schränke schreinerte, die Onkel Sardit anfertigte. Ich wußte, daß manchmal Leute aus Candar kamen – ja sogar aus den Handelsstädten Austras –, um einen seiner Wandschirme oder Intarsientische zu kaufen.

Bis ich eine klarere Vorstellung davon hatte, was ich wirklich im Leben tun wollte, war die Arbeit mit Holz besser, als meinem Vater zu helfen, das Mauerwerk fleckenlos zu halten, Ton zu mischen oder mich um den Brennofen meiner Mutter zu kümmern. Obgleich dieselben Händler, die Sardit besuchten, auch bei der Töpferei meiner Mutter vorbeikamen, hatte ich für das Töpfern keinerlei Begabung. Außerdem langweilten mich Töpfe und Vasen samt der Kunst des Bemalens und des Glasierens.

Ich verließ also wenige Tage später das ordentliche Haus aus Stein und Holzbalken, in dem ich aufgewachsen war, nachdem ich zum letzten Mal durch die bläulich getönten Scheiben des Flügelfensters meines Schlafzimmers auf den Kräutergarten hinausgeschaut hatte. Danach war ich beinahe mit leeren Händen einen halben Tag lang zu meinem Onkel marschiert, wo ich in einer der Lehrlingskammern über der Werkstatt untergebracht wurde. Onkel Sardits zweiter Lehrling Koldar hatte beinahe ausgelernt und baute sich ein eigenes Haus, wobei ihm eine Frau half, die Corso hieß. Sie war bei einem Steinmetz in der Lehre. Sie war größer als wir, lächelte aber viel. Sie und Koldar gaben ein gutes Paar ab. Er lebte in dem noch unfertigen Haus allein. Das hieß, daß ich abends in der Werkstatt allein war, allerdings auch die Verantwortung dafür trug, bis ein neuer Lehrling kam.

Trotzdem war es für mich eine unangenehme Überraschung gewesen, daß ich nicht in Onkel Sardits Gästezimmer wohnen sollte, sondern in der viel kleineren und spartanisch ausgestatteten Lehrlingskammer. Dort gab es nur ein Bett, einen alten Webteppich und eine einzige Hängelampe. In der kahlen Täfelung aus roter Eiche sah man kaum die haarfeinen Fugen zwischen den Brettern. Der Fußboden war ebenfalls aus roter Eiche und zeigte die gleiche Sorgfalt und Kunstfertigkeit.

»Du bist hier als Lehrling, Lerris. Wenn du genug gelernt hast, kannst du abends deine eigenen Tische, Bänke und Stühle schreinern. Du mußt allerdings dein eigenes Holz fällen und dich mit Halprin in der Sägemühle einigen, um das gelagerte Holz durch frisches zu ersetzen. Es sei denn, du möchtest selbst die Stämme zersägen und einlegen. Das kann ich dir jedoch nicht empfehlen.«

Sardit der Handwerksmeister war ganz anders als der liebe Onkel.

Ich würde Schreinern lernen, den Umgang mit dem Werkzeug und wie man Wandschirme, Tische und Schränke baute, richtig? Nein, nicht ganz. Anfangs war es genauso wie in der Töpferei – nur schlimmer. Ich hatte seit Jahren etwas über Ton, Mischungen, Glasuren und Brenntemperaturen gehört. Ich hatte keine Ahnung, daß die Arbeit mit Holz ähnlich war – bis Onkel Sardit mir das gewaltsam klarmachte.

»Wie willst du richtig mit dem Werkzeug umgehen, Junge, wenn du nichts über das Holz weißt, mit dem du arbeitest?«

Dann gab er mir seine alten Aufzeichnungen über Holz aus der eigenen Lehrlingszeit. Jeden Tag, entweder nach der Arbeit oder ehe wir morgens die Werkstatt öffneten, mußte ich ihm meine Abschriften über wenigstens zwei verschiedene Baumarten vorlegen. Für welchen Zweck sie geeignet waren, wie lange sie lagern mußten und allgemeine Bemerkungen über die jeweilige beste Verwendung. Ich mußte alles auf Karten schreiben und diese in ein Kästchen legen; dieses Kästchen war das einzige Werkstück, das ich bisher bauen durfte – selbstverständlich mit Hilfe seiner Ratschläge. Er erwartete von mir, die Karten immer auf dem laufenden zu halten, sobald ich tagsüber etwas Neues von Wichtigkeit über Holz gelernt hatte.

»Was hast du über die schwarze Eiche geschrieben? Zeig mal her.« Er kratzte sich den Kopf. »Du hast mir den ganzen Tag lang geholfen, das Stück zu glätten, und das Holz hat dir nichts gesagt?«

Ab und zu blickte Koldar von dem Werkstück auf, an dem er arbeitete, und lächelte mir mitfühlend zu. Aber wir unterhielten uns nicht viel, da Onkel Sardit mich auf Trab hielt und weil Koldar hauptsächlich allein arbeitete und Onkel Sardit nur gelegentlich um Rat bat.

Nach einiger Zeit nickte Onkel Sardit sogar ein paarmal, wenn er meine Karten prüfte. Doch Stirnrunzeln und Fragen waren immer noch häufiger. Sobald ich glaubte, etwas so gut zu verstehen, daß ich seine Fragen vermeiden konnte, teilte er mir eine Aufgabe zu, für die ich noch mehr über die Kunst der Holzverarbeitung lernen mußte. Wenn es nicht die Bäume waren, war es die Borke. Wenn es nicht die Borke war, dann handelte es sich um die empfehlenswertesten Zeiten, um Bäume zu fällen, und um Sägemethoden. Hinzu kamen noch die verschiedenen Hölzer, die für Intarsien verwendet werden konnten, und deren unterschiedliche Maserungen. Einiges ergab Sinn, doch eine Menge schien mir nur dazu zu dienen, die Arbeit mit Holz so schwierig wie möglich zu machen.

»Schwierig? Selbstverständlich ist es schwierig. Vollkommenheit ist immer schwierig. Möchtest du, daß deine Arbeit lange hält? Oder ist es dir lieber, wenn sie bei der ersten Berührung des Chaos auseinanderfällt?«

»Aber wir haben doch gar keine Weißen Magier in Recluce.«

»Ach, haben wir nicht? Bist du da sicher?«

Dazu konnte ich nicht viel sagen. Die Meister mißbilligten praktizierende Magier, zumindest die Weißen, die sich des Chaos bedienten. Und für gewöhnlich hielten sich alle von dem fern, was die Meister mißbilligten. Allerdings schien es in sämtlichen Städten Recluces nur wenige Meister zu geben.

Ich schätze, mein alter Lehrer, Magister Kerwin, war in Wahrheit ein Meister, obgleich bei uns Magister nicht sofort Meister wurden. Beide gehörten zum selben Orden. Magister waren diejenigen, die tatsächlich lehrten.

Und so studierte ich weiterhin Wälder, Bäume und Werkzeuge. Nach einem knappen Jahr fing ich damit an, einfache Gegenstände zu fertigen.

»Brotbrettchen?«

»Jemand muß sie machen. Und sie sollten ordentlich hergestellt werden. Du kannst das jetzt gut genug, um das Chaos in Schach zu halten. Und du darfst dir entweder eines meiner Muster aussuchen oder ein eigenes entwerfen. Wenn du ein eigenes Modell wählst, sollten wir die Zeichnung gemeinsam durchsehen, ehe du mit dem Schneiden beginnst.«

Ich machte mein eigenes Brett: einfach, aber achteckig.

»Einfach, aber hübsch, Lerris. Vielleicht hast du tatsächlich eine Zukunft als Schreiner.«

Von Brotbrettchen ging ich zu anderen einfachen Gegenständen über: Außenbänke für ein Gasthaus, zwei einfache Bücherschränke für die Schule. Nichts mit Schnitzereien. Allerdings hatte ich angefangen, meine eigenen Möbel mit Schnitzereien zu verzieren. Onkel Sardit gab sogar zu, daß der Armstuhl, den ich für meine Kammer gebaut hatte, in den meisten Wohnungen nicht fehl am Platz wäre.

»In den meisten Wohnungen. Allerdings nicht säuberlich genug. Da sind ein paar Fehler bei den Verzapfungen, aber im großen und ganzen hast du dir wirklich Mühe gegeben.«

Mehr Lob bekam ich nie von Onkel Sardit.

Aber trotz der ständigen Lernerei langweilte ich mich immer noch.

II

»Lerris!«

Der Ton in Onkel Sardits Stimme sagte mir alles. Was immer ich angestellt hatte – ich wollte es nicht wissen.

Ich wusch mir das Sägemehl vom Gesicht. Wie üblich spritzte ich Wasser auf das Becken. Doch die Sonne hatte bereits den Schiefer erwärmt. Das Wasser würde schnell trocknen. Trotzdem polierte meine Tante mit einem ausgefransten Handtuch das Becken sofort nach, sobald ich in der Werkstatt verschwunden war.

»Lerris!«

Tante Elisabet sorgte dafür, daß die Waschsteine glänzten, die Kessel strahlten und daß kein Fleck die grauen Steinplatten auf dem Boden verunzierte. Ich weiß nicht, warum mich das überraschte, da doch mein Vater – und in der Tat jeder Hausbesitzer meiner Heimatstadt Wandernicht – für die gleiche peinliche Reinlichkeit sorgte. Mein Vater und seine Schwester waren beide Hausbesitzer, während Mutter und Onkel Sardit die Künstler waren. Das war allgemein üblich – jedenfalls glaubte ich das damals.

»*Lerris!* Junger … Mann … komm … her! … *Sofort!*«

Ich wollte die Werkstatt wirklich nicht betreten, doch es gab kein Entkommen.

»Ich komme, Onkel Sardit.«

Er stand mit finsterer Miene auf der Schwelle. Die finstere Miene war ich gewohnt, doch nicht die laute Stimme. Mein Magen verknotete sich. Was hatte ich nur angestellt?

»Komm her!«

Er legte die Hand mit den gespreizten Fingern auf die intarsienverzierte Platte der Werkbank.

»Sieh dir das an. Genau.« Seine Stimme war so tief wie Donnergrollen.

Ich blickte hin, doch offenbar sah ich nicht, was er mir zeigen wollte.

»Siehst du das?«

Ich schüttelte den Kopf. »Was soll ich sehen?«

»Sieh dir die Zwingen an.«

Ich beugte mich vor und folgte seinem Finger. Die Zwingen waren so, wie ich sie zuvor angelegt hatte: Die Maserung der beiden Teile des dunklen Lärchenholzes paßte genau zusammen – wie er es mir beigebracht hatte.

»Mit der Maserung ...«

»Lerris ... siehst du das denn nicht? Dieses Ende der Zwinge beißt ins Holz. Und hier ... der Druck hat den Rand verschoben ...«

Vielleicht den winzigsten Bruchteil eines Spanns – wenn überhaupt. Ich konnte das aber leicht ausbessern. Ich mußte nur das andere Ende ein bißchen mehr abschmirgeln. Dann würde niemand den Unterschied bemerken – abgesehen von Onkel Sardit oder dem Möbeleinkäufer des Kaisers von Hamor vielleicht.

»Erstens. Man zwingt Holz nicht. Das weißt du. Du paßt einfach nicht mehr auf. Schreinerei bedeutet, mit Holz zu arbeiten, nicht ihm Gewalt anzutun, nicht gegen das Material zu arbeiten.«

Ich stand nur da. Was konnte ich sagen?

Onkel Sardit seufzte.

»Laß uns ins Haus gehen, Lerris. Wir müssen uns unterhalten.«

Das klang noch bedrohlicher, aber ich folgte seinem Beispiel, legte die Lederschürze ab und steckte mein Werkzeug in die Bank.

Wir traten durch die Tür hinaus und gingen über das glatte Pflaster des Hofs in das Zimmer, das Tante Elisabet Salon nannte. Ich habe nie erfahren, warum sie es so nannte. Einmal habe ich sie gefragt, doch sie lächelte nur und meinte, sie habe den Namen irgendwo aufgeschnappt.

Auf dem Tisch stand ein Tablett mit zwei geeisten Gläsern und einigen Scheiben frisch gebackenen Brots, Käse und Apfelstücken. Das Brot dampfte noch und füllte den kleinen Raum mit köstlichem Duft.

Onkel Sardit ließ sich auf dem Stuhl nieder, der der Küche am nächsten war. Ich nahm den anderen. Irgendwie störte es mich, daß das Tablett bereits dastand. Es störte mich ganz ungemein.

Leise Schritte ließen mich aufhorchen. Onkel Sardit stellte sein Glas mit eisgekühltem Fruchtpunsch ab und nickte Tante Elisabet zu. Sie war – wie mein Vater – hellhäutig, mit sandfarbenem Haar, schlank und hochgewachsen. Onkel Sardit war kleiner und drahtig, mit Salz-und-Pfeffer-Haaren und einem kurzgeschnittenen Bart. Beide schauten schuldbewußt drein.

»Du hast recht, Lerris. Wir haben ein schlechtes Gewissen, vielleicht weil du Gunnars Sohn bist«, sagte Tante Elisabet.

»Aber das ändert nichts«, fügte Onkel Sardit hinzu. »Du mußt trotzdem die Entscheidung fällen – ganz gleich, ob du unser Neffe bist oder nicht.«

Ich nahm einen großen Schluck Fruchtpunsch und vermied somit, etwas zu sagen, obgleich mir klar war, daß Tante Elisabet das wußte. Sie wußte immer alles. Mein Vater auch.

»Iß etwas. Ich rede. Wenn ich etwas auslasse, wird Elisabet es ergänzen.« Onkel Sardit nahm eine Scheibe Käse und Brot und kaute langsam. Dann schluckte er alles hinunter und spülte mit Fruchtpunsch nach.

»Magister Kerwin hätte dir beibringen sollen, wie er es mir beigebracht hat, daß ein Meister oder Geselle, der einen Lehrling ausbildet, auch für die Entscheidung verantwortlich ist, wann der Lehrling soweit ist, das Handwerk auszuüben.«

Ich nahm etwas Brot und Käse. Es war doch ganz klar, daß der Meister für den Lehrling verantwortlich war.

»Was er dir jedoch nicht gesagt hat – und mir auch nicht: daß der Handwerksmeister auch entscheiden muß, ob der Lehrling *jemals* so weit kommen wird, das Handwerk auszuüben, oder ob er in die Gefahrenbrigade eintreten oder in die Verbannung gehen sollte.«

»Verbannung ...?«

»Siehst du, Lerris, in Recluce ist kein Platz für verschwommene Unzufriedenheit«, meinte Tante Elisabet. »Langeweile, die Unfähigkeit, sich zu konzentrieren, die Unwilligkeit, sich nach besten Kräften und Fähigkeiten für etwas einzusetzen – das alles könnte dem Chaos erlauben, in Recluce Fuß zu fassen.«

»Du stehst also vor der Entscheidung, Lerris, ob du die Ausbildung in der Gefahrenbrigade antreten oder lieber Recluce verlassen willst – für immer.«

»Bloß weil ich mich langweile? Bloß weil ich die Holzzwinge etwas zu fest angezogen habe? Deswegen soll ich zwischen Verbannung und Gefahrenbrigade wählen?«

»Nein, sondern weil deine Langeweile ein Zeichen für deine Unfähigkeit ist, dich für etwas wirklich einzusetzen. Wenn jemand sein Bestes gibt, aber trotzdem schlampig arbeitet, ist das keine Gefahr. Solange jemand ehrlich nach Vollkommenheit strebt, ist eine schlampige Arbeit nicht gefährlich, vorausgesetzt natürlich, daß niemand durch die Schlamperei in Lebensgefahr gerät.« Tante Elisabet wirkte noch größer als sonst. Hinter ihren Augen leuchtete ein Feuer.

Ich schaute zu Boden.

»Kannst du ehrlich behaupten, daß du glücklich bist, wenn du nach Vollkommenheit beim Schreinern gestrebt hast?« fragte Onkel Sardit.

»Nein.« Ich konnte nicht lügen. Tante Elisabet wüßte es.

»Glaubst du, daß es dir leichter fiele, wenn du länger mit mir arbeiten würdest?«

»Nein.«

Ich nahm noch eine Scheibe Brot und ein Stück Käse. Ich konnte mich nicht erinnern, schon etwas gegessen zu haben, aber offensichtlich hatte ich es getan. Ich trank einen Schluck Fruchtpunsch, doch nur genug, um mir den Mund anzufeuchten, da mir bereits eiskalt war.

»Und was nun?« fragte ich, ehe ich nochmals abbiß.

»Falls du dich für die Gefahrenbrigade entscheidest, werden die Meister mit dir so lange arbeiten, wie es ihrer Meinung nach nötig ist, um dich für deinen Einsatz vorzubereiten. Nach der Ausbildung kannst du nicht zurückkehren, bis du die Aufgabe erfüllt hast, die dir aufgetragen wurde. Solltest du die Verbannung wählen, mußt du gehen. Du kannst nicht zurückkehren, es sei denn, die Meister erlauben es dir. Es ist zwar nicht völlig ausgeschlossen, doch haben sie diese Erlaubnis nur sehr selten erteilt.«

»Bloß weil ich mich langweile? Bloß weil ich jung bin und mich noch nicht fest niedergelassen habe? Bloß weil meine Arbeit nicht vollkommen ist?«

»Nein, es hat nichts damit zu tun, daß du jung bist.« Tante Elisabet seufzte. »Voriges Jahr haben die Meister fünf Handwerksburschen verbannt, die doppelt so alt waren wie du. Und mehr als zehn Menschen, die im dritten oder vierten Lebensjahrzehnt standen, sind in die Gefahrenbrigade eingetreten.«

»Das meinst du ernst, oder?«

»Ja.«

Ja, sie meinte es ernst. Onkel Sardit hatte trotz seiner Erklärung, *er* würde reden, nicht viel gesagt. Plötzlich hatte ich ein merkwürdiges Gefühl, als ich Tante Elisabet anschaute. Offenbar war sie sehr viel mehr als nur Hausbesitzerin.

»Und wohin soll ich gehen?«

»Du bist dir sicher?« fragte Onkel Sardit mit vollem Mund.

»Ich habe doch keine Wahl, oder? Entweder werde ich auf ein Boot gebunden und irgendwohin in die Verbannung geschickt, oder ich versuche, soviel wie möglich zu lernen, ehe ich etwas tue. Dann habe ich wenigstens eine kleine Hoffnung, die richtige Entscheidung zu fällen.«

»Ich denke, das ist die richtige Wahl für dich«, erklärte Tante Elisabet. »Aber ganz so einfach ist es nicht.«

Nachdem ich in der gespannten Atmosphäre mein Brot und den Käse aufgegessen hatte, stieg ich in meine Kammer über der Werkstatt hinauf und packte. Onkel Sardit sagte, er werde den Armstuhl und ein paar weitere Sachen bis zu meiner Rückkehr aufbewahren.

Er erwähnte die Tatsache nicht, daß nur sehr wenige Gefahrenbrigadiere je zurückkehrten. Ich auch nicht.

III

Wie vieles in Recluce war mein Übergang vom Lehrling zum Anwärter in der Gefahrenbrigade purer Zufall. Oder es schien mir nur so zu sein.

Nach meinem ziemlich bedrückenden und ernsten Gespräch mit Tante Elisabet und Onkel Sardit half ich noch einige Tage in der Werkstatt. Onkel Sardit bat mich – statt mir wie vorher zu befehlen –, einige Ecken abzuschleifen oder Paneele zuzuschneiden. Und Koldar schüttelte nur den Kopf, als wäre ich tatsächlich verrückt.

Er schüttelte ihn dermaßen überzeugend, daß ich selbst Zweifel an mir bekam. Dann hörte ich Onkel Sardit mißbilligend brummen, weil zwei Ecken sich nicht im genauen Winkel trafen oder weil die Maserung zweier Stücke wegen einer winzigen Unvollkommenheit nicht tadellos paßte. Oft sah ich, wie er eine kleine

Schnitzerei an der Unterseite des Tisches nochmals anfertigte, die nie jemand sehen würde.

Diese Beobachtungen führten mir den wahren Grund wieder vor Augen, warum ich nicht als sein Lehrling bleiben konnte: die mich langweilende Forderung nach absoluter Vollkommenheit! Ich hatte in meinem Leben bessere Dinge zu tun, als mich zu sorgen, ob die Maserungen zweier Tischhälften oder einer Täfelung tadellos zueinander paßten. Oder ob eine Ecke präzise fünfundvierzig Grad maß.

Vielleicht war es richtig für Koldar, und vielleicht schützte es gegen die Flüche des Chaos – aber es war langweilig.

Schreinern war vielleicht besser als Töpfern, aber im Grunde waren beide Arbeiten ziemlich stumpfsinnig.

Es machte mir daher nichts aus, als Tante Elisabet einige Tage später erklärte, ich solle mich fertig machen.

»Wozu?«

»Für deine Ausbildung als Gefahrenbrigadier natürlich. Glaubst du, daß die Meister dir einfach einen Stab, eine Karte und etwas Proviant in die Hand drücken und dich auf ein Schiff nach nirgendwo schaffen?«

Dieser Gedanke war mir durch den Kopf geschossen, aber ich hatte ihn angesichts der Entschlossenheit meiner Tante schnell wieder weggeschoben.

»Kann ich mich noch von meiner Familie verabschieden?«

»Selbstverständlich. Wir sind doch keine Barbaren, Lerris. Deine Eltern warten bereits seit geraumer Zeit auf dich, aber du bist kein Lehrling mehr. Was du tust, liegt allein bei dir. Die Meister in Nylan erwarten dich – und noch einige andere – morgen.«

»Das ist ziemlich weit ...«, meinte ich und hoffte insgeheim, Tante Elisabet werde sagen, daß die Meister eine Kutsche oder einen Wagen schicken würden. Ich besaß zwar ein paar Silberlinge, wollte sie aber nicht für eine Fahrt auf der Hohen Straße ausgeben. Nylan lag einen guten Tagesmarsch entfernt.

»Stimmt, Lerris. Aber hast du erwartet, daß die Meister dich abholen werden?«

Ehrlich gesagt hatte ich zuvor gar nicht so richtig darüber nachgedacht.

Tante Elisabet legte den Kopf auf die Seite und lächelte, als wolle sie darauf hinweisen, daß der sonnige Morgen schnell verstrich. Und so war es. Wenn ich morgen abend in Nylan sein sollte ...

Dann kam mir ein weiterer Gedanke. »Wann morgen?«

»Gegen Mittag. Allerdings bin ich überzeugt, daß niemand Anstoß nähme, wenn du ein bißchen später kämst.« Ihr Lächeln war so freundlich wie immer. Die Sonne hinter ihrem sandfarbenen Haar ließ sie mir fremdartig erscheinen ... Ich wußte nicht genau, wie, aber Tante Elisabet schien mehr zu sein, als ich bisher geglaubt hatte. Warum, vermochte ich nicht zu sagen, ebensowenig wie ich sagen konnte, warum Schreinern und Schnitzen mich so unglaublich langweilten.

Ich schluckte. »Dann muß ich morgen bei Tagesanbruch aufstehen. Ich fange lieber gleich an zu packen, denn ich will bald aufbrechen.«

Sie nickte. »Ich habe für deine Eltern ein paar Blätterteigtaschen gebacken, die du mitnehmen kannst. Außerdem findest du in deiner Kammer Stiefel, ein neues Hemd, eine ordentliche Hose und einen Umhang.«

Ich schluckte nochmals. An Stiefel hatte ich nicht gedacht, da meine robuste Lehrlingskleidung für jeden Marsch geeignet war.

»Danke ...« Ich blickte zu Boden. »Ich muß mich noch von Onkel Sardit verabschieden.«

»Er ist in der Werkstatt.«

In meiner Kammer sah ich, daß meine Sachen in ein

Bündel gepackt waren. Außer den Stiefeln und der Kleidung lehnte noch ein Wanderstab an der Wand, der aus schwerster, glattester und schwärzester Esche gefertigt war. Der Stab war beinahe schmucklos und keineswegs auffällig, doch stammte er eindeutig von Onkel Sardits Hand. Wahrscheinlich hatte er monatelang allein mit der Vorbereitung zugebracht. Den Stab geschnitten, gelagert, in einem Eisenbad gehärtet und schließlich geglättet. Die Enden waren in schwarzen Stahl gefaßt. Die Bänder waren so tadellos eingepaßt, daß man sie gegen das dunkle Holz kaum wahrnahm.

Ich nahm den Stab in die Hand. Er fühlte sich gut an und entsprach genau meiner Größe.

Dann schaute ich mich nach dem alten Leinwandbeutel um, in dem ich meine alten Sachen hergebracht hatte. Allerdings war nach zwei Jahren, während ich gewachsen war und beim Schreinern einiges an Muskeln zugelegt hatte, nicht mehr viel davon zu gebrauchen. Es stimmt nicht, wenn jemand behauptet, maßgerechte Schreinerarbeit sei nicht so schwer wie die Arbeit eines Zimmermanns. Ein Schreiner arbeitet schwerer, und da er keine Fehler machen darf – jedenfalls nicht, wenn er für jemanden wie Onkel Sardit arbeitet –, muß er viel mehr denken.

Dann lag da noch ein Tornister. Er war nicht auffällig, nicht einmal aus geprägtem Leder, sondern aus Stoff. Dieser war so eng gewoben und so dicht, wie ich es noch nie gesehen hatte. Seine Farbe war ein stumpfes Braun, aber er war in irgendeine Lösung getaucht, die ihn wasserdicht machte. Ich fragte mich, ob Tante Elisabet und Onkel Sardit wegen ihrer Entscheidung, daß ich zum Schreiner nicht geeignet sei, ein schlechtes Gewissen hatten. Der Stab und der Tornister waren großartige Geschenke, und auch die dunkelbraune Hose und der ebenfalls braune Umhang waren von hervorragender Qualität.

Das war aber noch nicht alles. Im Tornister fand ich eine kleine Börse. Daran hing eine Nachricht.

›Hier ist dein Lehrlingslohn. Versuch ihn nicht auszugeben, bis du Recluce verlassen hast.‹ Ich zählte zwanzig Kupferpfennige, zwanzig Silberlinge und zehn Goldstücke. Eine nahezu unglaubliche Summe. Aber ich würde sie nicht ablehnen, da ich keine Ahnung hatte, was die Zukunft bringen würde.

Ich nahm wieder den Stab in die Hand und strich über die Maserung. Ich betrachtete ihn eingehend, um herauszufinden, wie die Stahlkappen an den Enden so genau eingepaßt worden waren, daß man sie kaum zu sehen vermochte.

Zumindest wollten Onkel und Tante – oder meine Eltern – mich so gut ausgerüstet wie möglich hinausschicken. Ich erinnerte mich an Magister Kerwins trockene Ausführungen, daß Gefahrenbrigadiere nur so viele Münzen besitzen durften, wie sie bequem bei sich tragen konnten, ferner Kleidung zum Wechseln, Stiefel, einen Stab, einen Tornister und ein wenig Proviant.

Wenn man nach einem Jahr – oder mehreren Jahren – zurückkehrte – falls die Meister es gestatteten –, durfte man selbstverständlich eine ganze Schiffsladung mitbringen, vorausgesetzt, daß nichts gestohlen oder unehrlich erworben war. Die Meister ließen einen natürlich nicht zurückkehren, wenn man zum Dieb geworden war.

Ich schüttelte den Kopf und legte den Stab nieder. Dann untersuchte ich den Tornister, da mir nicht mehr viel Zeit blieb. Drinnen befanden sich Kleidung zum Wechseln und leichte Schuhe, beinahe höfische Pantoffeln.

Ich zog mein Hemd aus und ging zum Waschtrog hinab, um mich zu waschen, ehe ich die neuen Sachen anzog. Onkel Sardit summte und polierte den Schreibtisch, den er angefertigt hatte. Er blickte nicht auf.

Koldar war unten in der Sägemühle und suchte nach genügend roter Eiche, um die vom Feuer versengten Tische in Polanks Schenke zu reparieren.

Ich hatte gehört, wie meine Tante und der Onkel über das Feuer gesprochen hatten. Sie hatten so getan, als hätten sie fest damit gerechnet, seit der junge Nir Polank die Schenke von seinem kränkelnden Vater übernommen hatte.

»Manche müssen es auf die harte Tour lernen.«

»Manche nicht ...«, hatte meine Tante hinzugefügt, aber sie hatte nicht weitergesprochen, da ich zum Abendessen hineingekommen war.

Auf den Waschsteinen lag ein frisches Handtuch, das ich nach dem kalten Wasser gern benutzte. Wenigstens mußte ich nicht duschen. Selbst unter dem halbwegs lauen Wasserstrahl in dem gemauerten kleinen Außenraum war es keineswegs warm. Den Raum sauberzumachen war noch weniger angenehm als die Dusche, aber Tante Elisabet bestand – wie mein Vater – auf absoluter Reinlichkeit. Nie aßen wir, ohne uns vorher zu waschen. Als Kind hatte ich öfter ohne Essen ins Bett gehen müssen, weil ich mich geweigert hatte, mich zu waschen.

Beide duschten jeden Tag – sogar im Winter. Auch meine Mutter und Onkel Sardit. Allerdings ließ mein Onkel die Dusche an den Tagen ausfallen, an denen Tante Elisabet nicht zu Hause war und Freunde besuchte.

Ich faltete das Handtuch zusammen und legte es auf das Regal.

»Bereit, loszumarschieren?«

Onkel Sardit stand in der Tür der Werkstatt und hielt das Poliertuch in der linken Hand.

»Jawohl, Onkel.« Ich schluckte. »Ich danke für alles ... tut mir leid, daß ich offenbar nicht die Konzentration habe, um ein Meisterschreiner zu werden ...«

»Lerris ... du bist länger als die meisten geblieben ...

und du hast durchaus die Fähigkeiten eines Gesellen. Aber es wäre nicht richtig ... oder?«

Da er drei Stufen über mir stand, schaute ich zu ihm auf. Er schien nicht froh darüber zu sein, daß ich fortging.

»Nein ... wahrscheinlich hätte ich mich mit jedem Tag noch mehr gelangweilt. Ich weiß aber nicht, warum.«

»Weil du wie dein Papa bist ... oder wie deine Tante. Das Blut ...«

»Aber ... die beiden scheinen doch hier glücklich zu sein.«

»Jetzt ...«

Mir fiel nichts mehr ein, was ich hätte sagen können.

»Geh nun, mein Junge. Doch vergiß nie, daß du immer zurückkommen kannst, sobald du herausgefunden hast, wer du bist.« Er drehte sich um, kehrte in die Werkstatt zurück und polierte weiter den Schreibtisch – doch ohne zu summen.

Plötzlich schien es, als wären so viele Dinge ungesagt, so viele Dinge, die verborgen waren. Doch keiner sprach ein Wort.

Es kam mir so ungerecht vor. Als ob ich nichts verstehen könnte, bis ich fortgegangen und mein Leben in den Dunklen Sümpfen von Candar oder im Imperium von Hamor aufs Spiel gesetzt hätte. Dann würde alles bestens sein ... vom feinsten.

Und meine Eltern – *mich* hatten sie nie besucht. Ich hatte sie nur gesehen, wenn ich sie besucht hatte oder wenn sie an hohen Festtagen meine Tante und meinen Onkel aufgesucht hatten.

Oben in der Lehrlingskammer – die eigentlich nicht mehr meine war – zog ich die neuen Sachen an, auch die Stiefel. Dann legte ich den Umhang ordentlich zusammen und verstaute ihn im Tornister. Meine alte Kleidung schnallte ich außen darauf. Diese konnte ich daheim zurücklassen, falls es wirklich mein Heim war. Außer den neuen Kleidungsstücken und dem Tornister war der Stab das einzige, was sich richtig anfühlte.

Als ich noch einen letzten Blick in die Kammer warf, fragte ich mich, was aus meinem Armstuhl werden würde … und meinem Werkzeug. Mein Werkzeug? Onkel Sardit hatte zwar gesagt, er werde darauf aufpassen, aber nicht wie.

Ich fand Onkel Sardit in der Werkstatt. Er betrachtete eine Truhe, die ich zuvor schon gesehen hatte.

»Ich habe gedacht, ich bewahre dein Werkzeug in dieser Truhe auf, Lerris, bis … nun, was auch immer.«

»Das wäre sehr nett, Onkel Sardit … und könntest du auch für den Armstuhl einen Platz finden?«

»Ich wollte ihn hierbehalten, aber ich könnte ihn auch zu deinen Eltern schaffen.«

Aus irgendeinem Grund war mir nie der Gedanke gekommen, der Armstuhl könnte dorthin gehören, wo ich aufgewachsen war.

»Was immer du für das beste hältst.« So oder so – ich würde den Armstuhl eine ganze Zeit lang nicht brauchen.

»Wir werden gut darauf aufpassen … paß du nur gut auf dich auf, damit du ihn wieder abholen kannst.«

Wir standen einen Augenblick lang da und hatten einander alles und nichts zu sagen.

Schließlich räusperte ich mich. »Ich bin kein Schreiner oder Schnitzer, Onkel, aber ich habe viel gelernt.«

»Das hoffe ich, mein Junge. Ich hoffe, es hilft dir.«

Ich ließ ihn stehen und holte mein Werkzeug, um es in die Truhe zu legen, die er dafür gemacht hatte.

Tante Elisabet wartete mit zwei Paketen an der Küchentür.

»Im größeren Paket sind Blätterteigtaschen, im anderen ist etwas Reiseproviant für dich.«

Ich nahm den Tornister ab und verstaute den Proviant. Die Blätterteigtaschen schnürte ich oben darauf.

Sie waren nicht schwer. Es war bewölkt, doch die Wolken bildeten einen Dunstschleier in der Höhe, so daß es nicht besonders warm war, aber auch nicht regnete. In diesem Frühsommer hätten die Bauern gern mehr Nässe gehabt, aber ich war froh, nicht bei Regen nach Nylan marschieren zu müssen. Ich hatte das unbestimmte Gefühl, daß ich noch oft genug bei schlechtem Wetter unterwegs sein würde.

»Und die sind für dich.«

Sie reichte mir auf einem Teller zwei riesige Teigtaschen. Die eine war mit Huhn, die andere mit Beeren gefüllt, deren Saft aus einem Ende heraustropfte.

»Wenn du zum Abendessen zu Hause sein willst, mußt du jetzt aber losgehen.«

»Abendessen?«

»Ich bin sicher, dein Vater wird etwas Besonderes auf den Tisch stellen.«

Ich sagte nichts und fragte sie auch nicht, woher sie wußte, daß mein Vater ein besonderes Abendessen bereiten würde, denn sie kannte meine Gedanken ohnehin, und außerdem verschlang ich gerade die Blätterteigtasche mit dem Huhn. Bei der Eile, rechtzeitig nach Nylan zu gelangen, hatte ich gar nicht bemerkt, wie hungrig ich war. Wenn man die Gefahrenbrigade wählte, gehorchte man den Befehlen der Meister – auch ihrem Zeitplan.

Nachdem ich das letzte Stück Huhn mit einem großen Schluck eiskalten Wassers hinuntergespült hatte, griff ich nach der Teigtasche mit den Beeren.

»Du hast genug Zeit, Lerris, und brauchst nicht alles auf einmal in den Mund zu stecken.«

Ich verzehrte die Tasche mit vier Bissen. Dann trank ich nochmals Wasser.

»Hast du deinen Stab? Dein Onkel wollte, daß du den besten bekommst ...«

Ich hob den Wanderstab. »Scheint bereits ein Teil von mir zu sein.«

Meine Tante lächelte nur. »Der Stab dürfte dir nützen, vor allem wenn du auf die Meister hörst und deinen Gefühlen folgst ... deinen wahren Gefühlen.«

»Ja, ja ... jetzt muß ich los.«

»Paß auf dich auf, Lerris.«

Tante Elisabet erteilte mir keine besonderen Ratschläge, und das war gut so, da ich dafür nicht in Stimmung war.

Als ich auf den präzise verlegten grauen Pflastersteinen der schmalen Straße davonging, spürte ich, daß meine Tante und mein Onkel jeden meiner Schritte verfolgten. Doch als ich mich umdrehte, sah ich niemanden, weder in der Tür noch an den Fenstern. Ansonsten würdigte ich Mattra keines weiteren Blickes, weder der Schenke, wo Koldar die Bretter von der Sägemühle verarbeitete, noch dem Marktplatz, wo ich meine Brotbrettchen verkauft und tatsächlich vier Kupferpfennige dafür eingenommen hatte.

Die Straße – die makellos zusammengefügten Pflastersteine – war unter den Stiefelsohlen ebenso hart wie damals, als ich Mattra zum ersten Mal mit Sandalen betreten hatte.

Ich kam lange vor dem Abendessen nach Hause – falls man Wandernicht noch so nennen konnte. Doch Tante Elisabet hatte recht gehabt. Ich roch die gebratene Ente schon, ehe ich den Weg betrat, der beinahe gleich gepflastert war wie der, der zu Onkel Sardits Haus führte. Mattra und Wandernicht unterschieden sich kaum. Es gab einige verschiedene Handwerksbetriebe, und Wandernicht hatte zwei Schenken und das Institut, wo mein Vater gelegentlich seine Philosophien mit anderen Hausbesitzern diskutierte oder – sehr selten – mit Meistern aus anderen Städten Recluces. Aber in Wandernicht ereignete sich nie etwas Außergewöhnliches. Zumindest soweit ich mich erinnerte.

Meine Eltern saßen auf der breiten offenen Veranda an

der Ostseite des Hauses, wo es im Sommer nachmittags immer kühl war. Die Steine der Treppenstufen waren leicht abgerundet, nicht so scharfkantig wie neue Granitstufen, aber auch nicht so abgetreten wie bei den alten Gebäuden, zum Beispiel beim Tempel.

»Ich habe mir schon gedacht, daß du um diese Zeit kommst, Lerris.« Die Stimme meines Vaters trug weit, obgleich sie weder sehr laut noch besonders dröhnend war.

»Wie schön, dich zu sehen.« Meine Mutter lächelte und meinte es diesmal ernst.

»Ich freue mich, hier zu sein, auch wenn es nur für eine Nacht ist.« Ich war überrascht, daß ich tatsächlich meinte, was ich sagte.

»Gib mir den Stab und den Tornister. Sardits Arbeit, wie es scheint. Setz dich. Magst du immer noch Rotbeeren?«

Ich nickte und schlüpfte aus den Schulterriemen. Mein Vater legte den Tornister behutsam neben einen niedrigen Tisch.

»Ach, beinahe hätte ich es vergessen. Das obere Paket ist für euch. Tante Elisabets Blätterteigtaschen.«

Beide lachten.

»Gut, daß wir nicht näher beisammen wohnen. Sie backt vorzüglich.«

Meine Mutter schüttelte nur den Kopf und lächelte.

Seltsamerweise sahen beide älter aus als vor meinem Weggang. Das Haar meines Vaters war nicht dünner und immer noch sandfarben, aber ich sah die Linien, die von seinen Augenwinkeln ausgingen. Sein Gesicht war immer noch glatt. Am Kinn hatte er eine kleine Schnittwunde vom Rasieren. Im Gegensatz zu den meisten Männern in Recluce hatte er nie einen Bart oder Schnurrbart getragen. Ich konnte ihm das nachfühlen. Obgleich ich einen Bart hätte haben können, folgte ich seinem Beispiel. Allerdings nicht blind, sondern weil ich bei der Arbeit stark schwitzte und mich selbst ein kurzer Bart mehr störte als das Rasieren – trotz gelegentlicher Schnitte.

Mein Vater trug ein kurzärmeliges Hemd, das am Hals offen war. Die Armmuskeln wirkten so stark wie immer. Hinter dem Haus war dreimal mehr Holz aufgestapelt, als nötig war. Vater behauptete stets, daß der Umgang mit der Axt nicht nur notwendig, sondern auch ein gutes körperliches Training sei.

Das kantige Gesicht meiner Mutter erschien mir noch kantiger, und ihr Haar war zu kurz. Aber sie hatte es immer zu kurz getragen, und ich bezweifelte, daß sie das je ändern würde. Kurz war praktisch und zeitsparend. Sie trug eine verwaschene blaue Bluse mit kurzen Ärmeln und dazu eine winterblaue Hose. Beides war weiblicher, aber eigentlich das gleiche, was mein Vater trug – nicht weil sie darauf Wert legte, eher im Gegenteil. Kleidung war nichts Besonderes. Deshalb nähte auch mein Vater alle Sachen für Mutter und mich – abgesehen vom Feiertagsgewand.

Vater war seltsam. Er ließ niemanden beim Nähen zuschauen. Er nahm Maß und machte Anproben, bis alles wie angegossen paßte, aber niemand durfte dabeisein. Als ich klein war, dachte ich, jemand käme zum Schneidern. Doch im Lauf der Zeit verstand ich, daß er von Kleidung zuviel verstand, als daß er die Arbeit jemand anderem überlassen hätte. Außerdem war es ziemlich schwierig, den Vater nicht für den Schneider zu halten, wenn er mit zugeschnittenem Leder und Stoff in der Werkstatt verschwand und mit den fertigen Sachen wieder herauskam – vor allem wenn es nur eine Tür gab und man als außergewöhnlich neugieriger kleiner Junge nach einem Geheimgang suchte, den es natürlich nicht gab.

Während ich meinen Erinnerungen nachhing, hatte meine Mutter mir ein großes Glas Rotbeerensaft eingeschenkt. Vater war mit dem Paket Blätterteigtaschen wahrscheinlich in der Küche verschwunden.

»Wirklich schade, daß du schon morgen in Nylan sein mußt«, meinte Mutter, als ich mich auf einem Gurtstuhl ihr gegenüber niederließ. Mir taten die Füße weh, was bei neuen Stiefeln kein Wunder war, aber ich wollte, daß sich Füße und Stiefel so schnell wie möglich anfreundeten.

»Ich hätte nicht gedacht, daß es so schnell ginge.«

»Manchmal schon, manchmal dauert es mehrere Wochen«, fügte mein Vater hinzu. Wie üblich hatte ich ihn nicht zurückkommen hören. Er bewegte sich immer so lautlos wie ein Schatten.

»Wie viele ... werden dort sein?«

»Das kommt darauf an. Es könnten nur vier Kandidaten für die Gefahrenbrigade sein, aber nie mehr als ein Dutzend. Und du wirst zwei verlieren, ehe die Meister fertig sind.«

»Verlieren?« Das klang nicht gut.

Er zuckte mit den Schultern. »Manche gehen lieber in die Verbannung, als den Meistern zuzuhören. Andere entscheiden sich, lieber wieder zu Hause zu leben.«

»Können sie das?«

»Wenn sie die Meister überzeugen können ... gelegentlich kommt es schon vor.«

Nicht sehr oft, wie ich dem Ton seiner Stimme entnahm. »Und wenn ihnen das nicht gelingt?«

»Dann können sie mit der Ausbildung fortfahren oder in die Verbannung gehen.«

Ich hatte das Gefühl, daß man ohne Erlaubnis der Meister nicht einfach Recluce verließ, um irgendeine Abenteuerfahrt anzutreten.

Ehe ich weitere Fragen stellte, nahm ich erst einmal einen kräftigen Schluck und aß von den Blätterteigtaschen, die Vater in mundgerechte Stücke zerteilt hatte.

Mutter aß ebenfalls zwei. Das war mehr, als sie für gewöhnlich vor dem Abendessen zu sich nahm.

»Was sind eigentlich die Meister?« fragte ich, obwohl ich diese Frage bereits mehrere Dutzend Male an mehrere Dutzend Menschen gestellt hatte. Üblicherweise lautete die Antwort: »Die Meister sind die Meister, sie sind als Wächter über die Insel Recluce und das Reich der Ordnung bestellt.«

Diesmal wechselten Vater und Mutter einen raschen Blick, ehe sie mich anschauten.

»Die Antwort bedeutet wohl nicht ganz das, was sie bedeuten sollte ...«

»In anderen Worten: Ihr werdet es mir nicht sagen.«

»Nein, ich werde es dir erklären, soweit ich dazu imstande bin. Aber ich bin nicht sicher, daß dir die Antwort gefällt oder daß du sie zu schätzen weißt.« Vater zog sich am Kinn, was er immer tat, wenn er nach den besten Worten suchte, um etwas Unangenehmes zu erklären.

»Versuch es trotzdem.«

Er überhörte meine Bemerkung. Seine Augen verschleierten sich, als blicke er in eine weit entfernte Welt.

Ich nutzte die Gelegenheit und trank den Beerensaft aus.

Meine Mutter schenkte mir nach. Vater hatte immer noch kein Wort gesagt.

Schließlich räusperte er sich. »Hmmm ... erinnerst du dich ... Magister Kerwin ... hat dir erzählt, daß die Meister zwischen Recluce und dem Chaos stehen, weil sie die Verteidiger der Ordnung sind.«

Ich trommelte gegen mein Glas.

»Hab Geduld ... es ist schwierig ...«

Wie schwierig konnte es sein? Jeder hatte eine Rolle im Leben, auch die Meister. Entweder herrschten sie über Recluce oder nicht.

»Vielleicht sollte ich zum Anfang zurückgehen. Das ist vielleicht leichter ...«

Ich schaffte es nur deshalb, nicht mit den Zähnen zu knirschen, weil ich erkannte, daß Vater mich nicht abwimmeln wollte. Trotzdem sah ich nicht ein, warum eine Erklärung, wer worüber herrschte, so schwierig war.

»... fundamentaler Konflikt zwischen Ordnung und Chaos – oder einfacher ausgedrückt: zwischen Gut und Böse. Nein, das ist nicht ganz richtig, weil Ordnung und Chaos keine eigenständige moralische Komponente haben. Wichtiger ist die Tatsache, daß fast nie jemand, der sich dem Chaos verschrieben hat, auf der Seite des Guten bleiben kann, obgleich einige Komponenten der Ordnung für das Böse benutzt werden können und einige Komponenten des Chaos für das Gute. Wer sich dem Guten verschrieben hat, findet alles am Chaos abstoßend – außer bei ganz seltener und geringfügiger Benutzung. Dieser Unterschied ist wichtig, weil jemand, der sich der Ordnung – nicht dem Guten – verschrieben hat, auf die andere Seite geraten kann, obwohl alles nach Ordnung aussieht, was er tut ...«

In mir kämpfte die Neugier gegen die Langeweile – und verlor in Windeseile.

»Nein ... ich sehe, du bist jetzt schon gelangweilt, Lerris ... diese Erklärung ist zu langatmig. Doch erinnere dich an den Anfang.«

Meine Mutter schüttelte langsam den Kopf. Schließlich ergriff sie das Wort. »Betrachte es so, Lerris: Um Töpfer zu werden, braucht man Können. Ein Töpfer vermag mit seiner Fertigkeit Behälter herzustellen. Diese Behälter kann man für gute oder böse Zwecke benutzen. Die meisten werden für Zwecke benutzt, die weder richtig gut noch richtig böse sind. Und den meisten Menschen fällt es schwer, eine wirklich schöne Vase für böse Dinge zu benutzen. Genauso ist es viel leichter, eine chaotische oder unordentliche Kreation für das Böse zu benutzen.«

Das ergab einen Sinn. »Und was hat das mit den Meistern zu tun?«

»Das ist der schwierige Teil«, sagte mein Vater langsam. »Und vielleicht müssen wir das Gespräch beim Abendessen fortsetzen, weil die Ente beinahe fertig ist.«

»Den Meistern obliegt die Verantwortung, dafür zu sorgen, daß die Dinge in Recluce so sind, wie sie zu sein scheinen. Sie müssen Selbsttäuschung ausrotten und für die Verteidigung gegen die Nachbarkönigreiche sorgen.«

»Verteidigung? Magister Kerwin hat gesagt, Recluce hätte kein Heer und keine Flotte, nur die Bruderschaft der Meister.«

»Du wirst lernen, Lerris, daß Worte ebensoviel verbergen wie enthüllen können.« Er stand auf. »Wasch dich. Wir werden uns bemühen, den Rest deiner Fragen während des Abendessens zu beantworten. Man soll ein gutes Essen nicht warten lassen.«

Da ich nicht wußte, wann ich einen so köstlichen Entenbraten wieder bekommen würde, ging ich zu den Waschsteinen und wusch mir den Staub von Gesicht und Händen. Dabei überlegte ich mir noch bessere Fragen.

Die Ente schmeckte so gut, wie sie geduftet hatte. Ich stellte die Fragen zurück, bis ich die erste Portion verzehrt hatte. Außer der Ente gab es noch die restlichen Blätterteigtaschen, die im Ofen aufgewärmt und in Scheiben geschnitten waren, ferner gut gewürzte saure Früchte auf Spießen und scharfes Grünzeug. Die Ente war knusprig und nicht fett. Vater war einer der wenigen Köche, die eine Ente saftig, doch ohne öligen Geschmack zubereiteten – allerdings hatte ich von anderen Köchen nur selten etwas gegessen.

Ich beschloß, meinen Appetit etwas zu zügeln, und nahm einen großen Schluck kalten Wassers aus unserem tiefen Brunnen.

»Wegen der Meister … hat Magister Kerwin uns etwas Falsches erzählt? Benehmen sich die Meister wie die

Truppen der Nachbarkönigreiche? Ist das nicht eine Form von Chaos?«

Mein Vater lachte leise. »Ja und nein zu erstens. Nein zu zweitens. Und, wenn es stimmt, ja zu drittens, obgleich das wohl nicht Absicht war, was die Wirkung schwächen würde.«

»Aber ...«

»Kerwin erlaubte dir zu denken, was du wolltest. Das ist eine Form der Täuschung, besonders bei einem so lebhaften Verstand, wie du ihn besitzt.« Er hob die linke Hand und trank einen kleinen Schluck Wein.

Mir hatte Wein nie geschmeckt, deshalb zog ich kaltes Wasser vor.

Mutter stocherte weiterhin im Essen herum.

»Manche Meister befassen sich ausgiebig mit den Nachbarkönigreichen und begegnen täglich dem Chaos. Diese sehen wir selten, doch werden sie zu Recht Bruderschaft genannt. Sie tragen Scharlachrot und Schwarz. Dann gibt es die Meister, die Schwarz tragen, wenn sie ihren offiziellen Pflichten nachgehen, ansonsten ziehen sie an, was immer sie wollen. Es gibt auch noch andere, die du eines Tages erkennen wirst. Jede Gruppe hat spezielle Aufgaben, die alle in Recluce für ein Maximum an vernünftiger Ordnung sorgen sollen. Du erinnerst dich an den Bäcker Oldham?«

Ich nickte müde.

»Wer hat ihn weggeschafft?«

»Die Meister.«

»Was haben sie mit ihm gemacht?«

»Ich nehme an, sie haben ihn irgendwo in den Äußeren Sümpfen ausgesetzt – oder sie haben ihn getötet.«

»Weißt du, was er getan hat?«

Ich trank den Rest Wasser aus, ehe ich antwortete. »Welchen Unterschied macht das? Die Meister sind mächtig, vor allem die geheimen.«

»Die geheimen?« fragte Mutter.

»Diejenigen, die niemand kennt. Wieso wüßten sie denn sonst über Menschen wie den Bäcker Bescheid?«

»Daraus schließe ich, daß du nicht an Magie glaubst, Lerris, richtig?« fragte Vater.

»Wie kann ich daran glauben oder nicht? Die Ausübung von Chaos-Magie ist verboten, und ich habe nie etwas gesehen, das ich gute Magie nennen und das ich nicht mit Zufall oder harter Arbeit erklären könnte.«

Meine Mutter lächelte. Es war ein seltsames Lächeln, beinahe schief.

»Was wolltest du mit dem Bäcker sagen? Warum war das wichtig? Oder wolltest du damit nur beweisen, daß die Meister Recluce in der Hand haben?« Inzwischen war ich so ungeduldig wie damals, als ich fortgegangen war, um meine Lehre zu beginnen.

»Ich bin nicht sicher, Lerris. Ich wollte dir aufzeigen, daß die Meister alles in Recluce beeinflussen. Übrigens lebt der Bäcker noch, und es geht ihm in Hamor gar nicht schlecht. Das könnte ein Hinweis sein, daß die Meister weder grausam noch rachsüchtig sind, sondern uns lediglich schützen wollen.«

»Aber warum tun sie dann so geheimnisvoll?« Langsam bedauerte ich, dieses Gespräch angefangen zu haben. Meine Eltern hatten sich überhaupt nicht verändert. Immer noch redeten sie um den Brei herum, ergingen sich in Andeutungen und sagten nichts gerade heraus.

Vater seufzte. »Ich bin nicht sicher, Lerris, daß ich dir das beantworten kann.«

Er hatte diese Frage auch nicht beantworten können, ehe ich fortgegangen war.

»Mein Liebes«, sagte Mutter. »Im Augenblick können wir dir nicht alles sagen. Du verlangst nach Erklärungen, für die dir einfach die Erfahrung fehlt.«

»Das heißt, ihr erklärt mir überhaupt nichts!«

»Warte. Du hast wegen der Verteidigung gefragt. Das

kann ich dir beantworten.« Mein Vater blickte mich beinahe wütend an.

Ich beachtete ihn nicht und spießte noch ein Stück Ente auf.

»Die Bruderschaft bildet unser Heer und auch unsere Flotte. Bei deiner Ausbildung in der Gefahrenbrigade könntest du wählen, einen Teil deiner Zeit als Grenzwächter der Bruderschaft zu dienen – vorausgesetzt, die Meister stimmen zu. Die Meister unterhalten eine Art Wache gegen Chaos-Magie, selbst gegen unauffälligere Formen als die des Bäckers. Die Küstenschiffe gehören zur Bruderschaft, obgleich sie auch fischen und die Gewässer beobachten. Jedes Schiff, das unter der Flagge von Recluce fährt, hat immer einen jüngeren Meister und ein Mitglied der Bruderschaft an Bord.«

»Wie viele gibt es?«

»Genügend«, antwortete mein Vater. »Genügend.«

Mir war klar, daß ich nicht mehr erführe. Das hörte ich am Ton. Und ich wollte am letzten Abend nicht wieder einen Kampf austragen, der für uns alle mit einer Enttäuschung enden würde. Daher nahm ich mir noch ein Stück Ente und bestrich eine Scheibe des dunklen Brots dick mit Kirschmarmelade.

»Irgendwelche neuen Nachbarn?«

»Ein junges Paar baut ein Haus an der leeren Gasse, von wo aus man auf Lerwins Obstgärten hinabblickt.« Meine Mutter war sichtlich froh, zu einem unverfänglichen Thema zu wechseln.

Mein Vater zuckte mit den Schultern und griff nach der Kirschmarmelade.

Vielleicht waren wir zu verschieden – oder zu ähnlich.

Die Ente schmeckte vorzüglich, so daß ich ein drittes Mal zulangte. Auch die Limonentörtchen waren köstlich.

So verlief das Abendessen, ehe ich mich auf den Weg nach Nylan machte.

IV

Bei Sonnenaufgang war ich wach und wusch mich. Es war mir nie schwergefallen, früh aufzustehen.

Ich spritzte mir das kalte Wasser ins Gesicht, um die Seife und die abgeschnittenen Bartstoppeln abzuwaschen, die vom Rasieren übrig waren. Ich spürte, wie mich jemand beobachtete: mein Vater. Meine Mutter stand für gewöhnlich später auf als er, obgleich sie keineswegs eine Langschläferin war.

Ich sagte nichts, während ich mich abtrocknete. Ich vergewisserte mich, daß das Rasiermesser trocken war, ehe ich es im Waschbeutel verstaute. Auch er sagte nichts.

Ohne hinzuschauen, wußte ich, daß er lächelte. Ich weigerte mich jedoch, seine Gegenwart zu bestätigen.

»Ich wünsche dir eine gute Reise, Lerris. Deine Mutter ebenfalls.« Seine Stimme klang ruhig – wie üblich –, und das verwirrte mich noch mehr. Er stand da und verabschiedete sich von mir so ruhig, als würde ich mit irgendeinem läppischen Auftrag zu Onkel Sardit zurückkehren. Dabei zog ich aus, um meine Ausbildung in der Gefahrenbrigade anzutreten, die keineswegs ungefährlich war.

»Es wird schon gutgehen. Aber mir reicht es, wenn ich nur überlebe.«

»Begnüge dich nie damit, einfach zu überleben, Sohn. Überleben ist nicht das Leben … aber ich wollte dir keine Predigt halten. Möchtest du noch etwas essen, ehe du gehst?«

»Ich breche nicht gern mit leerem Magen auf«, gab ich zu und folgte ihm in die Küche. Dort hatte er bereits Obst, zwei große Brötchen, Käse und Wurst hergerichtet. Der viereckige, makellos geschreinerte Tisch aus roter Eiche war bis auf die aus Stroh gewebten Matten und das Essen leer.

Vater nickte zu der gekachelten Anrichte unter dem offenen Fenster hinüber. Ein brauner Stoffbeutel lag dort. »Im Beutel ist noch etwas Proviant für unterwegs.«

Der Beutel war bereits verschnürt, sah aber so prall aus, daß er mindestens soviel Essen enthalten mußte, wie auf dem Tisch stand.

Vater stellte den Krug mit frisch geschöpftem Wasser auf den Tisch, da er wußte, daß ich das vor allem morgens lieber trank als Tee oder Wein.

Ich aß. Vater setzte sich auf einen Küchenhocker, sagte jedoch nichts, wofür ich dankbar war. Was gab es schon zu reden? Ich mußte die Gefahrenbrigade auf mich nehmen, nicht er, ansonsten würde ich mit Verbannung bestraft.

Lange brauchte ich nicht, um mich satt zu essen.

»Danke.« Ich nahm den Beutel unter den Arm und ging nach unten, um den Tornister und den Stab zu holen.

Wenn ich gegen Mittag in Nylan sein wollte, durfte ich keine Zeit mehr vertrödeln. Und was hätte ich noch sagen können?

Dann stand ich auf dem Pflaster, bereit, meine Eltern zu verlassen. Meine Mutter war nicht einmal aufgestanden, um sich von mir zu verabschieden. Ich fragte mich, ob es ein endgültiges Lebewohl war oder nicht.

»Sie ist wach, Lerris. Aber sie will nicht, daß du sie weinen siehst.«

Das hatte ich nicht gefragt. Warum nicht?

»Weil sie deine Mutter ist. Du verlangst von uns, dich so anzunehmen, wie du bist. Darf sie nicht auch sein, wie sie ist?«

Da war wieder dieser Abgrund, den wir nie überbrücken konnten.

»Ob wir ihn überbrücken oder nicht, liegt allein bei dir, Lerris. Wir wünschen dir beide alles nur erdenklich Gute, Sohn. Und wir hoffen …«

Ich kümmerte mich nicht darum, daß ihm die Stimme brach, und drehte mich um. Warum, zum Teufel, war er aus der Fassung geraten? Warum verstand er mich nicht?

Ich blickte nicht zurück und winkte auch nicht. Meine ersten Schritte waren sehr schnell, als ich losmarschierte. Doch dann sagten mir meine Beine, daß ich dieses Eiltempo nicht lange durchhalten würde. Ich ging bereits langsamer, ehe ich Wandernicht verlassen hatte. Ich würdigte weder den niedrigen Berg noch den Tempel mit den schwarzen Säulen eines Blickes. Was hatte mir all das Gerede über Ordnung gebracht?

Seltsamerweise fühlte sich der Stab in meiner Hand schwerer an als der Tornister auf meinem Rücken. Während die Gedanken in mir brodelten, traf mich eine Erkenntnis wie ein Blitz. Mein Vater hatte auf meine Gefühle geantwortet. Aber hatte ich sie eigentlich ausgesprochen? Kannte er mich so genau?

Ich zwang mich, diesen Gedanken abzuschütteln. Eigentlich spielte es keine Rolle, wohin ich ging. Nein, überhaupt nicht.

Der Morgen war warm. Wärmer, als es mir lieb war. Ich öffnete mein Hemd bis zum Gürtel, doch wegen des schweren Tornisters war das Hemd auf dem Rücken bald durchgeschwitzt. Den Umhang würde ich in den kommenden Monaten und Jahren brauchen, vorausgesetzt, ich lebte so lange. Jetzt lag er zusammengefaltet im Tornister.

Ich war so früh aufgebrochen, daß niemand außer mir auf der Hohen Straße war. Nur in den Obstgärten südlich von Wandernicht waren die Bauern bereits bei der Arbeit.

Die Hohe Straße ist so, wie sie heißt: eine solide Steinstraße, breit genug für vier Wagen nebeneinander. Sie ist Recluces Hauptverkehrsader, zu der alle anderen Straßen führen und für deren Instandhaltung alle Gemeinden verantwortlich sind. Als ich bei Onkel Sardit war, verbrachte ich mehrere Tage damit, einige Granitblöcke zu ersetzen. Doch diese Quader waren so massiv, daß man sie nicht oft ausbessern mußte. Viel schwieriger war es, die Abflußgräben sauberzuhalten, damit der Regen nicht den Unterbau der Straße auswusch, auf dem die Granitblöcke lagen. Doch selbst das konnte nicht so leicht geschehen, weil das Straßenbett solide gebaut und hervorragend befestigt war.

Auf dem Weg von Wandernicht nach Nylan kommt als nächster Ort Enstronn. Eigentlich ist es eher ein Dorf als ein Städtchen. Hier schneidet die Hohe Straße die Ost-West-Straße, die beinahe so wichtig wie die Hohe Straße ist.

Am westlichen Ende Enstronns holte ich einen niedrigen Wagen ein, der frühe Wassermelonen geladen hatte. Die Fahrerin schritt neben dem Pferd dahin und sang leise.

»... soll ich's sagen, soll ich's wagen?
Unter Sternen aus Eis zieh auf der Hohen Straße ich,
und des Winters Herrschaft weicht der Sonne Schein.«

Ich kannte das Lied nicht. Ich schlurfte etwas, als ich näher kam. Aus irgendeinem Grund hätte ich den Stab lieber weggesteckt, doch er war zu lang, als daß ich ihn an den Tornister binden konnte.

Ihre Stimme klang angenehm. Allerdings sah sie von hinten älter aus als ich. Dann hörte sie mich und verstummte. Sie drehte sich um und musterte mich unter einem Hut mit breiter Krempe und einem Band aus blauweißem Stoff.

Ich glich meine Schritte den ihren an.

Sie hatte dunkles Haar, ein schmales Gesicht und war wohl so alt wie Corso – Mitte Zwanzig.

»So früh unterwegs? Muß wichtig sein.« Ihr Lächeln war hübsch.

»Gefahrenbrigade«, bekannte ich.

»Dafür bist du etwas jung.«

»Die Idee stammt nicht nur von mir.« Ich schluckte. Welches Recht hatte sie, mich zu beurteilen?

Dann wurden ihre Augen groß, als sie meinen Stab betrachtete, den ich in der linken Hand hielt. »Der Stab – gehört er dir?«

»Ja.« Ich fragte mich, welche Rolle es spielte, ob der schwarze Stab mir gehörte. Ein Stab war ein Stab. Im Augenblick war er mir lästig, obgleich ich wußte, daß ich ihn brauchen würde, nachdem ich Recluce verlassen hätte.

Sie lächelte wieder, doch irgendwie traurig. »Dann solltest du dich beeilen ... und ... tust du mir einen Gefallen?«

Ich war baff. Die junge Frau bat mich, fast noch einen Jungen, um einen Gefallen?

»Wenn ich etwas für dich tun kann ...?«

»So vorsichtig? Ja ... es ist keine große Sache ... aber mir läge viel daran. Solltest du je einem rothaarigen Mann aus Enstronn begegnen – er nennt sich Leith –, dann sag ihm, daß Shrezsan ihm viel Glück wünscht.«

»Shrezsan ...?«

»Das ist alles. Vielleicht zuviel verlangt.« Ihre Stimme klang geschäftsmäßig. »So, und jetzt geh lieber schnell weiter nach Nylan.«

»Du singst sehr schön.«

»Vielleicht ein andermal.« Sie blickte auf das Pferd und schnalzte mit den Zügeln.

Scheinbar beiläufig zuckte ich mit den Schultern.

»Vielleicht ein andermal, Shrezsan ...«

Sie vermied es, mir in die Augen zu schauen. Wortlos schlug ich einen schnelleren Schritt an. In Enstronn sprach ich mit niemandem, was leicht war, da kein Haus näher als sechshundert Ellen an der Straße stand.

Gedankenverloren marschierte ich auf der Hohen

Straße weiter und suchte vergeblich nach Antworten. Niemand schien die Gefahrenbrigade zu mögen, doch jeder betrachtete sie als notwendig. Obwohl keiner zu erklären vermochte, warum. Bislang hatte ich lediglich windige Sprüche über die Notwendigkeit von Ordnung im ständigen Kampf gegen das Chaos gehört. Aber wer war gegen Ordnung? Wer, der bei klarem Verstand war, wollte totales Chaos? Und was hatte die Gefahrenbrigade mit beidem zu tun?

Ich ging dahin und stellte Fragen, auf die es keine Antworten gab. Schließlich marschierte ich nur noch dahin, ohne mir den Kopf zu zerbrechen.

V

Sobald ich mich am Vormittag vergewissert hatte, daß ich rechtzeitig in Nylan eintreffen würde, meldete sich mein Magen.

Nach Enstronn war ich durch Clarion marschiert und dann durch einen Ort, der Sigil hieß. Trotz des elegant geschriebenen Ortsschildes hatte ich noch nie von Sigil gehört. Und das hieß, daß hier nicht viel los sein konnte. Ich spähte angestrengt nach Norden und entdeckte ein paar Häuser, aber ansonsten sah ich nichts.

Hinter Sigil wurde die Straße etwas staubiger. Sie wurde auch nicht mehr so häufig benutzt. Die Sonne brannte auf den Staub und mich herab.

Schließlich tauchte rechts von der Hohen Straße eine Schutzhütte für Reisende auf. Eine Schutzhütte auf dem Weg zu einer der großen Hafenstädte Recluces?

Wenige Einwohner Recluces reisen soviel, und die Meister gestatten noch weniger fremden Händlern Zutritt zur Insel. Sie schienen immer zu wissen, wenn

Fremde an den offenen Stränden im Süden landeten oder durch die Fjorde hereinschlichen, die die Berge an der Nordküste durchschneiden. Die Berge formen einen Schild gegen die schlimmsten Winterstürme, aber sie fangen auch die warmen, feuchten Winde aus dem Süden ab. Deshalb ist das Hochland so feucht und schwül – an manchen Stellen wie ein Dschungel.

Die Händler, denen erlaubt ist, Recluce zu bereisen, sind selten jung und immer sehr wortkarg. Für gewöhnlich kaufen sie Kunstwerke, Tonwaren oder andere Handwerksprodukte. Manchmal verkaufen sie Juwelen aus dem Süden: die gelben Diamanten und die tiefgrünen Smaragde, die es nur im fernen Hamor gibt.

Ich hatte mich früher gefragt, warum alle dieselben Münzen benutzten, ehe ich herausfand, daß das nicht so war. Abgesehen von den Pantarranern verwendeten die meisten Länder Münzen aus Kupfer, Silber oder Gold, die denen der Hamoraner und unseren ähneln. Alle tragen verschiedene Schriftzüge, doch das Gewicht ist gleich – wenn nicht jemand ein Stück abgezwackt hat. Warum? Wahrscheinlich weil beinahe alle mit Hamor Handel treiben. Selbst die Austrier, die so ungemein stolz sind, verwenden Münzen mit dem gleichen Gewicht, bezeichnen sie jedoch mit Namen, die niemand verwendet – nicht einmal in Austra.

Da so wenige Menschen über ein paar Städte hinauskommen, habe ich mich oft gefragt, warum die Hohe Straße so großzügig angelegt war. Mein Vater hatte nur den Kopf geschüttelt, Onkel Sardit ebenfalls nie geantwortet.

Je näher mich meine schmerzenden Füße zur Schutzhütte trugen, desto verlockender wurde die Vorstellung einer Ruhepause.

Die Schutzhütten am Straßenrand sehen alle gleich aus: ein Ziegeldach auf vier fensterlosen Wänden, eine Tür, die verriegelt werden kann, und eine breite überdachte Veranda mit steinernen Bänken. Drinnen gab es keine Möbel, nicht einmal einen Herd oder einen Kamin, in dem man Feuer zum Kochen hätte machen können. Diese Hütten dienten nur einer kurzen Ruhepause oder boten einen Unterschlupf bei schlechtem Wetter.

Nachdem ich die Stiefel ausgezogen und mir die Füße massiert hatte, nahm ich einen Schluck warmen Wassers aus der Flasche und setzte mich auf die Steinbank, die am nächsten in Richtung Nylan stand – sie war die kühlste. Dann öffnete ich den Beutel mit dem Proviant, den mein Vater mir eingepackt hatte. Die Reste der gebratenen Ente schmeckten immer noch gut. Außerdem waren zwei Blätterteigtaschen dabei, eine ohne Füllung und eine mit Kirschmarmelade. Ich aß noch einen der beiden Spieße mit sauren Früchten und hob den anderen für später auf.

Beim letzten Bissen spürte ich, daß jemand kam. Ich blickte nach Westen. Tatsächlich, ein Mann führte ein Pferd vor einem Planwagen. Er sah zwar aus wie ein Händler, trotzdem zog ich aus Vorsicht meine Stiefel wieder an. Die Blasen taten schrecklich weh. Dann verstaute ich den Proviantbeutel im Tornister und warf ein paar Krümel für die Vögel auf die Straße.

Mein Stab lehnte an der Bank, wo ich ihn jederzeit ergreifen konnte. Auch mein Tornister war gepackt. Nur ich war nicht bereit, weiterzumarschieren.

»Hallo!« rief der Mann. Er war für einen Händler sehr jung, jünger als Onkel Sardit. Er hatte strähniges schwarzes Haar und einen kurzgeschnittenen Vollbart. Seine kurzärmelige Tunika war aus verblaßtem gelblichen Leder, ebenso wie Stiefel und Hose. Er trug einen breiten braunen Gürtel. Daran hing ein Band mit mehreren Messern. Er hatte breitere Schultern als Onkel Sardit und die dazugehörigen Muskeln.

»Guten Tag«, sagte ich höflich und stand auf. »Kommst du aus Nylan und ziehst weiter ins Landesinnere?«

»Woanders könnte ich kaum herkommen, oder?« Er

lachte und band sein Pferd, einen dunkelbraunen Wallach, an die Stange. »Und du?«

»Aus dem Osten …«

Er war mit dem Roß fertig und kam die beiden Steinstufen herauf. »Du bist ziemlich jung, nicht wahr?«

Aus irgendeinem Grund störte mich sein Ton. Ich trat zurück und war bereit, meinen Stab zu ergreifen. »Man könnte so sagen.«

»Ich habe noch nie so ein Land wie Recluce gesehen. Keiner reist hier.«

»Nicht viele.«

»Du bist so freundlich wie der Rest. Ich schätze, ihr haltet nicht viel von der übrigen Welt, stimmt's?«

»Darüber weiß ich tatsächlich nicht viel«, bekannte ich freimütig.

»Du bist der erste, der zugibt, daß es außerhalb dieser zugewachsenen Insel noch eine Welt gibt.«

Dazu konnte ich nichts sagen.

»Schon ein seltsamer Ort. Die Frauen schauen dich nicht an, wenn du nicht dreimal die Woche badest, und sie reden auch sonst nicht mit dir, wenn sie nicht etwas kaufen oder verkaufen. Diese Typen in Schwarz haben allen Angst eingejagt, nehme ich an. Selbst das Imperium legt sich nicht mit ihnen an.«

»Imperium?«

»Hast du nicht von Hamor gehört? Das Imperium des Ostens?« Inzwischen hatte der Händler einen Fuß auf das Ende der Bank gestellt.

Er war wie alle anderen Händler. Langweilig. Er hatte etwas gesehen, das ich nicht gesehen hatte, und deshalb fühlte er sich überlegen.

»Du magst mich nicht, mein Junge? Genau wie alle anderen. Falls du meine Juwelen kaufen möchtest oder mir etwas verkaufen willst: Tira! Aber du hast wohl nichts, was sich zu verkaufen lohnt – abgesehen von diesem Wanderstab. Gute Arbeit.«

Er griff nach dem Stab, als stünde ich gar nicht da.

Irgendwie befand sich der Stab in meiner Hand, obgleich ich mich nicht erinnerte, danach gegriffen zu haben. Und ich hatte ihm damit auf das ausgestreckte Handgelenk geschlagen.

Krach. Sssss!

»Du verfluchte Ausgeburt der Hölle …« Er wich zurück. Die unversehrte Hand lag an seinem Messergriff.

Offensichtlich überlegte er, ob er das Messer werfen sollte oder nicht. Ich spürte, wie sich mein Magen zusammenzog. Ich hatte den Mann nicht schlagen oder das tun wollen, was der Stab getan hatte.

»Den Meistern gefiele es nicht, wenn du es tätest.« Nur mühsam brachte ich die Worte über die Lippen.

»Die Teufel sollen deine Meister holen …«, stieß er hervor. Aber er warf das Messer nicht, sondern musterte mich mit einem eingehenden Blick.

Ich stellte den Stab zu Boden. Er fühlte sich warm an, als hätte er in der Sonne oder neben einem Feuer gestanden.

»Du gehörst also auch zu denen …« Langsam wich er vor mir zurück, obwohl ich mich nicht bewegt hatte.

»Ich bin niemand … noch nicht.«

»Verfluchte Insel …« Jetzt stand er neben seinem Pferd.

Ich schwang den Tornister auf den Rücken und ging zur Treppe.

»Du kannst bleiben. Du hast die Rast nötig.«

Er betrachtete mich, sagte jedoch nichts.

Ich spürte seine Augen auf mir und den Haß, der so tief wie der Nordfluß bei Hochwasser und beinahe so wild war. Ich stellte einen schmerzenden Fuß vor den anderen, weil ich so schnell wie möglich von dem Händler wegkommen wollte.

Waren alle Händler unter der Oberfläche wie er, indem sie glaubten, die Menschen seien hilflos? Und warum hatte der Stab sein Handgelenk verbrannt? Mit

Holz kannte ich mich aus und wußte auch einiges über Metall, und der Stab war nichts anderes: Holz und Stahl ... Holz und geschmiedetes Metall, ganz sicher.

Ich kannte einige Tricks mit dem Stab. Mein Vater hatte darauf bestanden – nur zur Übung. Das war mehrere Jahre vor meiner Lehrlingszeit bei Onkel Sardit gewesen. Ich schätze, manche Dinge vergißt man nicht. Aber selbst wenn ich mich an die Übungen erinnerte, würde Angst nicht dazu führen, daß der Stab jemanden verbrannte.

War es möglich, daß der Händler ein Teufel war? Das konnte ich nicht so recht glauben, auch wenn die alten Sagen von Teufeln erzählten, die bei der Berührung mit kaltem Eisen Verbrennungen davontrugen.

Ich zitterte trotz des Sonnenscheins, der Hitze und des Staubs. Hatten die Reaktionen des Händlers und der jungen Frau etwas mit mir zu tun? Oder mit dem Stab? Aber in Recluce gab es keine Zauberei, und ich war mit Sicherheit kein Zauberer.

Wieder schauderte ich, als ich weitermarschierte.

VI

Nylan war immer schon die Schwarze Stadt gewesen, so wie das vergessene Frven einst die Weiße Stadt gewesen war. Es spielte keine Rolle, daß Nylan kaum mehr Einwohner als ein Dorf hatte oder daß es ein Hafen war, der nur von der Bruderschaft benutzt wurde. Es spielte auch keine Rolle, daß es eine Festung war, die nie erstürmt und nur ein einziges Mal auf die Probe gestellt worden war.

Nylan ist die Schwarze Stadt und wird es immer bleiben.

Von der Hohen Straße aus sah man auf den ersten Blick eine niedrige schwarze Staubwolke, dann einen Hügel. Erst als ich nur mehr eine knappe Meile entfernt war, wurde mir die Größe klar. Die Mauern sind nicht besonders hoch, vielleicht sechzig Ellen, aber sie erstrecken sich von einer Seite der Halbinsel bis zu anderen. Es gibt nur ein Tor. Das liegt an der Mündung der Hohen Straße. Ich hatte Gemälde der Wälle und Schlösser in Candar, Hamor und Austra gesehen, doch Nylan war anders. Seine Mauern waren gesichtslos. Keinerlei Schießscharten oder Zinnen. Die Hohe Straße führte geradewegs zum Tor.

Das andere Ende der Hohen Straße liegt in Landende, fast siebenhundert Meilen östlich. Landende ist genau wie der Name besagt: Recluce endet dort. Einst war es ein Seehafen, ehe die Strömungen und Winde den Golf von Murr, eine ehemals geschützte Bucht, zu einer der stürmischsten Gegenden des Ostmeeres machten. Gelegentlich landen Schiffe dort, doch meist nicht freiwillig. Der offizielle Hafen ist Nylan. Das war mir schon damals eigenartig vorgekommen, als Magister Kerwin es uns im Geographieunterricht beibrachte.

Die Klippen, nicht die Mauern sind das beeindruckendste an Nylan. Sie sind schwarz wie die Mauersteine, so glatt wie Eis und ragen zweihundert Ellen aus den dunklen graublauen Wogen auf, die sich an ihnen brechen.

Ich sah die Klippen und Mauern um die Mittagszeit, als die Sonne darauffiel. Selbst in vollem Sonnenlicht ähnelten sie Schatten. Mich schauderte, und ich packte den Stab fester. Er fühlte sich warm an, als wolle er die Kälte in meinem Innern vertreiben.

Beim Anblick der schweren schwarzen Torflügel, der schwarzen Quader und der Klippen verstand ich, warum man Nylan die Schwarze Stadt nannte. Mich beschlich Angst, sie zu betreten. Doch hatte ich keine Wahl.

Das Tor stand weit offen. Ich sah keinen Menschen.

Ich ging die letzten Ellen der Hohen Straße entlang, blieb in dem schmalen Schattenband vor dem Tor stehen und blickte zu den schmucklosen Mauern hinauf.

»Was ist der Grund deines Kommens, Reisender?«

Die Stimme klang angenehm. Ich sah mich nach der Sprecherin um. Schließlich entdeckte ich sie. Sie saß in einer Mauernische neben dem Torbogen, ungefähr sieben oder acht Ellen über der Straße. Wenn sich die Torflügel schlossen, war ihr Sitz verdeckt.

Sie trug eine schwarze Hose, eine schwarze Tunika und schwarze Stiefel. Neben ihr lehnte ein Stab, der meinem glich. Ihr Haar schien braun zu sein. Genau konnte ich es im Schatten nicht erkennen.

»Deinen Grund, Nylan zu betreten?«

»Gefahrenbrigade«, sagte ich langsam.

»Dein Name?«

»Lerris.«

»Woher?«

»Aufgewachsen in Wandernicht, Lehre in Mattra.«

»Beinahe pünktlich.« Ihre Stimme war höflich, doch gelangweilt. »Nach dem Tor gehst du nach links und dann direkt zu dem kleinen Gebäude, wo neben der Tür ein grünes Dreieck hängt. Geh nirgendwo anders hin.«

»Und was passiert, wenn ich es doch tue?«

»Nichts. Gar nichts. Aber du würdest nur Zeit verschwenden – deine und die eines anderen, wenn man dich suchen muß. Jeder, der dich sieht, wird dir den Weg zum Orientierungsgebäude weisen.« Sie sprach so sachlich, daß es mir kalt über den Rücken lief.

»Danke.«

Sie sagte nichts, sondern nickte nur, als ich durchs Tor schritt, dessen Bogen sich fünfzehn Ellen über meinem Kopf befand. Die Mauern waren dicker, als ich geschätzt hatte. Vielleicht waren sie so dick wie hoch. Aus der Nähe sah jeder Stein wie Granit aus, aber ich hatte noch nie schwarzen Granit gesehen. Im Torbogen empfand ich den Schatten und die kühle Brise vom Wasser her als sehr angenehm.

Wieder zurück im Sonnenlicht, blieb ich einen Moment lang auf der Straßenkreuzung stehen, um einen Blick auf Nylan zu werfen. Eine Straße führte nach rechts zu einem massiven viereckigen Gebäude. Eine andere führte nach links, und die breiteste teilte sich und umschloß eine schwarze Eiche, ehe sie gerade nach Westen verlief.

Die Stadt war in mancher Hinsicht enttäuschend, aber auch faszinierend. Überall in Nylan standen Bäume, eine willkommene Augenweide nach den langweiligen Feldern und Wiesen an der Hohen Straße. Einige waren uralt – wie die riesige schwarze Eiche vor mir. Sie war höher als die Mauer. Ich ging einige Schritte nach links und blickte neugierig umher. Die Wege waren mit den gleichen schwarzen Steinen gepflastert wie die Mauern. Alle Gebäude waren niedrig und eingeschossig und ebenfalls aus den schwarzen Steinen erbaut. Die Dächer waren mit schwarzen Schieferschindeln gedeckt.

Kein Gebäude stand näher als fünfzig oder sechzig Ellen zum nächsten, obgleich mehrere sehr weitläufig waren.

Das Gras leuchtete smaragdgrün, ganz anders als die von der Sonne gebleichten Wiesen, die ich von der Hohen Straße und dem östlichen Recluce kannte. Es waren nur wenig Menschen unterwegs, und die meisten trugen Schwarz.

Nylan erstreckte sich weiter nach Westen, als ich gedacht hatte. Es waren über drei Meilen bis zur Spitze der Halbinsel, wo der von Mauern geschützte Hafen der Bruderschaft liegen mußte. Das Gelände senkte sich sanft nach Westen hin, und ich sah, daß das Muster der Anlage vor mir sich dort wiederholte. Aber die Bäume und Parkanlagen erschwerten die Sicht.

Abgesehen von all dem Schwarz sah alles recht freundlich aus, beinahe wie eine Oase. Doch konnte man das Schwarz schlecht übersehen. Es war nicht bedrückend. Es war einfach da.

Ich rückte den Tornister zurecht, packte den Stab fester und marschierte auf der schwarz gepflasterten Straße los. Seltsam, daß die Frau sich die Mühe gemacht hatte, mich auf das grüne Dreieck neben der Tür des Hauses hinzuweisen. Die Straße endete rechtwinklig an einer breiteren Straße, die nach Westen führte. Es stand nur ein Gebäude da: das Haus mit dem Dreieck. Wahrscheinlich dienten die bunten Symbole zur besseren Unterscheidung, denn wie sollte man sonst jemandem Auskunft geben, wenn alle Häuser und Geschäfte die gleiche Farbe trugen und gleich gebaut waren? Alles kam mir ziemlich stumpfsinnig vor, beinahe langweilig. Warum war alles gleich gebaut, wenn man so mächtig war wie die Meister?

Die Tür aus schwarzer Eiche stand offen, also trat ich ein. Die Tür war – wie alle anderen aus Holz gefertigten Dinge – hervorragend gearbeitet, beinahe so gut wie alles, was Onkel Sardit anfertigte. Allerdings würde ich mich zu Tode langweilen, wenn die Meister nur schwarze Eiche und schwarze Steine verwendeten.

»Noch einer ...«

Ich wendete den Blick von der Täfelung. Ich stand in einer Eingangshalle. Am Fuß von drei breiten Steinstufen saßen fünf Leute auf zwei langen Bänken – drei Frauen und zwei Männer.

Ich nickte und stieg die drei Stufen hinab. Abgesehen von der blonden, ziemlich muskulösen Frau war ich viel jünger als die anderen. Außerdem trug ich als einziger einen Stab. Alle hatten ihren Tornister vor den Füßen abgestellt.

»Lerris«, stellte ich mich vor.

Ein älterer Mann – ich schätzte ihn auf Mitte Dreißig –

stand auf. »Sammel.« Er hatte eine beginnende Glatze, braune Haare und tiefliegende runde Augen.

»Krystal.« Sie hatte schwarzes Haar, schwarze Augen, helle Haut und war sehr dünn. Ihr feines Haar fiel bis zur Taille.

»Wrynn.« Blond, mit großen Augen, breiten Schultern und schwieligen Händen. Sie lehnte mich sofort ab.

»Dorthae.« Leise Stimme, olivfarbene Haut, erdbeerfarbene Locken und ein goldener Ring an jedem Finger.

»Myrten.« Hakennase, Augen eines Frettchens, verfilztes Haar wie ein Bison. Seine Stimme war hoch und schneidend.

Ich nickte allen fünfen zu, nahm meinen Tornister ab und legte ihn vorsichtig in die Ecke neben dem leeren Platz am Ende der linken Bank. Meinen Stab lehnte ich auch in die Ecke.

»Es soll noch jemand kommen, so hat man uns jedenfalls gesagt«, erklärte Sammel mit tiefer, ruhiger Stimme. Er setzte sich wieder.

Ich setzte mich nicht. Meine Füße taten weh, aber Sitzen war langweilig. Außerdem hatte ich noch keine Gelegenheit gehabt, mich genauer umzusehen.

Die Eingangshalle – oder die Wartehalle – war ungefähr zehn Ellen breit und nicht ganz so tief. Außer dem Eingang gab es noch drei Türen, jeweils in der Mitte einer Wand. Die Bänke standen an der Wand gegenüber der Eingangstür und der Treppe, die durch eine geschlossene Tür abgetrennt war. Alle Türen öffneten sich nach innen, weg von der Halle. Alle waren aus schwarzer Eiche und mit schwarzem Stahl beschlagen. Und alle waren geschlossen.

Die Wände schienen aus Holz gezimmert und dann mit rechteckigen dunklen Eichenpaneelen verkleidet. Jedes Paneel hatte eine fingerbreite Einfassung. Die drei Innenwände zierte oben ein dreieckiges Kronenformstück. Die grau verputzte Decke wirkte gegen das viele Schwarz beinahe bläulich.

Über jeder Bank hing ein Porträt – rechts eine Frau, links ein Mann. Selbstverständlich trugen beide schwarze Kleidung. Das Schwarz wurde allmählich langweilig.

Niemand wollte etwas sagen. Das war mir klar. Ich blickte Krystal an. Sie trug eine rauchblaue Hose und eine ebenfalls blaue Kittelbluse. Sie blickte durch mich hindurch. Aber sie war mir zu dünn und sah etwas beschränkt aus.

Wrynn starrte nur vor sich auf den Boden. Sie hatte hübsche Beine. Selbst die Fransenstiefel konnten das nicht verbergen.

Dorthae hatte nur für Myrten Augen. Der dünne Mann erwiderte ihre Blicke.

Sammel saß stumm und blickte traurig ins Leere.

Und ich wanderte umher und versuchte herauszufinden, welche Werkzeuge die Arbeiter zum Schnitzen der Paneele verwendet hatten, da ich über die Ausbildung in der Gefahrenbrigade bisher nur wußte, daß ich sie ableisten mußte.

Welch ein trauriger Haufen!

Schritte.

Alle blickten dem Neuankömmling entgegen.

Auch sie trug einen Stab. Er war so schwarz wie meiner, aber irgendwie mehr … *benutzt!* Ihr Haar war flammendrot, und sie hatte eisblaue Augen. Staub bedeckte das Gesicht mit den Sommersprossen, was sie jünger machte, als sie tatsächlich war. Man hätte sie für gleichaltrig mit mir halten können, aber sie war viel älter – zumindest fünf oder sechs Jahre.

»Welch ein trauriger Haufen.« Ihre Stimme klang fröhlich-hart.

»Sprich für dich selbst.« Mir war erst klar, daß ich das gesagt hatte, als die Worte heraus waren.

»Ich spreche durchaus für mich.«

»Ich bin Lerris, wer bist du?«

»Tamra reicht.« Ihr harten Augen musterten die anderen und kehrten dann wieder zu mir zurück. »Bist du nicht etwas zu jung, um hier zu sein?«

»Bist du nicht etwas überheblich?«

»Tamra ... Lerris«, mischte sich Sammel ein und stand auf. »Jeder, der hierhergekommen ist, konnte das nur mit der Erlaubnis der Meister tun. Damit sollten wir es fürs erste belassen.«

»Von mir aus.« Ich war bereit, das rothaarige Luder in den hochhackigen schwarzen Stiefeln, der dunkelgrauen Hose und der dunkelgrauen Tunika mit bloßen Händen zu erwürgen. Ihre Kleidung war so nahe an Schwarz, wie man es anständigerweise in Recluce tragen durfte, ohne bestraft zu werden. Und sie brüstete sich damit.

»Die Meister *dies*, die Meister *das* ... welchen Unterschied macht das schon?« fragte sie empört. Aber sie nahm den Tornister ab, als sie die Stufen herabstieg – genau wie alle anderen. Sie reichte mir nur bis zur Schulter, aber sie hatte einen Tornister getragen, der so schwer war wie meiner. Obwohl sie schlank war und feine Züge hatte, war sie nicht so dünn wie Krystal oder so muskulös wie Wrynn. Sie war so groß wie Dorthae, hatte aber unbestreitbar eine gewisse Ausstrahlung.

Sie setzte sich auch nicht, sondern stellte nur den Tornister neben Sammel auf die rechte Bank. Dann studierte sie die Porträts, die mir nicht bemerkenswert zu sein schienen, abgesehen davon, daß die Personen furchtbar ernst dreinschauten. Tamra hatte kein Auge für die Holzarbeiten, sondern verglich nur die beiden Bilder.

Da Tamra mich – ebenso wie die übrigen – überhaupt nicht beachtete, trat ich an das linke Bild, um zu ergründen, warum sie es so betrachtenswert fand.

Der Mann in dem Gemälde trug Schwarz, doch nicht das offizielle Gewand eines Meisters. Sein Haar war silbergolden, ähnlich wie das meines Vaters. Obwohl die beiden Männer sich nicht besonders ähnelten, spürte ich bei längerem Hinsehen eine gewisse Verwandtschaft. Doch schob ich diesen Gedanken beiseite und betrachtete die technischen Einzelheiten.

Dann fiel mir eine dunkle Stange hinter der rechten Schulter der Figur auf. Höhe und Position zeigten an, daß es sich um eine Art Stab handelte. Aber im Gegensatz zu dem Gesicht des Mannes war der Hintergrund nicht deutlich gemalt.

Ich schaute mich im Raum um. Tamra studierte das andere Porträt. Wrynn und Krystal unterhielten sich leise. Sammel und Myrten starrten zu Boden, und Dorthae saß mit geschlossenen Augen auf der Bank.

Meine Augen kehrten zu dem Porträt zurück. Außer dem anderen Bild war es das einzige in der Halle, das irgendwelche Einzelheiten zeigte. Das mußte etwas bedeuten – aber was? Ich schüttelte den Kopf. Ein weiteres Rätsel. Die Meister hatten mehr Rätsel als alle Hofnarren der Welt, und niemand wagte es, sie etwas zu fragen.

Einen Moment lang glaubte ich, der Mann im Gemälde sei lebendig geworden und schaue mich an. Doch als ich mich auf das Porträt konzentrierte, war es so leblos wie immer. Detailgetreu, aber leblos.

Ich sah Tamra an. Sie blickte mich an.

Offenbar wollte sie sich das Porträts des Mannes anschauen. Ich nickte und trat beiseite.

Wortlos kam sie herüber und stellte sich dorthin, wo ich gestanden hatte. Also ging ich zu der Stelle, wo sie gewesen war, und betrachtete das Frauenbild. Die Frau trug ebenfalls Schwarz, war jedoch nicht blond, sondern hatte braune Haare. Der Künstler hatte in ihren schwarzen Augen einen seltsamen Schimmer hervorgezaubert. Ja, das einzige Schwarze, das in diesem Bild lebte, waren ihre Augen.

Ich war kein Maler, hatte jedoch den Eindruck, daß

beide Porträts von derselben Hand stammten. Es mußte eine schwierige Arbeit gewesen sein, eine Reihe von Meistern zu malen, wenn man wußte, daß sie die Menschen waren, die in Recluce herrschten.

Ich hatte genug und wendete den Blick vom Gemälde ab. Wrynn und Krystal waren in Schweigen versunken. Tamra musterte mich mit einem seltsamen Ausdruck.

»Nachdenklich?« fragte ich unwillkürlich.

Sie lächelte und schüttelte den Kopf. Ihre Miene war so wissend, daß ich sie am liebsten mit dem Stab verprügelt hätte – doch dieser lehnte in der Ecke. Außerdem hatte ich keinen Grund. Ich wußte nur, daß ich es gern getan hätte.

»Vorsicht, Lerris«, ertönte eine tiefe Stimme.

Ich zuckte zusammen. Alle anderen auch, sogar Tamra.

Es störte mich, daß der Mann ungesehen eingetreten war. Seine Stimme war kräftiger, als man bei seiner Statur angenommen hätte. Er hatte silbriges Haar und breite Schultern, war jedoch einen guten Kopf kleiner als ich. In Recluce war ich nur einen halben Kopf größer als der Durchschnitt, aber ein bißchen breiter in der Brust und den Schultern.

Er trug eine Tunika und ein Hose in Silbergrau. Sogar die Stiefel waren silbergrau.

»Nicht schwarz?«

Tamra schüttelte bei meiner Frage den Kopf. Alle anderen sagten nichts, sondern starrten nur vor sich hin.

»Du wirst auf die eine oder andere Weise lernen, daß Schwarz ein Zustand der Gedanken ist, Lerris.« Er verneigte sich vor mir, dann vor Tamra und schließlich vor den anderen. »Ich bin Talryn und euer Führer in Nylan und für die ersten Tage eures Aufenthalts hier.« Er zeigte auf die Tür zwischen den beiden Bänken. Dann berührte er sie, und die Tür schwang auf. Ich sah dahinter einen lichtdurchfluteten Raum. »Nehmt eure Sachen und folgt mir. Wir beginnen mit einem Mahl.«

Talryn ging durch die Tür.

Ich nahm Stab und Tornister und nickte Tamra zu. Sie neigte ebenfalls den Kopf, wartete jedoch noch.

Schließlich folgte ich Talryn und hörte Tamras Absätze hinter mir klappern. Die anderen kamen ebenfalls.

Hinter der Tür war kein Raum, sondern ein langer Korridor, der einzig durch die klare Glasdecke erhellt wurde. Ich blickte staunend nach oben, während ich Talryn folgte.

Gewölbte Scheiben waren in Rahmen aus dunkler Eiche gefaßt. Diese Decke erstreckte sich über die gesamte Länge des Hauses. Durch das Glas sah ich, daß oben im Mittelpunkt des Gebäudes ein kleiner Garten angelegt war.

Auf jeder Seite des Korridors standen dicke Steinsäulen, die das Gewicht des Gartens stützten.

Irgendwie war ich enttäuscht. Der Entwurf und die Ausführung waren hervorragend durchdacht, und die Wirkung war sehr hübsch. Aber alles zeigte nur eines: gute solide Handwerksarbeit.

Talryn klopfte gegen die Tür aus schwarzer Eiche am Ende des Gartenkorridors und trat ein. Wir folgten ihm in den kleinen Raum.

Er wartete, bis wir alle beisammen waren.

»Hinter der Tür rechts von mir liegt der Waschraum für euch, meine Herren, links der für euch, liebe Damen. Bitte laßt eure Sachen in den offenen Spinden. Sie sind dort sicher. Nach dem Essen könnt ihr alles wieder abholen.«

»Warum zwei verschiedene Räume?« fragte Tamra.

»Weil auch in Recluce noch einige Menschen an der alten Legende festhalten, daß es einen Unterschied zwischen Männern und Frauen gibt, Tamra.«

»Das ist doch bloß eine Entschuldigung.«

»Möglich. Ihr könnt die Einrichtungen benutzen oder nicht, wie ihr wollt.« Talryns tiefe Stimme klang deutlich kühler. Er wendete sich von Tamra ab. »Sobald ihr euch gewaschen habt, geht ihr durch die Tür in der Mitte. Dann können wir essen. Während der Mahlzeit werde ich euch eine allgemeine Einführung zur Ausbildung in der Gefahrenbrigade geben – und was alles dazugehört.«

Talryn stand wie ein Posten vor der Tür und machte allen klar, daß Sauberkeit unerläßlich war. Ich wartete nicht lange, sondern ging zum Waschraum. Ich wollte mich nicht nur waschen, sondern auch erleichtern.

Myrten schlurfte hinter Sammel und mir hinein, als hege er tiefen Abscheu gegen Seife und Wasser. Das bestätigte meine Meinung über ihn.

Die Meister waren nicht nur gute Baumeister, sondern hatten auch für reichlich kaltes und warmes fließendes Wasser und dicke graue Handtücher gesorgt. Ich brauchte ziemlich viel Seife, um den Staub der Straße von Gesicht, Armen und Händen zu waschen. Eigentlich hätte ich eine Dusche vertragen, aber diese war in dem grau gekachelten Waschraum nicht eingebaut. Doch fühlte ich mich nach dem Waschen sehr viel wohler.

VII

Der Tisch war mit Platten reich beladen, auf denen hauptsächlich Obst und Gemüse lagen, dazu noch mehrere Sorten Käse und einige dünne Fleischscheiben. Auf zwei Platten lagen mehrere verschiedene Brote. Ich widmete mich dem Obst und nahm vor allem Äpfel, Goldpfirsiche, süßsaure Spieße und Rotbeeren. Die Teller bestanden aus schwerer grauer Keramik mit schmaler grüner Borte und glichen Arbeiten, wie sie Lehrlinge meiner Mutter nach einem Jahr herstellten.

Neben den Tellern standen passende Becher. Anstelle von Servietten gab es kleine Handtücher. Messer lagen nicht da, nur Löffel und Gabeln. Die Tischplatte aus schwarzer Eiche war auf Hochglanz poliert, doch kahl. Unter den Tellern lagen keine Platzdeckchen.

Talryn stand am Kopf des Tisches, der für acht Leute gedeckt war: drei auf jeder Seite und einer an jedem Ende. Der Platz neben ihm war leer. Links von ihm stand Dorthae, dann kam Myrten. Das Ende des Tisches war ebenfalls leer.

»Würdest du dich ans andere Ende setzen, Lerris ...«

Da Talryn eine Art Meister war und seine Worte nicht direkt wie eine Bitte geklungen hatten, stellte ich mich ans Ende und wartete auf die anderen.

Als nächster kam Sammel. Seine kahle Stirn glänzte, die braunen Haare waren feucht. Ohne den Staub und Schmutz der Straße wirkte er jünger. Er lächelte Talryn scheu an.

»Würdest du dich in die Mitte setzen, Sammel ...«

Sammel tat, was ich getan hatte. Er nickte und nahm seinen Platz ein.

Dann erschienen Wrynn und Krystal gemeinsam. Die beiden flüsterten wie Schulmädchen, verstummten jedoch, als sie Talryns Blick auffingen.

»Wrynn, würdest du dich zwischen Myrten und Lerris setzen ... und du, Krystal, ihr gegenüber ...«

Damit fehlte nur noch Tamra. Sie schien überall die letzte zu sein. Da sie noch nicht aufgetaucht war, würde sie neben Talryn sitzen. Irgendwie hielt ich das für keinen Zufall.

Talryn ließ uns noch eine Zeitlang stehen, ehe er nickte. »Bitte, nehmt Platz. Ich glaube, wir sollten anfangen.«

Ehe wir die schweren Holzstühle hervorgezogen hatten, erschien Tamra. Ihr Haar war lockig und heller als zuvor. Vielleicht hatte sie es gewaschen und eingerollt, aber es war so trocken, als hätte sie in der Sonne gesessen. Sie hatte die Locken mit zwei dunklen Kämmen zurückgesteckt.

Immer noch trug sie die dunkelgraue Hose und die gleichfarbige Tunika, doch ein blaues Halstuch brachte etwas Farbe in das Einerlei. Alles in allem sah sie bildschön aus.

Tarlyn nickte zu dem leeren Platz zu seiner Rechten.

Tamra öffnete den Mund und schloß ihn gleich wieder, als Talryn ihr den Stuhl anbot. Ihre eisblauen Augen blitzten wie Gletschersonne.

Talryn bewegte den Stuhl so mühelos, daß ich es ihm gleichtun und meinen mit einer Hand verschieben wollte. Er bewegte sich nicht. Schnell packte ich die geschwungenen Armlehnen und zog ihn vor. Er war aus schwarzer Eiche gearbeitet. Die Lehne war geschwungen, doch ohne Spitze. Die vier Speichen der Rückenlehne waren doppelt so dick wie bei Haushaltsstühlen. Ein flaches schwarzes Kissen bedeckte den Sitz.

»Falls du mit der Untersuchung des Stuhls fertig bist, Lerris, könntest du dich vielleicht auch setzen.«

»Entschuldigung. Aber die Machart ...« Ich setzte mich und schob den Stuhl zum Tisch. Wieder brauchte ich beide Hände.

Alle blickten Talryn an und warteten.

»Fangt an. Es gibt kein Tischgebet, keine Gesänge, keine Mysterien – nur gutes Essen.« Er griff nach der Platte mit Brot. »Nachdem ihr euch alle bedient habt, werde ich die versprochene Erläuterung geben.«

Ich spießte mit der langen Gabel mehrere Käsestücke vor Krystal auf. Sie hatte bereits eine Sauerbirne und einen Goldpfirsich genommen.

»Würdest du den Käse weiterreichen«, bat Wrynn mit ausdrucksloser Stimme.

»Bist du fertig?« fragte ich Krystal.

»Ja.« Wenn sie nicht kicherte, klang ihre Stimme beinahe so, als sänge sie, doch keineswegs affektiert.

Tamra hatte am anderen Tischende alles, was geboten wurde, auf den Teller gehäuft: Sauerbirnen, Äpfel, Käse, Brot und Fleisch.

Krystal reichte mir die Platte mit dem Fleisch.

»Danke.«

Sie nickte. Ich nahm mir mehrere Scheiben, ergriff die Platte und hielt sie Wrynn hin. Die Blondine legte doppelt so viele Scheiben auf ihren Teller, wie ich genommen hatte – ohne mich anzusehen, während ich immer noch die Platte hielt.

»Wrynn, würdest du die Platte Myrten weiterreichen?«

Sie schaute mich immer noch nicht an, nahm aber seufzend die Platte und stieß sie Myrten fast ins Gesicht.

»Vielen Dank.« Myrtens Stimme war angenehm, doch klang es, als hätte er jedes Wort poliert.

Wrynn sagte auch zu ihm nichts.

Ich hob den Becher und trank. Es war eine Saftmischung – leicht, etwas perlend.

Krystal, rechts von mir, holte ein kleines Messer heraus und zerteilte feinsäuberlich ihre Sauerbirne in Scheiben. Blitzschnell verzehrte sie die Hälfte. Ich gab mir Mühe, sie nicht anzustarren, und schmierte mir dick Rotbeerenmarmelade aufs Brot. Dazu aß ich gelben Käse.

»Woher kommst du?« fragte ich Krystal schließlich.

»Äh? Aus Extina.«

Ich hatte nie von Extina gehört.

»Ein kleines Dorf bei Landende. Niemand hat je davon gehört.« Das kleine Messer blitzte, und der Goldpfirsich war geviertelt, der Stein entfernt. »Und du?«

»Aus Wandernicht.«

»Ach … stimmt es, was man sich darüber erzählt?« Sie

kicherte und zerstörte damit den flüchtigen Eindruck, eine ruhige, dunkle Schönheit zu sein.

»Was erzählt man sich denn über uns?« Ich hatte nie irgendwelche Gerüchte gehört.

»Das weißt du doch!« Krystal kicherte wieder. »Dort geschieht *nie* etwas, weil das Institut die Bruderschaft beherrscht.« Sie schob sich zwei Pfirsichstücke in den Mund.

»Waaas ...?« Ich verschluckte den letzten Teil der Frage. Das Institut beherrschte die Bruderschaft? Diese vier Gebäude, wo sich die Leute trafen, um miteinander zu reden?

»Fühlst du dich wohl, Lerris?« fragte Talryn vom anderen Ende. Sofort erstarb jede Unterhaltung.

Ich nickte und verschluckte ein Stück trockenes Brot. Dann griff ich nach der Karaffe mit Fruchtpunsch und übersah das Funkeln in Tamras Augen, die offensichtlich meine ungemütliche Situation genoß.

Krystal schnitt mit dem Messerchen weißen Käse, dunkles Brot und Büffelfleisch in Stücke, ohne mich dabei aus den Augen zu lassen.

Wieder schluckte ich.

»Bist du sicher, daß du dich wohl fühlst?« fragte Krystal. Zum ersten Mal klang sie besorgt.

»Ja ... ich bin nur überrascht. Ich war oft im Institut und habe auch meinen Vater dort sprechen hören, aber niemand benahm sich so, als würde er irgend etwas beherrschen – abgesehen von der Sprache. Es war langweilig, schrecklich langweilig.« Ich nahm noch einen Schluck aus dem großen Becher. »In einem Punkt hast du aber recht. In Wandernicht passiert wirklich nie etwas.« Ich hielt inne, als ich die Tränen in Krystals Augenwinkel sah. »Bist du – habe ich etwas Falsches gesagt?«

Sie schüttelte den Kopf und preßte die Lippen zusammen.

Wrynn hatte aufgehört, Essen in sich hineinzuschaufeln, und lauschte aufmerksam. Sammel, der neben Krystal saß, ebenfalls. Myrten tat so, als höre er nicht zu, und beschäftigte sich mit einer Sauerbirne. Tamra, Talryn und Dorthae fingen ein Gespräch über Schiffahrt oder Schiffe an.

Krystal schluckte.

Ich wartete. Plötzlich war ich nicht mehr hungrig.

»Es ist nur ...«, fing Krystal an. »Dein Vater ... wenn er dort gesprochen hat ... und du ... du bist viel jünger als wir ... und du mußt in der Gefahrenbrigade dienen ...« Langsam schüttelte sie den Kopf.

Ich hatte das Gefühl, mein Kopf flöge mir von den Schultern.

»Ist dein Vater ein Meister?« platzte Wrynn heraus.

Ich zuckte mit den Schultern. »Das hat er nie gesagt. Er hat auch nie etwas getan, das mich auf diesen Gedanken gebracht hätte, und er hat nie Schwarz getragen. Ich habe nie darüber nachgedacht. Meine Mutter ist eine hervorragende Töpferin. Die Leute kommen bis aus Austra, um ihre Vasen und Figuren zu kaufen. Mein Vater war immer der Hausbesitzer ...«

»Du klingst, als dächtest du jetzt darüber nach«, bemerkte Myrten. Seine Stimme war nicht nur poliert, sondern mit dicker Ölschicht überzogen.

»Ich weiß nicht. Er hat immer viel über die Wichtigkeit des Ordens gesprochen. Ich fand das langweilig. Das finde ich immer noch.«

Krystal schnüffelte. »... kein Erbarmen.«

Ich erwartete wirklich kein Erbarmen von der Bruderschaft. Aber was meinte sie? »Erbarmen?« fragte ich.

»Hört mal alle her«, sagte Talryn, ehe Krystal antworten konnte. »Ich habe euch eine Einführung und eine Erklärung versprochen. Ich werde mich bei beidem um Kürze bemühen und dann eure Fragen beantworten. Einige Fragen vermag ich vielleicht erst später zu beantworten, doch werde ich mich bemühen, euch so viel Wissen zu übermitteln, wie es mir möglich ist.«

Ich hätte am liebsten verächtlich geschnaubt. Wieder kündigten sie an, daß sie etwas verbergen würden – noch ehe sie überhaupt angefangen hatten.

Tamra schaute jetzt auch irgendwie resigniert drein. Nur Sammel schien tatsächlich neugierig zu sein, was Talryn uns sagen würde.

»Erstes: Gefahrenbrigade. Was ist sie, und warum ist sie notwendig? Und – von eurem Gesichtspunkt aus: Warum wurdet ihr ausgewählt?« Talryn trank einen Schluck Fruchtpunsch.

»Entfernt man jegliche Pietät, Rhetorik und alle Vernunftgründe, ist die Zeit in der Gefahrenbrigade einfach eine Suche, eine Reihe von Pflichten oder ein Exil – oder eine Kombination aus allen drei Aspekten –, damit ihr herausfinden könnt, ob ihr nach Recluce gehört, und wenn ja – in welcher Kapazität. Keiner von euch war mit dem bisherigen Leben glücklich. Unzufriedenheit ist ansteckend und führt zu Unordnung. Unordnung führt zu Chaos – und Chaos zum Bösen.

Nach diesem Mahl hat jeder von euch die Wahl. Ihr könnt die Ausbildung in der Gefahrenbrigade wählen, welche mehrere Monate dauern kann – manchmal auch länger –, oder ihr nehmt sofortige Verbannung in Kauf. Solltet ihr euch für die Ausbildung entscheiden, wird man euch – natürlich aufgrund der Ausbildungsergebnisse – eine oder mehrere Möglichkeiten bieten, wie ihr eure Verpflichtung in der Gefahrenbrigade erfüllen könnt. Falls euch keine dieser Möglichkeiten gefällt, könnt ihr auch wieder die Verbannung wählen.

Alle Verbannten werden mit den ihnen zur Verfügung stehenden finanziellen Mitteln und der Reiseausrüstung zu einem der drei äußeren Häfen gebracht – je nach Jahreszeit. Die Häfen sind Freistadt in Candar, Brysta in Nordla oder Swartheld in Afrit, nördlich von Hamor.«

Bei den letzten beiden Namen zogen die meisten am Tisch die Brauen hoch. Auch ich hatte von Brysta gehört und wäre keineswegs begeistert gewesen, dort zu landen. Nordla war kalt, und Brysta lag so weit im Norden, wie man einen Hafen gerade noch anlegen konnte, der das ganze Jahr über eisfrei war. Über Brysta schlossen die Eisplatten die Küste.

»... dürft aber nicht mehr mitnehmen, als ihr bequem bei euch tragen könnt. Sollte einer von euch die Verbannung wählen, ist der nächste Auslauftermin in zehn oder zwölf Tagen. Während dieser Zeit müßt ihr in Nylan bleiben und könnt an der Ausbildung teilnehmen oder nicht – wie ihr wollt.

Für diejenigen, die sich für die Gefahrenbrigade entscheiden, beginnt die Ausbildung morgen. Im Unterricht lernt ihr die Einzelheiten über die Gefahrenbrigade, ferner Geographie und Sitten und Gebräuche der meisten Länder außerhalb von Recluce, wie es um ihre Wirtschaft und Handel steht, wie man mit Geld umgeht – übrigens unterscheidet sich das finanzielle Gebaren in vielen Punkten von unserem. Außerdem lernt ihr, mit Waffen umzugehen, und die Selbstverteidigung.

Des weiteren werdet ihr noch mehr über den Hintergrund der Bruderschaft erfahren, da einige von euch vielleicht aus eigenem Antrieb – oder weil man es euch anbietet – ihre Zeit in der Gefahrenbrigade im Dienst der Bruderschaft erfüllen wollen. Das hängt natürlich von euren Neigungen und den Fortschritten in der Ausbildung ab.

Wie immer ist eure Teilnahme freiwillig – allerdings mit zwei Auflagen. Erstens: Solltet ihr nicht an irgendeiner Ausbildung teilnehmen wollen, werdet ihr so behandelt, als hättet ihr euch für die Verbannung entschieden. Zweitens dürft ihr Nylan nicht verlassen. Jeder Versuch wird mit Haft bestraft, bis ihr in die Verbannung fahren könnt.«

»Freiwillig?« Wrynn schnaubte. »Wenn man das Spiel der Bruderschaft nicht mitmacht, wird man eingelocht, bis man nach Nordla oder Hamor abgeschoben wird.«

»Ihr habt bereits die Entscheidung getroffen, daß ihr nicht in Recluce leben könnt«, erklärte Talryn nachsichtig.

»Nein. Ihr habt diese Entscheidung aufgrund eurer Regeln getroffen«, widersprach die Blonde.

Talryn zuckte mit den breiten Schultern. »Die Regeln, wie du es nennst, werden buchstäblich von allen in Recluce anerkannt und befolgt. Bist du tatsächlich anderer Meinung? Glaubst du im Ernst, daß eine Handvoll Meister und Brüder, die seit Jahrhunderten niemals gegen irgend jemanden die Hand erhoben haben, den Willen unseres Volkes übergehen könnten?«

Beinahe hätte ich laut gelacht. Die Meister überwachten unser Erziehungswesen. Sie brauchten keine Schwerter. Außerdem würde auch eine dümmliche Schafherde solchen Regeln zustimmen, die die Wölfe wegschickten. Doch keiner warf diese Frage auf – auch Tamra oder Wrynn nicht.

Krystal kicherte wieder und schnitt die winzigen Scheiben noch einmal halb durch und aß sie schnell auf. Wie konnte sie soviel essen und so schlank bleiben? Das war mir ein Rätsel.

»Warum lehrt ihr uns soviel über all diese fremden Länder und nicht nur etwas über das Land, in das wir geschickt werden?« Das war Sammels ruhige Stimme.

»Vielleicht werdet ihr mehr von der Welt zu sehen bekommen, als ihr glaubt, und wir möchten, daß ihr eine Vorstellung von dem Land habt, in dem ihr womöglich landet. Außerdem werdet ihr auch in Nordla Hamoraner und in Hamor Candarer treffen. Andere haben es als hilfreich empfunden, etwas über die unterschiedlichen Sitten und Gebräuche zu erfahren, deshalb könnte es auch euch dienlich sein.«

Myrten schüttelte fast unmerklich den Kopf. Tamra unterdrückte ein Grinsen. Mir war nicht klar, was sie komisch fand. Meine Nachbarin Wrynn holte tief Luft und atmete langsam aus. Krystal schnitt einen grünen Apfel in dünne Scheiben und legte sie kunstvoll um den Tellerrand.

Doch niemand stellte noch eine Frage. Talryn gab auch keinerlei weitere Erklärungen über die Gefahrenbrigade ab.

»Wahrscheinlich habt ihr noch viele Fragen. Wer nicht an der Ausbildung teilnehmen möchte, soll nach dem Essen zu mir kommen. Dann zeige ich euch eure Zimmer. Den Nachmittag könnt ihr verbringen, wie ihr wollt. Ihr dürft auch gern den Markt im Hafen besuchen oder euch Nylan anschauen.

Frühstück ist zur ersten Glocke. Bei der zweiten Glocke beginnt der Unterricht. Wo die Unterrichtsräume sind, zeige ich euch auf dem Weg zu euren Zimmern.« Talryn stand auf. »Bitte, eßt in Ruhe auf. Ich bin im Nebenraum. Wenn ihr fertig seid, holt eure Sachen und kommt zu mir.«

Er schob den Stuhl zurück und ging ins Nebenzimmer. Er ließ die Tür einen Spaltbreit offen.

Tamra hob die Brauen, sagte aber nichts.

»Ziemlich von oben herab …«, meinte Wrynn leise.

Krystal aß die ausgebreiteten Apfelscheiben.

Myrten steckte zwei Brötchen und einen Apfel ein. Sammel runzelte die Stirn. Entweder wegen Talryns Abgang oder wegen Myrtens Mundraub … oder aus einem persönlichen Grund. Ich nahm noch einen Schluck Punsch, verzichtete aber auf ein weiteres Stück Käse. Genug war genug. Ich wollte herausfinden, was mir bevorstand.

Tamra und ich standen als erste auf. Sie hatte ihren Teller auch nicht leergegessen.

Als ich auf ihren Teller schaute, kreuzten sich unsere

Blicke, denn sie musterte ebenfalls meinen Teller. Ich mußte grinsen, und diesmal lächelte sie kurz, machte jedoch gleich wieder ein hartes, gelangweiltes Gesicht.

Ich hielt ihr die Tür auf, doch sie schüttelte den Kopf. »Geh nur vor, Lerris. Ich öffne mir selbst die Türen.«

»Wie du wünschst, schöne Dame.«

»Und ich bin auf keinen Fall eine Dame, jedenfalls nicht so, wie du das meinst.«

»Ich habe überhaupt nichts gemeint, sondern wollte nur höflich sein. Aber wenn du etwas gegen gute Manieren hast ...« Ich ließ die schwarze Eichentür los und ging in den Waschraum, um meinen Stab und den Tornister zu holen.

»Auch noch empfindlich! Du solltest rote Haare haben.«

Ich überhörte ihre Bemerkung, spürte jedoch, daß ich rot geworden war.

»Gesunde Blutzirkulation und sehr dünnhäutig.«

Plagte das Luder alle mit ihren Sticheleien oder nur die, die sich vor ihr fürchteten? Ich wünschte, meine Gedanken wären so schnell wie ihre, aber es hätte die Situation nur verschlimmert, wenn ich mich auf Wortgefechte einließe.

Der Stab war dort, wo ich ihn gelassen hatte. Das Holz fühlte sich härter als sonst an. Lag es daran, daß wir in Nylan waren? Reagierte der Stab eigenmächtig auf Magie oder Gefahr? Ich schüttelte den Kopf.

»Warum schaust du so bedrückt drein?« fragte Sammel besorgt. Wahrscheinlich klang er immer besorgt. Es schien seine Berufung zu sein, Gutes zu tun, ganz gleich, ob man es wollte oder nicht.

»Ich habe nur nachgedacht ... all das Schwarz ... bedeutet es Magie?«

»Wahrscheinlich. Die Bruderschaft hätte den Hafen oder die Klippen nie ohne übernatürliche Hilfe erbauen können. Aber sie meinen es gut, glaube ich.«

»Gut gemeint hat es auch Heldry der Wahnsinnige.«

Sammel lächelte. »Die Bruderschaft hält keine Massenhinrichtungen ab.«

Ich schulterte meinen Tornister. »Ihr reicht die Gefahrenbrigade und Verbannung. Dann sind andere Hände für den Tod verantwortlich.«

»Du klingst ziemlich verbittert für jemanden, der so jung ist.«

»Das ist leicht, wenn man aus unerfindlichen Gründen von einer Gruppe, die unausgesprochene Regeln mit unausgesprochenen Mitteln durchsetzt, zu etwas gezwungen wird.«

Das brachte ihn lange genug zum Schweigen, daß ich um ihn herum und an Myrten vorbei hinausgehen konnte. Tamras Rücken war direkt vor mir. Sonst war niemand mehr am Tisch. Sogar Krystal hatte einige Apfelscheiben übriggelassen, die langsam braun wurden.

Ich wollte Tamra ins Wartezimmer folgen.

»... das ist keine Wahl«, sagte Dorthae zu Talryn.

Talryn lächelte, doch seine schwarzen Augen waren so kalt und so hart wie die Steinplatten auf dem Boden. »Du kannst beides wählen. Deine Handlungen haben diese Wahl jetzt schon nötig gemacht.«

»Was? Weil ich nicht bei einem Mann bleiben wollte, der sich als gefühlloser, hirnloser Rohling erwiesen hat?«

»Nein, weil du ihn, ehe du ihn verlassen hast, zum Krüppel gemacht hast.«

Ich zuckte zusammen. Dorthae hatte hart gewirkt, aber mir war nicht klar gewesen, wie hart. Trotzdem sah sie jetzt vor Talryn verwundbar aus, obgleich er nicht größer war als sie.

Dorthae wendete sich mit fest zusammengepreßten Lippen ab.

Myrten und Sammel waren mir gefolgt. Nur Wrynn und Krystal fehlten.

Dorthae schaute mich an. Ihr Blick fiel auf meinen

Schwarzen Stab, dann auf Tamra, die ebenfalls ihren Stab trug. Dorthae wich mit entsetztem Gesicht von der Rothaarigen zurück.

Tamra und ich blickten uns an. Sie zuckte mit den Schultern. Ich ebenfalls.

Aufgrund meiner Begegnung mit Shrezsan und dem Händler war mir klargeworden, daß ich über irgendwelche geheimnisvollen Kräfte verfügte, die mit dem Stab zusammenhingen. Allerdings hatte ich keine Ahnung, welche. Unglücklicherweise glaubten alle anderen auch, daß ich über diese Kräfte verfügte, und waren mißtrauisch. Großartig! Ich stürzte mich in die Ausbildung in der Gefahrenbrigade mit Fähigkeiten, von denen ich nie etwas gewußt hatte, und die ganze Welt war bereit, sich deshalb auf mich zu stürzen. Man hatte mich aus Gründen hierhergeschickt, die ich nicht kannte und die mir niemand erklären wollte. Ja, einfach großartig.

Jetzt erschienen auch Krystal und Wrynn.

»Nun sind alle hier. Gut, folgt mir«, sagte Talryn.

VIII

Schweigend schritten wir eine breite Treppe aus schwarzen Steinen hinauf. Auch die Mauern waren aus schwarzen Quadern. Alles war glatt, doch nicht poliert und schien das Licht aufzusaugen, ohne es zu reflektieren. Jeder Stein saß so genau, daß der Mörtel der Fugen kaum einen halben Finger breit war. Auch er war schwarz. Die Treppe war so sauber, daß kein Staubkörnchen zu sehen war. Allerdings fiel das Licht von oben nicht direkt auf die Stufen.

Talryn und Sammel führten die Schar. Ich ging als

letzter, hinter Wrynn und Krystal. Von Krystals blauem Ledergürtel, der etwas dunkler war als ihre ausgewaschene Bluse und Hose, hingen zwei Messer in Scheiden, beide kaum eine Spanne lang. Dazu trug sie einen ebenfalls blauen Tornister.

»Das viele Schwarz ... deprimierend ...«, murmelte Wrynn und schüttelte den Kopf, daß ihre blonden Haare flogen. Sie trug einen braunen Tornister, dem meinen ähnlich, doch war ihrer bis zum Bersten vollgestopft, und es hingen noch mehrere Säckchen an der Außenseite herunter.

»Es riecht nach Macht«, stellte Krystal fest und fuhr sich durchs dichte schwarze Haar, das sie nach dem Essen zu einem festen Knoten gebunden hatte. Dann kicherte sie leise.

Wenn sie nur nicht dauernd kichern würde! Sie war gewiß zehn Jahre älter als ich. Um ihre Augen zogen sich bereits feine Krähenfüße. Abgesehen von den hübsch gerundeten Brüsten war sie einfach zu mager.

»Unheimlich, finde ich«, sagte Wrynn und legte die rechte Hand an den Griff eines langen Dolchs in einer Scheide, der ihr an der Seite herunterhing.

Oberhalb der Treppe befand sich eine fensterlose Halle. Am Ende stand Talryn und öffnete mehrere Türen.

Wind blies mir entgegen. Er enthielt einen Hauch wie von Frühling – oder den frischen Duft, der einem starken Regenguß folgt, nachdem der Staub weggewaschen wurde. Doch hatte ich gesehen, daß der Himmel blau und wolkenlos gewesen war, als ich mittags durchs Tor nach Nylan hereingekommen war.

»Alle herkommen ...«

Wir scharten uns um Talryn. Ich blieb einen Schritt hinter Wrynn und Krystal und hielt von Myrten Abstand. Trotz der Samtstimme sah er aus, als würde er alles stehlen, was nicht niet- und nagelfest war, nur um zu beweisen, daß er es konnte. Für Dorthae war das kein Problem. Sie schmiegte sich förmlich an ihn.

»Direkt vor uns liegen die Unterkünfte für euch, die ihr nur auf Zeit hier seid. Jeder hat ein Einzelzimmer«, erklärte Talryn. »Ihr könnt darin allein schlafen oder mit irgend jemandem aus eurer Gruppe – wie ihr wollt. Aber nur mit dem Einverständnis dieser Person. Sich jemandem aufzudrängen ist ein Grund für sofortige Verbannung.«

»Also ... *so* läuft's hier«, beschwerte sich Dorthae.

Myrten zog die Brauen hoch. Wrynn grinste, als könne niemand *sie* zu etwas zwingen. Ich teilte ihren Gedanken, überlegte jedoch, ob *ich* womöglich Schutz brauchen würde.

Dann sah ich, daß Tamra mich anschaute. Sie nickte kurz und blickte wieder Talryn an, der immer noch Erklärungen abgab.

Hatte sie verstanden, was ich gedacht hatte? Aber wie?

»... Waschräume und Duschen befinden sich am Ende des Korridors. Das kleine Gebäude am anderen Ende des viereckigen Obstgartens ist der Speisesaal, wo eure Mahlzeiten serviert werden. Ihr könnt dort essen oder gegen Bezahlung irgendwoanders in Nylan. Wieder ist das eure Wahl.« Er lächelte. »Doch die Mahlzeiten der Bruderschaft sind gut, und der Preis stimmt.«

»Ja, kostet nur das Leben«, sagte Dorthae leise, doch so laut, daß Talryn einen Moment lang innehielt.

Er runzelte die Stirn und fuhr fort: »Ihr könnt mir glauben, daß uns sehr daran liegt, euer Leben zu retten und nicht zu zerstören.« Er räusperte sich. »Die Einführung in die Ausbildung der Gefahrenbrigade beginnt morgen nach dem Frühstück im Unterrichtsgebäude – das ist das mit dem roten Quadrat neben dem Eingang, auf dem Weg zum Hafen. Und jetzt zeige ich euch die Zimmer. Falls ihr mit einem anderen das Zimmer tauschen wollt, steht euch das frei – vorausgesetzt, ihr seid euch beide einig.«

Wortlos öffnete er eine Tür aus schwarzer Eiche, ohne sich umzusehen, ob wir ihm folgten. Selbstverständlich taten wir dies. Was hätten wir auch sonst tun können?

In meinem Zimmer stand – wie in allen anderen – ein schmales Bett, das jedoch für eine Person bequem war. Der Holzrahmen war aus polierter Roteiche – welch ein Glück! Eine dunkelblaue Decke lag zusammengefaltet auf dem Laken. Kissen gab es nicht. Aber ich hatte seit meiner Lehrlingszeit bei Onkel Sardit kein Kopfkissen mehr gehabt. Auf dem Tisch stand eine kleine Öllampe. Es gab einen Schrank aus Roteiche, in dessen eine Hälfte man Kleidung hängen konnte; die andere bestand aus Fächern.

Ein oval geflochtener bunter Teppich – ungefähr drei Ellen lang – bedeckte die blauen Fliesen zwischen Tür und Bett, das an der Außenmauer stand. Das halboffene Fenster befand sich mitten in der Wand, dicht über dem Fußende des Betts.

Ich holte meinen Umhang aus dem Tornister und hängte ihn in den Schrank, ebenso meine andere Hose und Tunika. Ich fand meine Geldbörse mit dem Lehrlingslohn und noch eine Börse, an die ich mich nicht erinnern konnte. Ich öffnete sie. Darinnen befanden sich zehn abgegriffene Goldpfennige. Ich schluckte.

In der nächsten Minute sah ich alles etwas verschwommen. Vielleicht weil ich mich an den Goldpfennig mit der Scharte erinnerte. Meine Mutter hatte ihn mir gezeigt und erklärt, er stamme von einem Einkäufer des Kaisers von Hamor. Sie hatte nicht zugelassen, daß ich ihre Tränen beim Abschied sah, mir jedoch alles mitgegeben, was sie besaß. Ich wühlte weiter im Tornister … nach irgend etwas.

Das Sommerhemd legte ich zusammengefaltet ins zweite Fach. Den Lederbeutel mit Rasiermesser und

Seife stellte ich ins oberste. Die wenige Unterwäsche nahm nicht viel Platz ein. Dann fand ich noch das kleine Buch, das mein Vater wohl in den Tornister gepackt hatte.

Die Basis der Ordnung ... ausgerechnet! Wer weiß? Vielleicht gäbe das Lesen mir etwas zu tun – vor allem wenn die Ausbildung langweilig würde. Ich ließ das Buch nicht offen liegen, sondern steckte es unter das Hemd. Die Börsen verstaute ich wieder im Tornister und stellte ihn ins oberste Fach. Dort waren sie sicher, das wußte ich. Dann nahm ich zehn Kupferlinge und einen Silberpfennig.

Kein Zimmer hatte ein Schloß, nur einen Riegel, den man von innen vorlegen konnte. Aber wer würde schon etwas unter den Augen der Bruderschaft stehlen? Selbst Myrten hätte Hemmungen ... zumindest anfangs.

Ich schüttelte den Kopf. Es war noch früh, doch obwohl es bis zum Hafen ziemlich weit war und ich Blasen an den Füßen hatte, wollte ich mir Nylan genauer anschauen. Ich wollte nicht herumsitzen und über das Buch und die zweite Börse grübeln.

Der Stab blieb neben dem Umhang im Schrank.

Ein letzter Blick ins Zimmer, dann schloß ich die Tür. Der Korridor davor war leer. Aus dem Nebenzimmer hörte ich Stimmen: Wrynn und Krystal. Sie sprachen sehr leise.

Der Weg zum Hafen war leicht zu finden, da alle hundert Ruten steinerne Wegweiser standen, auf denen Pfeile die Namen und die Entfernung angaben.

HAFEN – $1\frac{1}{2}$ MEILEN
NORDDEPOT – 1 MEILE
VERWALTUNG – $\frac{1}{2}$ MEILE

Ich folgte den Pfeilen zu einer Mauer aus schwarzen Quadern, die von Nord nach Süd quer über die Halbinsel verlief. Sie war niedrig, etwas über zwei Ellen; sie war auch keine richtige Barriere. An den Öffnungen, wo die Wege hindurchführten, gab es keine Tore. Auf einer Seite standen niedrige Gebäude in der parkähnlichen Landschaft.

Ich kam zu einer Treppe mit sehr breiten Stufen und blickte über den Stadtkern Nylans, den Marktbereich. Dahinter sah ich das blaue Meer des Hafens und mehrere Masten.

Direkt hinter der Mauer fiel das Gelände ab. Die Wiese senkte sich um gute fünfzehn auf weniger als hundert Ellen. Jenseits der Senke begannen die Gebäude: alle aus schwarzem Stein errichtet und mit schwarzem Schiefer gedeckt. Jedes stand einzeln und ein Stück weit von den schwarzen Wegen und den glänzenden schwarzen Gehsteigen entfernt. Im Gegensatz zu Enstronn oder Mattra, ja sogar zu Wandernicht, gab es keinerlei Pfosten, um Pferde anzubinden. Nylans Straßen schienen trotz ihrer Breite nicht für Pferde oder Wagen geplant zu sein.

Die Menschen auf den Straßen trugen manchmal Pakete, manchmal nichts. Einige waren schwarz gekleidet, andere so bunt wie der Regenbogen.

Niemand blickte zum Hügel herauf. Ich marschierte hinab.

Auf halbem Weg schaute ich zurück. Die Mauer, die von oben so niedrig gewirkt hatte, schien mir am Fuß des Hügels mindestens fünfzehn Ellen hoch zu sein. Selbst wenn ich in Betracht zog, daß man von unten mehr Quader sah, kam mir diese Höhe unwahrscheinlich vor. Doch Mutmaßungen über optische Täuschungen würden mir auch nicht mehr über Nylan verraten.

Sobald ich die Straßen in Hafennähe erreichte, kam mir alles viel normaler vor. Die Menschen unterhielten sich, und ich hörte den Lärm des Markplatzes weiter vorn. Bei so viel schwarzen Steinen hätte die Stadt wärmer wirken müssen, besonders an einem Sommernachmittag. Doch war die Brise aus Westen offenbar so kühl, daß die Temperatur angenehm blieb.

Ein rothaariger und rotbärtiger Seemann musterte mich lange, als ich den Platz betrat. Die Marktbuden auf der Nordseite waren solide und auf Dauer gebaut. Die im Süden bestanden teilweise aus Zelten oder Tischen unter Planen und wirkten im Vergleich schäbig. Einige standen leer.

Ich nickte. Die ausländischen Händler und Schiffe boten ihre Waren auf der Südseite feil.

»Junger Mann – komm, schau dir den Bernstein aus Brysta an!«

»... Feuerdiamanten aus Afrit! Nur hier ...!«

Das Geschrei der Händler hielt sich jedoch in Grenzen. Die ungefähr dreißig Käufer verteilten sich auf beinahe ebenso viele Buden. Die meisten Kauflustigen waren jung, nicht viel älter als ich. Ich vermutete, daß sie alle Gefahrenbrigadiere waren und der Bruderschaft dienten.

Dann schlenderte ich zu den Ständen auf der Nordseite. Als erstes betrachtete ich die Keramikwaren. Gute Arbeit, aber minderwertig im Vergleich zu den Arbeiten meiner Mutter. Die Farben waren zu lebhaft. Ein Mann saß auf einem Hocker dahinter und lächelte mich gleichgültig an, als sei ihm klar, daß ich nichts kaufen würde.

Ich ging schnell an geschnitzten und vergoldeten Spiegelrahmen vorbei. Ebenfalls an den Ringen, Ketten und Armreifen eines Goldschmieds. Bemerkenswerter waren die sorgfältig gearbeiteten Werkzeuge aus Stahl und die Lederwaren, darunter Taschen, Gürtel, Tornister und Scheiden für alle Größen von Messern und Dolchen. Ein Schuhmacher bot bunte Stiefel feil.

Am Stand der Schreiner blieb ich stehen und musterte die ausgestellten Waren: Brotbrettchen, Buchstützen und hauptsächlich geschnitzte Kästchen. Keine Möbel außer dem winzigen Podesttisch und einem Bücherschrank mit zwei Brettern aus grauer Eiche.

»Mit Holz kennst du dich wohl aus«, meinte der Junge, der auf die Ware aufpaßte. Seine braunen Augen hatten die gleiche Farbe wie sein Haar. Er trug ein hellbraunes Hemd.

»Ein bißchen. Hast du davon etwas gemacht?«

»Nur die Brotbrettchen. Der Rest stammt hauptsächlich von meinem älteren Bruder, nur der Tisch und der Bücherschrank nicht.«

»Dein Vater?«

»Meine Mutter. Sie verkauft sehr viel auf Bestellung nach Hamor.«

Die Brotbrettchen und die Kästchen waren nicht übel, aber ich hatte bessere Arbeit abgeliefert, als ich Onkel Sardit verließ. Nur das Tischchen hätte ich nicht so anfertigen können.

»Glaubst du, daß du besser arbeiten könntest?« fragte der Junge.

»Das spielt keine Rolle«, antwortete ich geistesabwesend. Bestimmt würde ich ab jetzt nicht mehr mit Holz arbeiten.

Ohne noch etwas zu sagen, ging ich weiter über den Marktplatz zurück zu dem Händler, der mir den Bernstein angeboten hatte. Auf den ersten Blick sah ich, daß der Bernstein bestenfalls mittelmäßig war und daß die Silberfassungen ausgesprochen schlampig ausgeführt waren.

Der Händler sagte kein Wort und schaute beiseite, als ich die Ware musterte.

Am nächsten Tisch lagen die ungeschliffenen Feuerdiamanten. Drei oder vier stachen mir sogleich ins Auge. Es waren nicht die größten Steine, aber die besten. Sie zeigen mehr Ordnung, hätte ich gesagt. Da ich mir keinen Diamanten leisten konnte, war es sinnlos, wegen eines Steins von geringerer Qualität zu feilschen.

In Zukunft würde ich Bargeld mehr brauchen als Diamanten.

Mehrere Tische waren leer. Die mit Steinen beschwerten Planen flatterten im Wind.

An der dem Hafen benachbarten Ecke saß ein alter Mann hinter einem halben Dutzend kleiner, aber besonders kunstvoll geschnitzter Elfenbeinfiguren. Nur diese entsprachen dem handwerklichen Können der Händler auf der Nordseite des Markts.

Ich betrachtete die Figuren lange. Am besten gefiel mir die eines jungen Mannes, der einen dunklen Stab trug. Doch wieder ging ich weiter, ohne zu feilschen. Der Schnitzer machte auch keinen Versuch, mir ein Gespräch aufzudrängen.

Vom Marktplatz aus schlenderte ich zu den vier langen Kais. Jede der grauen Steinanlagen erhob sich fünf Ellen über die dunkelblauen Wasser des Hafens. Die gepflasterte Hauptstraße war über zehn Ellen breit. Auf dem ersten Kai, der der Hafenmündung am nächsten und am weitesten vom Marktplatz entfernt war, lag ein großes Dampfschiff mit Stahlrumpf und zwei hohen Masten. Ein dünnes Rauchwölkchen stieg aus dem Schornstein auf. Ich kannte das Nationalitätszeichen nicht genau, glaubte aber, daß die goldene Krone auf dem blaugrünen Hintergrund auf Nordla deutete.

Ein halbes Dutzend Wagen wartete mit verschieden großen Holzkisten darauf, daß der Schiffskran sie in eine offene Luke beförderte. Ich konnte nicht sehen, was sich in den Kisten befand. Langsam ging ich auf die Pier zu. Es gab zwar ein kleines Wachhaus aus Stein. Der Raum war blitzsauber, aber leer. Doch nirgends sah ich einen Wachposten.

Klick … klick … hallten meine Stiefel auf dem glatten Pflaster. Dampf zischte aus einem kleinen Traktor, der vor die Wagen gespannt war, die Bauernkarren ähnelten und beinahe zehn Ellen lang waren. Die Seitenwände bildeten glatt gehobelte Roteichenbretter, die von Stahlkrammen zusammengehalten wurden.

»Halt, bleib stehen!« Eine Frau in schwarzem Overall, die ich gar nicht gesehen hatte, winkte mir und deutete aufs Schiff.

Der Kran hob in einem Netz zwei Kisten vom vorletzten Wagen. Der letzte Wagen war bereits entladen.

Die Frau schritt entschlossen auf mich zu. Sie war beinahe so groß wie ich und hatte dunkle Haare und fast so breite Schultern wie ich. Sie lächelte. »Du bist wohl neu in Nylan. Gefahrenbrigade?«

Ich nickte.

»Wir laden gerade Möbel. Das Schiff ist die *Kaiserin* – aus Brysta, Nordla-Linie. Ich bin Caron.«

»Ist das deine Aufgabe in der Brigade?« platzte ich heraus.

Sie lachte. »Nicht ganz. Angefangen habe ich als Zahlmeisterin auf den Schiffen der Bruderschaft, aber ewig auf See zu sein ist mehr als öde. Mir macht es mehr Spaß, mich um die Ladung zu kümmern, vor allem den Stauraum zu berechnen …

Entschuldigung.« Sie lief zum Wagen und schob zwei Kisten ins Netz, ohne dabei ins Schwitzen zu geraten.

Das Netz hob sich, und Caron kam zurück. »Ja, so bin ich hier gelandet. Ich habe auch noch einen kleinen Hof in der Nähe von Sigil, in den Hügeln nördlich der Hohen Straße. Dort verbringe ich meine Freizeit.«

»Aber … brauchst du beim Laden all dieser Schiffe keine Hilfe?«

»Wir sind zu viert. Das reicht. Wir haben nicht viel Stückgut. Die wirtschaftliche Lage ist wegen der Zwangsarbeit und der Sklaverei nicht gerade die beste.«

Das Netz senkte sich. Nachdenklich blickte ich Caron nach, als sie wieder zum Wagen ging. Caron war ungewöhnlich aufgeweckt und sofort bereit, mit einem völlig Fremden zu sprechen. War sie ein anderer Typ der Bruderschaft, der schnell, aber unvollständig antwortete? Obgleich die Sonne schien, war es kühler als sonst an einem Sommernachmittag. Trotzdem begann ich zu schwitzen.

Nachdem ich mir mit dem Ärmel den Schweiß von der Stirn gewischt hatte, blickte ich zu dem Dampftraktor. Magister Kerwin hatte uns etwas über Dampfmaschinen beigebracht und daß sie zuviel Chaos schufen, wenn sie nicht ordnungsgemäß gebaut und betätigt wurden, und daß sie zuviel konzentrierte Hitze entwickelten. Dampfschiffe konnten diese Hitze wegen der Leitfähigkeit des Ozeans und ihrer relativen Isolation von anderen Chaos-Quellen verkraften.

Das nächste volle Netz sauste durch die Luft, und die eifrige Staufrau – oder was auch immer sie war – kam wieder zu mir.

»Was hältst du von Nylan?«

»Bis jetzt weiß ich noch nicht, was ich denken soll. Ich bin erst heute angekommen.« Ich deutete auf den Traktor. »Das entspricht nicht den Lehren meines Magisters.«

Caron grinste. Sie sah jünger aus – ungefähr so alt wie Tamra –, wenn sie lächelte. »Das sieht nur so aus. Wenn du die Alternativen in der Ordnungstheorie überlegst, die Anzahl von Menschen, die nötig sind, um diese Ladung zu heben, kommt es ungefähr aufs gleiche hinaus. Hinzu kommt die Tatsache, daß wir so ohne die übliche Angst vor Katastrophen tätig sein können, die Ausländer halb tot ängstigt.«

Die Ausländer halb tot ängstigt? Obwohl diese Frau so freimütig sprach, erklärte sie eigentlich nichts richtig. Ich sah zu, wie sie allein eine große Kiste ins Netz beförderte. Auf dem Dampfschiff bestaunten zwei langhaarige, bärtige Matrosen mit offenem Mund die Mühelosigkeit, mit der die Frau die schwere Fracht bewältigte.

»Außerdem legt diese Art des Ladens den Punkt klar«, fuhr sie fort, als wäre sie nie weggegangen.

»Welchen Punkt?«

»Daß man sich lieber nicht mit der Bruderschaft anlegt – oder mit Recluce. Was sonst?«

Ich schüttelte den Kopf.

»Denk drüber nach, junger Freund. Tut mir leid, aber ich kann nicht länger mit dir plaudern. Bei den nächsten Kisten muß ich mich anstrengen. Viel Glück.«

Sie ging zum dritten Wagen, da die vierten und fünften bereits entladen waren.

Ich war immer noch verwirrt, als ich zur Hafenmauer zurückging, von der die Piers abzweigten. Die Mauer überragte die Piers um weitere drei Ellen. Sie war kein richtiges Verteidigungsbollwerk, aber eine Barriere, die den Seeleuten auf den Schiffen klarmachte, daß Nylan ausländisches Gebiet war.

Am Ende der zweiten Pier lag ein Schoner. Am Heck flatterte die Fahne Hamors. Zwei bewaffnete Wachen standen neben der Gangway. Sie blickten sich an. Aufgrund ihrer Stellung war klar, daß sie das Schiff nicht gegen Recluce schützten, sondern die Besatzung von Überraschungslandgängen abhielten.

Ich schlenderte zur dritten Pier. Dort war das Wachhäuschen bemannt. Am Kai waren drei lange, niedrige Schiffe vertäut. Diese Bauart hatte ich noch nie gesehen.

Ihr Rumpf war aus schwarzem Stahl. Sie hatten keine Masten. Ein Drittel hinter dem Bug erhob sich ein niedriger Decksaufbau – ebenfalls tiefschwarz. Der Bug war spitz und ragte wie ein Haifischkopf übers Wasser. Sie hatten nur eine einzige Flagge aufgezogen: am Heck und rein schwarz.

Wieso ich sie vorhin nicht gesehen hatte, war mir unklar. Hitzeschlieren umwaberten sie.

Mich schauderte es trotz des warmen Sonnenscheins. Ja, die Bruderschaft verfügte über die Möglichkeiten, Recluce zu schützen.

»Junger Mann, diese Pier ist geschlossen.« Der Posten

war nicht viel älter als ich, aber er trug eine schwarze Uniform, ein Schwert und einen Schlagstock.

Achselzuckend drehte ich mich um. Dann warf ich noch einen Blick zurück auf die seltsamen schwarzen Schiffe. Der Wachposten beobachtete mich mit leicht verstörtem Gesichtsausdruck.

Hätte ich die Schiffe nicht sehen dürfen? Waren die Hitzeschlieren eine Art Schutzschild?

Ich blickte zu der Wiese auf der anderen Seite der Hafenstraße hinunter. Auf den wenigen Bänken saßen Menschen. Am Ende der vierten Pier verkaufte ein Fleischverkäufer irgendeinen Imbiß an die Besatzung des Rahseglers, der dort lag.

Niemand schien zu der geschlossenen dritten Pier hinzublicken. Wieder schüttelte ich den Kopf und kehrte mit mehr Fragen zurück zum Markt und dann zu unseren Unterkünften, als ich bei meinem Aufbruch von dort gehabt hatte.

Die Glocke läutete, als ich den Rasen vor dem Speisesaal überquerte, und die Blasen an meinen Füßen brannten scheußlich.

IX

Magister Cassius war schwarz. Ich meine nicht, daß er schwarze Kleidung trug. Seine Haut war so blauschwarz, daß sie in der Sonne und im Schatten schimmerte. Das kurze Kraushaar war schwarz, seine Augen waren schwarz. Wie eine mächtige, über vier Ellen große, aus schwarzer Eiche geschnitzte Heldenfigur stand er da. Das einzig Helle war das Weiße in seinen Augen. Aber er schien einen gewissen Sinn für Humor zu haben.

»Was ist dir lieber, Lerris: Mord oder Selbstmord?« Seine tiefe Stimme klang wie Donnergrollen.

»Was … äh?« Er hatte mich wieder erwischt, wie ich mit meinen Gedanken woanders war. Diesmal fragte ich mich, wie man die Klippen, die ich durchs offene Fenster sah, so schwarz und so steil gemacht hatte. Wie der alte Magister Kerwin hackte Magister Cassius auch ewig nur auf der Basis der Ordnung herum.

»Ich habe dich gefragt, was dir lieber ist: Mord oder Selbstmord?«

Krystal saß im Schneidersitz auf dem Kissen und unterdrückte wieder ein Kichern. Sie trug wie immer die weite, blusenähnliche blaue Tunika, Hose und Sandalen. Immer noch wirkte sie verstaubt, aber das kam daher, daß ihre Kleidung so oft gewaschen worden und das Blau verblaßt war.

Tamra beobachtete Cassius, als wäre er ein Insekt unter der Lupe. Sie hatte über die graue Tunika ein leuchtendgrünes Tuch geschlungen. Jeden Tag wechselte das Tuch, nicht aber die übrige Kleidung. Entweder hatte sie nur die graue Tunika und die graue Hose oder unzählige in der gleichen Farbe.

Sammel blickte vom Magister zu mir und wieder zurück und seufzte.

Ich fragte mich, wie ich wohl diesmal entkommen könnte. »Weder noch …«, antwortete ich schließlich. »Beides verstößt gegen die Ordnung.«

Aus dem Augenwinkel sah ich, wie Tamra den Kopf schüttelte.

Cassius hätte beinahe geseufzt – aber nur beinahe. Bis jetzt wäre das die gefühlsbetonteste Äußerung eines Mitglieds der Bruderschaft gewesen. Dann fuhr er fort: »Wir sprachen über Ordnung, ein Thema, mit dem ihr seit eurer Geburt Schwierigkeiten habt. Leider aus verschiedenen Gründen: Bei Lerris ist es Langeweile, bei Tamra die Gleichsetzung von Ordnung mit männlicher Dominanz, bei Sammel das Mitleid mit allen, die unfähig sind, Ordnung anzuerkennen, bei Krystal die Weigerung, sich zu konzentrieren, und bei Wrynn die Verachtung von Schwäche. Keiner von euch kann Ordnung als Grundlage der Gesellschaft anerkennen.«

Ich grinste. Mir war es gleichgültig, mit den anderen getadelt zu werden, aber ich wunderte mich, warum er Myrten nicht erwähnt hatte. Seine sanften Vorwürfe brachten Leben in die Gruppe.

Cassius richtete seinen kurzen schwarzen Stock direkt auf mich. »Lerris, du findest Ordnung langweilig. Sag uns, warum. Steh auf! Du kannst umhergehen und dir soviel Zeit nehmen, wie du willst.«

Ich erhob mich von dem braunen Lederkissen. Ich war mir bewußt, daß auch Tamra mich beobachtete. Ich beachtete sie nicht, jedenfalls versuchte ich es. Ich haßte es, wie ein Käfer unter der Lupe studiert zu werden.

»Ordnung ist langweilig. Alles ist gleich. In Recluce stehen die Leute jeden Tag auf und tun die gleichen Dinge. Sie tun diese so vollkommen wie möglich und so lange wie möglich. Dann sterben sie. Für mich gibt es nichts Langweiligeres und Sinnloseres.«

Wrynn nickte. Myrten auch. Aber Tamras eisblaue Augen waren verschleiert. Krystal unterdrückte ihr übliches Kichern, drehte ihr langes schwarzes Haar um einen Finger und strich mit der Spitze wie mit einem Pinsel über die gekreuzten Beine.

Mir fiel nicht mehr ein. Schließlich war doch alles vollkommen klar, was ich gesagt hatte. Ich stand stumm da. Niemand erwiderte etwas.

»Lerris, nehmen wir einmal an – nur als Diskussionsgrundlage –, es gäbe irgendwo in diesem Universum ein Königreich ...«

»Universum?«

»Entschuldigung. Stell dir einfach eine andere Welt vor. Eine Welt, wo die Menschen so viele Kinder bekommen, wie sie wollen. Ohne Ordnung, ohne Regeln. Eine Welt, wo alle Generationen aus unerfindlichen Gründen immer irgendeinen Krieg führen. Die jungen Männer tragen Rüstungen und Waffen, und ein Fünftel von ihnen stirbt. Manche Königreiche gewinnen, manche verlieren. Aber als einzig wirkliches Ergebnis dieser Kriege werden die Waffen immer schrecklicher und wirkungsvoller.

Es werden mehr Kinder geboren. Mehr hungern, und mehr von denen, welche erwachsen werden, sterben in den Kriegen.« Cassius machte eine Pause und blickte uns an. »Denkt alle über diese imaginäre Welt nach – nicht nur Lerris.«

Ich dachte nicht lange nach. Na und? Menschen starben im Krieg. Menschen starben immer.

»Lerris, hast du gewußt, daß voriges Jahr im Süden Hamors fünftausend Menschen gestorben sind?«

Ich schüttelte den Kopf. Was hatten fünftausend Tote in Hamor mit einer imaginären Welt zu tun? Was hatte die imaginäre Welt mit Langeweile zu tun? Oder mit Ordnung?

»Weißt du, wie sie gestorben sind?« fragte Cassius.

»Nein.« Woher sollte ich das wissen?

»Sie sind verhungert. Sie sind gestorben, weil es nichts zu essen gab.«

Wrynn hatte sich gegen die Täfelung aus schwarzer Eiche gelehnt, die den unteren Teil der Wände bedeckte, und schürzte die Lippen.

Ohne zu essen starb man, logisch. Ich nickte.

»Weißt du, warum es nichts zu essen gab?«

»Nein.«

»Weiß es einer der anderen?«

»Kam es deshalb zur Rebellion?« fragte Tamra. Sie schien sich zu amüsieren, als wüßte sie, worauf Cassius hinauswollte.

Ich fragte mich, wieso sie von einer Rebellion im Süden Hamors etwas wußte. Und wen ging das etwas an?

»Im Westen Hamors gab es Nahrung«, erklärte Cassius langsam. »Genug Getreide, daß die Preise niedriger als in den Vorjahren waren.«

Myrten blickte ihn verdutzt an.

»Ja, Myrten?« fragte Cassius den Kerl mit dem Frettchengesicht und dem verfilzten Haar, das dem Fell eines Büffels glich.

»Hätten sie nicht Getreide schmuggeln können?«

»Das Kaiserliche Heer hatte die Straßen gesperrt. Dennoch wurde tatsächlich ziemlich viel Getreide geschmuggelt, doch nicht genug, um den Verlust aufzuwiegen, der entstanden war, als die Soldaten des Kaisers die Felder verbrannt hatten.«

Es herrschte einen Augenblick lang Schweigen.

»Lerris, mußte in Recluce jemals ein Mensch verhungern?«

»Ich weiß es nicht.« Verdammt, wenn ich ihm in einem einzigen Punkt recht gäbe, obwohl ich nicht wußte, welchen Punkt ich zugeben sollte!

»Aha ... willst du behaupten, daß es langweilig ist, wenn niemand verhungert? Daß es langweilig ist, wenn die Menschen glücklich und gut genährt sind? Würdest du lieber in Hamor leben, wo das Fehlen von Ordnung zu Rebellionen, Unterdrückung und Hungersnot führt? Ziehst du den Tod der Langeweile vor?«

»Selbstverständlich nicht.« Meine Stimme war lauter, als ich beabsichtigt hatte. »Aber Ihr behauptet, daß Langeweile nötig ist, um Tod oder andere Greuel zu vermeiden. Und dem stimme ich nicht zu.«

»Das habe ich nie gesagt, sondern du, Lerris.«

Ich öffnete den Mund, um zu protestieren, doch Tamra fuhr mich an: »Lerris, versuch wenigstens ein einziges Mal nachzudenken.«

Krystal kicherte.

Ich warf ihr einen wütenden Blick zu, der sie jedoch kalt ließ. Wrynn schüttelte den Kopf und streckte ihre wohlgeformten Beine aus.

Keiner sagte etwas.

Schließlich stieß Magister Cassius einen Seufzer aus – einen richtigen tiefen Seufzer.

»Na schön«, meldete ich mich. »Würde jemand dem blöden Lerris die Sache erklären.«

»Du bist nicht blöde«, widersprach Tamra. »Du weigerst dich nur zu sehen.«

»Was soll ich sehen?«

»Lerris, Ordnung ist notwendig, um Böses wie Hungersnöte und Mord zu verhindern«, erklärte Cassius. »Würdest du mir zumindest in diesem Punkt zustimmen?«

Ich nickte. »Ja.«

»Du hast gesagt, übertriebene Ordnung langweile dich.«

Wieder mußte ich nicken.

»Siehst du den Unterschied zwischen dem ersten und dem zweiten Punkt?«

Offenbar machte ich ein verständnisloses Gesicht. Alle schüttelten den Kopf.

Cassius holte tief Luft. »Ehrliche Ordnung verhindert das Böse. Das ist eine Wahrheit im Leben und auch in der Magie. Auf dieser … auf unserer Erde kommt diese Wahrheit einer Tatsache nahe.« Er machte eine Pause.

»Na gut«, gab ich zu, obwohl ich mich immer noch wunderte, warum er auf einem Unterschied zwischen Wahrheit und Tatsache bestand.

»Du nennst übertriebene Ordnung langweilig. Das ist ein persönliches Werturteil. Wenn du diese Langeweile auf Ordnung anwendest, behauptest du damit, daß Langeweile nötig ist, um das Böse zu vermeiden. Langeweile ist kein Bestandteil der Ordnung, sondern nur deine Reaktion darauf. Langeweile ist nicht nötig, um Hungersnöte zu verhindern, Ordnung dagegen schon. Du findest nur diese Ordnung langweilig.«

Magister Cassius verdrehte die Worte. Zuviel Ordnung war immer noch langweilig.

»Ihr alle habt ein Problem, das Lerris' Problem ähnlich ist«, fuhr der schwarze Mann in schwarzer Kleidung fort. »Tamra, für dich ist Ordnung ein Werkzeug der Männer. Du lehnst unsere Lebensweise deshalb total ab, weil Ordnung besagt, daß es *stichhaltige* Unterschiede zwischen Männern und Frauen gibt. Du hast das Gefühl, daß Frauen alles tun können, was Männer tun, vielleicht sogar mehr.«

»Können wir auch«, sagte der Rotschopf so leise, daß es offenbar niemand gehört hatte, nur ich, obgleich sie am anderen Ende des Raums saß. Mein Gehör schien schärfer zu werden, vielleicht paßte ich aber nur besser auf. Tamra kochte vor Wut, zeigte sie aber nicht.

Ich ließ mich wieder auf dem braunen Lederkissen nieder.

Der Magister lächelte und richtete die Augen auf sein nächstes Opfer. »Wrynn, du glaubst, daß Stärke die Antwort auf alle Probleme ist und daß jeder stark sein kann, wenn er sich nur bemüht. Deiner Philosophie nach sollten Kranke und Säuglinge stark werden oder sterben.«

»Das stimmt nicht.« Wrynn setzte sich auf. Ihre braungefleckten grünen Augen waren eiskalt.

»Dann erklär es uns.« Magister Cassius lächelte. »Du kannst aufstehen oder umhergehen.«

Meine Augen ruhten auf Tamra. Sie war anmutig wie eine Tänzerin, doch im Innern aus Stahl, gegen das selbst die schärfste Klinge nichts ausrichten würde. Ihr flammendrotes Haar umrahmte ein Gesicht mit Sommersprossen, das beinahe freundlich aussah – wenn sie nicht sprach. Sie fing meinen Blick auf. Ich hatte das Gefühl, plötzlich unter einer eiskalten Dusche zu stehen. Schnell schaute ich zu Wrynn.

»Jeder hat die Verpflichtung, so stark wie möglich zu werden. Es ist nicht richtig, daß die Starken sich um diejenigen kümmern müssen, die sich weigern, stark zu sein.« Wrynn war nicht aufgestanden. Sie hatte die

Hände zu Fäusten geballt. Jetzt blickte sie auf die Dolchscheide am Gürtel.

»Was meinst du mit *›stark‹?*« fragte Cassius mit seiner tiefen Stimme.

Wrynn betrachtete die glänzenden Dielenbretter aus schwarzer Eiche, dann Krystal und schließlich Myrten, der sich noch tiefer in die Ecke drückte. Myrten schien sich immer in eine Ecke zu verziehen, aus der er alles beobachten konnte.

Im Raum herrschte Schweigen.

»Ihr wißt, was ich meine, Magister Cassius. Das ist nur Wortklauberei«, sagte Wrynn mit harter Stimme.

Ich stimmte ihrer Beurteilung von Cassius zu. Alle Magister und Meister spielten mit Worten und verdrehten ihre Bedeutung so, daß sie mehr verbargen als enthüllten.

»Beruhige dich«, sagte Cassius beschwichtigend. »Du fühlst, daß Stärke wichtig ist. Welche Art von Stärke? Soll man einen Schläger bewundern? Würdest du eine zierliche Frau verachten, weil sie Hilfe braucht, um einen Dieb aufzuhalten?«

»Ich bewundere Schläger keineswegs. Ich halte allerdings nicht viel von Menschen, die Diebstahl oder Angriffe herausfordern. Und ich mag keine Diebe.« Jedes Wort klang wie ein Peitschenhieb. Wrynn blickte Myrten an, der die Augen niederschlug.

»Du fühlst also, daß Ordnung ausschließlich auf Stärke und Selbstdisziplin beruhen sollte?«

»Ich weiß, was ich fühle.« Jetzt funkelte Wrynn den Magister an.

»Schon gut.« Cassius lachte sogar etwas. Dann wendete er sich mit ernstem Gesicht an Krystal. »Und was ist mit dir, du Frohnatur? Warum weigerst du dich, Ordnung Aufmerksamkeit zu schenken – oder irgendeiner anderen Sache?«

Krystal blickte Cassius nicht einmal an, sondern kicherte nur und spielte weiter mit der langen schwarzen Haarsträhne.

»Krystal!« Die tiefe Stimme klang so kalt, daß ich unwillkürlich schauderte.

Krystal blickte zu Boden. »Es … es *hilft* doch nichts, aufzupassen. Die Dinge ereignen sich trotzdem. Denken hält sie nicht auf«, sagte sie leise.

Wrynn schnaubte laut.

»Dann stimmst du Wrynn zu, daß nur Gewalt dem Bösen Einhalt gebieten kann?«

»Manchmal.« Krystal schaute mich an.

»Was meinst du, Lerris?«

Ich wünschte, sie hätte diese unausgesprochene Bitte nicht geäußert und vor allem, daß Cassius sie nicht verstanden hätte. Ich hustete und überlegte, was Krystal wirklich gemeint hatte. »Nun ja … manchmal sieht es so aus, als könnten vollkommen gute Menschen gegen das Böse nichts ausrichten … und manchmal …« – ich dachte an den Bäcker – »scheinen Menschen bestraft oder aus Recluce verbannt zu werden, nur weil sie irgendeiner unsichtbaren oder unausgesprochenen Norm nicht entsprechen. Ich finde es ungerecht, daß sie bestraft werden, nur weil sie etwas nicht verstehen oder nicht stark genug sind.«

»Denkst du, daß das Leben im Grund ungerecht ist? Oder daß die Bruderschaft die Verpflichtung hat, einem einzelnen gegenüber gerecht zu sein, wenn diese Gerechtigkeit die Sicherheit von ganz Recluce bedroht?«

»Eine derartige Bedrohung habe ich noch nicht gesehen, wohl aber, daß Menschen, die nicht schlecht waren, bestraft oder verbannt wurden.«

Cassius lächelte traurig und blickte zu Krystal, die sich jedoch immer noch weigerte aufzuschauen, dann zu Wrynn, die ihm trotzig in die Augen starrte, und wieder zu mir. In der Ecke leckte sich Myrten die Lippen.

»Ist es ein Recht oder ein Privileg, in Recluce zu

leben?« Cassius' Frage hing wie ein Zauberspruch in der Luft.

»Eurer Meinung nach ist es ein Privileg, und wir müssen uns bestimmten Bedingungen unterwerfen«, sagte ich. »Das ist gut und schön, aber niemand erklärt uns die Gründe für diese Bedingungen. Beachte die Regeln! Halte Ordnung und verbanne das Chaos! Und stell keine Fragen, die wir nicht beantworten wollen!«

»Ich nehme an, du findest die Erklärungen unzureichend.«

»Stimmt. Das denke ich, und ich glaube, die meisten in diesem Raum ebenfalls.«

»Aha ... der Kaiser trägt keine Kleider«, sagte Cassius leise mit weicher Stimme.

Keine Kleider? Welcher Kaiser? Welche Kleider?

»Dieses ... Philosophieren ... ist ja sehr inspirierend. Aber wie bereitet es uns auf die Gefahrenbrigade vor?« Tamra war aufgestanden. Ihre Stimme klang schneidend.

»Setz dich, und ich werde es erklären. Wahrscheinlich wird mir keiner von euch glauben, aber ich werde es trotzdem sagen.«

Tamra setzte sich. Ich zuckte mit den Schultern, Wrynn ebenso.

Cassius wartete, bis Ruhe eingekehrt war.

»Eigentlich ist es ganz einfach«, begann er. »Gegen vollkommene Ordnung ist die Chaos-Magie fast machtlos. Recluces Basis ist, diese Ordnung zu erhalten. Manche Menschen sind Ordnungsquellen, andere schaffen Chaos – und manche können beides sein.

Die meisten Menschen, die für die Gefahrenbrigade ausgewählt werden, sind entweder unkontrollierte Ordnungsquellen oder könnten entweder Ordnung oder Chaos schaffen, ohne es zu wissen. Der erste Schritt in der Brigade führt zu der Erkenntnis, daß ihr alle die Fähigkeit habt, entweder dem Chaos zu erlauben, in

Recluce Fuß zu fassen, oder zu helfen, das Chaos von Recluce fernzuhalten. Ihr müßt euch für eine der beiden Möglichkeiten entscheiden, und die Bruderschaft läßt nicht zu, daß ihr diese Entscheidung fällt, ohne daß ihr beobachtet werdet, es sei denn, ihr befindet euch außerhalb von Recluce.

Da Recluce kein Polizeistaat ist, ist es am günstigsten, wenn ihr euch den Rest der Welt anseht – oder zumindest einen Teil davon –, während ihr lernt und euch entscheidet.«

Polizeistaat? Ein seltsamer Ausdruck. Nur in Hamor gab es Polizei. Einen Moment lang herrschte Schweigen im Raum.

»Aha ... Ihr jagt uns nach Hamor oder Candar, damit wir morden, und für die Schafe, die hierbleiben, bleibt alles bestens.« Wrynns Stimme klang gepreßt.

»Nein, wirklich nicht. Der jetzige Kaiser Hamors ist der Enkel eines Gefahrenbrigadiers, dem die südlichen Gebiete gefielen und der erfolgreich die Provinz Merowey übernahm. Der oberste Meuchelmörder einer größeren Macht kam aus Sigil, nicht von hier.« Cassius schüttelte den Kopf. »Glaubt mir, der Rest der Welt wird viele Talente belohnen. Ihr seid in größter Gefahr, wenn ihr an Ordnung glaubt und die Bruderschaft ablehnt.« Jetzt blickte er mich scharf an. »Und zwar deshalb, weil ihr eine wandelnde Quelle der Ordnung in den Reichen des Chaos und eine Bedrohung für die Chaos-Meister sein werdet.«

»Wollt Ihr damit sagen, weil wir Talent haben, müssen wir Recluce verlassen, bis wir dieses Talent beherrschen?« fragte Sammel.

»Nicht bis ihr es beherrscht! Das kann Jahre dauern. Nur bis ihr euch im Innern entschieden habt, welchen Weg ihr einschlagen wollt.«

Beinahe hätte ich mir auf die Zunge gebissen. Das war noch schlimmer, als ich gedacht hatte. Wenn ich die halsstarrige Ordnung und alle Regeln der Bruderschaft nicht billigte, würde man mich den Wölfen zum Fraß vorwerfen. Irgendwie sah ich mich nicht gerade als ein Chaos-Meister. Warum konnte eine ethische Person nicht sowohl Ordnung als auch Chaos benutzen? Das Leben bestand doch aus beidem.

»Was ist …?«

Die Fragen gingen weiter, aber ich schenkte ihnen nicht mehr viel Aufmerksamkeit. Alle wollten dieselben Dinge wissen und drückten es nur mit unterschiedlichen Worten aus. Ich war also eine unkontrollierte Ordnungsquelle? Oder Schlimmeres? Und immer noch erklärte mir niemand, was das bedeutete, nur daß es für Recluce gefährlich sei.

Mein Magen knurrte, aber keiner hörte es, weil alle mit Cassius redeten.

Krystal und ich saßen auf einer stillen Insel. Sie blickte zu Boden, und ich blickte auf alles und sah nichts.

X

Die Sonne hing wie eine goldene Scheibe über der schwarzen Steinmauer, welche die Enklave der Bruderschaft vom Hafen trennte, über dieser Mauer, die von der Seite der Bruderschaft aus so niedrig und unten vom Marktplatz aus so beeindruckend aussah.

Obwohl es nur wenige Tage nach dem Mittsommer war, wirkte das Gras grün und saftig, die Luft roch frisch, und die Nächte waren kühl – laut Sammel eine Folge der Ostströmungen.

Ich hatte darüber nie nachgedacht, bis Magistra Trehonna uns mit ihren Landkarten und Vorträgen über Geographie darlegte, wie Berge und Strömungen das

Wetter beeinflußten. Sie hatte uns erklärt, wie die Geographie die Lage von Städten bestimmte und warum Orte wie Fenard, die Hauptstadt von Gallos, am Fuß von Hügeln lagen, die zu den Westhörnern führten: weil die hohe Lage die Verteidigung der Stadt erleichterte und die beiden Flüßchen Energie für die Mühlen lieferten. Am meisten fesselte mich ihre Ausführung, daß die Auferlegung von Ordnung und Chaos an – wie sie es nannte – kritischen Knotenpunkten ganze Wettermuster verändern konnte.

Das erklärte zum Teil, warum einige Schiffe der Bruderschaft bestimmte Abschnitte der Gewässer im Norden patrouillierten. Aber Magistra Trehonnas Unterricht war wie alles andere: ein Häppchen Wissen hier, eins dort und dazwischen eine Menge langweiliger Wiederholungen.

Ich saß mit dem Rücken gegen eine kleine Roteiche gelehnt und beobachtete, wie die weißen Schäfchenwolken am östlichen Himmel sich langsam rosig und grau färbten. Ich wollte herausfinden, ob ich das Muster hinter den Wolken entdecken konnte, wenn ich versuchte, hinter ihre Oberfläche zu sehen.

Wieder sah ich die schwachen Schemen der Hitzeschlieren, die ich bei den seltsamen Bruderschaftschiffen gesehen hatte, aber bei den Wolken waren sie natürlich. Ich wußte nicht, wieso ich den Unterschied wahrnehmen konnte. Aber ich konnte es. Nach einiger Zeit taten mir die Augen weh. Ich schloß sie und lauschte.

Es waren noch andere Gruppen von Gefahrenbrigadieren in der Nähe. Wir trafen uns in den Unterkünften und unterhielten uns manchmal beim Abendessen. Sie waren nicht viel anders als wir. Allerdings schienen sie besser in Form zu sein und wirkten irgendwie distanziert. Freundlich, verständnisvoll, aber distanziert.

Zwei saßen auf einer Bank auf der anderen Seite der Hecke. Ihre Stimmen drangen herüber.

»... Brysta, haben sie gesagt ...«

»Wenigstens ist es nicht Hamor ...«

»Hamor ist besser als Candar ... Heim der Chaos-Meister ... Hamors Kaiser schätzt *etwas* Ordnung ...«

Cassius hatte erwähnt, daß Candar der chaotischste der größeren Kontinente sei. Tamra hatte als Grund dafür die Tatsache erwähnt, daß er Recluce am nächsten liege und es ein Gleichgewicht geben müsse. Cassius hatte die Stirn gerunzelt, sie aber nicht verbessert. Das hieß, sie hatte recht.

Aber das war auch ein alter Hut. Die Chaos-Magier hatten von Frven in Candar aus fast die gesamte Welt beherrscht – bis sie eine neue Sonne am Himmel geschaffen hatten und die meisten Gebäude und Menschen der Hauptstadt wie Wachs geschmolzen waren. Obgleich das alles vor vielen Generationen geschehen war, hatten sich die Menschen offenbar nicht sehr verändert.

»Darf ich mich zu dir setzen?«

Ich zuckte zusammen und öffnete die Augen.

Die melodische Stimme gehörte Krystal.

»Klar ... ich bin aber nicht sonderlich unterhaltsam.«

»Dann sind wir schon zu zweit.« Sie setzte sich mit untergeschlagenen Beinen im Abstand einer Elle ins Gras. Sie hatte das lange Haar mit Silberschnüren hochgebunden. Wenn sie nicht kicherte oder mit den Haaren spielte, sah ich sie gern. Sie war so anmutig wie Tamra, aber ohne deren Hochmut. Ich vermutete, daß hinter ihrem Kichern mehr Stärke steckte, als wir ahnten.

Bimmmm ... Das Glockenspiel des Tempels rief die Mitglieder der Bruderschaft zur freiwilligen abendlichen Meditation. Ich hatte keine Lust. Mir war aufgefallen, daß Magister Cassius auch niemals teilnahm.

Krystal rührte sich nicht, aber die beiden Männer auf der Bank jenseits der Hecke standen auf.

»Wahrscheinlich schicken sie Dankgebete zum Himmel, weil sie nach Brysta und nicht nach Candar geschickt werden«, platzte ich heraus.

»Wohin werden sie uns schicken?«

»Candar«, meinte ich.

»Meistens hast du recht ... wenn es um Fakten geht ...« Sie blickte auf das Gras.

Ich richtete mich auf. Der Baum und der Boden waren hart. Die Wolken über dem östlichen Horizont wirkten jetzt grau. Der Wind aus dem Westen hatte aufgefrischt und zauste mein Haar. Der Dufthauch einer bittersüßen Orange stieg mir in die Nase.

»Was wird mit uns geschehen?«

Ich zuckte mit den Achseln. »Keine Ahnung. Irgendwie sind wir ein seltsamer Haufen, aber ich schätze, daß alle Gefahrenbrigadiere so sind. Myrten ist ein Dieb, aber wie er sich so lange halten kann ... Wrynn ist tatsächlich eine Soldatin und gehört zum Grenzschutz. Sammel ist Missionar in einem Land, das bereits den Glauben hat, daß Mitgefühl nicht wichtiger ist als Ordnung. Tamra haßt Männer, und die Hälfte der Welt ist männlich. Dorthae ... ich weiß nicht ...«

»Und du?«

»Ich?« Wieder zuckte ich mit den Achseln. Ich wollte nicht über mich reden. »Wie Cassius sagt: Ich langweile mich schnell. Und was ist mit dir?«

»Ich glaube, daß du dich langweilst, weil du alles wissen willst, es aber nicht zugeben kannst.«

Bimmmm ... Der zweite Glockenschlag des Tempels zeigte an, daß die Meditation begonnen hatte.

»Was ist mit dir?« fragte ich nochmals.

»Ich?« Krystal kicherte.

Ich verzog das Gesicht.

»Du magst es nicht, wenn ich kichere.«

»Stimmt.« Ich blickte über ihre Schulter hinüber zu dem kleinen Garten dicht vor der Mauer. Dorthae und Myrten saßen auf einer Bank und spielten Karten. Logisch. Myrten hatte immer eine Idee, jemanden übers Ohr zu hauen.

»Ich wurde zwangsverpflichtet, weißt du. Ihm hat das Kichern nicht viel ausgemacht.«

»Tut mir leid.« Daran hatte ich nicht gedacht. Ich war jung. Was wäre, wenn Koldar oder Corso für die Gefahrenbrigade ausgewählt worden wären? Krystal hatte mir erklärt, daß die Brüder sie von ihrem Ehemann oder Geliebten einfach weggeholt hatten. »Tut mir wirklich leid.«

»Schon gut. Es war eine gute Entschuldigung, damit ich weggehen konnte. Er wird glücklicher ohne mich sein. Ich bin es auch.«

»Einfach weggegangen?« Ich konnte mir nicht vorstellen, daß meine Mutter meinen Vater je hätte verlassen können.

»Du schaust meine Haare an. Du schaust meine Brüste an. Alle Männer tun das. Deine Blicke sind wenigstens ehrlich.« Sie sprach ganz leise, beinahe flüsternd.

»Stimmt«, gab ich zu.

Sie wechselte die Stellung und saß beinahe neben mir. »Stellst du dir vor, wie ich mich anfühle?«

In der Tat überlegte ich mir gerade, wie es wohl wäre, sie in den Armen zu halten und zu berühren. Aber das meinte sie nicht. »Anfangs nicht.«

»Ach, Lerris ...«

Wir saßen stumm da, während sich die Dunkelheit auf Nylan legte.

»Nimmst du mich nur einmal in den Arm?« Ihre Stimme klang wie die eines Kindes.

Ich nahm sie in den Arm, aber mehr tat ich nicht. Dabei stellte ich mir durchaus mehr vor – vor allem später, nachts, allein im Bett.

XI

Nachdem wir schon eine Zeitlang Unterricht von Talryn, Magister Cassius und Magistra Trehonna – der Dame, die mit einem Blick selbst mich verstummen ließ – genossen hatten, marschierte Talryn eines Morgens mit uns durch einen langen, hell erleuchteten Tunnel, der in einen teilweise unterirdischen großen Raum führte.

Durch die Oberfenster fiel genügend Licht herein. Im Gegensatz zu den Unterrichtsräumen waren die Wände hier hell wie geschälte Mandeln. Der Fußboden wirkte seltsam: weder Holz noch Stein, sondern ein elastisches grünliches Material.

Diesen Belag gab es auch in der Turnhalle, wo Dilton uns schliff, damit wir uns körperlich ertüchtigten. Ich hatte versucht, ein Stück davon abzureißen, doch vergeblich, obwohl ich es zwischen den Fingern auf Daumenbreite zusammendrücken konnte und die Arbeit mit Holz mir Kraft in den Fingern verliehen hatte. Unter Dilton kräftigten sich auch zwangsweise meine Beinmuskeln durch Laufen und Strecken.

Das schönste bei den Körperübungen war das Beobachten von Tamra und Krystal. Allerdings wagte ich beiden lediglich zuzuschauen. Manchmal setzte sich Krystal neben mich oder bat mich um eine Umarmung, doch sie wollte eindeutig nur eine brüderliche – oder eine väterliche – Geste. Und so blieb es auch, ganz gleich, was mein Körper verlangte.

Warum? Weil ich genau spürte, daß es tief in ihrem Innern etwas gab, das ich nicht berühren durfte. Was? Wie bei vielen anderen Gelegenheiten, konnte ich es nicht benennen, sondern nur die Gefahr spüren. So war es bei Tamra und bei Candar. Sobald ich nur eine Landkarte von Candar sah, lief es mir eiskalt über den Rücken.

Meine Grübeleien hörten auf, als ich Tamra lächeln sah. Immer noch trug sie Dunkelgrau, heute mit einem blauen Tuch. Niemand hatte über ihre Kleidung eine Bemerkung gemacht. Aber Talryn hatte über meine dunkelbraunen Sachen auch nie ein Wort verloren.

An der Wand gegenüber der Tür standen fünf große Regale mit allen möglichen Gegenständen, darunter auch Schwertern und Dolchen, jeweils einem halben Dutzend.

»Kandidaten ...« Talryn räusperte sich. Er räusperte sich immer, nachdem er unsere Aufmerksamkeit erlangt hatte. »Das ist Gilberto.«

Gilberto war nicht groß. Ich bin mit fast vier Ellen nur wenig größer als der Durchschnitt. Gilberto war fast einen Kopf kleiner als ich – ungefähr so groß wie Tamra. Er trug eine schwarze Hose und eine schwarze Lederweste über einem schwarzen Hemd und schwarze Stiefel. Mit dem schwarzen Haar und der blassen Haut sah er wie ein Henker aus.

»Das ist Gilberto«, wiederholte Talryn. »Die Welt außerhalb Recluces brüstet sich mit einem riesigen Waffenarsenal. Gilberto wird versuchen, euch mit den gebräuchlichsten vertraut zu machen und euch mit einer oder zwei Waffenarten zu schulen. Vorausgesetzt, ihr seid bereit zu lernen.«

Gilberto lächelte schief, als wolle er sich entschuldigen. Dieses Lächeln machte aus dem Henker einen Hofnarren mit traurigem Gesicht.

Tamra musterte ihn von der Seite. Ich lächelte den Mann einfach an. Er sah komisch aus. Manche der Bruderschaft mochten langweilig oder seltsam sein, doch ich zweifelte nie an ihren Fähigkeiten. Krystal schürzte die roten Lippen und gab sich Mühe, nicht zu kichern. Wrynn zog ein finsteres Gesicht. Myrten leckte sich die Lippen. Dorthae schaute erst Talryn und dann Gilberto an, ohne ein Wort zu sagen.

Gilberto begrüßte uns, indem er sich tief verbeugte. Diese Geste wirkte sehr förmlich. »In den Regalen liegen Waffen. Bitte, schaut sie euch an. Nehmt sie in die Hand. Berührt von jeder Sorte eine. Diejenige, die sich am besten anfühlt, nehmt und setzt euch auf ein Kissen am Ende des Raums.«

Die Augen des Waffenmeisters wurden kalt. »Wählt die Waffe nicht mit dem Kopf, nehmt auch nicht jene, welche sich am leichtesten anfühlt oder die am zerstörerischsten zu sein scheint. Die Waffe, die ihr verwendet, muß euch widerspiegeln.« Er machte eine Pause. »Später werde ich euch über die anderen Waffen unterrichten.« Wieder verbeugte er sich und zeigte auf die Regale.

Gilberto meinte es ernst. Das wußte ich. Ich trat daher zum nächsten Regal. Dort lagen Schwerter: lange, kurze und manche nicht länger als Dolche. Mein Blick fiel auf ein Schwert mit schmaler Klinge. Ich faßte mir ein Herz und nahm es in die Hand – und hätte es beinahe fallen lassen. Die Kälte und das ungute Gefühl der Waffe bereiteten mir Übelkeit. So schnell wie möglich legte ich das Schwert zurück und wischte mir den Schweiß von der Stirn.

»He …«

Krystal und ihr verfluchtes Kichern. »Los. Nimm eine!«

Sie warf das Haar über die Schulter und griff an mir vorbei nach dem Schwert. Locker drehte sie es in der Hand. »Es fühlt sich gut an, aber nicht ganz richtig.« Sie legte es wieder zurück und wählte ein leichteres, kürzeres Schwert, das ebenfalls eine schmale Klinge hatte.

Ich ergriff nochmals das Schwert, das sie so mühelos gehalten und das ich so schnell zurückgelegt hatte. Diesmal waren die Kälte und das flaue Gefühl nicht mehr so stark wie zuvor. Trotzdem drehte sich mir der Magen um.

Ich fragte mich, welche üblen Tricks Talryn und Gilberto noch planten. Doch Talryn war verschwunden, und Gilberto stand am Ende der Regale und machte ein völlig nichtssagendes, ja gelangweiltes Gesicht.

Tamra trat neben mich und griff lächelnd nach dem Schwert, das ich zweimal ausprobiert hatte. Als sie den Knauf packte, riß sie den Mund auf. Dann preßte sie die Lippen zusammen und legte das Schwert zurück. »Nicht für mich.« Auf ihrer Stirn standen Schweißperlen.

Ich unterdrückte ein Lächeln und ging zum ersten Regal. Dort lagen Dolche, von denen einige hervorragend gearbeitet waren. Doch als ich nur über die Griffe strich, fühlte ich, daß mir die Dolche ebenfalls körperliche Übelkeit bereiteten. Ich hatte schon mehrmals Dolche in der Hand gehabt, doch hatte ich nie Abscheu empfunden. Diese Waffen waren eindeutig verzaubert. Aber warum?

Aus dem Augenwinkel sah ich, daß Tamra ebenso verwirrt war wie ich. Schon lange lächelte sie nicht mehr.

Die Speere fühlten sich wesentlich weniger unbehaglich an. Neben ihnen standen Hellebarden mit glänzenden Klingen. Doch als ich die Hand nach einer ausstreckte, hatte ich das Gefühl, mein Magen werde sich sofort entleeren.

Peng! Ich war so plötzlich zurückgewichen, daß eine der kürzeren Hellebarden aus der Halterung gerutscht und zu Boden gefallen war.

Gilberto blickte mich mit hochgezogenen Brauen an.

Trotz seines Blickes ließ ich die Hellebarde liegen. Verdammt! Ich würde mich nicht blamieren und mein Frühstück auf den Fußboden spucken.

Ich ging zu den Pistolen hinüber. Ich hatte noch nie eine aus der Nähe gesehen, aber Magister Kerwin hatte sie in der Geschichtsstunde erwähnt und auf ihre begrenzte Wirksamkeit im Krieg hingewiesen, da sie auf jede Entfernung hin unzuverlässig waren und durch ihre empfindliche Technik Probleme machten – besonders aber waren sie für Chaos-Magie sehr empfänglich.

Ich brauchte sie nicht einmal zu berühren. Sie waren mir nicht wohlgesonnen. Myrten dagegen hantierte beinahe liebevoll damit. Ich bewunderte die geschnitzten Griffe und den blauen Stahl der Läufe und ging weiter zum nächsten Regal.

Dort befanden sich Streitkolben. Ich probierte mehrere und war erleichtert, daß ich sie wenigstens hochheben konnte. Doch keiner fühlte sich gut an. Allerdings schlug mein Magen auch nicht Salto. Die metallenen Kolben – wie der Morgenstern – schrien mir zu, die Hände von ihnen zu lassen. Nach der Erfahrung mit der Hellebarde hielt ich mich wohlweislich zurück, ganz gleich, welche Anweisungen Gilberto uns gegeben hatte.

Neben den Streitkolben lagen die aufgerollten Seile. Sie fühlten sich nicht übel an. Ich verspürte kaum Widerwillen, doch was konnte ich mit einem Seil ausrichten? Ein Seil war doch keine Waffe! Dann sah ich zwei polierte Holzstäbe durch ein Seil verbunden. Wie zuvor vermochte ich sie zu halten, hatte aber keine Ahnung, was ich damit anfangen sollte.

Schließlich kam ich zu den Stäben. Ich war überrascht, daß es zwei dunkle gab, die aber nicht aus schwarzer Eiche oder Lorkenholz bestanden, wie mein Stab, sondern aus gedunkelter weißer Eiche. Außerdem hatte kein Stab hier einen Metallbeschlag wie meiner – Talryn hatte mir eindringlich geraten, meinen während des Unterrichts im Zimmer zu lassen. Die Oberflächenbearbeitung dieser Stäbe hier war jedoch beinahe so vollkommen wie die von Onkel Sardit. Ich ergriff den dunklen Stab, der ungefähr meiner Körpergröße entsprach. Der andere war etwas kürzer. Beide Stäbe waren die ersten Waffen – sofern man Stäbe Waffen nennen kann –, bei denen ich kein ungutes Gefühl hatte.

Mit dem längeren Stab in der Hand musterte ich die

Schlagstöcke, die auf dem letzten Regal lagen. Einer war kurz und pechschwarz und lockte mich beinahe so wie der lange dunkle Stab. Ich nahm ihn eine Zeitlang in die Hand, legte ihn jedoch wieder weg.

Tamra ging auf die Stäbe zu. Sie schleppte die Füße dahin, als wolle sie nichts damit zu tun haben. Sie hatte die Lippen fest zusammengepreßt und trug keine Waffe.

Hinter ihr sah ich Krystal neben einem braunen Ledersitzkissen stehen und beinahe liebevoll ein Schwert streicheln. Myrten saß da und betrachtete genau die Pistole, die er aus dem Regal genommen hatte.

Sammel trug zwei Streitkolben, und Wrynn suchte immer noch zwischen Dolchen und Schwertern herum.

Meine Augen wanderten zurück zu Tamra. Auf ihrer Stirn glänzten Schweißtropfen, als sie einen Morgenstern hochhob. Der Kopf des Morgensterns war beinahe so groß wie ihrer. Selbst aus fünf Ellen Entfernung sah ich, wie sie die Lippen so fest zusammenpreßte, daß sie weiß wurden. Langsam legte sie den Morgenstern zurück.

Ich mußte ihre Kraft bewundern. Sie war noch sturer als ich. Aber warum setzte sie sich dieser Folter aus? Und es war Folter – soviel stand fest. Ihre Hände zitterten leicht, als sie zu den Stäben kam.

»Amüsierst du dich auch gut?« Tamras Stimme klang wie geschmolzenes Blei.

Ich schüttelte den Kopf. Mir mußte sie nichts beweisen – und der Bruderschaft schon gar nicht.

Sie blickte einfach durch mich hindurch, als sie den anderen dunklen Stab ergriff. Die Spannung in ihrem Körper ließ nach, aber ihre Brauen bildeten einen Strich über den eisblauen Augen. Im Gegensatz zu anderen Rothaarigen oder Dorthae färbte sich Tamra die Brauen nicht dunkel. Sie schien jede Art Schmuck abzulehnen, abgesehen von den bunten Tüchern.

»Tamra ... Lerris ... habt ihr eure Waffen lange genug bewundert?« fragte Gilberto.

»Bewundern ist vielleicht nicht das richtige Wort«, meinte Tamra mit so kalter Stimme, daß man damit einen warmen Fruchtsaft in Sekundenschnelle hätte einfrieren können.

Gilberto überhörte ihre Bemerkung. Er hielt einen kurzen schwarzen Stock in der Hand und wartete, bis ich mich auf ein Kissen neben Krystal gesetzt hatte.

Tamra ging betont langsam zu einem Kissen auf der anderen Seite. Gilberto wartete. Ich hätte ihr eins überziehen können ... mit irgend etwas. Gilberto lächelte nur müde.

Tamra schenkte ihm ein süßes Lächeln.

Krystal kicherte.

Gilberto wendete sich der Gruppe zu, ehe Tamra Platz genommen hatte. »Die Waffen, die ihr in Händen haltet, sind die Waffen, die eurem Temperament am meisten entsprechen«, erklärte er. »Das heißt nicht, daß sie die besten Waffen zur Verteidigung sind – jedenfalls nicht jetzt. Falls ihr den Umgang lernen wollt, werden sie zu den besten Verteidigungswaffen.« Der Waffenmeister musterte die Gruppe, als erwarte er Fragen.

»Ihr sprecht von Verteidigung«, sagte Tamra. »Seid Ihr nur dazu da, um uns Selbstverteidigung beizubringen?«

Gilberto zögerte und blickte zur Öffnung, wo der Tunnel endete, als warte er auf Talryn. Schließlich antwortete er. »Alles, was der Verteidigung dient, kann eine Waffe sein. Doch weder Recluce noch die Bruderschaft sind für Gewalt. Ihr dürft alles anwenden, was wir euch beibringen, wie es euch beliebt.« Er lächelte. »Diejenigen, denen es mehr Freude macht, Waffen zu benutzen, als ihren Einsatz zu vermeiden, werden sich in Hamor oder Candar wohl fühlen.«

Wieder hatte einer der Brüder eine Frage nicht wirklich beantwortet. Langsam fand ich dieses Ausweichen anstelle direkter Antworten unerträglich. Mich mochte man vielleicht noch als Kind betrachten, doch die anderen waren auf jeden Fall keine Kinder mehr. Aber Gilberto behandelte uns alle, als wären wir unfähig, eine vollständige Antwort zu erfassen.

»Was meint Ihr damit?« fuhr Dorthae auf. »Ihr redet schließlich nicht zu Kindern.«

Gilberto zuckte langsam mit den Schultern. »In Recluce haben nur wenig Menschen Freude an Waffen. In Hamor und Candar ist das Gegenteil der Fall. Wenn ihr gern mit Waffen umgeht, gehört ihr wahrscheinlich nach Candar oder Hamor.«

Krystal kicherte … wieder. Sie hatte die Haare mit Goldschnüren hochgebunden, doch anstatt mit einer Strähne zu spielen, glitten ihre Hände über eine Schwertklinge. Aus irgendeinem Grund mußte ich daran denken, daß sie beim Essen ihr Messer benutzt hatte wie ein Chirurg sein Skalpell.

Wrynn zog ein finsteres Gesicht. Sie hielt mehrere Wurfmesser in der Hand.

Gilberto musterte uns stumm. »Ihr werdet hier eine Ausbildung an Waffen erhalten. Erst mit denen, die ihr euch ausgesucht habt. Aber nicht mit denselben, sondern mit ähnlichen des gleichen Typs.«

»Warum nicht mit diesen?« fragte Myrten und packte ihre Pistole fester.

»Sie sind verzaubert, um Vorlieben aufzuspüren … dadurch verringert sich ihre Wirksamkeit. So, bringt alle Waffen zurück. Ich suche mit euch die Waffenkammer für Studenten auf und gebe euch Waffen, die denen ähneln, die ihr gewählt habt.«

Die ganze Sache war merkwürdig. Warum hatten wir überhaupt Waffen wählen sollen? Mit Sicherheit hätte die Bruderschaft uns sagen können, welche Waffe für wen am besten geeignet war. Warum machte man sich solche Mühe? Und welche Gründe waren maßgebend dafür, welche Waffe für wen ›passend‹ war?

»Welche Gründe entscheiden über diese ›Vorlieben‹?«

fragte ich, als Gilberto zu einer Tür ging, die der gegenüberlag, durch die wir eingetreten waren.

»Euer in der Tiefe liegender Charakter ist am wichtigsten. Wenn ihr an einer Waffe ausgebildet werdet, die nicht zu eurem Charakter paßt, kann es zu Verwirrungen kommen. Aber Talryn meinte, daß das bei keinem von euch der Falle sei.«

»Wie kann er das wissen?« fragte Wrynn.

Gilberto zuckte mit den Achseln. »Ich gebe nur Unterricht im Umgang mit Waffen. Die Meister wissen, was sie wissen.«

Er sagte nicht alles, was er wußte. Aber daran war ich inzwischen gewöhnt. Gilberto blieb vor der Tür stehen und wartete, bis wir alle die Waffen zurückgebracht hatten.

Ich stellte meinen Stab zurück. Mein eigener gefiel mir ohnehin besser.

Tamra blickte niemanden an, als sie über den elastischen grünen Boden zu den Regalen ging. Krystal ließ sich viel Zeit, sich von dem Schwert zu trennen.

Die Übungswaffen hatten Scharten, waren aber in Ordnung. Die Schwerter und Dolche hatten abgerundete Klingen. Ich nahm einen Stock, einen Streitkolben und einen Stab in Empfang. Mir fiel auf, daß nur Tamra, Sammel und ich Waffen ohne Klingen erhielten.

XII

Gilberto hatte in einem Punkt recht gehabt. Die Ausbildung an den Waffen war hart – und nicht nur körperlich. Wer hatte schon darüber nachgedacht, wie man einen Stock richtig hielt? Beim Stab war es anders. Ich sah in ihm eher eine Art Schwert oder Speer ohne scharfe

Spitze … alles, was so lang war, erforderte logischerweise eine gewisse Technik.

Für mich war fast alles neu, was ich lernte. Da im Unterricht viel wiederholt wurde, waren die Übungsstunden mit den Waffen am lehrreichsten.

»Lerris, richtig benutzt, ist dieser Stab eine weitaus wirksamere Waffe als ein Dolch. *Richtig benutzt* … Du hältst ihn so …« Gilberto brach ab. »Mir fällt kein Vergleich ein.«

So verliefen die meisten Übungsstunden. Anfangs machte ich überhaupt nichts richtig. Das traf auch auf alle anderen zu – abgesehen von Tamra und Krystal. Gilberto sagte beinahe nichts zu Tamra. Er machte nur ab und zu einen Vorschlag. Um Krystal kümmerte er sich ein bißchen mehr. Sie verstand ihn auf Anhieb, wenn es um irgendeine Klinge ging.

Ich … ich schien zwei linke Daumen zu haben.

»Lerris, hör auf, gegen dich selbst zu kämpfen … *entspann* dich!«

Ich weiß nicht, wie oft ich diese Worte hörte. Aber es waren unzählige Male.

Nachdem wir die Grundbegriffe verstanden hatten, teilte Gilberto uns in Paare ein. Erst kämpften wir gegen ihn oder einen seiner Helfer, dann auch gegeneinander.

Irgendwann stand ich Tamra gegenüber, aber nicht auf dem Gebiet, das ich mir gewünscht hätte.

Wir standen am Rand des weißen Kreises auf dem grünen Boden. Draußen war der Spätsommerhimmel bewölkt. Das war eher eine Ausnahme als die Regel. Durch die hohen Fenster fiel graues Licht.

Tamra lächelte. Ihr Gesicht leuchtete auf, wenn sie lächelte, aber es war kein angenehmes Lächeln. »Welche Regeln, Magister Gilberto?« Die Finger in den dicken Handschuhen packten die Mitte des Übungsstabs fester. Dort war er nicht gepolstert. Ihre Augen waren auf mich geheftet, als studiere sie ein Insekt oder ein Wandgemälde.

Eine Locke ihres flammendroten Haars schaute unter dem Übungshelm hervor, der aus Holz und Leder bestand und dick gepolstert war.

»Tamra ...«, begann Gilberto. »Keine Schläge aufs Gesicht, die Knie, die Ellbogen oder zwischen die Beine.«

»Damit kann ich leben«, erklärte der Rotschopf.

Ich dachte, daß ich das ebenfalls könne, doch mißfiel mir der Blick in Tamras Augen und die instinktive Lockerheit, mit der sie in Kampfstellung ging. Aber ich war einen Kopf größer als sie und bestimmt doppelt so stark. Gegen Demorsal, einen von Gilbertos Helfern, hatte ich mich in den letzten Tagen wacker geschlagen.

Tamra würde jeden Schlag verdienen, den ich bei ihr landen könnte. Dieses eingebildete Luder. Immer tat sie so überlegen, als gehöre sie eigentlich nicht zu uns, dem Fußvolk.

»Zwei zu eins, sie besiegt ihn ...« Myrtens heiseres Flüstern störte mehr als die Wette. Er wettete bei jeder Gelegenheit.

Ich sah nicht so gut, wie ich es mir gewünscht hätte. Der Helm hinderte meinen Rundblick, aber ich vermutete, Myrten hatte mit Sammel gewettet.

»Ihr fangt an, wenn ich es sage, und hört mit der Glocke auf. Verstanden? Bereit?« Gilberto verließ den Kreis und schaute Tamra an. »Tamra?«

Sie nickte.

»Lerris?«

»Ja.« Ich nickte, ohne Tamra aus den Augen zu lassen. Ich verstand nicht, warum alle einen Kampf zwischen mir und Tamra für eine große Sache hielten. Sie hatte eindeutig mehr Erfahrung, aber ich war stärker und beinahe gleich schnell.

Myrten setzte wahrscheinlich auf Tamra, weil ich ihn

in der letzten Runde verdroschen hatte. Wenigstens war ich zumindest in *etwas* halbwegs gut.

»Los!«

Tamra bewegte sich auf meine rechte Seite. Ich drehte mich auf der Stelle.

Peng! Nur in letzter Sekunde hatte ich den Stab hochgebracht, um ihren Schlag zu parieren.

Peng ... peng ... peng ...

Ich wich ständig zurück, um mich zu verteidigen.

Peng ... peng ... peng ...

»Auuu ...« Ihr letzter Schlag hatte meine unteren rechten Rippen getroffen. Ihr Stab zuckte wie Blitze mal hierhin, mal dorthin.

Peng ... peng ...

Dieser Schlag traf meine linken Rippen.

Peng ...

Mein Stab zischte an den ihren vorbei und landete auf ihrem Oberschenkel.

PENG ...

Der grüne Boden kam mir entgegen, aber ich konnte nichts dagegen tun. Dunkelheit und Sterne begrüßten mich.

»... armer Hund ...«

»... das dürfte reichen, Magister Gilberto, oder?«

Ich blinzelte und setzte mich auf. In meinem Kopf drehte sich alles.

»Es reicht, Tamra.« Gilbertos Stimme klang trocken. »Wie geht's dir, Lerris?«

Ich hatte das Gefühl, mein Kopf wäre ein Baumstamm, von dem man die Rinde geschält hatte. Meine Rippen schmerzten fürchterlich. Tamra gab sich nicht viel Mühe, ihr Grinsen zu unterdrücken. »Alles bestens.« Ich mußte meine gesamte Kraft aufbieten, um überhaupt zu stehen.

»Warum duschst du nicht heiß?« schlug der Waffenmeister vor.

Ich widersprach nicht. Meist war es mir gleichgültig, wenn das Wasser lauwarm war. Heißes Wasser war Luxus bei der Bruderschaft in Nylan. Noch nie war mir dieser Luxus verlockender erschienen.

»Krystal … Wrynn … Langdolche … nehmt die hölzernen.«

Irgendwie fanden meine Füße den Weg zu den Spinden, wo ich die wattierte, weite Übungskleidung ablegen mußte.

»Sie hat dich etwas zu hart herangenommen.« Demorsal lehnte an der Wand.

»Hmmm.« Die Tunika war halb über meinem Kopf.

»Aber das kommt davon, daß du gegen dich selbst kämpfst, was du ja nicht zugeben willst.«

»Nicht du auch noch!« Ich entledigte mich der Tunika. »Was, zum Teufel, meinst du? Jeder erzählt mir, ich solle nicht gegen mich selbst kämpfen.«

»Ich sollte es dir nicht sagen … Talryn meint, daß wir es alle selbst herausfinden müssen.«

»Talryn soll zur Hölle fahren«, murmelte ich und setzte mich auf die Bank, um die Hose auszuziehen. Trotz der heißen Dusche würde mir jeder Muskel weh tun. »Sag mir wenigstens, wie ich beim nächsten Mal verhindern kann, umgebracht zu werden.«

Demorsal grinste. Seine schwarzen Augen blitzten. »Das habe ich gerade getan.« Er war nicht viel größer als Tamra, doch sie traf ihn fast nie mit dem Stab. Ich auch nicht, aber er versetzte mir nur leichte Schläge.

»Ich bin zu dumm. Erklär es mir mit anderen Worten.«

»Du wirst getroffen, wenn du anzugreifen versuchst. Jedesmal. Warum?«

Ich schüttelte den Kopf. Das war ein Fehler. Ich mußte ihn schnell mit den Händen festhalten, damit er mir nicht von den Schultern fiel.

»Ich frage dich: Warum hat Tamra dich am härtesten getroffen, als du angegriffen hast? Warum schlage ich beim Übungskampf nicht hart zu? Du gibst dir Blößen, besonders wenn du angreifen willst.«

»Ich weiß es nicht.« Ich stöhnte. Ich brauchte keine Fragen, vor allem jetzt nicht, da mir der Kopf so scheußlich weh tat.

»Weil ich das gleiche Problem habe. Ich kann nicht angreifen.«

Jetzt kapierte ich, was er sagte. Endlich. »Ist das der Grund, warum man mir keine Waffen mit Klingen erlaubt?«

Demorsal blickte mich an. »Du glaubst an Ordnung. Das mußt du. Die Benutzung von Waffen steht im Widerspruch zur Ordnung. Wenn du angreifen willst, mußt du zuerst dich bekämpfen, dann den Gegner. Auf diese Weise beziehst du zwangsläufig Prügel.«

»Tamra benutzt einen Stab, und sie schlägt mich grün und blau.«

»Sie ist etwas verrückt, aber denke einmal nach: Am härtesten hat sie dich getroffen, wenn du angegriffen hast … aber ich habe wohl schon zuviel gesagt. Ich hoffe, du fühlst dich bald besser.« Demorsal ging hinaus, ich zu den Duschräumen.

Die Teile paßten zusammen, aber es gefiel mir gar nicht. Doch ich mußte es ja nicht mögen. Wenn ich überleben wollte, mußte ich mich meinen Schwächen anpassen. Doch mögen mußte ich das Ganze nicht. Nein, wirklich nicht.

XIII

Jeder achte Tag des Tempelkalenders war Ruhetag. Wenn ich nachmittags frei hatte, ging ich immer noch oft zum Hafen von Nylan hinab und betrachtete die Schiffe, die aus fernen Ländern über die Ozeane gekommen waren. Ich wollte wissen, wie viele Länder mit Recluce Handel trieben – und wie.

Wer benutzte Dampfschiffe mit Stahlrumpf, wer Rahsegler aus Holz? Nie sah ich eine Galeere, obwohl Magister Cassius erwähnt hatte, daß einige Küstenstaaten am Südwestrand Candars, die Anrainer des kleineren Westmeeres, Galeeren mit Sklaven zur Küstenverteidigung einsetzten.

Immer hielt ich Ausschau nach den verräterischen Hitzeabschirmungen und nach den schwarzen Schiffen der Bruderschaft, von denen nie jemand sprach. Ich redete auch nie darüber, da ich nicht zugeben wollte, sie gesehen zu haben, bis ein anderer sie erwähnen würde. Aber keiner unserer Lehrer tat das.

Es war die alte Geschichte. Wenn ich eine Frage stellte, die sie nicht beantworten wollten, kamen als Antworten irgendwelche nichtssagenden Aussagen, so vage, daß ich ihren Inhalt bereits kannte.

Trotzdem ging ich immer wieder zum Hafen – meist allein. Immer nahm ich ein wenig Geld mit, nur für den Fall, ich würde etwas Nützliches entdecken. Bis jetzt hatte ich noch nichts gefunden, aber das hieß nicht, daß es beim nächsten Mal nicht möglich wäre.

Einmal ging ich mit Krystal an einem sonnigen, wolkenlosen Nachmittag hinunter. Eine steife Brise blies aus Westen und zerrte an unseren Tuniken und Haaren. Krystal hatte ihr Haar mit den Silberschnüren hochgebunden.

Die Leinwand an den Verkaufsständen flatterte im Wind. Die Tische knarrten beinahe wie Bäume kurz vorm Bersten, als wir über den Marktplatz schlenderten. Auf der Recluce-Seite war weniger als die Hälfte der Buden besetzt, und auf der Seite der Ausländer standen nur wenige Tische. Ein Mann in hellgrüner Kleidung musterte die Waren des Holzschnitzers. Derselbe Junge wie beim letzten Mal saß dahinter. Ich lächelte ihm zu, doch er ließ den Kunden nicht aus den Augen.

Nur eine Handvoll Menschen – Gefahrenbrigadiere oder Mitglieder der Bruderschaft – besuchten den Markt.

»Dort drüben verkaufen sie Waffen.«

»Willst du sie anschauen?« fragte ich. »Bestimmt ist keine dabei, die so gut wie deine sind.«

Krystal hob eine dunkle Braue und blickte mich von der Seite an. Ihr Gesicht war gebräunt, seit sie in Nylan lebte. Trotz der unterschiedlichen Größe hielt sie mühelos mit mir Schritt.

»Meine Waffen? Ich habe nur einen Dolch und ein kleines Schneidemesser. Erwartest du, daß ich damit in Hamor oder Candar an Land gehe?«

»Entschuldigung.«

Krystal blieb vor dem Tisch mit den Waffen stehen.

Auf hellblauem Filz lagen mehrere Klingen. Ein dünner Mann mit gewachstem Schnurrbart, kräftigen Armen und einer grauen Lederweste saß auf dem Schemel uns gegenüber. Seine schwarzen Augen musterten mich ausdruckslos.

Ich blickte durch ihn hindurch. Schließlich wollte ich keine Klinge kaufen.

Die Leinwand an einem leeren Tisch wurde im Sturmwind zerfetzt. Salzluft strich mir über das Gesicht.

Der Händler widmete Krystal seine Aufmerksamkeit. Sie hatte einen schmucklosen Dolch mit schmaler Klinge in die Hand genommen. Auch ich hielt ihn für die beste Waffe. Allerdings verspürte ich kein Verlangen, den Dolch zu berühren.

»Gefällt er dir?« fragte der Händler mit einer Stimme, die so ausdruckslos wie sein Blick war.

Krystal legte den Dolch zurück. »Dieser Stil gefällt mir besser als …« Sie deutete auf einen Krummdolch mit gedrehtem und vergoldetem Heft und Parierstange. »Hast du noch andere wie diese?«

Der dunkelhäutige Händler holte zwei Schwerter unter dem Tisch hervor. Um eines waberten widerlich blutrote Kraftwirbel. Mir wurde bereits beim Anblick dieses wilden Musters schlecht.

Krystal griff danach.

»Nein! Nicht dieses!« stieß ich unwillkürlich hervor. Ich wollte nicht, daß sie diese Klinge auch nur berührte, denn das chaotische Muster deutete klar auf das Böse hin. Zum ersten Mal sah ich – ich sah es tatsächlich – den deutlichen Unterschied zwischen echtem Chaos und wahrem Bösen.

Das Flattern der Leinwand untermalte diesen Augenblick.

Krystal runzelte die Stirn, berührte jedoch den Griff nicht.

»Angeblich ist das Schwert verflucht«, gab der Händler zu. Seine Stimme klang immer noch teilnahmslos.

Jetzt musterte ich es so scharf wie zuvor das längere Schwert, aber mir fiel an ihm nichts auf. Allerdings hatte ich keine Ahnung, wonach ich suchte.

»Probier doch mal das andere«, schlug ich vor.

»Du willst mir etwas über Schwerter und Dolche erzählen?« Krystals Stimme klang keineswegs melodisch, sondern eher beißend.

Ich zuckte mit den Schultern. »Das Muster ...« Wie konnte ich ihr erklären, was ich sah? Niemand außer mir sah das Muster der Kraftwirbel und erkannte, daß diese Klinge den Besitzer von Chaos in die Verruchtheit ... oder noch Schlimmeres führen würde. Wie sollte ich unsichtbare Kräfte erklären, die so chaotisch waren, daß ihr einziger Zusammenhalt der Gegensatz zur Ordnung war? »Bitte ... Krystal ... vertrau mir.«

Ein seltsamer Ausdruck huschte über ihr Gesicht.

Der Händler schaute mich an. »Du bist also ein Meisterlehrling, was?«

Seine ausdruckslose Stimme störte mich. Etwas fehlte,

aber ich wußte nicht, was es war. »Ich bin, was ich bin«, lautete meine Antwort – weder zustimmend noch abstreitend.

Er legte den Kopf etwas zur Seite und wartete auf Krystal.

»Lerris … was ist mit dem anderen Schwert?« Diesmal streckte sie nicht gleich die Hand aus.

Das zweite Schwert war etwas kleiner. Ich sah keine Kraftwirbel, nur ehrlich geschmiedetes Metall.

»Es ist eine ehrliche Klinge, die keinem bestimmten Zweck dient.«

Krystal nahm das Schwert in die Hand und studierte die Einzelheiten im Sonnenlicht. Sie prüfte die Klinge, wie Menschen es tun, die Klingen lieben und herausfinden wollte, ob sie die richtige Waffe gefunden haben. Sie schwang das Schwert und balancierte es auf der offenen Hand.

Sie mochte das Schwert. Das sah ich.

Ich beobachtete inzwischen den Händler. Wenn man annahm, daß die meisten Menschen eine Seele hatten – oder den inneren Funken, wie man es nennt –, so fehlte diese bei ihm. Kein Leben steckte in diesem Körper. Ich mußte ein Schaudern unterdrücken.

Das hieß nicht, daß seine Waren schlecht oder gut waren, aber man sollte sie ganz genau ansehen. Ich war nicht sicher, ob ich der Richtige dafür war. Aber das Schwert schien in Ordnung zu sein.

Krystal legte das Schwert langsam zurück auf den Filz.

»Wieviel?« fragte ich.

»Zehn Goldpfennige.«

Krystal betrachtete die Klinge. »Eine gute Waffe, aber ich kann eine in Recluce bestellte Klinge samt Scheide für diesen Preis bekommen.«

»Diese ist nicht bestellt.«

Ich kapierte sofort. »Das ist ein Vorteil in Candar, doch nicht für uns.« Ich drehte mich um.

»Acht …«

»Lieber nicht«, murmelte Krystal.

»Sechs …«

Der Westwind frischte weiter auf und zauste meine kurzen Haare.

»Fünf und einen Silberling«, schlug der Händler vor.

»Vier und zwei Silberlinge«, feilschte ich.

»Einverstanden, Lehrling.« Seine Stimme war immer noch ausdruckslos.

»Lerris …«

Ich achtete nicht auf Krystal. Mir war klar, daß sie das Schwert nicht bezahlen konnte, und sie hatte niemanden, der ihr geholfen hätte, doch meine Mutter hätte nichts dagegen gehabt.

»Aber …«

Der Händler steckte das Schwert in eine billige Scheide.

Ich holte die Münzen heraus. Eigentlich war ich überrascht, daß ich so viele mitgenommen hatte.

Die Augen des Händlers waren auf mich geheftet. Er nahm die Münzen an sich, ohne zu nicken, als wolle er, daß wir möglichst schnell fortgingen. Ich reichte Krystal die Scheide mit dem Schwert.

»Lerris …« Sie wollte sie mir zurückgeben.

Ich legte die Hände auf den Rücken, weil ich sicher war, daß sie die Klinge nicht fallen ließe. »Komm, gehen wir. Wir können unterwegs reden.«

Der Händler packte schnell seine Waren zusammen, während wir zur Hafenmauer gingen. Ich blickte Krystal an und fragte mich, wie der Mann es geschafft hatte, diese Teufelsklinge auf dem Marktplatz anzubieten. Doch das war in diesem Moment nicht meine Hauptsorge.

»Es gehört dir.«

»Das kann ich nicht annehmen.«

»Es gehört dir«, wiederholte ich. »Du brauchst ein

Schwert, und du brauchst es, ehe du in Candar oder Hamor landest.«

»Ich kann nicht ...«

»Krystal, du brauchst ein Schwert. Ich weiß, daß du es brauchst, und du weißt es auch. Nenn es einen Gefallen. Oder eine Leihgabe. Nenn es, wie du willst.«

Krystal blieb stehen. Wir befanden uns gegenüber der vierten Pier, die dem Marktplatz am nächsten lag. Ich sah nur eine kleine Korvette ohne Flagge. »Wir müssen reden.«

»Wie wär's hier?« Ich zog mich auf die schwarze Mauer hinauf. Dann musterte ich den Hafen. Außer der Korvette und einem alten Segelschiff war der Hafen leer. Kein Schiff der Bruderschaft weit und breit.

Krystal legte die Scheide mit dem Schwert auf die Mauer und schwang sich neben mich. Wir saßen mit dem Rücken zum Wasser und blickten auf ein zweigeschossiges Haus aus schwarzer Eiche und schwarzem Stein. Über der Doppeltür hing ein Schild, auf dem in drei Sprachen ›Vorräte‹ stand. Die erste Zeile, die schwarze, war Tempelschrift. Die zweite war grün, was auf Nordla hinwies, und die dritte war purpurrot und mit Gold umrandet.

Eigentlich merkwürdig, daß Candar und Recluce die alte Tempelsprache benutzten. Allerdings taten das viele Menschen in allen Städten, weil es die Hauptsprache des Handels war. Nordla und Hamor hatten völlig andere Sprachen. Deshalb bestand Magistra Trehonna wohl auch darauf, daß wir ein bißchen Nordlanisch und Hamorisch lernten. Ich hätte erwartet, daß Candar ebenfalls eine eigene Sprache besaß.

»Lerris.« Krystals Stimme riß mich aus meinem Tagtraum. Die Wellen klatschten laut gegen die Kaimauern.

Ich drehte mich so, daß ich sie anschaute, ließ aber die Beine baumeln. Sie saß bereits mit untergeschlagenen Beinen da.

»Das hättest du nicht tun müssen. Es ist ja nicht so, daß du ... ich meine, ich sehe, wie du Tamra anschaust ...«

»Tamra? Was hat sie damit zu tun? Sie ist ein hochnäsiges Luder.«

Krystal lächelte, kicherte aber nicht. Sie wartete nur, während die Wellen gegen die Steine schlugen und der Wind mir durchs Haar fuhr und aus dem ihren Strähnen unter den Silberschnüren hervorzog, wodurch ihre herben Züge im Licht der Nachmittagssonne weicher wurden.

Die Sonne wärmte mir wohlig den Rücken. Ich wartete, ob sie noch etwas zu sagen hätte. Es war einfach. Sie brauchte ein Schwert, und ich konnte ihr helfen. Ich konnte nicht der ganzen Welt helfen, und ich würde auch nicht Menschen helfen, die sich nicht bemühten. Wahrscheinlich stimmte ich zumindest teilweise Wrynn zu.

»Lerris.«

»Ja.«

»Warum?«

Ich zuckte mit den Schultern. »Weil du nicht darum bittest. Weil ich dich mag. Weil du mich so nimmst, wie ich bin. Weil du dich nicht hinter Halbwahrheiten und Plattheiten versteckst. Ich schätze, es gibt viele Gründe.«

Jetzt schüttelte sie den Kopf. »Was wird deiner Meinung nach mit mir passieren?«

»Ich weiß es nicht.«

Krystal blickte auf die rechteckigen schwarzen Granitsteine hinab, mit denen die Straße zu den Piers gepflastert war. Die Seemauer, auf der wir saßen, war aus den gleichen Steinen gebaut. »Ich glaube nicht, daß es mir bestimmt ist, in Recluce zu bleiben ...«

Ich hatte das gleiche Gefühl wie Krystal, vermochte jedoch nicht zu erklären, warum. Also schwieg ich. Ich hatte gesehen, wie sie sich beim Fechten mit Gilberto entkrampfte. Er hatte jetzt schon Mühe, sich gegen

Krystal zu verteidigen – und er verfügte über viel Erfahrung. »Was wirst du tun?«

Sie antwortete mir nicht. Wir saßen stumm da.

»Es gehört mir! Mir!«

Zwei Kinder – ein Junge und ein Mädchen – schossen um die Ecke des Vorratslagers. Das Mädchen hatte vor dem größeren oder älteren Jungen einen kleinen Vorsprung und schwenkte etwas in der Hand.

»Gib es sofort zurück!«

Das Mädchen blieb bei der dunklen Bank vor der geschlossenen Wechselstube stehen. Ich fragte mich, wie Kaufleute an Ruhetagen Geld umtauschen oder Wechsel einlösen sollten.

»Na schön. Hier ist dein albernes Modell. Laß uns auf die Pier gehen.«

»Da kannst du hingehen. Ich gehe nach Hause.« Der dunkelhaarige Junge steckte das Modell in seinen beinahe leeren Tornister.

»Ach was, komm schon.« Der Rotschopf lächelte ihn an.

»Ich gehe nach Hause.«

»Nur kurz.«

»Na … von mir aus. Aber es liegt nur das kleine Schiff da.«

»Na und?«

Die beiden gingen unten an uns vorbei. Sie streiften uns mit einem gleichgültigen Blick. Das Mädchen hüpfte dahin, während der kräftige Junge hinterherstapfte.

»Die sind wie wir …« Ich wußte nicht, warum ich das sagte, aber so empfand ich es in diesem Augenblick.

Krystal schaute mich an und schüttelte langsam den Kopf.

Ich zuckte mit den Schultern. So fühlte ich nun einmal. »Wir sollten auch gehen.«

Das taten wir, doch keiner von uns tanzte zum Speisesaal, als die Glocken zum Abendessen riefen.

XIV

Als der Sommer sich dem Ende näherte, wurden einige Dinge besser.

Demorsal hatte bezüglich der Waffenübungen recht gehabt. Solange ich mich mit dem Stab nur auf die Verteidigung konzentrierte, passierte mir nichts – und ich wurde besser. Sogar so gut, daß Gilberto meine Deckung nicht durchbrechen konnte. Dann lehrte er mich, wie man mit dem Stab gegen Klingen kämpfte. Das war wirklich aufregend. Allerdings kapierte ich nicht, warum jemand je mit einem Schwert einen Gegner bekämpfen sollte, der gelernt hatte, mit einem langen Stab umzugehen. Aber Gilberto versicherte mir, daß das geschehen würde. Daher hörte ich auf ihn. Selbst dabei schaffte ich kaum einen Zug gegen ihn.

Ich war beinahe enttäuscht, daß er mich nicht gegen Tamra kämpfen ließ. Doch er brummte nur und meinte: »Du bist mit dem Stab und den Stöcken gut genug, um dich zu behaupten. Jetzt mußt du etwas über Klingen lernen.«

Das war fast schlimmer als die Ausbildung mit dem Stab. Von den Holzklingen schien ich an jedem Körperteil blaue Flecken und Beulen zu haben. In zwei Achttagen verbrauchte ich mehr heißes Wasser als zuvor in meinem ganzen Leben.

Doch diesmal verbesserte ich mich schneller, weil ich entschlossen war, mit der Klinge nur eine undurchdringliche Verteidigung zu weben. Gegen einen wirklich geschulten Schwert-Meister wäre ich stets unterlegen gewesen, aber ich wollte wenigstens soviel lernen, daß ich mich gegen durchschnittlich harte Gegner wehren konnte.

Gilberto bestand darauf, daß ich Attacken lernte.

Ich war grauenvoll schlecht. »Was soll die Plagerei?«

Er war unerbittlich. »Es gibt Augenblicke, da eine Attacke eine Verteidigung ist, und dein Körper wird diese Augenblicke erkennen. Du mußt diese Hiebe so gut lernen, daß du sie wie von selbst ausführst.«

Gelegentlich ließ er mich – zur Erholung – mit dem Stab gegen Krystal, Myrten oder Dorthae kämpfen. Das war nützlich für sie, falls sie je einen Gegner mit einem Stab bekämpfen müßten, aber auch für mich war es lehrreich. Nur Krystal gelang es einmal, mich beinahe zu berühren. Selbstverständlich konnte ich nicht großartig angreifen. Nur ab und zu tippte ich sie an peinlichen Stellen an.

Krystal lachte.

Myrten sah mich wie ein wütender Büffel an. »Du hältst das wohl für komisch, du …«

Ich mußte grinsen, und seltsamerweise grinste er zurück. »Jungalter Magister, du bist immer noch ein guter Junge.«

Ein guter Junge? Ich war nicht sicher, ob ich mich je so bezeichnet hätte. Oder als Magister? Ich? Aber …

Abgesehen von der körperlichen Ertüchtigung wurde alles schlimmer … oder jedenfalls nicht besser.

Magistra Trehonna verließ uns. Ein lächelnder Mann namens Lennett nahm ihren Platz ein. Er begann sofort Diskussionen über die Theorie der Ordnung. Die Theorie der Ordnung? Wen kümmerte die Theorie der Ordnung?

Magister Lennett sehr, wie sich herausstellte. Und er bestand darauf, daß auch wir uns darum zu kümmern hätten – besonders Tamra und ich. Tamra lächelte süß und stellte höfliche Fragen.

»Heißt das, daß sich ein Chaos-Magier der Ordnung bedienen muß?« Ihre Stimme schien in Honig getaucht zu sein. Sie beugte sich auf dem grauen Sitzkissen vor.

Wie hatte sie ein graues Kissen aufgetrieben? Keine Ahnung. Wir anderen saßen auf braunen Kissen.

»Genau!« Lennetts Augen blitzten vor Begeisterung.

Bei dieser Süßholzraspelei drehte sich mir der Magen um.

»Der Einsatz von Ordnung ist sogar nötig, um Einfluß auf das Chaos zu nehmen. Grundsätzlich schafft ein Chaos-Magier allein durch seine Existenz einen fundamentalen Konflikt, der dann …«

»Sie bekriegen sich in ihrem Innern?« fragte Tamra.

Das lag doch auf der Hand. Aber warum strich Tamra dem Magister Honig ums Maul?

»Chaos-Magier haben kurze Lebensspannen, wenn sie sich nicht künstlicher Methoden bedienen, um ihre Existenz zu verlängern. Und wenige verfügen über dieses Talent. Noch weniger sind imstande, den Konflikt zwischen Ordnung und Chaos auf dieser Ebene zu meistern.«

Mehrmals überlegte ich, ob ich das Buch lesen sollte, das mir mein Vater in den Tornister gesteckt hatte, aber irgendwie kam ich nie dazu. Außerdem hätte ich auf den Reisen genügend Zeit zum Lesen.

»… und – Lerris!«

»Ja?«

»Kennst du das Theorem der Magie-Realitäts-Kraft?«

Ich unterdrückte einen Seufzer. »Das ist die Vorstellung: Je größer die magische Zusammensetzung eines Gegenstandes, desto weniger Stärke hat er, verglichen mit einem Gegenstand, der aus natürlichem Material mit der Hand gefertigt wurde statt mittels der Magie.«

»Und was bedeutet das?« Lennett lächelte und blickte im Zimmer umher.

Myrten fuhr sich durch den wirren Haarschopf. Dorthae betrachtete Myrten, und Krystal schaute zu den Wolken am Nachmittagshimmel hinauf. Sammel unterdrückte ein Gähnen.

Tamra lächelte strahlend. »Es bedeutet, daß Magie auf einem größeren Gebiet Kraft oder Material auflösen, aber keine Dinge von Dauer errichten kann.«

Na und? Das war doch wirklich nicht neu! Chaos-Magie vermochte viel zu zerstören, mußte aber Steinmetzen und Maurer einstellen, um etwas zu bauen.

»Das ist nicht ganz richtig, wie ihr« – er blickte von Tamra zu mir – »entdecken werdet.«

Myrten verzog spöttisch die Lippen.

»Ordnungs-Magie kann benutzt werden, um natürliche Stärke zu vergrößern, und zwar: indem man eine Verteidigung gegen das Chaos errichtet und indem man die innere Ordnung der Substanzen kräftigt.« Magister Lennett schüttelte den Kopf. »Doch das ist ein Thema für Fortgeschrittene. Der wichtige Punkt ist – wie Tamra erklärt hat –, daß sich eine entsprechend bewaffnete Einzelperson gegen mehrere magische Gebilde behaupten kann, vorausgesetzt … *vorausgesetzt,* diese Person ist entsprechend ausgebildet und bewaffnet.«

»Magister?« fragte Sammel. »Was ist mit Fällen wie der Macht der alten Magier von Fvren? Oder der Weißen Ritter?«

Lennett schüttelte den Kopf. »Du bringst zwei Beispiele des Chaos durcheinander. Bei reiner Zerstörung oder wenn Chaos-Magie alle Bindungen der Ordnung löst, welche die Materialien zusammenhalten, kann Chaos erfolgreich nur mit drei Faktoren bekämpft werden. Der erste ist der Wille. Der Wille zum Überleben verhindert direkte magische Angriffe gegen die Person. Nur die mächtigsten Chaos-Magier würden eine Attacke wagen. Ihr seid immer noch nicht gegen Versuchungen gefeit. Das ist ein ganz anderes Thema. Der zweite Faktor ist die natürliche Materialstärke. Ein junger Mensch vermag sich für gewöhnlich gegen Magie mehr zu wehren als ein Gebäude, selbst wenn es aus härtestem Stein und dicksten Bohlen errichtet wurde. Der dritte Faktor ist die Ordnungs-Magie, welche alle Dinge zu durchdringen und die inneren Bindungen zu stärken vermag …«

Wahrscheinlich stimmte das, was Lennett uns erzählte, aber es war doch ziemlich unwichtig. Nur ein starker Magier würde eine persönliche Attacke wagen. Wer sich magischer Gebilde bediente, würde sie nicht einsetzen, wenn sie nicht mit überlegenen Waffen bestückt waren. Die Weißen Ritter hatten Schwerter gehabt, welche die meisten großen Krieger beinahe unbesiegbar gemacht hätten. Das wußte ich noch vom Unterricht Magister Kerwins.

»... die größte Stärke des Chaos ist seine Fähigkeit, Komplexität zunichte zu machen ...«

»Benutzen deshalb die meisten Nationen keine Dampfmaschinen?« Wieder lächelte Tamra hinreißend.

Wrynn schnaubte hörbar.

Ich versuchte mich zu entspannen. Theorie war gut und schön, aber mich langweilten sowohl Tamras Scheinheiligkeit als auch Magister Lennetts Begeisterung, uns das Offensichtliche zu erklären und die Erklärungen hinter dem Offensichtlichen zu vermeiden. Was war Ordnungs-Magie? Wie stärkte sie die inneren Bindungen? Warum gab niemand zu, sie zu praktizieren? Und wie wirkte eigentlich Chaos-Magie?

Magister Lennett stellte weiter Fragen. Ich dachte jetzt über Candar nach. Was werde ich hier wohl noch tun müssen? Was steht mir bevor?

XV

Von Anfang an – so empfand ich es – waren wir für Candar bestimmt gewesen. Doch das zu verstehen und zu erfahren, daß wir tatsächlich Recluce verlassen müßten, waren zwei ganz verschiedene Seiten einer Medaille.

Wir warteten alle im selben Raum, in dem wir uns bei unserer Ankunft in Nylan versammelt hatten. Diesmal ging jeder allein zu Talryn.

Die dunkle Eichentäfelung kam mir beim zweiten Mal noch düsterer vor, und die Bilder der beiden Meister an den Wänden schienen mich wissender anzuschauen, beinahe so, als hätten sie ein Geheimnis, das sie mir jedoch nicht verrieten.

Mir war klar, daß das reiner Unsinn war, aber wenn ich den Mann in Schwarz betrachtete, schauderte mich unwillkürlich. Die Frau sah ich nicht an. Sie erinnerte mich an Tamra, obgleich keinerlei äußerliche Ähnlichkeit bestand.

Sammel ging hinein und kam nicht zurück. Ich nahm an, daß er durch die andere Tür hinausgegangen war. Dann rief Talryn Dorthae, danach Wrynn und Myrten. Krystal und Tamra saßen auf der Bank. Krystal am Rand, bereit, sofort aufzustehen. Das verstand ich.

Ich wollte nirgends sitzen. Ich hatte das Gefühl, nicht viel mehr zu wissen als bei meiner Ankunft im Frühsommer. Körperlich war ich allerdings in besserer Verfassung und verstand mit einem halben Dutzend Waffen so gut umzugehen, daß ich mich in einem Kampf wehren konnte.

Aber ich wußte immer noch nicht, warum ich von Recluce fortgeschickt wurde. Ja, alle hatten erklärt, daß ich eine Gefahr für die Ordnung unserer wunderbaren Inselnation darstellte. Aber niemand hatte mir erklärt, warum.

»Krystal …« Talryn wartete an der halboffenen schwarzen Eichentür.

Krystal stand langsam auf.

»Viel Glück«, sagte ich leise.

Sie lächelte scheu und zuckte mit den Schultern.

Talryns Gesicht war so berufsmäßig freundlich wie das eines berufsbegeisterten Henkers.

Tamra musterte mich. Im Gegensatz zu Krystal saß sie lässig da. Durch das leuchtende Blau des Tuchs und das flammendrote Haar wirkte sie in dem düsteren Warteraum irgendwie fehl am Platz. »Eine Schwäche für ältere Frauen?«

»Nein, nur für Frauen.« Ich hatte ihre Sticheleien verdammt satt. Sie wollte nichts verstehen, sondern nur auftrumpfen. »Besonders für Frauen, die gern zugeben, daß sie Frauen sind.«

»Aha ... die unterwürfige Sorte.«

Ich schüttelte den Kopf, ohne sie eines weiteren Blickes zu würdigen. »Du bist zwar gut, Tamra, aber Krystal könnte dich in kleine Stücke hacken. Das ist nicht unterwürfig – weder laut Chaos noch laut Ordnung. Krystal ist meine Freundin. So wollte sie es.«

»Dann bist du also der Unterwürfige.« Sie lächelte und rekelte sich wie eine Katze auf der Bank.

Ich machte mir nicht die Mühe, ihr zu antworten. Tamra würde nur alles verdrehen, was ich zu sagen hätte. Statt dessen betrachtete ich die Steine unter meinen Füßen und versuchte, das Muster ihrer Existenz zu erforschen und verborgene Sprünge zu entdecken. Magister Lennett behauptete, jedes Material habe Muster. Beim Holz verstand ich das, und sollte ich je wieder damit arbeiten, würde mir dieses Verständnis helfen, besser als alle anderen Gesellen zu arbeiten. Bei den schwereren Materialien wie Schiefer, Marmor, Granit und Eisen war es schwieriger.

Die Steinböden in Nylan waren anders. Die Bruderschaft verwendete ganz eigenes Gestein. Da gab es keine verborgenen Sprünge. Jeder Pflasterstein schien in sich selbst vollständig zu sein. Und dennoch fügte er sich in ein größeres Muster ein. Bearbeitetes Metall fühlte sich ähnlich an, doch Steine nicht.

»Tamra!« Talryn rief nur ihren Namen.

Ich wollte sehen, wie sie hinausging, doch dann hielt

ich den Kopf gesenkt. Sie würde meine Besorgtheit nur gegen mich verwenden.

Als ich allein in dem Warteraum war, setzte ich mich unter das Bild der Frau in Schwarz. Warum machte ich mir überhaupt Sorgen um Tamra? Krystal brauchte mich viel dringender als Tamra, oder? Tamra schien niemanden zu brauchen, höchstens um ihn zu beleidigen oder sich als etwas Besseres zu fühlen. Darin war sie hervorragend, da sie tatsächlich besser als alle anderen war – sowohl mit dem Verstand als auch körperlich. Aber warum mußte sie das ständig beweisen?

»Lerris.« Talryns Stimme war ruhig. Er lächelte nicht.

Ich holte tief Luft und stand auf. Hätte ich doch nur meinen Stab bei mir gehabt. Alles war gepackt und wartete in dem Zimmer, das den langen Sommer über mein Heim gewesen war.

Talryn hielt mir die Tür auf. Dann schloß er sie. Ich stand neben dem Tisch, an dem wir so viele Achttage lang gegessen hatten.

»Setz dich, Lerris.« Talryn nahm den Stuhl am Kopfende des langen Tisches.

Ich zog einen der schweren Eichenstühle hervor. Diesmal bewegte er sich leicht. Ich schwieg und wartetc, daß Talryn mir das sagte, was er zu sagen hatte, da es offensichtlich keine Rolle spielte, was ich dachte.

»Du könntest ein Problem sein, Lerris. Du erwartest ständig, daß dir jemand die Antworten serviert. Das Leben ist aber nicht so. Auch nicht die Gefahrenbrigade. Weil du Antworten und Gründe verlangst, will niemand dir diese geben.«

Ich bemühte mich, nicht zu seufzen. Noch ein Vortrag, den ich nicht brauchte.

»Auch ich nicht. Wir haben darüber gesprochen. Vielleicht glaubst du mir jetzt nicht, aber versuch zumindest, dich daran zu erinnern, was ich dir jetzt sagen werde. *Vielleicht* rettet es dir das Leben.«

Ich lächelte beinahe über diese melodramatischen Worte, hörte aber zu. Schaden konnte es ja nicht.

Talryn wartete.

Schließlich nickte ich.

»Erstens: Du bist ein potentieller Ordnungs-Meister. Du hast die Talente, ein Chaos-Meister zu sein, aber nicht die Veranlagung. Du verachtest die Menschen nicht genug – und wirst es nie tun. Wenn du dem Pfad des Chaos folgst, wirst du in Candar jung sterben, wenn es dich nicht gleich nach der Ankunft das Leben kostet.

Zweitens: Du bist so stark, daß viele Chaos-Meister versuchen werden, dich auf ihre Seite zu ziehen. Drittens: Du sträubst dich gegen die Einsicht, daß jeder Meister seine Bedeutung im Leben selbst finden muß.« Talryn seufzte. Der Meister in Silber seufzte tatsächlich. »Zum Schluß muß ich zugeben, daß wir dich ungerecht behandeln.«

»Das gebt Ihr zu?« sagte ich verblüfft.

»Ja, wir geben es zu.«

»Aber warum tut Ihr es dann? Das verstehe ich nicht.«

»Weil deine Zweifel und deine unverhohlene Skepsis jeden durcheinanderbringen, der viel Zeit mit dir verbringt. Gewöhnlich arbeiten zwei Meister mit jeder Brigadiergruppe. Manchmal nur einer.«

Talryn, Trehonna, Gilberto, Cassius und Lennett – ganz zu schweigen von gelegentlichen Auftritten anderer. Das ergab fünf Meister, dazu noch Lehrlinge wie Demorsal.

»Vier oder fünf waren nötig, um dich zu dämpfen, und wir alle müssen deshalb im nächsten Jahr viel mehr arbeiten, um die Zeit wieder aufzuholen.«

»Warum?«

Wieder seufzte Talryn. »Du hast ein großes Potential, Lerris, für Ordnung, nicht für Chaos. Wie du es benutzt, liegt allein bei dir. Diese Wahl ist nicht einfach. Überhaupt nicht einfach.«

Ich öffnete den Mund.

Talryn hob die Hand. »Laß es mich erklären. Der Grund, *warum* du dich der Ordnung oder dem Chaos zuwendest, hat keinerlei Bedeutung. Wenn du einen Baum zerstörst, um mit dem Holz ein frierendes Kind durch ein Feuer zu wärmen, hast du dich trotzdem dem Chaos hingegeben. Ebenso gibst du dich der Ordnung hin, wenn du einen Mörder heilst.«

»Was?« Ich konnte nicht glauben, was Talryn sagte.

»Deshalb ist es so schwierig, mit der Ordnung umzugehen. Selbst wenn du beste Absichten hast, aber Chaos für einen guten Zweck benutzt, führt das zu noch größerer Unordnung.«

Ich vermochte ihm immer noch nicht zu glauben. »Ich darf nicht einmal einen Baum fällen, um ein Kind zu retten?«

Talryn lächelte traurig. »Das habe ich nicht gesagt. Ich habe gesagt, daß du keine Chaos-Kräfte benutzen sollst. Du kannst ein Beil oder ein Schwert benutzen, um Äste abzuschneiden. Wo körperliche Gewalt nicht das menschliche Leben in Mitleidenschaft zieht, wirkt sie sich auch nicht auf Ordnung oder Chaos aus.«

Ich schüttelte den Kopf.

»O Lerris ... es ist noch schlimmer. Viel schlimmer«, meinte Talryn beinahe spöttisch. »Was ich gesagt habe, ist nicht *ganz* wahr. Gelegentlich kannst du Chaos benutzen, um der Ordnung zu dienen – aber nur wenn alles von Überlegungen der höheren Ordnung ausgeglichen wird. In der Tat könnte dieser Fall eintreten ... solltest du wählen, der Ordnung zu dienen. Solltest du ein Ordnungs-Meister werden wollen, mußt du jede Benutzung der Ordnung berechnen. Vielleicht hast du Glück und erfaßt intuitiv das Gleichgewicht, doch wenn du nicht in der Lage bist, diese Intuition logisch zu überprüfen, siehst du nicht den Unterschied zwischen dem intuitiv Richtigen und verborgenen Wünschen – die wir alle haben. Und wirst du dann nicht den leichteren Weg wählen?«

»Ihr sucht nach … einem Mann … einer Frau … nach jemandem, der vollkommen ist …«

»Habe ich dir nicht gesagt, daß wir ungerecht sind?« fragte Talryn leise. Jetzt klang er nicht spöttisch.

Ich blickte auf die polierte Tischplatte. »Seid Ihr fertig?«

»Noch nicht. Ich muß dir deine Aufgabe zuteilen. Sie klingt leicht, sie ist es jedoch nicht. Du mußt in Candar über die Osthörner hinaus bis zu den Westhörnern reisen und darfst nicht zurückkehren, bis du das Gefühl hast, bereit zu sein. Außerdem mußt du allein reisen. Das heißt, ohne Gesellschaft von jemandem aus Recluce.«

»Was, zum Teufel, soll das heißen?« Ich funkelte ihn zornig an.

Talryn fing meinen Blick auf. »Du wirst wissen, was es heißt. Hast du noch irgendwelche Fragen?«

Ich hatte jede Menge Fragen, aber sie waren alle von der Art, die ich nicht stellen konnte. Warum ich? Was hatte ich je getan? Warum versuchte nie jemand, mir die Dinge zu erklären? Warum beruhte alles entweder auf Glauben oder auf einer Erfahrung, die ich nicht hatte? Warum bildete man uns als Gruppe aus und verbot uns dann, gemeinsam zu reisen? »Nein. Keine Frage, die irgend etwas klären könnte.«

»Nun gut.« Er stand auf. Er sah müde aus. Es war das erste Mal, daß ich bei ihm menschliche Gefühle entdeckte. »Ich werde dich bis zu deiner Rückkehr nicht wiedersehen. Wir wünschen dir Glück, Lerris. Der Rest deiner Gruppe wartet. Euer Schiff läuft bald aus.«

»Und jetzt?«

»Hol deine Sachen und geh zur Pier, wo die *Eidolon* wartet.« Er deutete zur anderen Tür, die ebenfalls aus schwarzer Eiche bestand, bewegte sich jedoch nicht.

Ich nickte. »Danke für Eure Offenheit. Ich hoffe, ich kann sie gebrauchen.«

Talryn schwieg und beobachtete mich nur. Ich verstand, neigte den Kopf und ging hinaus.

Würden wir mit diesen seltsamen schwarzen Bruderschaftschiffen fahren, über die keiner sprach? Oder im Rumpf eines candarischen Frachters? Talryns Worte hatten mich darüber völlig im unklaren gelassen.

Ich wußte so wenig! Selbst Talryn hatte so getan, als verstoße er gegen eine ungemein wichtige Regel oder Tradition, indem er mir einige Hintergründe verriet. Er glaubte daran – das stand fest. Und das machte mir angst. Niemals eine zerstörerische Kraft benutzen … selbst nicht im Dienst des Guten?

Mir lief es eiskalt über den Rücken. Ich ging wie betäubt durch den langen unterirdischen Korridor, den die Nachmittagssonne hell erleuchtete. Über mir lockte der grüne Garten durch die Scheiben. Dennoch schauderte es mich.

XVI

Talryn hatte recht. Sammel, Myrten, Dorthae, Wrynn und Krystal warteten alle vor dem Gebäude. Der Westwind rauschte in den Blättern der Roteiche, unter der sie standen. Hinter uns lagen die schwarzen Unterkünfte der Gefahrenbrigadiere, die trotz der Nachmittagssonne düster wirkten.

Sammel trug den Tornister und zwei Kurzschwerter – nein, zwei Kampfstöcke, wie ich beim genaueren Hinschauen erkannte. Myrten trug keine sichtbaren Waffen, Dorthae auch nicht. An Wrynns Gürtel hingen ein Kurzschwert und ein Wurfmesser. Ein zweites Messer steckte in der Geheimtasche ihrer Hose am Oberschenkel.

Krystal, wie immer in verwaschener blauer Kleidung, trug das Schwert, das ich ihr gekauft hatte. Allerdings hatte sie die billige Scheide durch eine alte, aber aus kräftigem grauen Leder gefertigte ersetzt. Sie nickte mir zu.

Ich wischte mir die Stirn ab und ging zu ihr.

»Talryn hat dir wohl ziemlich zugesetzt«, meinte sie.

»Mir geht's gut.« Ich wollte nicht darüber reden.

»Tamra sah auch mitgenommen aus, als sie herauskam.«

»Was ist mit dir?« fragte ich.

Sie kicherte nicht, sondern lächelte nur mit ernstem Gesicht. »Er hat mir gesagt, es könne in Candar geschehen, und daß ich sorgfältig abwägen solle, was ich wirklich will.«

Mein Magen wurde zu einem Eisklumpen.

»Fühlst du dich wirklich wohl?« Sie legte mir die warme Hand auf die Schulter.

»Bestens.«

»Was hat Talryn zu dir gesagt?« Ihre Stimme klang mitfühlend und wieder melodisch.

Ich zuckte mit den Schultern. »Was er allen gesagt hat, schätze ich. Daß ich mich um meinetwillen selbst finden müsse. Und daß das ziemlich lange dauern werde.«

Krystal nickte. Sie drückte meine Schulter. »Du solltest deine Sachen holen.«

»Danke.« Ich blickte die anderen nicht an, als ich an Wrynn und Myrten vorbei in die Unterkunft ging. Eine Tür stand offen: Tamras Zimmer. Ich schaute nicht hinein.

In meinem alten Zimmer war alles so, wie ich es verlassen hatte. Der Tornister lag auf dem Bett, der Stab daneben und der Dolch – mit dem ich allerdings nur Zweige, Fleisch und andere mindere Dinge zerteilen würde. Den Dolch am Gürtel, warf ich den Tornister über die Schulter und ergriff den Stab. Die Tür ließ ich offen – ein kleiner Protest gegen die Regeln der Bruderschaft.

Tamra hatte ihre Tür ebenfalls offen gelassen.

Als ich wieder hinaustrat, wartete die Gruppe vollzählig. Außer Tamra war noch eine Frau dazugekommen, die ich noch nie gesehen hatte.

»Ich heiße Isolde«, erklärte sie. »Ich bin eure Führerin von hier bis Freistadt.« Sie hatte silberblondes Haar, das im Nacken gerade geschnitten war, und dunkelgraue Augen. Sie trug einen verwaschenen grünen Overall und schwarze Stiefel. An ihrem Gürtel hing auf jeder Hüfte ein Dolch. Der breite schwarze Ledergürtel hatte eine dreieckige Silberschließe. »Die *Eidolon* ist ein Dampfsegelschiff aus Nordla, Heimathafen Brysta. Wir haben zwei Kabinen. Das sollte kein Problem sein, da wir bei ruhiger See Freistadt in anderthalb Tagen erreichen müßten …«

Problem? Warum sollten zwei Kabinen ein Problem sein? Ich schaute zu Tamra hinüber, doch der Rotschopf starrte zu Boden und beobachtete Isolde und mich nicht. Selbst aus zehn Ellen Entfernung sah ich, daß Tamras Finger weiß waren, so fest hielt sie den Stab umklammert.

»… den Übergang zu erleichtern, werdet ihr morgen abend alle in unserer Herberge in Freistadt übernachten – sofern ihr das wollt. Sobald wir die Herberge erreicht haben – sie liegt ganz in der Nähe des Hafens –, werdet ihr einen letzten kurzen Vortrag über die gegenwärtige Lage in Candar erhalten: welche Provinzen oder Fürstentümer ihr meiden solltet und weshalb. Danach werdet ihr ganz auf euch gestellt sein. Das ist heute in zwei Tagen. Noch irgendwelche Fragen?«

»Und wer bezahlt die Überfahrt?« fragte Myrten.

»Das erledigt die Bruderschaft. Auch die Kosten für die Unterkunft und die Mahlzeiten in der Herberge sind bezahlt. Danach geht alles auf eure Kosten.« Isolde blickte die Gruppe an, ob es noch weitere Fragen gebe.

»Warum fahren wir mit einem Schiff aus Nordla?« Wrynns Stimme schien sogar dem Wind Schweigen zu gebieten.

»Warum nicht?« fragte Isolde lächelnd zurück. »Die *Eidolon* fährt gerade nach Freistadt, und das ist viel billiger, als eigens ein Schiff der Bruderschaft loszuschicken.«

»Außerdem teilt es der Welt mit, daß Recluce so hart ist, seine eigenen Leute hinauszuwerfen«, sagte Tamra und blickte Isolde kurz an.

Ich war betroffen, als ich die Brüchigkeit in Tamras Stimme hörte. War das die zuversichtliche junge Frau, die mich bei unserem ersten Übungskampf mit dem Stab grün und blau geschlagen hatte? Die Frau, welche die Ordnungs-Theorie besser verstand als Magister Lennett?

»Das ist teilweise richtig. Durch eure Taten oder Überzeugungen habt ihr entschieden, daß ihr Recluce nicht anerkennt. Bis ihr das tut, stammt ihr zwar aus Recluce, gehört jedoch nicht nach Recluce.«

Mich schauderte. Isoldes sachlicher Ton war sehr viel angsteinflößender als irgendeine Belehrung des alten Kerwin. Keine Drohung – nur eine einfache Erklärung. *Wenn du nicht glaubst, gehörst du nicht zu uns.*

Tamra hob die Augen vom Gras. Ich bemühte mich, ihren Blick aufzufangen. Kein Wunder, daß sie durcheinander war. Es spielte keine Rolle, wie großartig man war. Es zählte nur das, was sie nicht hinnehmen konnte. Sie blickte zurück zum Hafen.

»Wenn ihr keine weiteren Fragen habt, können wir ja gehen.«

Ich rückte den Tornister zurecht. Sammel und Dorthae standen neben Isolde. Myrten nahm seinen Tornister auf.

Ohne ein weiteres Wort marschierte Isolde mit uns zum Hafen. Auf einem leeren Platz bot nur ein Kuchenhändler seine Waren feil, und ein Seemann aus irgendeinem fremden Land schlief auf einem Tisch.

Die *Eidolon*, ein Raddampfer, lag an Pier Eins, die dem Meer am nächsten war. Der Fockmast war voll rahgetakelt, der hintere Großmast jedoch führte Schratsegel. Zwischen den beiden Masten befand sich auf jeder Seite ein Schaufelrad. Ein schwarzer Schornstein mit einem diagonalen grünen Streifen erhob sich ebenfalls zwischen den Masten. Die Segel waren aufgerollt.

»Hallo, *Eidolon!*« rief Isolde.

»Hallo!« Ein großer blonder Mann winkte.

Isolde stieg entschlossen die steile Gangway hinauf. Wir folgten ihr.

Ich blieb unmittelbar hinter ihr. Warten war auch keine Lösung.

»Stellt euch dorthin!« befahl Isolde und deutete auf eine freie Stelle an Deck. Rechts davon wartete der Offizier.

Ich folgte ihrer Anweisung und stellte mich an die Reling. Von hier aus sah ich den Marktplatz von Nylan. Die meisten Buden und Tische waren verlassen.

»... acht Passagiere, wie mit Kapitän Heroulk abgesprochen ...« Isolde klärte sofort alles mit dem Wachoffizier, einem Mann mit kurzem blonden Bart und einem ärmellosen Hemd. Seine muskulösen Arme waren sonnengebräunt.

Als ich an der Reling stand, stieg mir ein merkwürdiger Geruch in die Nase: ein Gemisch aus Salz, Seife und Firnis. Das Deck wirkte sauber. Aufgerollte Taue lagen unten bei den Masten. Ich strich mit den Fingern über die Reling. Sie war etwas klebrig und glänzte. Wahrscheinlich war sie erst vor kurzem frisch lackiert worden.

Zwei Seeleute hörten mit der Arbeit am Ankerspill auf, um die Gruppe zu beäugen, die an Bord gekommen war.

»Hexen, lauter Hexen ...«, meinte der ältere Mann. Er war drahtig und hatte graumeliertes Haar.

Sein Hammer schlug gegen die Winde.

»Das Schiff ist klein, scheint aber sauber zu sein«, meinte Myrten und stellte sich neben mich.

»Klein?«

»Hast du die hamorischen Frachter nicht gesehen? Einige davon sind beinahe dreihundert Ellen lang.«

Ich zuckte mit den Schultern. Darüber hatte ich mir noch nie Gedanken gemacht.

»Gut, daß die Reise nur anderthalb Tage dauert. Ich führe nicht gern bis Hamor auf diesem Pott. Das wären fast zwei Achttage.«

Tamra stand allein an der Reling in Richtung Bug. Ich ging zu ihr. Sie sagte nichts, sondern schaute nur auf die schwarze Mauer über dem Hafen. Ich erinnerte mich, wie ich mich beim ersten Anblick dieser Mauer gefragt hatte, wie es möglich war, daß sie auf der Landseite so niedrig und vom Wasser aus so mächtig aussah.

»Geht's dir gut?« fragte ich leise.

»Spielt das eine Rolle?« Sie klang müde.

»Ja.«

»Warum?«

Ich wußte nicht, was ich sagen sollte. »Weil ...«

Sie schwieg und schaute unverwandt auf die Hafenmauer und die Mauer am Hügel.

Nach einer Weile ging ich wieder. Offensichtlich wollte sie allein sein.

»Oh ... Entschuldigung.« Ich war mit Wrynn zusammengestoßen.

»Nichts passiert. Du bist's ja nur, Lerris ...«

Ich *dachte*, sie scherze nur, erhob jedoch die rechte Hand. In der linken hielt ich den Stab. »Tut mir leid.«

»Entschuldigung angenommen«, sagte Krystal mit freundlichem Lächeln. Sie kicherte nicht.

»Nun denn!« rief Isolde. »Wir müssen unser Gepäck verstauen. Folgt mir.«

Wrynn, Krystal und ich folgten Isolde und einem anderen Offizier – die Offiziere waren größer als die Seeleute und hatten gelbe Kragen an den ärmellosen Hemden – nach hinten und dann eine schmale Holztreppe hinunter. Die Seeleute nannten sie Niedergang.

»Ich teile die Kabine mit Sammel, Lerris und Myrten«, erklärte Isolde. »Wir nehmen die erste Kabine.«

Myrten und Dorthae blickten enttäuscht drein. Mir kam es vor, als nickten Wrynn und Krystal, aber in dem schwach erleuchteten Gang konnte ich es nicht genau sehen.

Die Kabine war nicht sehr groß. Auf jeder Seite waren zwei übereinanderliegende Kojen eingebaut. Auf jeder lagen eine dünne Matratze mit einem verblichenen Laken und einer zusammengefalteten braunen Decke. Der Gang zwischen den Kojen war knapp drei Ellen breit. Gegenüber der Tür befand sich ein Bullauge.

Unter den unteren Kojen entdeckte ich je zwei Spinde.

Isolde warf ihren Tornister auf die obere Koje rechts. »Lerris, du bist am beweglichsten. Warum nimmst du nicht die andere obere Koje?«

Da es eigentlich keine Frage war, legte ich meinen Tornister auf die andere obere Koje.

»Eure Sachen könnt ihr in die Spinde packen. Auf diesem Schiff stielt niemand etwas.« Sie blickte mich scharf an. »Bitte, laß deinen Stab bis zum Einlaufen in der Koje.«

Immer der Stab! Ich steckte ihn neben die Matratze und quetschte den Tornister in einen Spind. Sammel verstaute den seinen im anderen.

Myrten schüttelte den Kopf, als er sich vor seinen Spind kniete.

»Dürfen wir zurück auf Deck gehen?« fragte ich.

»Selbstverständlich. Aber behindert die Besatzung nicht bei der Arbeit.«

Ich stieg den Niedergang wieder nach oben.

Jetzt spürte ich das Vibrieren der Dampfkessel, als wäre das Schiff zum Leben erwacht. Auf der Brücke stand ein Mann am Ruder. Der Mann mit silbernem Haar und wettergegerbtem Gesicht war wohl der Kapitän, da er ein gelbes Hemd trug.

»Leinen los!«

»Leinen an Bord!«

»Kessel Volldampf. Schaufelräder in Bereitschaft!«

Langsam drehten sich die Schaufelräder, als die *Eidolon* von der Pier ablegte.

Ich ging beinahe auf Zehenspitzen zur Reling, um die Abfahrt zu beobachten.

Tamra stand immer noch an derselben Stelle an der Reling, wo ich sie verlassen hatte.

Die niedrigstehende Sonne beschien von Westen her die schwarzen Schieferdächer, die schwarzen Straßen und schwarzen Mauern. Nylan wirkte tatsächlich wie eine düstere Festung, die sich über dem Meer erhob. Nichts reflektierte die rötliche Abendsonne außer den Wellen. In gewisser Weise erinnerte mich der Anblick an ein Bild, das ich in einem Geschichtsbuch meines Vaters gesehen hatte: die Weiße Stadt Frven unter den Chaos-Meistern. Doch Frven war ganz weiß gewesen und untergegangen. Das Schwarze Nylan lebte fort und schützte mit seiner Ordnung eisern Recluce.

Eine Schliere in der Luft fiel mir ins Auge. Eines der langen schwarzen Schiffe der Bruderschaft, das keinen Mast hatte, folgte der *Eidolon.* Sein eines Turmgeschütz richtete sich auf das nordlanische Schiff, als es hinter dem Heck der *Eidolon* in Stellung ging.

»Dir fällt das so leicht«, sagte Tamra so leise, daß ich sie über die drei Ellen hinweg kaum verstehen konnte.

»Was fällt mir leicht?«

»Das Unsichtbare zu sehen.«

Ich zuckte mit den Schultern. »Ich habe nie darüber nachgedacht, ob es leicht oder schwierig ist. Ich sehe es einfach. Aber es ist *wirklich* ein seltsames Schiff.«

»Es ist nicht gerecht, weißt du.« Die Stimme der Rothaarigen klang so ausdruckslos, daß es mir kalt über den Rücken lief. »Es ist ihnen gleichgültig, wie sehr man sich bemüht. Es ist ihnen gleichgültig, wieviel man lernt. Es ist ihnen alles gleichgültig.«

Ich schob mich etwas näher. »Du meinst die Bruderschaft?«

»Sie lieben nicht. Du bist der Sohn eines der hohen Tempelmeister. Du schluckst ihre Ansichten nicht, und sie werfen dich hinaus, obwohl du jünger als alle anderen bist.«

Hoher Tempelmeister – mein *Vater?*

Das Schiff der Bruderschaft wurde schneller und legte sich steuerbord neben die *Eidolon.* Der Eindruck von Ordnung und Macht schlug mir über die hundert Ellen Abstand überwältigend entgegen.

»Du weißt nicht einmal Bescheid. Ist das gerecht?«

»Nein. Aber sie richten sich nicht nach dem, was gerecht ist, Tamra. Mir ist inzwischen klargeworden, daß für sie nur das eine Rolle spielt, was sich ihren Regeln fügt. Wenn wir ihnen in die Quere kommen ... müssen wir weg.«

Sie wandte sich mir zu. Ihr Gesicht war kreidebleich. »Und du teilst diese Meinung?« Jedes Wort fiel wie ein Hammerschlag auf einen Amboß.

Ich wollte zurückweichen, doch das Schiff schlingerte, und ich packte die Reling. Die *Eidolon* hatte das offene Meer erreicht, wo die Wellen höher waren.

Die Schaufelräder drehten sich schneller und schneller. Die weiße Rauchwolke aus dem Schornstein wurde immer dicker.

»... Focksegel ...« Seeleute kletterten auf die Masten und setzten Segel.

»Teilst du ihre Meinung?« fragte Tamra nochmals. Ihr Gesicht war dicht vor mir.

»Ich weiß nicht.«

»Oh ... Verflixt ... ooooh!«

»Kann ich dir helfen?«

»Ja. Laß ... mich ... in ... Ruhe.«

Dann entleerte sich ihr Mageninhalt über die Reling. Ich sprang zurück, da ich in Luv stand und nicht viele Sachen zum Wechseln dabeihatte. Tamra war jetzt so damit beschäftigt, die Fische zu füttern, daß sie keine weiteren philosophischen Antworten von mir verlangte.

Ich ging zum Bug und sah, wie das schwarze Schiff nach Norden fuhr – mit einer fast unglaublichen Geschwindigkeit. Keine Schaufelräder, keine Segel – nur der Schaum des Kielwassers und eine dünne schwarze Rauchfahne. Niemand außer uns beiden vermochte es zu sehen, und Tamra war so seekrank, daß es ihr einerlei war.

Weit hinter dem Bug verschwand die Sonne in dem tiefschwarzen Wasser des Golfs.

Klatsch ... klatsch ... klatsch ... drehten sich die Schaufelräder der *Eidolon* und brachten uns Elle um Elle, Meile um Meile Candar näher.

Isolde stand hinter der Brücke. Keiner schenkte ihr Beachtung. Myrten mischte unter einer schwingenden Laterne Karten, und Tamra klammerte sich an die vom Lack klebrige Reling.

Ich schaute hinaus aufs Meer und betrachtete die weißen Schaumkronen auf den Wellen.

XVII

Während der Fahrt durch den Golf blieb die See ziemlich ruhig, so daß die *Eidolon* gemächlich dahinstampfte. Sie hielt steten Kurs nach Nordwesten.

Ich hatte nicht gut geschlafen, sondern war dauernd aufgewacht, aber ich *hatte* geschlafen – im Gegensatz zu Sammel, dem der Seegang nach einiger Zeit die gleichen Beschwerden wie Tamra verursachte, so daß er einen Großteil der Nacht an der Reling verbrachte.

Isolde schlief wie ein Stein. Sie schnarchte sogar. Myrten kam ziemlich spät in die Kabine. Seine Börse war voller als vor der Abfahrt – ein Beweis dafür, daß es sich auszahlte, seine Vorteile überall wahrzunehmen. Er stand auch als erster auf. Obwohl er sich sehr leise verhielt, wachte ich auf.

Ich folgte ihm den Niedergang nach oben auf Deck. Die Sonne schien. Mehrere Seeleute waren bereits bei der Arbeit. Sie strichen die Reling und nahmen eine Winde auseinander. Ich achtete nicht auf die fleißigen Burschen und folgte Myrten in die Messe.

Wrynn, Dorthae und Krystal waren auch schon da.

Ich ließ mich auf der Eichenbank gegenüber von Myrten nieder. Außer uns saß niemand am Tisch.

Dann taumelte Sammel herein. Er schwankte, doch nicht im Rhythmus des Schiffes. Ich deutete auf den Tisch. Er tastete sich mühsam bis zum Ende vor.

Das Frühstück bestand aus Trockenobst – Äpfeln, roten Johannisbeeren und Pfirsichen –, Zwieback und einem Tee, der so stark war, daß sogar ich den Mund verzog. Aber man konnte den Zwieback hervorragend im Tee einweichen.

Ich aß langsam, ohne aufzuschauen. Die Schiffsbesatzung hatte offensichtlich bereits gefrühstückt – viel früher als wir. Die Messe – unter der Brücke – war nicht viel größer als unsere beiden Kabinen zusammen. Die beiden Tische waren auf den Boden geschraubt, ebenso die Bänke. Die Tische enthielten Mulden. Wahrscheinlich dienten sie zur Sicherung des Geschirrs bei schwerer See.

Sammel versuchte einen Zwieback und einen Schluck Tee. Doch nach der Hälfte des Zwiebacks stand er auf und verließ mit grünlichem Gesicht die Messe.

Wrynn, Krystal und Myrten verschlangen alles, was auf dem Tisch stand.

Trotz der kurzen Nacht sah Myrten frisch und ausgeruht aus. Nur sein schwarzes Haar war noch zerzauster als sonst. Er ging als erster, ohne einen Ton zu sagen. Dorthae folgte ihm mit glänzenden Augen. Wrynn befingerte kurz den Griff ihres Wurfmessers, dann war auch sie verschwunden.

Krystal schüttelte lächelnd den Kopf.

»Ist irgend etwas komisch?« fragte ich.

»Eigentlich nicht.« Das war keine Antwort. Sie trank Tee, aß jedoch nichts.

»Das ist keine Antwort.«

»Männer!« Sie schüttelte nochmals den Kopf. Sie hatte ihre Haare nicht mit einem Silber- oder Goldband hochgebunden, sondern mit einer dunkelblauen Schnur, als wolle sie keine Aufmerksamkeit erwecken. »Männer ...«, wiederholte sie und stand auf. Mit schnellen Schritten hatte sie die Messe verlassen, noch ehe mir ein Satz einfiel, der sie zum Bleiben veranlaßt hätte.

Ich hatte gerade den zweiten Zwieback und ein paar getrocknete Pfirsiche gegessen, als Isolde eintraf, mit Tamra im Schlepptau.

Einen Moment lang blieb Tamra stehen. Sie wirkte wie das hellste Porzellan, das meine Mutter je gebrannt hatte – kostbar und zerbrechlich. Dann mußte sie rülpsen und zerstörte damit den Eindruck von Zerbrechlichkeit. »Entschuldigung.« Sie sank auf die Bank, wo Myrten gesessen hatte.

Isolde goß den dunklen Tee in zwei glasierte braune Becher.

»Honig?«

Tamra nickte und schwankte leicht, aber im Einklang mit der Bewegung der *Eidolon.*

Ich kippte den Rest Tee hinunter und sah mich nach einem Platz um, wo ich den Becher abstellen könnte.

»Geh noch nicht, Lerris.«

»Wohin sollte ich gehen?«

Tamra seufzte. Isolde musterte mich empört. Ich setzte den leeren Becher an die Lippen, um die beiden Frauen nicht ansehen zu müssen. Dann schenkte ich mir nochmals Tee aus der großen Teekanne nach und gab einen dicken Klumpen Honig hinein. Der Honig befand sich in einer eisengrauen Kanne, die weder zur Teekanne noch zu den Bechern paßte.

»Ihr beiden seid schon ein Paar!« Isolde sagte das ganz sachlich. »Tamra glaubt, daß Erfolg durch Leistung kommt, und du, Lerris, glaubst, daß alles erklärt ist, wenn man nur die Antwort kennt. Einer von euch haßt Privilegien, aber sehnt sich verzweifelt danach. Der andere hat sie, aber lehnt sie gedankenlos ab.«

Tamra und ich blickten uns an.

»Euch beiden steht eine Riesenüberraschung bevor.« Isolde trank einen kräftigen Schluck Tee und häufte sich Trockenobst – hauptsächlich Äpfel – auf den Teller. Dann griff sie zum viereckigen Zwieback. Sie verzehrte alles abwechselnd.

Ich trank noch etwas Tee, der trotz des Honigs bitter schmeckte.

Tamra knabberte an einem Zwieback und nahm einen kleinen Schluck Tee, um die Krümel hinunterzuspülen. Ohne ein buntes Tuch wirkte sie in ihrer dunkelgrauen Kleidung wie eine schlaffe Porzellanpuppe.

Als das Schweigen mir zu lange dauerte, stellte ich den Becher in eine Mulde und stand auf. Ich schaute

Tamra und Isolde an. Beide würdigten mich keines Blickes und sagten auch nichts. Isolde aß langsam und beharrlich weiter. Tamra starrte auf die braune Tischplatte neben ihrem Becher.

Nachdem keine der beiden auch nur ein Wort sagte, begab ich mich aufs Deck.

Draußen hatte der Wind aufgefrischt und zauste meine kurzen Haare. Ich ging zum Bug und blieb dort stehen. Die Sonne wärmte mir den Rücken, während ich zuschaute, wie der Wind die Schaumkronen der dunkelblauen Wogen davonblies. Die *Eidolon* war kein schnittiges Schiff, sondern glich mehr Isolde. Tüchtig und sachlich fuhr sie dahin.

Diese Solidität war hilfreich, denn meine Gedanken waren alles andere als solide. Ich – ein potentieller Ordnungs-Meister? Mit Privilegien geboren? Überzeugt, daß Antworten alles lösten? Wie konnte ich überhaupt eine Entscheidung darüber treffen, was ich tun wollte, ohne etwas zu wissen? Talryn, Kerwin, meine Eltern, sogar Isolde behaupteten, alles sei offensichtlich, daß ich mich blind stellte und daß ich wählen müsse. Was wählen? Was bedeutete das? Ewige Langeweile, falls ich Ordnung wählte? Den frühen Tod, falls ich mich für Chaos entschied? Also, diese Alternativen erschienen mir alles andere als großartig.

Wusch … Die *Eidolon* war in eine große Woge hineingefahren. Die Gischt spritzte beinahe bis zur Reling herauf, an der ich lehnte. Das Schiff kam mir ruhiger vor.

Natürlich! Die Schaufelräder standen still, die Maschinen waren abgeschaltet. Solange der Wind hielt, konnte der Kapitän Kohlen sparen.

Ich fragte mich, ob meine kürzliche Erkenntnis stimmte: daß ich immer erst später sah, was allen offensichtlich war.

»Darf ich dir Gesellschaft leisten?«

Ich zuckte zusammen. Tamra stellte sich neben mich. Sie war nicht mehr so blaß wie beim Frühstück.

»Gern.«

»Du hast besorgt dreingeschaut ...« Ihre Stimme klang weicher als sonst.

Wollte ich mich tatsächlich mit ihr unterhalten? Von Anfang an war sie ein ausgesprochenes Miststück gewesen. Ich seufzte. Was würde es mich kosten? Wir hatten nichts zu tun, und sie war gewiß nicht langweilig.

»Ja ... ich habe mir so meine Gedanken gemacht.«

»Du hast nicht gewußt, daß dein Vater ein hoher Tempelmeister ist?«

»Nein.«

»Ich ... es tut mir leid.«

»Du sagst das so, als tue es dir überhaupt nicht leid.«

»Müssen wir uns streiten?« fragte sie.

»Nein. Aber mußt du alles in Zweifel ziehen, was ich sage oder tue?«

»Es ist schwer ... wenn ich dich sehe ... du hattest alles ... und ...«

»Und?«

Sie antwortete nicht, sondern blickte nur neben mir aufs Meer hinaus.

Schweigen und das Rauschen der Wellen waren mir lieber als eine schwierige Unterhaltung. Daher schaute ich auch aufs Wasser.

»Lerris?«

»Ja?«

»Es tut mir leid.«

»Was tut dir leid?«

»Weil ... warum machst du es mir so schwer?« Ihre Stimme klang gepreßt.

Ich brauchte eine Weile, um die Worte zu unterdrücken, die mir auf der Zunge lagen: daß sie ein eingebildetes Miststück sei, das die ganze Welt beherrschen wolle. Aber war diese Bemerkung wirklich angebracht?

Die Gischt sprühte beinahe bis aufs Deck.

Wir beobachteten beide stumm die Wellen.

Schließlich fing ich wieder an. »Erinnerst du dich, als wir uns kennengelernt haben ... Als erstes hast du mir gesagt, welch ein kläglicher Anblick ich sei ... Als ich lernte, mit dem Stab umzugehen, hast du die erstbeste Gelegenheit genutzt, mich grün und blau zu schlagen ...« Ich blickte immer noch auf die Wellen und fragte mich, ob ich zuviel gesagt hatte und warum ich mir eigentlich die Mühe einer Erklärung gemacht hatte.

»Oh ...« Sie schien tatsächlich überrascht zu sein.

Ich schüttelte nur den Kopf.

»Du machst es einem auch nicht gerade leicht, weißt du das?« fragte sie leise.

Ich konnte sie bei dem Brausen des Windes in den Segeln und dem Rauschen der Wellen kaum verstehen. »Was habe ich dir je getan?«

»Genau darum geht's. Du läßt niemanden an dich heran. Entweder langweilst du dich, oder du bist sehr höflich. Wir alle wissen, was du fühlst, und deshalb kann keiner zu dir durchdringen. Du verwehrst dich gegen menschliche Nähe, selbst bei Krystal, und ich weiß, daß sie dich sehr begehrt hat.«

Krystal? Sie war älter als ich ... und sie hatte gesagt, daß sie nur einen guten Freund brauchte.

»Jetzt bist du wieder wütend.«

Ich schaute wütend aufs Meer statt zu Tamra.

»Warum läßt du mich nicht in Ruhe?« fragte ich.

»Weil ... ich Angst habe ... und du auch.«

Angst? Ich?

»Ja, du, Lerris. Du könntest dir vor Angst in die Hose machen, ganz gleich, was du dir oder irgend jemandem sonst vormachst.«

Wummm ... Die *Eidolon* tauchte in ein Wellental. Gischt sprühte über mich und Tamra. Meine Hände an der Reling wurden naß.

Angst? Na schön, vielleicht. Aber wer hätte keine Angst gehabt in dieser Situation?

Als ich sehr viel später wieder aufschaute, war Tamra verschwunden. Aus unerfindlichen Gründen wäre es mir lieber gewesen, sie wäre geblieben. Trotzdem war sie ein Luder.

Der Rest des Tages verlief nach Schema. Die *Eidolon* arbeitete sich nach West-Nordwest vor. Der Wind blies weiterhin. Die Mannschaft war mit Reparaturarbeiten beschäftigt. Sammel war immer noch seekrank, und Isolde und Tamra gingen mir aus dem Weg. Die Besatzung hielt sich von uns fern – abgesehen von einigen knappen Fragen an Isolde. Wir aßen Brot, Käse und Obst und tranken Tee – nachdem die Besatzung mittags gegessen hatte.

Ich schlenderte übers Deck und sah mir das Schiff genau an. Ich wollte herausfinden, wie das Schiff zusammengefügt war, die inneren Muster erspüren, die Kräfte, die Belastungspunkte. Die *Eidolon* ähnelte Onkel Sardits Arbeiten: einfach an der Oberfläche, sehr solide und viel komplizierter, als ich es gedacht hatte.

Die Maserung des Decks, der Masten, der Planken des Rumpfs zu entdecken war leicht. Schwieriger wurde es, die innere Struktur beim Metall und den mechanischen Teilen zu erkennen.

Das Dröhnen der Maschine und der beißende Geruch brennender Kohle rissen mich aus meinen Studien, wie wohl der Bugspriet eingepaßt war.

Mehrere Seeleute bargen die Segel über mir. Nicht alle, nur die Rahsegel.

Vor dem Bug tauchten grüne Hügel auf. Ich sah auch einen schwachen Küstenstreifen im Norden, der eigentlich eher Wolken glich als festem Land.

Freistadt konnte nicht so weit entfernt sein, nicht wenn wir uns am Rand der Großen Nordbucht befanden.

Jetzt drehten sich wieder die Schaufelräder in den ruhigeren Gewässern der Bucht. Die Sonne wurde schwächer, die *Eidolon* rauschte unter dichten Wolken dahin. Plötzlich war die Luft viel feuchter als zuvor.

Hinter der Brücke zog ein Seemann eine riesige Flagge Nordlas auf den hinteren Mast. Ich fragte mich, wen die Candarer eigentlich nicht mochten. Aber so sollte man das nicht sehen, denn wer mochte den Herzog von Freistadt nicht? Das war die Frage.

»Bist du bereit, von Bord zu gehen?« Isolde stand dicht neben meinem Ellbogen.

»Klar, ich muß nur meinen Stab und meine Sachen holen.«

»Laß alles fürs erste in der Kabine. Es wird noch eine Zeitlang dauern, doch dann müssen wir so schnell wie möglich an Land gehen, nachdem die *Eidolon* angelegt hat.«

»Weil es für uns sicherer ist oder für die anderen?«

Isolde ließ mich wortlos stehen.

Der silberhaarige Kapitän stand jetzt auf der Brücke. Die *Eidolon* fuhr mit Dampf und unter Segeln und schaffte eine recht erstaunliche Geschwindigkeit. Sobald wir die Hügel erreicht hatten und in die Bucht einliefen, flaute der Wind ab, und die Wellen legten sich.

Sammel erschien an der Reling. Dann tauchte auch der Rest unserer Gruppe auf – abgesehen von Dorthae und Isolde. Myrten trug einen weißen Verband um den Unterarm, der aber nur sichtbar wurde, als er zur Reling griff, um sich festzuhalten.

Die Sonne war vollständig hinter den formlosen Wolken verschwunden, als unser Schiff Kap Frentala umrundete. Auf den ersten Blick wirkte Freistadt keineswegs einnehmend. Nur ein einziger Turm ragte zum grauen Himmel empor. Am Hafen standen viele niedrige Holzhäuser. Die Piers waren aus verwitterten grauen Bohlen gezimmert. Nur ab und zu war eine neue braune Planke zu sehen.

»Holt eure Sachen!« Isolde war jetzt ganz in Schwarz gekleidet, an ihrem Gürtel hingen ein Schwert mit schwarzem Heft und ein langer Dolch. Sie blickte Sammel grimmig an. Ich brauchte keine gesonderte Einladung.

Schnell lief ich in meine Kabine und holte Umhang, Tornister und Stab. Als ich wieder auf Deck kam, näherte sich die *Eidolon* bereits der Pier, auf der eine Handvoll Menschen wartete.

»Steuereintreiber«, murmelte Myrten. Er stand dicht neben mir an der Reling.

»Steuereintreiber?«

»Der Herzog möchte als erster abkassieren.«

»Wird alles besteuert?«

»Alles. Isolde muß für jeden von uns ein Goldstück löhnen.«

»Wir müssen zahlen, um hierherzukommen?«

»Teuflisch, nicht wahr?«

Ich hatte darüber nie nachgedacht. Würden wir auch zahlen müssen, um andere Provinzen zu betreten? Würde meine bescheidene Barschaft reichen?

»Gefahrenbrigadiere!« rief Isolde.

Offenbar wollte man uns schnell von Bord haben. Kaum lag die Laufplanke auf der Pier, als wir an Land marschierten. Zwei Matrosen machten noch die Leinen an den Pollern fest.

Ein Beamter mit goldenen Tressen auf den Schultern und silberner Brustplatte wartete unten am Ende der Planke. Hinter ihm standen zehn Soldaten. Jeder trug ein Schwert, hielt aber einen Schlagstock in der Hand. Ihre Brustplatten waren aus kaltem Eisen. Dahinter stand eine seltsam schemenhaft wirkende Frau in Weiß. Bei ihrem Anblick spürte ich wieder die Unordnung, die ich bei dem Schwert empfunden hatte, das der Händler Krystal hatte verkaufen wollen.

Ich faßte den Stab fester, um den Schauder zu unterdrücken, der mich plötzlich überfallen hatte. Merkwürdig, der Stab fühlte sich wärmer an als an einem sonnigen Tag.

»Gefahrenbrigadiere?« fragte der Beamte. Er blickte über Isolde hinweg und vermied es, einen von uns anzuschauen.

»Sieben«, erklärte Isolde.

»Das kostet sieben Goldstücke.«

»Bekomme ich eine Quittung?«

Der Offizier blickte nach rechts zu einem dünnen jungen Soldaten. Eilfertig schrieb dieser etwas auf ein Blatt Papier und reichte es dem Vorgesetzten.

Isolde gab ihm die Münzen und empfing die Quittung.

»Waffen?«

»Keine außer den üblichen: Stäbe, Schwerter, Messer und ein paar Pistolen. Alles zum persönlichen Gebrauch.«

»Magier?«

Isolde zauderte, doch so kurz, daß der Beamte es meiner Meinung nach nicht bemerkt hatte. »Keine Magier. Zwei Schwarzstäbe.«

»Das kostet nochmals vier Goldstücke.«

»Seit wann?« Isolde blickte den Beamten scharf an.

»Seit ... seit ...«

»Seit heute nachmittag womöglich?«

»Magistra ... es war kein gutes Jahr ...«

»Zusätzliche Steuern sind in der Vereinbarung nicht enthalten.«

Der Offizier mit dem runden Gesicht schluckte. Schweiß stand ihm auf der Stirn, und dieser stammte nicht von der hohen Luftfeuchtigkeit. Er schluckte nochmals.

Ein Soldat trat vor. Er hatte einen vierzackigen Stern oben links auf der eisernen Brustplatte.

Isolde verlagerte ihr Gewicht auf den anderen Fuß. Ich war ziemlich sicher, daß sie lächelte. Ich konnte ihr Gesicht nicht sehen, da ich hinter Myrten stand, der lautstark atmete. Krystals Hand ruhte am Schwertgriff.

»Der Herzog hat das beschlossen, richtig?« bohrte Isolde nach. »Und dein Kopf steht auf dem Spiel.«

Ein paar Regentropfen fielen mir aufs Gesicht. Der Wind von den Hügeln hinter der Stadt kam mir plötzlich eiskalt vor. Ich blickte zurück zur *Eidolon.* Der Kapitän und zwei Offiziere standen oben an der Laufplanke und schauten neugierig herab. Alle drei hielten Hellebarden, die ich während der Reise nie gesehen hatte.

Es war klar, daß wir an Bord nicht mehr willkommen waren.

»Nein ... Magistra ... aber die Bedürfnisse des Herzogtums ...«

»Dann bestehe ich auf dem Recht eines sofortigen Gerichtsverfahrens.« Isolde trat einen Schritt vor, der Steuereinnehmer wich zurück.

Myrten drehte sich zu mir um und schaute mich fragend an. Ein Recht auf ein sofortiges Gerichtsverfahren? Darüber hatten wir im Unterricht nie etwas gehört.

»Aber ...«, protestierte der Offizier.

»Willst du etwa eure eigenen Gesetze mit Füßen treten?« fragte Isolde.

Der Offizier schüttelte stumm den Kopf.

Ich stieß Myrten in die Rippen. »Geh einen Schritt weiter. Es ist zu eng«, flüsterte ich. Trotzdem drehte Tamra sich um, und Myrten und Wrynn blickten mich verärgert an.

Ich verdrehte die Augen.

Sie schüttelte den Kopf, Myrten aber machte Platz.

»Wer vertritt den Herzog?« fragte Isolde. Ihre Stimme klang so scharf wie ein Rasiermesser.

»Ich.« Der Soldat mit dem Stern auf der Brustplatte trat noch einen Schritt weiter vor. Er war anderthalb Kopf größer als ich und überragte Isolde um über eine halbe Elle. Sein Gesicht war hager, glattrasiert und ohne Narben. Einige Silbersträhnen zogen sich durch sein kurzes schwarzes Haar. Seine Augen waren von unbestimmbarer Farbe und ohne Leben.

»Blut oder Tod?« fragte Isolde.

»Es muß dein Tod sein, Magistra. Du bist eine Ausländerin, und Tod ist vorgeschrieben, falls du unterliegst.«

»Ich hatte von dir gesprochen.« Isoldes Stimme klang so eiskalt, daß der Steuereinnehmer noch einen Schritt zurückwich.

Der Soldat neigte den Kopf. »Du hast die Wahl, Magistra, aber ich werde kämpfen, solange ich es vermag. Das ist ebenfalls vorgeschrieben«, erklärte er höflich. Aber seine Stimme klang rauh, als würde er sie nicht oft benutzen.

Ein Soldat entrollte eine rötliche Schnur, die wohl früher scharlachrot gewesen war. Damit legte er ein Viereck mit einer Seitenlänge von ungefähr zehn Ellen auf der grauen Pier aus.

Zwei Soldaten bezogen mit gezückten Schwertern an gegenüberliegenden Ecken Posten.

»Deine Ecken, Magistra?«

Isolde ließ den Kämpen des Herzogs nicht aus den Augen. »Krystal ... Lerris, übernehmt die anderen Ecken.«

Die Augen des Steuereinnehmers weiteten sich, als Krystal vortrat. Er wurde bleich, als sie das Schwert aus der Scheide zog und zu der Ecke ging, die am weitesten von der *Eidolon* entfernt war. Damit blieb mir die Ecke, die höchstens zehn Ellen von meinem jetzigen Standort lag.

Mein Stab war jetzt beinahe ungemütlich warm.

»... Schwarzstab«, sagte ein Soldat leise. Die Abteilung

stand jetzt so, daß sie uns den Zugang nach Freistadt versperrte.

»Bist du bereit, Magistra?«

»Du tust mir leid, Mann des Herzogs«, sagte Isolde. Es klang, als empfinde sie tatsächlich Mitleid. Ich fragte mich, weshalb sie so zuversichtlich war. Das Ganze war doch eine Falle. Dieser Mann war mit Sicherheit der beste Kämpfer im Heer des Herzogs.

»Bist du bereit?«

»Ja.«

Beide standen mit gezückten Schwertern da. Isolde wendete mir den Rücken zu.

Dann blitzte die Klinge des Mannes unvorstellbar schnell auf. Doch Isolde parierte den Hieb mühelos.

Die Klingen schwirrten durch die Luft und kreuzten sich. Waffengeklirr ...

Dann lag der Kämpe des Herzogs mit dem Gesicht nach unten auf der Pier. Er hatte sein Schwert und sein Leben verloren. So plötzlich, wie der Zweikampf begonnen hatte, war er zu Ende.

Der Steuereinnehmer stand mit offenem Mund da. Die anderen Soldaten starrten ungläubig auf den Leichnam.

Ich hielt den Stab kampfbereit. Was würde jetzt geschehen?

»Ich gehe davon aus, daß hiermit die vom Herzog vorgeschlagene Besteuerung von Schwarzstäben hinfällig ist, oder?« fragte Isolde mit der gleichen Eiseskälte, die sie auch im Kampf gezeigt hatte.

»... äh ... ja, Magistra ...«

Der eine Soldat an der Ecke rollte die Schnur wieder auf. Ich trat beiseite, behielt aber die übrigen Soldaten im Auge – Krystal tat es ebenfalls.

Zwei Männer hoben den Leichnam auf und trugen ihn zu dem von Pferden gezogenen Wagen am Ende der Pier. Ein dritter hob das Schwert des Toten auf.

Der dünne Jüngling schrieb etwas auf. Der Steuereinnehmer wischte sich mit einem dunklen Tuch den Schweiß vom Gesicht.

»Du mußt verstehen, Magistra ... Herzog Holloric ... wir befolgen lediglich seine Anweisungen ...«

Isolde nickte. »Überbring dem Herzog unsere besten Wünsche. Wir vertrauen darauf, daß er an der Vereinbarung festhält – ohne weitere Versuche, sie einseitig zu ändern.«

»Ja, Magistra ...« Er nickte und ging.

Die Soldaten folgten ihm. Keiner blickte in unsere Richtung.

Ich schaute Tamra an. Sie zog die Brauen hoch. Ich nickte. Wir wußten beide Bescheid. Es *war* ein abgekartetes Spiel gewesen. Und die Bruderschaft hatte es gewußt. Ich vermutete, daß Isolde eine der besten Kämpferinnen der Bruderschaft war – und das machte mir angst. Obwohl der Kämpe des Herzogs ihr an Reichweite um anderthalb Ellen überlegen war, hatte sie ihn, einen der besten Männer des Herzogs, blitzschnell getötet.

Kein Wunder, daß die Soldaten so rasch die Pier verlassen wollten.

Ich schaute zur *Eidolon*. Nur ein einfacher Matrose stand Wache. Er grinste mich an. Doch als der Kapitän auftauchte, wurde seine Miene ausdruckslos.

Isolde blickte zum Kapitän hinauf.

»Glückwunsch, Magistra. Tadellose Leistung.«

Isolde nickte. Er nickte zurück und ging wieder zur Brücke.

»So, gehen wir.« Isolde wirkte völlig ruhig, als sie losmarschierte. Verblüfft folgten wir ihr.

Als wir die Straße am Ende der Pier erreichten, waren Offizier, Wagen und Soldaten in dem Nebelschleier verschwunden, der die Häuser Freistadts einhüllte.

Auf den drei langen Piers gab es viele Poller, doch außer der *Eidolon* hatte nur noch ein kleines Fischerboot festgemacht. Ansonsten wirkte Freistadt verlassen. Keine Handelsschiffe, nirgends Ladung.

Ich holte Isolde ein. Sie ging schnell und würdigte mich keines Blickes. »Wird Euer Erfolg dem Herzog eine Lektion erteilen, oder geht dieses … Embargo … oder was es sonst ist … weiter?«

»Wer weiß.« Zum ersten Mal klang sie müde.

»Ihr habt das nicht tun wollen, oder?«

»Lerris …« Die Verärgerung in ihrer Stimme war besser als jede Erklärung.

»Oh …«

»Stimmt. Jetzt müssen wir die Herberge erreichen, ehe der Herzog noch weitere seltsame Einfälle hat. Bei der nächsten Straße – falls man den Weg so nennen will – biegen wir rechts ab.«

Im dichten Nebel sahen die Häuser beinahe gespenstisch aus. Ab und zu durchdrang eine Öllampe den grauen Schleier. Wir trafen nur wenige Menschen. Alle huschten eilends weiter.

Tamra ging jetzt neben mir. Wir hatten das Hafengebiet verlassen. Unsere Schritte hallten laut. Niemand sagte etwas. Schweigend marschierten wir dahin.

XVIII

Der Nebel wurde dünner, nachdem wir ziemlich lange eine Straße bergauf gegangen waren. Auf einer Kreuzung blieb ich stehen und erspähte die Mastspitzen der *Eidolon*.

»Hoppla!« Sammel war mit gesenktem Kopf gegen meine Schulter gelaufen.

»Meine Schuld!« Ich ging schneller, um Tamra und Isolde einzuholen.

Die Wolken über uns waren dunkelgrau. Eine kühle und feuchte Brise streifte meine Wangen. Immer noch hing ein leichter Nebelschleier über den Häusern, an denen wir vorbeigingen. Viele waren verlassen oder zumindest dunkel. Nur aus wenigen Fenstern drang der goldene Schein der Lampen. Der beißende Geruch von Holzrauch vermischte sich mit dem feuchten Nebel.

»Die reinste Geisterstadt«, murmelte Myrten hinter mir.

»Und wir sind die Geister«, erklärte Isolde, doch so leise, daß ich bezweifelte, ob Myrten sie gehört hatte.

Meiner Meinung nach waren wir allein auf den Straßen, weil wir Fremde waren, während die Bewohner von Freistadt sich um die Lampen und Feuer scharten, die Schutz gegen die Kälte des ungewöhnlich frühen Herbstes boten.

»Wir sind da«, erklärte Isolde.

Das verwitterte graue Holzhaus wirkte im Nebelschleier düster. Doch aus jedem Fenster im Erdgeschoß drang heller Lichtschein. Die blauen Fensterläden waren zurückgeschlagen, um das Licht hinauszulassen. Es war wie ein Erklärung, daß das Haus sich nicht in die Macht des Chaos hineinziehen ließe.

Wanderers Ruh verkündete das Schild, das über den Doppeltüren hing. Die Messinggriffe der Tür glänzten im Schein der beiden Öllampen, die beiderseits an der Wand hingen, als wollten sie der Dunkelheit verwehren, in das Haus einzudringen.

Ich holte tief Luft. Als ich Isolde in den Eingang folgte, spürte ich, wie sich die Anspannung in meinem Innern ein wenig löste.

Mit leichter Hand öffnete sie die nächste Tür, die ebenfalls aus Roteiche gefertigt, aber viel dünner als die Außentür war.

Gleich darauf standen wir alle in einer Halle mit poliertem Holzboden. Auf der einen Seite war eine Theke, auf der anderen befand sich eine Art Wohnzimmer. Die Theke war wie die Türen aus Roteiche gefertigt. Abgesehen von den geschwungenen Kuppen an den Ecken war sie schmucklos. Der goldene Schein der Wandlampen spiegelte sich in der lackierten Oberfläche. Direkt vor uns führte eine Treppe nach oben. Ein brauner Läufer bedeckte beinahe alle Stufen.

Nach links gab ein Türbogen den Blick auf Tische frei, die mit rotkarierten Tüchern bedeckt waren. An jedem Tisch standen Stühle.

Hinter der Theke wartete eine grauhaarige Frau, die fröhlich lächelte. Sie schwieg. Isolde musterte uns scharf.

»Jeder bekommt ein Einzelzimmer. Das ist bezahlt. Falls ihr wollt, könnt ihr auch andere Vereinbarungen treffen. Wir essen gemeinsam in dem kleinen Speisesaal zu Abend, den ihr links seht. Dort treffen wir uns, sobald ihr eure Sachen auf die Zimmer gebracht habt. Die Waffen laßt ihr auch dort. Sie sind sicher. Und jetzt ... erledigt die Formalitäten am Empfang.«

Offenbar sprach sie aus langer Erfahrung. Ich fragte mich, wie viele Gruppen sie schon nach Freistadt begleitet hatte. Sie trat zur Theke.

»Wir hatten nicht erwartet, Euch wiederzusehen, Magistra.«

»Das Unerwartete ändert manchmal alle Pläne.« Isolde lachte, aber es klang falsch. »Hier, wie immer.«

Die Münzen klingelten.

Die Frau in der verwaschenen grünen Bluse machte große Augen. Offenbar war die Bezahlung keineswegs wie immer.

»Seid Ihr schon dem neuen Steuereinnehmer begegnet?« fragte die Frau.

»O ja. Wir haben ebenfalls den neuen, aber leider bereits verstorbenen Kämpen des Herzogs getroffen.«

»Ach, du meine Güte ...«

»Ich bezweifle, daß die Schergen des Herzogs bald kommen, aber ich werde diesmal nicht länger bleiben, sondern abreisen, sobald diese Gruppe morgen aufbricht.«

»Die neuen Steuern sind sehr unbeliebt. Es gibt Gerüchte, nach denen der hamorische Gesandte Freistadt ziemlich überstürzt verlassen hat. Bis die Lage geklärt ist, läuft kein Schiff unseren Hafen an.« Die Wirtin zog die Brauen hoch, als sie Isolde anschaute.

»Falls Hamor irgendwelche Maßnahmen beabsichtigt, wird also kein Schiff kommen.«

Ich wußte, wie Isolde zurückfahren würde. Doch blieb die Frage, was sie vor ihrer Abreise tun würde.

»Los, Lerris! Starr keine Löcher in die Luft. Komm her.« Isolde war neben mich getreten, ohne daß ich es bemerkt hatte.

»Ah ... ein junger Schwarzstabträger ... ich wette, die Hafenwache war nicht begeistert. Besonders jetzt.«

»Nein ...« Ich schaute mir das Gästebuch an. Es war nur Platz für den Namen, nicht für das Heimatland. Schnell schrieb ich meinen Namen unter Isoldes und trat beiseite.

»Hier ist dein Schlüssel, junger Mann. Zimmer fünfzehn, erster Stock hinten.«

Der Schlüssel hing an einem Messingschild, das beinahe so groß wie meine Faust war. Ohne die anderen anzuschauen, stieg ich die Treppe hinauf, wobei ich mir Mühe gab, nicht mit dem Stab gegen das Geländer zu schlagen.

Der Gang im ersten Stock war auch mit Teppich ausgelegt. Öllampen brannten. Neben Zimmer fünfzehn lag Zimmer vierzehn. Lautlos öffnete der Schlüssel meine Tür. Ebenso lautlos schloß sie sich wieder.

Ein Doppelbett stand im Zimmer, außerdem eine Kommode mit drei Schubladen; darüber befand sich ein Spiegel im Eichenrahmen. Die Einrichtung wurde ergänzt durch eine Waschschüssel mit Handtüchern und einen Schrank. Ein geflochtener Teppich bedeckte die polierten Goldeichenbretter zwischen Bett und Kommode. Rotkarierte Vorhänge, die mit weißen Kordeln zurückgebunden waren, umrahmten das Fenster. Die Lampe über dem Kopfende des Bettes erhellte das Zimmer. Auf dem Bett lag eine rote Decke, auf die fröhliche weiße Schneeflocken aufgenäht waren.

Ich hängte den Umhang in den Schrank, zog die Tunika aus und kramte im Tornister.

Das Wasser in der Schüssel war warm. Mit Hilfe der bereitgelegten Seife und dem Rasiermesser aus dem Tornister tat ich mein möglichstes, um mich fein zu machen.

Der Spiegel zeigte mir einen glattrasierten, einigermaßen gutaussehenden, aber immer noch viel zu jung wirkenden Mann angesichts dessen, was ich ab morgen tun mußte.

Ich musterte die Tunika. Sie war zwar leicht verschmutzt, doch hatte ich keine Zeit, sie zu waschen. Also streifte ich sie wieder über und rieb mit dem angefeuchteten Handtuch die schlimmsten Flecken weg.

Als ich den Tornister im Schrank verstaute, wunderte ich mich. *Wanderers Ruh* war offensichtlich eine Herberge, die sich nur sehr reiche Menschen leisten konnten. Ich mußte den Stab schräg stellen, um ihn im Schrank unterzubringen. Aber trotz Isoldes Worten wollte ich nicht, daß jeder ihn auf den ersten Blick sah. Das Schwarzeschenholz war kalt und versicherte mir damit, daß ich nicht in unmittelbarer Nähe von Chaos war, obgleich das auch höchst unwahrscheinlich gewesen wäre, da Isolde uns hierhergeführt hatte.

Ich warf noch einen letzten Blick aufs Zimmer, nahm den Schlüssel und betrat den Gang. Um Haaresbreite wäre ich mit Krystal zusammengestoßen, die auch gerade ihr Zimmer verließ.

»Oh ... tut mir leid«, entschuldigte ich mich.

Unsere Schlüsselanhänger stießen klirrend zusammen.

Wir lächelten beide, aber eher aus Aufregung als aus guter Laune.

»Ziemlich hübsche Unterkunft für uns Ausgestoßene«, meinte ich.

»Hübsch? Ja, schon möglich.«

»Du findest sie nicht schön?« Aus irgendeinem Grund wollte ich nicht von ihr weggehen.

»Ändert ein hübsches Zimmer das, was du bist?« fragte sie. Ihre Stimme klang so melodisch und so entspannt, wie ich sie noch nie gehört hatte.

In diesem Punkt hatte sie recht. Ich fragte mich, warum ich Krystal zuhörte und über ihre Worte nachdachte, während ich sofort zum Kampf bereit war, wenn Tamra mir eine Frage stellte.

»Was denkst du, Lerris?«

»Ach ...« Ich wollte es ihr eigentlich nicht sagen. »Es ist nur ... dir kann ich zuhören, selbst wenn du Fragen stellst.«

»Ich nehme das als Schmeichelei.« Sie schenkte mir ein wunderschönes Lächeln.

Da trat Wrynn auf den Gang und schaute uns an.

»Redet ihr beiden noch lange, oder gehen wir nach unten, hören uns Isoldes Predigt an und essen endlich zu Abend?« Dann schloß die Blondine ihr Zimmer ab.

Ich folgte nicht Wrynns Beispiel, da ich bezweifelte, daß es in dieser Herberge eine Rolle spielte, ob man das Zimmer abschloß oder nicht.

»Gehen wir?« fragte ich Krystal.

»Ja.« Sie ging zur Treppe. Das Schwert, das ich ihr gekauft hatte, hing an ihrem Gürtel.

Sammel, Myrten, Dorthae und Wrynn saßen bereits an dem rechteckigen Tisch im kleinen Speisesaal, als wir eintraten. Der Platz am Kopfende war für Isolde reserviert.

Ich nahm auf dem Stuhl am unteren Ende Platz. Krystal saß links von mir und Myrten rechts. Ich hätte auch den Stuhl rechts von Isolde nehmen können, doch ich überließ ihn Tamra.

Dann trat Isolde ein. Sie hatte das Gesicht gewaschen und die Haare gebürstet. Ich nickte ihr zu. Als Antwort nickte sie kaum sichtbar zurück. Dann musterte sie die Runde. Bei Tamras leerem Stuhl stutzte sie.

Als hätte sie ihr Stichwort gehört, kam der Rotschopf in diesem Augenblick herein.

Isolde schaute uns nochmals flüchtig an. »Das hier ist der letzte Ort, wo ihr offen über eure Herkunft sprechen könnt«, begann Isolde. Sie hatte die Hände auf die Lehne des Stuhls aus Roteiche gelegt. Wie beim Verlassen der *Eidolon* waren Tunika, Hosen, Stiefel, Gürtel und Halstuch schwarz. Mit der hellen Haut sah sie aus wie eine Soldatin – oder Schlimmeres. »Sobald ihr die Mauern dieser Herberge hinter euch laßt, unterliegt ihr den örtlichen Sitten und seid Dieben, Banditen und Soldaten ausgeliefert – nur um die offensichtlichsten Gefahren zu erwähnen.

Die Straße vor den Toren, die nach Candar führt, ist – zumindest für einige Meilen – recht sicher. Natürlich kann ein Taschendiebstahl oder ein Überfall vorkommen, wie fast überall.«

»Nur nicht in Recluce ...«, sagte jemand hinter mir.

»Stimmt, in Recluce nicht«, bestätigte Isolde. »Aber aus verschiedenen Gründen habt ihr alle Recluce als zu einschränkend empfunden, oder Recluce hat festgestellt, daß ihr die Welt draußen kennenlernen sollt. Aus diesem Grund sollt ihr auch allein reisen. Ihr trefft allein eure Entscheidungen und müßt auch allein die Konsequenzen tragen – zumindest, bis ihr bereit seid, endgültige Entscheidungen zu fällen. Aber das wißt ihr ja alle.

Doch als erstes möchte ich euch – wie versprochen – auf den neuesten Stand hinsichtlich der örtlichen Bedingungen bringen. Wie ihr bereits festgestellt habt, will der Herzog mit Hilfe der Hafenüberwachung höhere Steuern eintreiben. Die meisten Handelsnationen laufen Freistadt nicht mehr an. Es wird zu Unruhen kommen, deshalb solltet ihr erwägen, die Gegend möglichst schnell zu verlassen. Spidlar und Hydlen haben zum Großteil den Handel übernommen, und die Routen südlich der Westhörner nach Sarronnyn … Sligo, nördlich von hier, hat unter ungewöhnlichen Wetterbedingungen gelitten. Ein früher Schneefall. Die Nahrung wird knapp …«

Ich gab mir Mühe, mein Gähnen zu unterdrücken. Doch Krystal hatte es bemerkt und runzelte die Stirn.

»… sicher ist der Weg nach Gallos oder Kyphros, doch nicht zwischen beiden, da es an den Grenzen verstärkt zu Scharmützeln kommt …«

Sie blickte in die Runde. »Ihr habt genug Belehrungen gehört …«

Ich stimmte ihr aus ganzem Herzen zu und hoffte, sie werde diesen Satz nicht als Aufhänger für einen weiteren Vortrag benutzen. Ich hatte Hunger.

»… deshalb will ich auch nicht mehr viel hinzufügen.«

Am liebsten hätte ich laut gestöhnt.

»Doch es gibt noch einen wichtigen Punkt, an den ihr denken müßt. Die Menschen außerhalb von Recluce bezeichnen ihre Welt – den Rest der Welt – als ›reale Welt‹. Candar wird eure reale Welt werden. Solltet ihr hier sterben – und manche von euch könnte der Tod hier ereilen –, werdet ihr für immer sterben. Doch Recluce ist ebenfalls eine reale Welt und in vieler Hinsicht greifbarer als Candar. Ihr müßt entscheiden, welche Welt für euch real ist. Welche Realität mitsamt aller Regeln – ganz gleich, ob es Regeln der Ordnung sind oder die gemischten und sich ändernden Regeln, mit denen Ordnung mit Chaos im Wettstreit steht – die eure sein soll.«

Sie deutete zum Eingang. Ein junger Diener brachte ein Tablett mit vollen Tellern. »Da kommt das Abendessen. Danach könnt ihr oben in eure Zimmer schlafengehen oder auch nicht, ganz nach Belieben. Morgen früh gibt es Gebäck und Obst. Ihr könnt gehen, wann ihr wollt. Doch müßt ihr die Herberge bei Sonnenuntergang verlassen haben. Wer Freistadt den Rücken kehren will, sollte nicht bis zur letzten Minute warten. Dann wird man meistens ausgeraubt. Bei der jetzigen Laune des Herzogs würde ich nicht empfehlen, in Freistadt zu bleiben. Aber das ist eure Entscheidung – die erste von vielen.«

Sie hörte unvermittelt auf zu reden und setzte sich. Die Teller und Platten standen auf der karierten Tischdecke. Dann erschien die Wirtin und stellte vor jeden ein Glas.

»Wein oder Rotbeerensaft?«

»Wein«, antwortete Tamra.

»Rotbeeren ...«

»Rotbeeren ...«

»Wein ...«

»Rotbeeren«, sagte ich, als ich an der Reihe war, und schaute zu, wie sie den Saft bis zum Rand einschenkte. Dann lächelte ich, als Myrten drei dampfende Fleischstücke aufspießte und auf seinen Teller beförderte.

Wir hatten alle Hunger, auch Isolde. Daher aßen wir eine Zeitlang schweigend. Dann nahm Tamra einen kräftigen Schluck Wein und fragte fröhlich: »Was wird mit dem Herzog von Freistadt geschehen?«

Isolde blickte vom Teller auf. Sie lächelte Tamra nichtssagend an. »Warum? Es wird so kommen, wie es kommen wird.«

»Das ist keine richtige Antwort«, bohrte Tamra nach.

»Nein. Es trifft aber die Tatsachen. Ich bin gern bereit, diesen Punkt mit dir ausführlich zu diskutieren, sobald du von deiner Gefahrenbrigadentour zurückgekehrt bist – vorausgesetzt, daß du dich entscheidest, wieder zurückzukommen und Recluce nicht mehr zu einengend zu finden.« Danach schnitt Isolde ein Stück von der Büffelfleischscheibe auf dem Teller ab.

Tamra funkelte sie wütend an, doch die Magistra beobachtete die Ungeduld des Rotschopfes nicht. Ich mußte lächeln.

»Du freust dich offenbar«, flüsterte Krystal.

»Tamra hat Schwierigkeiten, wenn sie die Menschen nicht gleich manipulieren kann«, gab ich leise zurück, um Sammel und Dorthae nicht beim Austausch von Zärtlichkeiten zu stören.

»Haben wir die nicht alle?«

Ich zuckte mit den Schultern. Wahrscheinlich hatte Krystal recht, aber Tamra bestand immer darauf, recht zu haben, und verlangte, die Welt solle dies anerkennen.

»Ich wünsche euch viel Glück«, sagte Isolde. Alle schwiegen. »Von jetzt an seid ihr allein auf euch gestellt. Ich hoffe, euch wiederzusehen, aber das ist eure Wahl.« Sie nickte uns zu, stand auf und verließ den Raum. Wir hörten noch das Echo ihrer Stiefelabsätze auf dem Holzfußboden, als sie den großen Speisesaal durchschritt.

»... so plötzlich ...«

»... typisch für die Meister ...«

Ich sagte nichts, sondern trank noch einen Schluck Rotbeerensaft. Dann wartete ich. Wer würde bleiben? Wer würde gehen? Doch wir blieben alle schweigend sitzen und schauten uns an.

»Trotz der hübschen Umgebung sind wir ihnen doch völlig gleichgültig«, durchbrach Tamra die Stille.

Ich stand auf. »Ich brauche etwas Schlaf.« Ich hätte mich gern mit Krystal unterhalten, aber der Gedanke, etwas zu sagen, wenn Tamra jedes Wort auf die Goldwaage legte, bereitete mir Magenschmerzen.

»Es ist noch früh«, meinte Myrten.

Ich nickte der Wirtin am Empfang zu und lief – zwei Stufen auf einmal nehmend – die Treppe hinauf. Ich hatte keine Lust, mich zu streiten, und wäre ich unten geblieben, wäre es unweigerlich zu einer Auseinandersetzung gekommen. Außerdem würde ich vielleicht nach morgen früh keinen mehr wiedersehen, und Tamras Einstellung störte mich ungemein. Es war auch ganz klar, daß sie meine ebensowenig mochte.

Die Tür öffnete sich mühelos. Ich trat hindurch. Das Zimmer war noch so, wie ich es verlassen hatte. Es war nur dunkler. Als ich aus dem Fenster blickte, sah ich nirgends einen Lichtschein. Der Nebel und die Wolken schienen mir noch dicker zu sein als zuvor, aber wie konnte ich das mit Sicherheit erkennen?

Ich saß auf dem Bett und zog die Stiefel aus. Da hörte ich, wie Krystals Tür sich öffnete und wieder schloß, aber keine Stimmen. Schnell streifte ich Hose und Tunika ab und löschte die Lampe.

Kaum hatte ich mich in die Steppdecke gewickelt, war ich schon eingeschlafen. Allerdings war ich nicht sicher, ob ich im Halbschlaf ein leises Klopfen an der Tür gehört hatte. Ich war jedoch zu müde, um nachzusehen, und wahrscheinlich hatte ich es mir nur eingebildet.

Trotzdem ... sicher war ich nicht. Aber ich träumte weder von rothaarigen noch von schwarzhaarigen Frauen.

XIX

Sobald ich am nächsten Morgen vor die Herberge trat, spürte ich ganz stark, was ich in der vergangenen Nacht gefühlt hatte und was Isolde mit ihrer Bemerkung gemeint hatte, wir wären hier ohne Waffen sicher. Trotz der verwitterten Bohlen und der verwaschenen grauen Farbe auf den Holzwänden strahlte das Haus Ordnung aus. Keine vergitterten Fenster, keine schweren Türen, keine Wachen – nur Ordnung. Genügend Ordnung, um allen zu mißfallen, die der Unordnung zuneigten.

Die dunklen Wolken und der Nebel vom Vortag waren

verschwunden. Lediglich einige weiße Schäfchenwolken zogen über den strahlendblauen Herbsthimmel.

Ich betrachtete wieder die Herberge. Die Fensterläden hatten innen Eisenbügel, durch die man einen Riegel schieben konnte, wenn man die Läden von innen schließen wollte, falls das Wetter oder irgendein Angriff es erforderte. Das Eisen war schwarz und sauber. Die Roteiche der Tür war unter dem Firnis ausgebleicht und leuchtete jetzt beinahe golden, was gut zu den Messinggriffen paßte.

Von einem Balken über der offenen Tür hing – ungefähr zwei Ellen unter dem Fenster im Obergeschoß – das ordentlich gemalte Schild *Wanderers Ruh.* Vor der Herberge war der knapp fünf Ellen breite Gehsteig mit grauen Steinen gepflastert. Jemand hatte sie bereits gefegt.

Als ich zu dem Zimmer hinaufschaute, in dem ich Tamra vermutete, sah ich durchs halboffene Fenster einen roten Schimmer. Doch dann erkannte ich, daß die Brise vom Hafen nur den roten Vorhang blähte. Danach ging ich zur Rückseite der Herberge, aber Krystals Fenster war geschlossen. Entweder war sie bereits fortgegangen, oder sie schlief noch.

Ich schulterte meinen Tornister, der mir nicht mehr so schwer vorkam wie damals beim Aufbruch von Wandernicht. Nach einem letzten Blick auf die Herberge marschierte ich in Richtung des Mietstalls los, auf den ein Schild an der Wand hinter dem Empfang hinwies. Wenn ich die Westhörner erreichen wollte, mochte ich nicht zu Fuß gehen, da ich nicht jahrelang unterwegs sein wollte. Über tausend Meilen – mir lag Talryns knappe Erklärung immer noch im Magen. Jemand wollte mich unbedingt eine Zeitlang von Recluce fernhalten.

»Paß doch auf, Fremder!«

Ich wich einem dünnen Mann aus, der einen kurzen Umhang und eine zerrissene Tunika trug, die das Kettenhemd darunter nicht verbarg. In einer abgenutzten Scheide steckte ein Kurzschwert. Ich lächelte höflich und trat beiseite. Er blieb stehen und musterte mich.

Ich wartete und wechselte nur den Griff am Stab.

»Ich hab dir doch gesagt, du sollst aufpassen ...« Er hatte einen merkwürdigen Akzent. Über dem kurzen graubraunen Bart sah ich tiefe Pockennarben im Gesicht. Bei dem Geruch von schalem Bier, Dreck und anderen Ausdünstungen wäre ich am liebsten noch einen Schritt zurückgegangen. »Aber du siehst wie ein friedlicher Kerl aus ... gib mir einfach deinen Tornister.«

Ich stand wie erstarrt da. So nahe der Herberge hatte ich mit keinem Überfall gerechnet.

»Ich habe gesagt, gib ihn mir!«

Ich lächelte und hielt den Stab abwehrend vor mich. »Ich glaube, du bist an den Falschen geraten.« Ich hoffte, daß meine Stimme kräftiger klang, als sich meine wackligen Knie anfühlten.

»Ha!« Er zückte die Klinge. »Los! Her mit dem Ding!«

Ich wartete ab. Das Schwert glänzte im Morgenlicht.

»Wie schade, daß ich dich jetzt aufschlitzen muß, Fremder.«

Ich beobachtete nur seine Augen.

Peng! Ich hatte die kurze Klinge mit dem Stab auf die Seite geschlagen.

»Du kannst mit dem Stab recht gut umgehen, aber nicht gut genug ...«

Ich konzentrierte mich darauf, seine Bewegungen zu beobachten, und parierte seine Schläge automatisch.

Der Kerl war bei weitem nicht so gut wie Krystal oder Demorsal. Schweiß überströmte sein Gesicht. Er keuchte.

Plötzlich war es vorüber. Der Mann wich zurück und ließ sein Schwert im Staub liegen. Er hielt sich das Handgelenk, auf das ich geschlagen hatte, um ihn zu entwaffnen.

»Du Schwarzer Bastard ... du Hexensohn ...« Er bewegte sich nicht, blieb aber außer Reichweite meines Stabs.

Ich wußte nicht, was ich tun sollte. Das Schwert wollte ich nicht haben. Ich wollte den Mann auch nicht ernsthaft verletzen. Er schien kein Schurke zu sein. Wahrscheinlich hatte er nur Hunger, aber ich wagte auch nicht, ihm den Rücken zuzuwenden.

»Na … jetzt schon Ärger, Lerris?«

Ich erkannte die Stimme und warf schnell einen Blick über die Schulter. Myrten schlenderte auf mich zu. Da rannte der Kerl, der mich angegriffen hatte, wie ein Wiesel davon und verschwand in einer Seitengasse.

»Das war dämlich, mein Junge.«

»Was?« Ich hielt meinen Stab immer noch in der Hand, als ich mich bückte und das Schwert aufhob. Eine einfache Klinge.

»Ihn aus den Augen zu lassen. Gut, daß er kein Wurfmesser hatte.« Myrten trug eine hellgrüne Tunika und eine dunkelgrüne Hose. Sein Umhang war aus schwerem dunkelgrauen Leder. Wie ich trug er einen Tornister, hatte seinen jedoch nur lässig über die linke Schulter geschlungen. Er sah eher wie ein glattrasierter fahrender Sänger aus als wie der Dieb, der er war, wie mir eine innere Stimme untrüglich sagte. An seinem Gürtel hingen zwei große Dolche, aber ich spürte die kleine Pistole unter dem Dolch links.

Ich blickte die Straße hinauf. Außer uns hatte keiner die Herberge verlassen. Myrten hatte recht. »Ich hatte nicht so bald mit einem Überfall gerechnet.«

»Es kommt nie so, wie man es erwartet, besonders nicht, wenn man sich dem Chaos nähert.« Er lachte halbherzig.

Ich zuckte mit den Schultern. »Willst du das Schwert haben?«

»Du könntest es verkaufen«, schlug er vor.

»Ich?«

Myrten lachte laut. »Du hast recht. Dazu bist du nie im Leben fähig. Ich verkaufe es, und wir teilen den Ertrag.«

Das klang mehr als anständig. »Gut. Aber wo?«

»Gehen wir weiter. Irgendwann kommen wir schon zum richtigen Laden.« Myrten schien sich auf den Straßen Freistadts wohler zu fühlen als in Nylan.

»Und was ist ...?«

»Wir reisen nicht zusammen. Auf alle Fälle verlassen wir Freistadt getrennt.«

Bei der nächsten Kreuzung blieb Myrten stehen. Das Pflaster war mit Lehm bedeckt. An einigen Stellen fehlten die Kopfsteine, so daß sich Pfützen gebildet hatten. Die Straße sah eher wie eine Hintergasse aus, die Diebe und schlimmere Schurken aufsuchten. Myrten nickte nach links.

Ich runzelte die Stirn.

»Es ist noch früh. Die wahren Meister ihres Fachs sind noch nicht unterwegs.« Myrten ging sehr schnell, obwohl er so ein kleiner Mann war.

»Was ist mit unserem Freund?«

»Der? Der hatte sich eine leichte Beute erhofft.«

Die meisten Türen, an denen wir vorbeikamen, waren geschlossen und mit Eisenriegeln gesichert. Eisen hat keinerlei magische Kraft, obgleich manche es behaupten. Es ist sehr wirkungsvoll, weil man verdammt viel Chaos einsetzen muß, um es aufzubrechen, und das lohnt sich meist nicht. Das hatte uns Magistra Trehonna erklärt. Es ergab einen Sinn, wie ich fand. Wahrscheinlich waren deshalb Schwerter so verbreitet und Feuerwaffen noch ziemlich neu.

Nachdem wir fünfzig Schritt die enge Gasse entlanggegangen waren, kreuzte eine so breite Straße wie die vor der Herberge den Weg. Myrten wurde langsamer.

Wir blieben vor einem kleinen Laden stehen. Die Planken waren rostbraun gestrichen. Die Fensterläden waren schwarz mit rostbraunen Zierkanten. Ein viereckiger

Eisenhaken, so groß wie meine Faust, hielt die mit Eisenbändern beschlagene Tür aus Roteiche offen.

NORNS WAFFEN stand auf dem Schild über dem Eisengitter, das das einzige Fenster schützte.

»Wollen wir?« fragte Myrten.

Ich versuchte zu erspüren, welch ein Ort Norns Geschäft war ... doch ohne Erfolg. Wenigstens strahlte das Geschäft kein Chaos aus. Ich spürte aber auch keine besondere Ordnung. »Ich habe kein schlechtes Gefühl.«

Myrten hatte meine Einschätzung nicht abgewartet. Ich folgte ihm hinein. Ich hatte ein dunkles Geschäft erwartet, wo Waffen in den Wandregalen lägen. Ich hatte mich geirrt. Der helle Laden war über zehn Ellen breit und fast zwanzig Ellen lang. Durch das Dach, das aus mehr Glas als Ziegeln bestand, fiel das Licht herein. An der linken Seite standen vier große Schränke, alle mit offenen Türen, um den Inhalt zu zeigen.

Ich sah mir den ersten Schrank an. Er war aus solider grauer Eiche gebaut, leicht geölt und poliert. Die Ecken waren vollendet zusammengefügt. Wahrscheinlich war das Holz ursprünglich Roteiche gewesen. Die feinen Linien deuteten auf ein hohes Alter hin. Der Schrank enthielt mehr verschiedene Messer und Dolche, als ich in Gilbertos Waffenkammer gesehen hatte.

»Kann ich behilflich sein?« Der sonnengebräunte weißhaarige Mann, der vor dem zweiten Schrank stand, überragte mich um einen halben Kopf. Er hatte breite Schultern. Seine Augen schienen zu zwinkern.

Ich musterte ihn einen Moment lang. Dann war ich sicher, daß er in der Tat der war, der er zu sein schien.

Myrten blickte mich an. Ich nickte.

»Wir haben das Schwert ... sozusagen ... als Geschenk bekommen.«

Der weißhaarige Mann lächelte. »Ihr kommt eindeutig aus Recluce, und jemand wollte euch ausrauben.«

Myrtens Miene verfinsterte sich.

»Wieso eindeutig?« fragte ich.

»Dein Freund« – er deutete auf Myrten – »*könnte* aus Dirienza oder sogar aus Spidlar stammen. Aber du kämst nie freiwillig nach Freistadt. Gestern hat ein Schiff aus Recluce angelegt, dessen Passagiere in der Herberge *Wanderers Ruh* übernachtet haben.«

Ich nickte. »Ist das allgemein bekannt?«

»Vielleicht nicht allgemein, aber bei denen, die ihren Lebensunterhalt damit verdienen.«

Irgendwie weckten seine Worte eine Erinnerung in mir, aber ich konnte nicht genau sagen, warum.

»Und das Schwert ...?« fragte Myrten.

»Ach, das? Darf ich es mir ansehen? Ihr könnt es hier hinlegen.« Er zog eine Platte aus einem Schrank. »Übrigens heiße ich Dietre.«

Die Platte war hervorragend gearbeitet. Fast lautlos glitt sie heraus. Myrten legte das Schwert darauf.

Dietre betrachtete es genau. Dann holte er aus einer Schublade unten im Schrank ein kleines Pendel und ließ es über der Klinge schwingen. »Hmmm ... wenigstens neutral.« Er schaute auf. »Habt ihr etwas dagegen, wenn ich es hochhebe?«

Myrten schaute mich an.

»Nein.«

»Du bist entweder sehr vertrauensselig oder hast großes Selbstvertrauen, junger Mann.« Dietre lächelte.

»Myrten versteht sich auf den Umgang mit Klingen«, erklärte ich.

»Ich nehme an, du bist besser mit dem Stab, und ich – im Gegensatz zu dem letzten Eigentümer dieses Schwerts – möchte dich lieber nicht auf die Probe stellen.« Er hielt das Schwert in der offenen Hand, schwang es mehrfach und legte es wieder nieder. Seine Bewegungen verrieten den Fachmann.

Ich stellte fest, daß mein früherer Verdacht sich bestätigte, fragte mich jedoch, woher Myrten dieses Geschäft kannte.

»Wollen Sie's kaufen?« fragte Myrten.

»Eine brauchbare Waffe. Nicht mehr. Ziemlich unbeschädigt, aber ungeordnet.« Dietre zuckte mit den Schultern. »Der gängige Preis wäre ein Goldpfennig. Ich würde gewöhnlich zwei Silberlinge verlangen. Andererseits habt ihr wahrscheinlich Freistadt Ärger erspart, indem ihr die Sache still erledigt habt, und *ich* bin der Ratsmann der Westseite. Sagen wir: einen Goldpfennig.«

»Einverstanden«, erklärte Myrten, ohne zu zögern, warf aber einen Blick zum dritten Schrank, in dem die Pistolen lagen.

»Wollt ihr euch Feuerwaffen ansehen? Sie sind allerdings nicht sonderlich nützlich, höchstens für die Jagd, und Pistolen sind dafür kaum geeignet«, sagte Dietre lächelnd, während er das Schwert hochhob und die Platte wieder in den Schrank schob. »Seht euch ruhig um. Ich möchte nur das Schwert wegbringen.«

Ich war erstaunt. Die meisten Händler hätten ihre Kunden kaum mit so vielen Waffen alleingelassen. Dietre hatte eine Schutzvorrichtung, die ich noch nicht entdeckt hatte.

Der weißhaarige Händler ging in den hinteren Teil des Ladens und legte das Schwert auf eine schmale Werkbank unter einem Regal mit Werkzeug. Dann trat er zum dritten Schrank, wo Myrten die Waffen betrachtete.

Ich beachtete die beiden nicht und bemühte mich, die Muster des Geschäfts zu ergründen. Es war eine Insel verborgener Ordnung in einer beliebigen Gegend Freistadts. Hinter der Eingangstür lag ein Torbogen, ebenso dick wie die Außenwand. Ein einziges Brett bedeckte die Ziegel oder Steine. Aber die Rahmenleisten überlappten nicht die Kanten des Bretts.

Ich wußte nicht, wie der Mechanismus funktionierte, war aber sicher, daß niemand den Laden ohne Dietres

Erlaubnis verlassen konnte, obgleich alles so offen und ungeschützt aussah. Die Schränke zeigten das gleiche Muster: gute, solide Schreinerarbeit. Waren sie geschlossen, würde man lange brauchen, sie aufzubrechen. Für gewöhnlichen Chaos-Einsatz waren sie undurchdringlich.

»... drei Goldstücke?« fragte Myrten.

»Das ist wirklich niedrig.«

Das Feilschen betraf mich nicht, aber ich wollte meine fünf Silberlinge haben. Ich hatte wohl etwas unüberlegt gehandelt, als ich Krystal das Schwert gekauft hatte. Jetzt war mir klar, daß ich die drei Goldstücke vielleicht noch nötig hätte. Andererseits brauchte sie eine gute Klinge. Tamra hatte den Kauf nicht gebilligt. Ich fragte mich, ob je irgendeine meiner Handlungen ihre Billigung fände.

»Dreieinhalb, einverstanden«, erklärte Myrten.

Ich drehte mich zu den beiden um.

Myrten holte aus den Innentaschen des Gürtels einige Münzen. »Zweieinhalb für dich und fünf Silberlinge für Lerris.«

Dietre nickte mit ausdrucksloser Miene. »Wie es am einfachsten ist.« Er nahm die Pistole noch nicht aus dem Schrank.

Myrten gab mir erst die fünf Silberlinge. Ich steckte sie in die offen sichtbare Vordertasche. Dann reichte er Dietre nochmals fünf Silberlinge und zwei Goldmünzen. Dietre überprüfte die Münzen mit dem Pendel.

»Chaos-Falschgeld?« fragte ich.

»Das kann man nie wissen.« Offensichtlich zufrieden legte er die Differenz dazu und ging zur Werkbank. Die Münzen verschwanden in einer Eisenkiste, die an die Werkbank geschraubt war. Dann kam er zu uns zurück. »Braucht ihr noch irgend etwas?«

»Nicht von hier«, antwortete ich.

Myrten zuckte nur mit den Schultern.

»Dann wünsche ich euch viel Glück, besonders dir, junger Freund. Viele Leute mögen keinen, der einen Schwarzen Stab trägt, selbst wenn er so jung ist wie du. Und es gibt nie so viele von euch, daß ihr diese Mythen aus der Welt schaffen könntet. Guten Tag.« Damit kehrte er zurück zur Werkbank.

Ich wechselte einen Blick mit Myrten. Dann verließen wir das Geschäft.

Draußen blieb ich stehen. »Ist die Cinchstraße die nächste da vorn?«

»Ja, wenn man der Karte in der Herberge trauen darf. Viel Glück, Lerris.« Myrten machte kehrt, während ich in Richtung Cinchstraße weitermarschierte. Die Gasse wurde bei jedem Schritt enger. Die Dachrinnen der Obergeschosse schienen sich zu mir herabzuneigen. Ein Schatten fiel plötzlich aufs Pflaster und den Unrat.

Ich erschrak, doch dann war ich beruhigt. Eine weiße Wolke hatte beim Vorüberziehen die Morgensonne verdunkelt. Der Schatten war sofort wieder verschwunden.

Abgesehen von einem Bettlerjungen, der sich hinter einen Abfallhaufen duckte, als ich vorbeiging, sah ich niemanden, bis ich die nächste Straße erreichte: die Cinchstraße. Myrten hatte recht gehabt.

Ich bog in die Cinchstraße ein, die sanft bergauf führte. Ich mußte auf meine Schritte achten. Viele der rötlichen Sandsteinblöcke im Pflaster waren zerbrochen oder hatten sich verschoben. Die Cinchstraße war später gebaut worden – und sehr billig. In der namenlosen Gasse hatte das Pflaster aus Granit bestanden und war besser zusammengefügt gewesen, obgleich sie eng und vernachlässigt war.

Ich war ungefähr eine halbe Meile marschiert, beinahe bis zum Scheitel des Hügels, als ich den Mietstall sah. FELSHARS MIETSTALL verkündete das verwitterte Schild, auf dem mit einfachen Strichen ein Pferd, ein Sattel mit Zaumzeug und ein viereckiger Gegenstand gezeichnet waren. Letzteren hielt ich für einen Heuballen. Die hölzerne graue Schiebetür zur Hofeinfahrt stand offen.

Ich holte tief Luft und trat durch das Tor ein. Der gestampfte Lehm des Hofs war von Mist und altem Stroh bedeckt. In der mittleren Koppel war ein Pferd mit durchhängendem Rücken und ohne Sattel festgebunden. Ihm gegenüber stand ein kleineres Pferd.

Ein bärtiger Mann in ausgeblichener grauer Kleidung knallte direkt neben dem zottigen Pferdchen mit der Peitsche, worauf dieses mit den Hinterbeinen kräftig ausschlug.

Der Mann wich zurück. »Hamor soll dich holen!«

Das kleine Pferd wieherte laut.

Der Stallbursche strahlte eine so starke Aura puren Hasses aus, daß ich sie sofort spürte. Ich schluckte und rief: »He, du! Bist du Felshar?«

»... erwisch dich schon später, Miststück ...«, stieß der Kerl wütend hervor, während er die Peitsche aufrollte und mich anschaute. Seine Miene wechselte schnell zu geschäftsmäßiger Höflichkeit, doch darunter brodelte immer noch der Haß.

»Felshar ist gleich wieder da. Ich bin Cerclas. Wie kann ich dir helfen?« Seine Stimme war so ölig, als hätte er sic mit dem Lederöl eingerieben, das neben den aufgebockten Sätteln stand.

Ich zuckte mit den Schultern. »Keine Ahnung, ob du mir helfen kannst. Ich überlege, ob ich vielleicht ein Pferd kaufe.«

Cerclas lächelte schief. Seine Augen glitten über meine dunkelbraune Reisekleidung. Beim Anblick des Stabs verfinsterte sich seine Miene.

»Pferde sind in diesem Jahr sehr teuer.«

Ich zog die Brauen hoch. »Oh?«

»Die Dürre in Kyphros und der harte Winter in Spidlar haben dem Bestand ziemlich zugesetzt. Nur wenige Reisende sind mit Pferden zurückgekehrt.«

Ich nickte zu dem großen Pferd hinüber, einem Grauschimmel. Es sah freundlich aus – im Gegensatz zu dem kleinen zotteligen Biest. »Und der?«

»Fünf Goldstücke«, meinte Cerclas. »Und das wäre fast Diebstahl. Aber das Futter ist auch teuer.«

Ich hatte keine Lust, mit Cerclas zu feilschen. Der Kerl stank schlimmer als Mist. Seine Augen waren blutunterlaufen und wanderten immer wieder zu meinem Tornister. Wie viele der Händler, die Nylan besuchten, log er. Aber obgleich ich inzwischen Ordnung und Chaos stärker spürte, wußte ich nicht, wie stark er log.

»Es gibt nicht viele Reisende, und in nächster Zeit kommen vielleicht gar keine. Dein Stall ist beinahe voll.« Das vermutete ich nur, aber ich schien recht zu haben.

»Nach Freistadt kommen immer Reisende«, widersprach Cerclas.

»Welche anderen Pferde hast du außer diesen beiden?«

»Ein Schlachtroß, eine ausdauernde Stute und ein paar andere ...«

Aus irgendeinem Grund wollte ich mir das kleine Pferd näher ansehen. Auf seiner Flanke entdeckte ich eine Schwellung, so lang wie meine Hand, die wohl von den letzten Schlägen herrührte. Ich überlegte, warum Cerclas auf das Pferdchen so wütend war.

Das Tier war gut gefüttert und unberührt von allem, was Chaos ähnelte – oder das Chaos war so versteckt vorhanden, daß ich es nicht zu spüren vermochte.

Plötzlich wieherte es laut.

Ich wich zurück.

»Ein bösartiges kleines Biest, nicht wahr?« Cerclas stand neben mir. »Wenn du dich mit Pferden nicht auskennst, solltest du die Finger von Bergpferden lassen. Sie sind gescheit. Das macht sie gefährlich und böse. In den Ställen rechts kann ich dir ein paar bessere Pferde zeigen.«

»Na schön.« Ich folgte dem Stallburschen. Ein Fuchs stand in der ersten Box und fraß Heu aus der Krippe.

»Das ist ein schlachtenerprobter Wallach. Der hält alles aus.«

Ich nickte. Der Fuchs schien gesund zu sein, gut behandelt, aber er hatte etwas an sich, das mich störte ... vielleicht die Größe? Oder die Ohren? Oder sonst etwas ... »Wieviel?«

»Fünfzehn Goldstücke.«

Das war ein noch stolzerer Preis als der, den er für den Schimmel genannt hatte.

»Und was hast du noch?«

»Hier haben wir eine Stute ... ausdauernd, aber im Kampf nicht so besonders. Acht Goldene.«

Die Stute hatte schwarze und weiße Flecke und eine kurzgeschnittene Mähne. Ich mochte sie noch weniger als den Braunen und nickte nur. »Und was noch?«

Cerclas ging zur nächsten Box. Dort stand ein Brauner, ein wahrer Riese von einem Roß. »Ein Bauernpferd, aber zugeritten. In einer Schlacht taugt er nicht viel, und wenn Stuten in der Nähe sind, spielt er verrückt; aber er könnte zwei wie dich samt Gepäck tragen. Er könnte auch einen Wagen ziehen, falls es nötig wäre. Für sechs Goldstücke gehört er dir. Er ist mehr wert, aber um diese Jahreszeit gibt es nicht viele Karawanen, und er frißt verdammt viel.«

Ich sah mir die restlichen Pferde an, alles ziemlich alte Mähren. Mir gefiel keines der Tiere, deshalb ging ich zurück auf den Hof. Als ich bei dem zotteligen Pferd vorbeiging, spürte ich deutlich Rechtschaffenheit in ihm. Trotzdem ging ich weiter zum überteuerten Schimmel.

Er wieherte, als ich mich näherte. Doch sein Wiehern ähnelte einem Stöhnen.

Ich schüttelte den Kopf. Die Mähre würde es nur mit Glück schaffen, Freistadt zu verlassen.

»Fünf Goldene ... und das ist ein wirklich guter Handel«, meinte Cerclas.

»Würde die Knochenmühle soviel zahlen, um Leim daraus zu kochen?«

Cerclas hustete in den verfilzten Bart. Dann richtete er die Augen auf meinen Stab. »Aus dem Fuchs wird noch lange kein Leim gekocht. Außerdem brauchst du doch ein Pferd, oder?«

»Stimmt, sonst sähe ich mir die Tiere nicht an. Aber selbst für zwei Goldstücke trüge dieser alte Junge mich nicht mal die Hälfte der Strecke nach irgendwohin.«

Cerclas kratzte sich den struppigen Haarschopf und spuckte geräuschvoll auf den Boden.

»Was ist mit dem kleinwüchsigen Pferd da drüben?« fragte ich.

»Das ist ein Bergpferd, zäh, wie diese Biester sind. Felshar hat noch keinen Preis festgelegt.«

Ich unterdrückte ein Lächeln und ging zu dem Pferd. Allerdings hielt ich von den Hinterhufen sicheren Abstand und näherte mich ihm von vorn. Obgleich ich kein Pferdekenner war, schienen mir seine Schultern breiter und die kurzen Beine kräftiger zu sein als bei den anderen Pferden.

»Ich bin nicht sicher, ob er mich tragen kann«, meinte ich und gab mir Mühe, möglichst mißtrauisch zu klingen.

»Der trägt dich und noch einen«, versicherte mir der Stallbursche, der hinter mir blieb.

Ich berührte einen Striemen an der Flanke.

Das Pferd zuckte zusammen und wieherte kurz, scheute jedoch nicht vor mir zurück.

»Diese Striemen ...« Ich schüttelte den Kopf. »Nun ... zwei Goldstücke?«

»Felshar hat den Preis noch nicht festgesetzt ...«

»Wozu sollte er einen Preis festsetzen? Keiner wird das

Pferd kaufen, bevor diese Striemen verheilt sind. Das weiß Felshar bestimmt.«

Diesmal spürte ich, wie der Stallbursche unsicher wurde.

»Drei Goldstücke, wenn du Sattel, Zaumzeug und Decke drauflegst.«

»Ich weiß nicht ...«

Wieder zuckte ich mit den Schultern. »Nun ... dann sehe ich mich woanders um ...«

Cerclas kratzte sich wieder und spuckte nochmals. »Felshar würde sich nicht allzusehr beschweren, wenn ich vier bekäme ... ich weiß nicht ...« Er trat näher an das Pferd.

Sofort warf das Tier den Kopf hoch und wieherte.

Cerclas brachte sich mit einem Sprung in Sicherheit.

»Zeig mir den Sattel und das Zaumzeug ...«

Schließlich zahlte ich mehr, als angemessen war: drei Goldstücke und sieben Silberlinge. Aber ich hatte einen anständigen Sattel und eine Decke. Das Zaumzeug war keine Kandare, nur eine einfache Hirtentrense. Doch hatte ich das Gefühl, daß die Stärke des Zaumzeugs keine große Rolle spielen würde. Wenn ich das Tier nicht mit Güte überreden könnte, ließe es sich nie und nimmer zu etwas zwingen.

Schwierig war es, eine Quittung zu bekommen.

»Ich habe nie schreiben gelernt. Das macht immer Felshar.«

»Gut. Ich schreibe, und du drückst den Stempel drauf.« Ich hatte einen Stempel neben den Boxen hängen sehen.

»Wie soll ich wissen ...?«

Ich hielt den Stab hoch. »Jeder weiß, daß einer, der so einen Stab trägt, nie lügt. Ich könnte es mir nicht leisten. Der Preis wäre zu hoch.«

Beim Anblick des Stabs wich er zurück. »Ich weiß nicht ...«

»Felshar weiß, daß man den Träger eines Schwarzen Stabs nicht betrügt und daß dieser ebenfalls nie betrügt. Vielleicht hast du keinen übergroßen Profit gemacht, aber du hast einen anständigen Preis bekommen und schaffst dir viel Ärger vom Leib.« Ich blickte scharf auf die lädierte Flanke des Pferdchens.

»... hm ... schätze, es wäre möglich ...«

Und so endete es damit, daß ich die Cinchstraße hinab auf Freistadts Stadttore zuritt. Die alte Halterung für die Lanze hatte ich mit einem Lederstreifen verstärkt, um meinen Stab zu befestigen. Allerdings kam ich gefährlich nahe an das schwarze Holz, wenn ich nicht aufpaßte.

Das Pferdchen hieß Gairloch. Ich wußte das, als ich es satteln wollte. Es blies sich natürlich auf, aber ich folgte Cerclas' Anweisungen und drückte ihm ein Knie in den Bauch – natürlich nicht so hart, wie Cerclas es empfahl, um es zum Ausatmen zu zwingen.

Ich hatte keine Ahnung, wieso ich den Namen wußte. Ich wußte ihn einfach. Das störte mich, aber ich konnte nicht viel dagegen tun.

Ich war angenehm überrascht, daß Gairloch recht manierlich ging und der Sattel so gut eingeritten war, daß er nicht zu sehr drückte. Die Gurte hatte man erst kürzlich erneuert. Ich hatte alle Nähte und Schließen überprüft, um sicherzugehen, daß sie hielten.

Wenn Gairloch im Gelände so geschickt war wie beim Vermeiden der Schlaglöcher in der Stadt, würde es mir besser ergehen, als ich gehofft hatte. Ein Blick zum Himmel verriet mir, daß wir leider bald naß werden würden.

Die weißen Schäfchenwolken des Morgens waren dunklen Wolkenbergen gewichen, als Gairloch mich auf den verwitterten grauen Pflastersteinen zum Stadttor trug. Die Mauer war nicht sonderlich beeindruckend und erreichte kaum eine Höhe von zwanzig Ellen. Zwei viereckige Türme mit so schmalen Schießscharten, daß sie unbrauchbar waren, flankierten das Tor, dessen Flügel aus eisenbeschlagenen grauen Bohlen gefertigt war. Eine Steinbrücke überspannte das Tor und verband die beiden Türme. War das Tor geschlossen, steckte es in einer Nische und war von allen Seiten von Gemäuer umgeben, so daß es wahrscheinlich sehr schwierig, wenn nicht unmöglich war, es zu rammen. Doch jeder Angreifer hätte sich eine weniger wehrhafte Stelle in der niedrigen Stadtmauer ausgesucht.

Vor der Mauer befand sich ein steinernes Wachhaus, vor dem zwei Posten standen. Unmittelbar vor mir rumpelte mitten auf der Straße ein Bauernkarren zum Tor; er wurde von einem Gaul gezogen, der ein Bruder von Felshars Schimmel hätte sein können.

Einer der Wachposten winkte die Frau mit strähnigen Haaren und einer Hakennase, die den Wagen lenkte, an den Straßenrand. »Auf die Seite, mach Platz! Die Straße ist für alle da, nicht nur für dich!«

Mit einem Ruck an den langen Zügeln lenkte sie den Karren an den Rand.

»Halt!« rief mir der andere Posten zu. Ziemlich gelangweilt musterte er meinen dunklen Umhang und Gairloch.

»Wo hast du das Pferd her, Junge?«

»Von Felshar, Offizier.« Warum sollte ich den Mann verärgern? Außerdem war er größer als ich und konnte wahrscheinlich – trotz des Bauchs – trefflich mit dem Schwert umgehen, auf dessen Griff seine Rechte ruhte.

»Kannst du das irgendwie beweisen?«

»Ich habe eine Quittung mit Felshars Stempel.« Dann berührte ich den Stab. Er fühlte sich nur lauwarm an.

Beim Anblick des Stabs wurden seine Augen ebenso groß wie die von Cerclas. Dann musterte er mein Gesicht.

»Du bist noch sehr jung …«

»Ich weiß. Das sagen mir alle seit dem Frühjahr.« Ich

zog das dünne Pergament aus dem Gürtel und entfaltete es. »Hier, wenn du sehen willst ...«

Seine Miene und die Wut hinter seinen Augen warnten mich.

Peng ... peng ...

»... aauuu ... Dieb!«

Irgendwie war es mir gelungen, das Pergament zurück in den Gürtel zu stecken und den Stab so schnell aus der Halterung zu reißen, daß ich sein Schwert beiseite schlagen konnte, ehe er richtig ausgeholt hatte. Mein zweiter Schlag – eigentlich eher ein Tätscheln – streifte seine Wange und hinterließ trotzdem sofort ein Brandmal.

Gairloch wartete nicht darauf, daß ich ihm die Fersen in die Seiten drückte, sondern trabte sofort los. Gleich darauf galoppierte er durch das immer noch offene Stadttor. Gairloch war so schnell, daß der zweite Posten es nicht rechtzeitig hatte schließen können.

Gairlochs Hufe klapperten auf dem Pflaster. Ich ließ die Zügel los und hielt mich mit der rechten Hand in der Mähne fest. Mit der Linken umklammerte ich den Stab, um niemanden damit zu treffen.

»Vorsicht!« brüllte ich.

»Das Pferd ist durchgegangen!«

»Dieb!«

Mehrere Bettler sprangen in den schlammigen Graben neben der Straße. Gairloch überholte geschickt einen langsam dahinrumpelnden Wagen, der von einem Ackergaul gezogen wurde. Der hob nicht einmal den Kopf, als wir vorbeistürmten. Ich hätte sein verstaubtes Kummet berühren können, so nahe waren wir ihm.

Wahrscheinlich schützte uns der Wagen vor einem Pfeil in den Rücken. Außerdem waren viele Fußgänger unterwegs, die in Freistadt einkaufen wollten. Im Nu waren wir außer Schußweite einer gewöhnlichen Armbrust, falls überhaupt Armbrustschützen auf den Zinnen der Tortürme postiert waren.

Das Klappern von Gairlochs Hufen wich einem gedämpften Trommeln, als er mich auf der harten Lehmstraße dahintrug. In und um Freistadt gab es offenbar nur wenig gepflasterte Straßen. Wir galoppierten an einer Kreuzung vorbei. Die Querstraße war belebter als unsere, doch wir stürmten weiter in Richtung Candar.

Bald darauf zügelte ich Gairloch, hielt mich jedoch auf der Straßenmitte, die – trotz des starken Regens der vergangenen Nacht – erstaunlich fest war. Gairloch wechselte die Gangart und ging jetzt im Schritt.

»Gutes Pferd.« Ich tätschelte dankbar seine Schulter.

Gairloch schnaubte zufrieden.

»Ich habe die Kerle auch nicht gemocht.«

Dann blickte ich zurück zu dem dunklen Punkt, zu dem das Stadttor geschrumpft war. Dort tat sich nichts. Keine Pferde verfolgten uns. Der Strom der Menschen und Karren strebte immer noch in die Stadt.

Da merkte ich, daß ich immer noch den Stab in der Hand hielt. Das Holz hatte sich abgekühlt. Der Lederstreifen, mit dem ich den Stab festgebunden hatte, war zerrissen. Ich sicherte ihn mit einem anderen Riemen.

Dann blickte ich vom Stab auf die Straße und sah den rechteckigen Steinblock neben der Straße. HRISBARG – 40 MEILEN verkündete der verwitterte Stein.

Ich richtete mich im Sattel auf und ruckte mit dem Zügel, worauf wir nach unten zur Straße nach Hrisbarg trabten.

Schon jetzt hatte ich länger gebraucht, als ich geplant hatte. Von einem Räuber überfallen, von einem Wachposten des Herzogs angegriffen und wahrscheinlich in Freistadt als Verbrecher gesucht – alles am ersten Tag. Ich hatte keine Ahnung, wohin ich ritt. Ich wußte nur, daß ich erst Hrisbarg aufsuchen mußte, ehe ich zu den Straßen gelangte, die zu den Osthörnern und schließlich zu den Westhörnern führten.

Würden die Soldaten in Freistadt meine Beschreibung

weitergeben? Oder würden sie es die anderen Gefahrenbrigadiere entgelten lassen? Wie auch immer – ich konnte mein Tun nicht ungeschehen machen, befürchtete aber, daß ich irgendwie dafür bezahlen mußte, auch wenn ich keine Lust dazu hatte.

Die Wolken über uns wurden dunkler. Donner grollte und versprach weiteren Regen, als ich mit Gairloch den langen Ritt nach Hrisbarg antrat.

XX

Der Mann in Weiß lächelt. Es ist ein warmes, beruhigendes Lächeln, das sich in der Kälte des Schankraums ausbreitet, den die sterbende Glut im dunklen Kamin kaum noch erwärmt. »Wirt! Könnten wir etwas Wärme bekommen?«

An dem dunklen Ecktisch sitzt eine Frau in grauer Lederkleidung. Sie schaut auf, als sich ein schwergewichtiger Mann in Bewegung setzt. Er trägt ausgebeulte lederne Beinkleider, eine alte braune Tunika und eine schmutzige Leinenschürze über dem dicken Bauch. »Euer Lordschaft, es gibt weder Kohlen noch Holz. Nur das bißchen Glut im Kamin. Die schwarzen Dreckskerle geben uns armen Arbeitern nichts.«

Die wenigen Männer und Frauen, die sich an den Tischen in der Nähe des lauwarmen Kamins drängen, flüstern zustimmend.

»Dann schaff ein paar Steine herbei!«

»Steine?«

»Ja, Steine. Du willst doch, daß dein Schankraum warm wird, oder?«

Verwirrung und Hoffnung kämpfen auf dem Gesicht des Wirts, als er dem immer noch lächelnden Mann in

Weiß gehorcht und geht. Dieser sagt etwas zu der verschleierten Frau neben ihm, doch so leise, daß nicht einmal die Schankmaid hinter ihm es verstehen kann.

An der Küchentür spricht der Wirt wild gestikulierend mit einer schwangeren jungen Frau. Sie gehorcht ihm stumm. Er bleibt an der Tür stehen und mustert den düsteren und kalten Raum.

Die Frau in Grau beugt sich vor. Dabei rutscht die Kapuze ihres Umhangs zurück, so daß man die flammendroten Locken und ihre feinen Züge sieht.

Ein Mann mit hagerem Gesicht und struppigem Bart steht grinsend auf und geht langsam zu dem Tisch, wo sein Opfer sitzt. Dabei liegt die Rechte auf dem Griff des scharfen Dolchs an seinem Gürtel.

Noch ehe er den im Schatten liegenden Tisch erreicht hat, blickt die Rothaarige ihn kühl an.

»Du siehst aus, als brauchtest du einen Mann«, sagt er schleimig, schmeichlerisch.

»Falls es so wäre, dann bist du bestimmt nicht der Richtige.«

Nur die verschleierte Frau, die neben dem Mann in Weiß sitzt, beobachtet mit scharfen schwarzen Augen, wie der Hagere sich an den Rotschopf heranmacht.

»Ziemlich wählerisch, meine Schöne.«

»Nein. Ich spreche nur von Tatsachen.« Ihre Stimme klingt eiskalt und hochmütig. Sie durchbohrt ihn förmlich mit den Augen.

Er hört anscheinend nicht die Selbstsicherheit; denn er zieht den leeren Stuhl an ihrem Tisch zu sich heran.

»Ich habe dich nicht eingeladen, bei mir Platz zu nehmen«, erklärt sie.

»Ich brauche keine Einladung.« Er mustert sie lüstern und will sich setzen.

Stab und Fuß bewegen sich gleichzeitig.

Peng ... Der Bärtige und der Stuhl fallen um.

»Verfluchtes Miststück!« Er will den Dolch zücken.

Doch die Rothaarige steht mit dem dunklen Stab in der Hand vor ihm.

Blitzschnell schlägt sie zu.

Er schreit vor Schmerzen auf und stürzt vornüber auf den Fußboden.

Der Wirt eilt herbei. »Ich dulde keine Kämpfe …«

»Du hast recht. Es wird keinen Kampf geben«, erklärt die Rothaarige. »Wenn der Narr aufwacht, kannst du ihm sagen, er solle vorsichtiger sein.« Sie steht reglos da, während der Wirt den Bewußtlosen durch die Tür hinausschleift. Dann setzt sie sich wieder, um weiter von dem Käse und dem Brot auf dem Tisch zu essen.

Die dunkeläugige Frau nickt und sagt etwas zu dem Mann in Weiß. Dieser nickt ebenfalls und lächelt.

Gleich darauf schleppt die schwangere Dienerin einen Korb voll nasser Steine zum Kamin. Fragend blickt sie erst den Wirt, dann den Mann in Weiß an. »Hier sind die Steine, die Ihr haben wolltet, Euer Lordschaft.«

»Bitte, staple sie auf den Rost.«

Die Dienerin gehorcht. Ihre Augen huschen ständig zwischen dem Wirt und dem Mann in Weiß hin und her.

»Danke, Mädchen. Hier, das ist für dich.«

Ihre Augen weiten sich, als sie das Silber nimmt. Sie neigt den Kopf und steckt die Münzen in eine verborgene Tasche im breiten Gürtel. »Vielen Dank, Euer Lordschaft.«

Der Mann in Weiß steht auf und mustert die Anwesenden. »Euch ist doch kalt, oder? Hättet ihr gern etwas Wärme?« Dabei deutet er auf drei Gäste an einem Tisch an der Wand.

»Ich sehe, daß ihr aus dem kalten Winterregen gekommen seid. Die Wärme geht auf meine Rechnung.« Er streckt die Hand in Richtung der kalten und nassen Steine auf dem Kaminrost aus.

Zisch …! Aus dem Kamin dringt ein greller weißer Lichtstrahl.

Sogar die Rothaarige zuckt zusammen. Atemlose Stille herrscht in der Schankstube.

Als die Helligkeit schwächer wird, glühen die Steine wie Kohlen. Langsam breitet sich herrliche Wärme im Raum aus.

Die verschleierte Frau mit den dunklen Augen steht auf und geht zum Tisch der Rothaarigen.

»Lord Antonin und ich möchten dich einladen, an unseren Tisch zu kommen«, sagt sie.

Die Rothaarige legt den Kopf schief und überlegt. »Warum?«

Die verschleierte Frau schaut den Stab an und lächelt freundlich. »Sollen wir das wirklich hier besprechen?«

»Ich schätze – nein«, antwortet die Rothaarige und lächelt ein wenig spöttisch. Doch dann folgt sie der Frau.

»Ich bin Sephya, und das ist Lord Antonin«, sagt diese und setzt sich wieder.

»Sei unser Gast«, bittet Antonin.

»Warum?« fragt die Rothaarige.

»Warum nicht?« fragt er zurück. »Zweifellos hast du einige Fragen, und wir sind vielleicht imstande, einige Antworten zu geben.«

Als die Rothaarige sich auf dem Stuhl niederläßt, mustert sie Sephya. Trotz der guten Figur ist die verschleierte Frau älter, als man auf den ersten Blick vermutet. Feine Linien ziehen sich von den Augenwinkeln zu den Schläfen. Rouge unterstreicht ihren Teint.

»Warum erklärt Ihr nicht, warum Ihr Eure Macht so zur Schau stellt? Und warum habt Ihr mich an Euren Tisch gebeten?« Ihr Ton klingt belustigt und scharf zugleich.

»Eine Tat ist eine Tat. Glaubst du, Äußerlichkeiten vermögen wirklich zu täuschen, junge Dame?«

»Sprecht weiter«, fordert die Rothaarige.

»Taten sprechen lauter als Worte. Die Menschen hier haben vor Kälte gezittert. Hat die Rechtschaffenheit von

Recluce sie gewärmt? Kann der Wirt mit der Güte seines Herzens ein Feuer im Kamin entzünden?«

»Das ist ein oft geäußertes Argument, Antonin. Eine gute Tat macht niemanden zu einem guten Menschen. Ebensowenig wie eine falsche Handlung einen guten Menschen zu einem Bösewicht macht.«

Die Vordertür öffnet sich. Ein eiskalter, nasser Windstoß vertreibt im Nu die Wärme aus dem Kamin – bis die Tür wieder laut zuschlägt.

»Taten sprechen lauter als Worte«, erklärt Antonin nachdrücklich und mit melodischer Stimme. »Sag mir, warum es falsch ist, die Frierenden zu wärmen.«

»Ich mag keine Antworten, die Fragen sind. Wie wäre es mit einer klaren Antwort?« Die Rothaarige blickt zur Rückwand und zur Tür des Schankraums.

Antonin zuckt mit den Schultern, als verschmähe er eine derartig direkte Art, und blickt ihr in die Augen. »Welchen Nutzen bringt ein guter Gedanke, wenn er nicht in eine gute Tat umgesetzt wird? Tut mir leid.« Er lächelt. »Laß es mich anders ausdrücken. Die Gestrengen innerhalb der Welt der Magie, etwa die Meister von Recluce, glauben, daß die Form der Magie entscheidet, ob sie gut oder böse ist. Sie beharren auf dem Standpunkt, daß die Verwendung von Chaos-Magie zum Bösen beitrage, selbst wenn sie jene rettet, die sonst erfrieren oder verhungern würden. Ich kann diese Überlegung nicht billigen. Ist ein Menschenleben nicht mehr wert als ein Etikett?« Wieder zuckte er mit den Schultern. »Ich bitte dich, darüber nachzudenken. Denk an die Bettler, die du draußen auf den kalten Straßen gesehen hast. Doch teile in der Zwischenzeit unser Mahl.«

»Und?«

Antonin lächelt warm. »Ich habe gewisse Geschäfte mit dem Herzog. Falls du mit uns zusammenarbeiten willst – ich werde in weniger als einem Achttag in Hydolar sein. In der Großen Loge. Warte dort auf uns oder hinterlaß eine Nachricht.«

Er nimmt eine Fleischscheibe von der Platte und nickt zu dem leeren Teller der Rothaarigen hinüber. »Du mußt mehr von Candar sehen und genau darüber nachdenken, was du mit deinen Fähigkeiten anfangen willst. Doch jetzt genug geredet. Guten Appetit.«

Die Rothaarige schaut von Sephya zu Antonin, doch die beiden haben keine Blicke gewechselt – auch keine der verschlungenen Energien, die sie aus Recluce kennt. Kurz entschlossen nimmt sie sich auch eine Scheibe Fleisch, und alle drei essen.

XXI

Verglichen mit der Hohen Straße in Recluce – ja, selbst mit der schlechteren Ost-West-Straße –, ähnelte die von Freistadt nach Hrisbarg eher einem schmalen Feldweg. Gerade, aber schmal. Kurz hinter Freistadt hatte sich die Straße nach Norden, Süden und Westen gegabelt. Ich hatte die Straße gewählt, die nicht parallel zur Küste verlief.

Festgetretener Lehm bildete die Straßenmitte, die breit genug für einen Bauernkarren war. Im Lauf der Jahre hatte der Verkehr eine Oberfläche geschaffen, die leichtem Regen widerstand. Zu beiden Seiten dieser festen Mittelbahn gab es tiefe Rillen und aufgewühlte Erde.

Ich hatte im Sattel versucht, den auf dem Tornister festgeschnürten Umhang zu lösen, aber dabei wäre ich beinahe vom Rücken des Pferds gefallen. Im letzten Moment hatte ich mich noch am Sattelknopf festhalten können.

»Schon gut, tut mir leid …« Ich hielt mitten auf der

Straße an und blickte nochmals zurück. Inzwischen hatten wir ungefähr vier Meilen zurückgelegt, ohne einen Verfolger zu sehen. Der Nieselregen drohte in einen regelrechten Wolkenbruch überzugehen.

Als ich von Gairlochs Rücken stieg, taten mir die Innenseiten der Schenkel weh. Es war kein sehr ermutigendes Zeichen, daß mein Körper bereits nach einem Bruchteil der Strecke protestierte, die wir zurückzulegen hatten.

Ein Donnerschlag ließ mich zusammenzucken. Die Wolken wirkten bedrohlich dunkel. Das Gras hinter dem verfallenen Gemäuer neben der Straße war kaum noch grün, sondern schon herbstlich braun. Doch die kümmerlichen Halme zeigten oft eine schwarze Unterseite, was auf ungewöhnlich viel Regen hinwies. Das bezeugten auch die tiefen Pfützen in den ungemähten Wiesen.

Die Steine inmitten der Wiese, das kürzere Gras hinter der teilweise zerstörten Mauer und die Trampelpfade vieler Hufe, die von der Straße zu den Mauerlücken führten, zeigten deutlich, daß die Wiesen als Weide für Schafe oder Kühe benutzt wurden. Ich hatte bisher kein Vieh gesehen, doch vielleicht waren die wenigen grauen Schemen im Süden Schafe oder Ziegen.

Wieder ein Donnerschlag.

Dann klatschten mir kalte Regentropfen auf den Kopf. Schnell warf ich den Umhang über und schnallte den Tornister wieder hinter dem Sattel fest.

Meine Beine schmerzten, als ich wieder auf Gairloch stieg.

»Dann wollen wir unsere Reise fortsetzen.«

Donner, Regen … Alles lief einfach großartig! Nachdem ich überfallen, vom Torposten angegriffen worden war und mich auf der Flucht befand, ritt ich jetzt durch einen kalten und scheußlichen Regen zu einer Stadt, von der ich nichts wußte, ebensowenig wie über die Dörfer oder Städte auf dem Weg dorthin. Ich mußte zwei Bergzüge überwinden, die ich eigentlich gar nicht sehen – und noch viel weniger erklimmen – wollte.

Auf der Straße kam uns etwas Dunkles entgegen, das schnell zu einer Kutsche wurde, die von zwei riesigen Rossen gezogen wurde. Neben dem Fahrer, der von Kopf bis Fuß in einem glänzenden grauen Umhang steckte, flatterte eine rote Fahne an einem kurzen Stock.

Ich suchte mir die etwas weniger schlammige Straßenseite aus und trieb Gairloch zu einem höher liegenden Grasfleck.

»Hü, hü!«

Kälte ging von der Kutsche aus, die mir wie ein leichter Wind ins Gesicht blies. Je näher die Kutsche kam, desto kälter wurde der Luftzug.

»Hü, hü!« Der Fahrer knallte mit der Peitsche.

Die Heiserkeit und die mechanische Art und Weise der Rufe verursachten ein heftiges Kribbeln in mir.

Die Kutsche war aus polierter weißer Eiche gefertigt und so oft mit Firnis gestrichen, daß sie beinahe golden glänzte. Lederriemen hielten sie anstelle von Eisenfedern. Sogar die Achsen und Räder bestanden aus Holz. Weder die Lehmspritzer noch der Regen vermochten die Kunstfertigkeit der Konstruktion zu verbergen.

»Hü, hü!« Der Fahrer blickte nicht zur Seite, als er vorbeipreschte.

Hinter der Kutsche ritten zwei Soldaten. Ihre Rosse glichen dem Fuchs, den ich bei Felshar gesehen hatte. Alle Pferde trabten so schnell, wie es zu vertreten war, wenn man einen langen Ritt vor sich hatte.

Beide Männer trugen kurze Jacken, die aus dem gleichen grauglänzenden Material geschneidert waren wie der Umhang des Kutschers, so daß sie jederzeit die Schwerter in den weißen Scheiden zücken oder die weißen Lanzen ergreifen konnten, die in ähnlichen Halterungen steckten wie mein Stab.

Der Soldat auf meiner Seite schenkte mir einen flüchtigen Blick unter der Kapuze hervor; aber dieser Blick war so mechanisch, als sähe er mich gar nicht richtig – oder als hätte er mich gesehen und die Beobachtung sofort weitergegeben, obwohl ich ihn die Lippen nicht bewegen sah.

In dem Moment, als die Kutsche vorbeifuhr, schien der Mittag zu einer Sturmnacht zu werden. Gleich darauf blieb nur ein schwächer werdendes Gefühl von Unordnung zurück, als sich das Rumpeln der Räder und der Hufschlag entfernten. Noch einmal hörte ich ein heiseres: »Hü, hü!«

Ich schüttelte mich und zog die Zügel straff. Ich hoffte, daß Isolde zu Ende geführt hatte, was immer sie zu erledigen hatte, und daß sie das schwarze Schiff gefunden hatte, das zweifellos unsichtbar irgendwo in der Nähe des Hafens wartete.

Tamra – hoffentlich würde ihr ewiges Zaudern sie nicht in die Hände des Chaos-Magiers in der weißen Kutsche fallen lassen, aber ich konnte auch nichts für sie tun. Jedenfalls jetzt nicht. Ich schluckte und wischte mir das Wasser von der Stirn. Dann blickte ich gedankenverloren auf die Straße. Dabei fiel mir trotzdem auf, daß die Kutsche und die Pferde kaum Spuren im nassen Lehm hinterlassen hatten.

Der Regen fiel eiskalt vom dunklen Himmel. Ich schaute mich suchend nach irgendeinem Unterschlupf um, aber die Straße führte kerzengerade für wenigstens drei Meilen eben dahin. Zu beiden Seiten die verfallenen Mauern, das vergilbte Gras und in der Ferne ein paar versprengte Schafe. Seit ich den ersten Hügel hinter Freistadt hinter mir gelassen hatte, waren mir kein einziges Haus, nicht die armseligste Kate zu Gesicht gekommen. Aber die Schafe waren ein Zeichen, daß irgendwo jemand lebte – und daß niemand nahe der Straße wohnen wollte, auf der ich ritt. Wieder lief es mir eiskalt über den Rücken.

Gairloch warf den Kopf hoch und wieherte laut. Die Tropfen aus seiner Mähne trafen mich im Gesicht.

»Ich weiß ... es ist kalt und naß. Aber hier gibt es weit und breit keinen Unterstand.«

Ja, nirgends ein trockenes Plätzchen. Nirgends.

Wir trabten mißmutig weiter.

Keine Bauernkarren, keine Kutschen, nur der stete Regen von oben. Mein Umhang war durchtränkt und lag mir schwer auf den Schultern. Da gelangten wir an den ersten niedrigen Hügel am Ende dieses verlassenen Tals. Der Regen ließ nach und wich einem kalten Dunstschleier.

Ein paar weit auseinanderstehende Fichten säumten die Straße. Die Mauern waren nur noch geborstene Steinhaufen. Auf dem Scheitel des Hügels stand eine Ruine – offenbar Überbleibsel eines großen Guts oder Herrenhauses.

Ich spürte jedoch keine Unordnung, auch kein Chaos – nur Alter und Vergänglichkeit ... und vielleicht auch etwas Trauer. Mein Vater, Kerwin und Talryn hätten mich streng getadelt, weil ich die Beschreibung von Ordnung oder Unordnung gefühlmäßig vornahm. Wenigstens konnte Gairloch mich nicht wegen schlampiger Logik zur Rede stellen.

Nach diesem zweiten Hügel wurde das Gelände unregelmäßiger und wilder. Die Hänge waren zumeist mit Fichten bewachsen, besonders an den Ufern der Bäche. Obgleich sich durch den Regen viele Bäche und Rinnsale gebildet hatten, sah mir nur einer wie ein von Menschenhand gegrabener Kanal aus.

Wieder schauderte es mich. Obgleich der elende Regen und die Gegend durchaus zu erklären waren, spürte ich, daß die Ursache des Regens nicht natürlich war. Warum? Das vermochte ich nicht zu sagen. Aber eins stand fest: Das Ausmaß der Regenmassen war unnatürlich, obgleich ich kein Anzeichen von Chaos wahrnahm.

Das Wasser war natürlich. Gairloch trank genußvoll aus mehreren Bächen. Doch als ich anhielt, um ihn grasen zu lassen, bekundete er wenig Neigung, die kärglichen Halme zu rupfen; deshalb quälte ich mich wieder in den Sattel und verzehrte den Rest des Brots unterwegs, das ich aus *Wanderers Ruh* mitgebracht hatte.

Das zweite Unnatürliche war die Straße. Wo immer es möglich war, verlief sie kerzengerade, wo nicht, machte sie leichte Biegungen, und wenn sie weder geradeaus noch in Biegungen verlaufen konnte, führte sie leicht bergauf. Nachdem Gairloch und ich die niedrigeren Hügel hinter uns gebracht hatten, wurde die Straße auch in den höheren Gefilden um kein Haar schmaler – und auch nicht steiler. Die Hänge senkten sich sanft geglättet zu beiden Seiten. Nirgendwo sah ich einen Überhang oder herausragende Felsen, wie ich erwartet hatte.

Nach einiger Zeit schlug ich mir an die Stirn.

»... die Straße der Magier ... natürlich!« Magistra Trehonna hatte erwähnt, daß es in Candar diese Straßen gebe, aber ich hatte nicht genau zugehört, als sie die Einzelheiten erläutert hatte. Bei ihr hatte ich mich noch mehr als bei Talryn gelangweilt.

»*Whiiaaah ...*«, fügte Gairloch hinzu.

Bei Regen vermochte ich nicht besonders gut meine Sinne auszudehnen, doch nachdem mir klargeworden war, auf welcher Straße wir dahintrabten, fühlte ich geradezu das harte Pflaster aus weißen Steinen unter der Lehmschicht.

Es dämmerte, als Gairloch bergab auf einige Lichter zutrabte, die zu Hrisbarg gehören mußten, wenn ich den steinernen Wegweisern trauen durfte, an denen wir gelegentlich vorbeigekommen waren.

Knapp drei Meilen vor der Stadt gabelte sich die Straße. Ein Pfeil war in einen Stein gemeißelt, der doppelt so groß war wie die bisherigen Wegweiser. Der Pfeil zeigte auf die rechte Gabelung. Über ihm standen die Buchstaben HSBG.

Die linke Straße führte schnurgerade weiter auf die niedrigen Berge zu. Dort sah ich keine Lichter oder Häuser. Nur die Spuren von Kutschenrädern wiesen darauf hin, daß diese Straße benutzt wurde.

Kurz nach der Abzweigung wurde die Straße nach Hrisbarg rauh und lehmig. Stellenweise mußte Gairloch durch Bäche stapfen, die die Straße überspülten. Beinahe wünschte ich, ich wäre auf der Straße der Magier geblieben, obwohl es unheimlich dunkel war. Sie befand sich wenigstens in gutem Zustand, führte jedoch direkt auf die Berge zu. Jetzt hatte es erneut zu regnen begonnen. Mein Umhang war bald wieder durchnäßt. Ich fror erbärmlich.

Gairloch wieherte.

»Du hast völlig recht. Aber wir haben doch keine andere Wahl, oder?«

Gairloch antwortete mit Schweigen.

Die ersten Katen, an denen wir vorbeikamen, hatten keine Dächer und waren dunkel und offensichtlich verlassen. Dann stampfte Gairloch durch den tiefen Schlamm in die Ortsmitte Hrisbargs.

Die Hauptstraße war ungepflastert und schien nur aus Pfützen und Schlammhügeln zu bestehen. Nicht einmal Trittsteine gab es. Vor den Geschäften hatte man mit rohen Brettern Gehsteige auf Pfosten errichtet. Bei einigen gab es Stangen, damit die Pferde angebunden werden konnten. Nur zu wenigen führten Holztreppen hinauf.

Selbst im strömenden Regen sah ich, daß diese Gehsteige entsetzlich schlecht gearbeitet waren. Man hatte grünes Holz verwendet und schlampig zusammengenagelt. Offenbar hatte man sich keine Mühe gegeben, sie halbwegs gerade zu bauen.

Gairloch schüttelte den Kopf und damit die Mähne, so

daß mir Wasser ins Gesicht und auf den Umhang sprühte. Der Umhang war dafür gemacht, mein Gesicht weniger. In der äußeren Gürteltasche hatte ich noch einige Silberlinge, genügend für ein Nachtlager in einer Herberge und für einen trockenen Stallplatz für Gairloch. Nach dem heutigen Tag und so, wie die Nacht aussah, hatten wir beide eine gute Schlafstelle verdient.

Vor zwei Läden brannten Öllampen, aber ansonsten gab es keinerlei Straßenbeleuchtung in Hrisbarg. Obwohl ich im Dunkeln hervorragend sehen konnte, hatte ich im Regen und in der Fremdartigkeit Candars Schwierigkeiten, etwas deutlich zu erkennen.

Gairloch wieherte empört und schüttelte sich. Wieder bekam ich eine kalte Dusche ab.

»Schon gut ... wir finden eine Herberge ... oder sonst etwas ...«

Ich hielt in der Dunkelheit nach einem schützenden Dach Ausschau. Gleichzeitig achtete ich darauf, ob irgendwo ein Wegweiser nach Howlett stand. Die Bruderschaft war keine große Hilfe gewesen. Man hatte mir lediglich mitgeteilt, daß ich ein ganzes Jahr in Candar verbringen und durch Howlett müsse, um zu den dahinter liegenden Städten zu gelangen.

Bestand meine Aufgabe in der Gefahrenbrigade lediglich darin, durch Hrisbarg und Howlett zu den Westhörnern zu reiten, um meine Zeit in Candar dort abzusitzen? Das war höchst unwahrscheinlich. Es hätte ein Scherz sein können, wenn es nicht so verdammt ernst gewesen wäre. Wieder einmal verriet mir keiner etwas, das ich nicht selbst herausfinden konnte ... Bis jetzt hatte ich jedoch keinen blassen Schimmer, warum Talryn darauf bestanden hatte, daß ich zu den Westhörnern reisen müsse.

Links entdeckte ich in einer Gasse ein Schild mit einem verblaßten ›H‹ und irgendeinem Tier darunter. Ansonsten sah ich nur dunkle Häuser und Katen in der

Gasse. Ich spürte nichts. Nirgends eine andere Herberge. Also trottete ich langsam mit Gairloch in die dunkle Gasse hinein.

Auf dem Schild am Ende stand ZUM SILBERROSS. Da in Candar nur Kaufleute und Priester lesen konnten, hatte man unter den Buchstaben ein primitives Pferd gezeichnet. Die silberne Farbe war so verwaschen, daß das Pferd grau aussah.

Ich lenkte Gairloch zu dem verwitterten Stall mit schiefem Dach neben der Herberge.

»Aua!« Meine Beine knickten unter mir weg.

»Herr?« Der Stallbursche reichte mir kaum bis zum Ellbogen.

»Zahle ich bei dir oder in der Herberge?« fragte ich.

»Es kostet drei Pfennig pro Nacht, fünf für eine Einzelbox, Hafer und eine Krippe voll Heu.«

Ich gab ihm einen Pfennig, ehe ich meinen Tornister nahm. »Hier, das ist für dich, damit du mein Pferd besonders gut versorgst.«

»Jawohl, Herr.« Der Junge trat zurück.

»Welche Box?«

»Ihr könnt die unter der Traufe hinten haben …«

Ich kapierte. Wenn ich diese Box nahm, würden die Kerle mit den großen Pferden ihm keine Schwierigkeiten machen, weil ihre Tiere dort mit dem Kopf ans Dach stoßen würden. Dieses Problem hatte Gairloch nicht. Dort konnte er unbehelligt fressen und sich ausruhen.

»Ja, die ist gut.« Ich ließ den Jungen vorausgehen und die Halbtür öffnen, führte Gairloch jedoch selbst hinein. Dabei gab ich mir Mühe, daß der Junge den Stab nicht genau sah, weil er ihn im trüben Schein der Lampe, die über der Tür vom Deckenbalken baumelte, für eine Lanze halten könnte.

Ehe ich Gairloch den Sattel abnahm, versteckte ich den Stab im Stroh an der Außenwand. Niemand, der nicht ein Gespür für die Mächte von Ordnung oder

Chaos hatte, würde ihn entdecken. Und gegen einen erfahrenen Chaos-Meister hülfe er mir sowieso nicht sonderlich.

»Darf ich Euch helfen?« fragte der Junge.

Ich hatte nichts dagegen, daß er den Gurt löste und den Sattel abnahm. Auch Gairloch schien keine Einwände zu haben. Er schnaubte zufrieden. Der Junge machte das viel geschickter als ich. Außerdem zitterten mir immer noch die Beine.

Nachdem Gairloch versorgt war und Sattel, Hirtentrense und Decke zum Trocknen aufgehängt waren, machte ich mich auf den Weg ins *Silberroß*. Unter Schmerzen schleppte ich mich über den schlammigen Hof zur Herberge. Durch die bleigefaßten Butzenscheiben drang ein schwacher Lichtschein.

Die Außentür war aus rauhem Fichtenholz gearbeitet und einst weiß gestrichen gewesen. Die innere Tür war gute Roteiche, aber der Firnis war an vielen Stellen abgeblättert, und die Angeln waren schon mehrmals versetzt worden. Ich brauchte mehrere Minuten, um den Schlamm und Lehm auf den abgetretenen Strohmatten von den Stiefeln zu entfernen. Allerdings war es vergebliche Mühe, denn die Bohlen des Fußbodens waren fleckig und lehmbeschmiert.

Nur eine der Öllampen brannte in der Eingangshalle. Sie rauchte und flackerte.

»Hallo, Wirt!« rief ich.

Von irgendwoher antwortete eine gedämpfte Stimme. »Komme gleich.«

»... um diese Zeit?« fragte eine andere Stimme. Sie war schärfer und näher als die erste.

Ich wartete und blickte mich in der Herberge um. Rechts führte eine viereckige Öffnung, groß wie eine Doppeltür, zu dem Raum, in dem gegessen wurde. Im großen Kamin glommen einige Kohlen. Links befanden sich drei Holzbänke, auf denen Kissen lagen. Die Wandlampe darüber war heruntergedreht und verbreitete gedämpftes Licht. Die Lehnen der Bänke bestanden aus gedrechselten kleinen Säulen und waren nicht von Kissen verdeckt. In der Mitte stand ein niedriger Tisch vor den Bänken, der ziemlich mitgenommen aussah. Er wurde hauptsächlich als Fußstütze gebraucht, was man an den Kerben am Rand sah.

Wie in Freistadt schien es auch hier nur wenig Reisende zu geben.

»Ja?«

Die scharfe Stimme gehörte zu einer Frau mit scharfen Zügen in einem verblichenen braunen Kleid und einer schmutzigen gelben Schürze, die ziemlich giftig dreinschaute. Ihr dunkles Haar zeigte graue Strähnen. Sie hatte es streng zu einem Knoten im Nacken zusammengebunden.

»Was kostet ein Zimmer und etwas zu essen?« Meine Stimme klang durch die Kälte und den Regen ziemlich heiser.

Sie musterte mich scharf. »Ein Silberling pro Nacht.« Sie machte eine Pause und richtete ihre Geieraugen auf meinen nassen Umhang. »Zahlbar im voraus. Das schließt Brot und Käse zum Frühstück ein. Abendessen kostet zusätzlich – je nachdem, was vorhanden ist. Heute abend ist nicht viel übrig.«

Ich holte einen Silberpfennig und fünf Kupfermünzen aus der vorderen Gürteltasche. »Für mich und mein Pferd.«

Als sie die Münzen an sich genommen hatte, blickte sie etwas freundlicher. »Ihr seid bei diesem Wetter geritten?«

»Ja, als ich aufbrach, schien mir das eine gute Idee zu sein. Ich wollte nicht in Freistadt bleiben. Danach habe ich keine Unterkunft mehr gefunden und ...« Ich zuckte mit den Schultern.

Die Frau blickte zur Tür, dann wieder zu mir. »Hrisbarg gehört zum Herzogtum, und Majer Dervill steigt oft hier ab.«

Ich verstand die Botschaft. »Reisende sind nicht immer mit dem Wetter der jeweiligen Gegend vertraut. Ich hatte mir nur eine warme Herberge und eine Mahlzeit erhofft.«

»Die Wünsche können wir erfüllen. Geht nur hinein und setzt Euch. Annalise wird Euch gleich bedienen. Es sei denn, Ihr wollt vorher Euer Zimmer sehen.«

»Ja, das möchte ich gern gleich sehen und den Umhang zum Trocknen aufhängen.«

»Ein sauberes Handtuch und eine Waschschüssel mit warmem Wasser kostet noch einen Kupferpfennig.«

»Zwei Handtücher und nochmals frisches Wasser morgen früh«, verlangte ich.

Sie lächelte. »Im voraus.«

Ich gab ihr noch einen Pfennig und überlegte, ob ich eine Quittung verlangen sollte, ließ es aber sein. Die Handtücher waren dick und sauber. Die Schüssel enthielt lauwarmes Wasser.

Das Zimmer war so klein, daß das Doppelbett mit der durchgelegenen Matratze und der alte Schrank aus Roteiche kaum Platz hatten. Auf dem Bett lagen ein rauhes Laken und eine dicke braune Decke. Eine kümmerliche Kerze steckte in der Wandhalterung.

Die Tür hatte kein Schloß, aber angesichts der wenigen Gäste beschloß ich, das Risiko einzugehen und meinen Umhang und Tornister im Zimmer zu lassen.

Als ich den Schankraum betrat, um etwas zu essen, saß ein Mann in dunkelblauer Uniform an dem Tisch, der am nächsten zum Kamin stand. Obwohl er einen Humpen hielt, wirkte er ungemein hochnäsig.

Ich wählte einen Zweiertisch auf der anderen Seite, nicht so nahe beim Feuer.

Der Soldat musterte mich gleichgültig und nahm einen kräftigen Schluck aus dem Humpen. »Annalise!«

»Einen Augenblick, bitte«, sagte die angenehme Stimme, die ich vorhin gehört, deren Eigentümerin ich jedoch nicht gesehen hatte.

Ich streckte die Beine aus und genoß die Wärme. Langsam fühlte ich mich wieder menschlich.

»Danke, Herlyt. Ich wußte nicht, daß wir noch einen Gast haben.« Das blonde Mädchen – wahrscheinlich jünger als ich – nickte dem Soldaten zu.

»Aber …«

Sie beachtete ihn nicht und ging geradewegs auf meinen Tisch zu. Ihre langen blonden Zöpfe schwangen auf dem Rücken. »Guten Abend, Herr. Ich fürchte, die Vorratskammer ist heute abend ziemlich leer. Wir haben noch etwas Eintopf mit Bärenfleisch und ein paar Schweinerippchen, Weizen- oder Maisbrot und pikantes Apfelkompott. Und etwas weißen Käse.« Sie lächelte. Ich sah die etwas schiefen weißen Zähne. Der Ausschnitt ihrer Bauernbluse zeigte noch andere Vorzüge, vor allem als sie sich zu mir herabbeugte.

»Was ist besser? Der Eintopf oder die Rippchen?«

»Der Eintopf!« rief Herlyt. »Nimm den Eintopf. Die Rippchen wärmen sie schon eine Woche lang jeden Abend auf. Bring mir noch einen Humpen, Annalise!«

Annalise zog die Brauen hoch und nickte.

»Ich probiere den Eintopf, dazu Käse, Apfelkompott und einige Scheiben Weizenbrot. Was gibt's zu trinken?«

»Warmen Most, kaltes Bier, Wein und Rotbeerensaft.«

»Rotbeerensaft.«

»Da bist du ja an einen regelrechten Säufer geraten, Annalise. Welch ein Kerl!«

Annalise schenkte dem Soldaten keine Beachtung, sondern lächelte mir vielsagend zu. »Möchtet Ihr noch etwas anderes?«

»Im Augenblick nicht, danke.« Mir gelang es, nicht zurückzulächeln. Aber sie *hatte* mich gefragt.

Als sie zum Soldaten ging, lächelte sie nicht mehr. »Noch ein Bier?« fragte sie und nahm den leeren Humpen.

»Was sonst? Mehr willst du mir ja nicht geben, und ich muß auch noch dafür bezahlen.« Der Bärtige starrte ins Feuer, wo einige Flämmchen über das grüne Holz zuckten.

Annalise verschwand durch eine offene Tür, die wohl zur Küche führte. Gleich darauf kam sie mit zwei Humpen zurück.

Bumm! Wortlos knallte sie den einen Humpen vor Herlyt auf den Tisch.

»Hier, Herr.« Zu meinem Humpen brachte sie einen Teller mit Käse und Weizenbrot. »Kommt Ihr aus Howlett, aus Adlernest oder aus Freistadt?«

Der Soldat richtete sich sofort auf. Ich war gewarnt.

»Aus keinem dieser Orte. Ich bin die Küste entlanggeritten, wollte aber wegen des Regens und der düsteren Stimmung in Freistadt nicht lange bleiben. Außerdem hat man gesagt, daß dort keine Schiffe mehr anlegen.«

Der Soldat entspannte sich etwas. Annalise nickte. »Das ist ein langer Ritt.«

Ich grinste. »Und ein ziemlich kalter.« Dann nahm ich einen Schluck von dem Rotbeerensaft, brach ein Stück Käse ab und legte es auf eine Scheibe Brot.

Beim Essen zwang ich mich, jeden Bissen langsam zu kauen. Das Mädchen kehrte zurück in die Küche. Der Soldat widmete sich wieder seinem Humpen.

»Herr …?«

Vor mir stand eine riesige dampfende Schüssel, daneben eine kleinere mit gewürztem Apfelkompott. Beide Schüsseln waren aus dickem Steingut. Die Glasur zeigte feine Risse.

Herlyt hatte bezüglich des Eintopfs recht gehabt. Das mußte ich zugeben. Er war gut gewürzt, heiß und schmeckte hervorragend. Trotzdem schob ich die Schüssel von mir, ehe ich sie leergegessen hatte, weil mir furchtbar schlecht geworden wäre, wenn ich noch einen Löffel gegessen hätte.

»Steht Euch der Sinn noch nach etwas anderem?«

Ich blickte zum Soldaten hinüber. Er lag mit dem Gesicht auf der Tischplatte.

»Später vielleicht?« fragte ich, um ihr vorheriges Lächeln auf die Probe zu stellen.

Sie zuckte mit den Schultern, lächelte aber nicht.

»Wieviel?«

»Fünf oder einen halben Silberling.«

Nachdem ich den Rotbeerensaft ausgetrunken hatte, gab ich ihr einen Silberpfennig. Sie gab mir fünf Kupferlinge zurück, von denen ich ihr einen zusteckte. Schnell verstaute sie ihn im Gürtel, ehe sie zurück in die Küche ging.

Mit einem bedauernden Blick zurück stieg ich die knarrende Treppe hinauf. Im Zimmer überprüfte ich sofort meinen Tornister. Nichts war angerührt.

Als ich meine Hose ablegte, fragte ich mich, ob Annalise tatsächlich Absichten auf mich hatte.

Sie hatte keine ... zumindest hörte ich kein leises Klopfen an meiner Tür, ehe ich in einen traumlosen Schlaf fiel.

XXII

Der Morgen zog nicht weniger trübe als der gestrige Tag herauf. Mehr oder weniger starker Regen ergoß sich aus den dunklen Wolken, die sich nicht zu bewegen schienen.

Ich wachte zum ersten Mal auf, als die Wirtin leise eine neue Waschschüssel mit frischem warmen Wasser brachte. Dabei warf sie nur einen flüchtigen Blick auf mich und den Schrank. Danach schloß ich wieder die Augen. In meinem Kopf schwirrten unzählige Fragen umher. Warum ergoß sich soviel Regen über das Herzogtum von Freistadt? Warum war ein Chaos-Meister in jener Kutsche auf dem Weg zum Hafen? Und warum hatte er eine Kutsche benutzt?

Ächzend und stöhnend schwenkte ich die Beine über die Bettkante. So weh hatten mir die Schenkel noch nie im Leben getan, nicht einmal zu Beginn der Übungen bei Gilberto. Auch in den Schultern hatte ich einen fürchterlichen Muskelkater. Allein das Sitzen tat schon weh.

Nach einigen Streckübungen und nach dem Waschen fühlte ich mich etwas besser.

Dann besah ich meine Kleidung. Der Umhang war trocken, meine Hose auch. Mit etwas Kratzen gelang es mir, den Lehm zu entfernen. Trotzdem … in baldiger Zukunft mußte ich die Sachen waschen, wenn ich nicht wie ein Iltis stinken wollte.

Draußen pfiff der Wind. Regen klatschte gegen die Herberge. Ich kleidete mich an und zog die Stiefel an. Dann kramte ich im Tornister. Ich lächelte, als mir das Buch *Die Basis der Ordnung* in die Hände fiel. Ich hatte immer noch keinen Blick hineingeworfen, aber früher oder später würde ich darin lesen. Mein Vater hatte einen Grund für alles.

Ich schloß den Tornister und schnallte den Umhang darauf. Dann überlegte ich, ob ich ihn mit nach unten nehmen sollte oder nicht. Schließlich schulterte ich ihn.

Ohne jedes Licht war der Korridor noch düsterer als gestern abend. Meine Stiefel schlurften über den kahlen Fußboden.

»… Angriff auf Freistadt …«

»… jeder von denen hier sein …«

Ich blieb auf der obersten Treppenstufe stehen, um weiter zuzuhören.

»Der Kurier sagte, es seien zwei Schwarzstäbe und

mehrere andere, darunter eine schwarze Kriegerin, ein Satansweib.«

»Majer, ich habe keine Ahnung, wie ein Schwarzstab überhaupt aussieht. Wir haben hier nur zwei durchreisende Händler und einen nicht unvermögenden Studenten. Die Händler sehe ich zwei- oder dreimal im Jahr. Der Student – also, der ist kaum alt genug, um allein unterwegs zu sein.«

»Habt Ihr irgendwelche Waffen bei ihm gesehen?«

»Waffen? Eigentlich nicht. Nur einen Kurzdolch.«

»Wo ist er?«

»Seht doch mal beim Feuer nach.«

»Kommt mit und zeigt ihn mir, Natascha ... wenn Ihr so freundlich wärt.«

»Gewiß, Majer ... falls er dort ist.«

Ich stieg jetzt die Treppe hinab, als hätte ich kein Wort gehört.

Annalise stand beim Tresen und zog die Brauen hoch. Dann deutete sie auf die Vordertür und formte unhörbar mit den Lippen Worte.

Ich grinste, winkte ihr zu und ging leise zum Eingang. Dort schnallte ich den Umhang ab, warf ihn über und lief durch den strömenden Regen zum Stall, während der Majer und Natascha mich beim Kamin suchten. Ich war heilfroh, daß ich den Tornister mitgenommen hatte.

Die große Schiebetür stand offen. Vom Stalljungen war nichts zu sehen, als ich zu Gairloch eilte.

Regen oder nicht, Sturm oder nicht, ich mußte so schnell wie möglich weg. Vielleicht ließ sich der Majer überzeugen, daß ich keiner der Schwarzstabträger war, aber eine innere Stimme sagte mir, daß er Befehl hatte, jeden festzunehmen, der möglicherweise aus Recluce stammte. Ein Verhör wäre bestimmt kein Vergnügen.

Gern hätte ich herausgefunden, ob Annalise mehr als nur zu tändeln beabsichtigt hatte ... doch dazu war es jetzt zu spät. Vielleicht hatte sie mir nur schöne Augen gemacht, um Herlyt aus dem Weg zu gehen, oder weil jeder mit einem Pferd Geld haben mußte.

Gairloch im dämmrigen Stall zu satteln war kein Vergnügen, vor allem da ich wenig Zeit hatte. Erst legte ich die Satteldecke falsch auf. Gairloch wieherte empört, aber er bäumte sich erst auf, als ich den Sattel draufpackte.

Peng! Der Sattel fiel mir auf die Füße.

»Schon gut, boshaftes Luder!« Ich legte die Decke richtig auf und dann behutsam den Sattel. Aber ich hatte Mühe, den Gurt festzuschnallen.

Gairloch war unruhig, gab aber während meiner ungeschickten Bemühungen keinen Laut von sich. Es gelang mir nicht, den Gurt zu schließen. Irgend etwas ...

Schließlich holte ich meinen Stab aus dem Stroh und drückte das schwarze Holz leicht gegen Gairlochs Stirn.

»Puuuuh ...« Er stieß die Luft aus. Im Nu hatte ich den Gurt festgezurrt. Ich hätte ihn wohl auch in den Bauch treten können wie der Stallbursche in Freistadt, aber ich wendete nur ungern Gewalt an – außerdem langweilte es mich. Der Stabtrick leistete Abhilfe, obwohl ich keine Ahnung hatte, wieso das Pferd auf das schwarze Holz reagierte.

Mit der Hirtentrense hatte ich ebenfalls meine Schwierigkeiten. Erst als ich mich zwang, ruhig und Schritt für Schritt vorzugehen, konnte ich sie anlegen. Nun mußte ich nur den Tornister noch festschnallen und den Stab in die Halterung stecken. Dann band ich Gairloch los und führte ihn zur offenen Stalltür.

»Hallo! Hallo, Wirt!« rief da eine kräftige Stimme.

Ich lugte hinaus. Ein weiterer Offizier der herzoglichen Kavallerie in wasserdichter blauer Uniform stand im Regen und sehnte sich offenbar nach einem warmen Getränk und einem kräftigen Eintopf ... oder brachte dem Majer noch schlechtere Nachrichten oder noch strengere Befehle.

»Verdammter Wirt ... kein Stallbursche weit und breit ... und das an einem so scheußlichen Morgen ...«

Ich sah, daß er zum Stall kam. Schnell band ich Gairloch in der ersten Box fest und lief zur Tür.

»He, du ... was fällt dir ein, einen Offizier im Regen warten zu lassen ...« Der Offizier trug ein Goldblatt am Kragen. Er war einen halben Kopf größer als ich, und im Gegensatz zu seinem Roß wirkte Gairloch wie ein Spielzeugpferd.

»Verzeihung, Herr Offizier. Aber der Stalljunge ist krank ...«

»Na und? Kümmre dich um mein Pferd, Junge!«

»Jawohl, Herr Offizier«, sagte ich. »Die letzte Box auf der rechten Seite ist die einzige, die noch frei ist. Aber sie ist trocken und sauber.« Am liebsten hätte ich dem anmaßenden Kerl den Schädel eingeschlagen; aber ich bezweifelte, daß ich den Stab erreicht hätte, ohne daß er mich zuvor mit dem Säbel aufgespießt hätte.

»Gut. Aber reib ihn sofort trocken und striegle ihn sorgfältig ... und kein kaltes Wasser, sonst ertränke ich dich eigenhändig darin.« Er warf mir die Zügel zu.

»Jawohl, Herr Offizier.« Ich zog an den feuchten Zügeln. Das Pferd war besser ausgebildet oder weniger stur als die Tiere, die ich bei Felshar gesehen hatte. Es folgte mir tatsächlich. Der Offizier beobachtete mich, bis er sicher war, daß ich zur letzten Box ging.

»Wem gehört denn das Pferd?«

Ich drehte mich nicht um. »Einem jungen Burschen, kaum älter als ich.«

»Ich bin gleich wieder zurück, Kerl. Vergiß das nicht!«

Mit schnellen Schritten stapfte er durch den Matsch zur Herberge.

Ich band die Zügel mit einem Doppelknoten an einem Pfosten fest. Dann lief ich zu Gairloch und stieg noch im Stall in den Sattel. Ich mußte den Kopf einziehen, als er in den Regen hinaustrat. Jetzt erst zog ich meine Handschuhe an.

Gairloch mißfiel der Regen, der ihm entgegenschlug, aber wenn dieser Kavallerieoffizier und der Majer sich trafen, wollte ich auf keinen Fall mehr in der Nähe sein.

Ich trieb Gairloch mit den Fersen sanft an. Er trabte langsam an. Ich hielt mich sicherheitshalber an seiner Mähne fest und ließ ihm freien Lauf. Der Regen traf mich wie mit Eisnadeln im Gesicht.

Zum Schutz zog ich die Kapuze tiefer in die Stirn. Ein Glück, daß ich den Umhang gleich mitgenommen hatte, so wie Ereignisse sich überschlugen.

Ich lenkte Gairloch im Schritt um den kleinen See vor dem Kleiderladen herum und spähte nach vorn, um die Biegung mit der Abzweigung nach Howlett zu sehen. Angeblich war Hrisbarg eine der Wollstädte, die einzige im Herzogtum. Howlett war ebenfalls eine Wollstadt, aber jenseits der Grenze gelegen, in Montgren, einem anderen Herzogtum, das von einer Herzogin regiert wurde, die den Herzog haßte.

Sobald wir wieder auf einigermaßen festem Boden gingen, trieb ich Gairloch an.

»Halt! Im Namen Candars! Du schurkischer Zauberer! Halt!«

Ich war gerade in die Straße nach Howlett eingebogen und drückte Gairloch die Fersen in die Weichen. Er fing an zu rennen, aber nur einige hundert Ellen weit, dann verfiel er wieder in schnellen Schritt.

Trotz der Schreie des Kavallerieoffiziers und den Alarmglocken folgte uns niemand, soweit ich sehen konnte. Eigentlich fand ich es ziemlich albern. Nur weil jemand glaubte, ich könne ein Schwarzstabträger aus Recluce sein, und weil ich bei diesem Sauwetter losgeritten war, versuchte dieser Narr, ganz Hrisbarg zu alarmieren.

Wieder einmal hatte ich verdammtes Glück gehabt,

daß ich so jung aussah. Warum hatten alle auf diesem Kontinent etwas gegen jemanden aus Recluce? Und was war in Freistadt geschehen?

Immer wieder blickte ich über die Schulter und bemühte mich zu fühlen, ob mich jemand verfolgte, doch ich vermochte niemanden zu fühlen oder zu sehen. Ich spürte nur den eiskalten Regen.

Die Straße war verlassen – zumindest so weit ich durch den Regen und Nebel sehen konnte. Als Gairloch in gemütliches Schrittempo verfiel, kam ich mit dem Gesicht dem Stab sehr nahe. Ich zuckte zurück, so heiß war er.

Ich schickte meine Sinne und meine Gedanken aus, um ein Gefühl von Chaos zu bekommen ... irgendwo. Aber bis auf ein leicht flaues Gefühl in bezug auf die Straße vor uns spürte ich nichts.

Der Stab kühlte sich ab, als wir durch Schlamm und Regen weiter nach Westen ritten. Die Straße nach Howlett war schlechter als die nach Freistadt. Es goß in Strömen. Der Regen gefror auf dem toten braunen Gras sofort zu Eis, überzog die Eichen mit einer dicken Eisschicht und verwandelte die Dornenbüsche an den Mauern zu Kristallwänden.

Gairloch brach mit jedem Schritt in die eisbedeckten Schlammpfützen ein. Wieder dachte ich beinahe sehnsüchtig an die Straße der Magier, auf der ich den größten Teil der Strecke zwischen Freistadt und Hrisbarg geritten war.

Bei jedem Schritt des Pferdes drehte sich mir der Magen um. Der Sturmwind trieb Eisregen unter meinen Umhang. Ich machte mir Sorgen um Gairlochs Hufe und Fesseln – oder wie man das bei Pferden nannte. Aber am meisten Sorgen machte ich mir um mich, doch wir trotteten einfach weiter.

Als ich im Sattel vor Kälte zitterte, erinnerte ich mich sehnsüchtig an jenen Tag, an dem ich nach Nylan marschiert war. Die Hitze damals war schrecklich gewesen, aber nichts im Vergleich zu der Kälte, die jetzt meine Beine von der Stiefelspitze bis in die Oberschenkel lähmte. Nur mein Hinterteil war leider nicht betäubt, sondern tat weh.

Mein Stab steckte in dem Lanzenhalter des alten Kavalleriesattels. Da er über den Sattel hinausragte, stieß ich mehrmals dagegen. Ich mußte ständig die Zügel durchkneten, weil sie durch das Eis steif gefroren waren. Auch vom Sattel und meinem Umhang mußte ich immer wieder das Eis entfernen. Nur am Stab verwandelte sich der Regen nicht in Eis.

Der Stab hatte mich zweimal gerettet, aber er schien mich in Candar zur Zielscheibe zu machen. Beim letztenmal war es mir gelungen, mit heiler Haut davonzukommen, ohne den Stab zu benutzen. Doch obwohl in der Herberge niemand gewußt hatte, daß ich ihn besaß, waren sie hinter mir her.

Zweimal machte ich Rast, weil Gairloch etwas trinken und ich die Beine strecken mußte, in denen ich dauernd Krämpfe hatte.

Gegen Mittag hörte der Regen auf, aber der Wind frischte auf. Fast alle Pfützen waren gefroren. Ich spürte, wie der Stab wärmer wurde, als die Straße zu einem Hügel hinaufführte. Durch den Dunstschleier sah ich ein Gebäude.

»Ja … natürlich.« Da der Herzog und die Herzogin sich haßten, war das Gebäude ein Grenzposten … und wieder eine Gefahr, da die Posten vielleicht schon alarmiert waren.

Ich zog den linken Handschuh aus und berührte den Stab. Er war heiß. Das bedeutete Gefahr.

»Also, Gairloch, angeblich bist du ein gutes Bergpferdchen … jetzt zeig mal, *wie* gut du bist.«

Gairloch antwortete nicht. Er warf nicht einmal den Kopf zurück, sondern marschierte einfach weiter.

Ich versuchte, alles zu durchdenken. Wahrscheinlich hatte niemand die Grenzposten gewarnt. Aber auch dann würde sich die Nachricht verbreiten, daß jemand aus Recluce Montgren betreten hatte, und niemand schien für Menschen aus Recluce freundliche Gefühle zu hegen – vor allem dann nicht, wenn diese einen Schwarzen Stab trugen.

Eigentlich war die Lösung einfach: den Grenzposten umgehen. Schwieriger war es, die Lösung in die Tat umzusetzen. Rechts und links der Straße stand dichtes Gebüsch, zum größten Teil mit Eis bedeckt.

Ich zügelte Gairloch bei einem hohen Gebüsch, das uns vor neugierigen Blicken schützte, falls die Posten über ein Fernrohr verfügten. Ich studierte das Gelände. Sanfte Hügel mit einigen Büschen, ab und zu eine Zeder und Weißeichen entlang der Wasserläufe zwischen den Hügeln.

Im Herzogtum lebten wenige Menschen allein oder fern der Städte. Auf dem Abhang rechts von mir verlief eine dunkle Linie im rechten Winkel zur Straße: eine fast zugewachsene Mauer, aber keine Bäume. Während ich zur Mauer blickte, fühlte ich die gleichen Hitzeschleier, die in Recluce die schwarzen Schiffe verborgen hatten. Jetzt war das Gefühl zwar schwächer, aber unangenehmer.

Irgendwie war es schade, daß die Mauer nicht bis zu mir reichte, aber ihre Unordnung beunruhigte mich. Allerdings konnten wir nicht ewig hinter den Büschen stehenbleiben.

Ich ließ Gairloch den Weg nach unten selbst suchen. Er wählte die andere Seite. Ich erinnerte mich, dort einen Bach gesehen zu haben, der sich in Richtung Grenze schlängelte, aber wegen eines Hügels vom Grenzposten nicht einsehbar war.

Ich tätschelte Gairloch den Hals. Er watete durch den eiskalten Bach. Dann folgten wir dem Wasserlauf, der ungefähr parallel zur Straße führte. Rechts schützte uns der Hügel.

Plötzlich hörte ich ein seltsames Geräusch. Frösche? Jetzt erst fiel mir auf, daß ich seit meiner Ankunft in Candar kaum Insekten und keinen einzigen Vogel gehört hatte.

Am Ende der Wiese neben dem Bach kamen wir an eine leichte Anhöhe. Ich wußte, daß hier ein Gebäude gestanden hatte – doch vor langer, langer Zeit.

Der Bach wurde schmaler und führte weiter nach links, nach Süden, als mir lieb war. Das Gelände bestand hauptsächlich aus offenen Weiden und Buschwerk.

Nach einer weiteren Meile war der Bach kaum noch eine Elle breit und schlängelte sich zurück nach Hrisbarg.

»Na gut, wir überqueren den Hügel.«

Gairloch schüttelte den Kopf, gleichwohl gehorchte er, doch tänzelte er immer nervöser, je näher wir dem Scheitelpunkt kamen.

Ich spürte nichts – weder Wärme noch Kälte –, nur Leere, sogar das Fehlen vom Nichts.

Als wir den Scheitel des Hügels erreicht hatten, schauderte es mich.

Glitzernde weiße Steine lagen hier oben. Zwei bleiche Monolithen standen noch. Allerdings glichen ihre Kronen Kerzen, deren obere Enden in der Sonne geschmolzen waren. Außerhalb des Chaos-Kreises der weißen Steine hatte man hellen Kies ausgebreitet, dahinter weißlichen Lehm, der teilweise nachgedunkelt war. Gras hatte ihn stellenweise überwuchert.

Whiiaaah … Gairloch scheute beim Anblick dieser Weiße.

Keine Handspanne vor meinem Gesicht strahlte mein Stab ein schwarzes Licht aus, das mich drängte, sofort den Ort der weißen Steine zu verlassen.

Obwohl diese Steine vor langer Zeit zerstört worden waren, wagte ich es nicht, das verworrene Muster länger zu betrachten, sondern trieb Gairloch an, die toten weißen Steine zu umrunden.

Hinter der Anhöhe sah ich im Nordwesten den Hügel, wo der Grenzposten stand, und die Straße, die sich nach Howlett schlängelte.

Erst als wir den Fuß des Hügels erreicht hatten und nach Westen trabten, erinnerte ich mich daran, wieder Luft zu schöpfen.

Mir zitterten die Knie. Für jemanden, der bezüglich Magie und Chaos Zweifel gehegt hatte, waren die weißen Ruinen dieses uralten Gebäudes ziemlich überzeugend gewesen. Der gesamte Hügel hatte Zerstörung ausgestrahlt. Kein Wunder, daß keine Menschen in der Nähe lebten.

Die weißen Ruinen waren mein schlimmstes Erlebnis. Danach waren der ständig kälter werdende Wind und die vereisten Büsche zwar unangenehm, doch natürlich. Auch die Straße war eine Naturkatastrophe: aufgewühlter, halbgefrorener Schlamm. Doch Gairloch stapfte tapfer voran.

Die Gegend war menschenleer. Erst als wir wieder auf der Straße nach Howlett waren, sah ich in der Ferne Herden schwarzgesichtiger Schafe und Hirten, die sich als Schutz gegen die Kälte in Decken gehüllt hatten. Dann überholten wir einen langsam dahinzuckelnden Wagen, der in dieselbe Richtung fuhr, und eine alte Kutsche, die offenbar nach Hrisbarg unterwegs war.

Beide Männer auf dem Bock musterten mich nur flüchtig.

XXIII

Die Abenddämmerung senkte sich herab. Immer noch kämpften wir uns durch den Morast, den man die Straße nach Howlett nannte. Ich hatte nur gelegentlich eine

Rast eingelegt, um Gairloch trinken zu lassen und die Krämpfe in meinen Beinen ein wenig zu lindern. Der erste Blick auf Howlett genügte, um Hrisbarg wie das kaiserliche Hamor erscheinen zu lassen. Hrisbarg hatte Gehsteige aus Brettern gehabt, Howlett hatte überhaupt keine. In Hrisbarg hatte es eindeutige Straßen und Gassen gegeben, Howlett war eine ungeordnete Ansammlung von Häusern. Hrisbargs Häuser und Katen waren einst gestrichen gewesen, auch wenn jetzt die Farbe abblätterte. In Howlett hatte noch niemals jemand einen Pinsel geschwungen.

Der Regen fiel jetzt als Eisnadeln, und der Wind heulte aus Norden. Mein gefrorener Umhang war so steif wie eine Metallrüstung.

Am Rand von Howlett stand ein heruntergekommenes Haus, daneben eine Art besserer Schuppen: Die Herberge *Zur Gemütlichkeit* und ihr Stall!

Gairloch schnaubte empört, als ich ihn in den Stall führte.

»Drei Pfennig. Dann kann er die Box mit einem anderen Bergpferd teilen«, sagte der dicke Mann neben der Stalltür.

Ich schaute den Jungen an, der sich mit dem Sattel abmühte, während der Dicke nur das Geld einsammelte. Der Junge zuckte nur mit den Schultern.

Vor den Boxen standen ein Bauernkarren und eine Kutsche – dieselbe goldene Kutsche, die ich auf der Straße nach Freistadt gesehen hatte. Ich blickte zu dem Dicken und bemühte mich, zu verstehen, was er sagte.

»Um den kümmerst du dich!« befahl er und fügte hinzu: »... verdammte Bergbiester ... bringen jeden außer ihrem Herrn um.«

Ich gab ihm die drei Kupferpfennige.

»Hinten. Da steht noch so ein zotteliges Biest.«

Ich führte Gairloch auf dem schmalen Gang nach hinten und öffnete vorsichtig die Tür der Box, da ich befürchtete, sie werde aus den Angeln brechen. Dann warf ich einen Blick auf die verblichenen Stützbalken des Stalls. Aber meine Gedanken waren bei der Kutsche aus weißer Eiche, die golden glänzte.

Das andere Pferd begrüßte Gairloch lautstark. Dann beschnupperten sich beide. Ich ließ ihnen Zeit, sich kennenzulernen, ehe ich Gairloch absattelte, trockenrieb und frisches Stroh auf den Boden warf. Darin verbarg ich meinen Stab und meinen Tornister. Dann sah ich mich nach einem Striegel um.

Der Stalljunge tauchte auf. Der Dicke war verschwunden.

»Wie steht's mit Hafer?«

Der Junge glotzte mich nur an. Ich holte einen Kupferpfennig hervor, worauf er einen verbeulten Eimer mit Hafer holte. Ich fütterte beide Pferde, gab allerdings Gairloch etwas mehr.

Beruhigt, daß Gairloch einigermaßen versorgt war, wagte ich mich in die Herberge.

Mir schlugen der Geruch ungewaschener Hirten, ranzigen Öls, alten Parfüms und beißender Rauch entgegen. Mir tränten die Augen. Ich musterte die Tische, die alle dicht besetzt waren. Nahe der Eingangstür standen lange Tische auf Schragen und Bänke. Hinter einer halbhohen Trennwand standen quadratische Tische aus poliertem dunklen Holz. In der Trennwand gab es drei Durchgänge.

Die *Herberge zur Gemütlichkeit* war trotz des vielverheißenden Namens keineswegs gemütlich zu nennen.

Onkel Sardit hätte sofort alle Fehler beim Bau aufgelistet. Obgleich ich über weniger Erfahrung als er verfügte, fielen mehrere Nachteile sogar mir auf. Die Traufen waren nicht lang genug, um den Wind abzuhalten, so daß er in die oberen Zimmer pfiff. Die Fassade war gemauert und sollte eindrucksvoll wirken, doch gab es bereits Risse zwischen ihr und den Bohlen der Seitenwände. Die Eckbalken waren nicht richtig behandelt worden, um sie wetterfest zu machen.

Drinnen war alles noch schlimmer. Die Pfosten der Trennwand zwischen den Tischen fürs gemeine Volk und die besseren Gäste waren schlampig gesägt und mit kleinen Keilen vernagelt, die das Holz unnötig spalteten. Selbst nach meiner kurzen Lehrzeit bei Onkel Sardit hätte ich die Arbeit besser ausgeführt. Die quadratischen Tische hatten scharfe Kanten. Wahrscheinlich hatten sich die Diener schon viele blaue Flecken geholt. Nur wenige Minuten mit dem Hobel hätten den Tisch besser und zweckmäßiger gemacht.

Die Tischplatten auf den Schragen waren aus nicht gelagertem grünen Eichenholz gesägt. Ich wunderte mich. Warum hatte man grüne Eiche genommen, obwohl es in Candar doch einen reichen Bestand an Rot- und Schwarzeichen und sogar Ahorn gab?

Ich musterte die Menge. Der Lärm war schrecklich. Obwohl ich ziemlich lange dastand – jedenfalls kam es mir so vor –, hatte mich niemand auch nur eines Blickes gewürdigt.

Schließlich sah ich in der Mitte einen freien Platz auf einer Bank neben einem Mann in rauher brauner Jacke. Ich schob mich näher.

»Paß doch auf, Jüngelchen!«

»Verzeihung«, entschuldigte ich mich bei dem Mann, gegen dessen Ellbogen ich gestoßen war. Er funkelte mich wütend über den Rand des irdenen Humpens an, den er an den bärtigen Mund hielt.

»Das bringt mir den Most auch nicht zurück ... *Mädel!* Her mit meinem Most!«

Was auch immer dieser Most sein mochte – der Geruch verlockte mich nicht zum Kosten. Ich hatte auch keine Lust, in dieser ›gemütlichen‹ Herberge zu bleiben, aber ich hatte Hunger wie ein Wolf. Da ich noch nicht gelernt hatte, mich von Heu und Hafer zu ernähren, mußte ich wohl oder übel in dieser Spelunke essen.

Ich schob mich neben den Mann in der braunen Jacke. Ich wünschte, ich hätte meinen Stab mitgenommen, aber ich wußte, daß er bei Gairloch im Stroh sicherer war. Trotzdem ließ ich ihn nur ungern aus der Hand.

»Wer bist denn du?« fragte der Bärtige neben mir und hielt den Humpen mit dampfendem Most fest in Händen. Aufgrund seiner Muskeln und des Gürtels hielt ich ihn für einen Schreiner.

Natürlich kannte er mich nicht. »Ich heiße Lerris und war ein Schreiner, ehe ich von daheim fortgegangen bin«, erklärte ich ihm. Das stimmte alles.

»Schreiner? Dafür bist du viel zu zart gebaut.« Er musterte mich scharf.

Ich seufzte. »Na schön. Ich war nur ein Lehrling – bin nie weiter als zum Herstellen von Bänken und Brotbrettchen gekommen.«

»Ha! Wenigstens bist du ehrlich, mein Junge. Das gäbe keiner zu, wenn es nicht wahr wäre.« Dann starrte er wieder in den Humpen und beachtete mich nicht weiter.

Ich winkte der Schankmaid. Sie war ein spindeldürres Mädchen mit schwarzem Haar und trug eine ärmellose braune Lederweste und einen weiten Rock. Auch sie sah durch mich hindurch. Ich beobachtete die Gäste und wartete darauf, daß das Mädchen so nahe käme, daß ich es am Rock festhalten und etwas bestellen könnte.

Am Tisch direkt vor dem Kamin saßen vier Gäste: eine Frau, deren Gesicht unterhalb der Augen verschleiert war und die eine lose grüne Tunika über einer weißen Bluse trug. Vermutlich hatte sie Hosen an. Sie war die erste verschleierte Frau, die ich zu sehen bekam. Der Schleier verhüllte zwar viel, doch die engsitzende Bluse brachte ihre Figur zur Geltung, die ausgesprochen reizvoll war.

Ihre Stirn war dunkelbraun. Sie hatte dichte schwarze

Brauen und schwarzes Haar, das sie mit einer Goldschnur zu einer Art Kegel zusammengebunden hatte. Über der Stuhllehne hing ein Pelzmantel – der erste weiße Pelz, den ich zu Gesicht bekam.

Zwei Männer an ihrem Tisch waren eindeutig Soldaten. Allerdings vermochte ich ihre Uniformen nicht eindeutig zu bestimmen. Sie hatten die Haare wegen der Helme kurz und rund geschnitten. Der eine Kämpfer war weißhaarig, doch sein Körper wirkte jünger. Er drehte mir den Rücken zu, deshalb konnte ich sein Gesicht nicht sehen, aber ich vermutete, daß es trotz der weißen Haare faltenlos war. Der andere Soldat war jung und dünn und hatte schwarzes Haar. Sein Gesicht ähnelte dem eines Wiesels.

Der Frau gegenüber saß ein Mann, der in makelloses Weiß gekleidet war. Selbst aus der Entfernung von über zehn Ellen sah ich, daß seine Augen alt waren, obgleich er kaum älter als Koldar zu sein schien – vielleicht um die Dreißig. Doch diese Augen hatten schon viel gesehen. Mich schauderte. Ich senkte den Blick, als er in meine Richtung sah.

Der Mann in Weiß lächelte. Sein Lächeln war freundlich und wohlwollend. Ich spürte, wie sich alle im Raum entspannten. Doch ich kämpfte gegen die Woge der Entspannung, weil ich mir von niemandem sagen ließ, was ich zu fühlen hatte. War er der Mann in der goldenen Kutsche?

»He, ihr da hinten. Ich sehe, daß ihr friert. Möchtet ihr nicht etwas Wärme?« Ich spürte, daß er mich anschaute, aber er deutete auf drei Gestalten, die neben und hinter mir an der Trennwand saßen. Die beiden Männer und die Frau trugen graue Steppjacken und waren demnach Hirten. Sie überhörten die Frage und blickten stur zu Boden.

»Nun gut«, sagte der Mann in Weiß. »Ich sehe, daß ihr aus dem kalten Schneesturm gekommen seid. Die

Wärme geht auf meine Kosten.« Er streckte die Hand aus. Ich spürte, wie die Kälte und die Feuchtigkeit schwanden, obwohl wir weit vom Feuer entfernt saßen.

Die Frau schaute den Magier nicht an – es war offensichtlich, daß er ein Magier war. Dann machte sie eine Geste, als weise sie die Wärme zurück. Die beiden Soldaten blickten zu Boden.

Und ich ... Zum ersten Mal war mir gemütlich warm, seit ich auf Gairloch von Hrisbarg fortgeritten war. Es war, als stünde der lange Tisch, an dem ich saß, direkt vor dem Kamin. Dennoch war mir trotz der Wärme, die der Magier gespendet hatte, tief im Innern kalt. Das Ganze kam mir irgendwie vertraut vor, als hätte auch ich die Wärme herbeirufen können, obgleich ich keine Ahnung hatte, wie dies geschehen sollte. Ich verspürte auch keine Lust, es zu versuchen.

An einem kleinen Tisch in der Ecke beim Kamin saß ein weiterer Mann. Er war der einzige im vollbesetzten Schankraum, der allein saß. Er trug eine dunkelgraue Tunika mit langen Ärmeln, die über einer gleichfarbenen Hose gegürtet war. Ein dunkelgrauer Lederumhang hing über der Lehne des Nebenstuhls.

Sein Haar war hellbraun, wirkte jedoch wie grau. Doch schien er mir nicht sehr alt zu sein.

»Der Mann in Grau ...?« fragte ich den Schreiner.

»Arlyn, nenn mich Arlyn.« Seine Augen waren verschleiert, doch nicht vom Alkohol, sondern als hätte er in weite Fernen geblickt. »Mädel! Bring noch einen Most!« Arlyn schwenkte den braunen Humpen durch die Luft. Einige Mosttropfen flogen mir ins Gesicht.

Ich wischte mir die Tropfen ab und fragte Arlyn: »Wer ist der Mann in Grau?«

»Justen. Ein Grauer Magier. Beinahe so schlimm wie der Weiße Antonin. Antonin nimmt deine Seele und deinen Körper – sagt man zumindest.« Wieder schwenkte er den Humpen.

Diesmal kam die Schankmaid.

»Was habt ihr einem Reisenden anzubieten?« Ich gab mir Mühe, barsch zu klingen.

Sie nahm Arlyns Humpen und musterte meinen dunklen Umhang, mein hellbraunes Haar und die helle Haut.

»Vielleicht solltet Ihr Euch an einen dunklen Tisch setzen, junger Herr.«

Arlyn sah mich an.

»Ich bezweifle, daß ich mir das leisten kann.«

Das Mädchen – es konnte nicht viel älter sein als ich – lächelte kurz. Dann erklärte es geschäftsmäßig: »Zwei Pfennige fürs Feuer und fünf für den Most. Ein Humpen kostet zehn Pfennig.«

»Und das Essen?«

»Käse und Schwarzbrot zehn Pfennige. Käse und Bärenfleisch und Schwarzbrot zwanzig.«

»Käse und Schwarzbrot mit Most.«

»Zweiundzwanzig Pfennig.« Sie machte eine Pause. »Gleich.«

»Die Hälfte jetzt, die andere Hälfte, wenn ich das Essen und den Most bekomme. Für meinen Nachbarn auch einen.«

Sie schaute mich gelangweilt an. »Gut. Zwölf gleich – für Feuer und Most. Zehn, wenn Brot und Käse kommen.«

Ich holte zwölf Kupfermünzen aus dem Gürtel. Ich war froh, daß ich in Hrisbarg hatte wechseln können. »Du machst einen Reisenden bei diesem Wetter zum Bettler.«

»Ihr könnt ja draußen bleiben.« Sie steckte die Münzen durch einen Schlitz in eine verschlossene harte Lederbörse an einem kräftigen Ledergürtel und gab mir eine Holzmarke. Dann sammelte sie weitere Humpen ein und händigte Holzmarken aus.

Hinter mir öffnete sich die Tür. Ein eiskalter Windstoß kam herein und vertrieb die Wärme.

Zwei Soldaten standen auf der Schwelle. Sie trugen schwere kurze Reitjacken, Schwerter und Gewehre – diese wurden nur zur Friedenswahrung eingesetzt, nicht im Krieg, da bereits der kleinste Chaos-Zauber sie unwirksam machte.

Ein dünner Mann mit einer schmutzigen braunen Schürze schwenkte einen Knüppel und winkte den beiden. »Areillas, Storznoy!«

Der größere Soldat – vier Ellen groß, mit ebensoviel Fett wie Muskeln – stieß den Kameraden an, der kaum größer als das Schankmädchen war. Dann gingen die beiden zum Wirt am Kücheneingang. Die Unterhaltungen im Raum stockten.

Der Dicke sagte etwas zum Wirt, worauf dieser ein erstauntes Gesicht machte. Dann hob der Soldat die Stimme.

»... sagte ... ein Dämon ist über die Einöde des Herzogs von Freistadt geritten«, wiederholte der Kleine.

Der Wirt zuckte mit den Schultern. »Ist ja auch richtiges Dämonenwetter.«

»Ungeziefer«, murmelte der Schreiner Arlyn.

»Warum?« fragte ich und machte mir Gedanken wegen des dämonischen Reiters.

»Der Rat von Montgren bezahlt sie, damit sie für die Sicherheit auf den Straßen zwischen der Grenze und Howlett sorgen ... und die Zunft der Diebe gibt ihnen Geld, damit sie ein Auge zudrücken ...« Arlyn hielt nach dem Mädchen Ausschau. »Wo bleibt der Most?«

Die Soldaten verschwanden in der Küche. Die Schankmaid kam mit einem großen Tablett voller Humpen, das sie geschickt trug, ohne einen Tropfen zu verschütten. Aus dem heißen Most stieg Dampf auf, als sie sich unserem Teil des Schankraums näherte, wo es wieder kalt war.

Sie vermied es, mir in die Augen zu schauen, als sie vor mich und Arlyn die Humpen abstellte.

»Sieh mal!« schrie ich Arlyn ins Ohr und zeigte auf den Magier in Weiß.

Der Schreiner zuckte zusammen. Ich tauschte schnell unsere Humpen aus.

»Wohin soll ich schauen? … Ist doch bloß Antonin.«

»Er hat auf uns gezeigt«, versuchte ich zu erklären.

»Schrei mich nicht an … Junge …«, brummte Arlyn.

»Es tut mir leid …« Tat es mir auch, aber nicht, weil ich ihn angeschrien hatte.

Arlyn blickte auf den Most, trank jedoch nicht sofort.

Ich nahm einen Schluck. »Ooooh …« Ich hatte mir die Zunge verbrannt. Jetzt wußte ich, warum Arlyn wartete.

Plötzlich trat in der ganzen Schenke Stille ein. Der Mann in Weiß war aufgestanden und blickte zu Justen hinüber, dem Grauen Magier – was auch immer ein Grauer Magier sein mochte.

»Eine Tat ist mehr als eine Tat …«, sagte Justen. Dann sprach er so leise weiter, daß ich ihn nicht verstehen konnte.

»Eine Tat ist eine Tat. Täuscht die äußere Erscheinung wirklich, Justen der Graue?« fragte Antonin.

Die Frau in der grünen Tunika beachtete Antonin nicht und wendete Justen das verschleierte Gesicht zu. Der Graue Magier schwieg und stand auch nicht auf.

»Taten sprechen lauter als Worte. Es gibt hier Menschen, die Hunger leiden. Wird Rechtschaffenheit ihnen etwas zu essen geben? Oder gibt der Wirt ihnen etwas zu essen, weil er ein so gutes Herz hat, und schmälert damit die Rationen seiner Familie und seiner Sippe?«

Ein Lächeln schien um Justens Mundwinkel zu zucken. »Das ist ein uraltes Argument, Antonin, kaum einer Antwort wert.«

»Ist es falsch, die Hungrigen zu speisen, Justen?«

Selbst die Hirten in der Ecke blickten wie gebannt auf Antonin.

»Ihr Hirten da hinten … hat einer von euch eine alte

Ziege oder ein Schaf, das den Winter nicht überleben dürfte? Ich zahle … zwei Silberstücke für ein solches Tier. Gewiß ein anständiger Preis.«

Ich nickte unwillkürlich. Selbst zu Beginn des Winters war das ein anständiger Preis für ein Tier, das in den kommenden eisigen Achttagen leicht verenden konnte.

Der Magier in Grau schüttelte den Kopf, nahm einen Schluck aus seinem Humpen und betrachtete Antonin, der strahlend rief:

»Wirt, für die Benutzung deiner Theke auch einen Silberling.«

Der Wirt wischte sich die Hände an der fettigen Schürze ab und lächelte den Gästen zu – doch das Lächeln reichte nicht bis zu den Augen. »Es ist sehr großzügig, hochgeschätzter Magier, doch hoffe ich, daß Ihr für alle Schäden aufkommt, welche Eure hochherzige Gabe verursacht …«

»Es wird keine Schäden geben.« Antonin blickte zu den Hirten. »Wer will meine zwei Silberlinge haben?«

»Ich, Lord Magier.« Ein gebeugter Mann schlurfte herbei. Sein krauses graues Haar stand wild vom Kopf ab. Seine Lederkleidung starrte vor Schmutz. Man konnte die ursprüngliche Farbe nicht mehr feststellen. Schmutzige Wolle quoll aus den Löchern in Hose und Weste.

»Bring mir das Tier.«

»Will er es hier in der Herberge schlachten?« fragte ich Arlyn.

Arlyn lachte. »Messer wirst du nicht sehen, mein Junge. Antonin ist ein großer Magier.«

»Zu groß«, murmelte der Mann gegenüber, der nichts gesagt hatte, seit ich Platz genommen hatte. Jetzt wendete er sich an seinen Gefährten, einen älteren Mann in verblichener grüner Kleidung und einem schweren grünen Umhang.

Ein eiskalter Windstoß traf mich, als der Hirte hinausging, obwohl die Tür nur ganz kurz offen stand. Draußen pfiff der Wind. Es war fast ganz dunkel. Ich überlegte, wieviel Eisregen noch fallen würde, bis ich weiterritt. Würde es morgen schneien?

Alryn schlürfte und erinnerte mich daran, daß auch ich einen Humpen in Händen hielt. Vorsichtig nippte ich vom Most. Er schmeckte nicht irgendwie fremdartig. Trotzdem wartete ich, bis ich den nächsten Schluck nahm.

»Zehn Pfennig!« Das Mädchen knallte einen Teller mit zwei dicken Scheiben Schwarzbrot und einer dünnen Scheibe Käse vor mich auf den Tisch. »Und die Marke zurück.«

Ich gab ihr die Marke und einen Silberling.

Jetzt hatte ich Brot und Käse, fragte mich jedoch, ob ich beides gefahrlos essen könne.

Als ich hinter die Trennwand zu den vornehmen Herrschaften schaute, begegnete ich dem Blick des Grauen Magiers. Er nickte kurz, als wolle er mir sagen, ich könne es essen.

Dann blickte ich auf den Humpen zwischen Arlyns Händen. Diesmal vermochte ich vom Gesicht des Magiers nichts abzulesen. Das war Antwort genug. Doch warum antwortete er überhaupt auf meine unausgesprochenen Fragen? Und warum traute ich dem Mann in Grau, nicht jedoch dem in Weiß?

Während ich auf einem Bissen Schwarzbrot herumkaute, zerbrach ich mir darüber den Kopf. Tamra hätte mich einen Schwachkopf genannt, schon weil ich diese Spelunke betreten hatte.

Wieder öffnete sich die Eingangstür. Diesmal weiter. Der Eiswind vertrieb die Wärme, die sich gebildet hatte, da so viele Menschen auf engem Raum zusammensaßen. Ich spülte das Brot mit einem Schluck Most hinunter.

Bäääääää …

Der Hirte kam herein. Er trug ein mageres Schaf auf

den Schultern. Als er zu den Magiern ging, kam er so nahe an meinem Tisch vorbei, daß er den Mann in Grün beinahe streifte.

Die Tür war wieder geschlossen. Plötzlich glaubte ich bei dem Gestank des schmutzigen Schafs und des ungewaschenen Hirten ersticken zu müssen. Wäre ich nicht vor kurzem dem Eis und dem Schneesturm entflohen, wäre ich versucht gewesen, den Gestank gegen die frische kalte Luft draußen einzutauschen. Aber draußen war es bitterkalt.

»Paß doch auf!« zischte der Mann in Grün wütend.

Bumm! Arlyns Kopf fiel auf die Tischplatte. Der Humpen war noch halbvoll. Ich beugte mich zu ihm hinab. Er atmete noch.

»Euer Schaf, Herr!« Der Hirte setzte das Schaf neben dem Tisch des Magiers in Weiß ab.

Das Tier bedankte sich für die Wärme, indem es sich auf den Fußboden entleerte.

Aufgeregt starrte der Wirt den Magier an.

Antonin lächelte und machte eine schnelle Handbewegung. Kot und Gestank waren wie weggeblasen.

Einen Moment lang herrschte atemlose Stille.

»Ihr habt ... zwei Silberlinge ... versprochen ...«

»Die bekommst du auch, guter Mann.« Antonin holte die Münzen aus der Börse und legte sie auf die Tischkante.

Arlyn der Schreiner schnarchte laut neben mir.

Der Hirte holte einen kleinen Hammer aus einem Beutel und schlug auf die Münzen. Sie blieben Silber.

»So ein Narr«, murmelte mein Nachbar.

Der Mann in Grün nickte.

Narr? Die Münzen eines Magiers prüfen? Ich hätte es auch getan. Aber da Arlyn schlief, wagte ich keinen zu fragen, warum man es für närrisch hielt.

Antonin erhob sich und streifte die Ärmel zurück. Seine Arme waren nicht sonderlich kräftig – wie ich gedacht hatte –, aber auch nicht dünn wie die eines Priesters, sondern sehnig wie die eines Kaufmanns.

»Ehe du gehst, Hirte ...«

Der Mann drehte sich um und blickte zu Boden.

»Wirt, bring mir die beiden größten Tabletts, die du hast.«

»Würden zwei lange Platten genügen?«

»Die wären hervorragend, mein Freund.«

Ständig benutzte er das Wort ›Freund‹. Es störte mich nicht nur, sondern ich fand es auch langweilig.

Der Graue Magier trank mit verdrossener Miene einen Schluck Most und ließ die Augen vom Schaf über die Trennwand zu mir und den anderen Gästen schweifen.

Der Wirt schleppte zwei riesige Holzplatten herbei und legte sie auf den ersten Schragentisch neben den Herrschaften. Die verschleierte Frau hatte den Stuhl umgedreht, um alles genau zu beobachten. Der ältere Soldat an Antonins Tisch blieb mit dem Rücken zu mir sitzen.

Die Gäste, darunter eine Kesselflickerin, deren Schultern Koldar und seine Frau, die Steinmetzin, beschämt hätten, standen zögernd auf und stellten sich ans Tischende.

Antonin ging an zwei Tischen vorbei, an denen vornehme Reisende mit Pelzkragen saßen, und trat zum Wirt. »Nimm das Tier hoch und leg es auf den Tisch – gleich neben die Platten«, befahl er dem Hirten.

Der Hirte führte die Anweisung mühelos aus.

Die Tischplatte bebte, als das verängstigte Schaf darauf herumzappelte.

»Schau genau hin!« zischte mir der Mann in Grün zu. Wie alle anderen starrte ich gebannt auf den Magier.

Antonin trat einen Schritt vor, der Hirte zurück. Er hielt die Hand am Gürtel, wo er die Silberstücke hingesteckt hatte.

Antonin hob die Hände.

Ich schloß die Augen – warum, wußte ich nicht.

Ein greller Lichtstrahl zuckte laut zischend durch den Raum.

Trotz der geschlossenen Augen hatte mir das Licht weh getan. Ich blinzelte. Die Augen tränten. Durch den Schleier vermochte ich eher als alle anderen zu sehen. Antonin lächelte widerlich boshaft – wie jemand, der es genossen hatte, ein hilfloses Kind zu verprügeln.

Justens Miene hatte sich noch mehr verfinstert. Alle übrigen – die Vornehmen und das gemeine Volk – rieben sich immer noch die Augen, um etwas zu sehen. Nur die verschleierte Frau blickte Antonin mit ihren unergründlichen dunklen Augen an.

»Oh ...!«

»Sieh dir das an!«

Ich hatte nur Augen für die Magier gehabt und dabei das Schaf ganz vergessen. Jetzt fiel mir ebenso der Unterkiefer hinunter, wie allen anderen. Auf beiden Platten lag ein kunstvoll tranchierter Lammbraten, der dampfte und köstlich duftete. An den Enden der Platten war Brot aufgeschichtet. Neben Antonin lag ein Schaffellteppich. Der Magier wischte sich mit dem weiten rechten Ärmel den Schweiß von der Stirn. Abgesehen von den Keulen sah ich nirgends Knochen.

Plötzlich rann auch über meine Stirn Schweiß. Es war so heiß wie in der Küche, wenn Tante Elisabet an einem Winterabend für alle Nachbarn Brot gebacken hatte.

Ich sah, wie der Magier in Weiß erst dem Wirt und dann Justen zulächelte, dem Grauen Magier.

»Fleisch. Richtiges Fleisch für die Bedürftigen.« Antonin blickte Justen an. »Taten sprechen lauter als Worte, Bruder Magier. Und jetzt sag mir, daß es falsch ist, die Hungrigen zu speisen.«

»Es ist nicht falsch, Hungrigen eine Stärkung zu geben, aber es ist falsch, ihren Hunger zu stärken.«

Ich hatte noch nie unklare Antworten gemocht – und Justens Antwort gefiel mir auch nicht. Wenn er Antonin für einen Scharlatan hielt, hätte er das sagen sollen. Oder daß er dem Bösen diente, wenn er die Hungrigen in Versuchung führte. Aber das tat Justen nicht. Er lächelte nur wieder traurig. Tat dieser Mann jemals etwas anderes, als den Weißen Magier zu mißbilligen?

Jetzt musterte Antonin, der Weiße Magier, uns alle. »Kommt her, die ihr keinen Pfennig fürs Essen habt. Hier ist für jeden Hungrigen zumindest eine kleine Portion.« Seine Stimme klang herzlich und freundlich. Er schien es ehrlich gut zu meinen. Doch die wahre Einladung war der Duft des Lammbratens.

Als erster trat ein Junge mit geflickter Jacke vor, der Lehrling irgendeines Handwerkers. Dann ein Mädchen, dessen Hose zu groß und dessen alte Jacke zu klein war. Ehe die beiden den Tisch mit dem Braten erreicht hatten, schob sich die Hälfte der Armen hinterher. Nur die strahlende Weiße des Magiers hielt die Menge in geordneter Reihe.

Arlyn schnarchte weiter, aber mein anderer Nachbar und sein Kumpel in Grün mischten sich ins Gedränge. Obwohl das Lamm verlockend duftete, widerte mich der Geruch an. Ich aß den Rest des Schwarzbrots und die Scheibe Käse auf, während sich die anderen um den Lammbraten drängten.

Der Wirt tauchte aus der Menge auf. Er trug das Fell, das einzige von dauerndem Wert, in die Küche. Dann kam er mit einem Knüppel und einem Kerl mit einer noch fettigeren Schürze und einem noch größeren Knüppel zurück.

Antonin saß an seinem Tisch und trank aus einem echten Kristallglas – Wein, keinen Most. Mehrmals blickte er in meine Richtung. Ich bemühte mich, an ihm vorbeizusehen, und trank den letzten Schluck Most.

Der Graue Magier erhob sich und warf den Umhang über. Dann schritt er auf mich zu. Ich stand auf und fragte mich, ob ich mit ihm reden oder vor ihm fliehen sollte.

»Laß uns nach den Pferden sehen, Lehrling.«

Ich nickte. Irgendwie war mir bewußt, daß er mir eine Art Schutz anbot, und ich folgte ihm in den Schneesturm hinaus, der zwischen Herberge und Stall tobte.

Der Wind pfiff immer noch. Doch im Gegensatz zu dem Heulen, das mich in die Herberge getrieben hatte, schien er nur noch zu säuseln. Es fielen keine Eisnadeln mehr, sondern dicke Schneeflocken, so daß ich alles wie durch einen dichten Nebelschleier auf dem Meer sah.

»Um ein Haar hättest du da drinnen deine Seele verloren, junger Freund.«

Am liebsten hätte ich Justen sofort verlassen. Wieder einer, der alles besser wußte als ich, der mir eine Predigt halten wollte, anstatt mir alles zu erklären. Aber er hatte nichts gefragt. Ich wartete, ob er mir etwas erklären würde.

Das tat er nicht, sondern ging ruhig zum Stall. Ich folgte ihm.

XXIV

Die Frau in Grau beobachtet die Straße vom Kutschbock eines Wagens aus. Sie hält ihren Stab fest in der Hand. Sie bemüht sich, nicht darüber nachzudenken, wie sehr sich die Bewegungen des schwankenden Wagens und des Frachtseglers ähneln, der sie vor kurzer Zeit nach Candar gebracht hat.

Zu beiden Seiten der Straße erstreckt sich bis zu den Bergen im Norden und dem Horizont im Süden nur das stumpfe graubraune Gras mit verrotteten Wurzeln, unterbrochen von einigen schwarzen Flecken. Hinter dem südlichen Horizont liegen der Fluß Ohyde und der Ort, an dem ihre Reise endet: Hydolar – wo Straße und Fluß sich treffen.

Da sieht sie vor sich auf der Straße drei kleine Gestalten, die in Lumpen dahinhumpeln wie so viele, die sie mit dem Wagen überholt hat.

»Hü! Hü!« ruft der Fahrer und knallt mit der Peitsche, ohne die Gäule anzuschauen, die den Wagen ziehen, der Kartoffeln und Kohl geladen hatte, jetzt aber leer ist. Er trägt einen schweren Gürtel, der mit mehr als nur Gold gefüllt ist, und eine gespannte Armbrust steckt rechts von ihm in einer Halterung. »Siehst du etwas, Maga?«

Zwei junge Männer reiten weiter vorn auf zwei zaundürren Kleppern. Der mit dem sandfarbenen Haar hat ein langes Gewehr – Schutz nur gegen Verzweifelte, doch unentbehrlich auf der Straße, auf der sie reisen.

Hinter sich – hinter den drei armselige Gestalten, die der Wagen überholt hat – spürt sie nur die Leere in den Gehirnen, als sie so dahinschlurfen, fort von Freistadt, fort von der nassen Verzweiflung über zuviel Regen und zuwenig Sonnenschein.

»Nichts außer weiteren hungrigen Menschen …«

»Für uns ist das gut«, meint der Fahrer. »Noch nie habe ich so viel für Kartoffeln und Kohl bekommen.«

Sie faßt den Stab fester und bemüht sich, nicht über Schiffe nachzudenken, auch nicht über die nagenden Schmerzen in den Köpfen oder Bäuchen der Männer, Frauen und Kinder, die sich mit leeren Augen auf der Straße dem Sonnenlicht Hydlens entgegenschleppen.

XXV

»Tür zu! Bitte, werte Herren!« Die flehende Stimme kam aus einer Ecke, wo ich nur einen Haufen Decken und Lumpen vermutet hatte. Der Stalljunge hatte eine alte Satteldecke über aufgetürmte Lumpen gelegt und sich mit seiner zerrissenen alten Lederkleidung darunter verkrochen. Von dieser Ecke aus konnte er die große Schiebetür im Auge behalten. Hinter ihm erhob sich Antonins Kutsche, allerdings war sie von keiner inneren Flamme erleuchtet.

»Selbstverständlich!« sagte ich und schob die schwere Tür wieder zu. Damit war es im Stall stockdunkel.

Die Tür ächzte und quietschte unter dem Druck des Windes von außen.

Die Dunkelheit störte mich nicht, da ich seit einiger Zeit nicht mehr viel Licht benötigte, um zu sehen. Ich drehte mich zu Justen um. Doch dieser ging bereits zu der Box ganz hinten.

Gairloch teilte immer noch die Box mit dem anderen Bergpferd. Es war dunkelgrau und hatte eine helle Mähne.

»*Whiiiaaa* ...«

»Braves Mädchen ...«

Ich hätte es erraten müssen. »Euer Pferd?«

Justen nickte.

»Gairloch ist ein Hengst.«

»Das spielt keine Rolle. Rosenfuß ist recht nachsichtig. Sie mag Gesellschaft. Woher hast du ihn?«

»Freistadt.«

Wieder nickte Justen. »Das habe ich mir gedacht. Aber seltsam, daß man dort ein Bergpferd zum Verkauf anbietet.«

»Der Stallbursche meinte, ich könne mir nur den leisten. Er war so billig, weil er angeblich so bösartig ist. Ich habe ihn vor dem Leimtopf gerettet. Jedenfalls hat der Kerl mir das erzählt.« Ich schauderte. Es war kalt im Stall.

Justen kletterte auf die halbhohe Trennwand zwischen den Boxen. Rechts von uns stand eine große Stute, die nervös den Kopf in unsere Richtung drehte. Auf der Stirn hatte sie eine große Blesse.

Der Graue Magier zog sich an der Trennwand hinauf. Direkt über ihm war eine quadratische Öffnung zu sehen, durch die Heuhalme hingen. Er stand auf. Mit plötzlichem Schwung sprang er hoch und zog sich durch die Luke nach oben. »Komm, Junge, und bring den Stab neben deinem Pferd mit. Dann schläft es besser – und du auch.« Er verschwand. Ich hörte ihn im Heu rascheln.

»Wie …?«

»Spürst du es nicht?« lautete die etwas dumpf klingende Frage.

Er hatte recht. Als ich die Hand nach dem Stab ausstreckte, hatte ich das Gefühl, ihn in der Dunkelheit klar sehen zu können. Er schien sich förmlich in meinen Verstand einzubrennen. Ich beugte mich nieder und hob den Stab auf. Er fühlte sich nur wenig warm an – aber es war eine tröstliche Wärme.

Gairloch nickte mit dem Kopf und wieherte leise. Das konnte kein Zufall sein.

»Kommst du, junger Mann?«

Nach kurzer Überlegung nahm ich auch meinen Tornister aus dem Stroh und warf ihn über die rechte Schulter. Dann kletterte ich auf die Trennwand und zog mich – weit weniger anmutig als der Graue Magier – durch die Luke nach oben.

»Haatschi!«

»Der Staub legt sich gleich.« Justen hatte die Stiefel ausgezogen und den Gürtel abgelegt und häufte Heu zu einem Bett auf.

»Übernachten wir hier?«

»Du kannst schlafen, wo du willst. Ich ziehe es vor, nicht unter demselben Dach wie Antonin zu schlafen, denn so schlafe ich besser.«

Ich seufzte. Wieder die alte Leier! Mehr Behauptungen und keine Erklärungen. »Könntet Ihr mir ein paar Dinge erklären?«

Justen streckte sich auf dem Umhang aus, der plötzlich doppelt so groß wie zuvor war und auch doppelt so dick aussah. »Ein paar Dinge schon. Wenn es nicht zu lange dauert. Ich bin müde und möchte morgen ziemlich früh aufbrechen. Ich bin auf dem Weg in den kleinen Weiler Weevett, danach weiter nach Jellico. Jellico ist die Stadt, wo der Vicomte von Certis herrscht. Vor langer Zeit gehörte Howlett zu Certis, doch jetzt erinnert sich keiner mehr daran. Damals gab es nur Schafzucht, und niemand kümmerte sich darum. Jetzt gehört Howlett zu Montgren – und wieder ist das eigentlich allen einerlei, ausgenommen der Herzogin.«

Ich runzelte die Stirn und bemühte mich, meine Fragen zu ordnen. Schließlich gab ich auf. »Ihr habt gesagt, meine Seele sei durch Antonin gefährdet. Warum? Ich meine, wie hätte er mich so verletzen können?«

Draußen heulte der Wind. Eisstücke schlugen gegen das Dach über uns.

Justen wickelte sich in seinen Umhang. »Zieh die Stiefel aus. Deine Füße brauchen Luft.« Er machte es sich im Heu bequem. »Antonin ist der stärkste der Weißen Magier. Ein Chaos-Meister, könnte man sagen. Chaos zu bewirken ist für Körper und Seele sehr anstrengend. Die meisten Weißen Magier sterben jung. Mächtig, aber jung. Antonin und Gerlis – und inzwischen vermutlich auch Sephya – haben die Macht darüber erworben, ihren frühen Tod hinausschieben zu können, indem sie ihre Persönlichkeit und Fähigkeiten in andere – natürlich jüngere Körper übertragen; wenn möglich in Körper, die bereits mit dem Talent ausgerüstet sind, sich aber aus Unwissen nicht zu schützen vermögen. Du paßt haargenau auf diese Beschreibung. Deshalb wollte ich dich von Antonin wegschaffen. Er war mit Sephya beschäftigt und ihrer … Situation. Er hat dich nicht richtig erspürt. Deine angeborenen Schutzgefühle sind gut genug, um dich vor einem flüchtigen Blick zu verbergen.«

Wieder schauderte ich. »Danke.« Ich hatte Mühe, mir den ersten Stiefel auszuziehen. Obgleich Regen und Eis nicht durch das dicke Leder gedrungen waren, waren meine Füße tatsächlich feucht. Beim zweiten Stiefel gelang es mir leichter, aber mein linker Fuß war ein bißchen kleiner als mein rechter.

»Oh, dank nicht mir. Ich habe es für mich, nicht für dich getan. Keiner von uns Grauen Magiern kann es sich leisten, daß Antonin einen Körper mit deinen schlummernden Fähigkeiten beherrscht. Sein Wissen ist bereits jetzt zu groß.«

»Und welche Pläne hast du?«

»Nichts Großes. Du kannst dir deine eigene Hölle zimmern, sobald wir von Antonin ein Stück weit entfernt sind. Falls du willst, könnte ich dir morgen auf dem Weg nach Jellico soviel beibringen, daß du jeden daran hindern kannst, von deinem Körper Besitz zu ergreifen, wenn du nicht einverstanden bist. Und – falls wir genug Zeit haben – könnte ich dir noch ein paar Tricks zeigen, die durch und durch schwarz sind und deine Entscheidung in keiner Weise beeinflussen werden.«

»Meine Entscheidung?« fragte ich.

»Nun, ob du ein Schwarzer, Grauer oder Weißer Magier sein willst.« Justen gähnte. »Ich bin müde – und du auch. Raff Heu zusammen und bau dir ein Lager. Dann kannst du ruhig schlafen. Rosenfuß weckt uns sofort, sollte jemand zu uns heraufklettern. Dein Pferd und dein Stab passen ebenfalls auf. Jetzt gute Nacht.«

Er rollte sich auf die andere Seite. Ich saß auf einem Heuballen, Tornister und Stiefel vor mir. In meinem Kopf schwirrten nichtgestellte und unbeantwortete Fragen umher. Meine Schenkel taten vom langen Ritt immer noch schrecklich weh.

Trotz aller Fragen und Schmerzen war ich hundemüde. Ich lauschte dem Heulen des Windes und dem Klirren des Eises und fragte mich, wer Justen tatsächlich war und ob ich ihm trauen könne. Doch dann schlief ich schnell und fest ein.

XXVI

In der Herberge *Zur Gemütlichkeit* aufzuwachen war beinahe genau so, wie einzuschlafen, nur kälter und lauter.

Immer noch heulte der Wind. Mein Atem bildete Dampfwolken in der Kälte. Selbst der Staub schien gefroren zu sein.

Mein Magen knurrte laut. Ich öffnete ein Auge und blickte in der Dämmerung zur anderen Seite, wo Justen seinen Umhang ausgebreitet hatte. Verblüfft setzte ich mich auf und hätte mir beinahe den Kopf an den Dachbalken gestoßen. Der Graue Magier war verschwunden. Das Heu war wieder so ausgebreitet, als hätte der Mann nie dort geschlafen.

Ich streckte mich, dann gab ich mir einen Ruck und kroch aus der Wärme des Umhangs heraus. Ich wischte das Heu von Hose und Tunika und steckte den rechten Fuß in den Stiefel. *Brrrr.* Ich mußte mich überwinden, die warmen Füße ins kalte Leder zu stecken.

Dann kroch ich zur Luke, stand auf und streckte erneut die verkrampften Glieder. Durch die Öffnung sah ich die beiden Pferde. Rosenfuß und Gairloch kauten etwas, das kräftiger war als Heu.

Wohin war Justen gegangen?

In die Herberge? Oder war er in seiner Eigenschaft als Magier unterwegs? Oder handelte es sich um ein eher menschliches Bedürfnis – eines, das auch mich quälte?

Mein Magenknurren erinnerte mich an ein anderes sehr irdisches Problem … Außerdem mußte ich meine Reise zu den Westhörnern planen. Immer noch reagierte ich nur. Der letzte von mir geplante Schritt war der Kauf

Gairlochs gewesen. Alles danach war nur Reaktion gewesen. In meinem Tornister oder den Satteltaschen befand sich kein Krümel Proviant.

»Dämlich ... wirklich dämlich, Lerris ...«

Irgendwie war mir immer etwas in die Quere gekommen. Ich hatte auf dem Markt in Freistadt nicht eingekauft, weil ich so schnell wie möglich die Stadt verlassen wollte. Diese Entscheidung war zwar goldrichtig gewesen, aber an der Straße nach Hrisbarg hatte es keinen Krämerladen gegeben. Aus Hrisbarg war ich auch zwangsweise geflohen und weiter nach Howlett geritten. Und jetzt wagte ich nicht, die Herberge zu betreten ... nach allem, was ich von Antonin gesehen und was Justen mir erzählt hatte. Vielleicht gab es irgendeinen Krämer mit Lebensmitteln in einem der Häuser, die um den gefrorenen Schlammsee vor der Herberge standen, wo ich etwas Proviant, einige Decken oder Ähnliches kaufen konnte.

Ich schüttelte den Kopf. Dann folgte ich Justens Beispiel, verteilte das Heu und schüttelte meinen Umhang aus. Meine Zähne fühlten sich pelzig an. Mein Magen war leer. Meine Muskeln schmerzten. Ich überprüfte den Tornister, schulterte ihn und ging mit dem Stab zur Luke, um in den Stall hinabzuklettern.

Da öffnete sich knarrend die Stalltür und wurde wieder zugeschoben. Ich verbarg mich im Schatten.

»Guten Morgen.« Justens Kopf tauchte in der Luke auf. »Bitte, hilf mir.«

Ich war froh, ihn zu sehen, vor allem da er zwei dampfende Humpen und eine große Platte mitbrachte, die mit einem Tuch verhüllt war. Der Inhalt dampfte ebenfalls.

»Ich dachte, du möchtest vielleicht etwas essen, ehe wir aufbrechen.« Justen setzte sich mit gekreuzten Beinen auf den Boden und nahm einen Humpen. Als er das Tuch von der Platte nahm, sah ich vier große Kleiebrötchen und einen Bratapfel.

Dankbar trank ich den warmen Most, der mir nicht mehr die Zunge verbrannte, allerdings etwas zu sehr mit Nelken gewürzt war. Die Wärme und die Flüssigkeit linderten die Kopfschmerzen, die ich bisher noch gar nicht bemerkt hatte.

»Weißt du, junger Freund, es wäre hilfreich, wenn ich deinen Namen wüßte – oder zumindest wie du gern angesprochen würdest.« Justen biß herzhaft in ein Brötchen.

»Entschuldigung ... ich heiße Lerris«, sagte ich mit vollem Mund. Obwohl Kleiebrötchen nicht zu meinen Lieblingsspeisen gehörten, nahm mein Magen sie dankbar an. »Und Ihr seid Justen, nicht wahr?«

Er nickte. »Auch allgemein bekannt unter dem Namen der Graue Magier, der verdammte Narr und anderen weniger schmeichelhaften Bezeichnungen.« Er nahm einen weiteren tiefen Schluck. »Der Apfel ist für dich.«

Ich widersprach nicht und verzehrte den Apfel bis aufs Kerngehäuse.

»Antonin ist gebeten worden, dem neuen Herzog von Freistadt zu helfen ...«

»Oh ... das hat er Euch erzählt? Aber er war bereits in Freistadt.«

»Spielt das eine Rolle? Er dient jedem, der ihn bezahlt«, meinte Justen verächtlich. »Aber er hat es mir nicht persönlich gesagt. Er hat es dem einen Leibwächter erzählt. Dieser erzählte es Fedelia, die es dann wieder jemandem erzählte.« Der Magier aß sein zweites Brötchen und spülte es mit dem Rest des Mosts hinunter.

Auch ich aß erst mein zweites Brötchen auf, ehe ich antwortete. »Die Maßnahmen des alten Herzogs scheinen viele Menschen verärgert zu haben.«

»Besonders Recluce«, bemerkte Justen. Er stand auf und wischte sich Krümel vom Umhang.

»Was könnte Recluce gegen ihn unternehmen?«

»Nichts Besonderes – nur das Herzogtum überfluten, die Heuernte im Herbst vernichten und dafür sorgen, daß in Freistadt kaum Handel möglich ist, solange der Herzog lebt. Nein, höchstens noch seinen besten Kämpen töten, und zwar durch die Hand einer Frau und in aller Öffentlichkeit, und dann ihn im eigenen Schloß ermorden – wahrscheinlich mit Hilfe derselben Frau.«

Ich schüttelte den Kopf. »Das scheint mir höchst unwahrscheinlich zu sein.«

»Nicht unwahrscheinlicher, als daß ein einfacher Schwarzstabträger den Wachposten des Herzogs entkommt, unversehrt durch das tödliche Ödland reitet und sich sogar der Aufmerksamkeit des mächtigsten Magiers von Candar entzieht.«

Bei dieser nüchternen Aufzählung lief es mir eiskalt über den Rücken. Ich stand schnell auf und wischte mir auch die Krümel ab. »Was kommt als nächstes? Gibt es hier irgendwo einen Laden, wo ich Proviant, Decken und eine wasserdichte Plane kaufen kann?«

Justen breitete theatralisch die Arme aus. »Das ist überhaupt kein Problem. In Howlett ist zwar alles sehr teuer, aber ... du brauchst die Sachen.«

»Warum ... warum helft Ihr mir?«

»Wer behauptet, daß ich das tue? Ich versuche vielmehr, Antonin *nicht* zu helfen. Der Zweifel ist eine mächtige Waffe. Sobald er herausfindet, daß du dich in seiner unmittelbaren Nähe aufgehalten hast, wird er stark ins Zweifeln geraten. Und im Moment ist Zweifel in seinem Leben durchaus wünschenswert.« Justen blickte nach unten. »Los, brechen wir auf. Es ist noch früh. Es schneit, gerade soviel, daß man nicht allzuweit sehen kann.« Er schwang sich auf die Trennwand hinunter und sprang neben Rosenfuß in die Box.

Ich folgte – allerdings weniger geschmeidig als er, obwohl ich den Tornister hinuntergeworfen hatte. Ich blieb mit dem Stab in der Luke hängen und wäre beinahe kopfüber hinuntergestürzt.

Justen sagte nichts, sondern sattelte Rosenfuß.

Ich schaute umher.

»Dort«, sagte Justen.

Er hatte recht. Die kleine Tür führte zum stillen Örtchen. Als ich zurückkam, war Rosenfuß gesattelt und aufgezäumt, und Justen überprüfte die ziemlich prallen Satteltaschen. Der Graue Magier sagte nichts, als ich mich abmühte, Gairloch zu satteln. Er bot mir keine Hilfe an, kritisierte mich aber auch nicht.

»So, fertig«, sagte ich nach ein paar Minuten, die mir wie eine Ewigkeit vorgekommen waren.

Er nickte und öffnete die Stalltür. Ich führte Gairloch hinaus. Rosenfuß folgte, ohne daß Justen ihre Zügel hielt. Wie Gairloch trug Rosenfuß eine einfache Hirtentrense, keine Kandare.

Da tauchte der Stalljunge plötzlich auf. »Äh … werte Herren …« Ich blickte Justen an. Er grinste und warf dem Jungen in den schmutzigen Lumpen eine Kupfermünze zu. Hinter dem Kleinen stand die glänzende Kutsche, aber ihre Pferde standen noch in den Boxen.

»Vielen Dank, Grauer Magier. Viel Glück.«

»Dir auch viel Glück, Gorling.«

Ich stieg in den Sattel. Meine Beine protestierten nicht mehr ganz so wie beim Abschied von Hrisbarg.

Der kalte Wind strich federleicht über meine Wangen. Wie ein Gazeschleier verhüllten die Schneeflocken die Hügel hinter Howlett. Der heulende Sturm und die Eisnadeln der vergangenen Nacht waren einem leichten Schneefall gewichen, der nur eine dünne Decke auf den Boden breitete. Bei jedem Hufabdruck sah man den gefrorenen Schlamm darunter.

Aus dem Schornstein der Herberge *Zur Gemütlichkeit* stieg eine graue Rauchwolke auf. Der zertrampelte Schnee vor dem Eingang sagte mir, daß trotz des frühen Morgens bereits viele Gäste aufgebrochen waren. Die meisten Spuren führten in Richtung der Straße nach Hrisbarg.

Jetzt, da es einen neuen Herzog gab, wollten die Kaufleute und Krämer keine Zeit verlieren. Ich schüttelte den Kopf.

»Möchtest du selbst um den Preis feilschen, oder läßt du mich so tun, als wärst du mein Lehrling?« fragte Justen. »Aber bezahlen mußt du.«

»Welchen Vorteil hätte ich davon?«

»Wenn ich feilsche, werden dich alle für meinen Gefährten halten ...«

»Aber wenn ich es selbst tue, gewinne ich größeres Ansehen, und man wird annehmen, daß ich derjenige bin, der durchs tödliche Ödland geritten ist.«

»Vielleicht ... aber dann sehen sie dich als ein Einzelwesen.«

»Es könnte teurer werden, wenn Ihr die Sachen kauft. Ihr seid ein großer Magier – nun ja, deshalb würde man Euch zumindest nicht hinsichtlich der Qualität betrügen.«

Justen lächelte. »So ist es. Du hast die Wahl.«

Ich zuckte mit den Schultern. »Heute morgen habe ich keine Lust, ein Held zu sein. Ich schätze, dazu werde ich in Zukunft noch viele Gelegenheiten haben.«

»Das letzte Haus rechts«, erklärte Justen. Seine Stimme war sehr laut. Trotzdem hatte ich den Eindruck, daß ich der einzige Mensch war, der sie hörte.

Das einstöckige Haus war aus den gleichen rohen grauen Bohlen wie der Stall der Herberge gebaut. In die Lücken hatte man schmutzigen Mörtel geschmiert. Ich sah kein Ladenschild. Nur die Planken, die von der Stange zum Festbinden der Pferde zur einst rot gestrichenen Tür führten, deuteten die Möglichkeit an, dort etwas kaufen zu können. Ein einsames Maultier war festgebunden. Justen schwang sich lässig aus dem Sattel und schlang Rosenfußes Zügel um die Stange. Ich folgte seinem Beispiel – allerdings sehr viel schwerfälliger.

Die Tür hing in uralten Angeln, die grauenvoll quietschten, als Justen sie öffnete. Trotz des Lärms bewegten sich die drei Männer kaum, die in hölzernen Schaukelstühlen links vor dem Kamin saßen. Die wenigen glühenden Kohlen spendeten eine schwache Wärme.

Auf den vier Tischen zwischen Tür und Kamin waren alle möglichen Dinge aufgestapelt: Satteldecken, Spaten, Äxte, Feldflaschen, Satteltaschen ... Das meiste war gebraucht und teilweise ziemlich schäbig. Links stand ein Regal. Darin lagen viele Päckchen: in Wachstuch gewickelter Reiseproviant.

Justen trat zum ersten Tisch.

»Ein neuer Lehrling, Magier? Letztes Mal habt Ihr gesagt, Ihr wolltet keinen mehr annehmen.«

Justen blickte den dicksten der drei Männer mitleidig an. »Und du hast gesagt, du würdest den nächsten Winter nicht überleben, Thurlow.«

»Was braucht Ihr?« Thurlow beugte sich vor, blieb jedoch im Schaukelstuhl sitzen, der so zerbrechlich aussah, als müsse er jeden Augenblick unter dem Gewicht Thurlows zusammenbrechen.

»Eine Feldflasche und Reiseproviant.«

»Alles, was ich habe, seht Ihr hier.«

Ich strich über die verschiedenen Decken. Da fand ich eine, die so dicht gewebt und wasserdicht wie mein Tornister war.

Justen nickte kurz. Ich legte die Decke beiseite, während er eine Feldflasche und mehrere der eingewickelten Päckchen nahm.

»Habt Ihr alles?« fragte der Fette und erhob sich mühsam, um zu den Tischen zu watscheln.

»Nur diese paar Sachen.«

»Wie wär's mit einem Silberling?«

Justen schüttelte langsam den Kopf. »Ich bin ein armer Magier auf der Durchreise und muß mich sogar mit einem Lehrling belasten, um zu überleben, und du behandelst mich wie einen reichen Kaufmann.«

Die beiden anderen Männer – viel dünner als Thurlow – sperrten Mund und Nase auf, schwiegen jedoch. Aber sie schaukelten nicht mehr.

»Ziemlich jung für einen Lehrling.« Thurlow musterte mich mit den tiefliegenden schwarzen Augen von Kopf bis Fuß.

»Ja, die Zeiten sind überall schlecht.«

»Sieben Pfennig – aber nur, weil Ihr einen alten Mann immer so freundlich behandelt habt.«

»Wie steht's mit der Decke – der braunen dort drüben?«

»Die? Die wurde in Recluce gewebt und ist mindestens fünf Silberlinge wert. Die hält einen überall warm, und man bleibt trocken – außer im Meer.« Thurlows Stimme klang gleichgültig.

»Manche Leute mögen nichts, was aus Recluce kommt«, meinte Justen.

»Das stimmt, aber die Produkte sind gut. Das müßt Ihr zugeben.«

»Wie ist diese Decke hierhergekommen?«

»Einer ihrer jungen Burschen – Gefahrenbrigadiere nennen sie sie – hat sie einem Bekannten von mir in Fenard verkauft. Der Präfekt verhängte jedoch eine Verkaufssperre über alles, was in Recluce hergestellt wurde. Deshalb hat er sie nach Jellico geschickt, und dort habe ich sie erstanden. Dem Vicomte ist es egal, woher die Sachen stammen.«

»Ein Silberling?«

»Sie ist viel mehr wert – auch wenn sie schwer verkäuflich ist.«

Letztendlich bezahlte Justen nicht ganz drei Silberlinge für Decke, Feldflasche und fünf Proviantpäckchen. Ich hätte die Sachen nie und nimmer so billig bekommen.

»Nun gut, Magier … im nächsten Winter seht Ihr mich gewiß nicht wieder.«

»Und du wirst mich mit keinem neuen Lehrling sehen«, erklärte Justen.

Beide Männer lachten. Wir gingen hinaus. Ich trug alle Sachen.

Draußen hatte der Wind aufgefrischt.

»Äh ... hm ...«

Justen zog die Brauen hoch, als ich die Decke über den Sattel legte, um den Proviant zu verstauen.

Ich blickte ihn fragend an.

»Zwei plus neun«, erinnerte er mich. Seine Miene verriet nichts, doch ich hatte das Gefühl, er verbarg ein Lächeln.

Ich holte drei Silbermünzen aus der Gürtelbörse und stellte dabei fest, daß mein Bargeld viel zu schnell verschwand. Dann erinnerte ich mich, daß die Decke einem Gefahrenbrigadier gehört hatte, der nicht sehr weit gekommen war, als er sie verkaufen mußte. Ich schauderte, obgleich es nicht sehr kalt war.

Einige Schneeflocken wirbelten vor meinem Gesicht, als ich den Proviant in eine Satteltasche packte und die wasserdichte Decke eng zusammenrollte und hinter dem Sattel festschnallte.

»Wir füllen die Feldflasche unterwegs, wenn wir zu einem sauberen Fluß kommen.«

Damit war ich einverstanden. Howlett sah nicht so aus, als hätte es den ersten Preis für außergewöhnliche Sauberkeit bekommen.

Wortlos band Justen Rosenfuß los, stieg in den Sattel und ritt davon. Ich kämpfte noch mit Gairloch, da war er bereits am Ortsrand von Howlett und bog in die Straße nach links ein. Ich brauchte fast zwei Meilen, um ihn einzuholen, weil Gairloch sich weigerte, ein schnelleres Tempo anzuschlagen.

Selbst als ich Justen eingeholt hatte, sagte er nichts, obwohl wir Seite an Seite auf der sich dahinschlängelnden Straße ritten.

XXVII

Justen zügelte Rosenfuß.

Ich tat es ihm nach, doch Gairloch hatte keine Lust, stehenzubleiben – jedenfalls nicht hier. Ich mußte mich mit dem gesamten Gewicht nach hinten legen und die Zügel straffziehen. Ich wünschte, daß Bergpferde eine Kandare anstelle der einfachen Hirtentrense trügen.

Dann blieb Gairloch plötzlich wie angewurzelt stehen.

Nur die Steigbügel hielten mich halbwegs im Sattel – aber der Sattelknauf hatte sich in meinem Gürtel verhakt und machte beinahe jegliche Hoffnung auf künftige Nachkommen zunichte.

Ich spuckte einen Mundvoll Pferdehaar aus, da sich mein Kopf in Gairlochs Mähne verfangen hatte.

Justen lachte jedoch nicht. Ja, er grinste nicht einmal schadenfroh, sondern seufzte nur.

Als ich wieder einigermaßen gerade im Sattel saß, deutete der Graue Magier mit dem Kopf nach links. Dort hatte sich früher eine Wegkreuzung befunden, doch der Wegweiser lag umgekippt daneben. Wind und Wetter hatten den Pfosten gespalten. Das Schild mit dem Ortsnamen fehlte. Auf dem viereckigen Pfosten las ich ganz unten nur ›4 Meilen‹.

»Links liegen … liegt die alte Stadt Fairhaven. Für gewöhnlich zeige ich sie meinen Lehrlingen … aber da du kein Lehrling bist …«

»Warum?«

»Weil die jungen Burschen eine einzigartige Perspektive erhalten. Die wenigen, die diese überhaupt nicht wahrnahmen, wurden nie Meister …«

Ganz gleich, wohin ich auch kam – es gab kein Entrinnen! Immer wieder diese verschleierten Botschaften. »Tu, was du willst, aber …«

Ich zuckte mit den Schultern. »Vor mir aus reiten wir nach Fairhaven, wenn Ihr wollt.«

»Das verlängert den Ritt mindestens um einen halben Tag.«

»Spielt für mich keine Rolle, doch wenn Ihr das Gefühl habt, wir sollten möglichst schnell irgendwohin kommen ... Ihr habt gesagt, bis Weevett sei es noch ein Tag. Das sind zwei Tage und noch ein paar Berge, ehe wir in die Nähe von Jellico kommen.«

»Es ist den Umweg wert ... in mehr als einer Hinsicht.« Justen schien sich nicht zu bewegen. Trotzdem schlug Rosenfuß sofort den Weg nach Fairhaven ein. Im Gegensatz zu den meisten Straßen in Candar (abgesehen von der Straße der Magier nach Freistadt), auf denen ich bisher geritten war, verlief dieser Weg kerzengerade. Allerdings war er ziemlich schmal und überwuchert.

Ich zog an den Zügeln, aber Gairloch bewegte sich nicht. Dieser verdammte sture Bock! Gerade als ich ihm die Absätze in die Flanken stoßen wollte, marschierte er los und tat so, als hätte er immer schon Justen und Rosenfuß folgen wollen.

Der Pfad war stark verwachsen. Obgleich ich nun wirklich kein Pfadfinder war, suchte ich nach Spuren früherer Reiter – wobei ich mich allerdings nicht weit aus dem Sattel beugte.

In dem getrockneten Schlamm entdeckte ich etwa eine halbe Meile nach der Abzweigung mehrere Fährten von Rehen, doch keine Abdrücke von Hufeisen, Wagenrädern oder Stiefeln.

Dieser Weg war früher offensichtlich viel breiter gewesen. Ich schätzte, daß vier Wagen nebeneinander Platz gehabt hatten, wenn die regelmäßige Baumreihe hinter den niedrigen Büschen den alten Straßenrand darstellte. Die Bäume waren weiße Eichen, die Äste jetzt im Winter kahl.

An manchen Stellen waren blattlose Kriechgewächse

über den Weg gelangt und warteten darauf, im Frühjahr den Pfad in ihre Gewalt zu bringen. In weniger als einer Handvoll Jahren würden Büsche und Unkraut den Weg vollständig bedecken.

»Justen, lebt noch jemand in Fairhaven?«

»Ich bin nicht sicher. Als ich das letzte Mal hier war, gab es noch einige ... Bewohner.«

»War dieser Ort früher einmal wichtig?«

»Sogar sehr wichtig. Du siehst doch, wie gerade der Weg ist.«

Als wir uns einer sanften Anhöhe näherten, schienen die Bäume höher zu werden. Der Wind wurde stärker und deutete den nächsten Sturm an.

Ich blickte über die Schulter zurück nach Howlett und musterte die tiefhängenden grauen Wolken. Aber diese sahen nicht anders aus als heute morgen – die im Winter üblichen grauen Massen, doch ohne die Dunkelheit, die kommenden Schneefall anzeigte.

Ich schnupperte den Wind. Ein bitterer Geruch wie Asche oder Vulkanschlacke schlug mir aus der Richtung Fairhavens entgegen.

War die einst blühende Stadt das Opfer einer Feuersbrunst geworden?

Ich setzte mich im Sattel auf und blickte angestrengt nach vorn.

Nichts. Der Weg führte schnurgerade in ein breites, flaches Tal hinab, in dem mehrere Bäume und kleine Hügel aufragten.

Ich schaute Justen an. Doch dessen Augen waren geradeaus gerichtet. Er sah nichts – oder etwas, das ich nicht zu sehen vermochte. Plötzlich lief es mir eiskalt über den Rücken. Ich schauderte, doch nicht wegen der Kälte, sondern aus einem anderen Grund.

Die hohen Bäume schienen ein Muster zu bilden, das ich jedoch nicht genau erkennen konnte. Es schienen Laubbäume zu sein. Nur einige verstreute Wacholderbüsche zeichneten sich grün inmitten der braunen und schwarzen Farben des Winters ab.

Zu beiden Seiten des Pfads erhoben sich – ungefähr einen Vierteltagesritt entfernt – zwei große Hügel. Waren sie aufgetürmter weißer Lehm oder …?

»Justen … war das gesamte Tal hier Fairhaven?«

»Ja, in der Tat.«

Eine vage Erinnerung schoß mir durch den Kopf, doch als ich mich bemühte, sie deutlicher zu fassen, verschwand sie.

»Waren das die Wachtürme im Norden?« fragte ich und zeigte auf die weißen Hügel vor uns.

»Nein … Fairhaven brauchte keine Wachtürme. Das waren die Stadttore. Sie standen immer offen.«

Jetzt sah ich die einstigen Tore deutlich. Unter einer leichten Erdschicht schimmerten die Hügel rein weiß, leichenblaß. Nichts wuchs auf ihnen. Gar nichts. Als wir weiterritten, sah ich, warum. Etwas hatte die Steine geschmolzen – wie Zucker auf einem Rummelplatz.

Ich blickte Justen an. Er saß mit geschlossenen Augen auf Rosenfuß und konzentrierte sich, während Gairloch an den alten Toren vorbeistapfte.

Der Geruch von Asche und Schlacke war jetzt sehr stark, beinahe überwältigend. Eine Wolke unsichtbarer Dunkelheit erhob sich drohend vor uns. Von hinten blies ein kalter Nordwind. Alles sah wie ein gewöhnlicher Wintertag in Candar aus: grau und braun, kalt und verwelkt. Aber da waren diese toten, weißen, geschmolzenen Tore …

Unwillkürlich griff ich nach meinem Stab, der mich irgendwie als etwas Besonderes auswies – ob ich wollte oder nicht. Die schwarzen Stahlbänder oben fühlten sich warm an. Ich spürte die Wärme sogar durch meine Handschuhe hindurch.

»Lerris«, sagte Justen mit gedämpfter Stimme, »es könnte Ärger geben. Befolge ganz genau, was ich dir sage.«

»Was?«

»Tu, was ich sage. Verlaß den Weg nicht. Halt deinen Stab fest, doch binde ihn nicht los. Ganz gleich, was auch geschieht.«

Er hielt die Augen immer noch geschlossen. Seine Miene war ausdruckslos.

Uuuuuuuuuuu …

Es klang wie das Heulen des Windes. Doch dieser hatte sich gelegt, sobald wir die Tore passiert hatten. Der Himmel über uns war irgendwie dunkler, obwohl die Wolken genau wie zuvor aussahen. Es war noch nicht einmal Mittagszeit.

Der Geruch der Schlacke und des ausgebrannten Feuers war jetzt noch stärker, aber ich konnte nirgends etwas sehen, das in letzter Zeit gebrannt haben könnte.

Die blattlosen Büsche am Wegrand kamen mir irgendwie verkrümmt vor. An einigen hingen noch Herbstblätter – doch diese waren weiß. Auch die Äste waren beinahe strahlend weiß. Ich hatte noch keinen Baum oder Busch mit glatter weißer Rinde gesehen. Selbst die Rinde der Birke war rauh und nicht rein weiß.

UUUUuuuuuuu …

Ich packte den Stab mit der linken Hand fester und hielt die Zügel straff in der rechten. Der Weg führte leicht abwärts. Gairloch schritt ruhig dahin.

Vor uns wurde der Weg breiter und verlief eben. Unter dem Staub und dem Schlamm sah ich Spuren der Pflastersteine. Jetzt standen hinter den Büschen einstöckige Häuser.

»Hier befand sich das alte Zentrum der Stadt. Alles aus festem Stein erbaut. In manchen Fällen verwendete man Granit«, erklärte Justen, immer noch mit geschlossenen Augen.

Ich ließ den Blick über die Ruinen gleiten. Die Häuser hatten keine Dächer, waren jedoch besser erhalten als die Stadttore. Wenn man bei einigen die Schuttberge, die sich an ihren Wänden aufgetürmt hatten, weggeräumt, neue Dächer draufgesetzt und innen alles wieder hergestellt hätte, wären sie bestimmt bewohnbar gewesen.

UUUUuuuuuuu ...

»Vor uns liegt das neuere Zentrum der Stadt, wo der Rat Gericht zu halten pflegte ...«

Wie man diese Ruinen neu nennen konnte, überstieg mein Begriffsvermögen. Und dieses Heulen machte mich langsam unruhig. Justen schien es nicht zu stören. Jedenfalls äußerte er sich nicht dazu, sondern ritt mit geschlossenen Augen dahin.

Aber Justen mußte *irgend etwas* sehen. Er war ein Magier. Antonin hatte das auch gesagt, und er hatte mehrere Lehrlinge gehabt, die Meister geworden waren – jedenfalls hatte ich das seinen Worten entnommen.

UUUUUUuuuuiiiii ...

Das schreckliche Heulen klang auf der anderen Seite des ›neueren‹ Stadtzentrums viel näher.

Der Stab in meiner linken Hand war jetzt wärmer als vorhin. Ich betrachtete aufmerksam die Ruinen, während Rosenfuß und Gairloch unbeirrt weiter auf das Heulen zustapften.

Die Macht, welche die Steine der Tore hatte schmelzen lassen, hatte hier am ›neuen‹ Stadtkern noch schlimmer zugeschlagen. Die Ruinen der Gebäude waren verkrümmt, als wären sie weißes Wachs gewesen, das in einen feurigen Wirbelsturm geraten war und dann unter einem riesigen Fuß zerstampft wurde.

»Der Rat der Magier hat diese Gebäude erbaut, die Zunft der Steinmetzen hat das alte Zentrum errichtet.« Justen öffnete die Augen immer noch nicht, doch zum ersten Mal klang seine Stimme angespannt.

Ich schüttelte den Kopf. Was sollten diese Beschreibungen und Erklärungen? Dieser Ort war eindeutig gefährlich. Inzwischen brannten meine Lungen bei jedem Atemzug, so stark war der Geruch der Asche.

»Schau nicht umher. Halte die Augen geradeaus. Erkennen führt zu Angst, und Angst verstärkt ihre Macht.«

»Wessen Macht?«

»Die Macht der Heuler.«

Ich nahm den Stab so, daß ich ihn jederzeit aus der Halterung reißen konnte, falls es nötig war.

»Laß das!«

Ich zwang mich, den Griff um das dunkle Holz etwas zu lockern und geradeaus zu blicken.

UUUUUiiiiiiiiiuuuuuuiiiiiii …

Aus dem Augenwinkel sah ich links einen Schemen, der meine Aufmerksamkeit erregen wollte.

Ich heftete die Augen auf Gairlochs Mähne, und der weiße Schemen verschwand.

»Mit jeder Generation werden sie schwächer. Und mit jeder Person, die erfolgreich hindurchreitet, mindert sich ihre Macht.« Justens Stimme klang schwach, aber klar.

Die Straße führte jetzt etwas bergab, als wir weiter nach Süden ritten.

»UUUUUIIIIIIIII!«

Erschrocken über diesen plötzlich so nahen Schrei, blickte ich auf.

Auf einem flüssigen weißen Pflasterstein stand mitten auf der Straße eine strahlende, verkrümmte weiße Gestalt mit roten Streifen.

Ich blinzelte und wollte die Augen senken, doch die Gestalt erschien mir beinahe menschlich … als trüge sie ein weißes Gewand mit roten Streifen … und die Verkrümmung schien nur der Schatten zu sein, den sie hinter sich warf.

»Mein!«

Die Gestalt schien plötzlich aus dem Pflaster herauszuwachsen, das jetzt überall war, so daß der Platz einer breiten Prachtstraße glich, die von rauschenden hohen Eichen gesäumt war.

»Mein!«

Als die zweite Stimme in meinem Kopf nachhallte, hielt ich plötzlich den Stab vor dem Gesicht.

Die Gestalt schlug nach dem Stab, als wolle sie ihn mir aus der Hand reißen, die plötzlich ohne Handschuh das Holz hielt. Der Schlag schleuderte mich nach vorn und zurück in den Sattel ... dann war die Gestalt verschwunden.

Ich hustete und würgte. Der schlimmste Gestank, den ich je gerochen hatte, hüllte mich ein: eine Mischung aus verfaultem Fisch, nasser Asche und Bimsstein. Der Nebel brannte mir in den Augen. Ich sah nur einen hellbraunen Fleck vor mir: Gairlochs Mähne.

Irgendwie gelang es mir, den Magen zu entleeren, ohne den Stab oder das Gleichgewicht zu verlieren. Ich hing nur noch im Sattel.

Justen hatte kein Wort gesprochen. Die Pferde marschierten immer noch auf der alten Straße dahin. Als ich wieder richtig sehen und atmen konnte, richtete ich mich auf. Jetzt sah ich, warum Justen nichts gesagt hatte. Er hielt sich immer noch im Sattel, lag aber über Rosenfußes Hals.

Gleichzeitig spürte ich, wie der Druck der Weiße, unter dem ich stärker gelitten hatte als unter der Dunkelheit, um mich herum schwächer wurde. Allerdings hingen die grauen Wolken jetzt tiefer und waren dunkler. Ein Sturm nahte.

Ich trieb Gairloch an, Rosenfuß einzuholen. Mürrisch gehorchte er.

Als ich neben Rosenfuß angekommen war, sah ich erleichtert, daß Justen noch atmete. Seine Arme steckten in Scheiden, die auf beiden Seiten am Hals seines Pferds angebracht waren.

Gedankenwanderung? Hatte der Magier seine Gedanken woandershin ausgeschickt? Die Scheiden waren ein Beweis, daß er darauf vorbereitet war, im Zustand der Bewußtlosigkeit zu reiten. Er atmete ganz flach.

Ich spürte die Wärme des Stabs in der Hand. Irgendwie störte mich das, aber den Grund erkannte ich erst, nachdem wir das Tal hinter uns gelassen hatten – *weit* hinter uns.

Der Rat der Magier … Fairhaven … ich hatte davon in der Schule gehört. Magister Kerwin hatte etwas erwähnt, das mit diesem Ort zu tun hatte …

UUuuuuiii …

Das Heulen war anfangs nicht richtig zu hören gewesen. Es war nur ein Klang in meinem Kopf. Der Heuler war nicht imstande gewesen, einen Laut auszustoßen, bis ich ihn angeschaut hatte.

In meinem Kopf drehte sich alles. Ich warf wieder einen Blick auf Justen – er atmete immer noch – und überlegte, was ich tun sollte.

Rosenfuß und Gairloch trabten unbeirrt weiter. Ich wartete und fragte mich, wohin die Gedanken des Magiers wohl geflogen sein mochten.

UUuuii …

Das Heulen klang wie ein mentales Wimmern, als würde derjenige, der den Laut ausgestoßen hatte, für immer sterben.

Aber es ging über meinen Verstand, wie jemand, der tot war, sterben konnte. Doch genauso hatte es geklungen.

Beide Pferde trabten auf dem schnurgeraden Weg weiter nach Süden. Dann passierten wir wieder zwei geschmolzene steinerne Stadttore. Hier im Süden waren im leichenblassen Weiß einige dunkle Streifen zu sehen, als hätte ein Teil gebrannt, ehe alles geschmolzen war.

Der beißende Geruch wurde schwächer. Ich steckte den Stab zurück in die Halterung und band ihn wieder fest. Justen lag immer noch auf Rosenfuß – und atmete weiter. Die Pferde setzten einen Fuß vor den anderen.

Da fiel mir etwas auf: Die Innenseiten meiner Lederhandschuhe waren bis zu den Fingerspitzen weggebrannt. Ein Wunder, daß die Reste noch da waren! Doch hatte ich keine Brandblasen an den Händen. Es waren auch keine Brandspuren auf meiner Kleidung zu sehen. Ich zog die Handschuhe aus und stopfte sie in den Gürtel.

Inzwischen war es Nachmittag geworden, und es wurde dunkler. Ich blickte zum Himmel, aber die Wolken hatten sich nicht verändert. Der Wind frischte auf – wie so oft nachmittags im Spätwinter.

»Aaaah ...« Justen bewegte den Kopf und richtete sich langsam und mühsam auf. Er schien starke Schmerzen zu haben.

»Lerris ...«, setzte er an, ohne den Satz zu beenden. Dann blickte er über die Schulter zurück. »Das dürfte das Ende von Frven sein.«

»Frven?«

»So hat man die Stadt am Ende genannt.«

Ein eiskalter Schauder überfiel mich.

Fairhaven ... Frven ... Ich hätte selbst den zweiten Namen vom ersten ableiten müssen. Die Stadt des Chaos-Rats – Opfer eines Feuerregens vor über zwei Jahrhunderten. Wieder schauderte es mich.

»Ihr habt Frven ... Fairhaven ... gesehen, ehe es die Stadt der Chaos-Meister wurde?«

Justen blickte immer noch zurück und nickte gedankenverloren. »Damals war ich jünger.«

Ich bemühte mich, nicht ein drittes Mal zu schaudern. Justen wirkte ungefähr so alt wie mein Vater. Und er hatte vor zwei Jahrhunderten bereits gelebt?

»Ihr habt geholfen, die Stadt zu vernichten?« Das war eine wilde Vermutung, aber alles war so seltsam.

»Zwei Mei ... Magier erschufen direkt über der Stadt eine zweite Sonne. Sie war so heiß, daß alles wie Wachs in einem Brennofen schmolz.« Justen blickte mich an. Ich bemerkte, daß die beiden Scheiden am Hals seines Pferds verschwunden waren. »Wir müssen etwas schneller reiten, sonst erreichen wir die Hauptstraße sehr spät.« Er schüttelte den Kopf, um klar zu werden. »Eigentlich sind wir bereits jetzt sehr spät dran.«

»Wieso ist jetzt schon später Nachmittag?«

»Das ist eine Eigenheit von Frven. Früher war es noch viel schlimmer.«

Justen nahm die Feldflasche und trank sie beinahe ganz leer.

Die Büsche und Bäume neben dem Pfad sahen wieder aus wie immer. Nur ab und zu entdeckte ich noch glatte weiße Stämme.

»Lerris ...«

»Ja.«

»Du hast ein Problem ... ein echtes Problem.«

Ich seufzte. Genau das brauchte ich in diesem Moment: jemanden, der mir sagte, ich hätte ein Problem – ein echtes Problem. Aber wie konnte ich einem Magier widersprechen?

»Ja.«

»Du hast in Frven zwei Fehler begangen und dich in einem Fall richtig verhalten. Du hast dieser Seele – ich glaube, es war Perditis – nicht genau genug zugehört und ihn fast real werden lassen. Das hätte sämtliche Magier in Candar gegen euch beide aufgebracht, weil Perditis deinen Körper und deine Seele übernommen hätte. Du hast dich mit dem Stab verteidigt. Das war richtig. Aber dann hast du deine Handschuhe verbrannt, um den Stab zu ergreifen.«

»Warum war das ein Fehler? Ich meine die Handschuhe?«

»Weil du Zerstörung benutzt hast, um etwas zu erhalten. Das hätte dich um ein Haar wieder deine Seele kosten können – so wäre es auch gekommen, wäre es mir nicht gelungen, dich abzuschirmen.«

»Mich abzuschirmen?«

Justen antwortete nicht sogleich, sondern holte ein

Stück Brot und aß es so gierig, als wäre er kurz vorm Verhungern. Endlich hatte er den letzten Bissen hinuntergeschluckt. Das leise Rauschen des Windes und der Hufschlag der Pferde dämpften seine Stimme.

»Ich hatte nicht vor, auf der zweiten Ebene so lange zu bleiben, aber da ich nun einmal dort war, beschloß ich, die meisten der übriggebliebenen verlorenen Seelen abzuriegeln. Ich schätze, das hätte ich früher bereits tun sollen, aber es ist Schwerstarbeit und kostet viel Kraft.«

Justen klang verdächtig wie meine Verwandten. Er gab mir nie eine klare Antwort auf eine Frage, legte mir jedoch stets die Schuld für Fehler zur Last, die ich begangen hatte. Andererseits hatte ich tatsächlich gespürt, wie der Heuler oder Dämon nach mir gegriffen und *Mein!* geschrien hatte. Außerdem: Wohin war der Tag verschwunden? Wir konnten unmöglich fünf oder sechs Stunden für eine ebene Strecke von knapp sieben Meilen brauchen, selbst wenn der Pfad schmal war.

Ich seufzte und rutschte im Sattel hin und her. Ich hatte mich immer noch nicht ans Reiten gewöhnt, auch wenn meine Beine nicht mehr so weh taten wie am Anfang.

»Na schön. Aber irgendwie scheine ich wieder einmal etwas verpaßt zu haben.«

»Junger Freund«, sagte Justen ruhig, »du scheinst eine Menge anderer Dinge ebenfalls vergessen zu haben. Du hast mir nicht erzählt, daß du ein Magistergeborener bist, daß du den Stab eines Magisters trägst und daß du deinen Weg nicht gewählt hast.«

Mir fiel das Kinn auf die Brust. Ich war sprachlos. Magistergeboren? Den nicht Weg gewählt? Nur der Stab hatte mich irgendwie nicht überrascht.

Justen schüttelte traurig den Kopf. »Wieder einmal zeigt sich deutlich, woher du stammst.«

»Aber ...«

»Nirgendwo sonst schickt man die Besten unausgebildet und unerprobt hinaus, um ihren Weg in einer Welt zu finden, die sie entweder mißachtet oder vernichten will.«

»Vernichten?«

»Jawohl, vernichten! Du stammst von Recluce, dieser wunderschönen, abgeschirmten und mächtigen Insel. Dieses Inselvolk hat jede feindliche Flotte beschämt, jede Herausforderung verächtlich zunichte gemacht und sich geweigert, außerhalb seiner Grenzen irgendeine Verantwortung zu übernehmen.«

»Aber ...«

»Nein ... Es ist nicht deine Schuld – jedenfalls noch nicht –, und deshalb will ich dir helfen, Lerris. Zumindest kann ich dann jemandem die Schuld geben, wenn Recluce weiterhin die Welt mißachtet. Das heißt aber nicht, daß der arme Justen etwas dagegen tun könnte.«

»Haltet ein«, prostestierte ich. »Euch gibt es seit zwei Jahrhunderten, und Ihr laßt Antonin diese Taschenspielertricks vorführen, ohne je den Stab zu heben oder ein Wort zu sagen. Warum? Wie könnt Ihr Recluce die Schuld geben? Oder mir?«

Der Graue Magier seufzte. »Soviel Potential und so viel Unwissenheit ... Wo – wo nur – soll ich anfangen?« Er lenkte Rosenfuß näher zu Gairloch.

Weiter vorn mündete der schmale Pfad in eine breite Straße, die jedoch tiefe Querrinnen aufwies.

»Ist das die Hauptstraße?«

»Ja, aber der nächste geeignete Rastplatz kommt erst nach zwei Meilen. Ich werde versuchen, deine Fragen zu beantworten ... solange ich dazu imstande bin.«

Jetzt nahm ich einen Schluck aus der Feldflasche, die an Gairlochs Sattel hing, und blickte nach allen Richtungen. Die Straße war leer wie die meisten in Candar an einem Winternachmittag. Ich wickelte mich fester in den Umhang. Der Wind blies kräftiger und hatte die dünne, lockere Schneeschicht weggefegt. Im Osten Candars fiel nur leichter, trockener Schnee, der nicht lange liegenblieb. Ganz anders in den Höhenzügen der Westhörner, wo im Winter der Schnee so hoch lag, daß er sogar die Nadelbäume zur Hälfte unter sich begrub.

»Obwohl du aus Recluce kommst, weißt du, daß es Ordnung gibt und Chaos. Weiße Magier arbeiten mit Chaos, Schwarze mit Ordnung. Und die Grauen Magier bemühen sich, das Beste von beidem zu nutzen, und werden daher von Schwarzen und Weißen Magiern äußerst mißtrauisch beäugt.«

»Weiß bedeutet Chaos, aber warum?«

»Lerris, stell dich nicht dümmer, als du bist!« Justen seufzte. »Weiß ist die Kombination aller Farben des Lichts. Schwarz ist rein, weil jegliches Licht fehlt.«

Das war ja ein Hammer! Seltsam, daß niemand das je erwähnt hatte – jedenfalls erinnerte ich mich nicht daran. Ich nickte, um Justen zum Weitersprechen zu ermuntern. Wir hatten jetzt den alten Pfad von Fairhaven – oder Frven – verlassen und waren wieder auf der richtigen Straße. Ich sah im kalkähnlichen Staub Hufspuren, die einen Tag oder zwei Tage alt sein mochten.

»Das Problem bei der Weißen und der Schwarzen Magie liegt darin begründet, daß beide begrenzt sind. Die meisten Weißen Magier sind auch ein bißchen grau. Niemand kann mit reinem Chaos umgehen – jedenfalls niemand, der nach dem Fall Frvens geboren wurde. Es gibt eine Reihe Schwarzer Magier. Ich vermag dies aufgrund ihrer Handlungen zu erkennen, doch ein wahrhaft guter Schwarzer Meister kann nicht entdeckt werden, wenn er es nicht will.«

Offensichtlich machte ich ein ungläubiges Gesicht.

»Das liegt an der Begrenztheit. Gut ... stell es dir folgendermaßen vor: Bei zuviel Chaos gerät selbst die innere Ordnung deines Körpers in Unordnung. In gewisser Weise geschieht das, wenn man alt wird. Alle Weißen Magier sterben jung – und je mächtiger sie sind, desto jünger sterben sie. Es sei denn, sie wechseln in einen anderen Körper über – wie Antonin.«

»Den Körper wechseln? Aber wie?« Ich klang wie ein Dummkopf, und ich haßte es, als Dummkopf zu gelten. Doch Justen beantwortete mir wenigstens ein paar Fragen – mehr, als der alte Kerwin es je getan hatte.

»Er hat eine Übereinkunft mit mehreren … Herrschern der Region getroffen. Er leistet gewisse Dienste und erhält dafür den Körper eines zum Tode Verurteilten. Jetzt ist er im fünften Körper, aber ich bezweifle, daß er einen weiteren Wechsel überlebt.« Justen brach ab und blickte auf die Straße, als wolle er eine Entfernung abschätzen. Er schwankte leicht im Sattel und war so blaß wie frisch gebleichtes Leinen.

»Siehst du, Lerris, mit jedem Wechsel braucht er länger, um das Bild seines Körpers und seine Energien aufzubauen, weil seine Seele älter wird, auch wenn sein Körper jung ist. Chaos zerfrißt die Seele.«

Die Straße machte eine Biegung. Eine willkommene Abwechslung nach dem endlosen geraden Weg. Da sah ich das spitze Dach einer Schutzhütte und den freien Platz davor.

Die Hütte war leer, doch sauber. Ich war nicht erstaunt, da Justen mir erklärt hatte, daß es bis Weevett nur noch ein paar Stunden sei, und die meisten Reisenden eine warme Herberge auch der besten Schutzhütte vorzogen.

»Wir legen hier eine Rast ein«, sagte Justen. Ich sah, daß ihn diese vier Worte ungemein viel Energie gekostet hatten und er sich nur noch mit letzter Kraft im Sattel hielt.

Die Hütte bestand aus vier gemauerten Wänden, zwei Fenstern mit Läden, einer Tür, einem Reetdach und einem kleinen Kamin – aber sie war sauber ausgefegt und leer, wofür ich dankbar war.

Gleichzeitig fragte ich mich, warum sich kein armer Hund diese Hütte angeeignet hatte, da sie mir viel gemütlicher vorkam als die verkommenen, halbverfallenen Holzbuden außerhalb Howletts – und wahrscheinlich auch Weevetts.

Halb rutschte ich, halb stieg ich von Gairlochs Rücken. Das Pferd rührte sich nicht von der Stelle, als ich zu Justen lief. Der Graue Magier war aschfahl im Gesicht. Er schwieg, als ich ihm aus dem Sattel half und ihn zur Steinbank vor der Hütte führte.

Einige scharfe Windböen wirbelten farblose Strohhalme und Staub auf.

Ich fand bei Justens Sachen ein kleines Beil. Es war nicht sehr scharf, doch gelang es mir, einige Späne von einem dicken Ast zu schlagen, um Feuer zu machen. Unweit der Hütte floß ein Bach. Doch meiner Meinung nach brauchte Justen jetzt ein Feuer nötiger als Wasser.

Feuerstein und der Stahl der Beilklinge reichten, um rasch ein Feuer zu entfachen. Justen sah mir zu, wie ich einen kleinen Kessel aus seiner Satteltasche nahm.

»Gehst du zum Bach?«

Er schloß ermattet die Augen. Aus einem unbestimmten Gefühl heraus nahm ich meinen Stab aus der Halterung an Gairlochs Sattel. Er warf den Kopf hoch und schnaubte. Sein Atem war wie Dampf. Ich nahm den Kessel in die rechte Hand, den Stab in die linke und machte mich auf den kurzen Weg zum Bach.

Der Pfad hinunter zum Bach war viele Jahre hindurch von zahllosen Füßen getrampelt worden. Plötzlich fühlte ich mich beobachtet. Aber heute hatte ich den ganzen Tag über schon irgendwie unter Beobachtung gestanden.

Peng!

Klirr!

Eine Gestalt in rostiger Rüstung lag zwischen mir und dem Bachufer.

Der Stab in meiner Hand hatte zugeschlagen, ehe ich auch nur den Schatten einer Bewegung wahrgenommen hatte.

Jetzt spähte ich in die Büsche und durch die niedrig hängenden Äste. Doch ich spürte nur Leere.

Hsssssss …

Ich blickte auf die vor mir liegende Gestalt. Da erhob sich Nebel, erst langsam, dann immer schneller, bis er zu einem leuchtenden Wirbelwind wurde. Der Mann in der Rüstung war verschwunden. Und dann brach die verrostete Rüstung auseinander. Stück für Stück löste sie sich ins Nichts auf.

Für einen, der nicht sicher war, ob es Magie überhaupt gab, erlebte ich ziemlich viel davon. Oder verlor ich den Verstand? Ich zog es vor zu glauben, daß es sich tatsächlich um Magie handelte.

Schnell füllte ich den Kessel mit Wasser und eilte zurück zur Hütte. Justen saß immer noch auf der Bank draußen in der Kälte, statt vor dem Feuer drinnen.

Ich hängte den Kessel an den Haken über dem Feuer und ging hinaus zu Gairloch. Sollte ich ihm den Sattel abnehmen oder ihn bei der Hütte anbinden? Doch dann tat er mir leid. Ich nahm den Sattel ab und schleppte ihn samt Taschen und Decke in die Hütte. Ich löste auch die Trense und ließ ihn nur mit Halfter weiden.

Rosenfuß wieherte leise, als bitte sie um die gleiche Behandlung. Ich tat ihr den Gefallen. Als ich fertig war, hatte Justen sich in die Hütte auf die einzige Holzbank geschleppt.

»Möchtet Ihr Tee?«

»Bring mir den roten Beutel.«

»Diesen?«

Er nickte. Ich gab ihm den Beutel.

»Tu davon zwei Prisen in den Kessel.«

Mit Hilfe einer Ecke der dicken Satteldecke hob ich den Deckel vom Kessel und warf das schwarze Zeug hinein. Es sah nicht wie Tee aus, doch nach wenigen Minuten duftete es in der Hütte nach Senthow-Tee.

Ich holte zwei Blechtassen heraus und goß den Tee ein.

Dann warf ich einen Blick vor die Tür. Beide Pferde grasten friedlich ganz in der Nähe auf einem Wiesenstück, das von dichtem Gebüsch geschützt war. Inzwischen war es beinahe ganz dunkel geworden.

»Die Pferde?«

»Denen geht es jetzt gut.«

»Jetzt?«

Justen nippte am Tee. Sein Lächeln war schief. »Der Schlag, den du gegen den Schemenkrieger geführt hast, hat laut genug gehallt, um alle – bis auf die stärksten Weißen Wesen – abzuschrecken.«

»Schemenkrieger …? Weiße Wesen …?« Ich schüttelte den Kopf. Meine Fragen klangen wieder töricht.

»Nachdem du etwas gegessen hast, junger Freund, könnte auch ich eine kleine Stärkung vertragen.« Justens Gesicht war nicht mehr so blaß. Er sah nur furchtbar erschöpft aus.

»Was schlagt Ihr vor?«

»Schütte den Inhalt eines grünen Päckchens in den Topf. Dazu etwas Wasser. Das ergibt einen recht ordentlichen Eintopf.«

Ich holte noch einmal Wasser und kochte die klebrige Masse auf. Nach einiger Zeit nahm ich den Topf vom Feuer. Ich war überrascht, daß die Suppe tatsächlich wie ein Fleischeintopf schmeckte. Wirklich nicht übel.

Dann säuberte ich Topf und Kessel und verstaute alles. Justen sah mir lächelnd zu. Er wirkte im Feuerschein beinahe entspannt.

Als ich fertig war, erinnerte ich mich an meine vorherigen Fragen.

»Ihr habt die Erklärung nicht beendet, warum Antonin keinen weiteren Körper in Besitz nehmen kann.«

»Da gibt's nichts mehr zu erklären. Chaos verdirbt die Seele. Je verderbter die Seele ist, desto schneller altert der Körper. Jeder Wechsel laugt Körper und Seele aus. Ab einem bestimmten Punkt vermag die Seele sich von einem Körperwechsel nicht mehr genügend zu erholen, um den nächsten vorzunehmen.«

»Welchen Körper tragt Ihr?«

»Meinen eigenen. Das ist wirklich viel einfacher, obgleich es zu einigen Komplikationen führt – wie du heute selbst gesehen hast.«

»Ihr hättet sterben können.«

»Nur wenn man dich gefangen hätte. Das war ein Grund, warum ich dich abschirmen und die Wiedergänger vernichten mußte. Du hast alle angelockt und verfügst über wenig Verteidigungsmaßnahmen gegen … starke Versuchungen.«

Ich trank meinen kalten Tee. Justen hatte seine Tasse längst geleert.

Ich sagte vorerst nichts, sondern stand eine Zeitlang später auf und legte noch einen Ast ins Feuer.

»Habt Ihr das ernst gemeint mit dem Wählen des Pfads?« fragte ich.

»Du bist ein Magistergeborener, ein geborener Magier also. Gleichgültig, ob dir das gefällt oder nicht. Und alle Magier müssen sich für einen Pfad entscheiden: Schwarz, Weiß oder – für einige wenige – Grau.«

»Ich? Ein Magier? Wirklich nicht. Kein guter Schreiner, kein Töpfer. Aber ein Magier? Meine Mutter töpfert, und mein Vater … nun, ich nahm immer an, er sei einfach ein Hausbesitzer.«

Diesmal schüttelte Justen den Kopf. »Du kannst mir glauben, mein junger Freund, und du bist wirklich jung, Lerris.«

Warum sollte ich ihm glauben? Was erwartete er, wenn er darauf beharrte, ich sei insgeheim irgendein Magier?

»Dennoch mußt du dich entscheiden.«

»Warum? Ich könnte mich weigern, irgend etwas zu wählen – falls ich wirklich der wäre, für den Ihr mich haltet.«

»Eine Entscheidung abzulehnen ist bereits eine Entscheidung. In deinem Fall ist die Wahl sehr beschränkt, da du nun einmal der bist, der du bist.«

»Wieso?«

Justen ähnelte immer mehr Magister Kerwin. Allerdings war Kerwin ziemlich gebrechlich und hatte weiße Haare. Justen dagegen hatte braunes Haar und ein hageres Gesicht mit glatter Haut. »Wenn du Weiß wählst, kannst du niemals nach Recluce zurückkehren, da die Meister jeden von ihrer Insel verbannen, der sich mit Weiß abgibt. Außerdem schreit deine Seele nach Ordnung und Erklärungen, obgleich du dich dagegen sträubst. Und dein Wunsch nach Ordnung würde dich daran hindern, mehr als nur die einfachsten Chaos-Beeinflussungen vorzunehmen.

Im Augenblick taumelst du im Grau umher, doch würde dich der Kampf, das Gleichgewicht zwischen Ordnung und Chaos zu wahren, letztendlich vernichten. Also ... entweder wählst du Schwarz, oder du riskierst bei Weiß und Grau den Tod ... oder du weist alle drei zurück ... und wirst eine Seele, von der sich ein Weißer Meister wie Antonin ernähren kann.«

»Wie das! Einfach so? Vielen Dank. Und jetzt soll ich ein Schwarzer Meister werden, nur weil Ihr das so sagt?«

Justen wickelte sich fester in den Umhang. »Nein. Du kannst tun, was immer du willst. Du bist nicht mein Lehrling, lediglich mein Reisegefährte. Wenn du das Falsche tust, kostet es dich das Leben. Aber jeder muß früher oder später sterben, wenn er das Falsche tut. Du mußt dich vorher entscheiden. Du kannst auch entscheiden, daß ich völlig unrecht habe. Du kannst jetzt auf der Stelle fortreiten, und ich verstünde es.

Doch wenn du mit mir weiterreiten willst, mußt du dich für irgend etwas entscheiden. Denn unentschieden bist du eine Zielscheibe für jeden freien Geist und jeden Chaos-Meister in Ostcandar.«

»Wo waren diese bis jetzt?«

»Sie waren da, ehe du den Stab benutzt hast.« Justen streckte sich auf der Bank aus, drehte mir den Rücken zu und war im nächsten Moment eingeschlafen.

Ich saß noch lange vor dem Feuer und grübelte. Warum der Stab? Ich fand keine Antwort. Später sah ich nochmals nach den Pferden und dem Feuer. Schließlich wickelte ich mich in meinen Umhang und war überzeugt, kein Auge zuzutun.

Wieder einmal hatte ich mich geirrt.

XXVIII

Der Mann in Weiß lehnt sich in dem Schaukelstuhl aus hellem Holz zurück. Seine Augen flackern im Rhythmus der Flammen im Kamin. Er blickte gedankenverloren vor sich hin, als wäre er nicht gewahr, daß sein Raum der einzige in der Herberge ist, der einen eigenen Kamin hat. »Was hast du bisher von der Güte Recluces gesehen, Teuerste?«

Sie schürzt die Lippen, schweigt jedoch.

Er dringt nicht in sie, sondern wartet weiter, als sei er zufrieden, wenn sie seine Frage gründlich durchdenkt.

Ihre Augen gleiten langsam von seinem gebräunten Gesicht zum Feuer und dann wieder zurück. »Ich habe Leiden gesehen, doch kann man Recluce wirklich nicht dafür verantwortlich machen«, sagt die Frau in grauer Lederkleidung. Das blaue Tuch bringt ihr leuchtendrotes Haar und die helle Haut besonders zur Geltung. Sie steht neben einem niedrigen Tisch. Dadurch wirkt sie größer, als sie in Wahrheit ist. Ihre Augen wandern zu der anderen Frau, die still auf dem Stuhl links vom Kamin sitzt.

»Hast du gesehen, wie der Regen ständig wiederkehrt und das Leben auf den Feldern und Äckern ertränkt? Hast du Schiffe gesehen, die Nahrungsmittel nach Freistadt bringen?« Seine Stimme klingt milde und ruhig.

Sie denkt über die Tragweite seiner Worte nach. »Ihr scheint andeuten zu wollen, daß die Meister in Recluce diese Leiden geschaffen haben.«

»Ich dachte, das sei offenkundig, Teuerste. Doch vielleicht solltest du dir beim Betrachten mehr Zeit lassen und alles sorgfältiger überdenken, was du gesehen hast.«

»Ich glaube nicht, daß wir hier mit Worten fechten sollten«, meint die dunkelhaarige Frau. Ihre Stimme klingt rauchig, aber geschäftsmäßig. »Du möchtest lernen, deine Kräfte für das Gute einzusetzen. Wir glauben, daß wir dir helfen können.«

»Was wollt Ihr dafür von mir?« fragt die Rothaarige. Ihre Augen sind immer noch auf den Mann in Weiß geheftet. »Ihr bietet mir doch nicht aus reiner Herzensgüte Hilfe an.«

»Ich könnte es behaupten, doch würde ich entweder lügen, oder du würdest mir nicht glauben.« Einen Moment lang zucken seine Mundwinkel, und seine Augen leuchten auf. »Mit Sicherheit hast du bereits bemerkt, daß die Meister von Recluce nur sehr zögernd ihre Kräfte für das Wohl von Menschen außerhalb ihrer Insel einsetzen. Und ich bin ebenso sicher, daß du dich gefragt hast, warum sie nicht helfen, augenfälliges Leiden zu lindern. Warum blockieren sie Freistadt?« Langsam hebt er den Arm und deutet hinaus in die Finsternis. »Solch eine Blockade bereitet den Mächtigen selten Sorgen. Nur die Armen und jene, welche von ihrer Hände Arbeit leben müssen, leiden unter dem Ausfall des Lohns und der Knappheit der Nahrungsmittel.«

Die Rothaarige verlagert das Gewicht von einem Fuß auf den anderen. »Ihr redet ja sehr schön daher, Meister

Antonin. Doch was habt Ihr getan, um den Armen zu helfen? Außer in einer goldenen Kutsche durchs Land zu fahren?«

»Du hast gesehen, wie ich die Frierenden gewärmt und die Hungernden gespeist habe.«

Die Wahrheit klingelt in jedem seiner Worte wie Silber. Die Rothaarige tritt etwas zurück. »Ich muß darüber nachdenken.«

»Selbstverständlich. Aber du bist herzlich eingeladen, mit mir zu reisen und mit eigenen Augen zu sehen, was ich tue, um das Leiden zu lindern, das Recluce uns auferlegt hat.«

Die Rothaarige runzelt die Stirn, schweigt aber.

XXIX

Bei Tagesanbruch sah Justen beinahe so jung aus wie bei unserer ersten Begegnung in der Herberge *Zur Gemütlichkeit*. Er hatte allerdings dunkle Augenringe und sprach mit müder Stimme.

Ich holte frisches Wasser aus dem Bach. Er kochte aus mehreren Päckchen einen Brei, der merkwürdig aussah, aber so gut wie Maispudding schmeckte. Dazu tranken wir Senthow-Tee.

Justen trieb mich nicht zur Eile an. Das zeigte mir an, daß der Magier immer noch ziemlich erschöpft war.

Ich rollte meine dicke Decke zusammen. Selbst auf dem harten Lehmboden der Hütte hatte ich viel besser darauf geschlafen als im kratzigen Heu im Stall der Herberge. Da sah ich aus dem Augenwinkel ein Buch aus Justens Satteltasche hervorragen. Der schwarze Ledereinband war stark abgenutzt. Ich spürte keine Aura – weder von Ordnung noch von Unordnung –, nur daß das Leder und die Pergamentblätter sehr, sehr alt waren. Ich fragte mich, welch ein Buch der Graue Magier wohl so lange bei sich trug und ob es Zaubersprüche oder alte Heilrezepte enthielt.

Justen fing meinen Blick auf und zog das Buch heraus. »Hier. Du kannst es lesen, wenn du willst.«

»Was ist es?«

»Der Titel lautet: *Die Basis der Ordnung.* Alle Schwarzen Magier benutzen es.«

Ich war erstaunt. »Ist es so wichtig?«

Justen lächelte. »Nur falls du die Absicht hegst, ein Ordnungs-Meister zu werden.«

»Ist es ein altes Buch?« Ich bewahrte nur mühsam die Fassung.

»Mein Vater hat es mir gegeben, als ich von daheim fortging.«

»Woher stammt Ihr, Justen?«

Er winkte ab. »Über diesen Ort möchte ich nicht sprechen. Soll ich dir das Buch borgen?«

»Nein ... im Moment nicht ... ich glaube nicht ...«

»Jederzeit ...« Er verstaute es wieder und schloß die Augen. In diesem Augenblick wirkte er sehr viel älter als Mitte Dreißig, wie ich anfangs angenommen hatte.

Ich blickte auf die Asche im Kamin. Das Alter seines Buchs, das weiße Haar nach seinem Kampf gegen die Dämonen in Frven waren Zeichen, daß Justen viel älter war, als er aussah – und viel bedeutender.

Die Basis der Ordnung? Was hatte mein Vater mir da gegeben? Stammte Justen aus Recluce oder aus einer candarischen Familie von Ordnungs-Meistern?

Ich grübelte über diese Fragen nach, während ich meine Decke mit einem Lederriemen verschnürte und neben den Tornister stellte. Dann ging ich hinaus, um nach Gairloch und Rosenfuß zu sehen und das Wetter zu begutachten.

Es war kalt. Am Himmel hingen gestaltlose dunkle

Wolken. Der Wind blies aus Norden. Die spärlichen braunen Halme knackten unter den Sohlen.

Die beiden Pferde hatten das Gras hinter dem Fettbeerengebüsch bis auf die Wurzeln abgefressen und dann einige der weniger dürren Blätter des Busches. Dann waren sie zu einem Grasstück in der Nähe des Bachs gewandert, wo sie jetzt standen.

Gairloch warf den Kopf hoch und ging zum Bach, um zu trinken, ehe er weiterfraß. Ich kehrte in die Hütte zurück.

Justen öffnete die Augen. »Bist du bereit?«

»Zum Aufbruch?«

»Nein, dazu bin ich noch nicht fähig. Ich meinte, ob du bereit bist für die Lektion, wie du dich vor Magiern wie Antonin oder Dämonen wie Perditis schützen kannst.«

»Von mir aus.« Ich hoffte nur, es würde nicht zu langweilig werden. Aber selbst wenn ich es todlangweilig fand, war die Alternative noch schlimmer.

Justen setzte sich auf und lehnte sich an die Wand, ohne sich darum zu kümmern, daß seine feine graue Leinentunika schmutzig wurde. »Man braucht nur Übung. Du mußt dich darauf konzentrieren, du selbst zu sein. Wenn nötig, sag etwas wie: ›Ich bin ich. Ich bin ich.‹ Immer wieder.«

»Warum?«

Justen seufzte. »Wenn jemand in deinen Verstand eindringen will, versucht er, dir dein Selbst wegzunehmen, deinen Sinn, ein einzigartiges Individuum zu sein. Dagegen mußt du kämpfen. Dieser Kampf hat zwei Schritte. Erstens mußt du erkennen, daß man dich in Versuchung führt, und zweitens mußt du dich behaupten.«

»Das verstehe ich nicht ganz. Was soll das bedeuten?«

»Ich muß es dir wohl zeigen«, sagte Justen mit gepreßter Stimme und blickte mich an. »Willst du wirklich nicht die wahren Antworten auf die Fragen wissen, Lerris? Warum die Meister dich gezwungen haben, fortzugehen, ohne dir etwas zu erklären? Bist du es nicht leid, immer nur mit Ausreden vertröstet zu werden und alles selbst herausfinden zu müssen?«

»Selbstverständlich! Habe ich das nicht oft genug erklärt?«

»Dann schau mich an! Such nach den Antworten.« Seine Stimme bebte, aber er bot mir etwas an, das mir bisher niemand hatte anbieten wollen.

Ich schaute also Justen an. Irgendwie schien die Entfernung zwischen uns kürzer zu werden.

Jetzt ... denk jetzt nur an die Antworten, die du verdienst ...

Die Worte waren freundlich. Ich fragte mich, warum man mich fortgejagt hatte, ehe ich wußte, wer ich überhaupt war.

Justen stand neben mir. *Was gibst du mir, um die Antworten zu bekommen? Streck deine Gedanken aus – nicht deine Hände –, und ich werde dir die Antworten zeigen ...*

Meine Gedanken? Warum nicht? Gedanken waren nur Gedanken – und vielleicht fände ich endlich heraus ...

Ich bemühte mich, meine Gedanken – wie meine Sinne – zu der Gestalt neben mir zu schicken.

Weiß!

Ein weißer Nebel umwirbelte mich so dicht, daß ich nichts sehen konnte. Ich vermochte nicht zu sprechen – war irgendwo im Nichts gefangen, in einem grellen Nichts, das meine Gedanken versengte.

Antworten ... Antworten ... Antworten ... Die Worte hallten lautlos durch meinen Kopf, doch ich vermochte weder zu sprechen noch zu sehen.

Stand ich? Ich sah nicht einmal meine Arme. Bewegen konnte ich mich auch nicht. Ja, ich sah nicht einmal, ob sich meine Muskeln überhaupt bewegen *konnten.*

Justen? Was hatte er getan? Warum?

... Antworten ... Antworten ... Antworten ...

Der weiße Nebel, der meinen Geist auszublenden

drohte, war voll gelber, roter, blauer und violetter Strahlen, die mich durchbohrten, mir einen Gedanken nach dem anderen raubten.

... Antworten ... Antworten ... Antworten ...

Schließlich erinnerte ich mich an Justens Worte. Ich sollte darauf beharren, daß ich wirklich *ich* sei. Aber war das auch ein Trick gewesen? Eine andere Art, um mein Vertrauen zu erwerben? Mich in einem Gewebe aus Weiß zu bannen?

... Antworten ...

War Justen vielleicht derjenige, der unbedingt einen neuen Körper brauchte? Warum hatte ich ihm vertraut?

Ich ... bin ... ich ... ich ...

War das Weiß einen Hauch weniger grell?

... Antworten ...

Ich ... bin ... ich ... ich ... Lerris ... Lerris ...

Ich dachte nur noch an diese Worte und wiederholte sie, bis ich das Gefühl hatte, wieder zu mir zu kommen. *Ich ... bin ... ich ... Lerris ... Lerris ...*

»... Lerris ...« Ich stieß die Worte stammelnd hervor. Dann stürzte ich auf den Lehmboden der Hütte.

Diesmal packte mich Dunkelheit.

Als ich aufwachte, lag ich immer noch zusammengekrümmt im Staub. Es war bereits früher Nachmittag.

Mein Kopf fühlte sich an, als hätten bunte Lichtspieße mit Widerhaken darin herumgestochert. Meine Zunge war geschwollen, mein Mund trocken. Mühsam setzte ich mich auf und fragte mich, was aus Justen geworden war.

Ich blickte zur Bank.

»Oh ...«

Der Graue Magier lag da. Sein Haar war dünn und silbrig. Tiefe Runzeln durchzogen sein Gesicht. Er atmete unregelmäßig. Ich blickte auf meine Hände. Sie zitterten, aber es waren noch meine eigenen.

Mit weichen Knien torkelte ich zu Justens Satteltasche und holte den roten Beutel heraus. Dann griff ich nach meinem Stab, um mich zu stützen. Das dunkle Holz verlieh mir sofort mehr Kraft. Ich ging zum Bach.

Gairloch wieherte fröhlich. Rosenfuß hob nur den Kopf. Beide Pferde beobachteten mich, als ich den Kessel mit Wasser füllte. Ich mußte achtgeben, daß ich nicht in den eiskalten Bach fiel.

Justen atmete noch, sah aber immer noch uralt aus und war bewußtlos. Schnell machte ich Feuer und erhitzte das Wasser.

Dieser Trank, der wie Senthow roch, beseitigte mein Zittern und brachte mich ins Reich der Lebenden zurück – allerdings als sehr müder Lebender. Dann gab ich ein paar Tropfen auf Justens Lippen.

»Ooooh ...« Seine Lider flatterten.

Noch einige Tropfen, dann vermochte er zu schlucken.

Er krächzte: »... Brei ... blauer Beutel ...«

Ich holte wieder Wasser. Diesmal hoben die Pferde die Köpfe nicht mehr.

Nach einem Löffel Brei – der blau war, aber wie Wildpastete schmeckte – blickte ich Justen vorwurfsvoll an. »Mußtet Ihr mir das so überzeugend vorführen?«

Langsam schüttelte er den Kopf. »Stärke weckt Stärke. Hätte ich wirklich versucht, dich zu übernehmen – und nicht nur, dich zu isolieren –, wäre einer von uns jetzt tot.« Dunkle Strähnen mischten sich ins Silberhaar. Einige Runzeln waren verschwunden. Der Graue Magier sah jetzt alt aus, doch nicht mehr wie ein uralter Greis. »Hast du etwas gelernt?«

»Nun ...« Ich überlegte kurz. Was hatte ich gelernt? »Ich glaube schon. Wenn man etwas unbedingt haben will, haben andere die Möglichkeit, in die Gedanken und den Körper einzudringen ...«

»Nur in deine Gedanken. Der Körper kommt als nächstes.«

Mich fror. »Hätte ich für immer in diesem Weiß bleiben müssen?«

»Für eine lange Zeit. Eine isolierte Persönlichkeit stirbt im Lauf der Zeit – oder sie verliert den Verstand und stirbt später. Die Weißen Magier sprechen nicht darüber, aber es dauert mehrere Jahre. Einmal ist es mir gelungen, einen zurückzubringen. Danach ist er mir aus dem Weg gegangen.« Justen nahm noch einen Schluck Tee und aß einen Löffel Brei.

»Hält es die Weiße ab, wenn man sie früh genug erkennt und darauf beharrt, man selbst zu sein?«

Justen runzelte die Stirn. »Das hängt vom Magier ab. Bei jemandem wie Antonin mußt du der Versuchung von Anfang an widerstehen. Wenn du ihm auch nur die kleinste Gelegenheit gibst, verändert er beliebig deine Gedanken – wie ein fahrender Sänger seine Lieder. Bei einem weniger entschlossenen – oder weniger erfahrenen – Meister kannst du aus der Isolation noch ausbrechen, wenn man dich durch einen Trick hineingelockt hat. Wenn das geschieht, wendet sich die Energie im negativen Sinn gegen den, der den Zauber gewirkt hat. Das ist mir widerfahren. Du warst so darauf versessen, die Antworten zu bekommen und daher so leicht zu beeinflussen, daß ich nicht sah, wieviel Stärke in dir steckte.«

Ich wußte nicht, ob ich mich über die Anerkennung meiner Stärke freuen oder über meine Einfältigkeit ärgern sollte.

»Wille und Verstehen sind die Schlüssel, Lerris. Nicht nur um die Ordnung zu meistern, sondern um alles zu meistern.« Justen lehnte sich zurück, nachdem er den Wildpastetenbrei aufgegessen hatte.

»Ich nehme an, daß wir heute nachmittag nicht nach Weevett weiterreiten.«

»Du brächst nach zwei Meilen zusammen, und ich könnte nicht einmal Rosenfuß besteigen. Hältst du es für eine gute Idee, weiterzureiten?«

Nein, so gesehen wirklich nicht.

»Außerdem mußt du lesen.« Er hielt *Die Basis der Ord-*

nung hoch. »Wenn ich dich in praktischer Anwendung unterweise, könnte mich das für immer zum Greis machen – oder dich das Leben kosten.«

Ich griff nach dem Buch.

»Erst wäschst du alles ab. Das ist das mindeste, was du mir schuldest.«

Ich stapfte wieder zum Bach und fragte mich, warum ich diesem Grauen Magier traute. Jedesmal wenn ich an die gleißende Weiße dachte, in die er mich geführt hatte, lief es mir eiskalt über den Rücken. Aber ich wußte irgendwie, daß er mich nicht absichtlich in diese Hölle gelockt hatte. Und er hatte einen größeren Preis als ich bezahlt – zum zweiten Mal.

Trotzdem waren mir seine Beweggründe immer noch verborgen.

Es kamen auch keine Antworten, als ich die Becher im Bach auswusch. Das Wasser war so kalt, daß mich die Hände bis auf die Knochen schmerzten.

Justen streichelte die Schnauze von Rosenfuß, als ich zurückkam. Er gab beiden Pferden etwas zu fressen, das er auf der offenen Hand hinhielt. Da ich in diesem Moment nicht mit ihm reden wollte, ging ich stumm in die Hütte.

Dort lag das Buch auf meiner zusammengerollten Decke. Ich stellte die nassen Becher auf die Bank, damit sie trockneten. Dann legte ich noch ein Holzscheit aufs Feuer, nahm das Buch und setzte mich auf die Bank, auf der Justen gesessen hatte.

Mit beträchtlichem Widerwillen schlug ich die erste Seite auf.

Ordnung ist Leben. Chaos ist Tod. Das ist eine Tatsache, keine Glaubensfrage. Jede lebende Kreatur besteht aus geordneten Teilen, die zusammenarbeiten müssen. Wenn Chaos einbricht …

Großartig. Das wußte ich bereits, allerdings nicht in dieser präzisen Formulierung.

Ordnung erstreckt sich bis in die winzigsten Fragmente der Welt. Indem der Ordnungs-Meister die kleinsten geordneten Teile beeinflußt, um eine neue und geordnete Form zu schaffen, kann er zum Beispiel bestimmen, wo Land ist und wo nicht, wo Regen fällt und wo nicht …

… Im Gegensatz dazu besteht das Prinzip des Chaos einfach darin, ein geordnetes Element der Welt von einem anderen zu trennen … gezielte Zerstörung …

Nach knapp zwei Seiten hatte ich Kopfschmerzen und schloß das Buch. Was hatte die Philosophie, die ich gerade gelesen hatte, mit der Flucht aus der Weiße zu tun, in die Justen mich versuchsweise hineingelockt hatte?

Ich schloß die Augen und dachte angestrengt nach.

Erstens: Als ich nicht klar gedacht hatte – in Frven oder als Justen mir Antworten angeboten hatte –, war ich gegen die Versuchung nicht gefeit. Und Versuchung bedeutete, daß ich einem anderen gegenüber meinen Verstand geöffnet hatte. Wer auch immer die Gedanken eines anderen kontrollierte, übernahm die Kontrolle über dessen Körper.

Aber … wenn das so war, könnte jeder jeden beherrschen. Doch das war nicht so.

Also … man benötigte ein bestimmtes Talent … doch dieses Talent konnte abgeblockt oder verjagt werden …

Ich öffnete die Augen. Wo war Justen? In der Hütte war er nicht. Ich schaute hinaus. Er striegelte Rosenfuß.

Der Wind hatte sich gelegt. Durch ein Loch in der Wolkendecke fiel ein Sonnenstrahl auf die Hügel links von uns.

»Justen, ist Selbsterkenntnis so etwas wie gutes, festes Gemäuer, wenn es sich dem Chaos widersetzt?«

Er nickte. »Es gibt aber Gefahren.«

Offensichtlich hatte sich meine Miene verfinstert.

»Nicht einmal Antonin vermag sich eines armen

Schafhirten zu bemächtigen, wenn dieser sich entschlossen widersetzt. Aber er verfügt über die Macht, ihn zu vernichten.«

»Aber Ihr habt gesagt, Antonin könne sich meiner bemächtigen?«

»Mittels der Versuchung.« Justen striegelte Rosenfuß, während er mit mir sprach. Das Haar des Grauen Magiers war jetzt beinahe vollständig dunkel. Sein Gesicht zeigte nur noch wenige Runzeln. »Er hätte dich als Lehrling annehmen und dir zeigen können, wie Ordnung funktioniert und wie du Chaos lenkst. Die Macht zu zerstören hätte dich vergiftet – stets für einen guten Zweck: um die Armen zu speisen, die Straßen sicher zu machen, bis der innere Konflikt zwischen Ordnung und Chaos dein Selbstbild aufgebaut und zerstört hätte. Dann hättest du keine Verantwortung mehr übernehmen wollen, und Antonin hätte dir diese Last abgenommen. Sephya und Gerlis sind weniger umständlich.«

Mir wurde kalt. Zum ersten Mal sah ich klar, was er gemeint hatte. Und das alles wegen meiner Unkenntnis?

Mit einemmal geriet ich in Wut. Ich schäumte vor Wut. Meine Augen brannten. Ich knirschte mit den Zähnen. Ich war so wütend, daß mir die kalte Luft eine willkommene Abkühlung gegen die innere Hitze war.

Um irgendein unbedeutendes Chaos in Recluce zu vermeiden – einem geringfügigen Ärger zu entgehen –, hatte man mich, Tamra, Krystal und die anderen außer Landes geschafft, ohne uns ein Sterbenswörtchen über das Problem der Versuchung zu sagen, obwohl man genau wußte, daß alle Gefahrenbrigadiere nach Antworten suchten, nach Macht strebten oder *irgend etwas* wollten. Und dieser Durst machte uns zu möglichen Opfern aller Antonins dieser Welt!

Justen betrachtete mich und lächelte amüsiert.

»Was ist daran so komisch?«

»Du. Du hast ein paar Seiten gelesen und bist sofort

bereit, ganz Recluce in der Luft zu zerreißen.« Er lächelte weiter.

»Woher wißt Ihr das?«

»Ich habe auch ein paarmal so gefühlt.«

»Dann kommt auch Ihr aus Recluce?«

»Das habe ich nicht gesagt, nur daß ich dieses Gefühl kenne«, verbesserte er mich freundlich.

Gairloch stieß mich mit der Schnauze gegen die Schulter und schnaubte auffordernd.

Ich nahm Justens Striegel – noch ein Gegenstand, den ich brauchte, wenn ich für ein Pferd sorgen wollte. Dann dachte ich an meine dahinschmelzenden Geldmittel und hätte am liebsten laut gestöhnt. Alles schien irgend etwas zu kosten … und viel mehr, als ich es für möglich gehalten hatte.

XXX

Die Rothaarige nestelt gedankenverloren an ihrem grünen Halstuch. Dann läßt sie die linke Hand sinken und blickt in den Kamin, in dem kein Feuer brennt.

Ihre Gedanken drehen sich – wie so oft in der Vergangenheit – um unbeantwortete Fragen. Warum war der Weiße Magier so bereit gewesen, sein Wissen mit ihr zu teilen und sie als gleichwertig anzusehen, während die Meister in Recluce ihr selbst das kleinste Fünkchen Wissen mißgönnt hatten?

Der Stab in ihrer Hand wird wärmer, während sie grübelt. Sie beachtet den Weißen Magier nicht, der in dem Sessel sitzt, der ein wenig von dem Tisch mit den Intarsien abgerückt ist. Jetzt verfinstert sich seine Miene. Sie schaut ihn an. Es ist das erste Mal, daß sie ihn nicht lächeln sieht.

»Warum diese finstere Miene?« fragt sie. »Hier wohnen wir auf alle Fälle besser als in der Herberge in Hydolar. Anscheinend sorgt der Vicomte gut für diejenigen, welche Gutes tun.«

»Du bist immer noch mißtrauisch«, meint Antonin. Seine weiche Stimme klingt freundlich. »Wessen bedarf es, um dich zu überzeugen? Vielleicht noch eine Methode, mit der du dein Verstehen weiter verbessern kannst?«

Ihre Lippen verziehen sich. Es ist kein Lächeln, auch kein Zorn – aber von beidem etwas.

»Ich kann dir das ebensoleicht vorführen wie die Technik, dich unsichtbar zu machen, wenn du nicht willst, daß dich jemand sieht.« Jetzt spricht er wie ein nachsichtiger Lehrer. »Ich habe dir versprochen, dir beizubringen, wie du deine Fähigkeiten voll ausschöpfen kannst. Habe ich mein Versprechen nicht gehalten?«

Widerwillig nickt die Rothaarige.

Antonin seufzt leise. »Dann sollte ich dich vielleicht in einer weiteren Lektion unterweisen – in einer Lektion, welche auch dein Verständnis verbessert. Ich nehme an, daß du gern wüßtest, warum die Meister von Recluce derartig einfache Methoden geheimhalten und warum die Bruderschaft dich hinausgejagt hat, ohne deine Fähigkeiten anzuerkennen.«

Wieder nickt die Frau mit dem grünen Tuch. »Habe ich das nicht schon gesagt?«

»Hast du. Doch du hast auch gesagt, daß Worte allein nicht ausreichen, daß Worte ebensoviel verheimlichen wie enthüllen und daß du es mehr als leid bist, ständig vertröstet zu werden.« Wieder seufzt er leise. »Du mußt dich konzentrieren. Leg beide Hände um den Stab und blick in diesen Spiegel.«

Sie runzelt die Stirn, denn sie hat nicht gesehen, wie sich die Tischplatte in einen Spiegel verwandelte. Doch nun blickt sie in die Nebelschwaden, die weißen Wolken gleichen und die Bilder verhüllen, die hinter ihnen sein müssen.

»Blick tief in den Spiegel hinein. Such dort die Antworten.« Seine Stimme hallt etwas nach. »Der Spiegel versinnbildlicht die Barrieren in deinen Gedanken – die Barrieren, vollständig zu verstehen. Denk an gar nichts ... Schweigen ... Stille ...«

Jetzt ... denk nur an die Antworten, die du verdienst ...

Die Worte hängen in ihrem Kopf, nicht in den Ohren.

Gäbst du nicht alles darum, zu verstehen? Greif mit deinen Gedanken nach dem Spiegel! Nur mit deinen Gedanken, nicht mit den Händen! Dann werde ich dir das Verstehen zeigen ...

Die Rothaarige taumelt vorwärts. Schnell packt die dunkelhaarige Frau sie bei den Schultern.

»Du hast ja ewig lange gebraucht ...«

»Sephya.«

Er spricht ihren Namen so eiskalt aus, daß sie den Mund schließt.

»Jetzt ... ehe sie ihre Identität sichert. Jetzt ...« Schweißperlen stehen auf seiner Stirn. Feine Linien machen sein Gesicht plötzlich viel älter.

Die Dunkelhaarige nimmt die Hände der reglosen Rothaarigen, deren Augen starr und geweitet sind. Dann dreht sie die Rothaarige um, damit sie ihr in die Augen schauen kann. Von Krähenfüßen umgebene schwarze Augen bohren sich in klare leere Augen.

Auf dem Tisch spiegeln die wilden Wirbel der weißen Nebelschwaden den Kampf wider.

Gleich darauf ist nur noch ein Haufen Staub dort, wo die dunkelhaarige Frau gestanden hat. Das Feuer des Kamins fängt sich in den Locken der Rothaarigen. Das Haar leuchtet auf und wird dunkler.

»Ich habe rote Haare nie gemocht ...«

Antonin streicht mit der Hand über den Spiegel. Jetzt sieht man darin nur die dunklen Deckenbalken. »Der Vicomte erwartet uns in Kürze. Weck mich, wenn es Zeit ist.« Er schreitet zu dem breiten Bett.

Die dunkelhaarige Frau deutet auf den Staub, der aufwirbelt und verschwindet. »Und sie dachte, sie könnte dir trauen …«

Der Weiße Magier wirft ihr einen zornigen Blick zu, schweigt aber und streckt sich auf der weißen Bettdecke aus.

XXXI

Der nächste Morgen begann mit strahlendem Sonnenschein und kalten Windböen. Justen sah wieder wie der nicht mehr ganz so junge Graue Magier aus, als er Rosenfuß sattelte, während ich meine Decke zusammenrollte. Dann ging ich zum eiskalten Bach, um mich zu waschen und zu rasieren. Das Laub knackte nicht mehr unter meinen Füßen, doch es war nicht warm genug, um nach Frühling zu duften.

Wärmer wäre es gewesen, Gesicht und Hände schmutzig zu lassen. Das Wasser war grausam kalt. Doch hätte ich beschworen, daß Justen beim Waschen nicht mit der Wimper gezuckt hatte. Setzten die Grauen Magier ihre Kräfte ein, um kaltes Wasser zu wärmen? Wahrscheinlich. Aber wenn es sich dabei um Chaos-Kräfte handelte, verzichtete ich lieber auf warmes Zauberwasser. Das Gefühl der Chaos-Isolation war mir noch zu stark in schlechter Erinnerung.

Ich säuberte Hose und Umhang, so gut ich es vermochte, und fragte mich dabei, wie Justens hellgraue Kleidung immer so gut aussah, meine dunklere dagegen ziemlich mitgenommen wirkte. Aber eigentlich wollte ich den Grund dafür nicht erfahren.

Gairloch wieherte und scharrte mit den Vorderhufen, als wolle er mir seine Bereitschaft verkünden, wieder aufzubrechen, und daß er von dem alten Gras und den Blättern genug habe.

Ich schnallte Decke und Tornister fest und stieg in den alten Sattel. »Wie weit ist es nach Weevel – oder wie immer das Nest heißt?«

»Weevett. Wir müßten vor Mittag dort sein ... das hängt natürlich von der Straße ab.« Justen ritt locker dahin, ohne die Zügel einzusetzen. Er rutschte auch nicht im Sattel hin und her wie ich.

Der Wind kam aus Westen. Der schwache Rauchgeruch stieg mir bereits in die Nase, ehe über den flachen Hügeln vor uns ein grauweißes Rauchwölkchen emporstieg. In den Tälern erstreckten sich entweder Weiden oder Wiesen. Nirgends sah ich Äcker oder Obstbäume.

Wir hatten noch keine Meile zurückgelegt, als wir an einer primitiven Hütte vorbeikamen. Sie stand in einiger Entfernung rechts von der Straße und war von einem Bretterzaun umgeben, hinter dem einige Schweine umherliefen. Jemand in weiter Lederkleidung goß Wasser in einen großen Trog. Weiter hinten weideten mehrere Dutzend Schafe.

»Wann haben wir Montgren verlassen?«

»Noch gar nicht. Die Herzogin herrscht zwar über Frven, aber das zählt nicht. Dieses Land will keiner. Die Grenze zwischen Montgren und Certis verläuft auf der anderen Seite von Weevett.«

»Wieder Grenzposten, vermute ich.«

»Nein, keine Posten, nur zwei steinerne Säulen. Die Herzogin ist Realistin. Sie läßt nur diejenigen hängen oder erschießen, die ihr mißfallen, und ihre Soldaten erwischen nur wenige, da sich ihre bescheidene Truppe in Vergren aufhält.«

Laut den Karten, die ich studiert hatte, lag Vergren irgendwo nordwestlich von uns.

Eigentlich war ich noch nicht weit gereist, und doch war ich im Begriff, bereits das dritte Königreich oder Herzogtum oder was auch immer zu betreten. »Sind alle so klein wie Montgren?«

Justen schüttelte den Kopf. »Nur manche. Freistadt zum Beispiel. Hydlen und Gallos erstrecken sich über zweihundert Meilen nach Norden und Süden. Kyphros ist noch größer und das einzige Herzogtum, das man mit Fug und Recht ein Königreich nennen dürfte. Das ärgert den Präfekten von Gallos, seit sein Vorgänger aus den umliegenden Königreichen soviel Land eroberte.«

Die Namen Gallos und Kyphros klangen vertraut, aber mehr nicht. Im Fall Kyphros war das irgendwie anders, doch wußte ich im Augenblick nicht, warum.

Wir ritten an einer zweiten primitiven Hütte vorbei. Diesmal stand sie südlich der Straße. Wieder umschloß ein roher Zaun einen Pferch mit einem Trog und Schafen mit schwarzen Köpfen, die sich überhaupt nicht von denen unterschieden, die nördlich der Straße weideten.

Auf den Hügeln standen mehr als genug Bäume, damit Zäune gebaut werden konnten und um Balken und Bretter für die wenigen Hütten und Häuser zu liefern, die es in Weevett oder Howlett geben mochte. Selbst Vergren – die kleinste Hauptstadt Candars, die wegen ihrer vielseitigen Wollerzeugnisse berühmt war – hätte kaum eine Lücke in dem Baumbestand hinterlassen, aus dem man Holz für ihre Häuser schlug, besonders da es viele rote und schwarze Eichen gab.

Nach einem Weilchen sah ich immer mehr menschliche Behausungen. Langsam wurden aus den ärmlichen Hütten Blockhäuser mit Reetdächern.

Inzwischen stand die Sonne hoch und hell am Himmel; dennoch blieb der Boden gefroren. Obgleich mein Atem keiner Dampfwolke mehr glich, steckte ich die Hände abwechselnd in die Tunika, um sie zu wärmen.

Justen ritt mit offenem Umhang ohne Handschuhe und schien sich dabei wohl zu fühlen.

Mir tat der Hintern weh. Meine Hände waren aufgesprungen und eiskalt. Immer wieder litt ich unter

Krämpfen in den Beinen, obwohl ich ab und zu in den Steigbügeln aufstand, um sie zu strecken.

Jetzt ritten wir wieder einen endlosen Hügel hinab. Allmählich verschwand der rote Lehm der Straße und wich gefrorenem Sand und Kies mit tiefen Furchen. Gairlochs Hufe klapperten laut. Ich machte mir Sorgen, daß ein spitzer Stein unter sein Hufeisen geraten könnte.

Ringsum lagen Felder mit abgeernteten Maisstrünken und Äcker mit aufgeworfener Erde, aus denen die Rüben und Kartoffeln geholt waren. Die Bauernhäuser standen jetzt näher beieinander. Dann erreichten wir einen kleinen Fluß, der größer als alle Bäche war, die ich seit meiner Ankunft in Freistadt gesehen hatte. Entlang des Ufers standen zwar Büsche, aber ich sah keine Bäume – weder nach Norden noch nach Süden.

Sobald die Straße durch ebenes Gelände führte, lief sie pfeilgerade auf eine alte Steinbrücke zu, die den Fluß überquerte.

»Diese Brücke markiert den Rand Weevetts«, erklärte mir Justen.

»Ist das wichtig?« Mich langweilten die immer gleich aussehenden Hütten und Häuser und die verdrossenen Menschen, die immer wegschauten, wenn wir vorbeiritten, und das sich stets wiederholende Graubraun der Hügel und Täler. Immer wieder Schafe, die gleich aussahen und gleich rochen.

»In gewisser Weise schon«, antwortete der Graue Magier, »da die Soldaten der Herzogin in den Städten Montgrens keine Justizgewalt haben.«

Justizgewalt? Wieder ein Schlag. Justen hielt mir immer wieder vor Augen, wie wenig ich wußte und wie viele Fallstricke es in Candar gab.

Ehe wir über die Brücke nach Weevett ritten, begrüßte uns aus Westen der starke Geruch von Schafen und Wolle. Hinzu kam noch ein irgendwie ranziger Gestank, über dessen Ursprung ich Justen nicht zu fragen wagte.

Das Frühstücksbrot in meinem Magen wurde zu einem Bleiklumpen.

Plötzlich mußte ich laut rülpsen. Doch Justen lächelte nicht. Er lenkte Rosenfuß um einen kleinen Wagen herum, der von einem Maultier gezogen wurde. Eine Frau in der weiten grauen Kleidung einer Hirtin stapfte neben dem Maultier einher. Sie würdigte uns keines Blickes, selbst dann nicht, als Rosenfuß an ihr vorbeitänzelte.

Das Maultier schnaubte laut zur Begrüßung. Dann waren wir vor dem Wagen auf der Straße direkt vor der Brücke. Eine Viertelmeile hinter der Brücke standen dicht gedrängt Hütten auf beiden Seiten der Straße.

»Man erwartet uns in der *Herberge der Weber.*«

»Wir werden erwartet?«

Justen lächelte und schüttelte den Kopf. »Lerris. Im Gegensatz zu deinen Vorstellungen streifen Graue Magier nicht ziellos durch die Lande. Wie alle anderen Menschen müssen auch wir unseren Lebensunterhalt verdienen.«

»In Weevett?«

»Genau.« Er setzte sich im Sattel zurecht, als Rosenfuß auf die Granitsteine des Brückenpflasters trabte.

»Darf ich fragen, wie Euer Auftrag dort lautet?«

»Oh, wie zartfühlend ausgedrückt!« Justen lachte. Ja, er lachte tatsächlich – wenn auch nur für einen Moment. »Ich mag kein großes Aufsehen. Mir sind gute Arbeit und angemessene Bezahlung lieber. Vor mehreren Jahren habe ich mit dem Herzog von Montgren ein Abkommen getroffen. Er wollte, daß sein Herzogtum wegen *irgend etwas* berühmt würde, und ich wollte ein sichereres Einkommen. Ich machte ihm einen Vorschlag, und er warf mich um ein Haar hinaus.

Dann änderte er seine Meinung, und ich hob den Preis an. Schließlich besitzen Graue Magier auch Würde. Deshalb sind wir jetzt hier.«

»Eigentlich habt Ihr mir gar nichts erklärt«, sagte ich.

»Die Schafe«, fügte Justen hinzu. »Die berühmten Schafe und die Wolle Montgrens.«

»Ich weiß. Die Schafe sind berühmt. Selbst Weber in … einige Weber, die ich kenne … loben die Wolle.« Ich machte eine Pause. »Wollt Ihr damit sagen, daß Ihr damit etwas zu tun habt?«

»Es mag unbescheiden klingen, aber ja, so ist es. Deshalb sind wir hier.«

Ich schüttelte den Kopf.

»Da du bei mir bist, kannst du helfen.«

Das klang in meinen Ohren gar nicht gut, aber ich war Justen zu Dank verpflichtet. »Wie?«

»Keine Angst. Es ist niedrige Arbeit, doch völlig ordnungsgemäß.«

Ich wartete.

»Gesunde Schafe gebären gesunde Lämmer und bringen gute Wolle. Jedes Jahr untersuche ich die Schafe und Zuchtwidder, um sicherzustellen, daß sich nur die gesunden vermehren«, erklärte er mir. »Deshalb muß ich viermal im Jahr für mehrere Tage Montgren besuchen. Im Herbst besichtige ich auch die Lämmer.«

So einfach konnte es nicht sein, aber ich wußte zu wenig, um Fragen zu stellen. Daher schwieg ich und ritt hinter Rosenfuß her.

Die gepflasterten Straßen in Weevett waren schmal. Die Häuser standen ein Stück weit entfernt. Jedes Grundstück war eingezäunt. Der Plan der Stadt war übersichtlich: Zwei Hauptstraßen – eine Nordsüd, eine Ostwest – trafen sich auf einem zentralen Platz. Es gab kaum mehr als zwei Dutzend anderer Straßen. Die eine Hälfte davon verlief Nordsüd, die andere Ostwest, wodurch ein Gittermuster entstand.

Am Südrand der Stadt sah ich hinter den niedrigen einstöckigen Katen große Lagerschuppen oder Werkstätten.

»Spinnereien«, sagte Justen lakonisch.

»Für Wolle«, fügte er dann noch hinzu.

Offenbar war der Graue Magier in Gedanken weit weg. Ich sah mir daher die Stadt an. Häuschen mit buntbemalten offenen Fensterläden, bunte Kieswege, sauber beschnittene Hecken, leere Blumenbeete und Blumenkästen. Verglichen mit Hrisbarg oder Howlett war Weevett in der Tat ein Städtchen, wo Ordnung herrschte.

In der Mitte des Platzes stand auf einem steinernen Podest auf einem winterbraunen Rasen eine Reiterstatue. In den Sockel waren Schafe eingemeißelt. Auf der Nordseite lag vor der Statue ein kleiner schmutziger Schneehaufen. Eine niedrige Mauer und ein Fußweg säumten den Rasen.

Rings um den Platz gab es ein halbes Dutzend gepflegter Läden. Ein Stoffgeschäft, einen Holzschnitzer, einen Gemüseladen, einen Metzger, ein Ledergeschäft, eine Bäckerei – und die *Herberge der Weber*, die aus der Ferne beinahe so ordentlich wie *Wanderers Ruh* aussah.

Der Herberge gegenüber stand ein zweistöckiges Gebäude mit einer Fahnenstange, an der ein blaugoldenes Banner flatterte. Auf dem unteren blauen Dreieck war eine goldene Krone, auf dem oberen goldenen ein schwarzer Widder abgebildet.

Obgleich viele Menschen auf dem Platz und in den Geschäften zu sehen waren, hielten sich alle von dem steinernen Haus auf der Nordseite fern.

Vor dem Ledergeschäft wartete ein Wagen.

Justen lenkte Rosenfuß geradewegs zum – ebenfalls sehr ordentlich aussehenden – Stall hinter der *Herberge der Weber.*

»Verehrter Magier ...«, begrüßte ihn der Stallbursche.

Justen nickte und schenkte ihm ein Lächeln, als er abstieg.

»Seid auch Ihr ein Magier?« fragte der Flachskopf.

»Ich bin, was ich bin.« Ich zwang mich zum Lachen.

Justen beachtete uns beide überhaupt nicht – ganz ungewöhnlich für ihn. Schnell löste er die Satteltaschen.

Als der Stallbursche beide Pferde in den sauberen Boxen des luftigen Stalls untergebracht hatte, war Justen verschwunden. Ich nahm an, er sei in die Herberge gegangen, und begab mich ebenfalls dorthin. Ich sah ihn im Gespräch mit einem Mann – wahrscheinlich dem Wirt.

»Das ist Lerris. Er ist diesmal mein Gehilfe.«

Der Wirt nickte höflich. Die Enden seines buschigen Schnurrbarts bewegten sich kaum. »Er hat das Zimmer neben Eurem.«

Ich war verwirrt. Keine Fragen, keine Probleme – einfach ein Zimmer für mich.

Der Wirt musterte mich kurz, wandte sich dann wieder an Justen. »Ich habe mir schon gedacht, Ihr würdet Hilfe mitbringen.«

Justen nickte. Aber in Gedanken war er woanders.

»Möchtet Ihr zu Abend essen?«

»Sobald wir …«

»Ah, ja … folgt mir.«

Wir stiegen eine saubere, gut gefirnißte Treppe aus weißer Eiche hinauf und gingen dann einen langen Korridor entlang. Unsere Zimmer waren die Eckräume. In meinem stand ein richtiges Bett. Außerdem gab es einen Schrank, einen Spiegel und eine Waschkommode. Justen hatte außer dem Schlafzimmer noch einen Wohnraum.

Da der Graue Magier allein sein wollte, suchte ich mein Zimmer auf und wusch mich. Dann ging ich nach unten, um meinen leeren Magen zu füllen.

Obwohl die Herberge sauber war, roch es auch hier irgendwie nach Schafen und Wolle. Waren diese Tiere in Weevett allgegenwärtig?

Der Wirt führte mich an einen Ecktisch, der mit richtigem Besteck und Gläsern gedeckt war. Das Feuer im Kamin verbreitete wohlige Wärme.

Als Justen kam, trank ich bereits Rotbeerensaft und hatte mich über den Käse und die Lammpastete hergemacht, die mir ein dickliches, aber freundliches Mädchen gebracht hatte. Die Ähnlichkeit mit dem Wirt war gewiß nicht zufällig.

Justen war nicht zum Plaudern aufgelegt. Er trank einen goldfarbenen Wein, den ich nicht kannte, und verzehrte eine Scheibe Schwarzbrot und ein Stück scharfen weißen Käse. Beim Kauen blickte er in Räume, die ich nicht zu sehen vermochte.

»Morgen verdienst du dir dein Zimmer.«

»Fangen wir dann mit der Arbeit an?«

Er nickte.

Ich hatte viele Fragen, doch der Graue Magier ermutigte mich nicht gerade, sie zu äußern. Außerdem hatte ich immer noch Hunger. Schweigend aßen wir weiter.

Doch eine Frage ließ mich nicht los. Ich mußte sie stellen. »Ihr habt gesagt, daß Magier das neue Stadtzentrum in Frven erbaut hätten, aber das erklärt gar nichts.«

Um Justens Mundwinkel zuckte ein Lächeln. »Das ist zwar eigentlich keine Frage, doch ich verstehe, warum das für dich wichtig ist.« Er nahm einen Schluck Wein. »Die älteren Magier von Fairhaven wußten, daß Chaos keine Bauten von langem Bestand errichten kann ...«

»Was ist mit den Straßen?«

»Bei den Straßen ist es etwas anders. Chaos ist in der Lage, sehr gründlich Steine und Mauern zu zerstören. Solange es die Überbleibsel nicht berührt, ist die Straße so solide, wie es die zurückgebliebenen Steine sind. Die wenigen Schwarzen Magier verwendeten die Meisterschaft der Ordnung, nachdem ihre Handwerker die Schutzmauern und Abflußkanäle errichtet hatten. Aber das war, ehe ...« Er schüttelte den Kopf. »Manchmal schweife ich zu weit ab. Du hast eine Frage zum Bau.

Steinmetzen bauen besser als Chaos-Meister. Das beweist das alte Stadtzentrum in Fairhaven.«

Das war immer noch nicht die Antwort, die ich suchte, aber Justen starrte jetzt ins Leere. Hatte ich ihn in die Vergangenheit zurückversetzt? Ich aß schweigend den Rest der Lammpastete und ließ Justen weiter vor sich hinstarren.

»Deine Mahlzeit ist bezahlt«, sagte der Graue Magier etwas später – ich hatte bereits das letzte Stück Rotbeerenkuchen vertilgt. Er stand auf. »Ich sehe dich dann bei Tagesanbruch.«

Ich nickte. Ehe ich etwas sagen konnte, war er verschwunden.

Ich stand ebenfalls auf, wickelte mich in den braunen Umhang und ging hinaus, um mich in Weevett umzuschauen.

Es war Spätnachmittag. Viel weniger Gestalten als vorhin waren auf dem Platz zu sehen. Doch das lag vielleicht an den dicken grauen Wolken und den vereinzelten Schneeflocken, die ein kalter Wind übers Pflaster jagte.

Nach kurzer Zeit kehrte ich zurück in mein Zimmer und entzündete die Öllampe.

Seufzend holte ich *Die Basis der Ordnung* hervor und schlug es auf. Es war immer noch langweilig. Vielleicht war ich aber zu müde, um weiterzulesen. Ich löschte die Lampe und legte mich aufs Bett, um ein Nickerchen zu machen.

Als ich aufwachte, war es stockdunkel. Durchs Fenster sah ich nur eine einzige Straßenlaterne. Ich beachtete das Magenknurren nicht weiter, zog mich aus und schlüpfte unter die Bettdecke. Das Einschlafen fiel mir immer noch leicht.

XXXII

Schafe! Ich hoffe, daß ich niemals wieder ein Schaf so nahe sehen – oder riechen – muß wie die Schafe in Weevett. Im Vergleich dazu riecht ranzige Butter beinahe nach Rosen!

Wie Justen trug ich Jacke, Hose und Stiefel, die wir von Schafhirten geborgt hatten. Allerdings mußte ich Wolle in die Stiefelspitzen stopfen.

Der Graue Magier hatte mir erklärt, er werde nur reine Ordnungs-Magie benutzen. »Doch nur deshalb, weil es sich um Ordnungs-Magie handelt, muß es nicht angenehm sein«, hatte er hinzugefügt. »Doch diese Arbeit verschafft mir die Möglichkeit, den Rest meiner Zeit nach Belieben zu verbringen.«

Wir gingen aus dem Schuppen zu einem Pferch, in dem sich über hundert schwarzgesichtiger Tiere befanden.

Mein Magen protestierte heftig, obwohl meine Nase bereits betäubt war – und nicht nur wegen des eiskalten Windes. Die Sonne strahlte, wärmte jedoch nicht. Der Wind wirbelte die dünne Schneeschicht umher und türmte sie bei den Zaunpfählen und den leeren Wollschuppen auf.

Justen schritt schnellen Schritts zu dem Gatter, wo eine schlanke Frau mit weißem Haar und sonnengebräunter Haut stand. Das Haar war beinahe so kurz geschnitten wie meins. Sie lächelte dem Magier zu. Ihre graue Lederkleidung war sauber. Hinter ihr stand ein großer Mann mit einem Krummstab.

»Justen …«

»Merella.«

Dann sah ich die Abteilung Armbrustschützen an der Schuppenwand hinter der Frau. Ich blickte in die andere Richtung. Auch dort standen einige bewaffnete Soldaten. Schnell lief ich zu Justen.

»Wer ist der junge Mann?«

»Mein derzeitiger Gehilfe. Das ist die Herzogin Merella von Montgren. Und das ist Lerris, der viel von Ordnung versteht, doch von Schafen keinen blassen Schimmer hat.«

Die Herzogin lächelte verschmitzt. »Er hat mich nicht erwartet. Du sagst ihnen nie Bescheid. Stimmt's, Magier?«

»Auf diese Weise geht es besser vonstatten«, erklärte Justen.

»Ich freue mich, Euch kennenzulernen, Hoheit.« Ich neigte den Kopf. Eigentlich war ich nicht sicher, wie man eine Herzogin richtig ansprach.

»Ich freue mich auch, daß du hier bist, Lerris.« Dann verschwand das Lächeln. »Wir haben wegen des Herzogs und des Regens zu viele Tiere verloren«, stellte sie beinahe geschäftsmäßig fest. »Gibt es da irgend etwas …? Die Krüppel haben wir aussortiert und nur die am wenigsten geschädigten Schafe hergebracht.«

»Wir tun, was wir können.« Justen schaute mich an. »Die weiblichen Schafe, die dieses Jahr werfen sollen, kommen einzeln zu diesem Platz. Wir untersuchen sie, um zu prüfen, ob sie so gesund sind, wie sie aussehen. Wenn du etwas spürst …«

»Dann sage ich Euch Bescheid?«

Justen nickte und wandte sich wieder an die Herzogin. »Lerris hat einen ausgeprägten Sinn für Ordnung. Daher kann ich – hoffentlich – meine Energie für die Krüppel und Zweifelsfälle einsetzen.«

»Wie du meinst – solange es zu einem guten Ergebnis führt«, sagte die Herzogin ruhig. Doch ihre Stimme klang härter als zuvor.

Justen blickte den Hirten an. »Schick das erste Tier durch!«

Bäääääää … Ein Wollknäuel mit schwarzem Gesicht und vier Beinen kam aus dem Pferch in den schmalen Bereich zwischen zwei Zäunen gelaufen. Nach der Untersuchung gelangten die Tiere durch ein offenes Gatter in einen zweiten – noch leeren – Pferch.

Ich gab mir Mühe, das Schaf zu erfühlen. Das war nicht so schwierig, wie ich befürchtet hatte, da es keinerlei Spur von Unordnung gab, lediglich ein schwaches Gefühl von Ordnung. Ich blickte Justen an und sagte: »Sie scheint gesund zu sein. Keine Unordnung, nur ein schwaches Gefühl von Ordnung ... und Gesundheit.«

Er nickte. »Kannst du diese Ordnung ein wenig verstärken?«

Ich wußte nicht, wie.

»Paß auf und gebrauch deine Sinne.«

Das tat ich. Justen strich über das Fell der Schafe, als würde er Holz glätten, um die Maserung mehr zur Geltung zu bringen. Der Vergleich hinkt, aber so fühlte es sich an.

»Schick das nächste Schaf.«

Diesmal war ich – mit etwas Hilfe – in der Lage, es dem Grauen Magier gleichzutun. Beim fünften und sechsten Schaf arbeitete ich allein, und Justen beobachtete mich. Alles ging gut, bis – vielleicht als zwanzigstes – ein sehr großes Mutterschaf hereingeschoben wurde.

Noch ehe das Tier vor mir stand, drehte sich mir der Magen um. Unter dem dicken Fell schien das Schaf weiß glühend zu leuchten.

»Justen ... dieses Schaf ...«

Selbst der Graue Magier wurde blaß. Doch dann nickte er einem Hirten zu. »Nimm dieses Schaf aus dem Pferch für die Weißen heraus.«

»Chaos?« fragte die Herzogin. Ich hatte ganz vergessen, daß sie immer noch zuschaute.

Justen nickte. Ein Hirte führte das chaosverseuchte Tier in einen kleinen Pferch.

Die Schafe kamen jetzt immer schneller. Ich atmete

Schafe, schmeckte Wolle und war drauf und dran, selbst sofort loszublöken.

Bei einigen Mutterschafen war der Ordnungsfluß kaum spürbar. Ich bemühte mich, ihn nach Kräften zu verstärken.

Ein schwarzes Schafsgesicht ... *bäääää* ... der ölige Wollgeschmack legte sich mir auf die Zunge ... *bääää* ... »Gut.« Nächstes Schaf ... »Dieses Tier nicht ...« Schafsfurze ... Kot ... öliger Wollgeruch ... *bäääää* ...

Die Parade der Tiere schien endlos zu sein – bis der Pferch leer war.

Benommen blickte ich auf. Die Herzogin war irgendwann gegangen. Ich hatte keine Ahnung, wann.

»Hier drüben«, sagte Justen.

Mir kam es vor, als hätte er mehr Silberfäden im Haar als heute morgen. Aber vielleicht bildete ich mir das nur ein. Ich stapfte in die angegebene Richtung. Meine Augen brannten, mein leerer Magen knurrte und verkrampfte sich.

Hinter dem Acker wartete noch ein großer Pferch voller Schafe.

Ich schaute zum Himmel. Die Sonne hatte noch nicht die Hälfte des Wegs bis Mittag zurückgelegt. »Oh ...«

So verging der Vormittag ... ein Schaf nach dem anderen. Justens Miene verfinsterte sich bei jedem Muttertier, das wir aussondern mußten, immer mehr.

Um die Mittagszeit tränten mir die Augen. Im weißen Pferch liefen ungefähr hundert chaosbefallene Mutterschafe umher.

»Ruh dich aus, Lerris«, sagte Justen. »Laß uns essen, ehe wir die Arbeit beenden. Danach reiten wir zu den Weiden im Süden.«

»Da sind noch mehr?«

Justen lächelte – halb belustigt, halb grimmig. »Du hast erst angefangen. Zwei Tage hier und zwei Tage bei den Herden außerhalb von Vergren. Dort bekommst du aber nicht gleich ein Zimmer in einer Herberge, sondern nur einen Strohsack in einem Zelt.«

Ich sank gegen den Zaun. Justen ging zum weißen Pferch und ließ sich von zwei Hirten ein Schaf nach dem anderen bringen. Diesmal berührte er jedes Tier.

Als er fertig war, konnten zwei Drittel der Tiere zur gesunden Herde zurückkehren. Die restlichen Schafe blieben im weißen Pferch.

Mit langsamen, gemessenen Schritten kam der Graue Magier wieder zu mir. Die Sonne schien ihm aufs Haar, das jetzt zur Hälfte silbrig glänzte. Doch er hatte kaum Runzeln – nicht so wie in Frven.

»Warum gibt es hier soviel Chaos?« fragte ich.

»Woher weißt du das?« lautete die Gegenfrage. Er stützte sich auf den Zaun.

»Seit zwei Tagen seid Ihr ganz zurückgezogen und habt in Welten geschaut, in die nur Magier schauen können, ohne Eurer Umgebung Aufmerksamkeit zu schenken. Ich kenne Euch nicht, aber mir scheint das mehr als nur Arbeit zu sein.«

»Du hast recht. Die Natur sucht nach dem Gleichgewicht, und diesmal ist Recluce zu weit gegangen.« Er runzelte die Stirn. »Hoffe ich zumindest«, fügte er leise hinzu.

Seine letzten Worte verblüfften mich. »Ihr hofft, daß Recluce zu weit gegangen ist?«

»Nein, so habe ich es nicht gemeint. Ich hoffe, es ist nur eine Frage des natürlichen Gleichgewichts.« Er stieß sich vom Zaun ab und ging zum mittleren Schuppen. »Laß uns jetzt essen. Die Hirten haben etwas vorbereitet.«

Das Mittagessen bestand aus heißer Suppe, kaltem Lammbraten, Käse, Schwarzbrot und Rotbeerenmarmelade. Dazu durfte ich soviel heißen Most trinken, wie ich wollte. Leider schmeckte für mich alles nach öliger Wolle. Das Essen beruhigte aber meinen Magen. Als ich mich wieder ein wenig wie ein Mensch fühlte, gingen wir hinaus, um die nächste Herde mit Mutterschafen zu untersuchen.

Danach ritten wir zu den Weiden im Süden der Stadt und arbeiteten dort, bis wir die Hand vor Augen nicht mehr sehen konnten. Ich war beinahe zu erschöpft, um zu Abend zu essen. Dann fiel ich todmüde ins Bett.

Der nächste Tag verlief ebenso, der folgende auch, abgesehen davon, daß wir bis Mittag reiten mußten. Jeden Tag besuchte uns die Herzogin für eine Weile. Sie schaute ebenso finster wie Justen drein. Der vierte Tag war nicht ganz so schlimm. Aber wir kehrten auch erst bei Dunkelheit in die *Herberge der Weber* zurück.

»Hol den Bademantel aus deinem Zimmer und komm mit mir.«

»Was …?«

»Wir nehmen ein Bad.«

Tatsächlich konnten wir in einem kleinen Raum neben der Küche ausgiebig mit heißem Wasser und Seife baden. Zum ersten Mal fühlte ich mich richtig sauber, seit ich Recluce verlassen hatte. Wir ließen die geborgten Kleidungsstücke liegen und kehrten im Bademantel zurück aufs Zimmer. Dort war mein Bett frisch bezogen. Meine eigenen Sachen waren gereinigt, meine Stiefel geputzt. Es lag auch ein kleiner Beutel da mit fünf Goldpfennigen.

Ich fand, daß ich mir diese wahrlich verdient hatte.

Als wir endlich zum Abendessen kamen, war das Feuer im Kamin schon herabgebrannt. Wir waren die einzigen Gäste. Der Wirt bediente uns selbst. Das Kalbfleisch war zart, die Sahnesoße köstlich, der goldene Wein erinnerte an einen schönen Herbsttag. Zum ersten Mal schmeckte mir der Wein. Weder Justen noch ich hatten Lust zu reden, solange wir aßen. Als wir den Rotbeerenkuchen betrachteten, den es zum Nachtisch gab, sagte Justen:

»Du hast dich wacker gehalten, Lerris.«

»Ich kann nur sagen, daß Ihr tatsächlich alles verdient, was man Euch zahlt«, erwiderte ich das Kompliment. »Das ist Schwerarbeit.«

»Abgesehen von ganz zu Anfang gab es nie soviel Unordnung«, sagte der Graue Magier nachdenklich und strich sich übers Kinn.

»Ihr habt Recluce erwähnt. Was habt Ihr damit gemeint?«

»Ich hatte gehofft, daß die Maßnahmen Recluces gegen den Herzog zurückgeprallt wären, doch es sieht nicht so aus. Es ist alles zu frisch, beinahe als ob …«

»Als ob was …?« Ich biß in ein Stück Kuchen.

Er schaute mich an. »Als ob … nun … als ob du mit Antonin gegangen wärst.«

»Wie konnte das geschehen? Ist es genauso mühsam, Chaos zu säen, wie es für uns ist, Chaos zu beseitigen?«

»Nein. Das ist das Problem. Zerstörung ist immer leichter als Aufbau. Es ist, als wären Verlya oder Gerlis gemeinsam mit Antonin und Sephya am Werk. Oder als wäre Sephya viel stärker geworden.« Er schüttelte den Kopf. »Aber das kann ich nicht glauben.« Er nahm einen Schluck des goldenen Weins.

»Arbeiten die Chaos-Meister nicht zusammen?«

»Zusammenarbeit – abgesehen von der Beziehung zwischen Meister und Lehrling oder zwischen Mann und Frau – ist beinahe ein Widerspruch in der Chaos-Theorie. Außerdem haben die großen Meister Zusammenarbeit nur selten nötig, da sich ihnen so wenige entgegenstellen.«

»Ihr stellt Euch ihnen entgegen.«

»Nicht direkt. Dafür bin ich nicht ordnungsrein genug.« Justen stellte das Glas ab. »Ich bin müde, und morgen brechen wir nach Jellico auf.«

»Noch ein Auftrag? Wieder Schafe?«

»In Jellico geht es um Saatgut.«

»Saatgut?«

»Gutes Saatgut bringt gute Ernte. Certis baut Raps an, und aus dem preßt man das Duftöl, das Hamor schätzt ...«

Ich gähnte. Einige Bereiche im Alltag der Magier und Ordnungs-Meister waren immer noch schrecklich langweilig. Zumindest roch Saatgut nicht ... so hoffte ich zumindest.

XXXIII

Links stand eine Baumreihe, die zu einem Wäldchen führte, in dem die Straße eine Meile vor uns verschwand. Unter dem blaßblauen Himmel mit der Wintersonne waren Frost und Schnee auf Straße und Stoppelfeldern geschmolzen.

Nachdem wir die Grenzschlucht Montgrens hinter uns gebracht und Certis betreten hatten, sah ich häufiger eingezäunte Pferche und Schafweiden. Hier waren sämtliche Felder und abgeerntete Maisäcker von Zäunen umgeben. Die Bauernkaten waren größer. Zu vielen gehörten sogar Waldstücke. Aber die Landschaft langweilte mich. Wieviel Erfindungsgeist steckt in Zäunen und Katen? Und wie lange kann man daran vorbeireiten, ohne durch die Gleichförmigkeit abgestumpft zu werden?

Justen war nicht gerade gesprächig, und ich drang nicht in den Grauen Magier.

Plötzlich wieherte Gairloch und warf den Kopf zurück. Er bäumte sich kurz auf. Dann ging er wieder im Schritt.

Whiaaaa ... Rosenfuß war Gairlochs Meinung.

Ich blickte zu Justen hinüber.

»Sie haben Durst«, sagte er.

»Gibt es dort vorn einen Fluß?«

»Ich glaube ja. Dort steht sogar ein Pavillon, wenn ich mich recht erinnere.«

»Pavillon?«

»Ein Dach auf vier Balken. Ein Schutz gegen Regen.«

Einen Regenschutz brauchten wir nicht, aber wahrscheinlich bot es einen besseren Rastplatz als der Straßenrand.

Den Pavillon fanden wir, doch die Eiche daneben war wohl vom Sturm entwurzelt worden und darauf gefallen. Dabei hatte sie den Dachbalken zerbrochen. Zwischen den Ästen in dem eingestürzten Pavillon gab es keinen Unterschlupf für müde Reisende. Ein Trampelpfad zeigte den Weg zum Fluß.

Ich stieg auf dem Weg aus dem Sattel, um Gairloch den Abhang zum Fluß hinabzuführen.

Er wieherte und weigerte sich weiterzugehen. Ich musterte die Bäume am Ufer genau. Aber ich sah nichts. Dann bemühte ich mich, Chaos zu erspüren. Wieder nichts.

»Ruhig. Man muß das trinken, was kommt.« Ich schlang die Zügel über den Sattel und holte die Feldflasche heraus.

Whiiaaa …

»Ich weiß, daß es kein warmer Stall ist, aber das Wasser *ist* genießbar.« Ich stellte mich flußaufwärts von Gairloch hin und schöpfte Wasser. Ich roch und leckte daran. Ich erspürte es mit meinen Gedanken. Nichts – nur gutes, kaltes Wasser. Ich trank mehrere Schlucke. Dabei mußte ich vorsichtig sein, um nicht von dem Rasenstück zu rutschen, auf dem ich hockte. Nachdem ich mir das Gesicht mit dem Ärmel abgewischt hatte, füllte ich die Feldflasche und steckte sie zurück in die Hülle.

Justen – wo war er?

Ich packte den Stab fester und stieg den Hang hinauf.

Vom Grauen Magier war nichts zu sehen. Aber ein

Soldat im Kettenhemd tauchte hinter dem Pavillon auf. Sein flacher Helm war mit Lederriemen festgeschnallt. Er hatte das Schwert gezückt. Die Spitze zeigte in meine Richtung.

»Wieder ein Pilger ...« Seine Stimme war rauh, sein brauner Bart struppig. Mit gemessenen Schritten näherte er sich mir.

Ich hätte ihm davonlaufen und vor ihm bei Gairloch sein können, aber ich hatte keine Ahnung, wo Justen steckte und wer diesen Soldaten vielleicht begleitete. Möglich, daß sein Kamerad eine Armbrust, einen Langbogen oder ein Gewehr hatte. Ich nahm den Stab fest in beide Hände, stellte mich hin und wartete.

»Was willst du?« fragte ich. Ich fand diese Frage durchaus angemessen, auch einem Wahnsinnigen mit funkelnden Augen und einem Schwert in der Hand gegenüber.

»Nur dein Pferd und dein Geld.«

»Das ist ein bißchen viel.«

»Verdammter Pilger! Ihr seid doch alle gleich.«

Zisch.

Ich ließ den ersten Schlag vorbeizischen.

Zisch!

Peng! Ich war ehrlich verblüfft, wie tolpatschig er kämpfte, als ich seine Klinge auf den harten Lehmboden fliegen sah.

Ich wartete, ob er das Schwert aufhöbe oder den Dolch aus dem Gürtel zöge.

Seine Augen schossen von meinem Stab zum Schwert und zurück. Dann seufzte er. »Pardon?«

Ich nickte.

Klick!

Ich duckte mich und fuhr herum.

Zisch! Die Klinge des kräftigen Kerls traf den Rand meines Umhangs. Ich wünschte, ich hätte ihn abgelegt, als ich zur Seite taumelte.

Peng!

Er rutschte mit einem Fuß auf irgend etwas aus und sprang zurück.

Ich nutzte diesen Moment, um mich des Umhangs zu entledigen und in Kampfstellung zu gehen. Jetzt konzentrierte ich mich ganz auf den unrasierten grauhaarigen Veteranen vor mir. Seine Augen waren blutunterlaufen, doch seine Hände wirkten nicht unsicher.

Seine Klinge senkte sich. Dann machte er eine Drehung.

Ich bewegte mich nicht, beobachtete gleichzeitig seine Augen und die Klinge.

Er trat zurück und steckte das Schwert in die Scheide. »Verfluchte Magier. Verzeihung, Herr, aber ich wußte nicht, wer Ihr seid.«

Ich bemühte mich, meine Verblüffung nicht zu zeigen, daß ich plötzlich zwei Männer vor mir hatte. Der jüngere konnte kaum stehen, da sein Bein verletzt war. Der ältere beobachtete uns beide.

Beide Soldaten trugen Lederwesten mit zwei unregelmäßigen hellen Flecken auf den Schultern. In diesen Flecken waren zwei kleine Löcher zu sehen. Offenbar waren die Rangabzeichen, die Flügeln ähnelten, vor kurzem entfernt worden.

Die Kettenhemden waren eigentlich keine Rüstung. Sie hielten höchstens verirrte Pfeile und schwache Hiebe ab. Doch die Schwerter der beiden waren durchaus brauchbar.

Ich spürte bei beiden keinen Pesthauch des Chaos. Allerdings strahlten sie auch keine Ordnung aus. Damit blieb nur die Möglichkeit, daß es sich um Söldner handelte, deren Vertrag abgelaufen war und die nun zu Banditen geworden waren. Ich wünschte, Justen wäre in der Nähe, aber der Graue Magier schien sich in Luft aufgelöst zu haben.

»Magier-Probleme?« fragte ich. »Nur Magier-Probleme?« fügte ich hinzu.

Der ältere Grauhaarige, der aber wohl kaum älter als Justen war, spuckte auf die Straße. Der Jüngere blickte auf sein Schwert.

»Du kannst es dir holen, wenn es danach in der Scheide bleibt.« Ich hielt meinen Stab kampfbereit, bis er die Klinge in die Scheide gesteckt hatte. »Dennoch müßt ihr mir erklären, warum ich euch laufen lassen sollte, ohne euch ein Haar zu krümmen.«

»Ha! Verzeihung, junger Magier, doch dazu seid Ihr nicht imstande.« Wieder spuckte der Ältere aus und schaute zu Gairloch, der etwas zurückgewichen war, aber keinen Laut von sich gegeben hatte.

»Das ist nicht ganz richtig, mein Freund.« Ich lächelte freundlich. »Ich kann nichts Zerstörerisches tun, aber was wäre, wenn ich beschlösse, daß eure Nasen bei jeder Schurkerei um Daumeslänge wachsen sollen? Oder daß ihr in die Länge wachsen sollt?«

»Was ...?« fragte der, den ich entwaffnet hatte, und blickte erst mich, dann seinen Kameraden an.

Der ältere Mann schluckte. »Ihr seid zu jung, um das zu schaffen.«

Wieder lächelte ich. »Ich weiß nicht, ob ich alles richtig machen würde, doch selbst ein Fehler würde mir nicht schaden, solange ich kein Chaos hinzuziehe.«

Er wurde blaß. »Wir haben Hunger.«

Ich nickte.

»Dieser Magier ... er hat den Herzog nicht vorm Tod geschützt ... auch nicht dafür gesorgt, daß der Regen die Ernte vernichtet.«

»Warum seid ihr nicht beim neuen Herzog geblieben? Herzöge brauchen immer Soldaten.«

Die beiden schauten sich an.

Ich war nicht sicher, ob ich die Geschichte hören wollte, aber ich wechselte den Griff am Stab.

Schließlich begann der Jüngere. »Nun ... wir hatten keine Wahl. Grenter – er war der Anführer unserer Abteilung – schickte uns aus, um ein paar … Pilger … einzufangen.«

Offenbar zog ich die Brauen hoch.

Der Ältere fügte schnell hinzu: »Das war unter dem alten Herzog, versteht Ihr.«

»Sie müssen von unserem Kommen gewußt haben; denn sie waren alle weg, als wir zu ihrer Herberge kamen.«

»Und wo war das?«

»In Freistadt … *Wanderers Ruh* hieß sie.«

»*Hieß* sie?«

»Der Magier hat sie niedergebrannt. Es ist ihm nicht leichtgefallen, obwohl er einen Gehilfen hatte. Wir haben es nicht selbst gesehen. Grenter hat uns losgeschickt, um die Pilger zu finden, ehe sie die Stadt verließen.« Der jüngere Söldner blickte umher, dann wieder zu mir.

Eine dünne Wolke schwebte über der bleichen Sonne. Der Wind frischte auf und blies dürre Blätter über die Straße.

»Herris hier, ich, Dorret und Symms haben sie erwischt, samt zwei von ihren Weibern. Eine knallharte Blondine und eine bildschöne Schwarzhaarige. Ich wünschte, wir hätten sie nie gefunden. Dorret hat nie mitbekommen, was passiert ist.«

»Was *ist* denn passiert?« hakte ich nach.

»Die Blonde hat ihm so schnell einen Dolch durch die Kehle gejagt, daß ich es nicht mal gesehen habe. Er stürzt gurgelnd zu Boden und hält sich den Hals, da reißt Symms die Klinge raus und will sie durchbohren. Aber die Dunkle, die Hübsche, hat auch eine Klinge und läßt ihn wie einen blutigen Anfänger dastehen.«

Herris, der ältere Söldner, hustete und spuckte.

Ich schaute ihn an.

»Fydor hat recht«, erklärte er.

»Ihr wart immer noch zu zweit.«

Herris warf mir einen wütenden Blick zu. »Das widerliche blonde Biest hatte noch zwei Messer und wollte beide benutzen. Das andere Weib ist eine geborene Mörderin. Keine Schweißperle – und sie lächelte, als sie Symms tötete.«

»Dann habt ihr sie laufen lassen?«

Verlegen blickten beide zu Boden. Schließlich bekannte der Jüngere: »Ich habe um Hilfe gebrüllt. Dann kam die zweite Abteilung von der anderen Marktseite – nicht alle, nur drei.«

»Ihr wollt mir doch nicht erzählen, daß die zwei Frauen diese ebenfalls abgeschlachtet haben«, sagte ich betont spöttisch, obwohl ich mich freute, wie Wrynn und Krystal die Soldaten des Herzogs erledigt hatten.

»Nicht alle. Einer – Gorson – ist ihnen entkommen. Er hat nur die rechte Hand verloren und eine Schulterwunde davongetragen. Die anderen beiden haben sie getötet.«

»Und ihr beide seid abgehauen?«

Betreten schwiegen beide.

Schließlich spuckte Herris wieder. »Das waren Hexen. Sie kamen aus Recluce. Gegen solche Teufelinnen kämpfe ich nie wieder.«

»Wohin sind sie gegangen?«

Fydor zuckte mit den Schultern und mied meinen Blick. »Ich nehme an, daß sie nach Kyphros gegangen sind. Der Autarch liebt weibliche Schwertkämpferinnen. Sie haben aber nicht diese Straße genommen. Da bleiben nur die Straßen über die Berge oder an der Küste entlang.«

»Magier, Ihr scheint gar nicht so überrascht zu sein«, meinte Herris.

»Ich habe mit der Dunkelhaarigen die Klingen gekreuzt.«

»Klingen?«

»Stab gegen Klinge.«

Herris trat einen Schritt zurück. »Es tut mir sehr leid,

Magier. Ehrlich. Ich wünschte, ich hätte Euch beide nie getroffen.«

Auch Fydor folgte seinem Beispiel und wich zurück.

Dann eilten beide so schnell wie möglich davon in Richtung Weevett.

Ich sah ihnen mit halboffenem Mund hinterher.

»Sehr beeindruckend, junger Lerris.« Justen saß neben der umgestürzten Eiche auf dem Rücken seines Pferdes. Ich vermutete, daß er von dort aus alles beobachtet hatte.

Daß er mich im Kampf gegen die beiden allein gelassen hatte, ärgerte mich, obwohl ich stolz war, es allein geschafft zu haben. Aber Justen waren meine Gefühle ohnehin gleichgültig. »Wie habt Ihr das ohne Hitzeschlieren bewerkstelligt?«

Justen lächelte. »Dazu braucht man viel Übung. Du könntest es jetzt schon mit Hilfe der Verzerrungslinien tun, aber du mußt die Temperatur auf beiden Seiten des Spiegels gleichschalten, um die Erscheinung zu vermeiden, die du Hitzeschlieren nennst.«

»Ihr habt meine Frage nicht beantwortet.«

»Ich erkläre dir mehr, wenn wir weiterreiten. Der Rest steht in deinem Buch. Rosenfuß hat getrunken, während du das saubere Pärchen abgefertigt hast.« Justen bewegte die Zügel nicht. Trotzdem setzte Rosenfuß sich in Bewegung und trug ihn zurück zur Straße.

»In meinem Buch?«

»Lerris, man muß kein Gedankenleser sein, um deine Gedanken zu kennen. Du stammst eindeutig aus Recluce. Du hast die Talente, um ein erstklassiger Ordnungs-Meister zu werden, und du warst überrascht – nicht neugierig, aber überrascht –, mein Exemplar der *Basis der Ordnung* zu sehen.« Der Graue Magier blickte nach vorn – nach Südwesten.

Ich ging zu Gairloch. Er stand ruhig am Straßenrand, oberhalb der Böschung zum Fluß. Ich stieg so schnell in den Sattel, daß ich beinahe auf der anderen Seite wieder hinunterrutschte. Ich beeilte mich, Rosenfuß und Justen einzuholen.

Rauchwölkchen kräuselten sich zum blaßblauen Himmel empor. Sie neigten sich nach Nordwesten. Hinter den Hügeln im Südosten sah ich, wie der Wind weitere Wolken zusammentrieb. Bei der Wärme der Sonne und der lauen Luft aus Süden befürchtete ich Regen – oder noch schlimmer – Graupelschauer.

»Wie weit ist es bis Jellico?« fragte ich, als ich Justen eingeholt hatte.

»Etwas über einen Tag.«

»Wie viele andere Orte liegen noch am Weg?«

Der Graue Magier lächelte leicht. »Ein paar Dörfer, aber nur wenige mit Herbergen, und die wenigsten sind so groß wie Weevett oder Howlett.«

Wir ritten eine Zeitlang weiter, ehe ich die nächste Frage stellte. »Wie könnt Ihr Euch so verbergen, daß ich weder Euch noch die Hitzeschlieren sehen kann?«

»Das ist dieselbe Frage.« Der Graue Magier hustete und räusperte sich, ehe er fortfuhr: »Was heißt schon sehen?«

Ich bemühte mich, nicht zu seufzen. Ich hatte eine einfache Frage gestellt, und anstelle einer Antwort bekam ich eine Frage. »Sehen ist, wenn man jemand oder etwas erblickt.«

Justen seufzte. »Was ist der physikalische Vorgang des Sehens? Hat dir das niemand beigebracht?«

Ich schaute ihn so verwirrt an, wie ich mich fühlte. Ich hatte keine Ahnung, was in seinem Kopf vorging.

»Von der Sonne kommt Licht – chaotisches weißes Licht. Es fällt auf einen Gegenstand und wird von ihm reflektiert. Dieser Akt der Reflexion ordnet das Licht teilweise. Die reflektierten Strahlen dringen in deine Augen ein. Du siehst nicht den Gegenstand, sondern das Licht, das von diesem Gegenstand reflektiert. Deshalb kannst du nichts sehen, wenn es kein Licht gibt. Eigentlich ist es nicht ganz so einfach, aber das sind die Grundlagen. Verstehst du, was ich meine?«

Also, *so* schwer von Begriff war ich doch nicht! »Selbstverständlich! Meine Augen sehen die Reflexion der Realität, nicht die Realität selbst. Das bedeutet: Wenn ich Dinge fühle, könnte dieses Gefühl echter sein als das, was ich sehe.«

Justen nickte, ohne mich anzuschauen. Seine Augen blieben auf die Straße geheftet. »Bedenke, daß reale Dinge nicht gefühlt werden können. Und viele vom Chaos berührte Dinge sind nicht real, können aber dennoch verletzen. Doch du hast recht.« Wieder räusperte er sich. »Es gibt viele Möglichkeiten, nicht gesehen zu werden, aber allen diesen Möglichkeiten liegen zwei Ideen zugrunde. Die erste: die Gedanken von jemanden so berühren, daß dieser nicht weiß, daß er etwas gesehen hat. Das ist die Chaos-Methode, weil sie die Verbindung zwischen Wahrnehmung und Realität zerstört.«

»Und die Ordnungs-Methode?«

»... ist viel komplizierter ...«

Ich nickte. Alles, was mit Ordnung zu tun hatte, war komplizierter.

»Licht läuft nicht so gerade wie ein Pfeil, sondern ähnelt mehr einer Welle auf dem Meer. Licht kann mit dem Verstand verwoben werden, obgleich dies Übung erfordert. Du webst das Licht so um dich, daß es dich nie direkt berührt. Eigentlich ist es nicht schwierig, wenn man nur übt, doch setzt man es im Ernstfall ein, kann es sehr gefährlich sein, wenn deine nichtvisuellen Wahrnehmungen nicht sehr gut entwickelt sind.«

»Nichtvisuelle Wahrnehmungen?« Gerade als ich den Begriff zu verstehen glaubte, fügte er noch etwas hinzu.

»Das, was du ›Dinge erspüren‹ nennst ...«

»Oh ... aber warum?«

Justen schüttelte den Kopf und murmelte etwas über die Grundlagen der Physiologie und die Wellentheorie.

Wir ritten schweigend zu einer sanften Anhöhe hinauf, von der aus man über eine Parklandschaft sah, die ganz anders war als die Meilen und Meilen der Bauernfelder, Schweinepferche und Katen, an denen wir bisher vorbeigekommen waren. Da fragte ich ihn nochmals.

»Lerris, warum benutzt du nicht deinen Verstand? Der ist nämlich zum Denken bestimmt.«

Ich wartete.

»Wenn du dich vom Licht abtrennst, sehen deine Augen auch nicht mehr. Keine weiteren leichten Antworten. Du stellst lieber Fragen, als selbst den Dingen auf den Grund zu gehen, und dann wirst du dich auch nicht daran erinnern.«

Wir ritten weiter. Ich überhörte das ständige Knurren meines Magens.

XXXIV

Jellico? Wie unterschied es sich von Freistadt, Hrisbarg, Howlett oder den anderen Dörfern oder Städten, die sich eine Maske von Bedeutsamkeit angelegt hatten?

Obgleich ich kein Fachmann in der Beurteilung von Menschen oder Städten war (wie mir immer schmerzlicher bewußt wurde), fiel mir auf, daß Jellico im Gegensatz zu Hrisbarg oder Howlett oder Weevett Stadtmauern hatte. Diese Mauern erhoben sich über dreißig Ellen hoch und waren in tadellosem Zustand. Die massiven Eisenangeln des Osttores waren geölt und sauber. Die Nischen, in denen die Torflügel verankert waren, und die Steine, in die sie gemeißelt waren, waren sauber ausgefegt.

Eine ganze Abteilung Soldaten – zwölf Männer in grauem Leder – patrouillierten am Tor und befragten jeden Reisenden und jeden Bürger, der hinein oder hinaus wollte.

»Meister Magier, hat Euch der Weg wieder einmal hierhergeführt?« Die Stimme des Feldwebels klang fest und respektvoll, doch keineswegs unterwürfig. Sie paßte zum grauen Leder seiner Weste, der Hose und den blankgeputzten schweren Stiefeln.

Zwei Soldaten beluden einen Bauernkarren, der von einem Esel gezogen wurde, mit Ballen und Körben. Ein dritter hielt die Zügel. Ein anderer Soldat sah einem Bettler zu, der sein Bündel auf einem alten Fichtenholztisch neben dem Tor ausleerte.

Auf der Mauer über dem Tor sah man hinter den Zinnen zwei Armbrustschützen, die den gepflasterten Platz vor der Mauer im Auge behielten.

»Magier reisen viel«, antwortete Justen.

»Und dieser junge Bursche?« fragte der certische Feldwebel und neigte den Kopf in meine Richtung.

»Ist mein Lehrling – zumindest im Augenblick.«

»Diese Lehre ist doch keine aus Gefälligkeit, oder, Meister Magier?«

Justen blickte den Feldwebel an. Mir kamen seine Augen uralt vor, als ob sie Erfahrungen sähen, die man lieber nicht zurückruft.

Der Feldwebel trat zurück und nickte. »Tut mir leid, daß ich Euch aufgehalten habe, meine Herren.« Sein Gesicht war blaß.

Als ich die Zügel aufnahm, strich meine Hand am Stab vorbei, der unsichtbar in der Halterung steckte. Ich staunte über meine Fähigkeit, kleine Gegenstände zu verhüllen, indem ich Licht darum wickelte. Ich schnalzte mit der Zunge, und Gairloch trug mich zum Bauernkarren.

Ein Soldat hatte den Kutschbock weggerissen und zog kleine Säcke darunter hervor. Sein Kamerad hielt den zitternden blondbärtigen Bauernburschen fest.

Ich blickte Justen fragend an.

»Hanfsamen«, lautete die knappe, gleichgültige Antwort.

»Nein!« schrie der Mann.

Ein Soldat schaute mich an. Ich straffte Gairlochs Zügel und trabte an den Granitmauern vorbei in die Stadt Jellico. Dann ließ ich Gairloch im Schritt gehen, damit Justen und Rosenfuß mich einholten.

»Werden sie ihn hinrichten?« fragte ich.

Justen verließ die breite Straße zum Stadttor und bog nach links in eine schmale Gasse ein. »Nein.«

Bereits nach weniger als einer Viertelmeile fiel mir der Einfluß des Vicomtes auf. Keine Straßenhändler, keine Bettler, kein Unrat, kein Abfall. Die Straßen waren mit Ziegeln gepflastert und eben, sogar in der Gasse, die wir entlangritten.

»Was wird mit ihm geschehen? Mit dem Bauern?«

»Das ist kein Bauer, sondern nur ein junger Narr, den man angeheuert hat, den Karren zu fahren. Man wird ihm ein X auf die Stirn einbrennen. Die Wachen schicken alle mit Brandzeichen fort. Sollte man ihn je wieder in Jellico aufgreifen, wird er auf dem Hauptplatz hingerichtet.«

»Nur wegen Schmuggelns?«

Justen schüttelte bedächtig den Kopf. »Die Herberge liegt dort vorn.«

»Aber warum?«

»Wegen Ungehorsams dem Vicomte gegenüber. Bis auf Bier und Wein sind alle Drogen verboten. Ebenso wie die Ausübung von Magie ohne das Siegel des Vicomtes, mit dem er persönlich die Erlaubnis erteilt. Verboten sind auch gewerbliche Unzucht und der Verkauf von Waren ohne Gewerbeschein.«

Ich blickte zu der Stelle, wo ich – mit Mühe – den Stab sehen konnte, den kein anderer außer einem guten Magier zu sehen vermochte. Ich schauderte.

»Wir bringen erst einmal Rosenfuß und Gairloch in den Stall.«

Die Herberge hieß einfach *Jellicos Herberge.* Kein einfallsreicher Name, aber Jellico schien keine Stadt zu sein, die für Phantasie viel übrig hatte.

»Welche Art von Magie erhält das Siegel des Vicomtes?«

»So wenig wie möglich. Heiler, hauptsächlich von der ordentlichen Sorte.«

»Gibt es Weiße Heiler? Chaos-Heiler? Wie wäre das möglich?«

Justen schüttelte den Kopf, während Rosenfuß den ihren hochwarf. »Es gibt zwei Formen des Heilens, Lerris. Die eine stellt den Körper wieder her, ordnet ihn, schließt Wunden und heilt Knochenbrüche. Dazu bedient man sich der Ordnung, um natürliche Schienen anzulegen. Die andere stärkt die Abwehr des Körpers gegen Ansteckungskrankheiten. Das alles beruht auf Ordnung. Im Grunde haben wir diese Methode bei den Schafen angewendet. Bei Menschen ist das Verfahren komplizierter, aber ähnlich. Manche Krankheiten kann man bekämpfen, indem man die winzigen Geschöpfe vernichtet, welche die Erkrankung hervorrufen. Dabei ist Chaos die Grundlage, und diese Methode kann sehr riskant sein, wenn man die Zerstörung nicht ganz genau abstimmt. Lies dein Buch! Die gesamte Theorie ist darin erklärt. Eigentlich sollte ich dir überhaupt nichts davon erzählen.

Denk dran, Lerris: Du besitzt das Siegel des Vicomtes nicht. Was auch immer geschieht – vergiß das nicht. Dann hilft es dir auch nicht, daß du mein Lehrling bist. Besser wäre es, wenn du das Buch läsest.«

In diesem Augenblick war ich bereit, meinen unsichtbaren Stab zu nehmen und ihn dem Grauen Magier über den Schädel zu schlagen. *Wann* – um alles auf der Welt – hatte ich denn Zeit zum Lesen? Aber was nützte es, mit

Justen zu streiten? Er hätte nur gefragt, wie lange ich das Buch schon besäße, und dann hätte ich zugeben müssen, daß ich früher sehr wohl Zeit gehabt hätte. Allerdings hatte ich erst vor kurzem genügend Wissen und Kenntnisse gesammelt, um den Sinn des Buches zu verstehen.

Gairloch trabte fröhlich über das Pflaster des Hofs. Ich fragte mich, warum die Hufe von Rosenfuß praktisch keinerlei Laute verursachten.

»Warum bekommen einige Heiler die Lizenz und andere nicht?«

»Geld. Ein Heiler mit Lizenz zahlt an den Vicomte einen bestimmten Prozentsatz.«

Im Stall mußten Justen und ich unsere Pferde selbst striegeln. Warum galten in den größeren Städten – denen mit Mauern – Bergpferde für so wild, daß kein Stallbursche sich gern um sie kümmerte?

Da Justen beträchtlich mehr Übung hatte, war er längst vor mir fertig und schlug vor, ich solle in die Herberge nachkommen, wenn ich Gairloch versorgt und meinen Stab ordentlich versteckt hätte.

Gairloch wieherte empört, als ich ihm Heu vorwarf.

»Ja, ich weiß. Es gibt nur Heu, keinen Hafer. Aber ich sehe zu, was ich tun kann.«

»Hört er dir zu?« fragte ein schwarzhaariger Stallbursche aus der übernächsten Box, der ein großes kastanienbraunes Pferd striegelte.

»Er hört zu, aber er hält nicht viel von meinen Worten.« Ich kümmerte mich nicht um seine Antwort, sondern legte den Striegel in das Fach über der Box und warf meine Sachen über die Schulter.

Der Wind war abgeflaut. Die Sonne schien wieder. Es war beinahe angenehm im Hof, als ich die paar Schritte zur Herberge zurücklegte.

Kaum war ich eingetreten, ergriff Justen meinen Arm und führte mich zu einem Ecktisch im Schankraum. Die meisten Tische – alle aus Roteiche – waren besetzt. Die

Luft war stickig und warm. Im großen steinernen Kamin brannte Feuer.

Die dunkel getäfelten Wände und die niedrige Decke vermehrten das bedrückende Gefühl.

»Einen goldenen Wein«, sagte Justen zur Schankmaid.

»Rotbeerensaft«, bestellte ich. »Was gibt's zu essen?«

»Lammpastete, Lammkoteletts und Eintopf.«

»Probier den Eintopf«, schlug der Graue Magier vor.

Ich brauchte nicht viel Ermutigung – vor allem nicht nach den Tagen in Montgren. Lamm schmeckte gut, aber nicht jeden Tag und auch dann nicht, wenn alles andere auch nach Schaf roch.

»Recluce heißt etwas auszuprobieren«, sagte Justen.

»Was?« Ich trank einen Schluck Saft, um die Heiserkeit in der Kehle zu beseitigen, ein Überbleibsel des ständigen Schafsgeruchs.

»Ich weiß nicht, aber du bist ein Teil davon.«

Ich blickte den Grauen Magier nur an.

»Oh, nicht bewußt. Ich nehme an, man hat dich benutzt. Diesmal haben die Schwarzen Meister eine besonders talentierte Gruppe auf Candar abgesetzt. So talentiert, daß sie Taten, welche die Meister vielleicht geplant hatten, über den Haufen geworfen haben.«

Ich trank noch einen Schluck und wartete.

»Du strahlst Ordnung aus, wohin du auch kommst, aber es ist schwierig, sie an eine einzige Person zu binden. Die Schwarzhaarige mit dem Schwert, über die alle soviel sprechen, daß man beinahe den Meuchelmörder vergißt, der vor ihr da war. Und der Prediger ...«

»Was ist mit den anderen?«

Justen zuckte mit den Schultern. »Du hast von der Blonden mit den Dolchen gehört, und wahrscheinlich könntest du mir über die anderen viel mehr erzählen.«

Ich beschloß, dies nicht zu tun. Tamra, Myrten und Dorthae hatten offenbar noch nicht die Aufmerksamkeit der hiesigen Mächtigen erregt. Es gab für mich keinen Grund, das zu ändern.

»Warum glaubt Ihr, daß es Absicht war?« fragte ich.

»Ich weiß nicht, aber du bist wirklich zu jung, um hier zu sein. Das stört mich.« Justen schaute in sein Glas und sagte nichts mehr – nicht einmal dann, als die beiden Näpfe mit Eintopf vor uns standen.

Schließlich ging ich früh nach oben. Dabei mußte ich feststellen, daß meine Beine immer noch nicht ans Reiten gewöhnt waren.

Die eine Kerze in dem winzigen Raum, den Justen besorgt hatte, war hell genug, um zu lesen. Ich zog das schwarz eingebundene Buch aus meinem Tornister und legte mich auf eins der beiden schmalen Betten.

Die Einleitung war immer noch so langweilig wie in meiner Erinnerung. Ich seufzte und blätterte weiter. Ich nickte, als ich sah, daß die zweite Hälfte des Buches sich mit Einzelthemen befaßte: dem Ausfluchten von Metallen (was immer das bedeutete), dem Aufspüren von Materialbeanspruchung, der Wetterdynamik sowie Vorsichtsmaßnahmen, Heilungsprozessen, Maschinerien, Ordnung und Maschinen auf Hitzebasis, Ordnung und Energieerzeugung.

An diesem Punkt war ich nicht sicher, ob ich nochmals von Anfang an beginnen oder mich in den Hintern beißen sollte. Mindestens ein halbes Jahr hatte ich die Antworten auf viele meiner Fragen im Tornister herumgeschleppt. Natürlich setzte das voraus, daß das Niedergeschriebene irgendeinen Sinn ergab und daß man ihn tatsächlich anwenden konnte. Doch weder biß ich mich in den Hintern, noch fing ich am Anfang an. Statt dessen vertiefte ich mich in den Abschnitt über das Heilen, da ich mich nicht langweilen wollte.

Nicht nur die Worte ergaben Sinn, sondern auch die Gedanken. Ich verstand nach und nach, was tatsächlich geschehen war, als wir die Schafe untersucht hatten, und was Justen mit seinen Bemerkungen über die Wichtigkeit der inneren Ordnung des Körpers gemeint hatte.

»Du prüfst also endlich nach, ob das Buch einen Sinn ergibt.«

Ich sprang beinahe vom Bett hoch, als der Graue Magier die Tür öffnete. Erst jetzt merkte ich, wie spät es war. Die Kerze war beinahe niedergebrannt. Mein Genick fühlte sich ganz steif an, so lang hatte ich mich in den Text über das Heilen vertieft.

»So weit bist du schon?«

Ich schüttelte den Kopf. »Ich habe über das Heilen gelesen«, bekannte ich.

»Die Einleitung war zuviel für dich, nehme ich an.«

»Nein ... ich habe es dreimal versucht, aber auch nach einem halben Jahr ist sie immer noch langweilig.«

Justen gähnte und streifte die Tunika ab. »Blättre zurück, wenn du irgendwie kannst. Ich habe es nicht getan und bezahle dafür noch heute teuer.« Er drehte mir den Rücken zu und zog die Stiefel aus. »Zeit zu schlafen.«

Ich schloß das Buch und zog ebenfalls die Stiefel aus.

Nach den langen Tagen im Sattel und dem angestrengten Lesen dachte ich, ich schliefe in dem bequemen Bett sofort ein.

Aber ... die Dinge arbeiteten in meinem Hinterkopf. Warum hatten Justens Erklärungen nicht all meine Fragen beantwortet? Dann waren da noch Tamra und Krystal. Von Krystal hatte ich gehört, aber eigentlich hätte Tamra viel mehr auffallen müssen. Irgendwie hätte ich etwas über sie hören müssen ... irgendwie ...

Ich konnte nicht glauben, daß sie einfach verschwunden war; aber in Candar verbreiteten sich Neuigkeiten nicht gerade wie ein Lauffeuer von einem Herzogtum ins nächste.

Irgendwann schlief ich ein ... und blickte in die Dunkelheit ... bis ich schauderte ... ein eiskalter Schauder ...

Ich wollte mich auf die Seite drehen, aber ich konnte mich nicht bewegen.

Weiß!

Ein weißer Nebel umwirbelte mich so dicht, daß ich nichts zu erkennen vermochte und mich nicht bewegen konnte. Ich konnte nicht sprechen; ich war irgendwo im Nichts gefangen, in einem Nichts, das grell leuchtete und meine Gedanken versengte.

Du hast versprochen ... Die Worte hallten lautlos durch meinen Kopf, aber ich vermochte nicht zu antworten, nicht zu sehen, obgleich ich mich innerhalb meines Schädels drehte und wendete. Doch die Person, welche die Weiße spürte, war nicht ich, obgleich mir das Gefühl sehr vertraut war.

Träumte ich? Oder hatte Justen mich wieder in dieses weiße Gefängnis gesteckt? Ich konnte nicht einmal meine Arme sehen, sie auch nicht bewegen, ja, nicht einmal spüren, ob sich meine Muskeln bewegten. Trotzdem war ich nicht in meinem Bett – das wußte ich genau.

Du hast versprochen, mir den Weg zu zeigen ... den Weg ... den Weg ...

In dem weißen Nebel, der meinen Verstand auszublenden drohte, tauchten plötzlich gelbe, rote, blaue und violette Strahlen auf, die mich durchbohrten, mir einen Gedanken nach dem anderen raubten ...

Die Tür schloß sich, und die Weiße war verschwunden.

Schweiß strömte über meine Stirn, als ich mich in der sauberen Dunkelheit aufsetzte.

»Du hast versprochen ...« Unausgesprochen hallten die Worte in meinem Kopf wider. Irgendwie klang die Stimme vertraut. Aber ich hatte nie etwas versprochen. Ich hatte nicht einmal an ein Versprechen gedacht.

Dann wußte ich plötzlich, warum mir die Worte vertraut waren. Mein Magen verkrampfte sich. Ich hoffte, alles sei nur ein Traum gewesen und Tamra nicht in der gleichen weißen Hölle gefangen, die Justen mir soeben gezeigt hatte. Aber ich war nicht sicher. Überhaupt nicht sicher.

XXXV

Whiiiiihaaa …

Gairloch wieherte empört, als ich nach dem Frühstück, das aus drei überteuerten aufgebackenen Maisbrötchen bestand, die ich neben den beiden verkaterten und finster dreinschauenden Kavalleristen verzehren mußte, bei ihm vorbeischaute. Wie üblich war Justen nirgends zu entdecken. Er war bei Tagesanbruch fortgegangen, um sich in seiner Funktion als Magier um irgendeine Angelegenheit zu kümmern.

Wahrscheinlich hatte ich die Brötchen zu schnell hinuntergeschlungen. Mein Magen knurrte so laut, daß er beinahe Gairlochs Protest übertönte.

»Heu allein reicht dir wohl nicht, mein Freund.« Ich legte die Satteltaschen über die Trennwand und sah nach, ob mein Sattel und die alte Decke noch dort lagen, wo ich sie hingelegt hatte. Alles war da. Ein Beweis, daß die Herberge ehrlich war oder daß meine Sachen weniger wert waren als die anderer möglicher Opfer. In der Ecke stand immer noch mein vom Schutzschild umgebener Stab. Ich faßte das Holz nicht an, da der Schild verschwände, sobald meine Hände ihn berührten.

»Schon besser«, war alles, was der Graue Magier über meine Tarnversuche gesagt hatte, und dieses Lob schien ihm nur schwer über die Lippen zu kommen.

Gairloch wieherte laut.

»Ooooooooooh …«

Peng!

Bei Gairlochs Wiehern hatte ich den Schrei überhört, aber nicht den anschließenden lauten Aufprall.

Ohne nachzudenken, packte ich meinen – jetzt nicht mehr unsichtbaren – Stab und stürmte aus dem Stall. Der Hof war vollkommen leer. Ich hörte auch nichts.

»Jetzt ...«

Die Stimme kam aus der Gasse. Wie es viele andere Narren auch getan hätten, folgte ich dem Klang. Zwei gutgekleidete Burschen standen im Schatten der Gasse, die in die Stadtmitte führte. Jetzt blickten sie in meine Richtung. Der Kleinere rechts stieß eine Frau in zerrissenem Gewand gegen die Ziegelmauer hinter sich.

Der Größere hatte das Schwert gezückt. Jetzt schaute er mich an. Dann sah er den Stab ... und lachte. »Du bist so gut wie tot, Junge.« Er gab seinem Kumpanen, der die Frau festhielt, ein Zeichen. »Laß uns gehen, Bildal.«

Ohne einen weiteren Blick auf mich oder das zusammengesunkene Häuflein Elend neben der Mauer stolzierten die beiden Burschen zum Ende der Gasse, die dort auf einen Platz mündete, auf dem ich Wagen und Pferde sah.

Ich ging zu der Frau. Starr blickte sie mich mit den schwarzen Augen an. Ihr Blick fiel auf den Stab. Tränen quollen ihr aus den Augen. Sie hatte die Lippen fest zusammengepreßt. Auf ihrer linken Wange war die Haut abgeschürft, als der Rohling sie gegen die rauhe Ziegelmauer gestoßen hatte. Ihre saubere weiße Bluse war vorn aufgerissen. Sie zog die Schultern nach vorn und kreuzte die Arme über der Brust, um sie zumindest teilweise vor neugierigen Blicken zu schützen.

Trotz der grauen Strähnen im Haar und den Pockennarben im Gesicht bot ihre schlanke, aber wohlgerundete Gestalt einen reizvollen Anblick, als sie sich aufsetzte, ohne die Hände zu benutzen, die seltsam schlaff herabhingen. Die Tränen flossen stärker. Offenbar litt sie unter großen Schmerzen.

»Mach mit mir, was du willst, du schwarzer Teufel. Deine Tage sind gezählt.«

Ich war vor Verblüffung sprachlos. Die Frau war geschlagen und um ein Haar vergewaltigt worden. Ich hatte sie davor und möglicherweise vor noch Schlimmerem bewahrt, und jetzt war ich ein schwarzer Teufel!

»Der Vicomte wird dich schnappen!«

Ich zuckte mit den Schultern und tat völlig unbesorgt, obgleich ich das keineswegs war. Da man mich sowohl als Schaf auch anstelle des Wolfs hängen konnte, stellte ich den Stab an die Mauer und berührte behutsam die Handgelenke der Frau.

»Oh ...«

Ich kann nicht sagen, was ich eigentlich tat. Ich wendete meine Erfahrungen mit den Schafen sowie und einen Teil davon an, was ich gelesen hatte. Meine Gedanken und Sinne berührten die Knochen und Ströme, die Ordnungen und Unordnungen, die sich durch und um ihr System wanden.

»Oh ...«, wiederholte sie, diesmal leiser, und blickte verwundert auf ihre Handgelenke.

»Sie sind noch nicht vollständig geheilt«, erklärte ich. »Ich kann dir auch nicht sagen, wann es soweit ist. Sei daher vorsichtig.«

Vielleicht waren es meine Worte, vielleicht aber auch das plötzliche Fehlen von jeglichem Chaos in ihrem System – jedenfalls verlor sie das Bewußtsein. Damit bescherte sie mir wieder ein Problem. Wahrscheinlich würde die örtliche Zauberkontrolle gleich kommen und meinen Kopf verlangen.

Keiner wäre begeistert über die Folgen meines Besuchs. Weder Justen noch der Vicomte oder die mißhandelte Frau, obgleich sie nach der Heilung jünger und schöner als in den Jahren zuvor sein würde.

Trotzdem konnte ich sie nicht einfach in der Gasse liegenlassen. Das hieß, mit Frau und Stab zum Stall zurückkehren und hoffen, daß niemand mich sah.

»Was hast du da?« krächzte der rundliche alte Stallknecht, der aus dem Nichts aufgetaucht war, als ich über den Hof ging.

»So früh am Morgen eine Dame von äußerst zweifelhafter Tugend?« spottete einer der vorhin so mißmutigen Kavalleristen. »Teil deinen Schatz mit uns, junger Freund.«

»Erst ... muß ich kassieren«, erklärte ich.

Justen erschien in der Stalltür. Er machte ein verblüfftes Gesicht – bis er das zerrissene Gewand und die Verletzungen im Gesicht der Frau sah. »Soll ich einen Heiler holen?« fragte er.

Ich schüttelte den Kopf. »Sie braucht Ruhe ...«

»Bring sie hier herein«, sagte Justen.

»Nicht in meinen Stall!«

Der Graue Magier steckte dem Stallknecht blitzschnell etwas zu, worauf dieser mich angrinste und erklärte: »Ich muß mich um das Futter kümmern.« Dann ging er die Hauptstraße hinab.

Der Kavallerist lächelte säuerlich, traf jedoch keine Anstalten, die Frau näher zu betrachten, als ich sie in den Stall brachte.

»Was hast du getan?« zischte Justen mich an.

»Nicht ... viel.« Ich bettete die Frau nicht gerade geschickt auf einen Heuhaufen. Erschöpft rang ich nach Luft, als wäre ich eine halbe Meile in schwerem Sand gerannt.

»Du Narr! Du hast sie geheilt. Wie viele Menschen haben den Stab gesehen?«

»Schlimmer ... Stab benutzt ... zwei Burschen ... sie hat mich verflucht ... hab sie trotzdem geheilt«, stieß ich hervor und legte Gairloch die Decke über.

Justen blickte den Stallburschen an, der mit offenem Maul dastand.

Urplötzlich brach der Junge auf dem Stroh zusammen.

»Was tust du da?«

»Ich sorge dafür, daß er schläft. Das wird man dir

zuschreiben, vorausgesetzt, du verschwindest schnell genug von hier.«

»Du meinst, ehe der Vicomte mit der örtlichen Magie-Patrouille kommt.«

Der Graue Magier blickte mich ernst an. »Wie willst du an den Stadtwachen vorbeireiten?«

»Können sie jemanden aufhalten, den sie nicht sehen?«

Justen schüttelte den Kopf und ging zu seinen Satteltaschen. »Mach weiter.«

Gairloch wieherte nicht, als ich ihm den Sattel auflegte.

»Da, nimm!« Justen half mir, einen prall mit Proviant gefüllten grauen Sack hinter dem Sattel festzubinden. Mehr als die Hälfte des Inhalts bestand aus Justens Verpflegung. Dann konzentrierte er sich, und der graue Sack war verschwunden. »Denk dran, das auch zu tun! Damit bist du ein weniger leichtes Ziel.« Er grinste. »Ich hole deinen Tornister.«

Ich zurrte den Sattelgurt fest und steckte den Stab in die Halterung. Dann webte ich Licht um den Stab, damit auch er unsichtbar war. Eigentlich webte ich das Licht nicht, sondern veränderte nur die Lichtreflexe von Holz und Eisen. Metall war am schwierigsten. Bei sehr viel Metall waren Hitzeschlieren nicht zu vermeiden – wie bei den Schiffen der Bruderschaft.

Als ich mit Gairloch fertig war, schob sich Justen wieder durch die Tür. Er brachte mir meinen Tornister und meinen Umhang. »Mach dich lieber sogleich auf den Weg.«

»Und was wirst du tun?«

Er lächelte traurig. »Du bist kein Lehrling mehr, sondern ein freier Magier und hast alle getäuscht.«

»Danke!« Damit meinte ich nicht die Tatsache, daß er mich fortschickte, aber er verstand schon.

»Ich hoffe nur, daß du aus alledem etwas gelernt hast.

Du mußt die Osthörner überqueren, aber das dürftest du schaffen, wenn du den Paß im Süden nimmst. Das ist der, auf den die Straße aus Jellico nach Süden führt. Und jetzt steig auf Gairloch und mach dich unsichtbar.« Wieder schüttelte er den Kopf. »Und laß dich von niemandem berühren. Falls jemand einen Sinn für Ordnung hat, könnte er das Muster der Reflexion entflechten. Und lies bitte die Anweisungen für dein Buch, *ehe* du etwas Neues ausprobierst.«

Das waren die letzten Worte des Grauen Magiers, als ich mich in Gairlochs Sattel schwang und den Schutzschild um uns wob.

Whiiiiaaah … Gairloch war nicht gern blind. Ich auch nicht.

»Ruhig, Gairloch.« Ich tätschelte seinen Hals.

Wieder wieherte er aufgeregt. Ich beruhigte ihn nochmals.

Es war ein merkwürdiges Gefühl, auf Gairloch zu sitzen und alles schwarz zu sehen. Töne drangen an mein Ohr, aber ich sah fast gar nichts. Doch wir konnten nicht ewig hier stehen bleiben. Ich trieb Gairloch mit den Fersen an. Wir bewegten uns langsam und vorsichtig über den Hof, da ich Menschen oder Gegenstände nur sehen konnte, wenn sie ganz nahe waren.

Klack … klack … Gairlochs Hufe klangen in meinen Ohren wie Donner.

»Stallbursche? Wo steckt der Kerl? Der Fuchs muß trockengerieben werden …«

Gairloch und ich gingen um den rundlichen Portier herum, ganz dicht an der Ziegelwand entlang, bis wir die Straße erreichten. Ich schlug die Richtung nach Süden ein, zum Hauptplatz. Das Osttor lag am nächsten, aber ich fühlte, daß wir innerhalb Jellicos mehr Deckung hatten – zumindest bis die Soldaten mit der Frau oder dem Stallburschen gesprochen hatten.

… klack … klack …

... quietsch ...

»... halt den Wagen an.«

»... habe sie *gewarnt,* daß der junge Bursche nichts taugt ...«

»Paß auf!«

»Platz da! Macht Platz für die Wache!«

Ich spürte die vier berittenen Soldaten mehr, als daß ich sie sah, als sie zu der Herberge trabten, die ich gerade verlassen hatte. Ich hatte ein äußerst ungutes Gefühl, da ich alles nur schemenhaft wahrnahm.

Die Zügel fühlten sich glitschig an ... Obwohl ein kalter Wind mein Haar zauste und meine Ohren eiskalt waren, lief mir der Schweiß über Stirn und Nacken, so wie kleine Bäche von einem schmelzenden Gletscher rinnen.

... whiiiiiaaa ...

Ich tätschelte Gairlochs Hals, um ihn zu beruhigen.

»Platz für die Wache!«

»Dort drüben ist kein Pferd. Mir egal, was du gehört hast.«

Wir kamen an eine Kreuzung ohne schützende Mauern. Zu beiden Seiten lagen Geschäfte mit offenen Türen. Ich lenkte Gairloch zur Straßenmitte. Dabei tätschelte ich ständig seinen Hals und strengte alle meine Sinne an, um Gegenstände und Körper zu erspähen, ehe wir daraufprallten.

»... Wache in Freistadt hat rebelliert ... Schande.«

»Hast du vom Autarchen gehört?«

»... kaum noch etwas zu essen auf dem Markt ...«

»... hätte schwören können, daß da gerade ein Pferd war ...«

Ich wischte mir den Schweiß von der Stirn und war froh, nicht für immer so blind zu sein. Langsam bewegten wir uns auf dem Kopfsteinpflaster der Straßen Jellicos auf das Südtor zu.

»Platz für die Wache!«

»... zweite Abteilung heute morgen ... verfolgt ...«

Wieder preschten fünf Soldaten an mir vorbei. Behutsam lenkte ich Gairloch an den Straßenrand.

Dann bogen wir falsch ab und endeten wieder auf der Straße zum Hauptplatz.

»... fünf Pfennig für ein Pfund Süßkartoffel?«

»Nimm was anderes, wenn du willst.«

Es gelang mir, Gairloch auf der engen Straße umzudrehen, ohne jemanden zu berühren. Langsam fragte ich mich, ob es nicht besser gewesen wäre, wenn ich bis kurz vorm Tor sichtbar geblieben wäre. Natürlich hätte mich dann jemand verschwinden sehen, aber was hätte er schon tun können?

Ich seufzte – zu laut – neben einem offenen Fenster.

»Wer war das?«

Langsam, aber sicher arbeiten Gairloch und ich uns weiter nach Süden vor. Endlich erreichten wir das Stadttor.

Soweit ich zu erkennen vermochte, war nichts verändert, sondern alles genauso wie bei unserem Eintreffen, obwohl es ein anderes Tor gewesen war. Zwölf Mann hielten Wache. Doch dann zuckte ich überrascht zusammen.

Auf dem offenen Sims über dem Stadttor stand geschickt verborgen ein großer Kessel mit Öl. Darunter sah ich mehrere Brenner – zum Glück im Augenblick nicht in Betrieb. Aber ich fragte mich besorgt, was ich noch übersehen hatte. Es lief mir eiskalt über den Rücken. Der Vicomte bediente sich ebenfalls der Kunst des Unsichtbarmachens.

Langsam stapfte Gairloch aufs Tor zu.

»... unter dem Sack?«

»... langsam das Bündel öffnen.«

»... ein Schwarzstabler in der Stadt ...«

»Wo steckt Jrylen?«

Mir mißfiel die Unterhaltung zwischen dem Mann,

wohl dem Hauptmann der Wache, und dem Boten, der zu Fuß herbeigerannt war, über die Maßen, vor allem deshalb, weil Gairloch und ich nur wenige Schritte entfernt waren.

»… unterwegs …«

»Hol ihn sofort her! Wie sieht der Bursche mit dem Schwarzen Stab aus?«

Ich tätschelte Gairlochs Hals, als er langsam durchs offene Tor auf die gepflasterte Straße nach Süden ging.

… klack … klack … klack …

»Hol ihn her!« Die Stimme des Hauptmanns war dicht vor uns. Ich schauderte – aber nicht wegen des kalten Winds aus dem Norden, obgleich dieser eisig war. Eine Armbrust verfügt über eine ziemlich große Reichweite.

»… halt einmal an, Mutter! Mit den Wachen stimmt irgendwas nicht …«

Ich lenkte Gairloch dicht an einem schmalen alten Karren vorbei, auf dem zwei dürre Gestalten hockten, welche die ehrliche Unordnung des Alters ausstrahlten. Die Frau zog an den Zügeln, um das Maultier anzuhalten.

»… fahrt weiter, ihr alten Bauerntölpel!«

Sie taten es nicht, ich dagegen schon. Ich atmete bei jedem Schritt Gairlochs durch und tätschelte ihn unaufhörlich, um ihn zu beruhigen. Ohne das Pferd wäre ich mit Armbrustpfeilen gespickt gewesen.

Gefrorene Stoppelfelder glitten an mir vorbei. Meine Beine waren so verkrampft, daß ich das Gefühl hatte, gleich aus dem Sattel zu fallen … Meine Kehle war wie zugeschnürt …

Als wir die Wegkreuzung eine knappe Meile hinter dem Tor erreichten, entspannte ich mich allmählich, gab aber die Tarnung noch nicht auf. Ich war zwar überzeugt, daß wir zu weit entfernt waren, als daß uns ein Ordnungs- oder Chaos-Meister entdeckt hätte, aber wenn wir so plötzlich auf der Straße auftauchten, würde man uns sofort Soldaten auf den Hals hetzen. Obgleich Gairloch ein gutes und trittsicheres Pferd war, bezweifelte ich, daß er echte Kavalleriehengste abzuhängen vermochte. In den Bergen vielleicht, doch nicht auf der Straße.

Weiterhin unsichtbar und unbelästigt, legten wir ein gutes Stück auf der Straße nach Süden zurück. Sie war jetzt nicht mehr gepflastert, sondern bestand aus festgestampftem Lehm. Nach einer Biegung spürte ich Berge vor uns. Jellico lag hinter mehreren Hügelketten, die zu den Bergen zu führen schienen.

Selbst am Nachmittag herrschte auf der Straße noch reges Treiben. Wagen überholten uns. Auch zwei Reiter und zwei Postkutschen. Ich mußte sogar um Bettler zu Fuß einen Bogen reiten, ebenso um eine Schar Pilger – von der Sorte, die nur einen Gott anbeten.

Anfangs waren die Hügel niedrig und sanft und von Stoppeln oder Wintergras bedeckt. Die Felder waren regelmäßig angelegt und von niedrigen Steinmauern – gelegentlich auch von Hecken – eingesäumt. Die Hütten, die nahe genug an der Straße standen, daß ich sie erfühlen konnte, waren ziemlich geordnet, sehr ärmlich, aber sauber.

Nachdem wir eine andere Straße überquert hatten, die von Ost nach West verlief – jedenfalls sagten mir das meine begrenzten Sinne –, traf ich auf keine Wagen mehr. Nur ein einzelner Reiter, wahrscheinlich ein Postreiter, kam uns entgegen.

Als die Berge steiler wurden, sah ich keine Felder mehr, sondern nur Weiden, die von der Straße durch eine baufällige Mauer getrennt waren. Der Lehm des Straßenbelags war nicht mehr festgestampft, sondern gefroren. Gairloch wurde noch langsamer.

Kurz darauf hatten wir den nächsten Höhenzug überschritten. Die Straße führte durch eine Senke mit dichten Büschen auf beiden Seiten. Hier hielt ich an und lauschte angestrengt. Als ich nichts hörte und auch nichts spürte, löste ich den Schutzschild auf.

Am späten Nachmittag wurde der Wind eisig. Dicke graue Wolken bedeckten den Himmel, der morgens in Jellico noch blau gewesen war. Dennoch waren mir der graue Himmel, das braune Gras neben der Straße und die verwitterte Mauer noch *nie* so lebendig erschienen.

Ich stieg ab und musterte das braune Gestrüpp, das höher war als die Mauer, warf einen Blick zum wolkenverhangenen Himmel hinauf und atmete tief durch. Endlich konnte ich wieder in die Ferne schauen.

Weiter vorn, nahe dem Kamm, weidete eine Handvoll Schafe mit schwarzen Gesichtern. Selbst ihr Anblick war mir willkommen.

Ich tätschelte Gairloch. »Du bist wirklich ein braves Pferd.«

Ohne zu wiehern, nahm er das Lob an.

Ich trank einen großen Schluck aus der Wasserflasche. Meine Kehle war trocken. Da ich nicht gewußt hatte, durch welche Handlung ich unsere Tarnung vielleicht gefährdet hätte, hatte ich nichts getan und war nur geritten.

Plötzlich donnerte es. Dann klatschten mir dicke Regentropfen ins Gesicht, als wollten sie mich begrüßen. In diesem Augenblick war es mir gleich, wenn ich naß wurde.

XXXVI

Gegen Abend machte mir der Regen schon viel mehr aus. Der eisige Guß hatte die Straße aufgeweicht. Jetzt waren die Furchen gefroren und so gefährlich wie Glas. Wie Messer schnitten die Eiskristalle in die Haut. Die Berge waren so steil, daß ich sie unmöglich hinaufreiten konnte. Nirgends entdeckte ich einen Felsvorsprung oder eine Höhle.

Schließlich hatte ich einen Einfall. Ich hielt unter einem Baum an, dessen Krone über die Mauer ragte, und webte wieder einen Schutzschild – diesmal um Regen und Eis abzuhalten.

Leicht war es nicht! Bei jedem Donnerschlag fühlte ich mich ausgelaugter. Ich zwang mich, etwas zu essen und zu trinken, da ich wußte, daß ich viel Energie benötigte, um das magische Netz zu erhalten, das Gairloch und mich in dieser öden Gegend vor den Unbillen des Wetters schützte.

Gairloch wieherte laut. Ich tätschelte ihn zum bestimmt hundertsten Mal.

Nach dem Eisregen fiel Schnee. Anfangs in dicken und nassen Flocken, dann wie feines Pulver. Ich brauchte weniger Energie, um die feinen Flocken von uns abzuhalten. Gegen Mitternacht hatte der Wind den Schnee so gegen die Mauer aufgehäuft, daß er einen natürlichen Schutzwall bildete. Ich konnte entspannen und ein Feuer entfachen.

Die Wärme des kleinen Feuers half mir, das magische Schutznetz weiterzuweben. Dann wickelte ich mich in die Decke. Gairloch wirkte, als sei er weit mehr als ich an rauhes, kaltes Wetter gewöhnt. Schließlich hörte ich mit der Arbeit am Wetterschild auf und fiel in einen tiefen Schlaf.

Whiiiiiaaaaah ...

Der Morgen war grau. Windböen bliesen den Pulverschnee in unseren Unterstand und auf die Aschenreste des Feuers.

Der schrille Schrei einer Krähe riß mich vollends aus dem Schlaf. Ich hob den Kopf und blickte durch den feinen Schneenebel um mich. Da spaltete mir ein Feuerstrahl den Schädel.

»Oooooooh ...«, murmelte eine fremde Stimme, die meiner sehr ähnlich war. Der Schmerz ließ nach, hörte aber nicht auf – auch dann nicht, als ich den Kopf vorsichtig auf die Decke legte.

Sogar das Flüstern des Schnees hallte wie Donner in meinem Kopf.

Meine Arme schmerzten mehr als während der ersten Tage bei Onkel Sardit und mehr als nach Tamras heftigen Schlägen, ja mehr noch als nach Gilbertos teuflischen Übungen.

»... oooooooh ...« Ich wünschte, der Kerl, der so schrecklich stöhnte, würde damit aufhören. Doch dann wurde mir klar, daß ich dieser Kerl war.

Wieder kreischte die Krähe.

Gairloch wieherte.

Es half nichts. Ich mußte aufstehen. Als erstes setzte ich mich auf, aber ich konnte weder über die Steinmauer noch über die Schneebarriere hinwegschauen.

Mein Gesicht kribbelte vor Kälte. Mein Atem dampfte und bildete Eiskristalle, die zu Boden fielen. Das Feuer in meinem Kopf brannte noch immer. Ich hatte das Gefühl, als schlüge jemand erbarmungslos mit einem Schmiedehammer auf mein Schädeldach.

Vielleicht verschaffte mir die Wasserflasche ein wenig Linderung. Mit schmerzenden Armen griff ich danach. Dann hielt ich sie ... und ließ sie fallen. Das Wasser war natürlich gefroren.

Vom Feuer war nur etwas warme Asche übrig. Leichter Schnee lag auf dem Rand. Wie lang würde ich brauchen, um das Feuer neu zu entfachen? Meine Finger waren beinahe steifgefroren, da ich die Lederhandschuhe, die ich in Frven versengt hatte, nie ersetzt hatte. Auch die Äste, die ich als Feuerholz bereitgelegt hatte, waren zusammengefroren.

Gairloch wieherte und schnaubte. Jeder Laut traf meine Ohren wie ein Dolch. Meine Beine verkrampften sich. Der Wind blies das Feuer dreimal aus und trieb mir eisige Flocken in die Augen, als ich unbedingt etwas sehen mußte.

Ordnungs-Magie durfte ich nicht benutzen, wenn ich

meinen Körper nicht vollends zerstören wollte. Es schien unmöglich zu sein, genügend Wärme zu schaffen, um mir etwas Wasser und ein paar Bissen einzuverleiben.

Andererseits bezweifelte ich, daß man im Augenblick ernsthaft nach mir suchte. Nach vielen Versuchen brannte das Feuer endlich wieder. Ich fand ein Päckchen mit gepreßtem Hafer, das ich Gairloch gab. Ich mußte mich aber anlehnen, während ich ihn fütterte.

Dann schmolz ich Schnee in einer zerbeulten Bratpfanne. Ich trank einen kleinen Schluck, den Rest gab ich Gairloch.

Dann aß ich etwas und wickelte mich wieder in die dicke Decke.

Als ich das nächste Mal aufwachte, bestand die Feuerstelle nur noch aus Asche, und der Himmel war immer noch von grauen Wolken bedeckt. Der Wind pfiff laut, und das Brennen in meinem Kopf war nicht verschwunden.

Gairloch wieherte laut.

»Ja, mir gefällt das auch nicht«, murmelte ich.

Ich arbeitete mich durch den kniehohen Schnee zur Hecke und holte Zweige fürs Feuer. Wieder war es sehr mühsam, die Flammen zu entfachen. Aber ich fühlte mich schon ein bißchen besser.

Als ich am Feuer saß, trank und aß ich mehr als beim vorigen Mal. Die Kopfschmerzen wurden schwächer.

Wir waren bisher nicht schnell vorwärtsgekommen, aber es war sinnlos weiterzureiten, wenn ich die Straße lediglich an einigen höhergelegenen Stellen erkennen konnte, wo der Wind den Schnee weggefegt und in Senken hoch aufgetürmt hatte.

Ich mußte keinen Zeitplan einhalten. Bis jetzt hatten wir nicht einmal den Fuß der Osthörner erreicht. Konnte man jetzt noch über diese Berge reiten?

Meine Augen wanderten nach Südwesten.

Überrascht stellte ich fest, daß ich die dunklen Nadelbäume auf den unteren Hängen deutlich erkannte. War auf den Bergen weniger Schnee gefallen als auf den Hügeln davor?

Ich zitterte und zwang mich, noch ein paar Bissen des harten Brots zu essen. Dann erklärte ich meinem widerspenstigen Körper, daß es an der Zeit sei, locker zu werden. Der Protest kam so schnell und so heftig, daß ich beinahe alles wieder von mir gegeben hätte, was ich gerade gegessen hatte. Vor Enttäuschung traten mir Tränen in die Augen. Ich lehnte mich an Gairloch.

Ich mußte mich bewegen. Ich schmolz Schnee für Gairloch und gab ihm den Rest des Haferkuchens. Die Hälfte des Proviants in Justens Sack war für das Pferd bestimmt. Diese Aufteilung wäre mir nie in den Sinn gekommen.

Während ich mich abmühte, den Proviantsack wieder auf Gairloch zu laden, fragte ich mich, wie lange es wohl dauern würde, bis ich selbst vernünftig vorausplanen konnte. Nun, die Versorgung mit Proviant war keine große Sache, aber Justen hatte in der kurzen Zeit vor meiner Flucht aus Jellico einen Großteil seiner Vorräte in den verblichenen grauen Leinensack gepackt, und das mit mehr Voraussicht, als ich seit meiner Ankunft in Freistadt bewiesen hatte.

Justen – ich vermißte den Grauen Magier schon jetzt. Nun mußte ich sämtliche Entscheidungen allein treffen, und ich hatte gerade erlebt, wie wenig ich über die wirkliche Welt Candars wußte. Aber Justen war auch nicht besser gewesen als mein Vater, als Talryn, Tamra oder ein halbes Dutzend anderer Menschen, die mehr wußten als ich, sich jedoch geweigert hatten, dieses Wissen mit mir zu teilen. Jeder hatte mir gerade soviel mitgeteilt, um mir klarzumachen, daß es noch viele unbeantwortete Fragen gab ... und mir erklärt, ich müsse selbst die Antworten finden.

Die Krähe war wieder da, wahrscheinlich wartete sie

darauf, daß Gairloch und ich bald starben. Doch diesbezüglich hatte ich andere Vorstellungen.

Gegen Mittag schwang ich mich schließlich wieder auf Gairloch, obgleich der Himmel immer noch grau war, und ließ ihn bestimmen, wie rasch er durch den Schnee stapfen wollte. Er vermied die vom Wind kahlgefegten Stellen, weil der Boden dort eisig war, und arbeitete sich am Rand der Straße weiter vorwärts.

Im Gegensatz zu mir schien es ihm Spaß zu machen.

Mir tat der Bauch weh. Die Kopfschmerzen waren zwar verschwunden, aber meine Augen brannten, und meine Hände zitterten.

Gairloch setzte vorsichtig einen Fuß vor den anderen. Ich ließ ihn gewähren und nahm nur ab und zu einen Schluck aus der Wasserflasche, die ich unter meinen Umhang gesteckt hatte. Sie enthielt halb Wasser und halb Eis.

Trotz der eisigen Windböen schwitzte ich. Die Schweißtropfen wurden auf meiner Stirn zu Eis, ehe sie gleich wieder schmolzen.

Nachmittags wurde der Himmel dunkel, aber die unteren Hänge der Osthörner waren näher gekommen, und der Schnee lag nur knöcheltief. Wichtiger war die Tatsache, daß es vorher offenbar nicht geregnet hatte, so daß die kahlen Stellen nicht vereist waren. Gairloch ging trotzdem lieber im leichten Schnee als auf dem gefrorenen Lehm.

Ich hatte keine Schweißausbrüche mehr, auch die Kopfschmerzen waren verflogen. Aber mir war leicht schwindlig, und ich fühlte mich schwach.

Ich hielt nach einem geeigneten Rastplatz Ausschau, aber das Gelände war immer steiniger und kahler geworden, je näher wir den Vorbergen der Osthörner kamen.

Starker Wind kam auf. Der Himmel verdunkelte sich noch mehr. Ich spähte durch die Schneeflocken und suchte nach einer Hecke oder einem anderen Platz, der vor dem Wind Schutz bot.

Gairloch wieherte laut.

»Ja, ich bin ganz deiner Meinung.«

Die Nacht war noch nicht angebrochen. Ich hätte noch weiterreiten können, aber da tauchte neben der Straße ein Schatten auf. Eine verlassene Kate? Eine Schutzhütte? Keine Ahnung, aber es war mir einerlei. Ich setzte meine Kraft aufs Spiel, um zu erspüren, ob die Hütte ungeordnet war, und bekam sofort wieder die Kopfschmerzen, die ich beinahe vergessen hatte. Die Hütte war frei von Chaos. Ich hatte alle vier Wände untersucht. Das Dach bestand aus Schieferplatten, von denen die Hälfte fehlte. Unter einem Loch im Dach befand sich eine offene Feuerstelle.

Die Tür fehlte, ebenso die Läden vor den ovalen Fenstern. Es zog fürchterlich, aber die Reste der Tür und der Läden reichten, um ein Feuer zu entfachen, an dem sich ein müder junger Mann und ein kräftiges Pferdchen wärmen konnten.

Gairloch und ich aßen und schliefen. Der nächste Morgen war kalt, aber einige Sonnenstrahlen brachen durch die Wolken. Es wehte eine eisige Brise.

Mir taten der Rücken und sämtliche Muskeln weh, aber die Kopfschmerzen waren verschwunden.

Als ich hinausschaute, kam es mir vor, als seien die Osthörner über Nacht näher gerückt und ich könnte die dunklen Fichten und Tannen der Vorberge mit der Hand berühren.

Dem war zwar nicht so, aber wir erreichten vormittags einen Wegweiser, der die Straße nach Fenard anzeigte. Dort endete auch der Neuschnee. Zwar lag unter den Bäumen noch etwas Schnee, aber der Sturm, der mich überrascht hatte, war nicht bis zu den Osthörnern vorgedrungen.

Beim Gedanken an die eisige Nacht schauderte ich. Ich

blickte über die Schulter zurück, sah aber nichts und niemanden auf der Straße hinter uns. Ich hätte gern Gairlochs Hufspuren verwischt, aber den Sturm und die Kälte zu überleben hatte mich zuviel Kraft gekostet.

Keine Meile hinter dem Wegweiser gelangten wir an einen schmalen Fluß, der östlich unseres Standorts in der Erde verschwand. Das Wasser war wärmer als die Luft. Dampf stieg auf. Ich ließ Gairloch soviel trinken, wie er wollte, und füllte die Wasserflasche. Dann wusch ich mir Gesicht und Hände. Gairloch hatte ein paar halbwegs grüne Grasbüschel entdeckt, die er hocherfreut abfraß.

Seit meiner Flucht aus Jellico konnte ich jetzt zum ersten Mal bei Helligkeit in den Proviantsack schauen. Trotzdem hätte ich beinahe das weiße Viereck übersehen, das zwischen zwei in Ölpapier gewickelten Haferkuchen steckte.

Auf dem zusammengefalteten Blatt stand nur ein Wort: ›Lerris‹. Mir war so schwindlig, daß ich das Papier nicht aufklappte, sondern in meine Gürteltasche steckte und nach einem Stück Hartbrot suchte. Ich fand es und dazu einen Beutel mit getrockneten, gewürzten Äpfeln.

Während ich das Brot und die Äpfel verzehrte, fraß Gairloch Gras und trank mehrmals Wasser.

Ich schaute nach oben. Die Wolken wurden wieder dunkler und dicker. Ich aß, solange mein Magen nicht rebellierte, und stieg dann wieder in den Sattel.

Weiter ging es auf der engen Straße, die sich durch die immer steileren Berge schlängelte. Bei jeder Biegung hielt ich nach anderen Reisenden oder einer Schutzhütte Ausschau. Dabei warf ich immer wieder einen besorgten Blick zum Himmel hinauf.

XXXVII

Ungefähr sieben Meilen hatten wir uns plagen müssen. Sogar der nimmermüde Gairloch hatte Schwierigkeiten gehabt, so daß ich abgestiegen und neben ihm hermarschiert war. Dann senkte sich der Weg zu meiner Überraschung. Doch vielleicht verlief er jetzt nur noch eben.

Wir rasteten und stapften weiter. Wenn ich nicht gerade keuchte, wunderte ich mich, daß der felsige Untergrund des Wegs und die Bogenbrücken hervorragend instand gehalten waren, es aber nirgends eine Stelle gab, wo man gemütlich rasten konnte. Es gab kein Geländer, auch keine Wegweiser. Ich spürte aber auch nirgends Chaos, alles war festes Gestein.

Nach einer weiteren Biegung mündete der Weg in ein kleines Tal und führte durch schneebestäubte braune Wiesen zu drei niedrigen Steinhäusern. Aus den beiden rechten Gebäuden kräuselte sich Rauch aus dem Kamin. Ich stieg wieder in den Sattel.

Auf dem steinernen Wegweiser am Ende der Wiese stand CARSONN. Keine Erklärung, lediglich der Name. Ein feiner Nebelschleier durchzog das Tal und trug einen Geruch mit sich, den ich nicht zu bestimmen vermochte. Es war jedoch weder Schwefel noch Feuer. Ich wob einen Schutzschild um den Stab und den großen Proviantsack, aber nicht um die Satteltaschen. Dann ritt ich weiter.

Ein zaundürrer Mann stand vor dem Haus in der Mitte. Über der Tür hing ein verblaßtes Schild, auf das ein Becher gezeichnet war. »Willkommen im *Goldenen Becher,* Fremder.« Seine Stimme klang unbeteiligt.

Abgesehen von Türen, Fenstern und Dachbalken war das Haus ganz aus Stein gebaut. Mit dem spitzen Schieferdach schien es Stürmen und harten Wintern erfolgreich zu trotzen. Ich sah einen Hauch von Grün auf dem Gras der Wiesen, und der Schnee entlang des Wegs war nicht sehr hoch, obwohl wir Winteranfang hatten.

Dann sah ich, wie hinter dem Wirt durch einen Schlitz neben der Doppeltür aus verwitterter weißer Eiche eine Armbrust auf mich zielte. »Nicht gerade ein besonders freundlicher Willkommensgruß«, sagte ich und nickte in Richtung Armbrust.

»Nicht jeder aus Certis ist freundlich, und nicht alle Reisenden, die aus Certis zu kommen behaupten, kommen tatsächlich von dort.«

Ich überhörte den Hinweis. »Hast du ein Zimmer und ein warmes Abendessen?«

»Drei Goldstücke für dich und einen Silberling für dein Pferd.«

»Was?«

»Wir müssen die Verpflegung aus Jellico oder Passera herbeischaffen.« Der Wirt zuckte mit den Schultern. »Du kannst ja weiterreiten, wenn du willst. Oder für einen Silberling auf der Wiese kampieren.«

Angesichts der Verfassung, in der ich und Gairloch uns befanden, schien mir die Alternative nicht reizvoll.

»Für drei Goldstücke erwarte ich aber auch ein heißes Bad und hervorragendes Essen sowie reichlich Heu für mein Pferd.«

Jetzt lächelte der Wirt leicht. »Wir haben heißes Wasser und sogar richtige Seife.«

Der Stall war sauber und fast leer. Hinten standen zwei Maultiere und eine schwarze Stute. Ein großer brauner Hengst wieherte, als ich Gairloch vorbeiführte.

Obwohl ich hundemüde war, bürstete ich Gairloch, bis sein Fell glänzte. Dann brachte der Wirt, der offenbar auch den Stallknecht spielte, einen Eimer mit Hafer. Trotz seines großspurigen Benehmens hielt er respektvoll Abstand zu Gairloch.

Ich verstaute den Proviantsack und den Stab in einer

Ecke über der Box, wo niemand darüber stolpern konnte, da sie unsichtbar waren.

»Du hast wenig Verpflegung für die vier Tage, die du bis Passera brauchst, besonders für dein Pferd. Es gibt unterwegs kaum Futter.«

»Könnte ich vielleicht ein paar Haferkuchen kaufen?« fragte ich.

»Einen halben Silberling für zwei …«

Ich schüttelte den Kopf. Das war reiner Wucher. Ich sagte aber nichts, da ich irgendwie nicht klar denken konnte.

»Erst das Abendessen«, sagte ich. »Dann ein Bad und ein Bett.«

»Wie du willst, aber nur gegen Bezahlung im voraus.« Die meisten Wirte taten zumindest freundlich, dieser nicht.

Ich aß allein in einem kleinen Raum, wo nur fünf Tische standen, aber ein Feuer brannte. Eine rundliche Frau mit weißer Schürze brachte mir in Branntwein eingelegte Äpfel, eine dünne Kartoffelsuppe mit viel Pfeffer, dicke Scheiben zähen Lammbratens und noch dickere Brotscheiben. Ich aß alles und trank drei Gläser Rotbeerensaft.

»Ziemlich viel für einen so schlanken Burschen«, meinte die Frau – wohl die Frau des Wirts. Er war verschwunden.

»Es war ein langer kalter Ritt«, meinte ich nur.

»Es war wärmer als sonst in den Bergen.«

»Auf alle Fälle wärmer als der Schneesturm in den Bergen in Certis – Eis, Gewitter und kniehoher Schnee.«

Einen Augenblick lang schien sie verblüfft zu sein. Doch dann fragte sie: »Möchtest du sonst noch etwas?«

»Mein Zimmer und das Bad.«

»Das Badezimmer ist am Ende des Gangs … da entlang.« Sie deutete in Richtung Stall. »Ich zeige dir jetzt dein Zimmer.«

Ich würdigte die Kammer kaum eines Blicks. Offenbar hatte man mir das kleinste von einem halben Dutzend Zimmern gegeben, falls die Türen und die Wände dazwischen Räume waren. Ich ließ den Umhang und die Satteltaschen dort. Meine Münzen waren in der sichtbar am Gürtel hängenden Börse und in meinen Stiefeln und Geheimfächern im Gürtel versteckt. Ich folgte der Wirtin über die zwischen Mauern verlaufenden Gänge zum Bad. Sogar die Innenwände waren aus Stein, nur die Türen nicht.

Aus einer Art Quelle sprudelte heißes Wasser in der aus Stein erbauten Badekammer. Der leicht metallische Geruch im Tal entströmte auch dem heißen Wasser. Offenbar gab es noch viele derartige Quellen.

Der Metallgeruch störte mich nicht mehr, als ich mich wohlig in der aus Stein gemeißelten Wanne streckte und sich allmählich die schmerzenden Verkrampfungen lösten, die ich erst im Ruhezustand so richtig spürte. Als ich schließlich einer verschrumpelten Pflaume glich, verließ ich das herrliche heiße Bad und trocknete mich mit dem dicken braunen Handtuch ab.

Ich nahm mir auch die Freiheit, meine Unterwäsche und mein Hemd zu waschen. Für drei Goldstücke zusätzlich stand mir das zu. Der Wirt und seine Frau sagten auch nichts, als ich barfuß mit den nassen Kleidungsstücken überm Arm an ihnen vorbei in meine Kammer marschierte.

Es gab nur ein Fenster in dem kleinen Zimmer, durch das man nach hinten auf eine Wiese hinausschaute, die ich jedoch in der Dunkelheit nicht genau zu sehen vermochte. In dem Raum standen ein Bett und ein schmaler Schrank. Über dem Bett steckte eine Kerze in einer Wandhalterung. Die Fensterscheibe war zwei Spannen breit und aus richtigem Glas, aber das Fenster selbst war fest verkeilt.

Das schmale Bett hatte sogar Laken und eine Decke.

Ich wollte die Kerze ausblasen, da mir vor Müdigkeit die Augen zufielen. Doch dann sah ich das Papier, das aus dem Beutel am Gürtel hervorragte. Ich hatte Justens Botschaft noch nicht gelesen.

Ich setzte mich aufs Bett und entfaltete das dicke Papier. Offenbar hatte er die sorgfältig gewählten Worte in Eile auf zwei alte Briefumschläge geschrieben.

Lerris,
selbst ein Magier kann unterwegs im Schlaf in einen Hinterhalt geraten. Lies *den Abschnitt über Schutzvorrichtungen (Alarmanlagen) in Deinem Buch, ehe Du auf einem fremden Lager die Augen schließt.*

Versuch auch – um Deinetwillen – das gesamte Buch zu lesen, ehe Du einen Fehler zuviel begehst. Verwende etwas Zeit darauf, etwas Einfaches zu tun und nachzudenken. Du kannst nicht denken und lernen, wenn Du ständig davonläufst.

J.

Da der Graue Magier mehr als einmal recht behalten hatte, erhob ich mich nochmals vom Bett und holte *Die Basis der Ordnung* aus dem Tornister. Dann blätterte ich langsam darin, bis ich zum Kapitel ›Magische Schutzvorkehrungen‹ kam. Ich mußte mehrmals tief Luft holen, um das Gähnen zu bekämpfen, das mich zu überwältigen drohte.

Ganz verstand ich die Theorie nicht, aber die mechanische Ausführung war weniger kompliziert als die Heilung dieses verdammten Weibes oder das Weben meines Wetternetzes. Bemerkenswerterweise funktionierten diese Schutzvorrichtungen, ohne daß ich bewußt Anweisungen geben mußte. Allerdings hatten sie den Nachteil, daß sie außer einer Warnung nicht viel brachten.

Vielleicht stand in dem Buch noch mehr, aber ich war nicht in der Verfassung, noch mehr zu lernen. Ich schob den Riegel vor die Tür, legte mein Messer unter das Kopfkissen und blies die Kerze aus. Die Augen waren mir zugefallen, ehe die Flamme richtig erloschen war.

Im Traum sah ich endlose Bergpfade, als ich ruckartig erwachte. Im Zimmer war es dunkel, rabenschwarz. Nur von den magischen Abschirmungen vor der Tür ging ein Lichtring aus.

Jemand versuchte die Tür aufzubrechen.

Ich rieb mir den Schlaf aus den Augen und griff nach dem Messer. Dann hätte ich beinahe gelacht.

»Kann ich etwas für dich tun?« rief ich.

Das Geräusch hörte auf, aber niemand antwortete. Ich spürte jedoch zwei Körper hinter der rohen Holztür.

Ich wartete, sie warteten.

Knirschen und Quietschen.

»Ich ließe das an eurer Stelle lieber bleiben«, sagte ich ruhig, hatte aber keine Ahnung, was ich tun sollte, wenn die Tür tatsächlich aufgebrochen würde.

Wieder hörte das Geräusch auf. Ich bemühte mich, klar zu denken, obwohl ich nur eins wollte: schlafen.

Einem ernsthaften Angriff könnte der Riegel nicht lange widerstehen. Der hinterlistige Versuch der Wirtsleute bedeutete, daß sie es nur auf die Schwachen abgesehen hatten.

Ich ging über den kalten Steinfußboden und ließ mein Gefühl die Tür und den Rahmen untersuchen. Solide Eiche, in Stein gefaßt, die Angeln draußen, so daß die Tür ins Zimmer schwang.

Ich schüttelte den Kopf. Narr! Narr! Der Wirt wollte nicht ins Zimmer. Er schob einen Riegel durch den eisernen Türgriff, um mich daran zu hindern, den Raum zu verlassen! Nun ergaben die gemauerten Wände und das schmale Fenster Sinn. Der Wirt hatte etwas gegen übereilte Gewalt.

Jetzt sagte mir mein Gefühl, daß die Wirtsleute fort

waren. Nun, sie waren überzeugt, mich in sicherem Gewahrsam zu haben.

Ich zündete die Kerze an und ging zum Fenster. Wenn ich die Keile herausziehen konnte ... Ich zog mich an, da es empfindlich kalt war. Meine Unterwäsche war noch feucht, aber ich hoffte, meine Körperwärme würde sie schnell trocknen.

Dann machte ich mich so leise wie möglich am Fenster zu schaffen. Dabei schickte ich Onkel Sardit ein stummes Dankgebet. Die Arbeit war nicht leicht, aber mir wurde dabei wärmer. Kälte und Wärme hatten dem Leim ziemlich zugesetzt, und nach einigen Versuchen gelang es mir, das ganze Fenster ins Zimmer zu ziehen.

Dann warf ich meinen Tornister, den Umhang und die Satteltaschen ins gefrorene Gras hinunter. Hätte ich nur ein Pfund mehr auf den Rippen gehabt, hätte ich mich nicht durch die enge Fensteröffnung zwängen können.

Um das Fenster wieder an Ort und Stelle zu schaffen, mogelte ich etwas und benutzte ein wenig mentale Ordnungskraft, aber selbst mein Vater hätte nichts einwenden können, da ich mit dieser Kraft ja kein Chaos heraufbeschwören wollte.

Langsam schlich ich im Schutz der Dunkelheit zum Stall. Gairloch ging es prächtig. Er kaute auf einem Grasbüschel herum.

Ich stellte einen Kreis von Abwehrstäben auf, nahm meine Bettrolle und bettete mich auf Stroh in der Box neben Gairloch.

Der erste Lichtschimmer weckte mich, nicht die Schutzstäbe. Ich ließ sie fallen und sattelte Gairloch. Dabei lauschte ich, hörte jedoch nichts vom Wirt. Mit Hilfe eines altes Stabs brach ich den Vorratsschrank auf, nahm sechs Getreidekuchen heraus und verstaute sie im Proviantsack. Ich wollte sie nur nehmen, um mich am Wirt zu rächen. Mit Justens Proviant war ich so gut versorgt, daß ich sie vielleicht gar nicht brauchte. Aber die Osthörner sahen kalt aus, und Gairloch hatte mir mehr als nur einmal das Leben gerettet.

Schließlich hinterließ ich vier Kupferlinge – wahrscheinlich zuviel –, aber weniger zurückzulassen verbot mir mein angeborenes Ordnungsgefühl. Trotz der mehr als zweifelhaften Gastlichkeit hatte der Wirt die Kuchen schließlich irgendwo gekauft. Ich fühlte mich einfach besser, nachdem ich die Münzen auf den Tisch gelegt hatte.

Ich wob um Gairloch und mich den Schutzschild, schob die Stalltür auf und trat in die lautlose Winterdämmerung hinaus.

Nach weniger als einer Meile über eine Wiese gelangten wir zu einem Bach. Ich ließ den Schutzschild sinken und hielt nach möglichen Verfolgern Ausschau. Doch die Herberge war dunkel. Kein Rauchwölkchen kräuselte sich aus den Kaminen. Nachdem Gairloch getrunken hatte, legte ich wieder den das Licht reflektierenden Schutzschild um uns, bis wir zur Straße und dem Wegweiser mit einem Pfeil sowie dem Namen ›Passera‹ kamen. An den Straßenrändern hatte sich der Schnee aufgetürmt und reichte oft bis zu Gairlochs Knien. Der Wind hatte die Straße aber weitgehend freigefegt, als müßte es so sein.

Dennoch mußten wir mehrmals durch eisverkrustete Schneewehen stapfen, die sich an windgeschützten Biegungen angesammelt hatten.

Da ich nicht wußte, wem ich trauen durfte, vermied ich die nächste Herberge und suchte statt dessen unter einem Felsüberhang in einer engen Schlucht Zuflucht. Letztendlich war es mehr Arbeit, unsere Fährte zur Schlucht zu verwischen, als mich in einem Zimmer in einer Herberge zu verbarrikadieren. Aber im Freien schlief ich ruhiger, selbst auf dem gefrorenen Boden. Außerdem kostete es mich nicht drei Goldstücke, was dem Lösegeld des Herzogs entsprach. Doch als ich aufwachte, war meine Nasenspitze fast erfroren.

Der Aufstieg zu den Osthörnern von Osten her war nicht ganz so kräftezehrend wie das Überleben im tödlichen Wintersturm. Zwei Tage hatte es gedauert, um dem Sturm zu trotzen, aber ich brauchte nach Carsonn fast zwei weitere Tage, um auf den südlichen Paß zu gelangen. Während der gesamten Zeit begegnete ich drei anderen Gruppen, deren Ziel Certis war. Alle bestanden aus mindestens vier schwerbewaffneten Reitern. Sie hatten mir das Vorwärtskommen ermöglicht, da sie einmal den Weg durch eine Schneelawine auf der Straße gebahnt hatten.

Sie sahen weder mich noch Gairloch, da ich uns, sobald ich sie in der Ferne hörte, sofort von der Straße und aus ihren Augen entfernte.

Das Wetter änderte sich nicht: kalt, Wolken, Windböen, die in und aus den Schluchten wehten und trockene Schneeflocken herantrieben. Erschwerend kam hinzu, daß man von der Paßhöhe aus keinerlei Fernsicht hatte. Der Paß selbst bestand lediglich aus einem Anstieg der zwischen Felswänden verlaufenden Straße. Kaum war ich oben, ritt ich bereits wieder bergab.

Ich mußte noch einen Tag und eine Nacht vor Kälte zitternd in meiner Bettrolle verbringen, ehe ich die Vorberge erreichte, von denen aus ich Gallos überblicken konnte.

Der Pfad nach unten war lediglich eine Felskante an den schwarzen Granitwänden entlang.

Auf halben Weg hielt ich an und lenkte Gairloch in eine Felsnische. Von hier aus konnte ich in beide Richtungen sehen. Seit ich Jellico verlassen hatte, brach zum ersten Mal die Wintersonne hervor, als ich auf Gallos hinabschaute.

Gallos sah nicht viel anders aus, als ich mir Certis vorgestellt hatte: schmutzigbraun, von dünnen grauen

Linien unterteilt, die wohl Steindämme oder Zäune waren. Die geschwungenen graubraunen Linien mußten Straßen sein.

Rechts von mir, nach Norden, löste sich der Weg vom Fels und führte auf bewaldete Hügel, die Wiesen und Stoppelfelder von den Osthörnern trennten. Ich entdeckte mehrere Rauchfähnchen in einem besiedelten Tal. Der Ort wirkte sehr klein, mußte jedoch Passera sein.

Ich lehnte mich an den Fels über Gairlochs Nische, den die Sonne ein wenig erwärmte, und las nochmals Justens Botschaft.

Immer noch hatte ich keine Zeit gehabt, das gesamte Buch zu lesen. Hier im Gebirge war gewiß nicht der richtige Ort dafür. Doch Justen hatte wieder recht gehabt ... und das war ein guter Grund, mir die nächsten Schritte genau zu überlegen, ehe ich nach Gallos und Passera hinabritt.

Abgesehen vom reinen Überleben hatte ich zwei Probleme: beide nicht unüberwindlich, aber lösungsbedürftig. Erstens wurde mein Bargeld, das ohnehin nicht reichlich bemessen war, trotz Justens Unterstützung immer knapper. Fast vier Goldstücke hatten mich die kurze Nachtruhe in Carsonn und die Getreidekuchen für Gairloch gekostet. Wenn ich das jedoch mit der Bezahlung für das Schafeheilen verglich, war ich doch besser dran. Außerdem war ich jetzt schon über hundert Meilen weiter auf dem Weg zu den Westhörnern gelangt.

Zweitens hatte ich nicht die leiseste Ahnung, welchen Auftrag ich erfüllen sollte. Dieses blinde Dahinreiten und die ständige Suche wurden langsam mühselig, um nicht zu sagen langweilig.

In dieser Ungewißheit war ich mir nur über eines klar: Würde ich weiterhin blindlings in Städte und Probleme hineinstolpern, würde früher oder später der Pfeil einer Armbrust oder ein Gewehrschuß meine Gesundheit schädigen, wenn nicht mich sogar töten. Dabei ging ich davon aus, daß die Galler Gewehre gestatteten. Einige candarische Herzogtümer rechneten Gewehre zu den Chaos-Waffen, nicht zu unzuverlässigen Wärmeenergie-Waffen. Aber tot war tot, so oder so.

Aufgrund des ungewöhnlichen Schneesturms in den Bergen von Certis und eines unvorsichtigen Blicks der Wirtsfrau, als ich den unzeitgemäßen Sturm erwähnte, war mir klar, daß dieser Schnee und das Eis keineswegs natürliche Ursachen hatten. Es bedeutete ferner, daß jemand mich mit Magie oder anderen Mitteln nicht genau hatte orten können.

Gairloch war eine Frage, der ich aber weiterhin nicht nachging. Warum trauten mir nur das Pferd und einige wenige Stallknechte? War Gairloch zufällig in Freistadt gewesen?

Ich löste den Blick von Gallos und richtete ihn auf das goldene Braun von Gairlochs dickem Fell. Nur ein so kräftiges Tier war imstande, die hinter uns liegenden Strapazen so gut zu überstehen.

Seufzend schickte ich meine Gefühle aus … suchend …

… und schüttelte den Kopf. Gairloch war ein Bergpferdchen, aber nicht nur das. So wie ich den angeborenen Ordnungs-Sinn in den Schafen in Montgren verstärkt hatte, hatte jemand in Gairloch die Ordnung so verstärkt, daß er jetzt vor jedem scheute, in dem er Unordnung spürte. Das war alles. Und dennoch …

Ich schüttelte wieder den Kopf. Jemand – etwas – hatte weiter vorausgedacht, als mir zu denken lieb war. Obwohl ich den Rücken gegen den warmen Fels lehnte, schauderte mich.

Immer noch dachte ich nicht schnell genug.

So saß ich nun da und plante meine nächsten Schritte. Ich mußte lernen, was im Buch stand, und es dann anwenden. Ich mußte irgendwie meinen Lebensunterhalt verdienen und dabei genügend Zeit zum Lesen finden.

Und ich mußte verhindern, Aufmerksamkeit zu erregen. Letzteres war besonders wichtig, wenn man mein Verschwinden aus einem offensichtlich verschlossenen Raum in Carsonn Antonin gegenüber erwähnte – oder dem Chaos-Magier, der hinter mir her war.

Allerdings hatte ich keine Ahnung, warum. Ich war nicht so gefährlich wie Justen, und Tamra war bestimmt eine ebenso große Bedrohung wie ich. Ich fragte mich, wo sie war und was sie wohl gerade tat.

Weiteres Aufsehen vermeiden hieß Passera meiden. Wenn es eine ganze Truppe erforderte, um die Osthörner zu überqueren, hielte man wahrscheinlich jeden einzelnen Reiter für einen Magier, Banditen oder gewöhnlichen Dieb. In Anbetracht den wenigen Münzen, die ich bei mir trug, würde ich jede dieser Verdächtigungen rechtfertigen.

Alle diese Überlegungen führten dazu, daß ich Fenard erreichen mußte, eine Stadt, groß genug, um einen Schreiner zu finden, der ohne zu viele Fragen einen Arbeiter einstellte.

Ich seufzte. Jedesmal wenn ich nachdachte, wurden die Probleme komplizierter und betrafen nicht allein mich.

»Los, Gairloch, wir müssen weiter und noch ein paar Nächte im Freien überstehen.«

Gairlochs Hufe klapperten auf den glatten Steinen der Straße, die nach Passera hinabführte – und irgendwann auch nach Fenard.

XXXVIII

Die blonde Frau spielt beim Reiten mit dem Messer. Sie schaut nach vorn, dann wieder zurück zu dem rundlichen Kaufmann auf der grauen Stute, die mit schweren

Schritten neben dem ersten Packmaultier dahintrottet. »Bis jetzt kein Ärger.«

Der Kaufmann betrachtet die schwarzhaarige Frau: Selbst in der verblichenen blauen Tunika und der Hose sieht sie auf dem mit Kampfnarben bedeckten Pferd reizvoll aus, wie sie die Straße nach vorn mit den Augen absucht.

Die ältere Frau, die Schwarzhaarige mit den schwarzen Augen, dreht sich um und fängt den abschätzenden Blick des Kaufmanns auf. Sie berührt die Klinge an ihrer Seite. Ein schwaches Lächeln huscht über ihre Lippen.

Der Kaufmann sieht das Lächeln und die Hand am Schwertgriff. Ihn schaudert. »Siehst du … irgend etwas?« stammelt er.

»Möglich … da vorn ist eine Staubwolke zu erkennen, die uns entgegenkommt. Aber nur ein einziger Reiter. Nichts Besorgniserregendes.«

»Habt ihr vor, euch zum Autarchen zu gesellen?« fragt der Kaufmann. Jedes Wort rollt heraus, ehe das vorige ausgesprochen ist.

»Warum?« fragt die Blonde.

»Man sagt, Kyphros brauche Klingen. Dem Autarchen ist es einerlei, ob Frau oder Mann, solange sie nur gut sind.«

»Ich weiß nicht …« Die Stimme der Blonden klingt ausdruckslos.

»Das sehen wir, nachdem wir dich abgeliefert und unseren Lohn kassiert haben«, sagt die Ältere und lacht.

Ihr Lachen klingt unheimlich. Dem Kaufmann läuft es wieder eiskalt über den Rücken.

Die Blonde reitet weiter. Die Schwarzhaarige greift zum Schwertknauf.

XXXIX

Eigentlich war es leicht, um Passera herumzureiten. Doch es gab die Brücke über den Fluß, mit Türmen und Wachposten. Ich war der Meinung, daß die Türme vielleicht gegen Räuber und Banditen schützten, aber nicht gegen eine Schar gut ausgebildeter Bewaffneter.

Gairloch und ich warteten, bis es Abend wurde und ich spürte, daß das Tor sich öffnete. Wir schlüpften hindurch und schlugen die Richtung zum Gegentor ein. Die drei Posten ließen das Tor offen, während sie auf der Bergseite unter der Brücke patrouillierten.

Ich wartete nicht, bis sie ihre Runde beendet hatten, sondern lenkte Gairloch behutsam über das Pflaster. Ich hoffte, das Rauschen des Flusses unten werde seinen Hufschlag übertönen.

Inzwischen hatte ich ein ziemlich gutes Gefühl erworben, einen Ort zu erspüren, ohne ihn zu sehen. Trotzdem hatte ich Angst, daß jemand durch den reflektierenden Schirm sehen könne. In gewisser Weise war es Glaube, nichts als Glaube, neben einem Wachposten mit gezücktem Schwert dahinzureiten und nur durch einen hauchdünnen Lichtvorhang von der Gewalt getrennt zu sein … Ich durfte nicht einmal seufzen.

Hinter dem Stadttor lag Passera offen vor uns. Aber Gairloch und ich ließen es schnell hinter uns und ritten auf die bewaldeten Hügel hinter der Stadt zu. Sobald die Straße im Wald eine Biegung machte, ließ ich den Schild fallen.

Von jetzt an war ich ein Schreinergeselle, der wegen seines jugendlichen Leichtsinns und Ärgers in Freistadt nur noch ein Pferd besaß.

Mit jedem Schritt zur Ebene von Gallos wurden die Hügel sanfter, die Bäume seltener und die Winde wärmer, zumindest so warm, daß der Lehm auf der Straße kalter Gelatine glich, nicht mehr hartem Eis. Statt Steinmauern gab es nur Zäune aus Steinpfosten mit Brettern dazwischen und bald nur noch Holzzäune, die zu schwach waren, um Vieh oder starkem Wind Trotz zu bieten.

Die spärlichen Bäche wurden allmählich zu versiegenden oder ausgetrockneten Kanälen, die ein Gitter zwischen immer größer und flacher werdenden Stoppelfeldern bildeten.

Hinter Passera hielt ich an einer Wegkreuzung mit einer namenlosen Herberge an und schlief mit Gairloch im Stall, da dieser sauberer schien als die verkommene Herberge. Trotzdem mußte ich drei Kupferlinge für mich und zwei für Gairloch löhnen.

Für das Frühstück zahlte ich nochmals eine Kupfermünze für einen halben – einen *kleinen* halben – Laib braunen Brots und einen Becher Rotbeerensaft.

Nach einem weiteren Tag gelangten wir in ein so flaches und baumloses Land, daß der Horizont kaum zu bestimmen war. Mitten durch diese Einöde zog sich der Fluß Gallos, fast einen Kilometer breit und zu Beginn des Winters nur fünf Meter tief. Zwei nebeneinanderliegende steinerne Brücken überspannten ihn, eine für jede Richtung und breit genug für die größten Bauernkarren. Es folgte wieder eine Nacht im Stall, aber die *Wohlstand-Herberge* in Neblitt bot für den gleichen Preis wie in der vergangenen Nacht genießbares Essen und frisches Stroh.

Von Neblitt schlug ich die Straße nach rechts ein. Am Ende des dritten Tages erreichte ich die niedrigen Hügel mit dem willkommenen Anblick von Bäumen, die nach Fenard führten. Kahle Bäume, keine Nadelgehölze, aber dennoch Bäume.

Dort stand auch der zweite Wachposten.

»Wohin des Wegs, junger Freund?«

»Fenard.«

»Zur Wachmannschaft?«

Ich musterte die beiden stämmigen Soldaten und schüttelte den Kopf. »Vom Kriegshandwerk verstehe ich nicht viel. Ich bin nur ein wandernder Schreinergeselle.«

»Wo ist dein Werkzeug?« fragte der mit dem schmalen Gesicht.

»Das ist mein Problem. Ich war in Freistadt … und dann hat sich die Lage urplötzlich verändert …« Ich zuckte mit den Schultern.

Die beiden schauten sich an. »Irgendwelche Waffen?«

»Nur das Messer im Gürtel. Aber damit kann ich mich sehr wohl verteidigen.«

Die beiden Wachposten, alte Veteranen, hatten Mühe, ihr Grinsen zu unterdrücken. Ich auch. An ihrer Stelle hätte ich auch gegrinst.

»Du verstehst, junger Freund: Wenn du nicht für deinen Unterhalt sorgen kannst, mußt du Fenard verlassen oder zu den Wachtruppen gehen.«

»Ach ja?« fragte ich und bemühte mich, verwirrt dreinzuschauen.

»Allerdings.«

Knarrend hielt ein Karren hinter mir.

»Mach, daß du weiterkommst, Bursche.«

Ich ruckte mit den Zügeln, und Gairloch trabte den Hügel hinauf. Nach drei weiteren Hügeln und einer Brücke und als sich die Abenddämmerung bereits senkte, hielten wir vor dem Stadttor. Im Norden und Westen sah ich am Horizont einen Lichtschimmer, wahrscheinlich die näher gerückten Westhörner.

Im Gegensatz zu Jellico war die Mauer um Fenard lediglich symbolisch, sofern sie überhaupt noch stand. Auch das Tor war eher eine Formsache als ein Bollwerk. Ein gelangweilter und viel feisterer Posten als seine Kameraden draußen im Gelände musterte mich und winkte mich durch.

Auf der Straße hielt ich einen pausbäckigen, grinsenden jungen Burschen an und fragte ihn, wo sich das Viertel für die Holzarbeiten befinde.

»Sägemühlen, meint Ihr? Die sind beim Mühlentor, nicht in der Stadt.«

»Nein, gute Schreiner, Tischler.«

»Solche, die Schränke und Stühle machen?«

Ich nickte.

»Hier die Marktstraße immer geradeaus, bis zum Ende. Einen Kupferling, und ich bringe Euch selbst zur *Zapfquelle,* in der Schenke pflegen die Meister Perlot und Jirrle immer einen zu lüpfen. Sie müßten jetzt dort sein.«

Ich warf ihm die Münze zu. »Das kann ich mir kaum leisten, Junge.«

Der barfüßige Bursche grinste. »Kommt, setzt Euer Spielzeugpferd in Bewegung.«

Ich hätte die *Zapfquelle* mühelos allein gefunden. Sogar ein einziger Kupferling wurde wichtig. Manchmal irrt man sich. Wahrscheinlich hatte der Junge das Geld nötiger als ich.

Bei der Kreuzung einer namenlosen Straße zum Mühlentor und der Marktstraße, deren Name auch nirgends angeschrieben war, stand ein zweistöckiges Holzhaus. Nur Kamin und Feuerplatz bestanden aus Stein. Der untere Teil der alten Balken war mit ergrautem Gips verkleidet. Das Dach senkte sich, Tauben nisteten darin.

Ein beleibter Mann mit beginnender Glatze mit einer Lederweste stocherte mit einer langen Stange in der einzigen Öllampe der Straße. Als Gairloch vor dem Karren eines Kesselflickers scheute, gelang es dem Mann, die Lampe zu entzünden. Dabei war der rote Sonnenball noch nicht am dämmrigen Horizont verschwunden.

Zwei Männer in mittleren Jahren, in dunkle Umhänge gewandet, betraten leicht gebeugt die Schenke von der Marktstraße her. Als sich die Tür öffnete, schlug ihnen lautes Gelächter entgegen.

»... Schurken ...«

»… abhauen …«

Mein Führer wies mit der Hand. »Da ist es. Der Stall ist hinten.«

»Wie heißt du?«

»Erlyn. Nachmittags findet Ihr mich meistens in der Nähe vom Osttor.« Er drehte sich um und rannte weg.

Die *Zapfquelle* war hauptsächlich zum Essen und Trinken da. Die fünf leeren Boxen verdienten kaum die Bezeichnung Stall, aber es gab einen Heuboden. Für drei Kupferlinge erwarb ich mir das Privileg, dort zu schlafen, und für drei weitere, Gairloch einzustellen. Der Stallbursche hatte es eilig und wollte zurück in die Schenke, wo er – aufgrund seines Knüppels, der dicken Arme, des Bauchs und der tiefen Stimme – wohl für Ordnung sorgen sollte, während er sich in der Küche vollstopfte.

»Mach keinen Ärger, Bursche! Verstanden? Halt den Berggaul ruhig und schließ die Stalltür!«

Ich nickte und machte mich daran, Gairloch zu striegeln.

Obgleich ich dringend etwas essen mußte und der flüsternden Seele Fenards lauschen wollte, die durch die gelösten Zungen der Gäste offenbart würde, nahm ich mir Zeit. Nachdem ich für Gairloch Getreide gefunden hatte, schob ich mich durch die Seitentür in die Schenke, durch die ich die älteren Männer hatte gehen sehen.

Wie betäubt vom Lärm blieb ich stehen und wartete, bis meine Augen sich eingewöhnt hatten. Ein halbes Dutzend Männer saß um den einzigen runden Tisch, jeder mit einem Humpen aus Steingut im Arm.

Vier Öllampen in den Ecken und ein niedriges Feuer gaben Licht. Irgendwo hatte Fett Feuer gefangen, das zusammen mit dem grünen Holz im Kamin beißenden Rauch verströmte. Hinzu kamen der säuerliche Geruch vergossenen Weins und billigen Biers, der Schweiß der arbeitenden Männer. Alles zusammen machte den typischen Geruch der *Zapfquelle* aus. Ich zog den Stall vor.

Doch jetzt schob ich mich an einen kleinen Ecktisch, der leer war, weil er auf dem unebenen Boden gefährlich wackelte.

»Wein oder Bier?« Die schlanke Schankmaid hatte zerzauste schwarze Haare, ein schmales Gesicht und von der rechten Mundecke zum Ohr eine rote Narbe.

»Habt ihr Rotbeerensaft?«

»Kostet einen Kupferling, genau wie Bier.«

»Rotbeerensaft. Brot und Käse?«

»Für einen Kupferling bekommst du zwei Scheiben Brot und einen kleinen Keil gelben Käse. Für zwei Kupferlinge vier Scheiben und einen Keil vom Weißen.«

»Zwei Scheiben und den Gelben.« Ich legte zwei Kupfermünzen auf den Tisch und bedeckte sie mit der Hand.

Sie nickte und ging fort. »Rotbeerensaft und einmal Brot und Käse klein.«

Ein weiterer Mann gesellte sich zu den sechs Männern am runden Tisch.

»Rasten! Immer der letzte. Mußte dein neuer Lehrling für den Leim den Gaul schlachten?«

»Für den Mann einen doppelten Wein.«

Peng! Roter Saft schwappte auf meine Hand. Als ich aufblickte, tändelte die Schankmaid mit Rasten. Ihm schien es nicht unangenehm zu sein.

An einem Tisch in der Nähe unterhielt sich ein Paar, nicht viel älter als ich, ziemlich laut, um von der Gruppe am Stammtisch gehört zu werden.

»… denkst du von Destrin? Diese Tochter …«

»… eigentlich ist sie nett …«

»… keine Zukunft hier …«

Ich gab der Schankmaid meine Münzen. »Wer ist Perlot?« fragte ich sie.

Mit dem Daumen deutete sie auf einen der sieben

Männer. »Der Dünne mit dem Silberhaar, neben dem an der Tür. Noch was?«

»Im Augenblick nicht.«

Sie tändelte weiter mit Rasten herum.

Das Brot war weder frisch noch altbacken, sondern irgendwie in der Mitte. Doch der Käse war scharf und besser, als ich erwartet hatte.

»... Bänke für die Gruben ... und sie wollen schwarze Eiche für den Preis. Kannst du das glauben?«

»... wieder treibt sich ein Magier in den Osthörnern herum ... ist geradewegs durch eine Mauer gegangen ...«

»... bloß eine Ausrede, weil der Kerl abgehauen ist, ohne zu zahlen. Das ist alles ...«

Das Paar neben mir stand auf und ging. Niemand nahm den Platz ein.

Ich saß in der Ecke, trank langsam einen Rotbeerensaft, dann noch einen und hörte den Gesprächen im Schankraum zu.

»... Lehrling? Mit seiner Tochter? Das ist ein Gefängnis ...«

»... die goldenen Ketten würden ihm schon zusagen, was, Sander? Stimmt's?«

»... du kannst mich mal!«

»... einige der alten Wachen des Herzogs wollen ihre eigenen Häuser bauen ...«

»... Nordkyphros ...«

»... Wildnis ...«

»... der Autarch wird's ihnen zeigen ...«

»... stiegst du nicht auch gern mit ihr ins Bett?«

»Noch 'ne Runde!«

»Wer zahlt?«

Wegen des Qualms aus der Küche, des Gestanks nach schalem Bier und Wein und des beißenden Rauchs aus dem Kamin brannten mir die Augen. Trotzdem spitzte ich weiterhin die Ohren und scheuchte die dünne

Schankmaid mit der roten Narbe fort, nippte an meinem Rotbeerensaft und hielt die Augen offen …

Perlot schob seinen Stuhl zurück. Ich wollte aufstehen, blieb dann aber sitzen. Einen Handwerksmeister in einer Schenke ansprechen hieß Ärger suchen. Daher wartete ich, bis er hinausgegangen war, ehe ich den Stall aufsuchte.

Obgleich die Luft im Stall sauberer und weitaus wärmer als bei den Osthörnern war, schlief ich ruhelos, als würde der Donner des plötzlichen Schneesturms in Certis immer noch in meinem Kopf dröhnen. Ständig hörte ich die Worte: ›Wieder treibt sich ein Magier in den Osthörnern herum.‹ Irgendwann schlief ich ein. Doch wachte ich auf und wusch mich am Trog, ehe der Stallbursche erschien.

Er wußte nicht genau, wo Perlots Werkstatt lag, zeigte nur irgendwie zum anderen Ende des Mühlenviertels. Ich schmierte ihn mit noch einem Kupferling, damit Gairloch den Tag über bleiben konnte.

»Aber vor Sonnenuntergang, Bursche!«

Ich grinste nicht, aber wir wußten beide, daß er Gairloch nicht mit der Heugabel anrühren würde. Doch wenn ich später käme, würde mich das erneut Geld kosten, und das schmolz sowieso viel zu schnell dahin.

Perlots Werkstatt stand auf dem Schild. Darunter waren in einem Schaufenster eine Kommode und ein Armstuhl ausgestellt, gefertigt aus gedunkelter Roteiche im hamorischen Stil. Die hier gezeigte Handwerkskunst war besser als alles, was ich gesehen hatte, seit ich Onkel Sardit verlassen hatte. Die Kommode hätte möglicherweise sogar ein Nicken von ihm geerntet.

Da die Tür offenstand und keine Kunden zu sehen waren, trat ich ein.

Im Innern der Werkstatt gab der Handwerksmeister einem Lehrling und einem Gesellen Anweisungen. Sie sprachen über die Zusammensetzung einer letzten Politur.

»Du da. Ich komme gleich.«

»Bitte, Meister, meinetwegen braucht Ihr Euch nicht zu beeilen«, antwortete ich vorsichtig und neigte den Kopf. Dann trat ich zur Rückseite des Schaufensters, um die Kommode mit den drei Schubladen näher in Augenschein zu nehmen. Ich verglich sie mit Onkel Sardits Arbeiten, soweit ich mich erinnerte.

»Was denkst du?« Perlots Stimme klang morgens noch rauher als abends.

Ich drehte mich um, schaute ihn an und schwieg.

»Nun ... du scheinst von Holzarbeiten etwas zu verstehen. Was meinst du?«

Ich schluckte. »Die Politur ist hervorragend, auch die Proportionen. Bei den Seitenflächen ist die Maserung schräg, nicht viel, aber genug, um abzulenken. Da man die Fugen nicht sieht, kann ich über die Festigkeit nicht viel sagen, aber alles ist auf Gehrung zusammengefügt, ohne Spalten.«

»Was ist mit dem Holz?«

»Die Schreinerarbeit ist besser als die Eiche. Der Entwurf wäre in schwarzer Eiche besser herausgekommen, aber das hätte wohl die Kosten höher geschraubt, als die meisten Kunden zahlen wollen.«

Perlot nickte. »Du suchst Arbeit, das ist klar. Und du weißt, was man von dir erwartet. Auch das ist klar. Aber ich kann dir nicht helfen.« Die Worte sprudelten hervor, als wolle er sie möglichst bald ausgesprochen haben.

»Verstehe.« Jetzt nickte ich. »Kennt Ihr einen Schreiner, der vielleicht einen guten Gesellen brauchen könnte?«

Meister Perlot rieb sich das Kinn. »Von den guten ... keiner. Wir haben alle mehr Verwandte als Arbeit.« Dann lachte er. »Wenn du mit den Händen so gut wie mit dem Mund bist, könntest du es beim alten Destrin probieren.

Er könnte Hilfe brauchen, aber …« Er zuckte mit den Achseln.

»Wo finde ich ihn?«

»Sein Laden liegt in der Straße der Goldschmiede, gegenüber dem Marktplatz.« Der Meister blickte zum Lehrling und dem Gesellen, dann wieder auf mich.

»Sind die Zeiten für die Schreinerei schlecht?«

»Nicht gerade großartig, aber auch nicht schlimm. Ich bin nicht Sardit, aber manchmal komme ich an ihn heran.«

Es gelang mir zu nicken, ohne daß mir vor Verblüffung die Luft wegblieb.

»Hast du je seine Arbeiten gesehen, junger Mann?«

»Ja. Eine Kommode, die er gemacht hat, aus schwarzer Eiche.«

Perlot spitzte die Lippen. »Warum brauchst du Arbeit?«

»Ich habe sehr jung mein Zuhause verlassen. Meine Lehre gefiel mir nicht. Mein Onkel meinte, ich sei zu unruhig. Deshalb bin ich nach Freistadt gekommen. Wegen der Ereignisse dort bin ich etwas überstürzt weg …«

»Das hat viele Menschen in die Flucht getrieben«, meinte Perlot trocken. »Nun … ich wünsche dir Glück. Versuch's bei Destrin, doch nenn lieber meinen Namen nicht. Aber das liegt natürlich bei dir.«

Ehe ich die Tür erreicht hatte, war der Meister bereits wieder bei seinen Polituren.

Gairloch blieb im Stall, während ich Destrin suchte. Ich betrat die Straße der Goldschmiede und folgte den knappen Anweisungen Perlots.

Ein schlichtes Holzschild hing über der Tür zum Laden: SCHREINEREI. Die Fassade war mit dunkelroten Backsteinen verkleidet, die zu beiden Seiten angebauten Häuser schienen frisch gestrichen.

Das Haus hatte zwei Türen. Die eine führte zur Treppe in die Wohnung im ersten Stock, die andere ins Geschäft.

Die Läden des einzigen Fensters der Schreinerei waren zurückgeschlagen. Sie hingen etwas schief, als wären die Angeln ausgeleiert und nicht ersetzt worden. Die blaue Farbe des Fensterstocks und der Läden war verblaßt und teilweise abgeblättert, so daß das rote Eichenholz darunter zu sehen war.

Hinter dem Haus gab es noch einen kleinen Anbau, in dem vielleicht früher einmal Pferde untergebracht waren. Jedenfalls hatten die anderen Häuser diese kleinen Ställe.

Ich trat auf die Schwelle der Werkstatt.

Dort sah es nicht gerade schlimm aus, aber überall waren kleine Zeichen von Chaos zu sehen: Sägen nicht ordentlich aufgestellt, Sägespäne in den Schubladen für Kreide und trübes Öl für den Schleifstein.

»Ja?« Ein dunkelhaariger Mann mit hängenden Schultern, hagerem Gesicht und einem alten, aber sauberen Lederschurz über der dunklen Hose blickte mich unfreundlich an.

»Ich suche Destrin.«

»Ich bin Destrin.« Die Stimme klang leise.

»Ich heiße Lerris. Ich habe gehört, Ihr könntet vielleicht etwas Hilfe gebrauchen.«

»Hmmmmm ...«

»Ich bin bereit, als Geselle zu arbeiten.«

»Ich weiß nicht ...«

Ich schüttelte den Kopf und blickte betont mißmutig umher, ließ aber nichts über die Anfänge des Chaos verlauten.

Destrin stand vor einer halbfertigen Holzbank ohne Lehne, die wohl für eine Schenke gedacht war. Die Sitzplanke war bereits befestigt. Destrin hatte gerade die Löcher für die Beine gebohrt. Auf den ersten Blick sah ich, daß der Sitz aus drei unterschiedlichen Hölzern gemacht war, wahrscheinlich aus Abfallstücken. Die Bank war nicht übel, entsprach jedoch keineswegs dem guten

Werkzeug, der reich ausgestatteten Werkstatt oder dem Haus in dieser guten Lage.

»Kannst du diese Arbeit ausführen?« fragte er zögernd.

»Ja.« Ich hatte keine Lust, mehr zu sagen.

»Wie kannst du mir das beweisen?«

Ich blickte umher. In den Körben lagen nur Abfallstücke. »Ich mache etwas, dann könnt Ihr es sehen. Dazu brauche ich nur ein paar Abfallhölzer, muß aber Euer Werkzeug benutzen.«

»Es ist gutes Werkzeug. Woher weiß ich, daß du damit umgehen kannst?« Jetzt klang er fast weinerlich.

»Schaut mir auf die Finger oder arbeitet weiter an der Bank.«

»Hmmmmmmm …«

Ich nahm das als Zustimmung. Dann fand ich ein Stück Roteiche mit ausgefallener Maserung. Daraus konnte ich ein schönes Brotbrett machen. Etliche Brettchen aus weißer Eiche würden für ein Kästchen reichen, für eine Nadelbüchse.

Jetzt kam der schwierige Teil. Keine der kleinen Sägen oder Hobel war seit Jahren geschliffen worden. Die Hobel waren zum Teil von Sägemehl verstopft, und man hatte sie offensichtlich gewaltsam benutzt. Als erstes reinigte, ölte und schliff ich sie. Die Sägen konnte ich nur reinigen.

Destrin behielt mich im Auge, während ich das Werkzeug reinigte und schärfte. Danach säuberte ich die zweite Werkbank, verstaute allen möglichen Krimskrams in den alten Schränken, in denen alles seinen Platz zu haben schien.

Erst nachdem ich das erledigt hatte, legte ich mir die Hölzer für das Kästchen zurecht. Inzwischen war die Mittagszeit längst vorbei.

»Vater …?« Eine helle Stimme erklang von der hinteren Tür der Werkstatt. Dort führte noch eine Tür nach oben in die Wohnung. »Oh, ich wußte nicht, daß jemand bei dir ist.« Das Mädchen hatte goldblonde Locken und war dünn wie der Vater. Obgleich es zierlich war, wirkte es ungemein weiblich. Die Stimme war dünn wie die des Vaters, aber nicht so weinerlich, höchstens müde. Über einer wadenlangen braunen Hose trug es eine verwaschene blaue Schürze und eine ebenfalls verwaschene gelbe Bluse. Die Füße steckten in Sandalen.

»Ich wollte dich nicht erschrecken. Ich heiße Lerris«, erklärte ich.

Die junge Frau blickte zum Vater, dann zu mir.

»Ich versuche deinen Vater zu überreden, mich als Gesellen einzustellen.«

»Hmmmmm«, machte Destrin wieder. Dann hustete er.

Ich fragte mich, ob das seine Art war, sich über irgend etwas klar zu äußern. Ich schwieg und maß die Brettchen ab.

»Möchtest du mit uns essen?« fragte sie. »Es gibt aber nur Suppe, Obst und Brötchen.«

Destrin warf seiner Tochter einen empörten Blick zu.

»Aber ihr beide kennt mich noch nicht. Ich danke für die Einladung, aber ehe ich nicht etwas Gutes für Destrin gefertigt habe ...« Während ich sprach, entspannte sich der Schreiner sichtbar.

»Dann bringe ich dir wenigstens etwas zu trinken und ein bißchen Obst.«

»Dagegen hätte ich nichts einzuwenden, Meisterin, aber ich muß weiterarbeiten.«

Sie schlug die Augen nieder. Dann stieg sie die Treppe hinauf.

Wie üblich dauerte alles länger, als es dauern sollte. Ich mußte die Zwingen einstellen, eine sogar reparieren. Auch das Sägen dauerte zu lange, weil die Blätter nicht so scharf wie die bei Onkel Sardit waren.

Obwohl ich die Apfelscheiben, die sie mit einem angeschlagenen blauen Tonkrug gebracht hatte, schnell verzehrte, war es beinahe Zeit fürs Abendessen, als ich die letzte Verbindung klebte. Destrin hatte ständig bei seiner Bank ›gehmmmmmt‹. Er beendet seine Arbeit erst, als ich das kleine weiße Kästchen in die Zwingen schraubte.

Schnell hatte ich aus dem Deckel ein Rechteck herausgeschnitzt und mit Kreide einen schlichten Stern mit vier Zacken aufgezeichnet. Dann schnitzte ich die einfache Verzierung heraus.

Das Kästchen war gute Arbeit, wenn auch nicht hervorragend, aber auf alle Fälle besser als alles, was ich hier gesehen hatte.

»Mit Holz und Werkzeug kennst du dich aus«, meinte Destrin mürrisch.

»Das ist sehr hübsch«, sagte seine Tochter.

»Mehr als hübsch, Deirdre. Bringt auf dem Markt einen oder zwei Silberlinge.« Destrin lächelte beinahe.

Ich zuckte mit den Schultern, weil ich den älteren Mann nicht belehren wollte. Ich kannte Fenard zwar nicht, war aber sicher, daß das Kästchen höchstens einen halben Silberling einbringen würde. »Könnt Ihr denn einen Gesellen gebrauchen?«

»Viel kann ich nicht zahlen.«

»Ich verlange keinen Vorschuß. Ihr bekommt die Hälfte von allem, was ich mache und verkaufe. Für Unterkunft zahle ich für acht Tage zwei Kupferlinge und zwei weitere fürs Essen. Aber ich würde gern Euren alten Stall säubern und mein Pferd unterstellen.«

Bei der Erwähnung des Pferds hob Destrin ruckartig den Kopf. »Woher kommst du?«

»Oben von der Nordküste. Ich mußte Freistadt verlassen. Nachdem die Schwarzen den Hafen geschlossen haben, gab es keine Arbeit mehr.«

»Du kannst dir ein Pferd leisten?« fragte Deirdre.

»Kaum.« Ich lachte. »Nur ein zottiges Bergpferdchen, das nicht viel frißt.«

»Noch zwei Pfennige für den Stall.«

»Zwei Pfennige, aber nur, wenn Ihr keinen halben Silberling pro Achttag verlangt.«

Destrin dachte kurz nach. »In Ordnung. Und du schläfst hier in der Werkstatt. Hinten gibt's eine kleine Kammer.«

Mehr wollte ich im Moment gar nicht. Ich brauchte etwas Geld, einen Platz für Gairloch und Zeit, um nachzudenken und *Die Basis der Ordnung* zu lesen.

»Du ißt mit uns oben zu Abend«, erklärte Destrin und blickte umher.

Ich verstand. »Nachdem ich hier ein bißchen aufgeräumt habe.«

Er nickte.

Destrin schnitt bei diesem Handel nicht schlecht ab, aber er würde keine Fragen stellen wie andere Handwerksmeister, wie Perlot zum Beispiel.

Letztendlich aß ich nicht mit ihnen, sondern überredete Destrin, daß ich Gairloch holen und im Stall unterbringen konnte.

Im Gegensatz zur Werkstatt war der Stall nur verschlossen gewesen. Destrin hatte nie genügend Holz zum Lagern besessen. Ich fand einen alten Besen und hatte im Nu die eine Box für Gairloch hergerichtet, zumindest für diese Nacht. Ihm Bewegung zu verschaffen würde sich als schwierig erweisen, doch das mußte warten.

XL

Bei Destrin war so vieles in Unordnung, daß ich nicht wußte, wo ich beginnen sollte, und dabei zählte ich Deirdre nicht einmal mit. Manches konnte ich mit etwas

Zeit und Mühe leicht beheben, zum Beispiel die Werkstatt wieder in Ordnung bringen.

Für manches mußte ich mein eigenes Geld aufwenden, da Destrin keinen Nutzen darin sah, zum Beispiel die kleineren Sägen von einem Scherenschleifer schärfen zu lassen. Destrin hielt das für unnötig, da ihm bewußt war, kleine Dinge nicht so gut anfertigen zu können, daß sie sich auf dem Markt verkaufen ließen. Aber ich konnte das, und ich mußte etwas verkaufen, um nicht die letzten Goldstücke aufzubrauchen.

Obwohl Deirdre sehnsüchtig das Kästchen betrachtete, das ich gemacht hatte, um meine Fertigkeiten unter Beweis zu stellen, gab Destrin mir recht, daß ich es auf dem nächsten Achttage-Markt verkaufen sollte.

Ich wollte aber nicht nur ein einzelnes Kästchen verkaufen. Ich suchte die Sägemühlen auf, um mir Holzabfälle zu besorgen.

Der erste Sägemüller, Nurgke, war sehr offen. »Abfälle? Nicht einmal verkaufen würde ich sie dir *oder* Destrin. Alles geht an Perlot oder Jirrle. Sie sind meine besten Kunden, und sie brauchen die Abfälle für ihre Lehrlinge.« Er hatte silbernes Haar und harte braune Augen, Arme wie Baumstämme und ein offenes Gesicht, auch wenn er nicht lächelte.

Nurgkes Mühle hatte zwei große Sägen, die durch Wasserräder angetrieben wurden. Das Wasser wurde vom Fluß Gallos umgeleitet. Trotz der harten Ablehnung spürte ich einen Hauch von Ordnung in der Mühle. Selbst die Steine im Wehr waren exakt gesetzt, und die Lehrlinge ölten alles regelmäßig.

»Beeindruckend«, erklärte ich. »Ihr schätzt Ordnung hoch ein.«

»Ich schätze Gewinn, Holzwurm. Ordnung bringt Gewinn.«

Das konnte ich nicht bestreiten. »Wer verkauft sonst vielleicht Holzabfälle?«

Nurgke strich sich übers lange Kinn und runzelte die Stirn. »Nun ja … Yuril hat keine Verträge mit Schreinern, aber er verkauft hauptsächlich Fichte für Zäune und Stangen und was Bauern so brauchen, nicht viel Hartholz. Dann wäre da noch Teller … aber er hat praktisch mit dem Präfekten einen Vertrag. Du könntest es mit Brettel versuchen. Er hat früher Dorman beliefert.« Als er mein verständnisloses Gesicht sah, fuhr er fort: »Dorman war Destrins Vater. Der beste Möbelschreiner in Candar. Manche behaupteten, er sei so gut gewesen wie Sardit in Recluce, vielleicht sogar besser.« Der Sägemüller schüttelte den Kopf. »Destrin ist ein guter Mann, hat viel durchgemacht, aber ihm fehlt der letzte Schliff.« Er blickte mir in die Augen. »Brettel hilft dir vielleicht, aber du darfst ihm nichts vormachen. Er vergißt nie etwas.«

Ich ritt auf Gairloch die Umgehungsstraße entlang, die granitgepflasterte breite Straße innerhalb der fünfzehn Fuß hohen Mauern, bis zum Nordtor und dann auf die Straße zu Brettels Sägemühle.

Der Wind pfiff, das Licht wurde schwächer, als dunkle Wolken aufzogen. Als ich die Mühle erreichte, rieselten feine Flocken auf die gefrorene Erde.

Ich mußte auf Brettel warten, der sich um den Ersatz einer Säge zu kümmern hatte.

Ich schaute mich in der Sägemühle um. Alles strahlte wie bei Nurgke Ordnung aus, wirkte aber irgendwie alt und abgestanden. Auch sein Wehr war tadellos gemauert, aber einige Steine waren ersetzt worden. Das eingedämmte Wasser mußte der Fluß sein, der östlich von Fenard in den Gallos mündete.

Das Lagerhaus fürs Holz strahlte ein höheres Alter aus als die Steinmauern Fenards, aber nirgends lagen Abfälle herum, und die Dachbalken stammten aus neuerer Zeit und waren erst vor kurzem sorgfältig gefirnißt worden.

Im Lagerhaus war es kalt – selbstverständlich gab es

keinerlei Feuerstellen bei dem vielen Holz. Ich fragte mich, wieviel Holz wegen des Wechsels von heiß zu kalt wohl gespalten war.

»He, du? Wer bist du, und was willst du?« Brettel, ein dicker Zwerg mit krummen Beinen, reichte mir nur bis zur Schulter. Seine Stimme war ein klarer Tenor. Trotz der barschen Rede war sein Tonfall angenehm.

»Ich bin ein Geselle des Schreiners Destrin und heiße Lerris.«

»Destrin? Wovor läufst du weg, Bursche?«

Ich grinste. »Ich bin nicht auf der Flucht. Ich habe für meinen Onkel gearbeitet, aber er hielt mich für zu unbeständig und schickte mich in die Welt hinaus, bis ich ruhig geworden sei und mich niederlassen könne.« Ich zuckte mit den Schultern. »Viel kann man nicht sehen von der Welt, wenn man keine Kupferlinge mehr besitzt. Deshalb will ich für Destrin als Geselle arbeiten. Er stellt Unterkunft und Werkzeug und bekommt einen großen Teil meines Verkaufserlöses.«

Der Sägemüller musterte mich scharf. »Kein Zeichen von Chaos. Schlimmstenfalls bist du ein ehrliches Schlitzohr, und das wäre für Destrin das geringste Problem. Was willst du von mir? Meine schönsten Bretter, ohne einen Kupferling zu zahlen?«

Ich schüttelte den Kopf. »So anspruchsvoll bin ich nicht. Fürs erste nehme ich kleine Stücke. Abfall, falls Ihr etwas übrig habt.«

Brettel schürzte die Lippen.

»Ich kann bezahlen, allerdings nicht viel«, bot ich an. Ich wollte nicht zu eifrig aussehen, aber auch nicht wie ein Bettler dastehen.

Er schüttelte den Kopf und grinste. »Ich weiß nicht, wer du bist, aber du bist weder ein Dieb noch mit Chaos behaftet. Und Destrin könnte etwas Hilfe gebrauchen.« Er blickte mir scharf in die Augen. »Aber laß die Finger von seiner Tochter. Sie ist mein Patenkind. Leider verbietet ihm sein Stolz, daß ich sie unterstütze. Aber sie wird einen ehrlichen Mann aus Fenard heiraten.« Die letzten Worte klangen wie aus Eisen. Ich trat zurück.

»Ich wußte nicht …«

Er lachte. Sein Lachen war tief, gar nicht wie die Tenorsprechstimme. »Kannst du auch nicht. Ich hätte auch nichts gesagt, aber du siehst nicht übel aus, hast wahrscheinlich auch Talent und würdest sie früher oder später verlassen. Es gibt jede Menge andere … Doch jetzt zu den Abfällen …«

Ich wartete.

»Folge mir. Du kannst aus der Brennholzkiste nehmen, was du willst. Aber keine Unordnung hinterlassen! Der Abfall von der Mühle ist in der anderen Kiste. Den verkaufen wir. Such dir alles zusammen, dann werden Arta – das ist der dürre Kerl mit den roten Haaren – oder ich dir sagen, wie viele Kupferlinge es wert ist.«

Ich sammelte mir einen Sack mit Abfällen roter und weißer Eiche, genug für drei oder vier Kästchen, und für drei Kupferlinge Bretter, um zwei Brotbretter und einen kleinen Stuhl zu machen.

Brettel beobachtete mich genau, als ich das Holz in den alten Korb packte, den ich aus Destrins Stall mitgebracht hatte.

»Viel Glück, junger Freund. Mit Holz scheinst du dich auszukennen.«

»Danke. Es zählt nur, was man daraus macht.«

Er nickte und verschwand.

Ich ritt heim. Gairloch war widerspenstig.

»Ich weiß, ich weiß. Du trägst nicht gern Holz. Aber wenn du im Trocknen stehen und fressen willst, mußt du Holz schleppen.«

Durch Wind und Schneewirbel trug Gairloch mich zurück. Eine leichte Schneedecke lag auf dem Boden.

Destrin brummte zustimmend, als ich das Holz in die leeren Kisten in meinem Teil der Werkstatt stapelte. Er hatte im Ofen Feuer gemacht und trug unter dem Schurz ein zerrissenes Wollhemd.

»Wofür ist das, Junge?«

»Für ein paar Kästchen, Brotbretter und einen kleinen Stuhl.«

»Mach einen Stuhl, der verkauft sich gut. Kästchen sind heutzutage weniger gefragt.«

»Wenn ich sie nicht verkaufe, fertige ich in Zukunft andere Gegenstände.«

Deirdre sah zu, bis ich zu messen anfing. Dann schienen die Einzelheiten sie zu langweilen. Sie verschwand nach oben.

Am schwersten fiel es mir, nicht zu schnell zu arbeiten. Obwohl ich wußte, daß zur Zeit nichts geschehen würde, hatte ich das Gefühl, daß jede Minute zählte und daß ich pausenlos arbeiten sollte. Manchmal arbeitete ich nachts im Schein der Lampe.

Destrin irrte sich. Ich fertigte zwei Kästchen an und trug sie zusammen mit dem Kästchen aus weißer Eiche auf den Achttage-Markt. Es kostete mich einen Kupferling, aber dann fand ich einen guten Platz am trockenen Brunnen neben einem Blumenverkäufer. Ich stellte die drei Kästchen auf ein braunes Tuch, das ich mir von Deirdre geborgt hatte.

Der Schnee war halb geschmolzen, halb fortgeweht. Immer noch pfiff der Wind aus Norden. Keine zwanzig möglichen Käufer schlenderten über den Platz.

»Die sind hübsch, junger Mann. Woher stammen sie?« fragte die rundliche Frau mit den Blumen.

»Von hier. Ich bin der neue Geselle des Schreiners Destrin.«

»Du hast sie gemacht? Er hat jetzt tatsächlich jemanden, der Dinge herstellt wie früher der alte Dorman?« Sie beugte sich vor und betrachtete die Kästchen genau. »Nun ja ... so elegant wie Dormans sind sie nicht ... eher schlicht, aber gute Arbeit.«

»Darf ich das mal sehen?« fragte ein schlanker Mann in grauer Lederkleidung.

Mir gefiel sein schmales Gesicht nicht, auch nicht die kalten Augen, aber ich nickte und reichte ihm das Kästchen aus Roteiche.

Der Mann betrachtete es eingehend. Die Verbindungsstellen, die Maserung und den Deckel. Schließlich gab er es mir zurück und sah fast enttäuscht aus. »Ordentliche Handwerksarbeit, gute Form.« Er nickte und ging weiter.

»Das heißt, es ist alles in Ordnung, Freund.«

»Wer war das?« fragte ich. »Ein Inspektor der örtlichen Zunft?«

»Der Präfekt erlaubt keine Zünfte. Er behauptet, das führe nur zu Schmiergeldern und Bestechung.«

»Und wer war dann der Mann?«

»Das ist der alte Jirrle. Er, Perlot und Dorman haben früher gestritten, wer der bessere Handwerker sei. Jetzt macht er die feinen Möbel für den Adel, die Großkaufleute und den Präfekten.«

»Kann ich das Kästchen in der Mitte sehen?« Eine Frau in einem weiten grauen Überwurf, der ihren Körperumfang verbarg, zeigte auf das weiße Kästchen.

»Ein Silberling«, sagte ich.

»Das ist nicht mehr wert als einen oder zwei Kupferlinge ...«

Schließlich verkaufte ich das Kästchen aus weißer Eiche für sechs Kupferlinge und die beiden aus roter Eiche jeweils für fünf – gerade soviel, daß mir nichts mehr blieb, wenn ich die Kosten für den Markt, das Holz, Destrins Anteil und acht Tage Kost und Logis bezahlt hatte. Aber das Holz für den Stuhl war bezahlt. Dennoch war der magere Gewinn nicht gerade ein vielversprechender Anfang.

XLI

In den folgenden Achttagen verbesserte sich meine finanzielle Lage. Ich ging nicht länger zum Markt, sondern stellte meine Arbeiten in Destrins Fenster aus. Winter war über Fenard hereingebrochen, mit heulendem Wind und gelegentlichem leichten Schnee. Ich konnte verkaufen, ohne Geld für den Platz auf dem Markt zu bezahlen und ohne in der Kälte zu zittern. Das war eindeutig eine Verbesserung.

Der erste Stuhl brachte drei Silberlinge ein, allerdings mußte ich Firnis kaufen und ihm mit Satinsandpapier einen besonderen Glanz verleihen.

Destrin brummte und stöhnte, als ich ihm erklärte, sein Anteil komme erst nach Abzug aller Materialkosten, da ich dafür bezahlte, aber schließlich gab er nach. Gelegentlich schaute mir Deirdre immer noch bei der Arbeit zu, und Brettel gab mir immer noch die kleineren Holzstücke umsonst und nahm für die größeren nur ein paar Kupferlinge.

Gairloch schätzte es, wenn er den engen Stall verlassen konnte. Und Ställe mußte man reinigen, was ich offenbar vergessen hatte. Es war geradezu ein Vergnügen, die Werkstatt von Sägemehl und Spänen zu säubern, statt im Stall mit Schaufel und Eimer zu arbeiten. Manchmal mußte ich auch die Planken waschen. Meine Hände wurden vom eiskalten Wasser und der scharfen Seife ganz rauh. Aber etwas in mir zwang mich, Stall und Werkstatt makellos sauberzuhalten.

Dorman hatte Werkzeug hinterlassen, das in jeder Beziehung so gut wie das von Onkel Sardit war. Wenn ich damit arbeitete, wurden meine Hände fast zu verlängerten Gedanken, und ich spürte beinahe die Maserung und Sprünge im Holz. Langsam verstand ich, wie und warum Onkel Sardit Holz so betrachtet hatte.

»Wer bist du?« fragte Destrin, als ich von dem Stuhl zurücktrat, den ich auf Bestellung für ein Wohnzimmer gemacht hatte. Er war nicht vollkommen, nicht nach Onkel Sardits Anforderungen gearbeitet, aber selbst er hätte ihn als gut bezeichnet. Ich hatte die Sitzfläche verbreitert und ausgehoben, da ich wußte, wer darauf sitzen sollte. Auch die Spindeln und Verstrebungen waren etwas stärker, um das zusätzliche Gewicht zu tragen. Dennoch sah man den Proportionen diese Verstärkungen nicht an.

Destrin streckte die Hand aus, um Halt zu suchen. Er war leichenblaß.

»Ist alles in Ordnung?« fragte ich ihn.

»... gleich ... nur einen Augenblick ...«

Doch so war es nicht. Er richtete sich auf, war aber immer noch sehr blaß. Zum ersten Mal seit meiner Ankunft in Fenard richtete ich meine Sinne auf etwas anderes als Holz und berührte Destrin ... und hatte das Gefühl, mich treffe ein Schlag. Die Fäden der Ordnung in seinem Körper waren geschwächt und starben einer nach dem anderen ab. Aber ich spürte kein Chaos, keine Spur des Bösen, hatte nur das Gefühl, er sei viel älter, als er tatsächlich war, ja uralt.

Ohne nachzudenken, borgte ich ihm etwas innere Ordnung, eine Spur Kraft.

»Wer bist du?« fragte er, als hätte er nie den Schwächeanfall gehabt, und schob sich näher an den Ofen.

»Ich bin Lerris.« Ich wischte mir die Stirn ab.

Destrin schüttelte den Kopf. »Ein Meister hat dich ausgebildet, Lerris. Ich bin ein schlechter Schreiner, das weiß ich. Aber ich kann Qualität und Können erkennen. Manchmal siehst du wie Dorman aus, wenn du das Holz berührst. Du bist in einer anderen Welt. Wenn du ein Stück Holz anschaust, scheinst du durch es hindurchzusehen.«

So war es, aber es gab keinen Grund, Destrin dies zu

bestätigen. Ich zuckte mit den Schultern, wie oft in Fenard. »Ich versuche nur, meinen Lebensunterhalt zu verdienen, Destrin, so wie Ihr auch.«

Er hustete heftig und winkte ab.

Durch die Kraft, die ich ihm gegeben hatte, erholte er sich schnell.

»Verdammte Kälte«, murmelte er. Dann traf sein Blick meine Augen. Er schüttelte den Kopf, als erkenne er, wer ich war. »Was soll ich tun, wenn du weggehst?«

Ich schaute wieder auf den Stuhl. Destrin hatte eine wichtige Frage angesprochen. »Ihr hattet die Werkstatt, ehe ich kam«, sagte ich mit fester Stimme, aber das war keine Antwort. Das wußten wir beide.

Draußen pfiff der Wind so heftig, daß die Läden ratterten.

»Kommst du zum Abendessen, Papa?« Deirdre stand an der Treppe und sah so zerbrechlich aus wie immer. Jeder Windstoß hätte sie forttragen können. Aber hinter dieser scheinbaren Zerbrechlichkeit war Eisen zu spüren. Das hatte ich entdeckt, als sie mit einer Kaufmannsfrau über Gardinen feilschte.

»Ja, Zeit für eine Pause«, sagte Destrin.

Deirdre setzte uns eine herzhafte Graupensuppe mit frisch gebackenen Brötchen vor. Kochen konnte sie. Und sie lächelte immer scheu und freundlich.

Am Abend setzte ich mich auf mein schmales Bett, lehnte den Rücken an die Ziegelmauer und holte *Die Basis der Ordnung* hervor. Das dünne Büchlein sah schon recht mitgenommen aus. Vielleicht weil ich es bereits zweimal gelesen hatte.

Doch leider war lesen nicht gleichbedeutend mit begreifen. Manche Dinge waren leicht, wie die Sache mit den Schafen oder Destrins Körper etwas Kraft zu verleihen, um gegen die Schwindsucht zu kämpfen. Ich begriff, wie die Krankheit Destrin zerstörte, aber dagegen konnte ich nichts tun. Sicher, nach meinem Eingreifen sah Destrin besser aus, aber trotz meiner Bemühungen würde er langsam, aber sicher sterben.

Selbst die verfluchte Einleitung half nicht: »Lernen, ohne zu verstehen, steigert nur die Enttäuschung des Ungeduldigen …«

Oder: »… Alle Dinge sind nicht möglich, auch nicht für die Größten …«

Großartig, einfach großartig.

Ich schloß das Buch.

Zu viele Fragen nagten an mir, selbst als ich mich weiter durch die verfluchte *Basis der Ordnung* kämpfte. Zuweilen saß ich im Schein der Lampe und blieb länger wach, als mir guttat. Mir war bewußt, daß am nächsten Morgen die Augen brennen würden, aber ich kämpfte weiter mit Widersprüchen und Vieldeutigkeiten.

Ich konnte das Buch nicht von vorn bis hinten durchlesen. Das hatte ich frühzeitig aufgegeben. Deshalb las ich zuerst die hinteren Teile, die sich mit der Mechanik der Ordnung befaßten. Einige Anleitungen probierte ich aus, wie zum Beispiel Metalle auszurichten, um sie zu stärken oder ihre charakteristischen Eigenschaften zu ändern. Diese Versuche wurden nach einiger Übung leichter, zumindest bei Nägeln.

Mit Hilfe einer Kerze als Brenner und eines Topfs Wasser begriff ich, wie sich Wetterveränderungen vollzogen … so einigermaßen. Angst machten mir nur die vielen Warnungen vor großen Stürmen, die zu späteren Ernten und zu Dürren andernorts führen konnten. Aber der Topf mit Wasser über der Kerze würde nichts verändern, höchstens die Luft in der Werkstatt befeuchten, und das schadete dem Holz nicht.

So saß ich also da und bemühte mich zu begreifen, was ich gelernt hatte … oder gelernt zu haben glaubte … und wurde mir bewußt, daß einige Dinge nicht möglich waren … nicht einmal für Ordnungs-Meister.

Im Schatten bewegte sich etwas. Ich hörte leise Schritte.

Deirdre schob die Vorhänge meines Alkovens zurück. Wie lange sie dort gestanden hatte, wußte ich nicht, aber ihre dunklen Augen fielen auf das Buch und dann mich.

Ich trug nur meine kurze Unterhose.

»Du kannst hereinkommen, Deirdre.«

Das tat sie, aber nur einen Schritt. Sie trug einen alten, kastanienbraunen, wollenen Hausmantel über einem weißen Hemd; das schulterlange Haar hatte sie zurückgebunden.

»Lerris?«

»Ja?« Ich schwang die Beine vom Bett und stellte sie auf den Boden.

»Warst du früher ein Priester?« Ihre Stimme war weich, wie immer. Nicht verschüchtert, nur weich.

Ich antwortete nicht. Sie setzte sich stumm auf das Bettende. Ein Hauch von Rosenduft drang zu mir.

»Konntest du nicht schlafen?«

Sie schüttelte den Kopf. »Ich mache mir Sorgen wegen Papa.«

»Ich auch.«

»Ich weiß ...« Sie rutschte ein Stückchen näher. »Er weiß es. Er schweigt.« Sie legte mir die schlanke Hand auf den Unterarm. Ihre Finger fühlten sich kühl an. Ich schluckte und bekämpfte den Wunsch, sie in die Arme zu nehmen.

»Lerris ...« Sie kam noch etwas näher.

Ich bemühte mich, nicht zu zittern. Es war lange her, seit ich eine Frau in den Armen gehalten hatte. Viel zu lange.

»Bitte ... bleib ... alles, was du willst ...« Jetzt saß sie dicht neben mir. Ich spürte, wie sie im Innern zitterte, aber nicht aus sinnlicher Begierde.

Ich holte tief Luft und entfernte ihre Hand. »Deirdre ... ich werde für deinen Vater alles tun, was in meiner

Macht steht.« Ich holte nochmals Luft. »Ich nähme dich wirklich gern in die Arme – und noch mehr. Aber das wäre nicht anständig dir und deinem Vater gegenüber.« Dann lächelte ich gequält. »Und wenn du noch lange so nahe bei mir sitzt, fällt es mir *sehr schwer*, mich zurückzuhalten.« Das meinte ich ernst. Sie duftete so wunderbar und machte mir klar, wie einsam ich war. Aber sie wollte mich nicht. Sie wollte, daß ich ihren Vater rettete.

Sie rutschte ein Stück zurück, gerade weit genug, um mir zu zeigen, daß sie dankbar war, aber nicht weit genug, um mir das Gefühl zu geben, sie fände mich nicht anziehend.

»Danke.« Sie meinte das aufrichtig. Nach einer kurzen Pause fragte sie: »Woher stammst du?«

»Von so weit weg, daß ich vielleicht nie wieder zurückkehren kann.«

»Warum bist du hier?«

»Man könnte sagen, es handle sich um eine Pilgerreise, eine Zeitspanne, in der ich lernen und eine Entscheidung treffen muß.«

»Hast du Dinge gelernt, die du nicht gewußt hast?« Sie zog den Hausmantel enger und erinnerte mich daran, daß es in der Werkstatt kalt war. Der Winter hielt Fenard immer noch in den Fängen.

Mich störte die Kälte nicht so wie früher, aber vermutlich kam das daher, daß ich mehr auf meine innere Ordnung achtete.

»Manchmal ...«, begann ich. »Aber anscheinend lerne ich nie, was ich lernen sollte.«

Mit einem Nicken forderte sie mich zum Weiterreden auf.

»Als Lehrling habe ich dem Schreinerhandwerk den Rücken gekehrt und war nicht sicher, ob ich es je wieder ausüben würde. Es war ... nun ja ... irgendwie langweilig. Wen kümmerte es schon, ob die Maserung richtig verlief oder ob auf den Zwingen zuviel Druck lastete?«

»Aber jetzt scheint es dir zu gefallen ... manchmal beobachte ich dich. Du siehst mich dann nicht, obwohl ich fast neben dir stehe. Großvater war auch so.«

Ich leckte mir die trockenen Lippen. Wieder stieg mir der Rosenduft in die Nase. Mein Herz schlug schneller. »Jetzt gehst du lieber.«

Sie lächelte. Dennoch spürte ich die Traurigkeit dahinter. »Danke.«

Sie war zu bald, doch beinahe zu spät gegangen. Ich fragte mich, welchen Schaden es angerichtet hätte, wenn ich mir genommen hätte, was sie angeboten hatte. Aber die Worte meines Vaters, Talryns und des Buchs hämmerten auf mich ein. Ich wußte, ich hatte das Richtige getan. Mich mit Deirdre zu vergnügen wäre Betrug an ihr und – noch wichtiger – auch Selbstbetrug gewesen. Dennoch schlug mein Herz immer noch zu schnell, und ich träumte von Mädchen mit goldenen Haaren und einer schwarzhaarigen Frau, sogar von einer rothaarigen. Schwitzend und wie erschlagen wachte ich auf. Aber jetzt wußte ich, was ich tun mußte.

XLII

Die Anführerin der Schar blickt über die Schulter zurück. »Sag Gireo, er soll nochmals hundert Ruten zurückfallen.« Ihr Körper paßt sich wie von selbst ihrem Pferd an, als dieses den langen Hang hinabsteigt, der zum Dämonendreieck führt – einem mythischen Kreuzweg zwischen Freistadt, Hydlen und Kyphros.

»Hundert Ruten?«

»Das Doppelte des Abstands, den er jetzt hält.«

»Aber dann können wir ihn nicht erreichen, falls wir von hinten angegriffen werden.«

»Wir können. Wir sind nicht sein Talisman. Er ist alt genug.«

»Aber …«

Sie berührt den Schwertgriff. »Du nimmst Gireos Platz ein.« Ihre sanfte Stimme hallt über die Straße, die noch im Nebel liegt. Unter dem Kapuzenumhang ist ihr Haar zu straffen Zöpfen hochgebunden.

Der Mann schüttelt den Kopf, reitet aber den Hang nach oben.

Inzwischen treibt der Soldat, der Gireo heißt, seinen Wallach neben die dunkelhaarige Frau. Sie hat den Umhang abgenommen, zusammengefaltet und verstaut ihn in einer Satteltasche. Sie trägt immer noch den glänzenden Feuervogel aus Silber auf dem Kragen der ledernen Offiziersweste.

Gireos Augen brennen, als er die schlanke Gestalt anblickt. Zu Fuß würde er diese Frau um mehr als einen Kopf überragen.

Ihre Augen scheinen durch den Nebel zu blicken.

Er öffnet den Mund.

»Schweig.« Das Wort vermag kaum die Entfernung zwischen den beiden zu überwinden, trifft aber wie ein Pfeil.

Gireo schließt den Mund, knirscht mit den Zähnen.

»Gallische Soldaten«, sagt die Anführerin. »Verdammte Ghule.« Wieder blickt sie in den Nebel. »Zauberer … aber nicht so weit von Gallos entfernt.«

Sie zückt die Klinge und treibt das Pferd zu schnellem Schritt. »Die anderen sollen aufschließen … aber leise.«

Gireo fällt zurück, sagte aber nichts zu den beiden Soldaten hinter ihm. Der Weg wird flacher, da er sich dem Talboden nähert. Der feuchte Lehmboden dämpft den Hufschlag der kyphrischen Abteilung.

Vorn erscheint ein flackerndes Licht, groß wie eine Nadelspitze, dann verschwindet es wieder im Nebel, der sich von den Kleinen Osthörnern herabwälzt.

Gireo blickt zurück zur Anführerin, aber sie ist im Nebel verschwunden. Er runzelt die Stirn, zückt das Schwert aber nicht.

Die kyphrische Abteilung reitet bergab.

Plötzlich donnern die Hufe eines einzigen Pferdes auf die Soldaten zu.

»Formieren!« Der Befehl erschallt aus den Nebelschwaden wie ein Peitschenhieb. Selbst Gireo wendet sein Pferd.

Die Anführerin reitet an den ersten beiden Reihen ihrer Soldaten vorbei. »Vorwärts!«

Fast widerstrebend treiben die Soldaten die Pferde zum Trab an.

Beinahe ein Dutzend Galler sind im Sattel, als die Kyphrer aus dem Nebel hervorbrechen und den Invasoren entgegenstürmen.

Die Klinge der Anführerin blitzt auf.

»Verdammt.«

»Da hast du recht, Gireo!«

Alle Rufe stammen von den Kyphrern. Die Galler kämpfen stumm.

»... du!«

»... Chaos ... Schweinehund!«

Nach einiger Zeit sammelt sich die kyphrische Schar nicht weit vom verlassenen Lagerfeuer, das immer noch durch den Morgennebel glimmt. Ein Pferd und ein Mann fehlen. Ein weiterer Sattel ist leer. Ein Dutzend Gestalten im Purpur-Grau der Galler liegt im Lager oder in dessen Nähe.

Die Anführerin zügelt ihr Pferd am Feuer. »Gireo, sammle die Waffen und schnall sie auf ein gallisches Pferd.«

»Hol sie doch selbst!«

Die Anführerin seufzt. Immer noch hält sie die Klinge in der Hand. »Willst du auf dem Pferd oder zu Fuß sterben?«

Gireo zuckt mit den Achseln. »Du könntest einen ehrlichen Kampf zu Fuß nie gewinnen.« Er schwingt sich vom kastanienbraunen Wallach.

Sie lächelt und steigt ab.

Er springt vor, ehe sie den Fuß aus dem Steigbügel gezogen hat.

Sie weicht seiner Klinge aus und hebt ihr Schwert.

Es saust durch die Luft.

Ihm entgleitet das Schwert, Blut spritzt wie eine Fontäne aus seinem Hals, als er auf die Knie sinkt. »Elende Hure …«

Ehe er seinen letzten Atemzug tut, sitzt sie bereits wieder im Sattel. »Hyster … sammle die Waffen ein.«

Der Mann mit dem spärlichen Bart blickt von dem Hünen auf dem Boden zu der schlanken Frau auf dem Roß. Er schluckt, steigt aber wortlos ab.

Zwei andere Männer wechseln Blicke.

»… hast du gesehen, wie schnell ihre Klinge ist?«

»… tötet, wenn du nur …«

»… hat aber sieben Galler getötet …«

Sie läßt die Männer noch eine Zeitlang weiterflüstern, dann räuspert sie sich. »Los, weiter!«

XLIII

Da ich mit meinem Vorhaben die Tradition in Fenard ziemlich erschüttern würde, brauchte ich jemanden, der sich einen persönlichen Vorteil davon erhoffte. Da kam nur Brettel in Frage.

Das redete ich mir immer wieder ein, während ich auf Gairloch die Nordstraße zur Sägemühle hinausritt. Vielleicht hatte ich den richtigen Tag gewählt, denn endlich war die Sonne herausgekommen, und der Wind hatte sich gelegt. Die Luft war so rein und klar, daß ich am liebsten gesungen hätte. Doch ich tat es nicht. Das wäre zuviel der Qual für den armen Gairloch gewesen.

Als ich mich der Sägemühle und dem grauen steinernen Lagerhaus näherte, verging mir jeder Gedanke an ein Lied.

»Lerris, was führt dich hierher? Hast du den Stuhl fertig?« Trotz des bewölkten Himmels schimmerte sein silbernes Haar. Er lächelte einladend.

»Ihr habt mir vor zwei Tagen den Auftrag erteilt. Gute Stühle brauchen ihre Zeit.« Ich lächelte ebenfalls.

Er musterte mich scharf. »Komm mit ins Wohnzimmer.«

»Ist das auch geziemend?«

»Ich bin gleich bei dir. Ich muß nur kurz mit Arta sprechen. Wenn du Rotbeerensaft möchtest, wird Dalta ihn dir bringen.«

Schnell watschelte er auf seinen kurzen Beinen zur Säge.

Ich wischte mir die Stirn ab, stieg von Gairloch und band ihn an einem Pfosten fest. Eigentlich müßte ich ihn nicht anbinden, aber warum sollte ich seine oder meine Fähigkeiten ausposaunen? Ich fragte mich, ob die Leute von *Wanderers Ruh* dafür gesorgt hatten, daß immer ein Bergpferdchen dastand, wenn Gefahrenbrigadiere eintrafen, oder ob sie es eigens für mich besorgt hatten. Talryn, weil er ein schlechtes Gewissen hatte?

Obwohl es an diesem Nachmittag bewölkt war, hatte ich das Gefühl, in Winterkleidung durch eine Sauna zu gehen. Meine wachsende innere Ordnungs-Meisterschaft ließ mich kühl handeln, aber die Wärme war eine andere Frage.

Ich hob den Messingklopfer an dem langen einstöckigen Haus neben dem Lagerhaus und ließ ihn fallen.

Eine junge Frau öffnete.

Ich lächelte. Ihre Augen waren so blau wie der Himmel nach einem Regen, ihr Haar glänzte heller als gesponnenes Gold, die Haut schimmerte wie weiße Eiche, und sie hatte die Figur einer Tempelstatue. Mich störte es nicht, daß sie mir kaum bis zur Schulter reichte.

»Kann ich Euch helfen? Der Sägemeister ist im Hauptgebäude ...« Ihre Stimme war fest, aber auch glatt wie die gut bearbeitete Oberfläche einer schwarzen Eiche.

Ich riß mich zusammen und nickte. »Ich bin Lerris, Geselle bei Destrin. Brettel bat mich, im Wohnzimmer auf ihn zu warten.« Ich machte eine Pause. »Seid Ihr Dalta?«

»Ja, ich bin Dalta.« Sie lächelte höflich, aber natürlich und warm. Damit versprach sie nichts. Aus irgendeinem Grund dachte ich an Krystal. Ich hätte aber nicht sagen können, warum.

»Er hat Rotbeerensaft erwähnt.«

»Ich bringe ihn Euch ins Wohnzimmer.«

Sie brachte mir ein Glas Rotbeerensaft, und ich saß auf einem Stuhl, den wahrscheinlich Dorman gefertigt hatte, da er dem Exemplar in seinen Entwurfbüchern entsprach, und fragte mich, wie Brettels Lebensgefährtin wohl aussah, um eine solche Tochter hervorgebracht zu haben.

Dann dachte ich an Deirdre. Konnte ich verantworten, was ich plante? Ich erinnerte mich an Talryns bissige Bemerkungen über Anständigkeit und mußte den Kopf schütteln.

»Du siehst ja grauenvoll aus, Lerris.« Brettel kam mit einem Glas, aus dem Dampf aufstieg. Der Duft gewürzten Mosts füllte den Raum und mischte sich mit dem des brennenden Holzes im Kamin.

»So fühle ich mich auch.«

»Du siehst aus, als wolltest du eine ungewöhnliche Frage stellen.«

Ich nickte.

»Sag nicht, du willst Deirdre heiraten.«

»Nein. Das wäre für uns beide falsch, aber sie ist ein Teil des Problems.«

Brettel nippte an seinem Most und wartete darauf, daß ich weitersprach.

»Ihr wißt, daß es um Destrins Gesundheit nicht gut steht.«

»Er sieht schlecht aus.«

»Ich kann das Geschäft nicht viel länger führen.«

»Das überrascht mich nicht.« Sein Gesicht verfinsterte sich.

»Wartet! Ich gehe nicht so bald fort … aber ich bitte um einen Gefallen – und nicht nur für mich.«

Er trank einen Schluck, dann machte er wieder ein beherrschtes Gesicht. »Warum fragst du ausgerechnet mich?«

Ich beschloß, mit allem herauszuplatzen. »Ich muß einen Lehrling für Destrin ausbilden. Er muß aber etwas von Holz verstehen, er muß es fühlen können. Und er muß älter als ein gewöhnlicher Lehrling sein. Er muß vor allem zu Deirdre passen.«

»Das ist eine große Bestellung. Wer hat dich zu Destrins Betreuer ernannt?«

»Ich nehme an, ich selbst. Sonst hat ihm niemand geholfen. Jetzt habe ich dafür gesorgt, daß die Werkstatt etwas abwirft. Ich kann nicht einfach fortgehen. Aber die Zeit wird kommen …« Wieder zuckte ich mit den Schultern.

»Warum kannst du nicht bleiben?«

»Vorerst kann ich noch bleiben. Aber die Zeit wird kommen, und wahrscheinlich bald, dann …«

»Du tust schrecklich geheimnisvoll, Lerris. Warum sollte ich das alles für dich tun?« Der Mann bedrängte mich, aber er war immer gut zu mir gewesen. Ich spürte, daß er Ordnung verkörperte.

Ich blickte mich im Wohnzimmer um und dehnte

meine Sinne aus. Niemand war in Hörweite. »Was wißt Ihr über Recluce?«

Brettel nickte nur und schien nicht überrascht zu sein. »Du hattest immer schon etwas Außergewöhnliches an dir. Hilfst du Destrin?«

Ich wußte, was er meinte. »Soweit ich kann, aber es ist hoffnungslos.«

»Aber *das* willst du noch für ihn tun?«

»Er ist ein guter Mensch. Kein besonders guter Schreiner, aber ein guter Mensch. Und er kämpft jeden Tag, weil er Deirdre nichts bieten kann.«

Brettel kratzte sich hinter dem linken Ohr und trank einen großen Schluck. »Hast du eine Idee, wo man einen so außergewöhnlichen Lehrling finden könnte?«

»Wie wär's mit einem der jüngeren Söhne eines Waldbesitzers, wo Ihr Holz schlagt? Ihr habt doch sicher eine Ahnung ...«

»Vielleicht ... muß er unbedingt älter sein?«

»Nein ... aber nicht zu jung ... und ein gutes Herz, möglichst stur, falls das möglich ist ...« Ich brach ab, weil ich merkte, daß ich viel zuviel enthüllte.

»Ihr habt Bedenken wegen mir?«

»Ein bißchen«, gestand ich.

»Zu Recht.« Er lächelte. »Aber ich habe dir doch gesagt, daß ich Deirdres Taufpate bin. Und selbst wenn du aus der Hölle kommst, muß man etwas tun. Laß mich darüber nachdenken. Es gibt mehrere junge Männer, die in Frage kommen.« Er lachte und fügte hinzu: »Und deren Eltern glauben würden, daß wir ihnen einen Gefallen erweisen.«

Während Brettel nachdachte, trank ich den Rotbeerensaft aus.

»Ich werde mich bei dir melden«, sagte er, während er mich zur Tür brachte.

Einen Achttag später kam Bostric. Und ein Auftrag für eine Truhe aus roter Eiche für Daltas Aussteuer, dazu die

Anweisung, ich solle mir ruhig Zeit lassen, aber es richtig machen... als hätte ich je für Brettel anders gearbeitet.

Bostric war schlaksig, rothaarig mit Sommersprossen und anfänglich sehr scheu, zumindest wenn ich in der Nähe war. Und er war so stur wie ein Büffel. Aber er hörte zu und hatte ein Gespür für Holz. Bei der Arbeit in den Wäldern hatte er gelernt, wie man eine Säge gebrauchte, und hatte auch bereits ein bißchen geschnitzt. Seine Tier- und Menschenfiguren waren künstlerisch wertvoller als meine.

Destrin hatte gebrummelt und gehustet, soweit er die Kraft dazu hatte. Deirdre kochte größere Portionen der unvermeidlichen Graupensuppe. Und sie lächelte viel mehr, wenn sie sich nicht gerade um ihren Vater kümmerte. Das alles war mehr, als ich erwarten konnte.

Manchmal träumte ich immer noch von Frauen mit goldblonden Locken, einmal auch von einer Schwarzhaarigen. Danach wachte ich schweißgebadet auf. Ich fragte mich, warum ich von Krystal träumte, fand jedoch keine Antwort. Während dieser Zeit schlief Bostric tief und fest auf dem schmalen Bett, das wir für ihn in der Werkstatt aufgestellt hatten.

XLIV

Brettels Auftrag brachte mich auf eine Idee. Ich fertigte gleich zwei Truhen an. Während ich an der einen arbeitete, bewahrte ich das Holz für die zweite Truhe im Stall auf. Destrin schaute sich meine Arbeiten immer erst an, wenn sie fast fertig waren.

Ansonsten war er zwischen den Hustenanfällen mit

seinen Bänken und einfachen Tischen beschäftigt oder machte sich Sorgen wegen Bostric oder mir.

»Er ist schon in Ordnung, Lerris, aber er ist anders als du.« Das hörte ich ständig, während sich der Winter dem Ende zuneigte.

In Bostric steckte mehr Talent als in Perlots Grizzard, davon war ich überzeugt, aber ihm fehlte noch das Selbstvertrauen; nur die Zeit konnte das bringen.

Als erstes ließ ich ihn Brotbrettchen herstellen, nur ein paar, um ihm mehr Selbstvertrauen zu geben. Der Markt für Brotbrettchen war begrenzt, und eine Sammlung von Brettchen, die sich nicht verkaufen ließen, würde wohl kaum das Selbstvertrauen stärken. Ich stellte sie im Schaufenster aus, und tatsächlich konnte Bostric zwei verkaufen.

Dann sprach ich mit Wryson, der das Stoffgeschäft an der Straße der Goldschmiede hatte. Ich überredete ihn dazu, eine Truhe zu bestellen, innen mit Zedernholz ausgeschlagen, in der im Sommer die Wollstoffe lagern konnten.

Ihre Anfertigung nahm die doppelte Zeit in Anspruch, da ich Bostric viele der Arbeiten überließ.

»Warum macht Ihr das nicht? Ich habe große Mühe, die Linien gerade zu ziehen.«

»So ist's mir auch ergangen«, fuhr ich ihn an. »Aber schließlich bin ich nicht immer da.«

»Aber wie kann ich etwas lernen, wenn Ihr, verehrter Meister, nicht mehr anwesend seid?« fragte er mit achtungsvoller Stimme, und nur seine Augen verrieten, daß er spottete.

»Ich bin kein Meister, nur ein Geselle.«

»Verstehe, Herr.«

Er blickte mich von unten an. Mit dem roten Haarschopf, den Sommersprossen und den buschigen Brauen ähnelte er eher einem Hirtenhund als einem Lehrling. Manchmal vergaß ich, mich daran zu erinnern, wie enttäuscht und gelangweilt ich selbst gewesen war und wie gern ich mich über meine Gefühle ausgesprochen hätte.

»Nun, verehrter Geselle, trotzdem begreife ich nicht, was Ihr wollt.«

Ich mußte grinsen. »Tut mir leid … du hast recht. Es ist schwierig zu lernen, wie man es macht.« Ich nahm den Zirkel und zeigte ihm, was ich wollte. Dann sah ich ihm zu und verbesserte ihn, wenn es nötig schien.

Wryson gefiel die Truhe so sehr, daß er eine weitere für den Herbst bestellte, wenn er die neuen Wollstoffe aus Montgren bekäme.

Dagegen wurde der Stuhl für Wessel nicht so gut. Bostric hatte Mühe mit dem Drechseln, und das war meine Schuld. Er war noch nicht soweit, und ich hatte ihn zu sehr angetrieben. Wir schenkten seinen Stuhl den Tempelschwestern, den zweiten machte ich selbst. Der Gewinn ging für das zusätzliche Holz drauf.

Deirdre hatte ein passendes Kissen angefertigt, das wunderschön war. In Zukunft sollte sie mehr derartige Arbeiten machen. Bostric würde in ihr eine echte Partnerin finden.

Danach schlug ich Bostric vor, eine Bank zu schreinern, die genau zu den Bänken paßte, die Destrin für das *Horn,* die übelste Kaschemme in ganz Fenard, anfertigte, wo so viel zu Bruch ging, daß er mit seinen niedrigen Preisen ein ständiges, wenn auch armseliges Einkommen hatte.

Destrin hatte bei meinem Vorschlag gebrummelt und gehustet, aber keine Einwände erhoben.

Um Bostric zu fördern, hatte ich für ihn einen schlichten Kindertisch aufgezeichnet. Die Vorlage hatte ich Dormans phantastischem Buch entnommen. Ich erklärte Bostric alles mehrmals und erläuterte ihm auch die Zusammenhänge. Als er nickte, sah ich, daß er begriffen hatte.

Der Tisch war recht gut geworden, allerdings stand er

einen Achttag lang im Fenster. Dann kaufte Wryson ihn und die beiden dazugehörigen Stühlchen. Ich glaube, er tat es, weil Schnee die Straßen nach Kyphros verweht hatte und die Ladung Silberwaren aus Kyphros erst nach den Feiertagen eintreffen würde. Wahrscheinlich brauche Wryson ein Geschenk zum neuen Jahr für seinen Jüngsten.

Ich legte meinen Anteil in die Geldkassette, die ich in der Aussteuertruhe versteckt hatte. Bostric kaufte sich ein Paar fast neue Stiefel dafür.

Dennoch … der Tisch war ein Experiment gewesen, das beinahe nicht verkauft worden wäre. Das quälte mich. Wir konnten nicht damit rechnen, daß uns jedesmal das Wetter rettete.

Ich betrachtete die weiße Eiche, aus der ich ein Eckschränkchen baute. Weiße Eiche wirkte so sauber, das hieß aber, daß keinem geübten Auge ein Fehler entginge. Seltsamerweise traf das auch auf schwarze Eiche zu, doch aus dem entgegengesetzten Grund. Jeder betrachtete sie so genau, daß jeder Fehler unweigerlich entdeckt wurde.

Mit einem stummen Seufzer blickte ich durchs Fenster in den trüben Wintermorgen hinaus.

Dann legte ich noch ein Scheit in den Ofen.

»Ich komme gleich wieder.«

Destrin brummte seine Zustimmung. Bostric hob hinter ihm die Brauen und seufzte. Destrin war nicht sehr gesprächig, aber da Bostric einmal alles erben würde, mußte er sich mit Destrins Eigenheiten abfinden.

»Paßt auf Euch auf, verehrter Geselle!« rief Bostric mir spöttisch hinterher.

Ich grinste. Auf der Straße zog ich den Umhang fester, da es sehr kalt war. Ich ging in Richtung Marktplatz.

Als ich auf dem einzigen steinernen Gehsteig dahinging, fühlte ich eine Spannung in der kalten feuchten Luft. Kein Windhauch war zu spüren. Beißender Rauchgeruch hing über Fenard.

Lustlos schob ein Scherenschleifer seinen Karren zum Markt. Hinter ihm schlurfte ein weißhaariger Mann mit einem Ranzen daher. Keiner der beiden schaute auf, als ich sie überholte.

Die Sonne war hinter den gestaltlosen grauen Wolken verborgen, die sich nicht zu bewegen schienen.

Plötzlich hörte ich hinter mir eine Kutsche übers Pflaster rattern.

Ich sah den Schimmer vergoldeten Holzes, als Chaos meine Gefühle ergriff und die Kutsche des Chaos-Meisters langsam vorbeirollte. Die zwei riesigen Rosse zogen den Wagen, den ich zum ersten Mal im vergangenen Herbst auf der Straße von Freistadt gesehen hatte. Der Kutsche folgten dieselben zwei Wächter auf Füchsen wie damals. Kutscher war noch immer der Mann mit dem Totengesicht.

Hinter dem Kutschenfenster sah ich das Profil der verschleierten Frau aus der Herberge in Howlett. Die Kutsche rollte weiter, ehe ich meine Sinne auf die anderen Fahrgäste hatte richten können.

Peng! Der Peitschenschlag traf mich wie Metall und war so heftig, daß ich beinahe auf der Straße zusammengebrochen wäre. Dumpfer Schmerz peinigte mich. Schnell zog ich mich hinter die Verteidigung zurück, die ich von Justen gelernt hatte, und zwang mich, ruhig weiter in Richtung Marktplatz zu gehen.

»Hüüüü!« Die mechanische Stimme des Kutschers hallte von den Mauern wider.

Ich unterließ es, mir die Stirn zu reiben, obwohl ich es gern getan hätte, und fragte mich, warum ich den flüchtigen Eindruck gehabt hatte, daß drei Personen in der Kutsche saßen, obgleich es nur zwei waren. Da war ich ganz sicher.

Die Wachen des Präfekten patrouillierten vor den offenstehenden rostigen Toren zum Markt. Ich ging weiter zum Palast. Die schweren Eisentore waren bereits wieder geschlossen.

Kopfschüttelnd kehrte ich zurück zu Destrin. Jedesmal, wenn ich handelte, ohne zu denken, verriet ich mich. Jetzt wußte Antonin, daß es zumindest *einen* Ordnungs-Meister in Fenard gab. Der Kontakt war so kurz gewesen, seine Reaktion so schlagartig und gnadenlos erfolgt, daß ich nur hoffen konnte, daß er mich nicht als Fremden oder einen aus Recluce erkannt hatte.

Außer hoffen konnte ich nicht viel tun, nur weiterhin als Schreiner arbeiten und lernen … und mich bemühen zu denken, ehe ich handelte. Und bei allem aufpassen, daß mich meine Langeweile nicht zu voreiligen Schritten verleitete.

Die Wolken über mir blieben grau, aber ein leiser Windhauch berührte meine Wange.

XLV

PERLOTS KUNSTHANDWERK stand auf dem kunstvoll geschnitzten Schild. Die Buchstaben der alten Tempelschrift waren schwarz lackiert, die Tafel jedoch mit hellem Firnis überzogen, so daß man die Roteiche darunter sah.

Der Morgennebel perlte auf meinem Umhang, als ich Gairloch am Pfosten vor dem Geschäft festband.

Der Winter hatte sich länger als sonst hingezogen, und als das Frühjahr gekommen war, hatten sich Regen und Kälte vermischt wie in dem Regenguß, der den Stall unter Wasser setzte, weil ich es versäumt hatte, den Wasserabfluß vor Gairlochs Box sauberzumachen. Schlamm, Heu und Eisklumpen wegzuputzen, während der Regen auf Nacken und Rücken prasselt – da war Freude aufgekommen, und das Bad in der Wanne hinterher hatte diesen Spaß nur schwer übertreffen können …

»Du magst wohl kalte Duschen ...«, hatte Bostric mit unbewegtem Gesicht und in seinem typischen oh-so-respektvollen Ton bemerkt.

»Das nächste Mal kannst du gleich mitmachen«, hatte ich erwidert, doch diese Bemerkung hatte die Neckerei nur so lange unterbrochen, bis ich in trockener Kleidung zurück zur Arbeit kam.

In Gedanken noch bei Bostrics Hänseleien und glücklich darüber, daß der Frühling endlich gekommen war, betrachtete ich die Stühle im Fenster, besonders den Wohnzimmerstuhl rechts. Noch nie hatte ich ein solches Modell gesehen, nicht einmal in Onkel Sardits Skizzenbüchern. Die Beine waren nur schwach geschwungen, dennoch wirkte der Stuhl zierlicher, als er tatsächlich war.

»He, du!« rief eine rauhe Stimme.

Ich blickte auf: ein dünner Mann, nicht viel älter als ich; auf der Stirn klebte ihm Sägemehl. Er trug unter dem Lederschurz ein schäbiges graues Hemd. Mißtrauisch musterte er mich.

Ich erwiderte den Blick. »Ja?«

»Bist du ...?«

»Bitte ihn herein, Grizzard!« rief eine heisere Stimme aus der Werkstatt.

Grizzard war verblüfft. Ich trat an ihm vorbei in den Raum. Gleich hinter der Tür standen drei elegante Stühle im Stil Hamors; nur die Beine wirkten eine Spur zu schwer. Zwischen ihnen sah ich einen niedrigen Tisch. Nie hatte ich begriffen, wozu diese Tische dienten, es sei denn, um Ramsch abzustellen.

Sämtliche Stücke waren gut, aber offenbar hochklassiger Ausschuß, zu teuer für einen Kaufmann, nicht kostbar genug für den Adel. Wahrscheinlich Grizzards und nicht Perlots Arbeiten. Perlot hätte ein schlechtes Werkstück niemals so zur Schau gestellt.

Im Kamin in der Ecke glimmten Kohlen. Die Wärme

spürte ich an der Tür. Perlot verließ die Werkbank und kam mir entgegen.

Ich nickte.

»So trifft man sich wieder, Lerris, oder sollte ich sagen: Schreinermeister Lerris?«

Ich verbeugte mich vor dem Meister. Mir war es ernst damit. Seine Arbeiten waren gut, vielleicht technisch nicht so vollendet wie die Onkel Sardits, dafür aber mit mehr Inspiration. »Ich habe den Stuhl im Fenster bewundert. Das ist wohl der schönste, den ich je gesehen habe.«

Perlots schmales, faltiges Gesicht verzog sich nachdenklich. Dann wischte er sich die Hände am Schurz ab. »Das meinst du ehrlich, nicht wahr?«

Wieder nickte ich.

»Grizzard, steh nicht herum wie ein Schwachkopf. Du bist immer noch nicht mit der Truhe fertig.«

»Jawohl, Meister.« Grizzard machte sich eilends an die Arbeit.

»Möchtest du dich setzen?«

»Nur einen Augenblick, Meister.« Ich setzte mich, Perlot nahm gegenüber Platz.

»Ich möchte einige Punkte klären, junger Mann ...«

»Es gibt nichts zu klären, Meister. Ihr kanntet mich nicht und hattet meine Arbeiten noch nie gesehen. Ich hätte ein Gauner aus Freistadt oder Spidlar sein können ...«

Perlot winkte ab.

»Bist du nicht. Ich habe deine Arbeiten gesehen. Sie sind besser als die eines jeden Gesellen hier in Fenard. Einige Stücke sind wirklich meisterhaft – wie der Stuhl für Wessel.«

Ich hob die Brauen.

Perlot lächelte. »Er bat mich um meine Meinung. Ich erklärte, er habe Destrin den Stuhl geradezu gestohlen, und daß es das beste Stück im ganzen Haus sei, eingeschlossen das Eßzimmer, das ich letztes Jahr für ihn gemacht habe.«

»Ihr schmeichelt uns.«

»Nein. Ich schmeichle nicht. Aber es ist nicht Destrin, die arme Seele. Du bist es. Was hast du vor? Destrins Werkstatt samt der Tochter übernehmen und ihn auf die Weide schicken?« Die Frage war wie beiläufig gestellt, aber seine dunklen Augen durchbohrten mich.

Langsam schüttelte ich den Kopf. »Zuweilen wünsche ich, ich könnte das tun. Alles wäre viel einfacher. Aber es wäre weder ehrenhaft noch richtig. Ich bin nun einmal ein Geselle, in vielfacher Hinsicht, und muß noch viel lernen.«

Grizzard bemühte sich, kein Wort unseres Gesprächs zu verpassen.

Perlot nickte. »Bostric wird nie deine Klasse erreichen.«

»Mit etwas Zeit und Ausbildung wird er ein guter Schreiner werden.«

»Möglich.« Der Meister lächelte. »Aber mach dich nicht zu klein, junger Mann. Du hast dich sehr verändert, seit du herkamst. Außerdem besteht ein Unterschied zwischen der Güte deiner Schränke und deiner Seele.« Er lachte. »Armer Destrin, erstklassige Seele, aber ...«

»Ich glaube nicht, daß man gutes Holz ohne Ordnung in der Seele richtig verarbeiten kann«, erklärte ich.

»Ich auch nicht, mein Junge. Aber eine ordentliche Seele ist noch keine Garantie für gute Arbeit. Eine ordentliche Seele allein macht noch keinen Ordnungs-Meister aus.« Er stand auf. »Was wirst du wegen des Stuhls im Fenster unternehmen?«

»Nichts. Es ist Euer Entwurf.« Ich grinste. »Nun ja ... wenn ich etwas zustande bringe, das genauso gut – aber natürlich anders – ist ...«

»Das meinst du ehrlich, nicht wahr?«

»Ja.«

»Grüß Destrin von mir, Lerris. Tu, was du kannst, solange du hier bist.«

Damit verabschiedete er mich unvermittelt. Ich ging, doch nicht ohne einen letzten Blick auf den Stuhl im Fenster zu werfen.

Gairloch wartete in der lauen Frühlingsluft.

Jetzt wieherte er laut.

»Ja, ich weiß. Du hast zuwenig Bewegung, aber eines Tages machen wir eine längere Reise. Sei froh, daß du nicht Holzstämme zu den Sägemühlen schleppen mußt.«

Gairloch schien nicht beeindruckt zu sein. Ich tätschelte ihm den Hals, nachdem ich aufgestiegen war. Er schmeichelte mir nie. Grundehrlicher Gairloch.

Perlots Bemerkungen über Bostric lagen mir im Magen. Auch wenn ich es nicht gern tat, würde ich früher oder später mit Brettel reden müssen. Destrin wurde immer schwächer, und ich war nicht in der Lage, seinen Tod zu verhindern.

XLVI

Ein unbekannter Vogel schmettert sein Lied hinter dem Olivenhain.

Leise Schritte erklingen auf dem Kies des Hofs vor den Stallungen der Kavallerie.

Neben der Stalltür flackert eine einzige Fackel. Ein müder junger Bursche im Grün des Autarchen schlummert friedlich daneben.

Eine Frau mit langem dunklen Haar bleibt stehen und blickt auf den Jungen hinab. Sie trägt das Kleid eines Bauernmädchens, hat aber auf dem Rücken einen prallen Rucksack, dessen Gurte ihr tief in die Schultermuskeln einschneiden.

Sie nickt mit trauriger Miene und verschwindet im dunklen Stall. Dort geht sie bis zur dritten Box.

»... ruhig ... ganz ruhig ...«

Die dunkelhaarige Frau stellt den Rucksack ab und entnimmt ihm die beiden weichen Lederbeutel mit dem schweren Pulver darin, die sie von den Unterkünften der Ingenieure hergeschleppt hat. Als nächstes verstaut sie die Lederbeutel in zwei Satteltaschen, die sie sorgfältig verschließt. Die Landkarte läßt sie im Gurtband des Rocks stecken.

Sie geht ans Ende des dunklen Stalls und legt den Rucksack in eine Ecke. In ein oder zwei Tagen wird man ihn dort entdecken, aber nicht wissen, weshalb er dort liegt. Ihre Abteilung rückt morgen gegen die Rebellen aus Freistadt aus.

Mit lautlosen Schritten geht sie an ihrem Pferd und dem schnarchenden Stallburschen vorbei wieder hinaus. Gleich darauf schlüpft sie in ihr Gemach und zündet eine Kerze an. Der Frau auf dem schmalen Bett schenkt sie keinerlei Beachtung. Sie reißt sich die Bauernbluse und den Rock herunter und steigt in die Wanne. Das Wasser darin ist inzwischen kalt, da sie es nach dem Abendessen eingelassen hatte.

»Um diese Zeit, Krystal?« fragt die blonde Frau mit verschlafenen Augen und setzt sich auf.

»Nie ... wieder ... ganz gleich, weshalb.«

»Was?«

»Schon gut.« Die dunkelhaarige Frau deutet auf ihr Bett. »Siehst du die Schere?«

»Ja, warum?«

»Bringst du sie mir?«

»Du willst doch nicht ...«

»Doch! Wie ich schon sagte, nie wieder, auch nicht für die beste Sache.« Sie hat sich abgetrocknet und zieht die verblichene Unterwäsche an.

»Du redest wirr.«

»Stimmt. Zum ersten Mal.« Sie lächelt, dann fallen die langen schwarzen Flechten zu Boden.

XLVII

Wenn die Blumen in den Kästen an der Straße blühen und ein frischer Wind aus Norden bläst, ist ein Spaziergang auf der Hauptstraße sehr angenehm, obgleich ich das Gefühl hatte, Bostric werde jeden Moment gegen mich taumeln. Seine Füße folgten nicht immer dem Körper – oder dem Verlauf der Straße.

Destrin arbeitete an einer einfachen Kiste für Murran, den Fuhrmann, der Gewürze und Silber auf der Nord-Süd-Straße von Fenard über Kyphros bis nach Horgland am Südlichen Meer beförderte. Wahrscheinlich würde er immer noch hustend daran arbeiten, wenn wir zurückkehrten.

In ganz Fenard gab es kein Straßenschild, aber jede Straße trug einen Namen: Hauptstraße, Straße der Goldschmiede, Nordstraße. Ich hatte die Namen durch Zuhören gelernt. Ich bezweifle aber, daß jemand, der nicht in Fenard geboren war, sämtliche Straßennamen kennt.

Die Namen änderten sich. Ich hörte, wie Bostric und Deirdre darüber sprachen, daß die Gasse der Gemüsehändler früher die Gasse der alten Herbergen gewesen war. Nur die Hauptstraße war und blieb die Hauptstraße, der einzige gerade und in bestem Zustand erhaltene Verkehrsweg in Fenard. Das hing vielleicht mit der Tatsache zusammen, daß sie vom Palast des Präfekten über den Marktplatz geradewegs zum Südtor führte.

Da der Tag angenehm war und ich keine Lust hatte, Kleinkram am Schreibtisch zu erledigen – nicht wenn es

Destrin gerade einigermaßen gutging, wenigstens zeitweise, und auch weil Deirdre niesend und schneuzend an einem Heuschnupfen litt –, beschloß ich zum Marktplatz zu gehen, um zu sehen, ob die Stofflieferanten aus Horgland schon eingetroffen waren.

Bostric war natürlich froh, aus der Werkstatt herauszukommen, weil er dadurch Destrins Klagen und meinen Anforderungen entging.

»Machen wir wirklich einen Spaziergang, verehrter Geselle?«

»Bostric. Es reicht – oder willst du hierbleiben und das Feuer hüten?«

»Das Feuer zu hüten wäre natürlich auch eine große Ehre ...«

»Bostric ...«

»Ich gehe doch lieber spazieren.«

Manchmal konnte ich verstehen, warum Brettel Bostric so schnell hatte finden können. Sein Humor war zwar nicht sehr feinsinnig, doch ich hatte das Gefühl, daß mehr hinter seiner offenen und doch so respektvollen Respektlosigkeit steckte.

Ich stieß Bostric an und deutete auf den Postreiter, der zum Palast trottete.

»Ich wüßte gern, welche Neuigkeiten er bringt.«

»Glücklich sieht er nicht aus. Vielleicht der Autarch ...« Er brach ab, als sich ein Soldat in der schwarzen Lederuniform des Präfekten näherte.

Der Soldat war kleiner und dicker als wir. Seine Augen hafteten auf der Straße. Er marschierte geradewegs auf uns zu, als gäbe es uns gar nicht. Wir wichen aus.

Ich spürte die Leere, keinerlei Aura, nur ein schwaches weißes Körnchen tief im Innern.

»Wer ...?« Bostric blickte mich an. »Wer war das?«

Ich glaubte es zu wissen, schüttelte aber den Kopf. »Er muß irgendwohin gehen und tut das, ohne abzubiegen.«

Niemand sonst auf der Straße schien die Starre des Soldaten zu bemerken, nicht der Mann in blauer Seide und Leder mit dem langen Schwert, nicht die Bettlerin mit dem Sack oder der rothaarige Junge, dem ein Zahn fehlte. Alle machten ihm nur eilig Platz.

Auf der gegenüberliegenden Straßenseite öffnete sich zwischen zwei grauen Steinhäusern mit roten Blumen eine schmale Gasse. Der Mann in blauer Seide verschwand darin, nachdem er sich beinahe furchtsam umgeschaut hatte.

»Was ist das für eine Straße?« fragte ich Bostric.

»Welche?«

»Die da drüben, zwischen den Blumen. Du kennst doch sämtliche Straßen und Gassen.«

»Das ist keine anständige Straße.« Er wurde rot.

»Keine anständige Straße?« neckte ich.

»Nein, keine anständige Straße.« Verlegen blickte er zu Boden.

»Was meinst du damit?« Ich blickte auf die roten Blumen und die schmale Gasse, die sich im Schatten verlor.

»Schon gut. Ich zeige sie Euch. Seht selbst.« Plötzlich ging er los und rannte beinahe über die Hauptstraße.

Wir waren an den Blumen vorbei, ehe ich Gelegenheit hatte, mich umzuschauen oder auf die mannigfaltigen Düfte zu reagieren: Rosen, Lilien, Nachtfeuer und viele andere, die ich nicht bestimmen konnte. Meine Sinne rebellierten, mir wurde fast übel.

Die Gasse war weniger als eine halbe Rute breit und kurz. Kaum ein Dutzend Häuser zu beiden Seiten, dann endete sie vor einer Mauer, die sie vom Marktplatz trennte. Die Marmorsteine des Pflasters glänzten makellos. Nirgends waren Hufspuren oder Kratzer von Kutschenrädern zu sehen.

Meine Augen wanderten zu einem Balkon dicht über meinem Kopf. Eine Frau stand dort oben. Ihr Alter vermochte ich nicht genau zu bestimmen. Sie war aber etwas älter als ich und hatte rotes Haar. Sie trug ein so dünnes Gewand, daß ich jede Linie ihres Körpers sehen konnte, sogar die dunklen Brustwarzen.

»... zwei junge Herren ...«

Ich schluckte. Kein Wunder, daß Bostric rot geworden war.

Er blickte mich nicht an, als er stehenblieb. »Hier. Die Straße der ... Damen.«

»Straße der Huren, junger Freund ... wir wissen, wer wir sind.«

Ich sah die Frau nicht, die das harte Urteil geäußert hatte, da meine Augen von der rothaarigen Frau auf dem Balkon zu einer Blondine gewandert waren, die nur ein leichtes offenes Gewand trug und ihre vollen Brüste zeigte.

Ich glaube, ich vergaß zu atmen. Vor meinen Augen verschwamm alles. Ich schüttelte den Kopf, um klar zu sehen und beobachtete, wie eine Brünette, die nur einen dünnen Rock trug, den Mann in blauer Seide in ein Haus zog.

Neben dem Haus, in das die Brünette den Mann gelockt hatte, saß in einem offenstehenden und unverglasten Fenster eine andere halbnackte Frau mit unglaublich geformten, ebenfalls nackten Brüsten und Wespentaille.

»Hier findet ihr euer Vergnügen, junge Herren ... zwei oder mehr, ganz, wie ihr wollt ...« Die Stimme kam von links, von dem niedrigen Balkon der Rothaarigen gegenüber. Diese Schöne hatte lange schwarze Locken, die sich über der cremefarbenen Haut der Schultern und Brüste ringelten.

Ich schluckte wieder. Plötzlich war meine Hose zu eng, als ich diese unsäglich verführerischen Brüste der rabenschwarzen Hure betrachtete.

Bostric atmete so laut, daß das Geräusch mich aus meinem Rausch riß.

»... einer der Schreiner, glaube ich ...«

Beinahe hätte ich das Flüstern überhört, aber die Worte jagten mir einen eiskalten Schauder über den Rücken. Ich schickte meine Gefühle zu der schwarzhaarigen Hure.

»Oh.« Die Frau strahlte nicht nur Chaos aus, sondern trug tief im Innern eine Krankheit wie eine zusammengerollte grüne Viper. Meine Sinne schweiften zu der Rothaarigen auf dem Balkon. Plötzlich war sie hager und trug ein langes Messer an einer Hüfte, während sie leer lächelte. Meine Sinne lehnten ab, was meine Augen sahen. Meine Gedärme verkrampften sich. Ich mußte die Reste des Frühstücks und Galle wieder hinunterschlucken.

Der Marmor unter meinen Füßen wurde zu rauhen Steinplatten mit Rissen; Schafdung und sonstiger Unrat klebten daran. Der Duft der Blumen wurde von entsetzlichem Gestank verdrängt.

Bostric stand da wie eine Statue, bis ich ihn in die Rippen stieß und am Ellbogen packte.

Beide liefen wir zurück zur Straße. Er sah benommen aus. Falls ich auch so aussah, dann hatte der Morgennebel mehr Substanz als ich.

»Sieh mal ...«, murmelte Bostric.

Ich sagte nichts, eilte nur so schnell wie möglich zum Marktplatz. Dabei atmete ich tief ein, um den Duft der verfaulten Rosen aus meiner Nase und meiner Erinnerung zu vertreiben. Ich fragte mich, wer mich erkannt hatte ... und warum.

Ich zitterte und schickte meine Sinne aus, diesmal zu Bostric. Da spürte ich den dünnen Faden einer Beeinflussung in ihm.

Ich hätte diesen Faden mühelos sofort durchtrennen können, aber ich vermochte es nicht. Deshalb flößte ich Bostric ein wenig zusätzliche Ordnung ein, damit er sich selbst befreien konnte.

»Äh, wir …«

»Schon gut, laß uns nach den Stoffen sehen.«

»Stoffe? Wie kannst du jetzt noch an Stoff denken?«

»Das ist sehr viel sicherer.« Ich bemühte, ruhig zu sprechen.

»Sicherer?« Bostric blickte mich empört an. »Lerris …«

Ich wußte, was er dachte. »Ja.« Meine Stimme klang müde. »Ich mag Frauen. Gesunde, junge Frauen, die nichts mit Magie zu schaffen haben.«

»Magie?«

Ich beantwortete seine letzte Frage nicht. Gerade gingen wir an einem anderen halb lebendigen Wachposten vorbei, der am Tor zum Markt stand. Die ihn umgebende Kälte war deutlich spürbar, doch schaffte ich es und hielt nach dem bunten Banner Ausschau, das Deirdre mir beschrieben hatte.

Es war leichter, Stoffe anzuschauen, als sich über die Magie hinter den Huren den Kopf zu zerbrechen.

Wir gingen am leeren Brunnen vorbei, dann an den Buden der Töpfer, den Körben der Bauern und den Decken mit rotgoldenen Mustern, die ein krummer alter Mann feilbot. Nirgends ein buntes Banner, nirgends Stoffhändler.

Als wir bei Mathilde vorbeigingen, schauderte Bostric. Sie war schon älter, aber immer noch blond, dick, in ungewaschener brauner Hose und einer offenen zerrissenen Bluse. Ihre Blumen waren schon welk – vom Chaos in ihrem Blut. Doch war dort nichts Böses, nur Unordnung.

Bostric schauderte es, aber ich hätte lieber mit einem Dutzend Mathilden geschlafen als mit einer Dame aus der Straße der Huren. Je tiefer ich in Fenard hineinblickte, desto weniger mochte ich die Stadt. Aber traf das nicht auf jeden Ort zu, an dem ich mich längere Zeit aufgehalten hatte?

Ich wußte es nicht.

Aber sicher wußte ich, daß die Stoffhändler nicht gekommen waren und daß ich nie wieder in die Nähe dieser engen Gasse gehen würde.

XLVIII

Es klopfte.

»Wer kann das sein?« fragte Destrin verwundert.

Ich schaute Bostric an. Er stand mit dem Hobel in der Hand da. Dann legte er den Hobel hin und lief zur Tür.

Trotz der warmen Frühlingsluft draußen hatte Destrin die Fenster geschlossen und ein Feuer im Ofen entfacht. Er trug einen alten Kittel, während er wieder einmal eine Bank für die Schenke anfertigte.

Eigentlich lief die Arbeit gut, aber jedesmal, wenn ich mich lobend auf die Schulter klopfte, mißlang etwas. Gewöhnliche Regengüsse konnte ich nicht Antonins Unordnung anlasten. Selbst mein Erlebnis vor einem Achttag in der Straße der Huren konnte ich nicht auf ihn schieben, und da lag der Hund begraben. Wie konnte ich das, was zu Fenard gehörte, von dem trennen, was der Chaos-Meister ausheckte?

Ein anderes Problem war die Tatsache, daß ich nicht genau wußte, wie man mit Ordnung arbeitete. Nun, ich konnte Destrin unterstützen und Bostrics angeborenen guten Charakter verstärken, vielleicht sogar noch etlichen guten Seelen dabei helfen, dem Chaos zu widerstehen, das von irgend jemandem ausgeschickt wurde. Aber darüber hinaus? Bedächtig schüttelte ich den Kopf.

»Alles in Ordnung, Lerris?« fragte Destrin besorgt.

»Mir geht's gut.« Das stimmte. Der Winter hatte sich verabschiedet, ich genoß das Frühjahr und ging gern auf den Markt. Aber die Hitze in der Werkstatt gefiel mir nicht.

Ich wischte mir die Stirn und betrachtete die Maserung der weißen Eiche. Dabei fragte ich mich, warum ich eingewilligt hatte, einen Schreibtisch zu bauen. Ohne Dormans verblichenes Buch hätte ich noch größere Schwierigkeiten gehabt. Trotzdem mußte ich meine gesamte Konzentration aufwenden, mir den Schreibtisch vorzustellen, um mental sämtliche Teile aus dem Holz hervorzuholen, in denen sie verborgen lagen, und sie zusammenzufügen.

Diese mentale Übung half nicht nur bei der Schreinerarbeit, ich begriff auch immer mehr von der *Basis der Ordnung*. Obwohl ich das schmale Bändchen zweimal gelesen hatte, war mir die Hälfte noch unklar. Das traf auch für den Schreibtisch zu, den Brettel für seine Tochter Dalta in Auftrag gegeben hatte. Es war seine dritte Bestellung. Er hatte damit mehr für Destrin getan, als man von einem Freund erwarten konnte. Bald hätte Dalta ein komplett eingerichtetes Haus, ohne auch nur verlobt zu sein.

»Hier, Meister!« Bostric reichte Destrin einen flachen Umschlag, dann hobelte er weiter an einem Küchentisch.

Ich war mir bewußt, daß ich den Rotschopf noch mehr unter Druck setzte als Sardit mich, aber ich wußte nicht, wieviel Zeit mir noch blieb – gewiß keine volle Lehrzeit. Jetzt schon arbeitete er besser als Destrin. Deirdre war zwar etwas älter als Bostric, aber die paar Jahre waren nicht unüberwindbar.

Ich unterdrückte einen Seufzer. Wie war ich nur in diese Klemme geraten?

»Lerris!«

Ich blickte auf. Destrin war leichenblaß geworden. Er suchte an der Werkbank Halt.

Erschrocken schaute Bostric mich an.

»Folge genau der Linie«, sagte ich zu ihm und ging zu Destrin hinüber.

»Sieh dir das an.« Destrin hielt mir das Schreiben entgegen. Es war eine amtliche Erklärung.

Hiermit wird bekanntgegeben, daß der Präfekt die Verteidigung des Königreichs Gallos gegen die wachsende Gefahr der Invasion durch den Autarchen von Kyphros verstärken muß. Ferner muß Gallos die Unruhe in den kleinen östlichen Fürstentümern Candars bekämpfen, die durch die Aktionen der Schwarzen aus Recluce verursacht wurden. Diese Aufgaben stellen höhere Forderungen an das Schatzamt, das demzufolge die vierteljährlichen Abgaben erhöhen muß.

Das war Standardsprache. Unten hatte eine andere Hand mit dunklerer Tinte hinzugefügt: *Destrin der Schreiner: fünf Goldstücke pro Quartal.*

Ursprünglich hatte die Steuerforderung drei Goldstücke betragen, doch die Drei war ausgestrichen und die Fünf darübergeschrieben worden. Abgezeichnet war mit *J.* Unten war noch ein dickes blaues Wachssiegel zu sehen.

»... einmal kann ich es zahlen ... aber wir essen dann nur noch Graupensuppe. Unmöglich kann ich soviel Goldstücke für die anderen Quartale aufbringen.« Destrin lehnte an der Werkbank und atmete heftig.

Ich sah seine Verzweiflung. Obwohl ich im stillen seine Ordnungskraft verstärkt hatte, wurde er immer hinfälliger.

»Wir finden einen Weg«, versicherte ich ihm, obwohl ich nicht wußte, wie.

»Aber ... wie?« Der alte Mann rang nach Luft.

»Wir finden einen Weg.« Ich schaute auf die weiße Eiche auf meiner Werkbank. »Wir fangen gleich mit dem Schreibtisch für Brettel an.« Aber ich machte mir Gedanken. Kaum brachte die Werkstatt etwas ein, wurden die Abgaben erhöht. Lange waren es nur ein Goldstück und fünf Silberlinge gewesen. Dann hatte man verdoppelt und jetzt nochmals zwei Goldstücke daraufgelegt – bestimmt kein Zufall. Aber wer steckte dahinter?

Ich wußte nicht, wer die Steuern festsetzte und eintrieb. Ich war mit dem Schreinern und dem Lesen und Begreifen der *Basis der Ordnung* voll ausgelastet.

»Ihr müßt nach dem Schreck etwas trinken«, sagte ich. »Kommt, schauen wir, was Deirdre hat.«

Destrin war immer noch sehr blaß. Ich gab ihm wieder ein wenig Ordnungskraft und half ihm die Treppe hinauf.

»Es … geht … schon.«

Er stützte sich auf mich, als er zu seinem Lieblingssessel schlurfte.

Deirdre legte das Kissen weg, an dem sie gearbeitet hatte, und kam zu uns. Sie sagte nichts, blickte nur den Vater besorgt an, der immer noch den Steuerbescheid in der Hand hielt. Dann holte sie einen großen Krug Rotbeerensaft und schenkte uns ein.

Als der alte Schreiner den Saft trank, nickte ich Deirdre zu. »Ich muß nach Bostric sehen«, erklärte ich und ging. Das stimmte auch. Je mehr ich über Ordnung lernte, desto mehr Angst bekam ich vor Selbsttäuschung, der ich ohnehin viel zu oft erlag.

Vor allem mußte ich die Fenster öffnen, damit Bostric und ich keinem Hitzschlag zum Opfer fielen.

XLIX

»Hauptmann Torrman will, daß ihr den Bergpfad nehmt und gegen die Rebellen verteidigt«, erklärt der Melder hastig.

Die Anführerin mustert ihn scharf. »Wann? Kommt das gesamte Heer des Herzogs von Hydlen zu unserer Verstärkung?«

Der junge Soldat blickt sie verwirrt an. »So lautete der Befehl …«

Die Anführerin holt tief Luft und schürzt die Lippen. Der Wind bläst ihr das kurze schwarze Haar aus dem Gesicht. Sie richtet die tiefschwarzen Augen auf den Melder. »Wir haben deine Meldung gehört.«

Der junge Mann schaudert unter diesem Blick. Er salutiert. »Ist das alles, Anführerin?«

»Sag Hauptmann Torrman, daß wir seinen Plan erfolgreich ausführen werden.«

»Was, Anführerin?«

»Sag ihm, daß wir seinen Plan erfolgreich ausführen werden.« Ihre Stimme ist kälter als Eis. »Vorausgesetzt, er bewacht die Süd-West-Straße nach Gallos«, fügt sie hinzu.

»Vorausgesetzt, er bewacht die Süd-West-Straße nach Gallos«, wiederholt der Melder.

»Korrekt. Er muß mit seinen restlichen Truppen den Süd-West-Paß halten.«

Der junge Melder schwingt sich aufs Pferd.

»Das ist alles«, erklärt die Anführerin. »Bring meine Antwort so schnell wie möglich zu Hauptmann Torrman.«

Der Melder blickt von der Frau mit den eiskalten Augen zu den Soldaten hinter ihr. Einer spielt mit dem Dolch.

»Das ist alles«, wiederholt sie.

Der Melder schluckt und reitet den Berg hinab.

Die Anführerin blickt über das Tal nach Norden, dann auf den Teil der Landkarte, die sie brauchte und so teuer bezahlte. Manche mögen sagen, daß der Preis gar nicht so hoch sei. Sie atmet tief durch. Trotz des kalten Bades am Vorabend fühlt sie sich immer noch schmutzig, als hätte sie seit Wochen nicht gebadet. Sie greift zum Schwertgriff, hebt den Kopf und blickt scharf zu den Bergen im Osten hinüber.

Der Soldat neben ihr sieht, wie die Anführerin die Karte studiert. Er reitet an die Seite einer blonden Frau mit zwei Messern im Gürtel, der einzigen anderen Soldatin in der Abteilung.

»Sie befolgt den Befehl des Hauptmanns nicht«, flüstert er.

»Schau dort hinab.« Die blonde Frau deutet auf die Staubwolke, die am Ende des Tals von der Straße aufsteigt. Man sieht die Soldaten nicht, aber beide wissen, daß sie sich dort befinden. »Würdest du …?«

»Torrman hat Offiziere schon aus geringerem Anlaß getötet.«

»Nun gut …« Die Frau mit der Lederweste der Offiziere blickt zu den beiden flüsternden Untergebenen hinüber. Dann treibt sie ihr Pferd nach Osten, nicht auf den Pfad nach unten, sondern sie bleibt auf der Höhe.

»Das ist nicht der Weg, den der Hauptmann befohlen hat …«

Die Anführerin überhört die Bemerkung eines Soldaten weiter hinten.

»… denk an Gireo, du Narr …«

Ein anderer Soldat packt den murrenden Kameraden an der Tunika. Die blonde Frau lächelt unmerklich, aber die Anführerin blickt unbewegt geradeaus.

»… das gefällt mir nicht …«

»… sei ruhig …«

»… Torrman ist ein gemeiner Bastard … wird unsere ganze Truppe erledigen …«

»… sie hat recht. Wenn wir den Bergpfad nehmen, bleibt für Torrman kein einziger Mann übrig …«

»… das gefällt mir gar nicht …«

»… hast du einen besseren Einfall?«

Trotz Gemurmel folgt die Truppe der schwarzhaarigen Anführerin, als sie sich aufmacht zum Damm, der zugleich ein Deich ist und die Bewässerungsanlage für die diesjährige Ernte speist. Der Mann, der vorhin schluckte, beobachtet nun von der Bergstraße aus die Staubwolke, die die Vorhut der Rebellen von Freistadt ankündigt.

Die Anführerin starrt auf die Staubwolke am nordöstlichen Ende des engen Tals, dann auf den schmalen Pfad vor ihr und zu einem der Aquädukte, die das Wasser aus dem Tal zu den trockenen Steppen im Süden Kyphros' leiten. Sie berührt das in Wachstuch eingeschlagene dünne Bündel hinter dem Sattel.

Die Staubwolke ist ungefähr ein Drittel des Wegs durch das Tal vorgerückt, als die Anführerin vor den eisenbeschlagenen Toren des Damms absteigt. Das kalte Eisen verstärkt die Bohlen der Fluttore, die aus Roteiche gefertigt sind.

Über ihr und nach Süden hin erheben sich die Mauern mit den vier Kanälen des Aquädukts. Über jedem Tunnel befindet sich ein eisernes Rad, das mit Eisenstangen und einem doppelten Schloß gesichert ist. Die Schlösser sind so groß wie die Faust eines Bauern.

Die Anführerin schüttelt den Kopf, während sie die Fluttore und die eisenbeschlagenen Bohlen betrachtet, die diese geschlossen halten.

»... was ...«

»... psst ... Sie wird schon wissen, was sie da macht ...«

Schließlich zieht sie eine Eisenstange aus dem Bündel hinter dem Sattel. Die Stange ist ungefähr so lang wie zwei Drittel ihres Arms. Dann wickelt sie noch eine kräftige Zugsäge aus. Mit beidem schreitet sie auf die Tore zu.

»Die Olivenhaine werden leiden«, sagt sie vor sich hin. »Aber wenn der Autarch es tut, tun wir es auch.« Sie stemmt den Eisenbeschlag von einer Bohle.

Die Soldaten ihrer Abteilung blicken verwirrt drein, bleiben aber abwartend im Sattel sitzen.

Sie hat einen Beschlag abgestemmt. Jetzt sieht man das rote Eichenholz darunter.

»Kassein!« ruft sie.

Ein bulliger Mann steigt ab und reicht der blonden Frau die Zügel. »Ja, Führerin?«

»Nimm die Säge, säg durch die Bohlen, so weit es möglich ist. Bis das Blatt fest ist.«

»Fest?«

»Das Holz wird versuchen, das Blatt festzuhalten.« Sie macht sich wieder mit dem Stemmeisen an die Arbeit.

Die blonde Soldatin reicht die Zügel zweier Pferde einem dritten Mann weiter, steigt ab und geht auf die Anführerin zu. »Das kann ich besser.«

Die Anführerin nickt und gibt ihr das Stemmeisen. »Ich gehe nach oben. Die zweite Säge lasse ich hier. Sägt, so gut ihr könnt.« Mit fünf Schritten ist sie bei ihrem Roß. »Darso, du bleibst hier und hilfst beim Sägen. Altra und Ferl halten Wache – für alle Fälle. Wechselt euch beim Sägen ab.«

»Ich bin nicht ...«

»Ich weiß. Du bist ein Kavallerist, kein Schreiner. Aber wenn du nicht sägst, bist du ein toter Kavallerist. Bindet die Pferde an die Wurzeln dort drüben.«

Vom Sattel aus nickt sie den übrigen fünf Soldaten zu, ihr zu folgen. Sie reitet mit der kleinen Schar nach Norden und auf den Damm hinauf.

Oben angekommen, steigt sie ab und blickt nach Westen. Die Staubwolke hat das Tal fast zur Hälfte durchquert. »Verdammt!« Sie nimmt die Satteltaschen vom Pferd. Dabei versucht sie zu verbergen, wie schwer sie sind. Sie löst die Verschlüsse und zieht vorsichtig einen eingeölten Beutel mit dem Pulver heraus. Die andere Satteltasche bleibt geschlossen. Dann schleppt sie den Lederbeutel auf die flache Mauer, in der die eisernen Angeln der Fluttore verankert sind.

Die schwarzhaarige Frau studiert die Tore. »Wie viele habt ihr schon angesägt?« ruft sie nach unten.

»Fünf sind fertig, fünf bleiben noch übrig.«

Die Anführerin blickt auf das Wasser, das kaum eine Elle unter ihr plätschert, erst im Überlauf, dann gegen die Tore. Sie beugt sich über die Mauer.

»Beendet die Tore, an denen ihr gerade arbeitet, dann steigt in den Sattel und reitet zu uns herauf.«

»Diese Bohlen sind verdammt dick …«

»Ich weiß. Ich weiß.« Die Frau mit dem immer noch glänzenden silbernen Vogel auf der grünen Lederweste richtet sich auf und blickt auf den Lederbeutel zu ihren Füßen.

Mit einem tiefen Seufzer bückt sie sich.

»Einer müßte reichen …« Sie blickt auf die Staubwolke. Wie Ameisen tragen die Pferde mehr als tausend Söldner, die der neue Herzog ausgesandt hat.

Unten steigen die fünf Soldaten auf die Pferde und reiten den gleiche Weg herauf, den ihre Kameraden vorher genommen haben.

Die Anführerin holt eine wachsgetränkte dünne Schnur aus einer anderen Satteltasche und bringt sie zum Damm. Wieder starrt sie in die dunkelgrünen Fluten hinter den Fluttoren.

Schnell schneidet sie vier gleichlange Schnurstücke ab. Zwei legt sie beiseite. Eins zieht sie durch die Öffnung am Stöpsel des Lederbeutels und drückt alles mit Wachs fest. Mit dem zweiten Schnurstück verschließt sie den Beutel. Dann läßt sie ihn ganz langsam vier Ellen zum Wasser hinab.

Ohne die verwirrten Blicke der berittenen Soldaten zu beachten, bindet sie die zweite Schnur um das eiserne Rad. Dann knüpft sie die restlichen beiden Schnüre an die anderen und legt sie um einen Felsbrocken, neben dem die blonde Frau die Zügel ihres Rosses hält.

»He, ihr alle – zurück, um die Biegung!«

Ohne zu warten, ob ihr Befehl befolgt wird, läuft sie zum Damm und späht ins Tal. Soll sie noch warten? Die Wirkung wäre dann stärker. Aber wenn …? Sie schüttelt den Kopf und zieht den Zünder aus dem Gürtel.

Peng, zisch … ein langer Funke springt vom Zünder auf die Lunte. Dann saust ein Flämmchen das Seil entlang zum Wasser und zum Pulverbeutel, der über dem Damm hängt.

»... Teufel auch ... *das* hat sie den ganzen Weg aus Kyphrien mitgenommen?«

»Ein einziger Weißer Magier ... und wir alle fliegen in die Hölle.«

»... Dämonen schützen die eigene Brut ...«

Die Anführerin stürmt den Damm hinunter und springt in den Sattel. Zum ersten Mal sehen ihre Soldaten, daß sie dem Roß die Sporen in die Weichen drückt.

Sobald sie die Gefährten hinter dem Felsvorsprung erreicht hat, hält sie inne und wartet ... und wartet.

»Hölle!«

Sie wendet das Pferd und will zum Damm zurückreiten.

Bummmm! Das grüne Wasser schießt empor, mindestens drei Ellen über die Fluttore.

»Ist das alles?«

Wusch! Die Tore geben nach. Die im Frühjahr aufgestauten Fluten schießen in die schmale Rinne hinab ins Tal.

»... mögen die Götter gnädig sein ...«

»... ruhig ... ruhig ...«

»... verstehst du jetzt, warum man ihr nie widersprechen soll ...«

Die dunklen Augen der Frau sind jetzt noch schwärzer als ihre Pupillen. Sie treibt das Pferd zur Mauer. Von dort aus kann sie beobachten, wie die Wasserfluten sich auf die ahnungslosen Rebellen stürzen.

Zumindest ein kyphrisches Banner flattert am Hang, so hoch, daß man von dort die Straße nach Südwesten erreichen kann, den einzigen Fluchtweg aus dem grünen Tal, der noch geblieben ist.

Die Olivenhaine werden leiden, aber der Autarch braucht dringender Soldaten als Oliven.

L

Die Zeichnung war einfach: ein Armsessel aus Holz, bei dem fünf Speichen eine geschwungene Rückenlehne trugen. Obgleich Dormans Werkzeug so alt war, reichte es völlig für diese Arbeiten aus. Wenn ich eine alte hamorische Vorlage aus dem Buch nahm, wäre Bostric bestimmt imstande, die Sessel billiger als Jirrle zu liefern. Beim Eßzimmer hätten wir gegen Perlot bieten müssen.

»Wir können es machen«, erklärte ich ruhig.

Der goldene Schimmer hinten in der Werkstatt verriet mir, daß Deirdre uns beobachtete. Beinahe hätte ich geseufzt. Sie war wirklich hübsch, zudem auch willig … aber … damit hätte ich Destrins Freundlichkeit schlecht vergolten. Ich glaube, Deirdre wußte das, auch wenn wir beide nicht übermäßig glücklich darüber waren.

»Für acht Goldstücke, vielleicht weniger?« fragte der alte Schreinermeister. Immer noch trug er den zerrissenen Kittel, hatte aber das hintere Fenster einen Spaltbreit geöffnet.

Ich wischte mir die Stirn, ehe ich antwortete. »Mit dem, was ich im Stall habe, und dem Holz, das wir kaufen müssen – sagen wir: vier Goldstücke. Fünf oder sechs Tage Arbeit für zwei Wochen kommen dazu. Insgesamt also zehn Goldstücke.«

»Wenn du das schaffen kannst, biete zehn«, sagte Destrin langsam. Trotz meiner Bemühungen war er immer noch sehr blaß.

Mir behagte es überhaupt nicht, für jemanden wie den Subpräfekten zu arbeiten, besonders nicht in Gallos, aber trotz der Einkünfte durch die Bänke und trotz Wessels und Wrysons Aufträgen war nicht genügend Geld da, um die Steuer zu entrichten. Das ließ uns keine große Wahl, als entweder Deirdre bei einem Adligen als

Dienstbotin zu verdingen oder Destrins Arbeit einem Kaufmann oder dem Subpräfekten zu überlassen. Wenn aber Destrin die Arbeit nicht schaffte, mußte er Strafe bezahlen, und das würde ihn in den Ruin treiben. Und wenn ich an Deirdres Schicksal dachte, schauderte es mich.

Da die Angebote öffentlich waren, konnte Jirrle seinen gesamten Einfluß geltend machen.

Selbst wenn wir den Zuschlag bekämen, hätten Destrin und Bostric höchstens ein Jahr gewonnen. Wenn die Abgaben nicht gesenkt wurden, mußte die Werkstatt schließen. Aber in einem Jahr konnte viel geschehen.

Mir gab der Präfekt viele Rätsel auf. Wie konnte ein Herrscher, der Korruption in der Stadt so entschieden bekämpfte, so eng befreundet sein mit Antonin und dessen Dame Sephya, die offenbar in der Weißen Magie fast so bewandert war wie er?

»Bist du sicher, daß wir das bewerkstelligen können?« fragte Bostric ernst, ohne jeglichen Spott. Daraus schloß ich, daß auch er besorgt war.

Ich seufzte. Die Durchführung der Arbeit bedeutete für mich die geringste Schwierigkeit.

»Möchte jemand Rotbeerensaft?« fragte Deirdre.

Wir nickten.

Deirdre brachte mir das Glas zuerst. Ich trank es sofort aus, weil es in der Werkstatt so heiß war. Destrin fror ständig. Ich kam mit der Kälte recht gut zurecht, doch Hitze war für mich unerträglich.

Ich wischte mir die Stirn und sagte: »Ich mache einen Spaziergang.«

Destrin und Bostric schwiegen.

»Bist du mittags zum Essen zurück?« fragte Deirdre.

»Wahrscheinlich. Ich brauche nur etwas frische Luft und muß nachdenken.«

Sie nickte und verschwand lautlos.

Nachdem ich den ledernen Schurz in meiner Nische

verstaut und eines meiner unifarbenen Hemden übergestreift hatte, trat ich auf die Straße.

Links oder rechts? Links lag der Marktplatz, ich ging nach rechts und holte tief Luft. Ich wich den Pfützen aus, die von dem gestrigen Regen zurückgeblieben waren. Der Regen am Abend war nicht so schlimm wie der Graupelsturm vor einigen Tagen gewesen, aber während des letzten Achttags hatte Morgennebel die Straßen verhüllt. Während der Winter über Gebühr lange geblieben war, ließ sich der Frühling viel Zeit mit dem Kommen.

Meine Stiefel knallten auf dem Pflaster der Straße der Goldschmiede, bevor ich in die Straße der Heiler einbog.

Ich verbrachte nicht die gesamte Zeit in der Werkstatt. Ich ritt Gairloch und holte Holz von Brettel. Hinzu kamen meine abendlichen Studien der Ordnung und die vorsichtigen Versuche, sie heimlich anzuwenden – zum Beispiel um besseren Leim herzustellen, indem ich die innere Ordnung verstärkte. Ich wanderte auch oft durch die Straßen Fenards, um mir über meine Gefühle klarzuwerden.

Im Buch stand, daß Gefühle dem Verstehen vorausgingen. Ich hoffte, das Verstehen ließe sich nicht zuviel Zeit, da ich eindeutig besorgte Gefühle hatte, nachdem ich gesehen hatte, wie Antonin und Sephya den Palast des Präfekten betreten hatten.

Wenn ich mich daran erinnerte, schauderte es mich mehr als damals, als Antonin so nahe an mir vorbeigefahren war … oder jetzt auf der Straße der Heiler.

Jeder Heiler hatte sein eigenes Schild.

RENTFREW – KRANKHEITEN BANNEN stand in weißen Buchstaben auf rotem Hintergrund über einer Tür, die ein stumpfes Weißrot ausstrahlte, wie ich spürte.

Ich zwang mich, nicht auf die andere Straßenseite zu wechseln.

Ein schwarzes Pferd zog eine schwarze Kutsche aus

einer Einfahrt weiter oben auf der Straße und fuhr von mir weg.

HEILEN. Die Buchstaben waren in weiße Eiche geschnitzt und grün bemalt. Diese Tür war von keiner Aura umgeben. Entweder einfache Medizin mit Kräutern und ähnlichem oder ein Scharlatan – oder beides.

Über einer Tür hing ein Schild, auf dem sich eine Schlange um einen Stab ringelte. Warum, war mir unklar.

Eine Frau in dickem Umhang, mit breitkrempigem Lederhut und schwarzem Schleier trat unmittelbar vor mir aus einer Tür und ging auf die Straße der Goldschmiede. Der starke Rosenduft verriet mir mehr über sie als die Krankheit in ihrem Innern, diese Unordnung, bei der sich mir der Magen umgedreht hatte, als Bostric und ich sie auf der Straße der Huren beobachtet hatten. Seitdem war sie mir auch bei einer Blumenverkäuferin auf dem Marktplatz und sogar bei einer Dame begegnet, die mit einem Minister verbandelt war.

Angeblich vermochte ein hoher Chaos-Meister die Krankheit zu entfernen, aber der Preis war höher, als die meisten Frauen zahlen wollten.

Ich schüttelte den Kopf und ging weiter.

»Liebestränke ... Liebestränke ...«, zischte mir eine Alte aus den Schatten zu. Ihr Gesicht war schmal und zeigte Pockennarben auf den Wangen. Die Unordnung war schlimm, ich beschleunigte meine Schritte.

TENTERRA – NATURHEILER. Eine grellrot bemalte Lampe schaukelte im Wind unter dem Schild. Die Tür war mit Eisen beschlagen und verschlossen – eine stumme Erklärung, daß Chaos aus Tenterras Haus verbannt war. Also mußte dort Ordnung herrschen – aber war es auch so?

»... Liebestränke ...« Das Wort jagte mir auch jetzt noch kalte Schauder über den Rücken.

Ich gelangte bald darauf ans andere Ende der Straße der

Goldschmiede, die in einem Bogen zurück zur Hauptstraße führte. Wenn man in Fenard auf einer Straße in eine bestimmte Richtung ging, endete man oft ganz woanders.

Wollte ich am Palastgarten vorbeigehen? Ich war nicht sicher. Das Hemd klebte mir am Leib. Die Sonne war durch ein Wolkenloch gebrochen.

Zu beiden Seiten des Tors standen Wachen mit Hellebarden und Kurzschwertern. Sie blickten mir entgegen. Rechts von mir reckten sich die grün knospenden Zweige und Äste der Eichen und Ahornbäume über die Mauer. Auf der anderen Seite der Hauptstraße standen die prächtigen Häuser der Minister.

»He, du! Was willst du hier?« Einer der Wachposten senkte drohend die Hellebarde.

»Ich mache nur einen Spaziergang.«

»Aber nicht hier!« erklärte er.

Ich spürte das ungeheure Chaos, das ihn einhüllte. Dennoch war darunter ein winziger Kern zu erahnen. Es war, als hätte man ihm Unordnung übergestülpt, und er war zwar zu schwach, um Widerstand zu leisten, aber zu stark, um sich völlig zu ergeben.

Ohne nachzudenken, stärkte ich seinen ehrlichen Kern der Ordnung, so daß er in der Lage wäre, das Chaos wegzuschieben. »Du hast recht, ich gehe schon.« Während ich von dannen schlenderte, spürte ich die Verwirrung, die in ihm tobte.

Das Geräusch meiner Absätze auf den polierten Steinen der Straße vor den Häusern der Minister hallte laut in meinen Ohren wider.

»Wer war das?« fragte der zweite Wachposten leise.

Hinter mir wurde Hufschlag laut. Ich trat in den Schatten eines Hauses und blickte zurück. Eine Abteilung Kavallerie ritt heran.

Der Standartenträger war jünger als ich. Er ritt mit gleichgültiger Miene auf einem kastanienbraunen Pferd an mir vorbei, in eine Wolke aus Chaos und Unordnung gehüllt, die durch die Bewaffneten hinter ihm verstärkt wurde.

Ich lehnte mich an die Hausmauer und sammelte meine völlig verwirrten Sinne. Ich vermochte es kaum zu fassen, welche Masse an Chaos-Energie von dieser Schar ausging. Ich staunte und mußte kämpfen, um mich nicht zu übergeben.

Antonin und Sephya – dies mußte ihr Werk sein.

Den Grund kannte ich nicht, aber ich war sicher, daß Antonin die Hand im Spiel hatte, so als hätte er der Stadt seinen Stempel aufgedrückt, wie Onkel Sardit sein Zunftzeichen auf eine Truhe prägte.

Nachdem die Pferde vorübergeritten waren, kehrte ich zurück zu Destrins Haus. Hatte ich unklug gehandelt, als ich dem Wachsoldaten beim Kampf gegen das ungewollte Chaos geholfen hatte? Würde ich das noch einmal tun? Hatte ich tatsächlich eine Wahl gehabt?

In diesem Moment versteckte sich die Sonne wieder hinter den Wolken, und alles wurde grau.

LI

Muster – überall gibt es Muster. So stand es im Buch, und darauf hatten mich alle hinweisen wollen. Indem einige Meister in Recluce Eiskristalle schufen, die so klein waren, daß man sie nicht sehen konnte, hatten sie die Klimaveränderung herbeigeführt, die das Herzogtum Freistadt so hart getroffen hatte.

Auch Menschen schufen Muster. Nachdem ich Destrins Geselle geworden war, veränderte meine Gegenwart die Muster in Fenard. Wie stark hatte die Ordnung, die ich hinzugefügt hatte, die Dinge verändert …? Wer konnte das wissen?

Ehe ich auf Gairloch zur Sägemühle ritt, um mir die schwarze Eiche für die Stühle anzuschauen, ging ich über den Marktplatz, kaufte mir ein Rosinenbrot und grüßte jeden, den ich kannte – oder zu kennen glaubte. Dabei hielt ich wie immer die Ohren offen.

Die Wolken hoch droben waren grau, dennoch war es schwül. Schweiß tropfte mir von der Stirn. Der kurze späte Frühling ging in den Sommer über.

Der Markt sah wie immer aus: viele kleine Buden und Karren, Waren auch auf den grauen Granitplatten. Am Ende des Tages mußte alles weggeräumt werden, wenn die Reinigungsmänner mit den Besen und Abfallkarren kamen.

Der Präfekt war sehr klug, ebenso seine Ratgeber. Es kostete einen halben Silberling, auf dem Markt eine Bude zu haben, und einen Pfennig, wenn man die Waren auf dem Rücken tragen konnte. Aus diesem Grund stand an jeder Straße, die vom Platz wegführte, ein Aufpasser in Lederweste, einen Stock in der Hand. Manche kleideten sich aber auch als Händler oder Schaulustige. Wenn man die Waren nicht in einer einzigen Bude unterbrachte, mußte man einen festen Laden finden oder sie an jemanden verkaufen, der einen solchen besaß.

Alles in allem ging es anständig zu. Diebstahl war selten. Der Präfekt erhielt mühelos Abgaben und Informationen, da sein offener Markt einer der wenigen in Ost-Candar war, auf dem Bestechung selten war. Angeblich waren die Märkte des Autarchen besser, aber die Grenzposten des Präfekten beschlagnahmten sämtliche Waren, die ohne seine Erlaubnis von Süden kamen.

Ich zögerte, als ich mich dem Brunnen näherte.

»... hast du die goldene Kutsche gesehen?«

»... durchs Westtor, vielleicht von den Westhörnern her«, sagte Mathilde, die dicke Blumenverkäuferin, deren Blumen sich selten länger als zwei Tage hielten.

Menschen mit Chaos im Blut sollten nicht mit lebendigen Dingen hantieren, scheinen aber Pflanzen und Tiere zu mögen und genießen Klatsch. Sie quoll schier aus ihrer langen Tunika und der dunkelroten Pumphose heraus.

»Wahrscheinlich jemand aus dem Gefolge des Präfekten«, meinte ich.

»Niemals. Die Kutsche hatte ein blutrotes Banner und war mit zwei bewaffneten Wächtern bestückt. Der Präfekt gestattet keine Bewaffneten zu Pferd innerhalb der Stadttore, abgesehen von seinen eigenen.«

»Vielleicht haben sie vergessen ...«

»Junger Mann, willst du mich auf den Arm nehmen?«

Ich grinste die Blumenverkäuferin an. »Ich hatte nur Mitleid mit den armen Wächtern, die ihren Herrn durch das ganze Land begleiten müssen.«

»Arme Wachen ... vergiß es! Die Kutsche war ein Vermögen wert, und die Wallache, auf denen sie ritten, waren prächtig und glichen einander wie ein Ei dem anderen. In der Kutsche habe ich eine verschleierte Frau gesehen, wie man sie in Hamor nur an die reichsten Landbesitzer verkauft. Auffällig war, daß die Kutsche nur aus Holz und Leder gemacht war, ohne eine Spur Eisen ...«

Ich zuckte mit den Schultern. »Ach, wahrscheinlich irgendein Chaos-Magier unterwegs, um dem neuen Herzog von Freistadt zu helfen. Alle, die ein Vermögen machen wollen, reiten dorthin. Er hat wohl dem Präfekten seine Aufwartung gemacht.«

»Wieder falsch!« Mathilde kicherte. »Die Kutsche steht noch in der Remise des Palasts.«

»Wozu braucht der Präfekt einen Chaos-Magier?« fragte die Alte, die mit Töpfen handelte und diese auf den Rand des Brunnens stellte, der seit meiner Ankunft in Fenard trocken war.

»Angeblich soll Kyphrien ...«, flüsterte Mathilde.

Kyphrien? Ich nahm einen Topf in die Hand. »Kyphrien? Der Autarch?«

»Warum nicht?« meinte Mathilde. »Der Präfekt und der Autarch sind nicht gerade Freunde.«

Ich nickte und stellte den Topf ab. Ich war sicher, daß der zerlumpte Mann, der ebenfalls die Töpfe begutachtete, ein Spion des Präfekten und sehr mit Chaos behaftet war. »Glaubst du, der Präfekt plant etwas?«

Mathilde hatte den Mann in den Lumpen, die allzu sauber wirkten, ebenfalls entdeckt und meinte: »Wer weiß schon, was ein Herrscher plant? Ich verkaufe nur Blumen – wie du dein Holz.«

Ich blickte auf die Blumen und meinte mit gespieltem Bedauern: »Ich würde gern Blumen kaufen, aber jetzt muß ich zur Mühle.«

»Unterstützt du immer noch den heruntergekommenen Schreiner? Warum eröffnest du nicht dein eigenes Geschäft?«

»Ich habe Destrin viel zu verdanken. Eines Tages …«

»Oh … es ist das Töchterlein mit den goldenen Haaren … du willst alles, du bist ein ganz Schlauer …« Sie grinste mich an. Die Topfhändlerin betrachtete uns, als wären wir beide verrückt. Der Spion in Lumpen blickte nur ins Leere.

Ich verließ den Brunnen und schlenderte weiter. Dabei hielt ich wieder die Ohren offen.

»… nie eine besser gegerbte Lederweste westlich von Recluce gesehen …«

»… nur einen halben Silberling samt Scheide …«

»Frische Süßkartoffeln! Frische Süßkartoffeln!«

Ich wischte mir die Stirn mit dem kurzen Ärmel meiner Arbeitstunika ab. Dann sah ich noch einen Mann in sauberen Lumpen, der mir nicht folgte, aber den Waffenhändler beobachtete und die Klingen zählte.

»… vom besten Stahl … sehr biegsam … scharf genug, um damit ein Spinnennetz zu durchschneiden …«

»… feinste hamorische Baumwolle … kühl auf der Haut … von bester Qualität …«

»Winteräpfel, mit dem Zauber der Ordnung, versehen und reif zum Verzehr …«

Ich schüttelte den Kopf über die ungeheuerliche Behauptung des Obsthändlers. Winterhart mochten die Äpfel wohl sein, auch in den kühlsten Kellern gelagert, aber Früchte mit dem Zauber der Ordnung zu versehen bedeutete mehr Arbeit, als jeder Ordnungs-Meister, der einigermaßen klar bei Verstand war, jemals auf sich nähme – es sei denn, es ginge darum, Ungeziefer zu bekämpfen, aber kaltes Wasser und Pflege würden hier das gleiche bewirken.

»… einen halben Kupferling für eine Abenteuergeschichte! Ein Freudenlied …«

Die schlanke Frau stand an der Ecke der fahrenden Sänger und Spielleute. Ihr Körper war zu kräftig und ihre Haut zu glatt für die Bettlerin, die sie spielte.

Ich fragte mich, was der Autarch in Erfahrung bringen wollte und warum Kyphrien so wichtig war.

Am rostigen Tor zum Marktplatz standen drei Wachposten und musterten alle Vorbeigehenden scharf. Zwei trugen die üblichen Lederwesten und Stöcke, der dritte war als Maurer verkleidet und machte sich am Torbogen über einem Ledergeschäft zu schaffen.

Ich ging zurück zu Destrins Haus. Gairloch brauchte Bewegung, und Brettels Sägemühle war so weit entfernt, daß es uns beiden guttat, wenn ich ritt.

Destrin hatte ein großes Problem. Er hatte das Haus mit der Werkstatt von seinem Vater geerbt, der die Bedürfnisse der Kaufleute und ihrer Damen befriedigen konnte. Doch diese Ebene der Schreinerkunst vermochte Destrin nie zu erklimmen. Seine Bänke und Stühle waren so einfach, daß er ins Viertel der einfachen Handwerker hätte ziehen müssen. Aber er weigerte sich, das einst so stolze Haus zu verlassen.

Wieder kamen mir Bedenken, ob es ein guter Einfall gewesen war, uns um den Auftrag für die Stühle des Subpräfekten zu bewerben. Doch ich hatte keine Wahl mehr.

Gairloch spürte, daß ich mir Sorgen machte. Er tanzte umher, während ich ihn sattelte.

»He, benimm dich!« fuhr ich ihn an.

Ständig dachte ich an die Ausschreibung für die Stühle. Eigentlich war es recht einfach gewesen, daran teilzunehmen. Destrin hatte das Papier unterschrieben, und ich hatte es in einen Umschlag gesteckt. Dann hatten wir uns alle am nächsten Morgen auf den Stufen vor dem Haus versammelt.

»Für das Angebot von zehn Goldstücken geht der Auftrag für fünf Stühle an den Schreiner Destrin.«

»Was?« hatte Jirrle mit einem Gesicht geschrien, das vor Wut purpurrot war. Doch ein jüngerer Mann, der ihm sehr ähnlich sah, hielt ihn zurück.

»Es wurden auch Angebote eingereicht von dem Schreiner Jirrle und von Rasten. Falls die Stühle einen Mangel aufweisen, muß der Bewerber eine Strafe von einem Goldstück zahlen, und der zweite Anbieter bekommt den Zuschlag.«

Bei dieser Erklärung war ich zusammengezuckt. Ich war sicher, daß wir Qualität abliefern würden, aber war das ein Schlupfloch, um aus dem Vertrag zu entkommen? Wenn dem so war, wußte auch ich keinen Rat.

Brettels Sägemühle lag eine halbe Meile weiter als die anderen Sägewerke, aber er war – zumindest für mich – der preiswerteste von allen, und er wußte, was geschah. Die anderen Schreinermeister sprachen nicht viel mit mir, da ich nur Geselle war.

»Lerris? Was brauchst du? Vielleicht Abfälle von grüner oder roter Eiche?«

»Eigentlich brauche ich etwas anderes… grüne Zweige für Körbe.«

Brettel schüttelte den Kopf. »So schlimm steht's?«

Ich richtete mich auf. »Schwarze Eiche.«

»Aha! Dann stimmt das Gerücht. Du hast Jirrle und Rasten bei den Stühlen unterboten. Jirrle hat vor Wut geschäumt. Er meinte, Destrin könne keine gerade Speiche drechseln und erst recht keinen Stuhl anfertigen. Ich habe ihm beigepflichtet.« Der Sägemüller grinste. »Ich habe ihm nicht gesagt, daß wohl der Geselle alles macht.«

»Ich? Ein solch armseliger Holzwurm?«

»Hat er dich so genannt?«

»Nicht ins Gesicht ...«

»Schwarze Eiche ist teuer, Lerris.« Brettel machte ein ernstes Gesicht.

»Ich weiß. Wir können bezahlen. Außerdem haben wir ja keine Wahl, oder?«

»Haben die Bänke für die Schenke eurem Geldmangel nicht abgeholfen? Die waren besser als alles, was Hefton je abgeliefert hat.«

»Sie haben uns weitergeholfen, aber die vierteljährlichen Abgaben sind fällig.«

»Deirdre?«

»Wenn wir nicht liefern können ...«

Brettel schüttelte den Kopf. »Das hatte der alte Dorman befürchtet, aber was konnte er schon machen?«

»Ich schulde ihm etwas.«

»Und was ist, wenn der Präfekt herausfindet, daß du ein Meister bist?«

»Brettel, ein Meister bin ich wirklich nicht. Eigentlich habe ich nicht einmal meine Gesellenausbildung ordentlich abgeschlossen.«

Brettel hob die Brauen. Ich merkte, daß ich einen Fehler begangen hatte.

»... aber in Fenard braucht man keine Qualifikation, um in die Zunft einzutreten.«

»Und warum hast du dir Destrin ausgesucht?«

»Ich hatte Schwierigkeiten mit meinem Meister ...«

Brettel nickte, als hätte ich für ihn ein Rätsel gelöst. »Was brauchst du?«

»Schwarze Eiche. Ich möchte mir die Stämme anschauen.«

Er ging ins Lagerhaus.

Ich folgte ihm. Wieder fiel mir auf, wie ordentlich Brettel seine Holzvorräte lagerte.

»Hier. Alles nach Güte geordnet. Die mit zwei roten Strichen kosten ein Goldstück pro Stamm, die mit einem Strich fünf Silberlinge. Die blauen kosten zwei Silberlinge, die gelben einen.«

Ich hatte bereits ausgerechnet, wieviel Hartholz ich für die Speichen, die Verstärkungen und den Rahmen brauchte. Jetzt mußte ich nur noch vier Stämme finden, die den Maßen entsprachen.

»Wieviel mehr, wenn ich auch die Abfälle haben will?«

»Nichts, wenn alles gerade geschnitten wird.«

Unter den blauen Stämmen fand ich zwei passende. Das hieß, ich mußte noch zwei rote nehmen.

Nach geraumer Zeit deutete ich auf die Hölzer. »Die beiden und den da.«

»Den größeren gebe ich dir für fünf Silberlinge.«

Ich betrachtete den Stamm, den Brettel meinte. Wieder war ich mir meiner doppelten Sehfähigkeit bewußt. Von außen sah das Holz hervorragend aus, aber das Herzstück war nicht alt und hart, sondern weich wie ein Schwamm. Wenn man schwarze Eiche kaufte, bezahlte man den hohen Preis, weil das Holz so hart war, daß es praktisch nicht kaputtging und man es nur mit dem besten Stahl schneiden und formen konnte.

»Der ist nicht gut«, erklärte ich Brettel.

»Doch, beste Qualität«, widersprach er.

»Aber nicht das, was Destrin braucht. Entweder den da ...« – ich zeigte auf einen kleineren Stamm rechts – »... oder den da drüben.«

Brettel hielt mich wohl für verrückt, weil ich zwei kleinere dem großen Stamm vorzog. »Das macht fünf Silberlinge für jeden der roten.«

»Ja, die brauche ich.«

Brettel markierte die vier Stämme mit einem großen *D* unter einem Halbkreis, Destrins Zeichen. »Wer zahlt?«

»Das erledige ich.« Ich hatte die Münzen in meinem Beutel. Brettel war ehrlich, aber er würde die schwarze Eiche nicht auf mein Wort allein hin zersägen. Ich hielt ihm die Münzen hin. Er überprüfte sie.

»Willst du es gleich geschnitten haben?«

»Ja, wenn möglich.«

»Heute läuft alles langsam. Solange der Zauberer im Palast ist, arbeiten die Menschen nicht. Sie haben Angst, irgend etwas zu tun.«

»Auf dem Markt habe ich etwas über eine Kutsche gehört ...«

»Gewiß Antonins Kutsche. Er kommt oft her, um mit Gollard zu sprechen.«

»Gollard?«

»Dem Präfekten.«

»Hat das mit Kyphros zu tun?«

»Gollard wollte die Schwefelquellen in den Kleinen Osthörnern zurückhaben.« Der Sägemüller beförderte mit einer Eisenstange und Krampen einen Stamm auf den Karren.

»Kann ich helfen?«

»Nein, du kämst mir nur in die Quere.«

»Klingt, als ob er noch mehr Schießpulver herstellen will.« Warum, war mir unklar, denn jeder mit einem Quentchen Chaos-Fähigkeit konnte das Teufelszeug aus der Entfernung zünden.

»Wer weiß.« Brettel nahm sich den dritten Stamm vor. »Die Kavallerie des Autarchen hat Gollards Elitetruppen vernichtet. Mit frischen Rekruten. Irgendein Weib hat seinen Schwiegersohn getötet.« Brettel hielt inne und grinste mich an. »Da haben nicht wenige Menschen gejubelt.«

Ich schüttelte den Kopf. Obwohl ich schon geraume Zeit in Fenard war, hatte ich immer noch keine Ahnung, warum der Präfekt und der Autarch sich so haßten. »Warum?« fragte ich.

»Warum *was?*« Brettel beförderte den letzten Stamm, als wäre er ein Zahnstocher. Ich hätte das mit Sicherheit nicht gekonnt.

»Warum bekämpfen sich der Autarch und der Präfekt?«

Brettel band die Stämme auf dem Karren fest. »Angeblich soll ihre Mutter die Tochter eines Zauberers sein ...«

Mir fiel der Unterkiefer herab. Ich hatte angenommen, der Autarch sei ein Mann.

»... und außerdem soll die Mutter mit ihren Ränken das Gebiet südlich der Kleinen Osthörner eingenommen haben, das vorher zu Gallos gehörte. Nach dem Tod des Prinzen eroberte die Mutter das alte Analeria. Die Tochter übernahm vor einigen Jahren die Herrschaft und eignete sich Teile der Westhörner an, die Hydlen für sich beanspruchte, aber nie tatsächlich beherrschte. Gollard hielt die Tochter für keine Zauberin, deshalb wollte er Kyphros zurückerobern.«

Brettel räusperte sich, ehe er fortfuhr. »Beinahe hätte er es geschafft. Ihr Heer und die Kavallerie konnte er besiegen, doch dann empörten sich die Bauern, verbrannten ihre Felder und öffneten die Deiche. Die Kavallerie war im Schlamm manövrierunfähig. Es wurden Fehler begangen. Niemand weiß, warum Gollard sein halbes Heer und die meisten seiner Offiziere verlor, statt einen Sieg davonzutragen.

Der Autarch nahm Frauen in das Heer auf, die besten, die zu finden waren. Obgleich Gollards Truppen meistens verlieren, hat der Autarch nie sein Land betreten.«

Jetzt näherten wir uns dem Sägewerk. Die Riemen des Wasserrads standen still.

»Wie soll ich schneiden?«

Ich nahm den Fettstift und zeichnete ihm auf, welche Seite ich aus jedem Stamm wollte.

»Gut. Bretter und Vierecke liefere ich heute nachmittag.«

»Sehr gut.« Ich verstand die Andeutung und ging zu Gairloch. Brettel stellte die Säge ein.

Gairloch wieherte, als er mich sah. Ich tätschelte ihm den Hals. Dann schob ich sein Maul von den Taschen weg, da diese leer waren.

Kyphros gegen Gallos – Ordnung gegen Chaos? War es wirklich so einfach? Frau gegen Mann? Je mehr ich erfuhr, desto weniger begriff ich. Ich glaube aber, ich war keineswegs der erste Mensch, dem es so erging.

»Nun komm schon!« Ich ruckte mit dem Zügel. Am Mühlenwehr hielt ich an, damit Gairloch von dem kalten Wasser trinken konnte. Und danach kaufte ich beim Getreidehändler einen kleinen Sack Hafer für mein gutes Reittier.

LII

Nun hatten wir den Zuschlag für die fünf Stühle des Subpräfekten und das geeignete Holz von Brettel. Jetzt mußten wir uns an die Arbeit machen.

Abgesehen von der Arbeit machte ich mir über viele Dinge Sorgen. Ich hatte Angst, Destrin könne sterben, Bostric könne mit dem Hobel ausrutschen, oder ich könne unvorsichtig werden.

Ich hatte Angst, Jirrle werde einen Weg finden, mich anzugreifen. Oder daß Antonin herausfände, wo ich mich aufhielt, und mich angriffe. Obgleich ich gut aß, wurde ich ständig dünner.

»Du siehst müde aus«, sagte Deirdre.

So fühlte ich mich auch. Jeden Abend stellte ich Abwehrstäbe um die Werkstatt auf, war aber nicht sicher, ob sie uns tatsächlich schützten. Deshalb behielt ich meinen Stab neben dem Bett.

Mit meinen Sinnen studierte ich ständig das Holz, um zu vermeiden, daß verborgene Sprünge den fertigen Stuhl später verunzieren würden. Als ich zwei aufspürte, hielten Bostric und Destrin mich für verrückt, weil ich mich weigerte, Holz zu verarbeiten. das sie für tadellos hielten.

»Das Holz ist einwandfrei, Lerris.«

»Nein, es ist fehlerhaft.«

»Wo denn?«

»Es ist nicht gut, Schluß.« Wie konnte ich es ihnen erklären, ohne ihnen zu offenbaren, daß ich ein angehender Ordnungs-Meister war?

»Wenn es der verehrte Schreinermeister behauptet, der sich als Geselle ausgibt, muß es so sein.«

Am meisten störte mich bei Bostrics schnoddriger Bemerkung, daß Destrin dazu nickte.

Ich war beleidigt und machte ein so finsteres Gesicht, daß Deirdre sich mittags und abends beim Essen von mir fernhielt.

Ich übernahm das letzte Schmirgeln selbst und rührte auch den Firnis selbst an, bis er nicht nur gut aussah, sondern sich auch durch und durch gut anfühlte. Dann wendete ich viel Zeit auf, die Ordnung in den Stühlen zu stärken, bis das Chaos persönlich nur mit Mühe darauf hätte sitzen können.

Wir hatten die fünf Stühle fertig. Und es war gute Arbeit.

Brettel lieh uns einen Karren, den Gairloch zur Treppe vor dem Haus des Subpräfekten zog.

Ich hatte nicht mit einem solchen Empfangskomitee gerechnet. Nicht nur Jirrle war da und warf mir finstere

Blicke zu, sondern auch Perlot und mehrere Schreiner, die ich nicht kannte.

Der Subpräfekt war nicht da, nur ein Mann in Uniform, irgendein Beamter.

Als erstes mußten wir die Stühle nebeneinander aufstellen. Mit undurchdringlicher Miene musterte der Uniformierte alles ganz genau, jede Verbindung, von oben und von unten. Er strich über sämtliche Oberflächen.

Bostric stand neben mir. Er schwitzte, obwohl es bewölkt war und die Sommerhitze noch nicht eingesetzt hatte.

Mir war klar, daß diese genaue Inspektion ganz und gar nicht üblich war.

Ich fühlte mich sicherer, weil Perlot anwesend war. Jedesmal wenn der Uniformierte das Gesicht verzog und Jirrle Hoffnung schöpfte, lächelte er mir aufmunternd zu.

Schließlich erklärte mir der Beamte: »Die Stühle sind zufriedenstellend.« Er holte ein Papier hervor, ein Diener reichte ihm den Schreibstift. »Mach unten dein Zeichen.«

Ich las das Schreiben. Es besagte lediglich, daß der Subpräfekt fünf Stühle für zehn Goldstücke annahm. Ich zeichnete für Destrin.

Der Beamte hob die Brauen, schwieg jedoch.

Jirrle schob sich näher an die Stühle heran, um sie anzuschauen. Schließlich schüttelte er den Kopf und blickte mich sehr, sehr lange an. Ich wartete nur auf die Münzen. Sie wurden mir in einem Lederbeutel übergeben.

Obwohl ich sicher war, daß die Goldstücke echt waren, prüfte ich sie mit meiner Degenklinge, was jeder andere Meister getan hätte. Der Beamte nickte und schien zufrieden zu sein.

Jirrle blickte auf die Stühle und starrte dann wieder mich an. Erst dann ging er zurück zur Hauptstraße.

Dann trat ein anderer Schreinermeister auf die Treppe

und sah sich die Stühle an. Im Gegensatz zu Jirrle kam er danach zu mir. »Gute Arbeit!« Er nickte freundlich. Er war innerlich und äußerlich ehrlich, aber ich spürte einen Hauch von Krankheit.

Schließlich trug der Diener die Stühle ins Haus.

»Das ist alles«, erklärte der Beamte.

Ich neigte den Kopf. »Danke.«

Er beachtete mich nicht weiter und ging ins Haus.

»Verdammt gute Arbeit!« meinte Perlot mit rauher Stimme.

Gairloch scharrte mit den Hufen – er wollte aus dem Geschirr. Bostric blickte unruhig zwischen dem Pferd und mir hin und her.

»Danke.«

»Nein, ich meine es ernst. Sedennial suchte nach einem Grund, die Stühle abzulehnen, fand aber keinen.«

Ich war seiner Meinung. Die Stühle waren gut. Sie hatten mich viel Schweiß gekostet.

»Du hast die anderen unterboten – um viel, wenn ich die Qualität bedenke«, sagte Meister Perlot.

»Meister Jirrle schien empört zu sein«, meinte ich.

»Er war empört. Aber, verdammt, er kommt darüber hinweg. Guten Tag, Lerris.«

Perlot lächelte kurz und marschierte davon. Er schien mit der Welt zufrieden zu sein, als er uns verließ. Und wir hatten die zehn Goldstücke. Das war das wichtigste. Fünf davon waren für die vierteljährliche Abgabe bestimmt.

»Und was tun wir jetzt?« fragte Bostric und wischte sich die Stirn ab.

»Wir fahren zurück und suchen uns neue Aufträge. Hoffentlich solche, bei denen du mehr tun kannst.«

Bostric schluckte. »Ich bin einfach nicht so gut.«

»Noch nicht. Das heißt nicht, daß du es nicht lernen kannst.« Ich führte Gairloch zur Hauptstraße, dann stieg ich auf den Kutschbock. »Komm, steig auf.«

Bostric kletterte zu mir herauf. Wir fuhren zur Werkstatt, um ihn abzusetzen, danach mußte ich den Karren bei Brettel abliefern.

LIII

Ein Gesicht im Fenster fiel mir auf. Was wollte Perlot in unserer Werkstatt? Destrin lag oben und ruhte sich aus. Eigentlich oblag es mir nicht, mit einem anderen Zunftmeister zu sprechen.

Ich legte den Hobel weg und ging Perlot entgegen. Dabei stieg mir der Duft nach Graupensuppe in die Nase. Wir hatten bereits gegessen, nur Destrin nicht. Wahrscheinlich reichte Deirdre ihrem Vater gerade das Mittagessen.

Bostric schaute auf.

»Mach weiter!« sagte ich zu ihm. »Und überleg dir, wo die Maserung zusammentrifft.«

»Es ist nur eine Bank für die Schenke. Doch ich werde die Worte der Weisheit beachten.«

Perlot hatte die Werkstatt betreten und wartete ab. Er trug seine lederne Arbeitskleidung, ein grobes Hemd und eine Weste.

»Ich bitte um Entschuldigung, Zunftmeister. Destrin ist im Augenblick nicht da.« Ich neigte den Kopf.

»Keine Entschuldigung nötig, Lerris. Heute abend treffen sich einige von uns in der Schenke. Ich habe gehofft, du kämst auch. Dein Lehrling könnte sich zu Grizzard und seinen Kameraden setzen.«

Die Einladung war ernst gemeint und eigentlich die Erklärung, daß die anderen Schreiner mich akzeptiert hatten. Hatte Brettel das bewirkt? »Ich danke, es ist mir eine große Ehre.«

Perlot lächelte. »Ich glaube, die Ehre ist ganz auf unserer Seite. Destrin hat Glück gehabt, als er dich fand. Gut, bis heute abend.« Er nickte mir zu und ging.

Erst nachdem er gegangen war, seufzte ich. Perlot war durch die ganze Stadt gekommen, um mich einzuladen. Vielleicht hatten meine Pläne doch Aussicht auf Erfolg.

Bostric zog die buschigen roten Brauen hoch.

»Wir sind eingeladen, mit den anderen Schreinern nach Feierabend etwas zu trinken.«

Bostric nickte nur, als wäre es die natürlichste Sache der Welt. Vielleicht war es für ihn so. Ich hatte ihn ermutigt, seine freie Zeit mit anderen Lehrlingen zu verbringen, da er in Zukunft diese Kontakte brauchen würde, wenn meine Hoffnungen sich erfüllten.

Ich griff wieder zum Hobel und betrachtete sehr lange den inneren Rahmen der Kommode. Irgend etwas war nicht richtig. Ich hobelte und änderte die Stütze für die zweite Schublade. Danach ging es mir leichter von der Hand. Ich richtete mich nach einem Plan von Dorman.

»Lerris ...?«

Ich schüttelte den Kopf, als mir klar wurde, daß ich über meiner Arbeit wieder einmal die Zeit vergessen hatte.

»Ja?«

»Hadmit hat gerade sein Geschäft geschlossen«, meinte Bostric taktvoll.

Der Goldschmied hatte länger offen als alle anderen. Ich räumte das Werkzeug auf. Bostric hatte bereits Destrins Werkzeug aufgeräumt.

Ich sagte Deirdre, daß wir fortgingen. Wir wuschen uns und gingen über den Marktplatz. Mir lag nur im Magen, daß ich Gairlochs Stall sauber machen mußte, wenn ich zurückkam. Und morgen früh mußte ich mit ihm ausreiten.

Wir waren am Ende der Mühlenstraße, als eine Abteilung der Kavallerie des Präfekten zu ihrer Unterkunft ritt. Wir mußten warten und konnten die Straße nicht überqueren. Drei Pferde am Ende trugen keine Reiter, und den letzten Sattel verunzierte ein dunkler Fleck.

Der Geruch von Schweiß und Blut umgab die Reiter wie ein Nebel. Doch verbarg dieser nicht das Chaos, das an ihnen und ihren Säbeln haftete. Für meine Sinne schimmerten die Klingen wie dunkelrote Glut.

»Macht Platz … macht Platz …«

Weder Gefangene noch Leichen.

Ich blickte Bostric an. »Schlechte Nachrichten«, sagte ich und schüttelte den Kopf.

Die Schenke hatte sich nicht verändert. Selbst ohne ein Feuer im Kamin war es rauchig.

»Lerris!« Perlot hatte auf mich gewartet. Schnell ging ich zu ihm und überließ Bostric sich selbst.

»Tut mir leid. Wir haben ein bißchen zu lange gearbeitet, und dann hat uns noch die Kavallerie des Präfekten aufgehalten.«

Perlot stellte mich der Runde vor. »Das ist Jirrle, sein Sohn Deryl, Rasten und Ferralt. Üblicherweise ist auch Hertol dabei.« Er legte mir die Hand auf die Schulter. »Das ist Lerris, der sich entschlossen hat, Dormans Tradition zu folgen. Er hätte mir Konkurrenz gemacht, hätte ich mich nicht entschieden, Kindermöbel zu mehr als einem günstigen Preis zu fertigen.«

Alle lachten. »Was trinkst du, Lerris?«

Ich lächelte etwas dümmlich. »Rotbeerensaft, Meister«

»Sag einfach Perlot zu mir.«

»Was war mit den Soldaten?« fragte Deryl.

Ich zuckte mit den Schultern. »Keine Ahnung. Die Kavallerie ist vorbeigeritten. Sah so aus, als hätten sie verloren. Leere Sättel, keine Gefangenen. Und alle wirkten sehr müde. Mehrere Pferde …«

»Ach, zum Teufel!« rief der Mann mir gegenüber. »Er hat wieder Streit mit dem Autarchen.«

Neben Perlot tauchte wieder das dünne Mädchen mit der Narbe auf. Die Wölbung unter ihrer Schürze wies darauf hin, daß sie mit jemandem mehr als nur herumgetändelt hatte. »Was darf es sein, Meister?«

»Rotbeerensaft für Lerris und noch ein Bier für mich.« Der Meister reichte ihr den leeren Humpen.

»… der Autarch hat ausreichend Schlagkraft bewiesen, indem die Rebellen aus Freistadt erledigt wurden.«

»Ich nehme an, der Präfekt sollte Ärger mit Kyphros vermeiden«, sagte ich höflich.

Jirrle räusperte sich. »Gallos hat eine stolze Geschichte. Der Autarch sollte diese Geschichte und die naturgegebene Geographie ehren.«

»Er meint«, erklärte der glatzköpfige Ferralt grinsend, »daß der Präfekt das alte Gallos wiederhaben will und noch ein gutes Stück Land dazu.«

»Ferralt!« fuhr ihn der ältere Mann an. »Ich habe gesagt, was ich meine.«

»Er gehört zum Rat des Präfekten«, flüsterte Perlot.

»Sind alle Soldaten des Autarchen Frauen?« fragte ich.

»Hölle, nein!« erklärte Deryl und stellte den Humpen mit lautem Knall ab. »Nur die besten.«

»Hier der Rotbeerensaft und das Bier!«

Ich gab der Schankmaid zwei Kupferlinge. Perlot war überrascht, protestierte jedoch nicht.

»Soldatinnen sind unzivilisiert«, erklärte Rasten.

»Damit will er sagen, daß sie nur kämpfen, wenn sie ihres Sieges sicher sind«, meinte Ferralt.

»Wie die, über die Torrman sich beschwert hat?«

»Die Schwarzhaarige, die der Autarch höher als seinen Vetter befördert hat.«

Ich trank einen großen Schluck Rotbeerensaft. »Könnte mir das jemand erklären?«

Rasten blickte Ferralt an, der grinste. »Torrman ist mit meiner Schwester verheiratet«, erklärte Ferralt. »Sein Vetter heißt auch Torrman, allerdings trat er in den Dienst des Autarchen, weil der vorige Präfekt … aber das ist eine lange Geschichte. Wie auch immer, der jüngere Torrman war an der Reihe, Unterkommandant zu werden, aber ein neuer Hauptmann, ein Weib, führte irgendeinen Trick mit Wasser vor und vernichtete die Rebellen aus Freistadt, ohne einen einzigen Mann zu verlieren.«

»Ja, der Autarch hat sie statt dessen befördert. Torrman forderte sie zu einem Duell heraus, und das Miststück hat ihn nach Strich und Faden blamiert. Er wendete einen schmutzigen Trick an und warf ihr etwas in die Augen. Das hielt sie aber nicht davon ab, ihm die Schwerthand abzuschlagen, blind – das beschwört er. Der Autarch erteilte ihm eine Pension – und eine Warnung.«

»Und das glaubt ihr?« fragte ich. Ich glaubte es, aber ich wollte herausfinden, ob Ferralt noch mehr wußte.

»Es stimmt«, erklärte Jirrle. »Das Miststück stammt aus Recluce. Dem Autarchen, dieser verfluchten Hure, ist es einerlei. Ihr liegt nur etwas daran, daß ihre Truppen die besten sind.«

Schweigen legte sich kurz auf die Runde am Tisch.

»Lerris, was hat dich hierhergeführt?« fragte Perlot.

»Recluce, muß ich gestehen.« Ich trank noch einen Schluck und zerbrach mir den Kopf, wie ich nahe an der Wahrheit bleiben konnte. »Wie ich Perlot bereits sagte ...« Ich deutete auf den Meister. »Nachdem ich meine Lehre aufgegeben hatte, versuchte ich in Freistadt mein Glück zu machen, doch da geriet der alte Herzog mit Recluce in Streit. Die Regenfälle kamen und verwandelten die Wiesen in Sümpfe. Die Wolken blieben, und dann war der Herzog tot, und Zauberer trieben überall ihr Unwesen.« Innerlich zuckte ich bei dieser Übertreibung zusammen. »Deshalb habe ich meine Habseligkeiten zusammengepackt, mir ein Pferd besorgt und bin fortgeritten.«

»Weshalb bist du so weit geritten, und woher stammst du ursprünglich?« fragte Jirrle.

Ich zuckte mit den Schultern. »Wie ich Destrin schon sagte, bin ich eigentlich nur ein besserer Lehrling. Ich habe kein Zertifikat der Zunft. Hrisbarg ist zu klein, um einen zweiten Schreiner zu verkraften.« Ich hob die Brauen. »Habt ihr Howlett und Montgren gesehen?«

Alle außer Jirrle lachten. Ich fuhr fort, ehe Jirrle mich nochmals nach meiner Heimat fragen konnte. »Und was Jellico betrifft – da kann ich ohne Erlaubnis und Siegel nicht einmal über die Straße gehen. Was sollte ein armer Schreinerlehrling also tun? Was hättet ihr getan?« Bei dieser Frage blickte Deryl auf.

»Ich schätze, jeder wäre nach Fenard gekommen, so wie du. Wie hast du die Osthörner überquert?«

»Leicht war's nicht. Vor allem kalt, weil ich es mir nicht leisten konnte, in den Herbergen zu übernachten.« Das hatte ich mir tatsächlich nicht leisten können, doch nicht wegen der Kosten. Es tat mir weh, die Tatsachen zu verdrehen. »Es hatte noch nicht sonderlich viel geschneit, aber ich mußte warten, bis eine Karawane einen Weg gebahnt hatte. Ich hatte Angst, der arme Gairloch wäre nur noch Haut und Knochen, wenn wir in Passera ankämen.«

»Und wie bist du nach Jellico gekommen?« erkundigte sich Rasten.

»Möchte noch jemand etwas trinken?« fragte die Schankmaid.

»Für mich nichts«, sagte Perlot.

»Ich möchte auch nichts mehr«, erklärte ich.

»Noch einen Humpen.«

»Für mich auch.«

»Ich hatte Glück und traf einen Heiler, dem ich mich für ein Stück des Weges anschloß. Aber dann hatte er geschäftlich in Jellico zu tun.«

Jirrle machte ein nachdenkliches Gesicht, während er aus dem braunen Humpen trank.

»Woher stammt das Muster für den Stuhl, den du für Wryson gemacht hast?« fragte Perlot.

»Ich habe in Dormans Buch geblättert. Dann habe ich ein paar Sachen geändert, um ihn für Wryson passend zu machen.«

»Er ist ein Diplomat«, meinte Ferralt und kicherte. »Die Verstärkungen sind genial. Hast du Einwände, wenn ich mich auch daran versuche?«

»Keineswegs. Aber vielleicht findest du eine noch bessere Methode. Ich habe den Stuhl in aller Eile gemacht.«

»Und warum den Kindertisch?« fragte Rasten.

»Das war eigentlich eine Aufgabe für Bostric. Er hat wirklich ein gutes Gefühl für Holz entwickelt. Da wollte ich ihm etwas geben, das ... nun ja.« Ich brach ab und hoffte, sie verstünden mich.

Sogar Jirrle nickte bedächtig.

»Vielleicht sollten wir mehr derartige Arbeiten machen«, meinte Deryl. »Viele der Adligen zahlen gut für Kindersachen. Warum nicht auch für Möbel? Ich habe von dem Miniaturpalast in Hamor gehört.«

Die Schankmaid stellte die Humpen auf den Tisch. Ich blickte zu dem Tisch hinüber, wo die Lehrlinge saßen. Sie schienen sich gut zu amüsieren. Offenbar war Bostric redselig und unterhielt alle.

»... und dann redet er von der Maserung, ständig geht es um Maserung ... und wie sich Holz anfühlt ... manchmal ist es unheimlich, weil ich dann glaube, er fühlt das tatsächlich ...«

»Ach, zur Hölle ... das können sie alle. Schließlich sind es Zunftmeister ...«

»Welche Arbeiten hast du als nächstes geplant?« fragte Jirrle nachdenklich.

»Nicht viel. Wir rackern uns noch immer ab. Eine Kommode, ein Stück für eine Aussteuer und mehrere Bänke für die *Horn*-Schenke ...«

»Es wird noch weitere Aufträge geben«, meinte Perlot. »Bei soviel Lob von Wessel.«

»Wir tun, was wir können.«

Die Tür öffnete sich. Ich sah, daß es stockdunkel geworden war.

»Was ist mit …?« fragte Ferralt und blickte zu Deryl.

»Ich muß gehen.« Ich stand auf. »Destrin fühlt sich nicht gut, und ich muß das Pferd füttern …«

»Ach, schade, bleib doch noch ein bißchen«, sagte Jirrle.

Mir war klar, daß seine Worte falsch waren, aber dennoch schien er zu wollen, daß ich bliebe.

»Ich wünschte, ich könnte, aber …«

»Vielleicht hören wir beim nächsten Mal mehr«, meinte Perlot.

Ich nickte, würde jedoch nicht mehr erzählen als bisher. Beim Hinausgehen blieb ich bei Bostric stehen. »Du kannst noch bleiben.«

»… ist das nicht unheimlich …«

»… so alt nicht …«

Ich trat in die Nacht hinaus und unterdrückte einen Seufzer. Früher oder später – und wahrscheinlich früher – würden mich die Mutmaßungen der anderen dazu bringen, zuviel preiszugeben. Die Wolken vom Nachmittag waren verweht. Sterne glitzerten. Über dem westlichen Horizont stand die dünne Mondsichel.

Die Laternen weiter vorn bei der *Horn*-Schenke schaukelten in dem Wind, der den Geruch nach Heu von den Wiesen im Norden Fenards herbeitrug.

Jirrle – der Mann bereitete mir Kopfzerbrechen, seit er bei unserer ersten Begegnung die Kästchen auf dem Markt betrachtet hatte.

Es war noch früh am Abend, dennoch waren die Straßen fast leer. Alle anständigen Bürger waren nach Hause gegangen. In Fenard fing man bei Tagesanbruch an zu arbeiten. Ich gähnte, dann fiel mir ein, daß ich noch Gairlochs Stall säubern mußte.

Schnell ging ich weiter. Kurz vor der nächsten Querstraße blieb ich wie angewurzelt stehen. Das Gefühl von

Unordnung vor mir lähmte mich. Ich trat mehrere Schritte zurück und preßte mich in den Schatten. Ich wünschte, ich hätte meinen Stab bei mir.

Ich vernahm leise Schritte.

Ich hüllte mich in einen Schutzschild. Dabei hoffte ich, daß ich das Richtige tat, und weiter vorn nur bewaffnete Meuchelmörder und kein Chaos-Meister auf mich warteten.

Zwei Männer tauchten auf. Ich vermochte sie nur zu spüren, nicht zu sehen. Der eine war älter, sehr schlank und vom weißroten Chaos-Feuer gefärbt. Der andere Mann war ein gedungener Mörder mit ein wenig Unordnung in sich, doch ohne Chaos.

Sie spähten die Straße auf und ab und näherten sich mir.

Da ertönten schwere Schritte hinter mir, aus Richtung der Schenke. Ich zwang mich, ruhig zu atmen, während ich mit dem Rücken an der Hausmauer stand. Ich kam mir nackt vor. Ich mußte mich auf den Schutzschild verlassen, da das Messer in meinem Gürtel gegen die Klingen der Männer nicht viel ausrichten konnte.

Von der Schenke kamen zwei kräftige Burschen mit gezückten Klingen. Ich hielt den Atem an, als die Männer an mir vorübergingen.

»… verschwunden …«

»… habe gesehen, wie er die Schenke verlassen hat.«

»Hier ist er aber nicht.«

»… in einem Haus?«

Leise entfernte ich mich, ließ jedoch den Schutzschild erst fallen, als ich sicher in Gairlochs Stall angelangt war.

Er wieherte freudig.

Als erstes gab ich ihm etwas zu fressen, dann striegelte ich ihn lange und dachte nach. Schließlich mistete ich den Stall aus.

Es war spät, als ich die Werkstatt betrat. Bostric richtete gerade sein Lager her.

»Und, wie war es?« fragte ich ihn und wusch mir die Hände.

»Gut. Die anderen haben gesagt, du wärst ein typischer Wanderer und würdest bald weiterziehen. Stimmt das?« Bostric hatte wohl mehr als ein Bier getrunken, sonst hätte er nie gewagt, mir diese Frage zu stellen.

Ich zuckte mit den Schultern. »Schon möglich. Schlaf jetzt.«

Er schlief sogleich ein. Ich dachte an die Bewaffneten. Jirrle hatte eindeutig von dem geplanten Anschlag auf mein Leben gewußt. Ich war allerdings nicht sicher, ob er selbst die Meuchelmörder auf mich angesetzt hatte. Da alle Klingen sich für mich gleich angefühlt hatten, waren es bestimmt Söldner des Präfekten gewesen.

Mir lief die Zeit davon. Bis jetzt hatte niemand direkt etwas gegen mich unternommen. Doch ab heute mußte ich mich vor Meuchelmördern in acht nehmen.

LIV

In jener Nacht schlief ich nicht gut. Ich hatte die Abwehrstäbe aufgestellt, aber dennoch warf ich mich unruhig auf dem schmalen Lager umher. Mir brach der Schweiß aus, als ich über das nachdachte, was ich bereits wußte. Das ›J‹ auf dem Steuerbescheid mußte von Jirrle stammen. Er war eine Art Berater des Präfekten und mochte mich nicht besonders – milde ausgedrückt.

Plötzlich donnerte es. Aber das war nicht der ehrliche Donner, wenn Wolken miteinander streiten, auch nicht der Donner von Menschenhand, wenn Schießpulver explodiert. Nicht einmal der illusorische Donner des Windes, mit dem Chaos-Meister die bereits vorhandenen Ängste unwissender Menschen verstärken. Ich hatte Donner wie diesen nur einmal gehört; das war in der Ebene von Certis, als Eisstürme mich vernichten wollten.

Irgendwann schlief ich doch noch ein. Als ich kurz vor Tagesanbruch hochschreckte, konnte ich mich an keinen Traum erinnern. Ich war schweißgebadet, obwohl die Nacht für Ende des Sommers zu kalt gewesen war.

Nachdem ich den Abort aufgesucht und mich hinter dem Haus kalt gewaschen hatte, fühlte ich mich wieder einigermaßen menschlich. Deirdre brachte auf einem Tablett Brötchen und Obst.

Wir hätten oben in der Wohnung frühstücken können, taten das aber nicht, weil ich früh mit der Arbeit beginnen wollte, vor allem bei warmem Wetter.

»Ach ... warum nur bin ich der Lehrling eines Meisters, der den frühen Morgen so liebt?« klagte Bostric wie jeden Morgen. Er sah schlimmer aus, als ich mich gefühlt hatte. Er spritzte sich etwas Wasser ins Gesicht und verschlang alles, was ich ihm übrig gelassen hatte.

»Alle sprechen von dir«, meinte er.

»Ach ja?« Ich verglich die Kommode mit den Plänen und Skizzen im Buch.

»Jirrle glaubt, du kämst aus Recluce.«

Ich schluckte, sagte aber nichts.

»Deryl meint, du willst Deirdre und die Werkstatt, und Grizzard findet dich überhaupt nicht bemerkenswert und versteht nicht, warum man soviel Wirbel um dich macht.«

Ich trank den Rotbeerensaft aus und stellte den Krug ab, sagte aber nichts.

»Jirrle hat zu Deryl gesagt, daß die Stühle für den Subpräfekten Ärger brächten ... aber er hat nicht gesagt, wieso.«

Ärger? Die Stühle brachten Ärger? Mich schauderte. Ich erinnerte mich an die Reaktion meines Stabs auf Chaos. Und die Stühle waren aus schwarzer Eiche gemacht.

»Geht's dir nicht gut?«

Ich schüttelte den Kopf. »Mir geht's gut. Ich habe nur etwas vergessen.« Ich mußte mit Brettel sprechen. Obwohl die Truhe für Dalta fertig war, hatte ich sie noch nicht zu Brettel gebracht, weil ich ihn nicht so bald schon wieder belästigen wollte, auch wenn er Deirdres Taufpate war. Er hatte bereits soviel für uns getan. Außerdem hatte ich Bostric noch nicht genügend vorbereitet. Aber ich mußte jetzt in jedem Winkel mit den Meuchelmördern des Präfekten rechnen.

Mit Ausnahme von Jirrle hatte ich keine Ablehnung gespürt, aber ich fühlte, wie eine gewaltige Macht jenseits meiner Wahrnehmungskraft auf mich zuraste. Oder bildete ich mir das alles nur ein? Glaubte ich, Dinge wahrzunehmen, die ich in Wirklichkeit gar nicht spürte? Die Welt der Ordnung und der Gedanken schuf Verwirrung in meinem Leben, statt sie zu beseitigen.

Der Sommer neigte sich bereits dem Ende zu. Das Gras wurde braun.

Destrin mußte jeden Tag längere Ruhepausen einlegen, während ich die Arbeiten erledigte. Doch manchmal bestand er darauf, an den Bänken zu arbeiten, obgleich er sich die Lunge aus dem Leib hustete.

Jetzt wieder. »Laßt doch Bostric die Streben fertig machen«, sagte ich zu ihm.

»Ich bin gerade erst heruntergekommen. Willst du mich aus meiner Werkstatt vertreiben, Lerris? Ich bin hier der Meister. Es ist mein Geschäft, und ich lasse mir von keinem Fremden sagen, wie ich es führen soll.« Er blickte mich empört an.

»Ich will Euch keineswegs vertreiben. Bostric ist Euer Lehrling, er ist hier, um Euch zu helfen. Wenn ich ihm bei der Ausbildung helfen kann, tue ich das gern. Aber wie kann er Euch helfen, wenn Ihr darauf besteht, alles selbst zu tun?« verteidigte ich mich und verstärkte die Ordnung in seinem System, aber nur ein wenig. Destrin war so hinfällig, daß vermehrte Ordnungs-Kraft ihm mehr geschadet hätte als das Husten.

»Papa …«, mischte sich Deirdre ein. Immer wenn sie mit ihrem Vater sprach, war ihre Stimme fest, ganz gleich wie weh es ihr im Innern tat.

»Ihr alle wollt mich aus dem Weg haben«, beschwerte sich Destrin, als Deirdre ihn die Treppe nach oben führte.

Sobald Destrin außer Sicht war, legte ich den Hobel weg und winkte Bostric zu der Bank, auf die Destrin sich mehr gestützt als an ihr gearbeitet hatte.

»Kannst du die Bank fertig machen?« fragte ich ihn.

Bostric betrachtete die Sitzfläche. »Und wie soll ich das wieder in Ordnung bringen?« Offenbar hatte Destrin bei einem Hustenanfall eine Vertiefung hineingehobelt.

»Du kannst ein Ornament daraus machen.«

Bostric leckte sich nervös die Lippen.

»Nur zu. Destrin kann die Bank nicht fertigstellen.« Mir war nicht bewußt, wie wahr diese Worte wirklich waren.

»Lerris?« rief Deirdre von der Treppe aus. Offenbar brauchte sie mich. Sie bewältigte so viele Aufgaben, machte die Buchführung, nähte Kissen und führte den Haushalt vorbildlich. Nie hatte sie um etwas gebeten. Hinter ihrer stillen Fassade war ein eisenharter Wille verborgen.

»Ich komme gleich«, rief ich und ging hinter ihr nach oben in die Wohnung.

»Papa stöhnt. Er erkennt mich nicht.« Ihre Näharbeit lag sorgsam zusammengefaltet auf dem Tisch beim Fenster. Wahrscheinlich verdiente sie mehr mit dem Nähen als Destrin mit den Bänken, und bestimmt sparte sie viel Geld, indem sie seine Buchführung machte.

Bostric würde sich wirklich in ein warmes Nest setzen. Ich hoffte nur, daß mir noch die Zeit blieb, ihm mehr zu helfen, als Deirdre bewußt war.

Destrin lag mit geschlossenen Augen auf dem breiten

Bett und atmete unregelmäßig. Seine Finger waren bläulich. Dann schlug er die Augen auf. »Kyren … wo … das Mädchen?«

»Ich bin hier, Papa.«

»Kyren … so kalt … kalt.«

Ich drang in den hinfälligen Körper ein. Die Hitze und der Druck setzten mir so zu, daß ich mich am Bettpfosten festhalten mußte. Ich berührte das verkrampfte Herz und vermochte einige Knoten lösen, damit das Blut wieder floß. Ich mußte behutsam vorgehen. Deshalb dauerte es sehr lange.

»Lerris … Lerris …« Ein kaltes Tuch legte sich auf meine Stirn.

Eine übermächtige Müdigkeit und dumpfer Kopfschmerz lähmten mich.

»Hast du etwas zu trinken? Rotbeerensaft?« fragte ich mit heiserer Stimme.

Deirdre brachte mir einen Becher. Nach wenigen Schlucken fühlte ich mich beinahe normal, fast beschwingt. Ich ging zum Bett. Destrin war zwar noch blaß, schlief aber ruhig. Ich war nicht sicher, wie lang ich ihn noch am Leben erhalten konnte. Es hatte nur sehr weh getan, als ich ihn berührt hatte. Mir wurde schwindlig vor Augen.

»Lerris?«

Ich hatte vergessen, daß Deirdre neben mir stand.

»Du hast ihn gerettet … wieder einmal.« Ihre Stimme klang neutral.

»Ja. Ich weiß nicht, Deirdre. Er hat schreckliche Schmerzen.«

Fragend blickte sie mich an. Zum ersten Mal liefen Tränen über ihre Wangen.

»Ich habe die Schmerzen gelindert, aber für wie lange?«

»Armer, armer Papa.«

»Laß ihn nicht aufstehen. Sag ihm, er sei erkältet.«

»Wie lange?«

Ich wußte, was sie damit fragen wollte.

»Wenn er sich schont, vielleicht ein Jahr, aber das ist nur eine Vermutung. Er hätte heute sterben können, aber er will noch nicht.«

»Armer Papa.«

Am Nachmittag zahlte ich Wryson zwei Kupferlinge für den Wagen, den ich mir von ihm lieh, um Brettel die Aussteuertruhe aus Roteiche zu liefern. Für den Fall, daß es eine Überraschung sein sollte, hatte ich eine Decke darüber gebreitet.

Unterwegs kam mir eine Abteilung Kavallerie entgegen. Eine Gefangene in grünem Leder mit Augenbinde, die Hände hinter dem Rücken gefesselt, schwankte auf dem letzten Pferd hin und her. In ihrem kurzen blonden Haar war ein dunkler Fleck. Obwohl sie verwundet war, strahlte sie Ordnung aus.

Die Sättel der letzten vier Pferde waren leer. Ich fühlte die Unordnung und das Chaos des vergangenen Kampfes.

»Platz da!«

Obwohl ich meine Wahrnehmung ausdehnte, spürte ich hauptsächlich Müdigkeit und Schmerzen, kein neues Chaos. Ich wartete, bis die Kavallerie vorbeigeritten war.

Die Gefangene in grünem Leder ging mir nicht aus dem Sinn. Sie hätte Wrynn oder Krystal sein können. Sie war es nicht, hätte es aber sein können.

»Lerris, du kommst früher als erwartet. Ich sagte dir doch, du könntest dir Zeit lassen.« Brettel grinste.

»Möchtet Ihr die Truhe sehen?«

»Dalta ist auf dem Markt.«

Ich holte die Truhe samt der Decke vom Wagen.

»Hier«, ich gab Sperlin, Wrysons Kutscher, einen Kupferling, den ich eigentlich nicht entbehren konnte. »Du kannst gleich zurückfahren.«

Erst nachdem der Wagen auf der Nordstraße dahinrumpelte, schaute ich Brettel wieder an.

»Du bist dünner geworden, Lerris, und du wirkst abgehetzt.«

»Wir haben eine Abteilung Kavallerie gesehen, viele leere Sättel.«

Brettel schüttelte den Kopf. »Warum? Der Autarch läßt ihn doch in Ruhe.«

Ich wußte auch keine Antwort, aber es waren viele Soldaten in Gallos.

»Möchtet Ihr jetzt die Truhe sehen?« Ich wollte das Thema wechseln.

»Selbstverständlich.«

Ich nahm die Decke ab und beobachtete seine Miene.

Stumm schaute er die Truhe an, dann mich. »Das kann ich mir nicht leisten, Lerris. Diese Truhe ist Dormans oder Sardits würdig – ein Meisterstück.«

So gut war die Truhe nicht, doch sie entsprach durchaus einigen Arbeiten meines Onkels. Aber ich vermochte ins Holz hineinzuschauen, die anderen Schreiner nicht.

Brettels Augen ruhten immer noch auf der Truhe. »Dalta wird das gar nicht zu schätzen wissen.«

»Später gewiß.«

Er musterte mich scharf.

»Warum bist du wirklich gekommen?«

»Um Euch zu bitten, Bostric zu erlauben, Deirdre zu heiraten.«

»Warum jetzt?«

»Weil Destrin stirbt und ich fort muß, ehe es zu spät ist und die Öffentlichkeit zuviel erfährt. Ich hoffe, ich habe nicht schon zu lange gewartet.«

»Da gibt es ein Problem, Lerris.«

»Ich sehe sogar eine Menge Probleme.« Meine Stimme klang gequält.

»Bostric fertigt die Bänke und einfacheren Kommoden

an. Seine Arbeit ist besser als Destrins, aber du bist immer noch der Meister …«

»Ich bin kein Zunftmeister.« Ich mußte protestieren, aber mir drehte sich der Magen um, wenn ich daran dachte, daß ich diese Ebene erreichen würde.

»Nein … nicht verglichen mit Perlot und Sardit. Aber Daltas Truhe straft auch das Lügen. Die anderen Zunftmeister, Rasten, Deryl, Hertol oder Ferralt, können den Vergleich mit dir nicht bestehen.«

»Seht, Deirdre näht ausgezeichnet. Sie könnte fast allein den Haushalt bestreiten. Leicht wird es für die beiden nicht, aber Deirdre hat eine gute Aussteuer …«

»Ach, hat sie?« unterbrach Brettel mich.

»Ich habe für sie eine Truhe gemacht, nicht ganz so gut wie Daltas, und sie hat fünf Goldstücke, nicht viel.«

»Lerris!« Er schüttelte den Kopf.

»Ich weiß, viel ist es nicht, aber …«

»Lerris. Wer bist du? Du bist ein Fremder, der etwas mehr als ein Jahr in unserer Stadt lebt. Du hast den Tod in Schach gehalten, meinem Patenkind wieder zu Hoffnung und zu einer Zukunft verholfen, die Ehre ihres Vaters wiederhergestellt und ihr eine Aussteuer verschafft. Ich wünschte, einer meiner Söhne würde so weit gehen.«

Verlegen sah ich, wie Tränen über seine Wangen rollten. Schließlich hatte ich nur getan, was ich konnte. Wer hätte nicht so gehandelt?

»Wir brauchen eine baldige Hochzeit, damit Destrin sie noch mitfeiern kann.«

»Hast du ihn schon gefragt?«

»Nein. Ich wollte ihn nicht aufregen.«

»Ich gehe mit dir zu ihm. Frag ihn, wenn ich dabei bin.«

Brettel wusch sich, zog ein sauberes Leinenhemd an und stieg auf seine schwarze Stute – und all das in der Zeit, in der ich ein Glas Rotbeerensaft trank.

Wir ritten gemeinsam zurück zu Destrin. Ich war froh, daß wir keinen weiteren Truppen des Präfekten begegneten.

LV

Destrin saß im Armstuhl. Sein Gesicht war immer noch sehr blaß, aber ohne den bläulichen Schimmer des Todes, wie am Morgen.

»Ich habe einen alten Freund mitgebracht«, sagte ich.

»Pate!« rief Deirdre. »Wir haben uns so lange nicht gesehen.«

»Bist du hergekommen, um den Toten deine Achtung zu erweisen, Brettel?« fragte Destrin spitz.

»Nein, ich möchte mit dir über die Zukunft meines Patenkindes sprechen.«

»Du kannst sie nicht wie dein eigenes Kind behandeln. Das habe ich dir gesagt, als …«

Ich legte Destrin die Hand auf die Schulter, um ihn zu beruhigen, aber auch, um ihm etwas Ordnung einzuflößen. »Das will er auch nicht.«

Destrin lehnte sich zurück, war aber noch blasser geworden. Deirdre blickte Brettel an, dann mich.

»Darf ich mich setzen?« Brettel wartete nicht auf eine Antwort, sondern nahm sich einen Stuhl und setzte sich Destrin gegenüber. »Lerris, hol dir auch einen Stuhl.«

Auch Deirdre setzte sich.

»Was ist mit meiner Deirdre?« fragte Destrin immer noch scharf.

Brettel blickte mich an. Ich schluckte.

»Meiner Meinung nach sollte sie über einen Heiratsantrag nachdenken«, begann ich.

»Was Holz anbelangt, bist du ein Meister, Lerris. Aber wie würdest du Deirdre behandeln?«

»Es geht nicht um mich. Wenn ich um ihre Hand bäte, könnte das zu ihrem Tod führen.«

Brettel zuckte zusammen, Destrin seltsamerweise jedoch nicht. Er schaute mich an. »Du bist ein ehrlicher Bursche. Würdest du mir eine Frage beantworten, wenn ich sie indirekt stelle?«

Ich nickte. »Wenn ich kann ...«

»Gut ... War der Meister, bei dem du das Schreinerhandwerk gelernt hast, der einzige, den Dorman respektierte?«

Ich hatte mit einer ähnlichen Frage gerechnet. Destrin war kein guter Schreiner, aber ein scharfer Beobachter. »Ich glaube, ja.«

Destrin seufzte. »So mußte es sein. Also ... wirbst du für Bostric?«

»Oh!« Deirdre schlug die Hand vor den Mund, doch ich hatte ihren bestürzten Ausruf gehört. Ihr Schmerz traf mich wie das Chaos-Schwert eines Soldaten des Präfekten in die Brust.

»Etwas Besseres ist mir nicht eingefallen. Ich kann etwas zu ihrer Aussteuer beitragen. Ich habe eine Truhe aus Roteiche für sie gemacht. Über kurz oder lang muß ich fortgehen, um euch alle nicht in Gefahr zu bringen. Mit Bostrics Familie und Brettel ... in der Zukunft ... ich hoffe ...« Ich war nicht in der Lage weiterzusprechen. Es tat mir in der Seele weh, für Bostric zu werben. Tief im Innern wußte ich, daß er nicht der Richtige für Deirdre war. Und das erleichterte meine Aufgabe nicht gerade.

Deirdre schneuzte sich.

Destrin schüttelte den Kopf. »Du magst sie, nicht wahr?«

»Ja, und das macht es so schwer.«

»Du würdest sie überleben?«

Ich wußte, worauf er abzielte und warum er diese Frage stellte.

»Ja, falls ich die nächsten Jahre überlebe, sogar sehr lange.«

»Warum fragst du das?« wollte Brettel wissen.

»Weil ich mir Sorgen mache und ich nur so versuchen kann, sie zu beschützen, um ihr soviel eigenes Leben wie möglich zu verschaffen.«

Die beiden älteren Männer blickten sich an.

»Wir möchten kurz miteinander sprechen, Lerris ... Deirdre ...« Destrins Stimme klang ruhig, fast entspannt.

Deirdre und ich standen auf. »Papa, Pate, ich muß kurz mit Lerris sprechen – allein. Entschuldigt uns bitte.« Deirdre lächelte mich an. Trotz ihrer verwaschenen blauen Hose, der Bluse und der alten weißen Schürze wirkte sie fast königlich. Sie schien erleichtert zu sein, aber ich spürte die Spannung in ihrem Innern, wie eine aufgezogene Feder. Sie nahm meinen Arm und führte mich in ihre kleine Kammer, die kaum größer war als meine Nische in der Werkstatt. Ein schmales Bett stand darin. Durchs Fenster sah man auf den Hof und Gairlochs Stall.

»Was ...?«

Sie legte mir die Hand auf die Lippen. Dabei zitterte sie. »Lerris?«

»Ja.«

»Ich weiß, daß du eine Art Zauberer bist, aber ...« Sie holte tief Luft. »... würdest du mir je weh tun?«

»Selbstverständlich nicht«, erklärte ich. Ich fragte mich, wohin dieses Gespräch führen sollte und warum sie die Tür geschlossen hatte. Der schwache Rosenduft erinnerte mich an einen Abend, den ich lieber verdrängte.

»Niemals?«

»Nein, warum?«

Da schlug sie mich mit der flachen Hand kräftig auf die Wange. Ihr Gesicht war von Tränen überströmt.

»Verstehst du es wirklich nicht?«

Ich begriff tatsächlich nichts, hielt aber ihre Hände fest. Sie schluchzte. Schließlich konnte sie wieder sprechen.

»Ich bin doch … keine Zuchtstute … Ich tue alles für Papa und für dich … aber du hättest mich fragen müssen.«

Was war ich doch für ein blöder Kerl. Da hatte ich mir größte Mühe gegeben, für das Mädchen zu sorgen, hatte sie jedoch nie gefragt. Ich spürte, daß die Spannung aus Deirdre gewichen war.

»Es tut mir leid. Ich wollte nur …«

»Lerris?«

»Ja?«

»Da ist noch etwas.«

Dieses ›Etwas‹ waren zwei Arme, die sich um meinen Hals schlangen, und warme Lippen auf meinem Mund. Sie preßte sich an mich und zog mich auf ihr Bett.

Wir lagen da und küßten uns. Ehe ich die Kontrolle verlor, löste ich mich von ihr.

»Das wirst du vermissen.« Sie lächelte traurig. »Und ich ebenfalls.«

Ich stand nur stumm da.

»Danke für alles, was du für Papa getan hast … und für mich … und danke, daß du du bist.«

Tränen stiegen mir in die Augen. Wir weinten beide und umarmten uns wieder. Zum Glück störten uns weder Destrin noch Brettel. Nach einiger Zeit wischten wir uns die Tränen ab. Es gab nichts mehr zu sagen. Sie öffnete die Tür.

»… sehr gut, Destrin … so verdammt ehrenwert …«

»… wenn du das sagst …«

»… das weißt du ebensogut wie ich …«

Deirdre mußte unwillkürlich lächeln. »Du bist tatsächlich zu ehrenwert.«

Ich hatte keine Wahl mehr, nicht, wenn ich überleben wollte. Nun mußte ich es noch Bostric erklären. Allerdings war ich ziemlich sicher, daß er mich nicht küssen würde. Ich überließ es den dreien, die Einzelheiten zu besprechen, und ging in die Werkstatt hinunter.

Bostric arbeitete an einer Bank. Er hatte Destrins Fehler geschickt beseitigt, indem er die Bank gekürzt hatte.

Ich stellte zwei Stühle vor meine Werkbank. »Wir müssen miteinander reden.«

Bostric wußte, wann Spott angebracht war und wann nicht.

»Gibt es ein Problem?« fragte er.

»Ja, aber es betrifft mehr mich als dich. Brettel sagt, daß deine Familie noch keine Vereinbarungen für deine Zukunft getroffen hat – zum Beispiel eine Ehe. Ist das wahr?«

»Ja«, antwortete er vorsichtig. »Ich bin der viertgeborene Sohn, und meine Brüder sind alle gesund. Das Land ist zu klein. Ich werde nichts davon erben.«

»Und was hältst du von der Arbeit als Schreiner?«

»Ich werde nie deine Klasse erreichen. Das habe ich dir schon gesagt.«

»Macht dir die Arbeit Freude?«

Der Rotschopf nickte. »Ich mag Holz, und das Leben in Fenard ist besser als auf dem Bauernhof.«

»Und was hältst du von Deirdre?«

Ihm fiel die Kinnlade herunter. »Du … nein … sie mag doch …« Er schüttelte den Kopf.

»Ich nehme an, du findest sie akzeptabel«, sagte ich und bemühte mich, ganz ruhig zu sprechen.

Jetzt grinste er.

»Ich muß bald fort. Du weißt, ich stamme nicht aus Fenard. Brettel und ich wollten dir nichts versprechen, ehe wir …«

»Ehe ihr saht, ob ich ein guter Schreiner werden kann?«

Ich nickte.

»Und?«

»Deirdre kann gut für sich selbst sorgen, aber ohne Ehemann kann sie hier in Fenard das Haus nicht halten. Destrin wird nicht mehr lange leben, und ich kann sie nicht heiraten.« Ich schluckte. Es fiel mir schwerer, Deirdre zu verlassen, als ich gedacht hatte.

»Du magst sie sehr, nicht wahr?«

»Ja«, gestand ich ihm. »Aber das ist nicht wichtig.« Und als mein Verstand und mein Herz nur traurig waren, jedoch nicht aufbegehrten, wußte ich, daß das tatsächlich stimmte.

Bostric schüttelte den Kopf. »Ich verstehe dich nicht. Du bist der beste Schreiner in Fenard seit Dorman, und du willst ein Vermögen und eine schöne Frau aufgeben, die dich liebt?«

»Ich habe keine Wahl, Bostric. Stell mir keine Fragen.« Ich räusperte mich. »Ich nehme an, deine Familie hat nichts dagegen einzuwenden. Und Deirdre hat eine kleine Aussteuer.«

»Meine Familie wird überglücklich sein, daß der Tolpatsch Bostric eine Schönheit mit Besitz gefunden hat.«

»Hör schon auf!« Ich legte ihm den Arm um die Schulter. »Einer von uns soll glücklich sein, und du und Deirdre könnt glücklich werden.«

»Ja, alter Zaubermeister.«

Ich versetzte ihm einen leichten Stoß mit dem Ellbogen. »Und ich werde meine Zauberkunst gegen dich einsetzen, falls du sie je unglücklich machst.«

Er wurde blaß. »Ja, ich glaube, das würdest du tun.«

Ich schüttelte den Kopf. »Nein ... Liebe sie, mehr nicht.« Was konnte ich mehr verlangen? Wenn er Deirdre liebte, würde alles andere gut werden, besonders mit Brettels Hilfe. »Ich weiß, daß es nicht leicht wird, wenn Brettel dir über die Schulter schaut.«

Er blickte mich erstaunt an und schüttelte den Kopf.

Und dann setzte ich mich auf mein Bett in der Nische. Endlich allein.

LVI

Obwohl Destrin einverstanden war, konnte alles nicht so schnell arrangiert werden, wie ich gehofft hatte. Das Aufgebot mußte bestellt und Vereinbarungen geschlossen werden. Bostrics Eltern und Brettels Familie gaben ein Fest. Ich hielt mich dabei so weit wie möglich im Hintergrund und hoffte, die Feierlichkeiten würden mich in den Schatten stellen. Wo immer ich war, hielt ich wie ein Wolf nach den Jägern Ausschau. Aber ich sah sie nirgends. Mit jedem Fehlschlag wurde ich ängstlicher und befürchtete, mich im nächsten Augenblick im Visier einer Armbrust wiederzufinden. Aber bis Deirdre nicht sicher versorgt war, wollte ich nicht fortgehen. Es war dumm von mir zu bleiben, und ich kämpfte jede Nacht mit mir.

Der Herbst neigte sich dem Ende zu. Die Sonne stand tiefer. Gelegentlich regnete es, und das Gras begann zu grünen. Destrin wurde immer stiller, lag die meiste Zeit im Bett und vermochte manchmal nicht mehr zu essen.

Deirdre war still, lächelte mir aber gelegentlich zu. Ich lächelte ebenfalls, aber das Lächeln schmerzte uns beide. Ich wußte, ich hätte fortgehen müssen.

Letztendlich blieb mir wieder keine Wahl, wenn ich mein Leben leben wollte. Tag für Tag ritten mehr Soldaten hinaus aufs blutige Schlachtfeld. Ihre Gesichter waren leer, und sie wurden täglich jünger. Frauen und Mädchen weinten und verfluchten den Autarchen. Wahrscheinlich hielten diese Kämpfe die Meuchelmörder von mir fern.

Antonins Strategie bewährte sich nur allzu gut. Der Haß des Präfekten auf den Autarchen lieferte den Brennstoff. Was würde der Autarch tun? Zulassen, daß die blutrünstigen, von Chaos beherrschten gallischen Soldaten ihre Leute umbrachten?

Aber ich konnte nicht wagen, allein gegen Antonin zu kämpfen. Noch war ich nicht soweit.

Unbarmherzig trieb ich Bostric an. Dabei dachte ich an Brettels Bedenken. Ich wagte nicht, Fenard zu verlassen, bis ich sicher sein konnte, daß mit Deirdre und Bostric alles gut würde. Dabei machte ich mir Sorgen, daß ich alle durch meine Anwesenheit in Gefahr brachte.

Gleichzeitig war ich mir bewußt, daß ich trotz aller Bemühungen *Die Basis der Ordnung* zwar mehrfach gelesen, aber nicht wirklich begriffen hatte, was sich dahinter verbarg.

Ich konnte niemanden fragen, was die allzu kryptischen Absätze zu bedeuten hatten. Diese *schienen* so einfach zu sein. Zum Beispiel: »Niemand vermag wirklich den Stab der Ordnung zu meistern, bis er ihn beiseite geworfen hat.« Oder: »Liebe niemanden, bis du dich selbst lieben kannst, da die Liebe zu einem anderen nur leere Schmeichelei und Selbsttäuschung für den ist, der sich nicht ohne Vorspiegelung falscher Tatsachen annehmen kann.« Der zweite Satz klang richtig, aber wie konnte ein Mensch sich lieben, ohne dabei den Wunsch zu hegen, der zu sein, der er zu sein trachtete?

Dann gab es noch eine Stelle: »Ordnung und Chaos müssen sich ausbalancieren, aber wie eine Wippschaukel. Die Macht des Chaos kann in einem begrenzten Gebiet großen Schaden anrichten, da es in der Natur der Ordnung liegt, sich auf große Regionen auszubreiten. Wenn du gegen Chaos kämpfen oder Ordnung herstellen willst, mußt du Gebiet und Zeit begrenzen, in der das Gleichgewicht hergestellt werden soll.« Das klang leicht, aber ich hatte keine Ahnung, wie man Chaos begrenzte.

Oft schlenderte ich durch die Straßen. Deirdre hatte mir Kleidung genäht, die für Feiertage angemessen war. Sie war immer noch dunkelbraun, aber aus guter Baumwolle. Als sie sich weigerte, von mir mehr Geld zu nehmen, als der Stoff gekostet hatte, legte ich die Münzen in die Geldkassette für ihre Aussteuer.

»Jetzt siehst du aus wie ein Zunftmeister«, hatte Bostric gesagt. Ich wünschte, er hätte es scherzhaft gemeint.

Ich hatte nur den Kopf geschüttelt.

Noch vor der Melonenernte kam die Kälte nach Fenard, allerdings kein Frost. Ich schlenderte über den Markt, um für Destrin eine süße Melone zu kaufen, die die Trockenheit in seinem Hals lindern sollte.

Weiße Wolken mit grauen Streifen zogen über den westlichen Horizont, als kämen sie von den Westhörnern. Die Brise war leicht und beinahe sommerlich warm.

Vor mir war Mathilde, die Blumenverkäuferin. Immer wieder blickte sie verstohlen auf die lange Mauer. Dort stellte der Präfekt seine Macht zur Schau: die Köpfe all derer, die sein Mißfallen erregt hatten. Meist waren es die Köpfe gewöhnlicher Diebe oder Deserteure aus der Garde, aber auch Mörder.

Ich blickte hinauf. Diesmal waren es zwei Köpfe. Mir gefror das Blut. Galle stieg mir in den Mund, als ich den blonden Kopf sah. Wrynn? Beim zweiten Hinsehen erkannte ich den dunklen Fleck im Haar. Es war die Gefangene, die von den Soldaten des Präfekten in die Stadt gebracht worden war. Es hätte Wrynn sein können. Wo sie wohl war?

Auf dem Markt wurde viel geflüstert. Doch es galt nicht der blonden kyphrischen Soldatin, sondern dem anderen Kopf, dem eines älteren Mannes, der zuvor geblendet und gefoltert worden war.

»... warum ...«

»... die Teufelsstühle ... jemand hat gesagt ...«

»... haben die ganze Familie getötet ... der Präfekt ...«

»... warum der Subpräfekt? ... das verstehe nicht ...«

Ich stand stocksteif hinter Mathilde. Das Beispiel des Subpräfekten war mir in die Glieder gefahren, vor allem, weil der Mann ein wenig Ordnung in seinem Haus gezeigt hatte. Oder hatten die bestellten Stühle jemand mit Chaos verbrannt? War das sein Schicksal gewesen?

Die goldene Kutsche samt Antonin war verschwunden. Ich hatte keine Entschuldigungen mehr. Meine Zeit war abgelaufen. Bis zu diesem Zeitpunkt hatten die Soldaten nichts gegen Destrin oder die Werkstatt unternommen. Auch jetzt marschierten keine auf dem Markt, doch das konnte sich sehr bald ändern.

Ich ging zur Hauptstraße. Dann hüllte ich mich in einen Schutzschild und wartete im Schatten des Palastes, um zu erspüren, ob Soldaten in die Stadt vorrückten.

Da waren die beiden Posten an den Haupttoren. Ich hatte keine Ahnung, welchen Zauber Antonin oder ein anderer Magier gewirkt hatten. Direkt an den Haupteingängen konnte kein Zauber sein, da sonst jeder sofort gewarnt wäre, besonders tagsüber, da Minister, Soldaten und Pferde ständig in den Palast und wieder hinaus gingen.

Ich stand im Schatten und wartete.

Ein Pferd kam vorbei, auf dem Weg zu den Unterkünften. Im Sattel saß wieder ein Chaos-Mörder.

Mein Herz klopfte viel zu schnell.

Ein Wagen kam, bog aber zum leeren Haus des Subpräfekten ab.

Ein einzelner Soldat marschierte mit müden Schritten zu den Unterkünften.

Ich holte tief Luft und entspannte mich ein wenig. Doch nicht lange, denn schon näherte sich wieder ein Reiter.

Im Schutz des Schilds schob ich mich unsichtbar näher.

»Halt!« Der Posten hielt den Reiter an.

»Ich bin Hauptmann Karflis und habe eine Botschaft für den Militärrat.«

»Ja, das ist Karflis. Er kommt, weil morgen der Militärrat tagt.«

Ich stolperte über einen Randstein, den meine Sinne nicht bemerkt hatten.

»Was war das?«

Ich erstarrte, aber ich wußte, daß sie mich nicht sehen konnten.

»Sei unbesorgt. Es ist heller Tag und niemand zu sehen.«

Die Eisentore öffneten sich. Ich folgte dem Hauptmann. Als er vom Pferd stieg, spürte ich eine Fontäne von Chaos links von mir. Doch der Hauptmann ging nach rechts. Ich hielt mich dicht hinter ihm. Es war leicht, da er mit schweren Schritten über den Marmorboden des Palastes schritt.

Wir gingen an zwei Wachen vorbei, durch die große Halle, eine Treppe hinauf, dann durch einen seitlichen Torbogen auf einen schmalen Korridor, der in den hinteren Teil des Palasts führte. Durch einen Türbogen aus roter Eiche mit einem farbenprächtigen Glasfenster darüber schritt er weiter. Ich spürte viel Blei in den Fensterfassungen.

»Hauptmann Karflis, der Marschall erwartet Euch bereits.« Vor der Tür rechts standen wieder zwei Wachposten. Im Raum dahinter saß ein Offizier mit goldenen Tressen an einem Schreibtisch.

Diesmal schaffte ich es gerade noch, hinter dem Hauptmann ins Zimmer zu schlüpfen. Ich war ihm so nahe, daß ich vor dem geballten Chaos in ihm zurückschrak.

»Nun, wie geht's, Karflis?« Der Marschall war dünn und sprach mit leidenschaftsloser, kalter Stimme.

»Der Autarch weigert sich, anzugreifen, ehe unsere Männer in ihr Land eindringen. Sie hat eine neue Waffe, die Armbrustbolzen in großer Zahl so weit fliegen läßt, daß unsere Magier sie nicht entdecken können.«

»Wie effektiv?«

Während Karflis vor dem Marschall stand und ihm Meldung machte, betrachtete ich den Raum vom Deckengewölbe bis zu dem großen Kamin und dem großen Schreibtisch mit vier Stühlen.

»... nicht viel effektiver als eine gewöhnliche Armbrust ... wirklich ...«

»Hast du von ihrem Schlag hier gehört?«

Karflis beugte sich vor. »Nein.«

»Vom Teufel gefertigte Stühle, ein Zauberbann auf einst loyale Soldaten ...«

Beide Männer waren von den engen Schlingen des Chaos erfüllt, doch spürte ich bei dem Hauptmann tief im Innern einen schwarzen Ordnungskern, der sich dem Chaos noch nicht ganz ergeben hatte. Ich schickte meine Sinne zu ihm aus und bewirkte einige Veränderungen, doch keine, die allzu bald sichtbar würden.

Im Marschall war keine Spur Ordnung mehr vorhanden, nur eine weiße Spule aus Chaos und Unordnung. Da ich diese nicht zerstören konnte, verhalf ich ihm einfach zu etwas Schlaf. Kurz darauf saß er schnarchend am Schreibtisch.

Ich hätte gern mehr Einzelheiten gehört, aber es würde keinen großen Unterschied machen, da ich beschlossen hatte, den Palast nun auf meine Weise anzugreifen und damit Antonin und den Präfekten zu zwingen, im Palast selbst zu suchen, nicht in Fenard. Zumindest eine Zeitlang.

Karflis blickte verwirrt umher. »Hersil!«

Mit gezückten Schwertern liefen die Wachen herein, gefolgt von einem Offizier.

»Er ist mitten im Gespräch eingeschlafen.«

Wie der Marschall waren die Soldaten für die Ordnung verloren, und so schickte ich sie ebenfalls schlafen. Es war zwar nur vorübergehend, doch würde ein bißchen Verwirrung nicht schaden.

Der Wachoffizier starrte ungläubig auf die Soldaten, die vor seinen Augen einschliefen. »Zauberei! Es muß ein Magier hier sein. Rufe Tallian!«

Es dauerte etwas länger, auch ihn in Schlaf zu versetzen, da ich müde geworden war.

Ich setzte mich auf den dicken Teppich und dachte nach. Mein Plan ließ sich nicht verwirklichen. Von fünf Männern waren vier jenseits jeglicher Hoffnung. Ich hätte zwar das Chaos aus ihren Seelen entfernen können, aber dann wären sie gestorben oder zu hirnlosen Geschöpfen geworden, da das Chaos einen viel zu großen Raum in ihnen eingenommen hatte. Außerdem blieb laut dem Buch Zerstörung immer Zerstörung.

Ich schüttelte den Kopf.

Auch Karflis stand kopfschüttelnd da. Er vermochte das alles nicht zu fassen.

Ich schickte meine Sinne zu dem jungen schlafenden Offizier, weil ich den Ursprung des Chaos ergründen wollte. Es war nur eine Ahnung, aber ich hatte etwas gespürt, seit ich den Palast betreten hatte.

Ich ließ den immer noch verwirrten Hauptmann allein und ging durch die Korridore, unsichtbar für die Wachposten, bis ich die tödliche Quelle des Chaos spürte. Es war wie ein grellweißer Springbrunnen. Meine Hände zitterten. Ich mußte mich setzen und nachdenken.

Ich fühlte mich wie eine Maus in einem Haus voller Katzen oder Drachen. Langsam und vorsichtig näherte ich mich dem Chaos-Brunnen, der wie ein ganz normaler Brunnen auf dem grauen Innenhof aussah. Aus einer mannshohen steinernen Vase sprudelte warmes Wasser.

Der Hof war nicht einmal bewacht, aber das war auch kaum nötig.

Selbst für mich war es, als marschierte ich durch die Eisstürme von Certis oder befände mich im Herzen eines Gewitters.

Ein Brunnen mit warmem Wasser … doch die Wärme

kam aus der Tiefe, von Chaos gespeist und von etwas kanalisiert, das nichtstofflich war.

Ich vermochte gedanklich den gewundenen Mustern zu folgen, aber es half nichts. Es waren keine klaren Muster, sondern Chaos. Immer, wenn ich einer Linie folgte, löste sie sich auf.

Dann erinnerte ich mich an einen Absatz im Buch, der erklärte, wie man Ordnung aus Chaos hervorbringen konnte. Man mußte einen Spiegel der Ordnung schaffen. Die Reflexion des Chaos würde entweder Ordnung bringen oder das Chaos zerstören, wenn der Spiegel der Ordnung stärker als das Chaos war. Wenn nicht …

An diese Folgen wollte ich lieber nicht denken. Ich sammelte all meine Kraft und schuf eine Art Spiegel um den Brunnen. Ich bemühte mich, die seltsamen Muster irgendwie harmonisch zu ordnen und Chaos durch Ordnung zu ersetzen, beides gleich stark. Seltsamerweise war dieser Vorgang so ähnlich, wie das Muster der Maserung eines Schreibtisches herauszufinden.

Mir schwamm alles vor den Augen.

Meine Beine zitterten, ich setzte mich auf die Granitplatten.

Meine Arme fühlten sich wie Wasser an, ich ließ sie sinken.

In meinem Kopf dröhnte es. Ich hatte stechende Schmerzen, aber ich kämpfte weiter, um dieses furchteinflößende Muster zu reflektieren. Mir war klar, daß, sollte ich versagen, ich in jenem Weißen Gefängnis enden konnte, das Justen mir vorgeführt hatte.

Ich keuchte, als wäre ich meilenweit einen Berg hinaufgerannt.

Und ich hielt den Spiegel dem Brunnen entgegen.

Ganz unvermittelt war alles wieder deutlich. Meine Beine waren schwach, zitterten jedoch nicht mehr. Mein Kopf schmerzte – aber beide Muster waren verschwunden.

Nur das Plätschern des Wassers war noch zu hören.

»... Hilfe!«

»... Tallian ...«

»... Zauberei!«

»Tallian sagt, wir sollen am Brunnen nachsehen.«

Zwei Wachen liefen an mir vorbei auf den Innenhof. Ich verließ den Platz und wartete, bis das Tor sich öffnete. Dann ging ich in Richtung Markt und tauchte aus den Schatten auf. Niemand beachtete mich, da eine Schar Reiter aus dem Palast preschte.

Schnell ging ich zurück zu Destrin. Jetzt erst wurde mir klar, was geschehen könnte.

»Bostric!«

»Was?« Nach einem Blick auf mich wurde er blaß.

»Wie schnell kannst du mit Deirdre zu Brettel gelangen?«

Der frischgebackene Geselle schluckte nur.

»Schon gut. Bring Deirdre dorthin. Hier wird gleich die Hölle losbrechen.«

»Aber ...«

»Los!« Ich nahm meinen Stab, das Buch und meinen Tornister und lief in den Stall, um Deirdres kleine Aussteuer zu holen und Gairloch zu satteln.

Als ich zurück in die Werkstatt kam, standen Bostric und Deirdre da, jeder mit einem Bündel.

Deirdre blickte mich flehend an. »Aber Papa ... er will nicht mitkommen.«

Ich rannte nach oben. Destrin saß im Armstuhl. Seine Augen waren klar.

»Wir müssen weg, Destrin.«

»Nein.« Er schüttelte den Kopf. »Lerris, Zauberer oder was auch immer du bist, ich bin nicht kräftig genug, um mit euch Jungen mitzuhalten. Sorge du für Deirdre. Ich kann es nicht mehr. Ich würde euch nur aufhalten. Und ich bin ohnehin fast tot ... ohne dich wäre ich schon längst gestorben.«

»Wir nehmen dich mit.«

»Ich wehre mich gegen dich, junger Zauberer.« Er lächelte.

Mir war klar, daß er es ernst meinte. »Dann leb wohl, Destrin. Ich werde nicht zurückkommen.«

»Ich weiß. Sorge für meine Deirdre.«

Mehr war nicht zu sagen. Ich umarmte den alten Mann und ging schweren Schritts nach unten.

»Konntest du ihn nicht …?« fragte Deirdre.

»Er würde kämpfen, um in diesem Haus zu bleiben. Ihn mit Gewalt mitzunehmen wäre sein Tod.«

Sie nickte und lief noch einmal nach oben. Ich fragte mich, wann die Soldaten hier sein würden.

»Was machen wir jetzt, Lerris?«

»Wir gehen zu Brettel.«

Es kam mir wie eine Ewigkeit vor, bis Deirdre herabkam. »Er hat gesagt, er würde schreien, wenn ich nicht gleich ginge.«

Ja, Destrin würde bis zum letzten Atemzug widerborstig sein.

Dann schlug ich mir an die Stirn. Ich schlich nach oben. Bei Destrin war es leichter als bei den Soldaten. Blitzschnell war er eingeschlafen. Ich trug ihn nach unten.

Deirdres Augen waren vor Angst geweitet.

»Er schläft nur.«

Ich setzte Deirdre auf Gairloch, damit sie den schlafenden Vater halten konnte. So brachen wir auf. Ich schickte meine Sinne so weit aus, wie ich konnte.

Mir gefiel nicht, was ich jetzt tun mußte, aber wiederum hatte ich keine Wahl.

»Bostric? Deirdre?«

Sie schauten mich an. »Ich werde bei euch sein, aber ihr werdet mich nicht sehen können. Das ist wegen der Soldaten, sie sollten besser nicht auf mich aufmerksam werden.« Da Antonin nicht in der Stadt war, sondern gegen den Autarchen kämpfte, war ich nicht sicher, ob man tatsächlich zurückverfolgt hatte, wie die Stühle ins Haus des Subpräfekten gekommen waren – oder ob jemand das wirklich interessierte.

Aber ich durfte kein Risiko eingehen.

»Wenn du es sagst, großer Zauberer«, spottete Bostric.

»Wie du meinst«, sagte Deirdre. Bostric runzelte die Stirn, aber bald war ich unsichtbar, und der Glückspilz hatte sie ganz für sich.

Wir verließen die Stadt durchs Nordtor. Ich trug den Stab, den ich während des letzten Jahres so wenig benutzt hatte. Ich spürte eine vage Verwirrung in Richtung des Palastes.

Die Wachposten würdigten die drei kaum eines Blicks. Ich hatte einen leichten Schutzschild um die Bündel gewebt.

Als wir bei Brettel ankamen, machte ich mich wieder sichtbar. Es war erst Nachmittag, aber ich war so müde, als wäre ich zwei Tage und Nächte auf den Beinen gewesen.

»Lerris?« Als der Mühlenmeister näher kam, mußte ich mich vor Erschöpfung setzen.

»Bist du verletzt?« fragte Deirdre.

»Nein, nur müde.«

Brettel blickte auf meinen schwarzen Stab. »Ich hätte es wissen müssen.«

»Die Hölle bricht los«, erklärte ich ihm.

»Was hast du gemacht?« Er schaute keineswegs fröhlich drein.

»Ich? Ich habe nur ein bißchen Ordnung geschaffen.«

Brettel schnaubte verächtlich. »Bring Destrin in das kleine Zimmer im Gästeflügel«, sagte er zu Dalta, seiner schönen blonden Tochter.

»Bostric kann mit Arta in der Unterkunft bei der Sägemühle bleiben, und Deirdre schläft im Haupthaus.« Er blickte mich an. »Was ist mit dir?«

Ich schüttelte den Kopf. »Ich brauche etwas zu essen und ein wenig Ruhe. Es wäre zu gefährlich für Euch, wenn ich hierbliebe.«

»Keiner hier wird darüber sprechen.«

»Niemand hat mich herkommen sehen.«

Er war offensichtlich erleichtert. Ich wartete, bis die anderen Dalta gefolgt waren. Dann übergab ich ihm den Inhalt der Geldkassette. »Das gehört Deirdre.«

»Danke.« Er nahm das Geld mit ernstem Gesichtsausdruck an, ohne mich zu beleidigen, indem er sich gesträubt hätte.

»Ich danke Euch. Es tut mir leid, daß ich fort muß.«

»Also …«, begann er.

»Wollt Ihr es wirklich wissen?« fragte ich.

Er nickte.

»Antonin hat im Palast einen Chaos-Brunnen errichtet. Sie müssen die Soldaten in diesem Wasser gebadet haben. Deshalb …« Ich brach ab. Ich konnte nicht genau erklären, weshalb der Brunnen sie in hirnlose Geschöpfe verwandelt hatte, die blindlings jedem Befehl folgten. Die Offiziere hatten sich aus diesem Grund ferngehalten, da sie denken mußten. Außerdem waren sie bereits verdorben.

»Du scheinst Antonin für einen Schurken zu halten, Lerris«, sagte Brettel nachdenklich.

»Allerdings.«

»Und damit ist der Autarch besser? Woher weißt du, daß sie nicht noch schlimmer ist?«

Wenn man die Geschichte Candars, das Erbe von Frven und der Weißen Stadt in Betracht zog, war das eine gute Frage. Ich kannte die Antwort nicht. »Falls das so ist, wird keiner der beiden über mich glücklich sein.«

Brettel lächelte listig. »Ich bin froh, daß du so fühlst, aber auch, daß du Deirdre nicht heiraten willst. Entweder wirst du über kurz oder lang sehr mächtig sein oder tot.«

Die Traurigkeit in seinen Augen verriet mir, was er vermutete.

Ich schlief den Rest des Nachmittags, obwohl ich bislang nie hatte schlafen können, wenn es draußen hell war. Aber ich hatte auch noch nie Chaos und Ordnung verschweißt.

Deirdre weckte mich mit einem sanften Kuß auf die Wange. Dann setzte sie sich ans Fußende des Bettes. Es war Brettels Bett. Ich habe nie herausgefunden, mit wem er verheiratet gewesen war, aber sie mußte sehr schön und jemand Besonderes gewesen sein.

»Kommst du zurück?«

»Nicht, wenn du mich wie Brettel behandelst.«

»Das ist schwer.«

»Aber wäre alles andere fair Bostric gegenüber?«

Sie küßte mich nochmals und stand auf. »Das Abendessen ist fertig.«

Ich wusch mich. Alle anderen saßen bereits um den großen Tisch, Dalta, Deirdre, Bostric und Brettel. Destrin ruhte noch, aber es ging ihm gut.

Die kräftige Suppe war köstlich, die Brötchen knusprig, aber es kam keine Unterhaltung zustande. Es war an der Zeit zu gehen.

Deirdre, Bostric und Dalta standen auf der Veranda, als ich mit Brettel zum Stall ging. Zwei neue, prall gefüllte Satteltaschen lagen neben meinen alten, und eine Schlafmatte dazu.

»Das wäre nicht nötig ...«

»Lerris.« Sein Ton war streng. »Du hättest auch nicht tun müssen, was du getan hast. Ich bitte dich nur darum, daß du dich nach Kräften bemühst, daß Unschuldige nicht verletzt werden.«

»Ich tue, was ich kann.« Ich wußte genau, was er meinte. Ob es in meiner Macht stand, seine Bitte zu erfüllen, wußte ich nicht.

Ich sattelte Gairloch, steckte den Stab in die Halterung und schnallte die Satteltaschen fest.

»Weißt du, wohin du reitest?«

»Als erstes nach Kyphrien.«

»Und danach?«

»Das hängt von der Antwort ab. Vielleicht zu den Westhörnern, um etwas zu finden, was ich gemieden habe.«

»Viel Glück.«

Er begleitete mich ein Stück bis zur Straße. Ich wußte, daß Deirdre weinte; auch mir fiel es schwer, ruhig zu atmen. Als ich Gairloch nach Norden wendete und den Schutzschild um mich legte, dachte ich an Justen, den Grauen Magier. Ich fragte mich, wie oft er wohl im Lauf der Jahre Abschied genommen und wie oft er bei der Rückkehr nur Wechsel und Tod vorgefunden hatte.

LVII

Zwar war ich auf dem Weg nach Kyphrien, der unheilvollen Hauptstadt von Kyphros, doch hatte ich noch eine Kleinigkeit zu erledigen, die mir schwer im Magen lag.

Ich trabte auf Gairloch auf das Osttor zu. Wir wollten nicht nach Osten, aber dort waren die Wachen am nachlässigsten. Aus Osten kam nie ein Feind. Soweit ich wußte, erstreckte sich bis hin zu den Osthörnern nichts als Ackerland. Nur wenige Händler oder andere Reisende nahmen diese Route.

Die wichtigen Handelsstraßen verliefen von Nord nach Süd, und dort ging es auch nach Kyphros, zu meinem Ziel. Nach Süden ritten oder marschierten auch die Truppen des Präfekten.

Mochten die Wachen am Osttor nachlässig sein, so machte ich mich sicherheitshalber doch ein gutes Stück vor dem Tor unsichtbar und überprüfte die Wehrmauer. Dort oben waren keine Armbrustschützen. Die Sonne war hinter der Stadt versunken, die Schatten waren lang. Ich lauschte der Unterhaltung der Wachposten.

»... Rephren müßte längst da sein ...«

»... der Mistkerl ...«

»Noch so ein verdammter Bauernkarren.«

»Du bist dran ...«

»... fauler Kerl ...«

Sie blickten auf den Bauernkarren. Ich ließ den Schutzschild fallen und ritt auf Gairloch direkt zu den Wachen.

»Wo kommt denn der auf einmal her?«

Der kräftigere Wachmann hielt mich an. »Wohin, Bursche?«

Ich deutete vage nach vorn. »Die Berge.« Da in drei Richtungen Berge waren, mußte ich nicht einmal lügen.

»Was ist denn das?« Er deutete auf meinen Stab, den ich absichtlich nicht verborgen hatte.

»Mein Stab.« Ich trieb Gairloch voran, so daß der Soldat zurückweichen mußte.

»Ich weiß nicht ... war da nicht was?« Nachdenklich schaute er den Kameraden an, der halbherzig die Kartoffelsäcke auf dem Karren überprüfte. Der alte Bauer saß stumm auf dem Bock und wollte offensichtlich bald nach Hause.

»Ich bin sicher, daß da was war, Offizier«, sagte ich höflich. »Aber da ich fortreite, kann es nicht wichtig gewesen sein.« Ich lenkte Gairloch um ihn herum und hüllte uns sogleich wieder in den Schutzschild. Dann preschte ich mit Gairloch die steinerne Rampe hinab.

»Warte ... du!«

»Ein Zauberer! Der Kerl war ein Zauberer!«

»... wer denn?«

Als die Alarmglocken ertönten, war ich so weit entfernt, daß ich Gairloch im Schritt auf einem schmalen Weg gehen ließ, der im Süden Fenards zur Straße nach Kyphros führte.

Über kurz oder lang würden Antonin und Sephya zurückkommen. Ihnen würde die Veränderung in Fenards Gleichgewicht von Ordnung und Chaos nicht entgehen. Ich spürte, daß viele Illusionen sich aufzulösen begannen.

Es war mitten in der mondlosen Nacht, als wir die Straße nach Süden erreichten. Viele Hufspuren waren zu sehen – Kavallerie, vermutete ich, aber nicht die Spur einer Kutsche. Ich spürte auch keinen Nachklang von Chaos. Trotzdem hielt ich Augen und Ohren offen, während wir nach Süden trabten, vorbei an Bauernhäusern, in denen eine einzige Kerze oder Öllampe brannte. Hinter den rohen Holzzäunen waren Schafherden. Manchmal bellte ein Hund. Irgendwelche Insekten umschwirrten uns.

Schließlich kamen wir an eine steinerne Bogenbrücke, die einen Fluß überspannte. Sie war so solide gemauert, daß sie allen Bemühungen eines Chaos-Meisters trotzen konnte.

Während Gairloch trank, musterte ich die Brücke eingehend. Aus der Stille um mich herum entnahm ich Ordnung und flößte sie den Steinen ein. Ich lag im Gras und versuchte mich angestrengt an das Buch zu erinnern. Ich wußte, ich wollte noch viel mehr begreifen.

Ich ließ meine Gedanken durch alles wandern, was ich gelernt hatte. Danach stellte ich die Brücke auf die Ordnung ein, die dem flüchtigen Chaos des Flusses zugrunde lag, auf die Ordnung der Steine tief darunter.

Am liebsten hätte ich gepfiffen, als ich mich wieder auf Gairloch schwang. Aber ich war müde. Ordnungs-Arbeit war kräftezehrend. Ich aß von dem harten weißen Käse, den Brettel mir eingepackt hatte, und trank Wasser. Das half.

Diese Brücke würde Antonin und den mit Chaos getränkten Truppen des Präfekten Schwierigkeiten bereiten.

Als die Mondsichel erschien, waren Gairloch und ich

so müde, daß wir in einem Wäldchen unweit der Straße übernachteten. Ich stellte die Abwehrstäbe auf, dann streckte ich mich auf der Schlafmatte aus und schlief sofort ein.

Wieder träumte ich von einer schwarzhaarigen Frau, aber ich vermochte keine Einzelheiten zu erkennen, was mich sehr störte. Trieben mich diese Träume zu Krystal, weil sie aus Recluce stammte, oder gab es gewichtigere Gründe?

Beim Aufwachen war der Himmel grau. Sonnenstrahlen drangen durch dünne Wolken. Ein besonders fröhlicher Vogel sang so laut, daß ich ihn am liebsten erwürgt hätte.

Ich sattelte Gairloch und verstaute die Schlafmatte. Dann ritten wir bis zum nächsten Fluß. Dort frühstückten wir. Inzwischen waren wir in dem hügeligen Gelände, das sich auf zweihundert Meilen nach Norden und Süden zwischen den Ost- und den Westhörnern erstreckte.

Magistra Trehonna hatte in den meist langweiligen Geographiestunden erklärt, die Kleinen Osthörner widersprächen normaler Geologie und könnten ein Beispiel für einen sehr frühen Versuch geologischer Chaos-Herrschaft sein. Wenn dem so war, hatte der Eindringling den Versuch nicht überlebt.

Ich bezweifelte diese Theorie, vor allem wenn ich daran dachte, wieviel Energie ich brauchte, um kleinere Aufgaben zu bewältigen, wie einen Chaos-Brunnen zu neutralisieren und eine Brücke durch Ordnung zu stabilisieren.

Theorie oder nicht – vor uns lagen noch ein Ritt von ein oder zwei Tagen und mehrere Brücken, ehe wir Kyphros erreichten. Es gab auch noch etliche Fragen, die ich mir stellen mußte. Und noch wichtiger war, daß ich dringend Antworten brauchte – Antworten, die nur ich mir geben konnte.

LVIII

Zwei Tage war ich durch das endlose Hügelland im Süden von Gallos geritten, hatte Städte und Dörfer vermieden. Zwei Tage hatte ich nur Trockenobst, Hartbrot und Käse gegessen und Flußwasser getrunken. Ich war nur zu bereit, Gallos zu verlassen.

Zweimal mußten wir die Straße verlassen, um den dahinpreschenden Truppen des Präfekten auszuweichen. In beiden Fällen ritten sie nach Kyphros, nicht zurück nach Fenard. Bei anderer Gelegenheit überholten wir vorsichtig drei Wagen, die bis oben hin mit Vorräten beladen waren.

Am Spätnachmittag des zweiten Tages kamen wir zur ersten Brücke über den Südfluß. Sie war halb aus Steinen, halb aus Holz gebaut und überquerte das träge dahinfließende Wasser mit drei Bogen. Am nächsten Morgen erreichten wir die zweite Brücke, mit nur einem steinernen Bogen.

Nach diesen Brücken war ich mitten im Grauen des Krieges. Anfangs stieg mir nur der Brandgeruch in die Nase, wie von einem kalten Kamin, in dem noch die Asche lag. Dann wurde der Geruch widerwärtiger, als hätte man kranke Tiere verbrannt. Seltsame Wolken hingen am Himmel, wie damals über Freistadt.

Mich fror.

Hinter der Brücke führte die Straße in Windungen hinauf zu den nahen Hügeln unterhalb der Kleinen Osthörner. Hätte ich die Osthörner nicht gekannt, wäre ich von den hohen dunklen Umrissen am Horizont beeindruckt gewesen. Doch jetzt stellten sie nur eine weitere Barriere dar.

Die Hügel gehörten bereits dem Autarchen. Ich näherte mich also der Grenze zwischen Gallos und Kyphros.

Der Wind aus Süden brachte wieder beißenden Rauchgeruch. Jetzt hinterließ Gairloch deutliche Hufabdrücke im roten Lehm der Straße. Der Himmel war kristallblau und wolkenlos. Es war einer dieser Herbsttage, die mehr an den letzten Sommer als an den kommenden Winter erinnern.

Die Schreie der Aaskrähen störten die morgendliche Stille. Vor mir, etwas rechts hinter drei Hügeln, kreisten zwei dieser schwarzen Vögel.

Ich griff nach meinem Stab, den ich nicht verborgen hatte. Gairloch hatte Durst. Ich ritt hinab zu einem stillen Fluß mit sandigem Ufer.

Ich stieg ab und ließ Gairloch trinken. Meine Augen kehrten zurück zu den Aaskrähen. Warum schrien sie?

Ich schloß die Augen und schickte meine geistigen Augen zu den Aaskrähen. Ich spürte Gairloch, der friedlich Gras am Ufer fraß. Ich fühlte beinahe die Farbe Grün. Dann … oder bildete ich mir das nur ein?

Hinter Gairloch, hinter den Hügeln … etwas … jemand … war dort. Ich konzentrierte meine Sinne auf die kreischenden Krähen.

… Dunkelheit, glänzende Rüstungen, Stahl …

Die Soldaten des Präfekten warteten dort vorn.

Ich wandte meine Aufmerksamkeit zurück nach Gallos … und wieder stieß ich auf Dunkelheit, glänzende Rüstungen, Stahl … auf derselben Straße hinter mir, die sie und mich nach Kyphros führte. Weitere Tote auf beiden Seiten …

Großartig! Die Truppen des Präfekten befanden sich vor und hinter mir!

Ich öffnete die Augen und blickte zurück über die Brücke auf die ausgedehnte Hügellandschaft, die ich kannte, dann nach Osten, wo die verschneiten Berggipfel der Kleinen Osthörner in der Sonne glitzerten. Rechts von mir, weiter im Westen, ballten sich graue Wolken zusammen, als wollten sie das Chaos des Magiers versinnbildlichen, der in den Felsen der fernen Westhörner lebte.

Doch Antonin und die Westhörner mußten warten, bis ich von Kyphros und dem Autarchen soviel gesehen hatte, daß ich die Antworten auf Brettels Fragen und auf meine Zweifel erhalten hatte.

Es war fast Mittag. Nicht nur Gairloch war hungrig und durstig.

Der Fluß war kalt. Wir stillten unseren Durst, und ich wusch mir den Schmutz vom Gesicht. Dann nahm ich aus den Satteltaschen Brot, Käse und Trockenobst, die Brettel dort sorgfältig verpackt hatte. Besonders in der Dunkelheit war es von Nutzen, zu wissen, wo alles war. Ich grinste und erinnerte mich an meine Verblüffung darüber, daß Justen immer genau gewußt hatte, wo sich alles befand.

Während des Essens machte ich mir Gedanken über die Aaskrähen. Der Wind brachte erneut den ekelhaften Brandgeruch mit sich. Ich füllte die Feldflasche mit dem kalten Flußwasser und stieg auf Gairloch.

»Komm, es ist auch Zeit, nachzusehen, was vor uns liegt.«

Gairloch wurde zunehmend nervöser, je mehr wir uns dem Hügel näherten. Kurz vor der Spitze stand rechts am Weg ein viereckiger Kalkstein, kaum kniehoch. Nur zwei Worte standen darauf:

KYPHROS

———

GALLOS

Neben ›Kyphros‹ hatte jemand einen Totenkopf eingekratzt.

Ich schickte meine Sinne voraus, spürte jedoch nichts Lebendes … abgesehen von den beiden Aaskrähen, die auf einem kahlen Baum hockten.

Kaum ritt ich bergab, wurde der Brandgeruch noch stärker und beißender.

Mein Magen rebellierte. Ich hatte Mühe, das Brot und das Trockenobst bei mir zu behalten.

In jede Richtung bedeckte eine knöcheltiefe weiße Aschenschicht das Land, nur auf der Straße war der Belag dünner. Man hätte glauben können, eine Schneedecke hätte das Land überzogen. Vereinzelt ragten wenige kahle Bäume heraus, alles Weißeichen.

Ich konnte es Gairloch nicht übelnehmen, daß er nur ungern auf die weiße Asche trat.

»Ruhig, ruhig.«

Nichts lebte hier. Mein Stab war kalt.

Aber ich wußte, daß die Asche die Überreste von Männern und Frauen, von Pferden, Gras, Bäumen, Vögeln, Insekten und Herbstblumen war.

Wieder drehte sich mir der Magen um.

Doch ich mußte weiter in die Kriegszone im Norden Kyphriens vordringen, tiefer hinein in die Zerstörung, die meiner Meinung nach so sinnlos war, aber für Antonin und die Weißen Magier unerläßlich zu sein schien.

»Komm weiter.« Ich tätschelte Gairlochs Hals.

Nervös tänzelnd trug er mich weiter auf der Aschenstraße bergab.

Am Fuß des Hügels endete die Aschendecke, als hätte man eine Linie gezogen. Jetzt gab es wieder herbstliches Gras und Büsche, und die Straße war aus feuchtem Lehm.

Ich schüttelte den Kopf. Wer kannte den Grund, warum Magier all das taten?

Das Gekreisch der Aaskrähen erinnerte mich, daß uns wohl noch Schlimmeres bevorstand.

Früher war hier viel Ackerland gewesen. Ich sah noch die steinernen Pfosten und ein paar Bretter ehemaliger Zäune. Ab und zu ragte aus den Büschen ein Kamin empor. Verwilderte Obstgärten mit Apfelbäumen standen neben Mischwald aus Eichen und Nadelbäumen.

Mit jedem Hügel näherte ich mich den kreisenden Krähen und spürte die weiße Gefahr.

Im Westen ballten sich noch mehr Wolken zusammen. Mein Magen verkrampfte sich.

Schließlich hüllte ich mich in den Schutzschild. Wie ich selbst vermochte auch jeder Chaos-Magier durch einen visuellen Schutzschild hindurchzusehen. Aber der Schild verhinderte, daß die Magier Energien auf mich schleuderten. Licht ist Energie, und wenn ich verhinderte, daß Licht mich berührte, konnte ich wohl auch verhindern, in weiße Asche verwandelt zu werden. Das Problem war jedoch, daß ich nicht genug sehen konnte, da der Schild mich vor Licht und Energie abschirmte.

Eine weitere Frage beschäftigte mich. Mein Körper brachte Wärme hervor, aber ich kühlte nicht ab. Warum erhitzte mich die Körperwärme nicht innerhalb meiner Hülle? Ich ließ meine Gedanken am Schild arbeiten … und nun ließ er Energie austreten.

Konnte ich einen Schild bauen, der in beide Richtungen funktionierte, der Energie weder hinein- noch hinausließ? Wahrscheinlich schon, aber zu welchem Zweck?

Inzwischen war der Nachmittag angebrochen, und ich hatte fast die Spitze eines besonders langgezogenen Hügels erreicht. Die Aaskrähen kreisten über dem nächsten Hügel.

Ich schickte meine Sinne aus.

Der Kampf war vorüber, die Soldaten bewegten sich zu Fuß weiter und führten die Pferde.

Ein weißer Punkt war dort, ein lebendiger weißer Punkt: ein Chaos-Magier.

Es war unmöglich, den über zwanzig Soldaten und dem Magier aus dem Weg zu gehen, zumal der Magier mich jederzeit aufspüren konnte. Doch ich war weiß Gott nicht begeistert und wollte auch kein Held sein. Die

Soldaten konnten nicht gegen mich kämpfen, da sie mich ja nicht sahen. Der Magier dagegen schon.

Ich schaute zurück – soweit es mir möglich war.

Das hätte ich lieber nicht tun sollen.

Fast fünfzig bewaffnete Reiter hatten die Brücke über den Südfluß überquert und trabten jetzt zwei Hügel hinter mir in meine Richtung. Dicht hinter ihnen spürte ich eine anrollende Chaos-Woge. Ich war mir nicht sicher, aber es sprach viel dafür, daß sich Antonins goldene Kutsche näherte. Wo auch immer er gewesen war, als ich den Chaos-Brunnen des Präfekten neutralisiert hatte – jetzt folgte er eindeutig meiner Fährte.

Und all das geschah, weil ich etwas unternehmen wollte, um mich bei Destrin erkenntlich zu zeigen und Deirdres Zukunft zu sichern. Doch – hatte ich eigentlich eine Wahl gehabt? Ich dachte an Justens Warnungen und Antonins Einmischung in den Krieg zwischen Gallos und Kyphros. Jemand glaubte, ein echter Magier treibe sein Unwesen. Alle Taten hatten zu mir geführt – und ich wußte doch kaum, was ich tat.

Sie wollten mich, koste es, was es wolle.

Gairloch hielt an und wandte den Kopf zurück.

»Nein, alter Junge. Wir können nicht zurück. Dich läßt der Präfekt vielleicht Lastkarren ziehen, doch ich würde als Hauptattraktion auf dem Marktplatz enden.«

Ich griff nach dem Stab, der in der Halterung steckte. Noch ehe ich ihn berührte, spürte ich die Wärme.

Auf der anderen Seite des Hügels, wo sich die Soldaten und der Weiße Magier befanden, drohte mir Unheil.

Welche Wahl hatte ich? Vor mir einige wenige müde Soldaten und ein hoffentlich zweitklassiger Magier und hinter mir frische Truppen und Antonin.

Vorsichtig ritt ich weiter. Mir war äußerst unbehaglich zumute.

Dann sah ich sie. Ungefähr zwanzig Soldaten fledderten die Leichen auf dem Abhang. Aufgrund ihrer mechanischen Bewegungen wußte ich, daß diesmal die Truppen des Präfekten die Sieger waren.

»Harmin! Laß deine Abteilung antreten! Der Magier sagt, ein Bewaffneter kommt!«

Unwillkürlich mußte ich grinsen. Ich, ein Bewaffneter? Mit einem kleinen Messer und einem Stab, der nur zur Verteidigung diente?

»Deres, Nershal, los!«

Fünf Soldaten hatten aufgesessen und ritten langsam bergauf.

»Wo?«

»Ganz oben auf dem Hügel.«

»Da ist aber keiner!«

Ich lenkte Gairloch ins Gras neben der Straße, damit auf dem Lehmweg nicht plötzlich Hufabdrücke erschienen.

Der erste Reiter war keine zwei Armlängen von mir entfernt, als er vorbeiritt.

»Sucht auf der Straße nach Hufspuren!«

Jemand dachte mit – leider!

Der Magier, ein weißer Fleck, wartete auf einem sicher ebenfalls weißen Pferd im Schatten einer hohen Kiefer.

Ich mußte mich ihm nähern, doch so tun, als ob nicht er mein Ziel wäre. Langsam ritt ich parallel zur Straße nach unten.

»Er ist an euch vorbei, ihr Idioten! Macht kehrt! Sucht nach Hufspuren! Auch im Gras!«

Jetzt war ich auf gleicher Höhe mit dem Offizier, der die Befehle brüllte. Neben ihm warteten zwei Berittene und zwei Gefangene, ebenfalls zu Pferd. Man hatte ihnen die Augen verbunden und die Hände auf dem Rücken gefesselt. Und ich war machtlos, konnte sie nicht retten – zumindest nicht aus eigener Kraft.

Trotzdem ritt ich direkt auf den Offizier zu.

»Er reitet direkt auf euch zu!« rief der Magier von unten.

Der Offizier und die beiden Soldaten zückten die Schwerter.

Mit dem Stab war es ein Kinderspiel: schnelle Schläge auf die Handgelenke der Männer, die mich nicht sehen konnten. Sie waren so von Chaos erfüllt, daß allein die Berührung des Stabs schiere Todesqualen bereitete. Dann trieb ich die Pferde in die Flucht – nachdem ich dem dritten Mann die Zügel der Pferde der Gefangenen entrissen hatte.

Schnell steckte ich den Stab in die Halterung und begann mit dem Messer die Fesseln der Gefangenen zu zerschneiden. Das nahm zuviel Zeit in Anspruch. Die Schnüre waren dick.

Plötzlich flammte ringsumher Chaos-Feuer auf. Ich dehnte den Schutzschild auf die beiden aus.

»Seid still!« zischte ich.

Beide nickten verstört.

»Harmin! Ergreif den Hund!«

Wieder loderten Flammen gegen meinen Schild. Jetzt hatte ich die Fesseln der Frau durchschnitten. Ich drückte ihr das Messer in die Hand.

»Du mußt deinen Freund selbst befreien!« Ich riß ihr die Augenbinde ab. »Schrei nicht! Du kannst mich nicht sehen!«

Dann ritt ich von den Gefangenen fort. Am liebsten hätte ich mich aus dem Staub gemacht, doch wenn ich den Weißen Magier nicht noch ein Weilchen ablenkte, würde er die Gefangenen verbrennen.

Ich, der dämliche Schreiner, der sich ein wenig mit Ordnungs-Magie auskannte und einen Schwarzen Stab besaß, und das kleine Bergpferd mußten den Magier angreifen.

Die Hitze und die Gewalt drückten meinen Schild fast ein, als wären sie von meinem Stab angezogen. Ich mußte kämpfen, um ihn in der Hand zu halten.

Gairloch und ich preschten hinab zum Weißen Magier auf dem Schimmel.

Ohrenbetäubendes Zischen. Unglaubliche Hitze schlug mir entgegen. Ich hob den Stab.

Der Schimmel drehte sich. Ein Feuerstoß schoß aus den Fingerspitzen des Magiers. Mein Stab parierte ihn. Ich schlug mit aller Kraft zu.

Dann saß ich wie betäubt da. Plötzlich bäumte sich der Schimmel auf und warf den Reiter in weißer Kleidung ab.

Ich brauchte einen Augenblick, bis ich begriff, daß mein Gegner tot war. Vor meinen Augen wurde sein Gesicht, dann sein Körper, selbst die Gebeine, zu Asche …

»Da ist er! Noch ein Magier! Ein Schwarzer!«

Mein Schutzschild war bei dem Zusammenprall zerstört worden, so daß man mich jetzt deutlich sehen konnte.

»Jernan! Die Gefangenen!«

Ich trieb Gairloch durch das Aschehäuflein, das ein Weißer Magier gewesen war, zurück zur Straße.

»Nehmt die Bogen!« rief der Offizier. »Die Bogen, ihr Narren!«

Irgendwie sammelte ich genügend Licht um Gairloch und mich, um uns zu verhüllen.

»Er ist verschwunden!«

Trotzdem schossen sie auf uns, verfehlten uns jedoch glücklicherweise. Jetzt steckte ich noch tiefer in der Klemme. Antonin würde nie verzeihen, daß noch ein Weißer Magier getötet worden war.

Auch die Truppen des Autarchen würden kaum begeistert sein, wenn ein Schwarzer Magier umherlief. Sollten die Gefangenen sich dorthin durchschlagen, würden sie mich zweifellos als einen solchen beschreiben.

Mein Kopf schmerzte. Mein Hinterteil tat weh. Meine Augen brannten höllisch, und ich hatte den Geschmack von Galle im Mund. Ich hatte den Helden gespielt und zwei Gefangene befreit – und damit jeden Weißen Magier in Candar alarmiert.

Gairloch wieherte.

»Ja, Alter ... ich weiß.«

Irgendwie trabten wir weiter. Es war schon später Nachmittag, als die glühendheiße Unordnung, die Antonin geschaffen hatte, weit hinter uns lag.

In der Zwischenzeit rollten die Wolken aus Westen heran.

Ich ritt jetzt nicht länger über Hügel, sondern befand mich in den Bergen, die allerdings noch nicht zu den Osthörnern gehörten. Lange vor Sonnenuntergang lenkte ich Gairloch in eine schmale seitliche Schlucht, wo es Gras und einen klaren Bach gab. Ein Felsüberhang schützte uns gegen neugierige Blicke.

Ich nahm Gairloch den Sattel und die Satteltaschen ab und legte die Schlafmatte aus. Mir gelangen nur wenige Schutzstäbe, dann sank ich auf mein Lager. Mein letzter Gedanke galt Antonin und der Gefahr, die mir von ihm aus drohte.

Am Morgen waren meine Kopfschmerzen vergangen. Ich wusch mich am Bach und frühstückte. Ich hatte es nicht eilig. Antonin war mir offensichtlich nicht gefolgt, da ich noch am Leben war. Und warum sollte ich mich gleich in den nächsten Ärger stürzen? Aber es gab auch keinen Grund zu trödeln.

Am späten Vormittag sattelte ich Gairloch, verstaute alles und ritt zurück zur Straße.

In einem Punkt hatte ich mich geirrt. Auf der Straße waren deutliche Spuren einer Kutsche zu sehen.

Mich schauderte, aber was konnte ich tun?

LIX

In gewisser Weise war es eine Erleichterung, den Spuren der Kutsche zu folgen. Zumindest wußte ich, daß Antonin mich nicht unmittelbar verfolgte. Doch strenggenommen war ich nicht sicher, ob er überhaupt wußte, daß ich – Lerris – existierte. Noch beunruhigender war der Gedanke, daß es ihm völlig gleichgültig war und daß mein Handeln nicht die geringste Rolle spielte. Am schlimmsten war der Gedanke, daß meine Taten womöglich dem Weißen Magier geholfen hatten.

Antonin hatte mein Gesicht nur ein einziges Mal in der dicht besetzten Herberge gesehen und meinen Namen nie gehört. Warum sollte er mich mit dem Schreinerhandwerk oder den Katastrophen, die ich in Fenard bewirkt hatte, in Verbindung bringen? Wahrscheinlich wußte er nur, daß jemand in Gallos und Kyphros arbeitete, der stark genug war, einen Weißen Magier zu vernichten.

Ich begriff diese Vernichtung immer noch nicht ganz. Aber mir war klar, daß ich um Haaresbreite mich selbst vernichtet hätte. Ferner begriff ich nicht, warum Antonin mich nicht sofort verfolgt hatte. Jetzt konnte ich nur den Kopf schütteln und weiterreiten.

Wir gelangten in die bewaldeten Berge der Kleinen Osthörner. Früher hätte ich sie für steile Berge gehalten, aber inzwischen betrachtete ich viele Dinge mit anderen Augen.

Gegen Mittag suchte ich nach einem Bach oder zumindest einem schattigen Plätzchen und gelangte in ein schmales, trockenes Tal. Gairloch war unruhig. Rechts standen viele Wacholderbüsche, links lag ein großer weißlicher Felsbrocken.

Mir lief es kalt über den Rücken, obwohl der Fels genauso aussah als die vielen anderen ringsum. Doch auch die Wacholderbüsche wirkten unheimlich. Irgend etwas …

Ich schloß die Augen und konzentrierte meine Sinne, um zu erspüren, was dort war.

Es stellte sich heraus, daß dort überhaupt nichts war – weder der Felsbrocken noch die Wacholderbüsche. Nur ihr Trugbild war da, und dahinter erstreckte sich wieder eine flache Weiße Magierstraße. Kerzengerade schien sie von den Westhörnern bis zu den Osthörnern zu verlaufen.

Wie viele verfluchte Straßen hatten die alten Chaos-Meister erbaut? Hatten sie so ihr böses Reich zusammengehalten? Wieso hatten die Illusionen so lange überdauert?

Welch törichter Gedanke! Die Straße war alt, nicht die Illusion. Antonin befuhr diese Straße mit seiner Kutsche. Kein Wunder, daß er allgegenwärtig zu sein schien.

Ich suchte nach Kutschenspuren. Nichts. Sie waren wohl verwischt worden. Aber sie hatten zur Spitze des Bergs hinter mir geführt.

Der Chaos-Meister wollte anscheinend nicht, daß man seine Geheimstraßen bemerkte. Ich lächelte und ruckte an den Zügeln.

Die Straße war nicht böse, nur ihr Gebrauch.

Wir verbrachten eine weitere Nacht in den Kleinen Osthörnern. Ich machte mir Sorgen, weil Gairlochs Getreidekuchen zur Neige gingen, ebenso meine Münzen. Konnte ich genügend Essen für uns kaufen, wenn wir in die besiedelteren Teile Kyphros' gelangten?

Ich wusch etwas Unterwäsche aus und legte sie ausgewrungen auf die Felsen. Allerdings war ich mir nicht sicher, ob das ein guter Einfall gewesen war, denn die grauen Wolken über mir verhießen nichts Gutes.

Nach Sonnenuntergang zog ein Gewitter auf, laut wie Kutschenräder in einer Straßenschlucht grollte der Donner; es war, als reite Antonin selbst heran und säe Zerstörung über das Tal von Krecia. Ich vermutete, daß dies der Name des Ortes war, an dem ich den Weißen Magier getroffen hatte, und wenn nicht … Namen sind ohnehin nur Schall und Rauch. Die Blitze zuckten aus den am nördlichen Himmel stehenden Wolken, tauchten die dunklen, hohen Berge in helles Licht.

Trotz des Gewitters blieb die Luft warm, und die leichte Brise kühlte angenehm. Ich warf schließlich die Decke zur Seite und lag barfuß, nur mit Hemd und Hose bekleidet, auf dem Bettzeug.

Der Regen, den das Gewitter angedroht hatte, setzte nicht ein, und mit der Zeit verschwanden die Wolken vom Himmel, und die Sterne leuchteten wie Lämpchen am Himmel, so klar wie niemals zuvor, seit ich in Freistadt angekommen war, und beinahe so klar wie in einer Mittsommernacht in Recluce.

Die Dämmerung brach über mich herein wie eine Lichtwelle, der rote Sonnenball eroberte in nur wenigen Momenten den dunklen Himmel.

Da wir keinen Grund hatten, uns länger aufzuhalten, machten Gairloch und ich uns auf den Weg. In einer Hinsicht machte es schon einen Unterschied, wenn man sich auf der Südseite der Kleinen Osthörner befand.

Kyphros war viel wärmer und trockener als Gallos. Sogar im Hemd und ohne Tunika schwitzte ich – dabei war es mitten im Herbst.

Ich war mir nicht sicher, ob ich diese Gegend im Sommer erleben wollte.

Gairloch wirbelte mit jedem Schritt rötlichen Staub auf. Olivenhaine und Weinberge säumten die Straße, knorrige Olivenbäume mit kleinen silbrigen Blättern und eine andere Baumart, die ich nicht kannte. Diese niedrigen, weit ausladenden Bäume hatten dicke grüne Blätter und kleine grüne Früchte, von denen etliche teilweise orangefarben waren. Die Bäume standen so weit von der Straße entfernt, daß ich sie nicht aus der Nähe betrachten konnte.

Im Gegensatz zu den Häusern aus Roteiche und Stein in den nördlichen Fürstentümern waren die Häuser in Kyphros weiß. Aber der Anstrich war nicht das Chaos-Weiß, sondern ein mildes Weiß. Die Dächer waren meist mit roten Ziegeln gedeckt.

Gairloch und ich waren hungrig und durstig. Es war Mittagszeit. Deshalb hielt ich im nächsten Weiler vor einem Häuschen mit schattiger Veranda an.

»Kannst du mir sagen, wo ich Wasser für mein Pferd bekomme?« fragte ich einen sonnengebräunten kleinen Jungen mit schwarzen Haaren, der mir bis zum Nabel ging.

»Wir haben Wasser. Ihr müßt das Pferd ... nach hinten führen.« Er deutete nach links. »Barrabra! Ein Fremder!« Dann war er verschwunden.

Ich führte Gairloch in die angegebene Richtung. Doch dann blieb ich unvermittelt stehen. Hinter der Hausecke standen vier bewaffnete Männer. Ich wollte nicht kämpfen, aber auch nicht fliehen. Ich stand da, die Zügel in der Hand, und überlegte.

Schließlich ergriff ich meinen Stab. Mehr hatte ich nicht. Ich hatte in der Verwirrung mit dem Weißen Magier nie mein Messer von dem kyphrischen Soldaten zurückgeholt.

»Wenn ich euch schaden wollte, hätte ich euch längst bei lebendigem Leib gebraten, oder?«

Zwei ließen die Schwerter fallen und liefen fort. Einer schüttelte den Kopf. Der größte Bursche schwenkte das Schwert. Sofort sah ich, daß er nicht damit umzugehen verstand. Mit einem Schlag entwendete ich ihm sein Schwert, das gegen die Wand prallte und in den Dreck fiel.

»Ich will doch nur etwas Wasser!« rief ich müde.

»Aber ... Ihr seid ein Magier ...« Er hatte dunkle Haare und kräftige Muskeln und trug eine verblichene weiße Hose und ein ärmelloses Hemd. Seine Füße steckten in Sandalen, nicht in Stiefeln.

»Und wer bist du?« ertönte eine Stimme hinter mir.

Ich drehte mich halb um, um beide im Auge zu behalten.

Der Mann hinter mir trug die blaßgrüne Uniform mit grüner Lederweste, die ich bei den Gefangenen des Präfekten gesehen hatte, und Stiefel. Er schien mit dem Schwert bedrohlich gut umgehen zu können.

»Ich? Ich bin ein Schreiner, der in Gallos das Mißfallen des Präfekten erregt hat.«

»Klingt wenig glaubhaft.«

Leider hatte er recht. Ich hätte mir auch nicht geglaubt. »Na schön. Ich komme aus Recluce und habe in Fenard etwas zuviel Ordnung geschaffen, teilweise durch die Arbeit mit Holz. Und jetzt scheinen sämtliche Weißen Magier in Candar hinter mir her zu sein.«

»Das ist auch nicht viel besser.« Wahrscheinlich wartete er auf Verstärkung.

Und so hüllte ich mich in meinen Schild und verschwand. Während er verblüfft das Maul aufsperrte, schlug ich ihm mit dem Stab das Schwert aus der Hand.

Dann machte ich mich wieder sichtbar und reichte ihm sein Schwert. »Es stimmt, aber ich habe es satt, Spielchen zu treiben.«

Er wurde sichtlich blaß. »Was willst du?« Er steckte das Schwert in die Scheide.

»Ich suche jemanden, den ich von früher kenne ...« Ich hob den Stab.

Jetzt erst betrachtete er den Stab und sah, daß er schwarz war. Er schluckte und wurde so weiß wie die Wand. »Ist das eine schwarzhaarige Frau, die jeden Mann besiegen kann?«

Ganz so hatte ich mir Krystal nicht vorgestellt. »Eine war schwarzhaarig und eine Meisterin mit beinahe jeder Klinge. Schwarze Augen, helle Haut ...«

»Verdammt.« Er schob sich näher an sein Schwert.

»Muß ich noch mal verschwinden?« fuhr ich den jungen Soldaten an.

»Nein, nein. Wir sollen jeden aus Recluce sofort zur Sub-Kommandantin bringen. Das ist ein grundsätzlicher Befehl. Ich hätte gleich daran denken müssen. Die Sub-Kommandantin …«

»Sub-Kommandantin?«

»Sie führt die Ausbildung durch. Sie tut noch viel mehr und ist die rechte Hand des Autarchen. Für einen Magier wie dich ist das vielleicht nicht so erstaunlich, aber sie ist berühmt und berüchtigt.«

Ich war tatsächlich nicht überrascht, wenn ich mich daran erinnerte, wie blitzschnell das scheue Wesen die Äpfel zerkleinert und Gilberto in die Knie gezwungen hatte.

»Er ist auf dem Weg nach Kyphrien, zur Sub-Kommandantin. Ich bringe ihn hin, schließlich hat er unseren Kontrollpunkt gefunden. Den Kontrollpunkt von Pendril und Shervan …«

Die anderen traten einen Schritt zurück. Und dann lernte ich Shervan kennen.

»Tränke dein Pferd. Barrabra wird dir etwas zu essen machen. Dann satteln wir die Pferde. Pendril und ich reiten mit dir nach Kyphros«, erklärte Shervan, nachdem er ein halbes Dutzend Soldaten und einige kräftige Bewohner des Weilers fortgeschickt hatte.

»Bereitet das auch keine Probleme?« fragte ich.

Shervan schüttelte den Kopf. »Ich muß mich entschuldigen, daß wir dich nicht gleich erkannt haben. Es ist so lange her …«

»So lange?«

»Früher kamen oft Pilger aus Recluce, jetzt sehen wir sie nur noch selten.«

Ich nickte, weil ich den Grund kannte: Antonin.

Gairloch wieherte. Er wollte endlich Wasser. Dann tauchte im Schatten der Veranda eine üppige Frauengestalt auf.

»Das ist Barrabra«, erklärte Shervan.

»Ich muß mein Pferd tränken«, sagte ich.

»Das soll ein Pferd sein?« fragte Barrabra.

Ich lächelte. »Gairloch hat mich durch die Osthörner und die Kleinen Osthörner getragen.«

Ich führte Gairloch zum Wassertrog hinter dem Haus. Shervan folgte.

Im Gegensatz zu einigen Orten, die ich sah, seit ich Recluce verlassen hatte, Hrisbarg, Freistadt, Howlett und Weevett, um nur wenige zu nennen, wirkte die Rückseite dieses Hauses ebenso reinlich wie die Fassade und war auch vom Ziegeldach überschattet. Der Bau des Hauses bestätigte meine Annahme, daß die Sommer in Kyphros sehr heiß waren.

»... und die Galler kommen ständig. Wir kämpfen nie, es sei denn, wir sind im Vorteil, und wir müssen drei von ihnen für jeden von uns töten. Es hilft, daß wir die Höhen und Berge haben, aber erst zwei Achttage zuvor sind einige bis nach Sintamar vorgerückt«, erzählte Shervan. Dann grinste er. »Sie sind nicht zurückgekommen.«

Gairloch trank aus dem Trog, der aus Kalkstein gehauen war. Ich blickte nach Norden auf die Wolken, die sich erneut über den Kleinen Osthörnern zusammenballten. Mir kamen sie künstlich vor, aber was wußte ich schon. »Diese Wolken ...«

»... als einzige kam noch diese Messerwerferin ...«

»Messerwerferin?«

»Du hast wegen der Wolken gefragt.«

»Später. Was hast du über die Messerwerferin gesagt?«

»Nie habe ich jemanden gesehen, der so mit Messern umzugehen verstand. Nie. Nein, diese Wolken ... solche Wolken haben wir nie gehabt ...«

»Erzähl mir mehr über die Messerwerferin.«

»... nicht seit den Tagen der Großen Weißen Magier, behaupten einige. Ach ja, die Messerwerferin. Ja, sie war phantastisch. Diese feigen Galler liefen vor dem schwarzen Roß in alle Richtungen, um den Messern und dem Schwert zu entkommen. Was für ein Paar! Nie haben wir ein solches Paar gesehen!«

Am liebsten hätte ich den fröhlich plappernden Shervan erwürgt.

Gairloch hatte seinen Durst gestillt. Ich gab ihm aus der rechten Satteltasche einen Getreidekuchen.

»Wie ... wie hast du das gemacht?«

»Was?«

»Das Futter für dein Pferd. Du hast es einfach aus der Luft geholt. So was habe ich noch nie gesehen. Nicht mal der Große Weiße Magier brächte das fertig. Da wette ich.«

Ich seufzte. Ich hatte den Schutzschild um die rechte Satteltasche völlig vergessen. Jetzt würde Shervan der ganzen Welt von der wunderbaren Futterbeschaffung erzählen. »Nein ... nein. Ich habe den Kuchen nicht gemacht. Dort ist ein verborgener Sack. Das ist alles.«

»Verborgene Säcke! Was werden sie als nächstes erfinden!«

»Wann brechen wir nach Kyphros auf?« fragte ich verzweifelt.

»Pendril muß sein Pferd holen, du mußt essen, und wir müssen dein Pferd mit den verborgenen Säcken an einen schattigen Ort bringen, damit es sich ausruhen kann, während wir essen. Danach reiten wir gleich los.«

Ich rollte mit den Augen. »Laßt uns essen. Dabei kannst du mir mehr von dem phantastischen Paar und der Messerwerferin erzählen.«

»Shervan, hör auf, dem armen Magier die Ohren vollzuquatschen, und laß ihn essen. Außerdem würden wir gern auch mal mit ihm reden.« Barrabra stand auf der Treppe, die zur Hintertür führte. Sie wirkte in der Tat sehr üppig; ihr Haar war im Gegensatz zu Shervans kurzem dunklen beinahe weißblond und schulterlang. Mit Kämmen hielt sie es über den Ohren zurück.

»Ja, ja. Barrabra denkt immer ans Wichtigste.«

»Shervan!«

Der junge Mann lächelte mich an.

»Mein Pferd …?«

»Ach ja, hier entlang.«

Er führte mich in den Stall. Abgesehen von einem Palomino war er leer und kühl.

»Du kannst jede Box benutzen, aber Pablo mag keine anderen Pferde …«

Ich verstand den Hinweis und brachte Gairloch ganz hinten unter. Allerdings nahm ich ihm nicht den Sattel ab und schloß auch nicht die Stalltür. Vielleicht müßte ich diesen gastlichen Ort schnell verlassen.

»Wird auch Zeit«, meinte Barrabra, als Shervan mich in einen langen dämmrigen Raum führte, der von einem langen polierten Tisch aus Roteiche beherrscht wurde. Auf jeder Seite stand eine Bank, ebenfalls aus Roteiche. Vor jedem Platz sah ich eine große leere Schüssel mit einem Löffel stehen.

Am Tisch saßen ein Junge, etwas älter als der, der mich begrüßt hatte, ein Mädchen mit blondem Haar wie Barrabra, und zwei junge Männer in den gleichen Uniformen wie Shervan.

Eine Frau, die leicht dreimal so alt war wie ich, saß an der Tischmitte. Sie hatte wie Barrabra die grauen Haare hochgesteckt. Auch sie trug weite Hosen und eine lose Bluse, deren Ärmel über dem Ellbogen endeten. Barrabras Kleidung war dunkelgrün, die der älteren Frau hellgelb.

Meine Stiefel hallten auf den Steinplatten des Bodens wider.

»Er klingt nicht wie ein Magier«, fand die Alte.

»Großmama!«

»Nein.«

»Ich habe gesehen, wie er einen Kuchen für sein Pferd aus der Luft geholt hat«, erklärte Shervan.

»Das nennst du ein *Pferd?*«

»Es ist ein prima Pferd. Ich wünschte, ich hätte so eins«, warf der Junge, der mich zuerst begrüßt hatte, ein.

»Jetzt wird gegessen. Setzt euch. Gebt dem Magier einen Stuhl.«

Shervan führte mich zum Stuhl am Tischende. Ich setzte mich. Der Platz rechts von mir war leer, links saß das blonde Mädchen.

Plötzlich herrschte Schweigen im Raum. Alle blickten mich erwartungsvoll an. Da dankte ich stumm Magistra Trehonna, die uns erzählt hatte, daß die Menschen in Kyphros einst nur an einen Gott geglaubt hätten.

Ich senkte den Kopf und begann: »Zu allen Zeiten hat es Unordnung gegeben. Es ist die Aufgabe aller rechtdenkenden Menschen, statt des Chaos für Ordnung zu sorgen. Mögen wir alle des Willens sein, diese Ordnung herbeizuführen. Mögen wir die Kraft haben, dem Bösen zu widerstehen und Gutes zu tun.«

Ich hielt den Kopf gesenkt und schwieg, da ich nicht wußte, wie ich das Gebet beenden sollte.

»Friede unter Gott«, sagte Shervan.

»Schön ... etwas eigenartig, aber schön«, bemerkte ein Soldat.

»Er klingt doch wie ein Magier«, erklärte die Großmutter.

»Wo ist das Essen?«

»Ich hol's ja schon!«

Ehe Barrabra noch erschien, eilte ihr der Duft von Fleisch und Gewürzen voraus. Sie stellte ein Tablett mit einem herrlichen Fleischauflauf vor die alte Frau und ging zurück in die Küche. Ich war froh, denn für den Auflauf brauchte ich kein Messer.

»Scharfes Lammragout, mein Lieblingsessen!«

Auf dem zweiten Tablett lagen Berge frisch gebackener Brote. Später kamen noch ein Krug und ein Becher dazu.

Dann nahm Barrabra neben mir Platz. »Hast du eine Frau, Magier?«

Ich schluckte. »Ich glaube nicht, Barrabra.«

»Also, was nun? Hast du oder hast du nicht?«

»Reich mir bitte das Ragout!«

»Nimm ein Stück Brot und gib den Laib dem Magier!«

»Ich heiße Lerris und ich …« Ich wollte sagen, daß ich kein Magier sei, aber die Worte blieben mir im Hals stecken. Plötzlich bekam ich Angst, ich könnte vielleicht zum Teil ein Magier sein.

»Großmama, er heißt Lerris.«

»Gut, daß ist besser, als ihn Magier zu nennen. Er ist zu jung, um ihn Magier zu nennen, selbst wenn er einer ist.«

»Ich möchte was vom Ragout!«

Ich blickte hilfesuchend zu Shervan, doch der grinste und versenkte den Löffel im Lammragout.

»Nun zu deiner Frau. Ist sie jung? Ich wette, sie ist dürr und hat eine scharfe Zunge, wie alle im Norden«, bemerkte Barrabra und füllte meine Schüssel mit dem würzigen Ragout.

Das blonde Mädchen reichte mir einen Laib Brot. Ich brach ein großes Stück davon ab.

»Barrabra, er kann keine Frau haben. Ich wette, er hat nicht mal eine Schwester, richtig?«

»Nein«, gab ich zu und nahm einen Löffel der würzigen Fleischspeise. Das Ragout war sehr wohlschmeckend, aber scharf.

»Ooooff …« Ich schluckte und griff hastig nach meinem Becher. Scharf? Würzig? Keines von den beiden Wörtern beschrieb dieses Ragout in auch nur annähernd passender Weise. Es brannte nicht einfach bloß, es versengte mir regelrecht den Rachen bis hinunter zum Magen.

»Nicht trinken, Dummkopf! Du mußt Brot essen. Das hilft«, riet mir das Mädchen geduldig und gleichzeitig etwas herablassend.

Da das Getränk, das übrigens ungewohnt fruchtig schmeckte, das Feuer in Hals und Magen nicht zu löschen vermochte, biß ich ein großes Stück Brot ab und schluckte, so schnell ich nur konnte.

Mit dem Handrücken wischte ich mir die plötzlich in die Augen schießenden Tränen aus dem Gesicht, aber das Brennen ließ tatsächlich nach.

»... der Postreiter hat erzählt, die Irren hätten einen Magier verloren ...«

»... Haylens Vetter hat gesagt, ein Magier hätte ihn befreit ...«

»Ha! Er will nicht zugeben, daß er unvorsichtig war. Das ist alles.«

»Noch ein wenig Ragout, bitte!«

»Wann nimmst du mich mit nach Kryphien, Shervan? Du hast es versprochen.«

Ich aß weiter. Das Ragout schmeckte teuflisch scharf, aber mit Brot gelang es mir, es zu schlucken, ohne daß mir Flammen aus dem Hals schlugen. Allerdings stand mir der Schweiß auf der Stirn.

»Du hast meine Frage nach der Frau noch nicht beantwortet, Zaub... ich meine Lerris.«

Ich trank einen Schluck. »Zur Zeit habe ich keine. Es ist nicht klug ...«

»Ich habe es dir gesagt, Barrabra! Er sieht nicht so aus, als würde er sich mit Frauen auskennen.«

Damit hatte das blonde Mädchen recht.

»Sei still, Cirla.« Barrabra hob die Hand. »Nicht klug? Es ist klug, sich nicht von jedem hübschen Gesicht verführen zu lassen.«

»Ich denke, daß ...« Ich kämpfte zugleich mit ihrer Frage und dem scharfen Ragout.

Sie schüttelte den Kopf. »Männer! Ihr denkt, daß Frauen zu zerbrechlich sind und daß nur Männer große Taten vollbringen können.«

»Das habe ich nicht gesagt ...«

»Gesagt hast du es nicht, aber gedacht! Möchtest du lieber in Kyphros unter dem Autarchen leben oder unter einem Wahnsinnigen wie dem Präfekten von Gallos? Große Taten … pah! Wenn man von großen Taten träumt, führt das zu Bösem, und zu viele Männer träumen von großen Taten. Mir ist ein Mann lieber, der einen Obstgarten liebt.«

Ich dachte an meine Arbeit mit Holz, wollte mich jedoch nicht rechtfertigen.

»… die gallischen Soldaten werden jedes Jahr jünger.«

»Unsre auch. Wir verbluten alle …«

»Reich mir das Brot.«

»… wir machen in Meltosia halt. Dann ist es noch ein Tagesritt.«

Ich spitzte die Ohren, um zu hören, was die beiden jungen Soldaten sagten. Aber es gab zu viele Unterbrechungen.

Dann endete das Mahl so unvermittelt, wie es begonnen hatte.

»Genug!« erklärte Barrabra. »Ihr würdet den ganzen Nachmittag hier sitzen, wenn ihr könntet. Der Magier muß nach Kyphrien, und Saltos und Gerarra …« Sie deutete auf die beiden anderen Soldaten. »… müssen meinen Nicklos und meine Carmen von der Wache auf dem Kontrollpunkt ablösen.«

»Jetzt schon?« fragte der eine.

»Ihr seid spät dran. Los, den Tisch abräumen.«

Ich ging mit Shervan zum Stall. Er sattelte Pablo. Ich sah mich um und bemerkte einen kleinen Stapel Getreidekuchen.

»Kann ich einige davon kaufen?«

»Nein … nein … sie gehören ja dir. Wir haben frisches Getreide und Gras.«

»Aber das kann ich nicht annehmen.«

Shervan zuckte die Achseln. »Dann kannst du uns ja … irgendwann … ein Geschenk machen … für Barrabra.«

Ich begriff. »Gut, mache ich.«

Schwere Schritte näherten sich.

»Pendril ist da«, meldete Shervan.

Der andere Soldat schien kräftiger und älter als Shervan und hatte einen prächtigen schwarzen Schnurrbart. »Los, Shervan. Willst du erst in Meltosia ankommen, wenn Parlaans geschlossen hat? Ach, der Magier reitet das kleine Bergpferd? Na ja, Magier sind eben Magier.«

Shervan zwinkerte mir zu.

Dann ritten wir in den sonnigen Nachmittag hinaus. Die Straße von Tellura nach Kyphrien war dieselbe, die mich hergeführt hatte. Staubig führte sie über die Berge.

Shervan ritt seinen Palomino Pablo und Pendril, der am Mittagessen nicht teilgenommen hatte, einen schwarzweiß gefleckten Wallach. Im Gegensatz zu diesen Pferden wirkte Gairloch besonders klein.

»Er ist schnell, obgleich er so klein ist.«

»Der Magier reitet für einen Magier auch recht gut.«

»Bist du sicher, daß er ein Magier ist?«

»Ob ich sicher bin? Laß mich dir sagen ...«

Während der ersten vier Meilen erzählte Shervan mindestens dreimal und jeweils mit leichten Änderungen, wie ich ihn entwaffnet und den Getreidekuchen aus der Luft geholt hatte.

Inzwischen berührte die Sonne im Westen die Wolken, und die ungewöhnliche Hitze ließ nach. Jetzt machte mir der Ritt mehr Freude. Das Gelände wurde flacher, auf einigen Weiden sah ich Ziegen, doch nur auf eingezäunten.

»Ja ... der Autarch. Jede Ziege ohne Brandzeichen auf einer nicht eingezäunten Weide gilt als Wild und kann geschossen oder eingefangen werden. Wenn sie ein Brandzeichen trägt, muß der Besitzer zwei Kupferlinge Lösegeld bezahlen, um sie zurückzubekommen.«

Ich runzelte die Stirn. Shervan fuhr mit seiner Erklärung fort.

»Die Ziege frißt nämlich alles, und wenn sie alles aufgefressen hat, kommt die Wüste. Wir brauchen Ziegen, aber wir brauchen auch Bäume, besonders die Oliven, Zitronen und Orangen.« Er grinste. »Aber wir essen häufig auch leckeren Ziegenbraten.«

»Ich habe keine Büffel gesehen.«

»Kyphros ist zu heiß für Büffel, höchstens unterhalb der Westhörner gibt es welche«, erklärte Pendril. Seine Stimme war tiefer, und er sprach langsamer als Shervan. »Aber von uns möchte keiner gern bei den Zauberbergen leben – besonders jetzt nicht.«

»Zauberberge?«

»Von dort kommen die Wolken, die Blitze und Feuer bringen. Dort hausen die Weißen Magier, und viele Menschen sind in jener Gegend spurlos verschwunden. Wenn man nach Sarronnyn will, ist es ratsamer, zuerst nach Süden zu reiten oder sogar nördlich von Gallos. Jetzt aber kann man die Nordroute auch nicht mehr nehmen.«

»Mein Vater hat erzählt, daß Sarronnyn saftige Weiden hätte und es nicht so kalt wie Gallos und nicht so heiß wie Kyphros sei. Außerdem sollen die Frauen immer freundlich und Fremde allgemein beliebt sein. Jedenfalls hat er das behauptet.« Shervan blickte auf die staubige Straße vor uns und plapperte sogleich weiter. »Mein Vater fuhr früher einen Fuhrwagen für Wistar, aber damals stand die mittlere Straße allen offen, und man brauchte nur vier Tage bis Sarronnyn, nicht wie heute einen vollen Achttag oder noch länger. Vier Rosse mußten seinen Wagen ziehen. Er schimmerte wie Rotgold. Ich erinnere mich, wie er mich auf den Kutschbock hob und mich die Zügel halten ließ.«

Shervan blickte zurück. Niemand war hinter uns. Das hatte ich bereits überprüft. Wir hatten zwar einen kleinen Wagen überholt, der mit geschlossenen Körben beladen war, und auch einen Postreiter gesehen, der nach Tellura wollte. Die Straße wurde wenig benutzt.

»Ich sehe niemanden. Meinst du, wir werden einen der Feinsten zu Gesicht bekommen?« fragte Shervan.

»Hier? Soweit weg von den Bergen?«

»Aber der Magier sollte einen der Feinsten sehen.«

Ich vermutete, bereits einige der Feinsten als Gefangene in Fenard gesehen zu haben. Wir ritten weiter, tiefer hinein in Kyphros.

Meltosia war nahezu eine Wiederholung von Tellura. Allerdings standen hier nicht nur ein halbes Dutzend, sondern fast ein ganzes Dutzend Häuser. Eines davon war sehr lang und nahm Reisende auf. Mama Parlaans Haus schien nicht gerade eine Luxusherberge zu sein. Doch die Räume waren kühl und die schmalen und harten Betten sauber. Als Abendessen gab es wieder ein scharf gewürztes Ragout – Ziege, nahm ich an, fragte jedoch nicht.

Kurz nach Tagesanbruch gab es Frühstück. Shervan wachte so gesprächig auf, wie er eingeschlafen war.

»Was für ein prächtiger Morgen. Es ist eine Freude zu leben. Schaut nur, wie rosig sich der Himmel über den Hügeln spannt. Und der Tau liegt wie Perlen auf den Yuccas. Ein guter Tag für einen langen Ritt. Und bis Kyphrien ist es noch ein gutes Stück, findest du nicht auch, Pendril?«

Pendril erntete meinen Dank, weil er nur grunzte.

Das Mittagsmahl nahmen wir in der Unterkunft von Soldaten ein, die an einem kleinen Kontrollposten die Brücke über den ersten Fluß bewachten, den ich überhaupt in Kyphros sah. Er war eigentlich ein sich dahinschlängelnder Bach, knapp fünfzehn Ellen breit und keine Elle tief.

»Aber wenn die Flut im Frühling kommt, reißen die Wassermassen alles weg und überschwemmen das Land meilenweit.«

Ich hatte gar nicht gefragt, aber Shervan hatte schon sämtliche Fragen beantwortet, die ich hätte stellen können, vielleicht auch einige, die mir nie eingefallen wären.

Und so erreichten wir Kyphros.

LX

»Bis hierhin und nicht weiter begleiten wir dich«, erklärte Shervan, als wir die niedrige Mauer in der Nähe des Wachpostens erreicht hatten.

»Warum?«

»Es war unser Auftrag, dich hierherzubringen. Wir sind Außenposten und dürfen nicht in diese Mauern hinein, es sei denn für besondere Aufgaben oder zur Ausbildung.« Er ließ die Zügel schleifen. »Ansonsten halten wir auf unserem Kontrollpunkt Ausschau nach umherirrenden Magiern und lassen uns von Barrabra herumkommandieren.« Er lächelte.

Da ich nicht über die gesamte Wahrheit verfügte, wußte ich nicht, ob dieser Befehl Sinn ergab oder nicht. »Und was soll ich jetzt tun?«

»Du bringst dein Pferd im Hauptstall unter. Reite durch das Tor und dann nach rechts. Dann gehst du bis zu dem Haus mit der grünen Fahne und verlangst, die Sub-Kommandantin zu sprechen. Wahrscheinlich werden sie Einwände erheben, aber du mußt darauf bestehen, daß man dich zur Sub-Kommandantin führt. Ich bin sicher, daß dir etwas einfällt, um die Wachen zu überreden.«

Beide Männer lachten.

Ihr Vertrauen ehrte mich, war jedoch nicht angebracht. Ehrlich gesagt, es war herrlich gewesen, während der letzten Tage zu reiten, ohne den Schutzschild zu weben oder sich zu ängstigen, als Magier erkannt zu werden, oder sich vor allen verstecken zu müssen.

Ich ritt zum Tor. Die Wachen musterten mich scharf, dann meine Begleiter. »Was ladet ihr bei uns ab?«

»Befehl! Er soll zur Sub-Kommandantin gebracht werden.« Shervan gelang es nicht ganz, ernst zu bleiben. Pendril blickte in die andere Richtung.

»Einer von denen also.« Der Wachposten blickte mich an. »Der Stall ist links. Sobald du dein … Pferd … untergebracht hast, gehst du unverzüglich ins Hauptgebäude. Geh nirgendwoanders hin, sonst zückt jemand die Waffe, ehe er Fragen stellt.«

Der Stall stand dort, wo er stehen sollte, ein solider roter Ziegelbau mit Schieferdach.

»In offizieller Sache hier?« fragte der Stallbursche. Er stand schon neben mir, ehe ich einen Fuß aus dem Steigbügel gezogen hatte.

Ich nickte.

»Hier unterschreiben.« Er reichte mir ein Pergament und zeigte auf die Linie unter den Worten: ›Stallerlaubnis.‹ Er trat einen Schritt zurück. »Wenn du nicht schreiben kannst, mach dein Zeichen. Laß dir die Erlaubnis von einem Offizier abzeichnen, sonst kostet der Stall einen Kupferpfennig pro Tag. Wenn du die Erlaubnis verlierst, kostet's zwei Kupferlinge.« Er musterte Gairloch. »Bergpferd?«

»Ja.«

»Dann nimm die letzte Box rechts.«

Ich führte Gairloch in die letzte Box. Wie immer verbarg ich die Satteltaschen unter dem Schutzschild. Den Stab nahm ich mit.

Der Stallbursche machte große Augen, als er ihn sah. »Zur Sub-Kommandantin?«

»Ja.«

»Viel Glück! Eine eiserne Dame. Geh zum roten Torbogen. Dort drüben unter der grünen Fahne.«

Keine hundert Ellen weiter stand ein Wachposten beim roten Torbogen.

»Ich möchte der Sub-Kommandantin eine Botschaft überbringen«, sagte ich.

»Zur Sub-Kommandantin der Wache? Eine Botschaft von … was bist du?«

»Unter anderem ein Schreiner.« Genaugenommen war ich tatsächlich mehr Schreiner als Ordnungs-Meister.

»Eine Botschaft von einem Schreiner?« Der junge Posten schüttelte fassungslos den Kopf. »Sie würde dich keines Blickes würdigen, Mann.«

Der hölzerne Torrahmen und das Mauerwerk sahen nicht so aus, als könnten sie ihn stützen. Überall Risse und Staub. Einen Augenblick lang war ich versucht, ihn ins Chaos zu tunken und Posten und Bauwerk noch mehr zu schwächen und zu altern, doch dann hielt ich mich an Justen und das Buch. »Wollen wir wetten?«

»Ha, was könntest du schon außer deiner Haut setzen?«

»Sagen wir ein paar Silberlinge, daß du mit deinem prächtigen Schwert gegen meinen schlichten Stab nichts ausrichten kannst.«

Ich legte die Hand um den Stab.

Er war über meinen Vorschlag so verblüfft, daß er den Stab nicht näher in Augenschein nahm. »He, vorsichtig. Ich könnte deine Wette annehmen. Es ist ein Verbrechen, einen Wachposten des Autarchen zu schlagen.«

»Ist es auch ein Verbrechen, dein Schwert zu berühren?«

»Nein.« Er war verwirrt.

»Na ja, das erschwert die Sache etwas. Sagen wir ein Goldstück, und du bringst meine Botschaft zur Sub-Kommandantin?«

»Und wenn ich gewinne?«

»Dann bekommst du zumindest mein Blut und ein Goldstück.«

»Woher weiß ich, daß du ehrlich bist?«

Ich seufzte. »Weil die Strafe für Unehrlichkeit wohl mein Kopf wäre.«

»Du klingst nicht wie ein Schreiner.«

Der Junge war gescheit, beinahe genial.

»Das habe ich nie behauptet.«

Er musterte mich von Kopf bis Fuß. Ich sah, wie ein Plan in seinem Kopf entstand.

»Wenn ich du wäre, würde ich das nicht tun«, warnte ich ihn. »Die Sub-Kommandantin weiß bereits, woher ich komme, und keiner von euch ist ihrer Klinge gewachsen.«

»Woher weißt du das?«

Es gelang mir, keine Miene zu verziehen. Manchmal schaffte ich das.

Er schluckte. Aber wie ich bereits sagte, der junge Soldat war blitzgescheit – zumindest für einen Candarer. »Du hast mit deinem Stab gegen ihre Klinge gekämpft?«

»Das ist schon geraume Zeit her. Zweifellos ist sie inzwischen besser geworden.«

Jetzt dämmerte ihm, wie nahe er dem Tode gewesen war.

»Ich könnte ihr deinen Namen nennen … und ihr die Entscheidung überlassen.«

Ich nickte. »Das wäre wohl am sinnvollsten. Ich heiße Lerris.« Eigentlich hatte ich nie mehr gewollt, aber nirgends konnte man ohne Umschweife vorgehen. Außerdem hatte ich aus irgendeinem Grund nicht gezielt nach Krystal fragen wollen. Vielleicht sturer Stolz … davon hatte ich immer noch genügend.

Der rothaarige junge Soldat brüllte: »Bidek! Komm sofort her!«

Gleich darauf erschien noch ein junger Soldat, kräftiger, mit dunklen Haaren. Der Rotschopf marschierte über den Innenhof – einer der wenigen in Candar, der mit Steinplatten gepflastert war – und verschwand in einem grauen dreistöckigen Granitgebäude.

Während ich wartete, stellte ich weitere Beobachtungen über meine Umgebung an, hauptsächlich, um das Holz zu prüfen. Zu meiner Verteidigung hatte ich einen Plan entworfen, der nicht gegen die Regeln der Ordnung verstoßen würde, da er durch und durch schöpferisch war.

Doch mußte ich den Plan nicht in die Tat umsetzen, da der Rotschopf mit drei Kameraden aus dem Gebäude zu mir kam. Der Mann in der Mitte trug sauberes grünes Leder und eine Klinge, die sein Talent verhieß. Er blickte auf meinen Stab und nickte.

»Die Sub-Kommandantin heißt dich willkommen, Ordnungs-Meister. Bitte, folge mir.«

Ordnungs-Meister! Verdammt! Die beiden jungen Wachposten waren so weiß wie Chaos, als ich sie mit dem Stab grüßte. Dann marschierte ich mit den Soldaten ins Granitgebäude. Wir gingen drei breite Treppen hinauf zu einer schweren, mit Eisen beschlagenen Tür. Der Klopfer hätte Tote erwecken können.

Die schwarzhaarige Dame öffnete selbst. Sie zuckte nicht mit der Wimper, als sie uns eintreten ließ. Krystals Unterkunft war für die eines Soldaten beinahe luxuriös: zwei große Zimmer, ein Konferenzraum mit einem großen rechteckigen Tisch und schweren Armstühlen. Von dort konnte man auf eine große geschlossene Veranda gehen. Außerdem verfügte sie noch über ein Schlafzimmer.

Wir standen jetzt im Konferenzraum. »Der Ordnungs-Meister, Kommandantin.«

»Danke, Statcha. Ihr könnt gehen.« Krystal trug grüne Lederhosen und eine kurze Jacke über einer grünen Ledertunika. Über der linken Schulter hing eine goldene Tresse, den schmalen Jackenaufschlag zierten vier Silbersterne.

Statcha zog die Brauen hoch. Krystal lachte. Ihr Lachen klang entspannter und melodischer, als ich es je gehört hatte. »Statcha, du weißt, daß ich von einem einzigen Mann nichts zu befürchten habe. Und selbst ein ganzes Heer könnte mich nicht vor einem Chaos-Meister oder Ordnungs-Meister schützen.«

Die Männer zuckten zusammen, als hätte sie ihnen Peitschenhiebe versetzt. Doch hatte sie freundlich gesprochen. Während sie sprach, ließ ich meine Gefühle ihre Klinge abtasten. Verblüfft stellte ich fest, daß es noch dasselbe Schwert war, das ich ihr damals gekauft hatte … doch inzwischen hatte der Stahl viel mehr Ordnung angenommen. Ebenso Krystal. Ich scheute mich, ihre Gefühle zu erspüren. Ich hatte Angst, diese zu ergründen.

»Lerris.«

Ihre schwarzen Augen bohrten sich in meine. »Du siehst älter aus – und klüger.«

»Ich bezweifle beides.«

Sie lächelte. »Das allein beweist, daß beides zutrifft. Ich freue mich, dich zu sehen. Allerdings habe ich nie gezweifelt, daß wir uns wiedersehen würden.«

Ich hob die Brauen.

»Du gehörst nicht nach Recluce, und früher oder später … Warum bist du gekommen?«

»Ich muß mehr über den Autarchen erfahren.«

»Warum bist du dann zu mir gekommen?«

Ich bewunderte ihre offene Art. Sie war noch immer liebenswert, aber jetzt mit Stahl gehärtet.

»Weil …« Ich holte tief Luft, schüttelte dann aber den Kopf. »Ich weiß es nicht. Es schien mir richtig zu sein. Und ich bin froh, daß ich es getan habe. Aber den Grund vermag ich dir nicht zu nennen.« Mein Puls raste, als würde ich mich belügen. Das beunruhigte mich.

»Es paßt dir nicht, daß du meine Frage nicht beantworten kannst.«

Ich lächelte verlegen. »Stimmt.«

Ihre Augen glitten an mir vorbei, dann zurück auf mein Gesicht. »Über dich zirkulieren Geschichten durch ganz Candar, aber niemand weiß, wer du bist. Als ich von dem Lehrling des Grauen Magiers mit einem Schwarzen Stab hörte, der in Jellico eine Hure heilte und plötzlich unsichtbar war, wußte ich, daß nur du es sein konntest.«

Mein Magen drehte sich etwas. Wenn Krystal nur wüßte …

»Hast du den Weißen Magier im Tal von Krecia vernichtet?«

»Das geschah rein zufällig«, gab ich zu.

Die Sub-Kommandantin schüttelte den Kopf. »Immer noch dieselbe Mischung aus Selbstvertrauen und Bescheidenheit.«

»Bescheidenheit?«

Krystal überging meinen Einwand. »Bleibst du hier?«

»Nein, nicht lang, wenn ich helfen soll, ehe es zu spät ist. Ich muß rückgängig machen, was ich vielleicht angerichtet habe.« In diesem Augenblick wollte ich bleiben, um ihr melodisches Lachen zu hören, sie zu sehen. Doch die Ordnung in mir wehrte sich dagegen, sie oder mich zu belügen. »Noch bin ich nicht der Ordnungs-Meister, wie du mich genannt hast. Vielleicht werde ich es nie sein. Ich habe meine Aufgabe noch nicht zu Ende geführt.«

Krystal schüttelte den Kopf. In ihrem schwarzen Haar tauchten Silberfäden auf. Sie hatte es auch nicht mehr mit silbernen oder goldenen Schnüren zurückgebunden. Es war kurz geschnitten, kaum länger als meins. »Ich möchte, daß du zum Abendessen bleibst.«

Das war keine Bitte, sondern ein klarer Befehl.

Ich überlegte. Noch heute wegzureiten würde nichts ändern. Antonin wußte nicht, wer oder wo ich war – noch nicht! In Kürze würde sich das ändern. Aber irgendwo mußte ich schlafen. Eine Nacht im Schutz der Wachen des Autarchen war mit Sicherheit besser, als in irgendeinem Gebüsch zu nächtigen.

»Laß uns einen Augenblick auf der Veranda sitzen. Ich muß bald zu einer Besprechung mit dem Autarchen. Danach können wir uns richtig unterhalten.« Wir setzten uns auf den Balkon, wo ein kleiner Tisch und mehrere Stühle standen. »Ich würde dir etwas anbieten, doch muß ich gehen, ehe es kommt. Ich will lieber hören, wie es dir ergangen ist und warum du mit dem Autarchen sprechen willst.«

»Ich bin hier, um dich zu warnen. Der Präfekt hat sich mit Antonin verbündet. Ich habe den Fehler begangen, einen seiner Verbündeten zu töten, den Weißen Magier.«

»Antonin?« fragte Krystal erstaunt.

»Der mächtigste aller Chaos-Magier. Er hat Tamra irgend etwas angetan und scheint den Meistern von Recluce trotzen zu können – zumindest jetzt.«

»Hast du Tamra gesehen?«

Wieder drehte sich mir der Magen um. »Ihr Gesicht habe ich nicht gesehen, aber Spuren von ihr. Ich bin sicher, sie ist mit Antonin verbündet. Meiner Meinung nach jedoch gegen ihren Willen.«

»Gegen ihren Willen? Das kann ich nicht glauben. Bist du sicher?«

Was konnte ich sagen? Beklemmendes Schweigen breitete sich aus. Schließlich fuhr ich fort.

»Chaos ist … anders. Selbst für die besten Ziele darf man Chaos nicht einsetzen, weil man immer riskiert, davon eingefangen zu werden. Das habe ich gehört, und es stimmt, wie ich selbst herausfand. Ich hatte das Glück, einen freundlichen Magier zu treffen, ehe ich zu großen Ärger bekam.« Ich zwang mich zu lachen. »Aber da haben bereits die Soldaten zweier Fürstentümer Jagd auf meinen Kopf gemacht.«

»Wie bist du aus Freistadt entkommen?«

»Ich habe ein Pferd gekauft und bin weggeritten!«

Krystal lachte. »So leicht war es nicht. Ich kenne dich doch.«

»Stimmt. Wie war's bei dir? Ich habe gehört, die Herberge, in der wir abgestiegen waren, ist abgebrannt.«

»Ich habe behauptet, aus dem Norden zu stammen, und habe mich beim alten Herzog als Söldnerin verdingt. Dann habe ich gewartet, bis der neue Herzog an die Macht kam, und habe mir einen Vertrag besorgt, mit dem ich mit den ersten Kaufleuten wieder nach Recluce fuhr. Als der Herzog Jellico erreichte, hatten wir genügend Geld, um Gäule für den Ritt über die südlichen Pässe nach Kyphrien zu kaufen. Ich habe dann mit einem Waffenmeister gearbeitet, der Leibwächter für Kaufleute ausbildete, und habe dabei selbst viel gelernt. Der Mann schlug mir vor, in die Dienste des Autarchen zu treten, da sie gern Frauen in ihrer Truppe hatte. Kasee mochte mich. Zuerst arbeitete ich als Straßenpatrouille im Westen. Es gab viele Tote, als Deserteure des Herzogs von Freistadt sich dort Land aneignen wollten.«

Ich blickte sie forschend an. »Über dich habe ich im vergangenen halben Jahr viel gehört. Du hast die Schleusen geöffnet und den Nachschub vernichtet.«

Krystal errötete. Ich wollte mich nach Wrynn erkundigen, ließ es jedoch.

»Was ist mit diesem Antonin?« fragte sie mich.

»Er hat die Soldaten des Präfekten in Irre verwandelt, vom Chaos verseucht. Deshalb ergeben sie sich nie, sondern kämpfen bis zum Tod.«

»So etwas haben wir geahnt. In Candar gibt es keine Ordnungs-Meister. Und jetzt kann ich nicht länger bleiben. Macht es dir etwas aus, hier auf mich zu warten? Du kannst dich waschen, und dort drüben steht Obst.«

Und wieder war es keine Bitte, eher ein Befehl.

»Wie lang? Ich mache mir wegen meines Pferdes Sorge, außerdem bin ich wirklich nicht vorzeigefähig.«

»Nun … vor dem Abendessen bin ich zurück.«

»Gut, ich warte.« Ich war froh, Zeit zu haben, um über vieles nachzudenken.

Krystal gab mir einen leichten Kuß auf die Wange. »Ich freue mich, daß du gekommen bist. Entspann dich, wenn du kannst.«

Der Kuß war rein freundschaftlich gewesen. Krystal wandte sich zum Gehen.

Ich wusch mir Gesicht und Hände. Obwohl ich neugierig war, sah ich mir nicht die Papiere auf ihrem Schreibtisch an.

Ich legte mich auf den Divan und war sogleich eingeschlafen.

»Wie ich sehe, hast du gewartet.« Krystal riß mich aus dem Schlaf. Es wurde bereits dunkel.

»Lange Besprechung ...«, meinte sie. Jetzt sah ich einige graue Fäden in ihrem schwarzen Haar. »Lerris, ich muß mich für das Abendessen umziehen, und das solltest du auch tun.«

»Nun gut. Ich habe noch einfache, aber saubere Sachen in den Satteltaschen.«

»Ich schicke sofort ...«

Ich schüttelte den Kopf. »Man würde nichts finden.«

»Verstehe. Du hast einiges gelernt.«

»Du gewiß ebenso, Teuerste.«

»Herreld wartet draußen. Er soll dich begleiten. Um dein Bett kümmern wir uns später.«

Krystal ging zur Tür und ich in den Stall, um meine Kleidung zu holen.

LXI

»Hier ist es.« Krystal nickte zu einer Tür, vor der zwei in Grün gekleidete Wachen standen. Sie trug ihr Schwert. Wahrscheinlich schlief sie damit.

Ich hatte den Stab bei Krystal gelassen. An meinem Gürtel hing nur die leere Scheide, da es in einigen Fürstentümern Ärger geben konnte, wenn man mit Dolch oder Messer erschien.

»Es ist nur ein Abendessen in kleinem Rahmen«, erklärte Krystal. »Der Autarch möchte mehr über deine Abenteuer hören.« Sie geleitete mich ins Speisezimmer.

Der Raum war in der Tat kein Staatszimmer. Eine grüne Decke mit Goldbordüre lag auf dem großen schwarzen Eichentisch, und Silberbesteck neben Porzellantellern, die beinahe so kostbar waren wie das beste Geschirr meiner Mutter. Über ein Dutzend Wandleuchter verbreiteten so viel Helligkeit, wie man sie abends in Candar selten sah. Offenbar konnte sich der Autarch soviel Lampenöl leisten.

Am großen Erker standen sechs Personen und unterhielten sich. Durchs Fenster sah man auf die Beleuchtung der Stadt Kyphrien.

»Krystal«, sagte die Frau im hautengen grünen Seidenanzug. Silbrige Strähnen zogen sich durch ihr rabenschwarzes Haar. »Würdest du mir deinen Freund vorstellen?«

»Das ist Lerris«, sagte Krystal und stellte mir die anderen vor. »Ihre Durchlaucht, Autarch Kasee, Wachkommandantin Ferrel, Minister für öffentliche Arbeiten Zeiber, Liessa, Schwester Ihrer Ehren, Finanzministerin Murreas und Priester Dorna.«

»Es ist mir eine große Ehre«, sagte ich und verneigte mich vor dem Autarchen. »Ich fühle mich geehrt, alle kennenzulernen.« In gewisser Weise traf das zu.

»Krystal sagte, du wärst jung«, bemerkte die jüngere Frau, die dem Autarchen sehr ähnlich sah. Allerdings hatte sie keine grauen Strähnen im schwarzen Haar.

Der dünne weißhaarige Minister für öffentliche Arbeiten nickte nur, ebenso die Finanzministerin, eine beleibte ältere Frau mit kurz geschnittenem Haar, die eine prächtige grüne Tunika über grünen Hosen trug.

»Frieden«, war das einzige Wort des Priesters in

schwarzer Kleidung, der die Religion der Anhänger eines einzigen Gottes vertrat. Er strahlte weder Ordnung noch Chaos aus.

Krystal trug eine schlichte grüne Seidenbluse, hochgeschlossen, ohne Rüschen, ihre grüne Lederweste, passende grüne Baumwollhosen und keinen Schmuck. Die Nummer zwei des Autarchen wirkte sehr professionell. Ihre Augen standen nie still.

Nach Krystal war ich am einfachsten gekleidet. Meine beste Kleidung bestand aus der dunkelbraunen Tunika und der Hose, die Deirdre für mich genäht hatte. Alles sehr gut, aber keineswegs von der Qualität wie die Kleidung der anderen.

»Wir wollen uns setzen«, erklärte der Autarch. Ich wollte ihr den Stuhl zurechtrücken, doch sie setzte sich schnell ans Kopfende des Tisches und winkte mir, zu ihrer Rechten Platz zu nehmen. »Keine unnötigen Zeremonien, Lerris. Nenne mich Kasee.«

Krystal setzte sich mir gegenüber. Am Tischende saß Liessa, die einzige Frau in einem Kleid.

Dann stellte man einen Teller mit Grünzeug vor mich hin.

»Krystal sagte, du würdest etwas über die Gründe für die scheinbar sinnlosen Angriffe der Galler wissen.«

»Nun, vielleicht ein wenig«, erklärte ich. Offenbar bestand der Hauptgang bei diesem Essen aus Neuigkeiten, und Lerris war der Küchenchef.

»Sagt Euch der Name Antonin etwas?« fragte ich.

»Ein Teufel«, bemerkte der Priester rechts von mir.

»Er soll ein Weißer Magier sein und in der Gegend der Westhörner leben«, sagte der Autarch. Für mich war sie nicht einfach Kasee, ganz gleich, was sie gesagt hatte.

»Er ist ein Weißer Magier und hat sich mit dem Präfekten verbündet. Jedenfalls verbringt er sehr viel Zeit in Fenard.«

»Und was trägt er zu dieser Allianz bei?« fragte Ferrel, die weißhaarige Kommandantin der Garde. Ihre Worte waren so klar wie der Schnitt ihrer grünen Tunika. Sie und Krystal trugen die einzigen sichtbaren Waffen in der Runde.

»Chaos!«

»In welcher Form? Was gewinnt der Präfekt damit?«

Ich holte tief Luft. »Ich verfüge keineswegs über sämtliche Antworten, aber er öffnete in Fenard im Innenhof der Palastgarde einen Chaos-Brunnen, der den Verstand raubte, da Verstand eine Aufgabe der Ordnung ist. Der Brunnen machte die Soldaten gefügig, so daß sie jedem Befehl, der mit Chaos verbunden ist, bedingungslos gehorchten. Blindlings kämpfen sie.«

Ich spürte Krystals Sorge hinter ihrer leidenschaftslosen Miene.

»Wie hast du das entdeckt?«

Ich nahm einen Schluck Rotbeerensaft aus dem kostbaren Kristallglas. »Ich habe es gespürt, als ich in Fenard gearbeitet habe. Also – es ist nicht leicht. Krystal hat euch nicht erzählt, daß ich Recluce als ein Gefahrenbrigadier verließ. Mein Auftrag lautete, die Westhörner zu erreichen und mich zu entscheiden, ob ich der Ordnung oder dem Chaos dienen wolle. Unterwegs hatte ich ein paar … Schwierigkeiten.«

Niemand machte eine Bemerkung, daher fuhr ich fort. »Als ich nach Fenard kam, brauchte ich Geld und Zeit zum Nachdenken. Deshalb arbeitete ich als Schreiner. Das Chaos in und um Fenard wurde immer stärker. Anfangs merkte man es kaum, doch dann erschien Antonin mit seiner goldenen Kutsche immer öfter im Palast. Ständig wurden mehr Soldaten gegen Kyphros ausgeschickt, und man verdoppelte die Steuerlast.« Ich trank noch einen Schluck und versenkte meine Gabel im Grünzeug. Da alle anderen aßen, konnte auch ich mir einen Bissen gönnen.

»Könntest du das Chaos genauer schildern, das dieser ... Antonin ... eingesetzt hat?« fragte Ferrel.

»Ich weiß nicht, wie ich es beschreiben soll. Es fühlt sich weiß an, mit einem häßlichen roten Kern.«

»Du kannst es spüren?«

»Ja, das kann jeder Ordnungs-Meister.«

Die Diener räumten bereits die Teller fort. Auf meinem lag noch immer viel Salat. Schnell nahm ich einen Bissen.

»Warum ist das gefährlicher als andere Waffen – oder das Feuer, das die Weißen Magier auf unsere Soldaten schleudern?« Die Kommandantin blieb hartnäckig.

»Weil es den Menschen von innen heraus zerstört«, antwortete ich verärgert, da das Weib offenbar so schwer von Begriff war.

»Hör mal!« Ihre Stimme klang hart.

»Ferrel!« Mit eisiger Stimme wies der Autarch sie zurecht. Sie schaute mich an. »Ich glaube, ich begreife, was du meinst, Ordnungs-Meister, aber könntest du deinen letzten Satz näher erklären?«

Ich schluckte. Ich war nicht sicher, ob ich das, was ich fühlte, in Worte fassen konnte. »Gut, entschuldigt, wenn ich mich nicht klar ausgedrückt habe. Ihr müßt verstehen, daß das auch für mich neu ist und daß nur wenigen Meistern außerhalb von Recluce gestattet war, es zu lernen.«

»Gestattet?«

Ich überging die Frage der Finanzministerin. Für mich zählte nur der Autarch. »Die Stärke von Chaos besteht darin, daß die Zerstörung fokussiert werden kann. Ordnung läßt sich nicht so bündeln. Ordnung ist eine passive Verteidigung, deshalb kann Chaos absolute Ordnung nicht zerstören. Absolute Ordnung schließt Chaos aus, doch vermag Ordnung Chaos nur einzudämmen, wenn bereits Ordnung besteht.«

Ich überlegte kurz, um die richtigen Worte zu finden. »Antonin schafft in beiden Ländern mehr Raum für Chaos. Indem er gallische Truppen in den Tod schickt, verstärkt er den Haß in Gallos gegen den Präfekten und gegen Kyphros. Er vermehrt die Wut und die Unordnung in Kyphros. Durch die Vermehrung der Unordnung macht er die Menschen anfälliger für Chaos – und damit für das Töten – und weniger willig, sich den Regeln der Ordnung zu unterwerfen. Ich kenne das vollständige Verbindungsglied nicht, aber je größer die Unordnung wird, desto stärker wird seine Macht.« Mir drehte sich der Magen um, als ich begriff, welche Rolle ich, ohne es zu wissen, in Antonins Spiel gespielt hatte.

»Verstehe.« Kasees Stimme war kalt. »Wenn du recht hast, können wir nicht gewinnen. Wenn wir uns verteidigen, vermehren wir die Unordnung. Wenn wir es nicht tun, gehen wir unter, und unser Leid und unser Tod werden ebenso die Unordnung vermehren.«

Ich wünschte, sie hätte es nicht so klar ausgedrückt.

»Warum hat das mächtige Recluce diesen großen Weißen Magier nicht bekämpft?« fragte Liessa.

Krystal blickte mich an. »Weißt du das?«

Ich dankte ihr mit den Augen für die offene Frage. »Nein, nicht genau. Ich weiß jedoch, daß Recluce sich selten in die Angelegenheiten anderer Nationen einmischt, abgesehen vom Küstenhandel.« Bei dieser Ausflucht drehte sich mir wieder der Magen um.

Ich war für einen Augenblick erlöst, da das Hauptgericht gebracht wurde: stark gewürzter Lammbraten am Spieß.

»Willst du sagen, daß dieser Magier keine militärischen Ziele hat?«

»Sein Ziel ist mehr Macht für ihn und die Weißen Magier, die ihm folgen. Er würde unsre beiden Länder vernichten, um diese Macht zu stärken.«

»Das klingt alles sehr theoretisch und philosophisch«, entgegnete der Minister für öffentliche Arbeiten. »Was genau hast du gegen diese Gefahr unternommen? Abgesehen davon, sie zu beobachten.«

Statt ihm über den Mund zu fahren, stopfte ich mir ein Stück Lammbraten zwischen die Zähne. Bleiernes Schweigen breitete sich aus, da niemand sprach, während ich aß. Schließlich fuhr ich fort. »Ich habe getan, was ich konnte. Ich habe den Chaos-Brunnen zerstört und – allerdings unabsichtlich – mehrere Dinge unternommen, die zum Tod von über zwanzig Soldaten des Präfekten führten, darunter auch des Sub-Präfekten.«

»Du wolltest dem Chaos gar nicht Einhalt gebieten?« fragte der Priester mit hoher Stimme.

Ich seufzte. Es wurde immer gefährlicher, die Einzelheiten zu erklären. Ich kannte ja niemanden außer Krystal. Obwohl keiner Chaos oder Unordnung ausstrahlte, konnten sie mich aus weniger phantastischen Gründen zum Tode verurteilen.

»Du klingst gereizt, junger Ordnungs-Meister«, bemerkte Kasee. »Vielleicht solltest du uns deine Gefühle erklären.«

Ich blickte sie an. Sie war die Richterin. »Ich stamme weder aus Gallos noch aus Kyphros. Ein Schreiner in Gallos nahm mich auf und ermöglichte mir, mehr über das Schreinerhandwerk und über Ordnung zu lernen. Unordnung bedrohte seine Familie. Ich wandte Ordnung an, um seine Gesundheit und sein Geschäft zu stärken. Da ich nun mal so bin, wie ich bin, stärkte ich auch die Ordnung in den Stühlen und Tischen, die ich anfertigte.« Ich wandte mich an Krystal. »Erinnerst du dich, was geschieht, wenn ein Schwarzer Stab auf Chaos trifft?«

Sie runzelte Stirn. »Verbrennt der Stab nicht das, was von Unordnung befallen ist?«

Ich nickte und grinste. »Mein erster Fehler war, für den Sub-Präfekten Stühle aus schwarzer Eiche anzufertigen. Mein zweiter Fehler war, sie so vollkommen wie möglich zu machen und ihnen als Verstärkung Ordnung einzuflößen.«

Alle blickten mich verblüfft an.

»Was glaubt ihr, was geschah, als sich die von Chaos verseuchten Ratgeber des Präfekten auf diese schwarzen Stühle setzten?«

»Ha!«

»Oh ...«

Ich nickte. »Deshalb mußte ich Gallos verlassen. Aber ich konnte den Schreiner nicht ungeschützt zurücklassen. Im Lauf der Zeit würde man die Stühle bis zu ihm zurückverfolgen. Aus diesem Grund ging ich in den Palast, um irgend etwas zu unternehmen. Leider mußte ich herausfinden, daß es unmöglich war, jemandem Ordnung einzuflößen, der das nicht wollte. Ich neutralisierte daher nur den Chaos-Brunnen. Jetzt dient er nur mehr der Zierde. Dann verließ ich Fenard und kam nach Kyphros.«

»Hast du etwas mit dem Tod des Weißen Magiers zu tun?« fragte Ferrel. Sie schien belustigt, warum, war mir nicht klar.

»Das war nur ein glücklicher Zufall.« Ich stopfte mir schnell einen Bissen Lamm in den Mund.

»Zufall?«

»Nun ja ...« Ich schluckte. »Ich wollte nur die beiden kyphrischen Gefangenen befreien. Aber der Magier schleuderte mir weißes Feuer entgegen ... und sein Feuer kam meinem Stab zu nahe.«

»Wie das?«

»Ich griff ihn an.«

»Hast du ein Schlachtroß, Ordnungs-Meister?«

»Nein, nur ein Bergpferd.«

Jemand kicherte.

Ferrel blickte Liessa an und lächelte. »Es klingt phantastisch, aber so ist es gewesen. Abgesehen von einer

Kleinigkeit. Niemand hat unseren Freund gesehen. Gehört das dir?« Sie hielt mein Messer hoch.

Ich nickte.

»Der unsichtbare Magier, der den Weißen Magier besiegte, zerschnitt die Fesseln meines Leutnants und überließ ihr das Messer, damit sie die Kameradin befreien konnte. Sie sah den Angriff nicht, hörte aber, wie der Weiße Magier schrie, den unsichtbaren unbewaffneten Mann zu ergreifen. Sie sah auch, wie Feuerstöße auf etwas trafen, bis einer unmittelbar vor dem Magier explodierte. Unser Freund hier erschien einen Augenblick lang. Er saß auf einem Bergpferd.«

Sie reichte mir das Messer. Ich steckte es in die leere Scheide.

»Davon hast du mir nichts erzählt«, sagte Krystal.

Ich errötete. »Es kam mir ziemlich einfältig vor. Ich wollte nie einen Weißen Magier angreifen. Es war Zufall.«

»Und was willst du als nächstes tun?«

»Ich muß Antonin finden. Mir bleibt keine andere Wahl.«

»Den großen Weißen Magier?«

»Ja.«

Ferrel sah den Autarchen an, und diese blickte zu Krystal. Danach ließen sie mich in Ruhe essen und unterhielten sich.

»War Lerris immer so bescheiden?« fragte Ferrel.

»Er war nie ein Angeber, aber jetzt ist er noch stiller geworden«, antwortete Krystal.

»Ich verstehe Recluce noch immer nicht«, sagte die Finanzministerin.

»Vielleicht kann Krystal deine Frage beantworten. Wir sollten den Ordnungs-Meister essen lassen«, erklärte Kasee.

»Recluce wird von der Bruderschaft regiert. Das sind Schwarze Ordnungs-Meister. Recluce hat stets Chaos in sämtlichen Ländern außerhalb Recluces herrschen lassen, solange es nicht eine Bedrohung für Recluce darstellte. Wenn sie von jemandem glauben, er könnte Unordnung schaffen, muß er das Land verlassen oder sich der Prüfung der Verbannung unterwerfen, um zu beweisen, daß er sich ganz und gar für die Ordnung in Recluce entschieden hat.«

»Jeder? Aber die Kinder der Mächtigen …?« fragte die Finanzministerin.

Krystal und ich blickten uns an.

»Nein«, erklärte Krystal. »Alle stehen unverbrüchlich zu diesem Glauben. Ich kenne einen Fall, in dem der Sohn eines der höchsten Mitglieder der Bruderschaft früher in die Verbannung geschickt wurde als jedes andere Kind. Vielleicht um zu beweisen, daß niemand über dem Gesetz steht.«

Niessa beobachtete mich vom anderen Ende des Tisches aus und nickte unmerklich.

Verdammt, ganz Kyphros würde meine Geschichte kennen, ehe ich die Stadt verließ. Und ich vermochte nichts dagegen zu tun.

Nach dem Essen brachte man kleine Becher mit heißem würzigen Cidre, dazu Honiggebäck mit Nußfüllung. Alles schmeckte köstlich.

Ich mußte mich ordentlich zusammennehmen, um die letzten Reste des Honigs nicht mit Hilfe der Finger vom Teller zu lecken. Ich wollte Krystal keine Schande machen, aber ich hatte nicht viele Süßigkeiten gegessen, seitdem ich von zu Hause weg war, und ich wußte gar nicht, wie sehr ich sie vermißt hatte.

»… wirst du länger bleiben?«

Den ersten Teil von Minister Zeibers Frage hatte ich nicht mitbekommen, aber die Absicht war klar.

»Nein.«

»Und was hast du vor?«

Ich zuckte die Schultern. »Das tun, was getan werden muß.«

»Das ist ein ziemlich ehrgeiziges Vorhaben. Aber auch ziemlich undeutlich ausgedrückt.«

»Ja, das ist es«, stimmte ich eifrig zu; zunehmend ahnte ich die böse Absicht, die hinter seinen Äußerungen steckte.

Krystals Gesicht blieb unbewegt, doch ich wußte, wie es hinter der Fassade aussah.

»Ich schlage vor, wir begeben uns jetzt zur Ruhe«, erklärte Kasee der Autarch. Sie stand auf. »Krystal, ich danke dir, daß du den Ordnungs-Meister mit uns geteilt hast. Lerris, wir wissen zu schätzen, daß du uns alles so bereitwillig erklärtest.« Der Autarch nickte der Wachkommandantin zu.

»Danke, Ordnungs-Meister«, fügte Ferrel hinzu. »Besonders für die Befreiung beim ›zufälligen‹ Angriff auf den Magier. Ich habe mich gefreut, dir das Messer zurückgeben zu können.«

»Ich weiß die Freundlichkeit zu schätzen und danke für mein Messer.«

Ferrel nickte und folgte dem Autarchen hinaus. Wir verließen gleich nach ihnen das Eßzimmer; draußen in der großen eichengetäfelten Eingangshalle bogen der Autarch und Ferrel nach rechts ab. Ich folgte Krystal nach links den nur schwach beleuchteten Gang entlang, unsere Schritten hallten in der lautlosen Nacht.

Ich ging mit Krystal zurück in ihre Gemächer, wo der getreue Herreld wartete.

»Das ist alles für heute, Herreld.«

Er musterte mich, dann Krystal.

»Wenn ich etwas brauche, klingele ich.« Sie lächelte und wünschte: »Gute Nacht.«

»Gute Nacht, Kommandantin.«

Krystal legte den schweren Riegel vor.

»Herreld war nicht gerade begeistert, mich zu sehen.«

Krystal sagte nichts, sondern löste den Gürtel und verschwand im Schlafgemach.

Gleich darauf kehrte sie zurück, barfüßig, aber immer noch mit Bluse, Weste und Hose bekleidet. »Laß uns ein Weilchen auf dem Balkon sitzen.«

Draußen liebkoste eine kühle Brise mein Gesicht. Krystal saß rechts von mir. Im Innenhof schienen mehr Lampen als in ganz Kyphrien zu brennen. Die Hauptstadt wirkte ziemlich dunkel.

»Die Menschen gehen hier früh zu Bett, richtig?«

»Der Preis für Kerzen und Lampenöl hat sich seit dem Sommer verdoppelt.«

»Ja, der Krieg.«

»Öl kommt hauptsächlich aus Spidlar oder Certis, und der Präfekt läßt die Kaufleute nicht bis Gallos vordringen. Außerdem hat er ein Abkommen mit dem Vicomte von Certis. Diese beiden und die Habgier der Kaufleute …«

»Wie steht's mit dem Essen?«

»Wir haben viel Ziegen, Käse und Oliven. Und Bohnen, die dürfen wir nicht vergessen.«

»Du klingst müde.«

»Ich *bin* müde, Lerris. Wir alle sind es. Ich, Ferrel, Liessa und besonders Kasee. Im vergangenen Jahr ist sie um zehn Jahre gealtert. Allein mit Murreas fertig zu werden ist kein Festessen, und wir brauchen sie ebenso wie die Elitegarde.« Sie lehnte sich zurück.

»Die besten Truppen, die man für Geld haben kann?« Das war wohl der Plan. Kyphrer wie Shervan und Pendril waren gute Burschen, aber sie waren nicht die ausgebildeten Söldner, um Antonins wahnsinnige Soldaten nacheinander zu erledigen.

»Es wird ständig schwieriger. Wir zahlen dreimal soviel, wie der neue Herzog von Freistadt bietet. Im Augenblick fehlen uns vierzig Kämpfer bei der Elite.«

Mir fehlten die Worte. Ich legte ihr nur die Hand aufs Bein, um ihr ein wenig Ordnung und Kraft einzuflößen.

»Danke, Lerris. Manchmal wünschte ich, alles wäre anders gekommen. Oder daß ich jünger wäre.«

»So geht es mir manchmal auch.«

»Ich glaube, man wird zuerst die Antworten in sich selbst finden.«

Sie hatte recht. Es würde keine Antwort geben, bis ich mit Antonin – oder er mit mir – fertig wäre. Ich seufzte.

»Schrecklich, nicht wahr?« Ihre Stimme klang heiser.

Irgendwie schien die Szene unwirklich. Da saß ich auf dem kühlen Balkon in der Dunkelheit und blickte auf die Hauptstadt hinab, unterhielt mich mit Krystal, der Nummer zwei des Autarchen. Mir war, als blickte ich auf eine Tür, die einst offen gestanden hatte, durch die ich jetzt aber nicht zu gehen wagte.

Warum nicht? Ich vermochte es nicht zu sagen. Würde diese Tür sich wieder öffnen? Das wußte ich auch nicht.

»Ich frage mich, ob Kyphros noch einen guten Schreiner brauchen könnte.«

»Es gibt keine guten Schreiner. Es gibt überhaupt keine richtigen Meister.«

Wieder breitete sich Schweigen aus.

»Bist du gern eine Meisterin der Klinge?«

»Zuweilen. Wenn ich sie für gute Ziele einsetze.«

»Und sonst?«

»Ich versuche, so wenig Schaden wie möglich anzurichten. Man kann jedoch selbst die besten Herrscher nicht unterstützen, ohne manchmal Unrecht zu begehen. Wrynn hat das nie begriffen.«

»Was ist aus ihr geworden?«

»Ich weiß es nicht. Sie ist nicht lange bei der Elitetruppe geblieben, sondern über die Pässe im Süden nach Sarronnyn weitergezogen. Sie suchte nach einem Ort, wo die Menschen stark und gerecht sind.«

»Arme Wrynn.« Sie tat mir leid. Sie würde nie finden, wonach sie suchte, genauso wie ich nicht die Antworten fand, nach denen ich verzweifelt suchte.

»Sie wird solch einen Ort nie finden.« Krystal bestätigte meine Meinung.

»Hast du gefunden, wonach du gesucht hast?«

»Teilweise. Ich tue, worin ich gut bin. Das hat einen gewissen Wert.«

Ich stellte keine weiteren Fragen.

Die Brise hatte aufgefrischt und brachte einen leichten Rauchgeruch von den Fackeln und schlecht eingestellten Öllampen herüber. Im Gegensatz zu Recluce verwendete ganz Candar keine Lampen mit Kohlegas.

»Lerris?«

»Ja.«

»Ich brauche Schlaf.« Sie stand auf und gähnte.

Das war eine klare Aufforderung.

»Oh, tut mir leid. Ich hole meine Sachen.«

»Du kannst hierbleiben, wenn du willst, aber nur zum Übernachten.«

Ich fühlte mich schrecklich einsam und hätte sie gern in die Arme geschlossen, doch hatte sie leider recht.

»Übrigens dürfte das mein Ansehen steigern.« Sie lachte.

»Was? Wenn ein armseliger Schreiner bei dir übernachtet? Das steigert dein Ansehen?«

»Ach komm ... Du warst nie ein armseliger Schreiner.«

»Ich war ein grauenvoll schlechter Lehrling.« Ich folgte ihr. Es brannte nur eine Lampe.

»Das war früher«, sagte sie. »Willst du das Schlafzimmer oder den Divan? Er ist lang genug und fest.«

Ich nahm den Divan. Schließlich war es ihr Quartier.

»Gute Nacht.« Sie schloß ihre Tür.

Trotz meiner unbeantworteten Fragen schlief ich auf dem Divan besser als irgendwo sonst, seit ich Fenard verlassen hatte. Ich träumte nicht, wachte auch nicht schweißgebadet auf und hörte keine Kutschenräder am Himmel.

Ehe ich einschlief, fragte ich mich, was aus der jungen Frau geworden war, die mich früher einmal so sehr begehrt hatte.

LXII

Ich wachte früh auf. Der Morgen war kühl und grau. Ich blickte zur Decke hinauf. Ich hatte mich zu Tamra und später zu Krystal hingezogen gefühlt – allerdings aus ganz unterschiedlichen Gründen.

Krystal war meine Freundin, doch waren meine Träume von ihr alles andere als kumpelhaft. Und Tamra war ein verzogenes Biest, aber ich träumte auch von ihr. In letzter Zeit allerdings selten. Was hatte sich geändert? Oder hatte sich etwas geändert? Träumte ich von Krystal, weil sie eher verfügbar zu sein schien?

»Du bist völlig verwirrt, Lerris!« sagte ich vor mich hin. Ich stand leise auf und ging zum Fenster. Einige dünne Rauchwölkchen kräuselten bereits zum Himmel empor. Krystals Tür war geschlossen, doch war sie gewiß schon wach.

Ich streckte mich. Selbst wenn ich das Unmögliche erreichte und Antonin besiegte, würde mir das immer noch keine Antworten auf meine Fragen bringen. Verfolgte ich Antonin auf der Suche nach einer Niederlage mit Glanz und Gloria, um nicht zugeben zu müssen, daß es keine klaren Antworten gab oder daß sie nicht so lauteten, wie ich es wollte?

Ich schauderte. Das könnte ein Teil meines Problems sein, aber nicht alles. Justen hatte sich seit Jahrhunderten am Rand herumgedrückt und wohl gesehen, wie Weiße Magier – wie Antonin – sich nacheinander verbrannt hatten. Das war gut so, wenn man lange leben wollte, aber über zwei Jahrhunderte nach dem Fall Frvens tobten in Candar noch immer Kriege zwischen den Fürstentümern.

Ich stand auf und ging zum Fenster. Im Osten strahlte der Himmel rosenfarben. Es war nicht kalt.

Krystal trat hinter mich.

»Guten Morgen, Lerris.«

»Guten Morgen.«

»Schreinern scheint gut für die Entwicklung der Muskulatur zu sein.« Krystal trug eine alte – einst grüne – Ledertunika und grüne Lederhosen und Stiefel.

»Du bist bereit, dein Tagwerk zu beginnen?«

»Ja, Training.« Sie verzog das Gesicht.

Ich verstand. Solange der Präfekt Antonins Hilfe hatte, brauchte er keine gut ausgebildeten Soldaten – der Autarch dagegen schon. Irgendwann konnte sie nicht mehr genügend Söldner kaufen, und sie konnte nur eine begrenzte Zahl gleichzeitig ausbilden.

»Wir tun, was in unsrer Macht steht«, erklärte Krystal und lächelte. »Dein Anblick gefällt mir, dennoch solltest du dich anziehen. Wir frühstücken gemeinsam mit der Garde.«

Schnell schlüpfte ich in meine Kleidung und nahm auch das Messer mit, das Ferrel mir zurückgegeben hatte. Mit dem Tornister auf dem Rücken und dem Stab in der Hand trat ich zu Krystal, die an ihrem Schreibtisch in Papieren blätterte.

»Abrechnungen, Akten, Papierkram«, erklärte sie.

»Aber du mußt doch nicht die Abrechnungen für die Garde erledigen, oder?«

»Chaos, nein! Aber jede Taktik hängt von der Ausrüstung und dem Nachschub ab. Nicht einmal die Elitetruppe kann ohne Pferde oder Proviant kämpfen.« Sie legte den Gürtel mit dem Schwert um und zog die kurze Jacke mit ihren militärischen Abzeichen an. »Gewisse Taktiken fordern eine hohe Todesrate der Pferde, und Reiter brauchen Reservepferde. Wir haben bereits hohe

Getreideabgaben, aber es gibt Überlegungen, andere Güter noch höher zu besteuern, um Getreide zu kaufen.« Sie schüttelte den Kopf. »Ich verstehe erst allmählich einige der Schwierigkeiten. Manchmal fällt Kämpfen leichter.«

Ich nickte. Wir gingen hinaus. Ich dachte über das nach, was sie gesagt hatte. Gewiß, Geld war zum Beispiel für das Schreinerhandwerk nötig, aber ich hatte darin noch nie die Grundlage für den Krieg gesehen.

In diesem Licht betrachtet, ergab alles, was Antonin tat, leider viel Sinn.

»Du bist so ruhig«, meinte Krystal, während wir die breite Treppe nach unten gingen.

»Ich denke nach … Fast jeden Tag lerne ich etwas Neues, aber es bietet mir selten eine Antwort auf alte Fragen. Es fügt nur neue unbeantwortete Fragen hinzu.«

Jetzt schwieg Krystal.

Die Kantine war niedrig und bot an den langen Tischen ungefähr zweihundert Soldaten Platz. Als wir eintraten, war nur die Hälfte der Plätze besetzt.

Krystal marschierte zu dem Tisch mit dem Essen und nahm eine dicke Scheibe Brot, eine Scheibe weißen Käse, ein gekochtes Ei und einen Becher mit Tee, der so bitter war, das ich ihn von weitem riechen konnte.

Mir reichten zwei Scheiben des warmen Brotes mit dunkler Marmelade, ein Apfel und Tee.

Krystal setzte sich an einen Tisch in der Mitte des Raums. Nur ich nahm neben ihr Platz. Gerade als ich mich setzte, sah ich Ferrel die Kantine verlassen.

»Entschuldige bitte«, sagte Krystal. »Aber ich esse gern, ehe die Arbeit beginnt.«

»Arbeit?«

»Beim Frühstück kann jeder Wachsoldat zu mir kommen, Fragen stellen oder Vorschläge machen. Vielleicht halten sie sich zurück, weil du da bist, aber einige werden kommen.«

Schweigend aßen wir beide. Auch ich hatte Hunger.

»Kommandantin?« Eine Frau mit harten Zügen und einem dünnen Goldstreifen auf der Weste trat zu uns. »Du hast nach mir geschickt?«

»Ja, Führerin Yelena. Wärst du interessiert, als Eskorte jemanden zu begleiten?«

Die Augen der Frau glitten von Krystal zu mir. »Ich wüßte gern mehr.«

»Wohin willst du, Lerris?«

Ich wußte es nicht genau. Ich wollte die Straße der Magier finden, die zu den Kleinen Osthörnern führte, und zwar ohne wieder zurück durch Gallos zu reiten.

»Ich würde gern eine Karte sehen«, sagte ich. »Aber ich will entlang der alten Straße nach Sarronnyn reiten, die jetzt niemand mehr benutzt.«

»Die Chaos-Straße«, bemerkte Yelena ruhig.

»Ich weiß nicht, wie man sie nennt, aber Antonin befindet sich jenseits des Punktes, wo sich die verborgenen Zauberstraßen treffen.«

Krystal und Yelena blickten mich an. »Das mußt du erklären!« Die Stimme der Sub-Kommandantin klang härter, als ich sie je gehört hatte.

»Durch ganz Candar führen geheime Zauberstraßen. Manchmal sind die heutigen Straßen unmittelbar auf den alten Straßen der Weißen Magier gebaut, aber viele der alten Straßen sind auch verborgen. Meiner Meinung nach verläuft eine an den Kleinen Osthörnern entlang. Sie kreuzt die Straße von Gallos nach Tellura irgendwo hinter dem Paß.«

»Warum hast du das bis jetzt nicht erwähnt?«

Ihre Kälte verblüffte mich. »Erstens hast du nie gefragt. Und zweitens ... Verdammt ... jetzt verstehe ich.«

Nun war Yelena verblüfft.

»Logistik?« fragte ich. »Truppenbewegungen?«

Krystal nickte.

»Ich glaube nicht, daß es viel bringt, trotzdem zeige

ich dir gern auf einer Karte, was ich meine.« Plötzlich kam mir noch ein Gedanke. »Allerdings hilft das gar nichts, wenn du keinen Ordnungs-Meister hast. Am Kreuzungspunkt ist die Straße voller Trugbilder. Antonin hat die Straßen mit niemandem geteilt, aber ich glaube, er hat sie benutzt, um alle denken zu lassen, er sei allgegenwärtig.«

»Damit hat er bis jetzt durchaus Erfolg gehabt«, erklärte Yelena. »Ich hole Karten.«

Kaum war sie außer Hörweite, blickte ich Krystal an. »Ich bin kein Militärstratege, und ich lasse mich ungern als unfähig hinstellen, nicht mal in aller Stille. Ich kenne dein Geschäft nicht, also erwarte das nicht von mir.« Ich bemühte mich, sanfter zu sprechen. »Ich weiß, daß du mit dem Rücken zur Wand stehst. Das sehe ich. Ich hätte dir niemals absichtlich eine Kenntnis vorenthalten. Aber ich habe immer noch Schwierigkeiten, mein Geschäft zu erlernen, ganz davon zu schweigen, deins zu verstehen.«

Krystal schürzte die Lippen. »Es tut mir leid.«

»Krystal, ich hätte dir frühestens gestern abend von den Straßen erzählen können. Du hättest vor heute früh nichts unternehmen können. Ich hatte keine Ahnung, daß es Zauberstraßen in Kyphros gab, bis ich auf diese stieß. Und dann bin ich sofort nach Kyphrien gekommen.«

Jetzt wich die Spannung von ihr. »Es tut mir leid. Es ist nur ...«

»Ist es so schlimm?« fragte ich.

»Ja. So schlimm. Vielleicht schlimmer. Sieh dich um.«

Das tat ich. Ziemlich lange. Dann schluckte ich. Ein Drittel der Garde trug Verbände. Die meisten Unteroffiziere und Offiziere waren Frauen, und die Männer waren kaum älter als ich.

Ich hätte es sehen müssen. Ganz gleich wie gut Krystal mit der Klinge umzugehen verstand, ganz gleich wie klug und reif sie war, eine Frau konnte nicht innerhalb eines Jahres zum Sub-Kommandanten in der Armee eines Königreiches werden, wenn die Verluste nicht horrend oder die Truppe zahlenmäßig klein war. Ich vermutete, beides traf zu.

»Tut mir leid. Ich werde alles tun, was in meiner Macht steht.« Ich meinte nicht nur Krystal und mich, sondern den Kampf gegen die alte Herrschaft des Chaos. Ich wußte nicht genau wie und warum, aber was ich sah, entsprach meiner Idee, was Ordnung bedeuten sollte, und das war nicht ganz das, was Talryn oder Recluce sich darunter vorstellten.

»Danke, Lerris.«

»Kommandantin, warum wurde gestern die Rotation der Straßenkontrollen geändert?« fragte ein junger Mann mit dünnem blonden Schnurrbart.

»Das ist wegen …«

»Kommandantin, gibt es zusätzliche Pferde?«

»Kommandantin, wie lautet der Dienstplan?«

»Kommandantin …«

Ich bewunderte, wie geduldig und verständnisvoll Krystal auf die Fragen der Garde einging.

Yelena kam mit einer Lederröhre. Wir gingen zu einem leeren Tisch.

»Hast du eine Karte, die über die Grenze beim Südfluß hinausgeht?«

Sie durchsuchte die Pergamente. Dann breitete sie eine alte Karte vor mir aus. Einige Berge waren benannt. Die Straßenlinie paßte zu meiner Erinnerung, aber die Gipfel schienen nicht vollständig eingezeichnet.

Ich maß, dachte nach und maß nochmals.

Schließlich deutete ich auf ein Gebiet. »Hier. Sie verläuft von Ost nach West.« Ich bemühte mich, die Trugbilder am engen Tal zu beschreiben und auch, wie die Straße aussah. Dann, wie die Magier von Frven in grauer Vorzeit die Bergseiten für ihre Straßen abgeflacht hatten. Aber irgendwie hatten sie auch Ordnung benutzt. Mit

Chaos hatten sie die Berge zerstört und die geheimen Täler für die Straßen geschaffen. Mit Ordnung hatten sie die Brücken verstärkt.

»Kannst du dein Wissen einem anderen vermitteln?« fragte Krystal. Ich hatte nicht bemerkt, daß sie hinter mich getreten war.

»Ich glaube schon«, erklärte Yelena. »Soll ich den Ordnungs-Meister noch immer begleiten?«

»Würdest du das wollen?«

Yelena nickte. »Zu wie vielen und wann brechen wir auf?«

»Zwei außer dir.« Wegen der zweiten Antwort blickte Krystal mich an.

»In Kürze. Je früher desto besser.«

»Und wohin?« fragte Yelena.

Meine Erklärung dauerte länger, aber auf der Karte war eine alte Straße eingezeichnet, die *aussah,* als würde sie so verlaufen, wie ich es wollte. Wenn die alten Karten stimmten, traf sich diese Straße mit der alten Hauptstraße über den Paß, die nach Sarronnyn führte. Niemand benutzte sie mehr, weil niemand auf der anderen Seite der Westhörner eintraf.

Schließlich schaute ich auf. »Mehr kann ich nicht tun.«

»Yelena?«

»Es dürfte interessant werden, Kommandantin.«

Interessant – na ja, so konnte man es auch nennen.

»Nun, dann werde ich Gairloch holen.«

»Wir treffen dich im Stall.« Yelena neigte den Kopf vor Krystal. »Ehre, Kommandantin.«

»Ehre, Führerin.«

Ich ging mit Krystal in den Innenhof.

»Sei sicher, daß du es für dich tust, Lerris.«

Ich schüttelte den Kopf. »So einfach ist es nicht.«

»Ich schätze, nicht.« Sie lächelte – mit dem Mund, nicht mit den Augen. »Dann versuche, alles möglichst deinetwegen zu tun.«

»Ich tue, was ich tun muß. Die Gründe können wir später herausfinden, einverstanden?«

Sie nickte. »Einverstanden. Ich sage nicht: Paß auf dich auf. Aber ... komm zurück, damit wir die Gründe herausfinden können.«

In mir tobte ein Gefühlssturm. »Bis später.« Mehr vermochte ich nicht zu sagen.

»Bis später.«

Ich blickte in ihre dunklen Augen und sah wieder die Müdigkeit.

Sie hob die Hand. Es war eine Segnung und eine militärische Ehrenbezeugung zugleich. Ich neigte den Kopf vor ihr.

Yelena und zwei andere warteten bereits im Sattel am Stall, als ich mit Tornister und Stab zu ihnen kam.

»Wo ist dein Paß?« fragte der Stallbursche.

»Ach, verdammt ...« Ich hatte mir von niemandem das blöde Pergament abzeichnen lassen. »Einen Augenblick.«

»Führerin Yelena?«

»Ja, Ordnungs-Meister?«

»Ich habe vergessen, mir von der Kommandantin den Paß abzeichnen zu lassen.«

»Paß?«

»Den Paß, um mein Pferd abzuholen.«

»Zum Teufel mit dem Paß! Hol dein Pferd.« Sie ritt vor mir in den Stall. Der Stallbursche sprang beiseite.

Schnell sattelte ich Gairloch und schwang mich auf ihn.

»Guten Ritt, Ordnungs-Meister«, sagte der Stallbursche.

»Guten Tag«, erwiderte ich.

»Das ist ein Pferd?« fragte Yelena.

»Das ist Gairloch! Du glaubst doch nicht, daß ich so ein Ungeheuer wie ihr reite.«

Sie lächelte. Ich wäre vor Staunen fast aus dem Sattel gefallen. Wir ritten los, durch die Tore nach Kyphrien.

Ein leichter Regen fiel jetzt. Trotzdem wirkte die Hauptstadt hell. Die weiß getünchten Häuser, die roten Ziegeldächer – Kalksteinplatten oder Marmor pflasterten die Straßen.

Die Menschen unterhielten sich lebhaft; mir kam es so vor, als lebten hier Hunderte von Shervans.

»... das beste Brot in Kyphros, unter der ausschließlichen Schirmherrschaft des Autarchen ...«

»... du hättest zu Fuß den Fluß durchqueren können, soviel hat er getrunken. Noch nie habe ich ein Tier soviel trinken sehen, und außerdem ...«

»Deine Wahrsagerei ist keinen Pfennig wert! Keiner wird auch nur einen Heller bezahlen, nur um zu erfahren, was ihm in der Zukunft widerfahren wird.«

»Hezira, habe ich gesagt, es ist nichts dergleichen. Nein, nichts dergleichen, Hezira – das habe ich zu ihr gesagt, aber sie hat natürlich nicht zugehört. Warum sollte sie auch, sie mit ihrem schönen Haus und den teuren Seidenkleidern ...«

Ich lenkte Gairloch näher zu Yelena. »Ist es hier immer so laut?«

»Nein.« Sie schüttelte den Kopf. »Gewöhnlich ist es lauter. Es ist noch früh am Tag. Der richtige Lärm beginnt erst später.«

»Sieh doch, das Bergpferd! Sieh dir das Bergpferd an, Berna! Es muß eines aus dem Norden sein. Es ist so zottelig ...«

Außerhalb der von Mauern umgebenen Residenz des Autarchen – es war kein richtiges Schloß, auch kein Palast – und der sich anschließenden bewachten Zone war Kyphrien eine offene Stadt ohne Mauern; die Häuser und Geschäfte standen immer weiter auseinander, je weiter wir nach Nordwesten zogen in Richtung der Westhörner. Es gab keinen Punkt, an dem Kyphrien endete und die ländliche Gegend begann, doch wir ritten schon auf einer sich sanft durch die Landschaft windenden Straße, noch bevor der Vormittag richtig begann.

Der Nieselregen hatte den Straßenstaub aufgeweicht, aber noch nicht in Schlamm verwandelt. Gairloch hielt das Tempo locker mit, das Yelenas brauner Wallach vorgab, und wir ritten schweigend durch den Morgen, was ich gut fand, besonders nach dem Tumult in Kyphrien.

Kyphrien war eine Stadt ohne Mauer. Wir ritten schweigend dahin. Dann wurden die Häuser spärlicher, und die Gegend wurde ländlich.

Mir gefiel das Land mit den sanften Hügeln, auch wenn es nicht so üppig grün wie Gallos oder Recluce war. Einige Plätze an klaren Bächen wären günstig gewesen, um dort meine eigene Schreinerwerkstatt zu errichten.

Ich schüttelte den Kopf. Immer noch Pläne, ein Schreiner zu sein? Onkel Sardit hätte sicherlich gelacht. Doch alle Pläne, als Schreiner zu leben, mußten warten. Zuerst mußte ich mich mit Antonin befassen …

Ich dachte zurück an meine letzte Begegnung mit einem Weißen Magier, als ich mit meinem Stab gekämpft hatte, um meine Verteidigung und Kräfte zu kontrollieren. Was hatte das bedeutet?

Im Buch hatte etwas dazu gestanden. Ich konnte mich nicht erinnern, wollte es aber sobald wie möglich nachlesen.

Am Mittag kamen wir an einen Bach, doch wir überquerten ihn nicht.

»Das ist kein richtiges Zaumzeug«, bemerkte der junge Mann, der hinter mir geritten war. »Wie bändigst du ihn denn, wenn er einmal durchgeht?«

»Darüber habe ich noch nie nachgedacht.« Ich holte ein Stück harten weißen Käse heraus und bot ihm ein Stück an.

Yelena ließ ihr Pferd trinken. Ich nahm an, daß auch Gairloch durstig war, und schlang die Zügel um den Sattelknauf, tätschelte seine Flanke und sah ihm zu, wie er in das knöcheltiefe Wasser stieg.

Der Soldat hatte den Käse genommen, doch er wandte den Blick rasch ab, nachdem Gairloch gegangen war.

Meine andere Begleiterin war eine Frau. Wahrscheinlich so alt wie ich, mit kurzem hellbraunen Haar, grünen Augen und verblüffend dunkler Haut. Eine Narbe zog sich über ihre rechte Wange. Sie trat näher.

»Käse?«

»Danke.« Ihre Stimme klang ernst, zugleich aber auch fröhlich. »Bist du ... der ... Ordnungs-Meister?«

Ich grinste. Warum nicht? »Ich bin Lerris, komme aus Recluce und bin ein alter Freund der Sub-Kommandantin.«

Sie zog die Brauen hoch. Ich konnte mir vorstellen, welche Geschichten bereits über mich bei der Garde kursierten.

»Sie ist nicht nur eine Meisterin der Klinge«, fügte ich hinzu, »sie ist auch eine Frau. Und meine Freundin.«

»Ich wollte nur ...«

Ich winkte ab. »Gerüchte eben. Sie bedeutet mir viel, doch das ist auch alles, solange wir nicht das getan haben, was getan werden muß. Dann werden wir weitersehen.«

»Sind alle Männer aus Recluce wie du?«

Beinahe verschluckte ich mich am Käse. »Nein. Wahrscheinlich ist keiner so einfältig wie ich.«

»Der Ordnungs-Meister scherzt, Freyda«, unterbrach Yelena scharf, doch ihre Augen lächelten. »Gib deinem Pferd lieber Wasser. Lange können wir nicht rasten. Du auch, Weldein.«

Kaum waren die beiden außer Hörweite, da blickte die Führerin mich an. »Du bist gefährlicher als du aussiehst.«

»Ich kann die Wahrheit nicht sagen. Das macht es schwierig.«

»Kannst du nicht?«

»Nicht, ohne dafür zu bezahlen.«

»Ich bin froh, nur eine Führerin zu sein.«

Ich fütterte Gairloch mit einem Getreidekuchen und dachte über ihre Worte nach. Ich war ihrer Meinung. Je mehr ich lernte und je mehr ich tun konnte, desto schwieriger wurde es.

LXIII

Kyphros war größer, als ich gedacht hatte. Die Westhörner zogen sich in einem Bogen nach Westen, dann nach Süden. Das bedeutete für uns, daß wir fast zwei Tage lang reiten mußten, um die Ausläufer zu erreichen, die beinahe so hoch wie die Kleinen Osthörner waren.

Meiner Vermutung nach mußte diese Straße, da sie ziemlich alt war, irgendwo die Straße der Magier kreuzen, nach der ich suchte. Gewiß war es nicht, aber ich hatte so ein Gefühl.

Die erste Nacht verbrachten wir in einer kleinen Herberge in einem Dorf, das Oberer Fluß hieß. Warum es so hieß, wußte niemand. Auf Yelenas Karte war kein Unterer Fluß eingezeichnet, auch kein Fluß dieses Namens. Die Herberge war sauber. Das war auch schon alles. Das Abendessen bestand aus zähen Ziegenfleischscheiben in dicker scharfer Käsesoße. Die Betten schienen durchgelegen, ich teilte die Kammer mit Weldein, der schreckliche Angst vor mir hatte und laut schnarchte.

In der zweiten Nacht blieben wir in einem Ort, der Quessa hieß. Wir übernachteten in der Unterkunft der Kontrollstation, in der nur ein Paar wohnte. Ich konnte mir denken, wo sich die Soldaten befanden. Zu essen gab es wieder ein scharf gewürztes Ragout, aber als

Nachspeise einen riesigen Obstkuchen. Alles weitaus besser als in der Herberge in Oberer Fluß.

Quessa war für die abgeschiedene Gegend ziemlich groß, ungefähr zwanzig Häuser und Geschäfte, die die umliegenden Bauern versorgten. Die Menschen schienen mir die üblichen Kyphrier zu sein: dunkle Haut, noch dunklere Haare und ein breites Lächeln. Sie waren äußerst redselig.

Alle bestanden darauf, daß ich im größten Gästezimmer schlief. Die Lampe neben dem breiten Doppelbett war so hell, daß ich lesen konnte. Das war dringend nötig.

Ziemlich schnell hatte ich die Stelle gefunden, an die ich mich erinnert hatte. Es war nur ein Absatz, nicht einmal sehr lang. Er lautete: »Ordnung kann nicht in und von sich konzentriert werden, nicht einmal in einem Ordnungs-Stab. Kein Mensch kann den Ordnungs-Stab wirklich meistern, ehe er ihn nicht fortgeworfen hat.«

Aber dennoch stimmten die Worte nicht. Ganz gleich, wo mein Stab war, er sammelte Ordnung und stieß Chaos ab. Ich blätterte noch lange im Buch, fand jedoch nichts, was diesen Absatz erhellt hätte.

Ich verstaute das schwarze Büchlein in meinem Ranzen und starrte in die Leere. Die Teile waren vorhanden – da war ich ganz sicher. Aber ich wußte nicht, wie sie zusammenpaßten. Der Weiße Magier war gestorben, als mein Stab seine Fingerspitzen berührt hatte – oder zumindest ganz nahe davor war. Der Stab war aber ebenso dicht vor anderen Chaos-Quellen gewesen, ohne so heftig zu reagieren. Wenn ein einfacher Stab einen Chaos-Magier vernichten konnte, hätte längst jemand Antonin angegriffen. Es sei denn, es gab gute Gründe, Chaos zu erhalten …

Dieser Gedanke behagte mir ganz und gar nicht.

Ich bemühte mich, mir über meine Gefühle zu Deirdre, Krystal und Tamra klarzuwerden. Aber das ging über meine Kräfte. Ich löschte die Lampe und schlief, bis die Morgendämmerung durchs Fenster schlich.

Nach dem Frühstück ritten wir weiter, den unsichtbaren Westhörnern entgegen. Das Land wurde wilder, die Obstbäume und eingezäunten Felder spärlicher. Die Wolken hatten sich aufgelöst, aber es blieb kühl. Am späten Vormittag wand sich die Straße durch Gebüsch, das stellenweise bereits die wenig benutzten Ränder überwucherte. Auf den ehemaligen Weiden standen ausgewachsene Bäume und große Dickichte wilder Rotbeeren.

Über der Straße lag ein ungutes Gefühl, das stärker wurde, je weiter wir die ständig höher werdenden Hügel hinaufritten.

Mit jedem Hügel wirkte Yelenas Gesicht angespannter, die größeren Pferde keuchten schon angestrengt. Auf einem besonders hohen Hügel wurde die Straße etwas breiter, es lagen Steinhaufen herum, und Holzbalken ragten aus dem Gestrüpp an der Nordseite der Straße; vermutlich hatte dort einmal ein Gasthaus oder eine Raststätte gestanden. Ich gab Yelena ein Zeichen zum Halten.

Zum ersten Mal sah ich im Westen die weißen Gipfel des dunklen Massivs der Westhörner. Selbst von hier aus, bestimmt gut dreißig Meilen von den Ausläufern des Gebirges entfernt, wirkte es ungemein eindrucksvoll, und bis dahin lag bestimmt noch ein ganzer Tagesritt vor uns.

»Wir kommen näher. Ich spüre das Chaos weiter vorn.«

Yelena spähte angestrengt in die Ferne. »Von den Westhörnern sind wir noch ein gutes Stück entfernt.«

»Von hier aus schaffe ich es allein. Ihr werdet gegen Gallos gebraucht.«

Yelena schüttelte den Kopf. »Ordnungs-Meister, was würde die Sub-Kommandantin sagen, wenn ich ihr meldete, daß wir dich so weit vor den Westhörnern verlassen hätten?«

Ich seufzte. Sie hatte recht. »Nun gut. Reiten wir weiter. Aber wenn zuviel Chaos vor uns liegt, möchte ich euch zurückschicken.«

»Warum?«

»Weil ich euch vielleicht nicht schützen kann.« Ich lachte. »Vielleicht kann ich nicht einmal mich selbst schützen.«

Doch dann schien das Chaos zurückzuweichen, je weiter wir nach Westen ritten. Vielleicht war es auch weiter entfernt, als ich geglaubt hatte.

Gegen Abend schienen wir den Westhörnern, deren von Schnee bedeckte Gipfel in der Abendsonne rosig schimmerten, noch nicht näher gekommen zu sein.

Wir übernachteten in einem längst verlassenen Bauernhof. Ich stellte Abwehrstäbe auf, aber nichts weckte mich. Der vierte Morgen zog ebenso grau auf wie der Morgen, an dem wir Kyphrien verlassen hatten.

Ich fragte mich, wie viele in den Bergen des nördlichen Kyphros gestorben waren. Und jetzt ritt ich wie ein Schwachkopf in die Westhörner. Doch blieb mir keine Wahl. Ich war kein Krieger und konnte nur versuchen, Ordnung zu bringen.

Ein wenig ähnelte meine Mission dem Arbeiten als Schreiner. Allerdings baute ich dort auf die natürliche Ordnung im Holz, während ich als Ordnungs-Meister versuchte, die natürliche Ordnung zu verstärken, um eine künstliche Unordnung zu beseitigen. Das glaubte ich zumindest.

»Käse?« fragte ich Weldein.

Er nahm ein Stück und blickte auf die Berge, dann auf den Käse, als wüßte er nicht, wie dieser in seine Hand gekommen war.

»Iß! Das ist guter Käse. Ein Sägemühlenmeister hat ihn mir gegeben.«

»Warum?« fragte Freyda.

»Weil ich seinem Patenkind geholfen habe.«

»War sie hübsch?« wollte Weldein wissen. Sein Tonfall klang überaus höflich.

»Sehr, leider«, antwortete ich.

Die beiden schauten sich an, und Weldein errötete.

»Hat sie dich nicht gemocht?« fragte Yelena.

»O doch.«

»Wenn sie hübsch war ...« Weldein wirkte verwirrt.

Eigentlich hatte ich keine Lust, weitere Erklärungen abzugeben, aber seufzend fuhr ich fort: »Ich fand sie sehr anziehend. Sie war gescheit und tüchtig. Das machte alles nur schlimmer.«

»Du hast sie aus Pflichtgefühl verlassen?« fragte Yelena. »Wie edel ...«

»Nein!« Meine Stimme klang kalt. »Ich ging fort, weil ich eine Mission zu erfüllen hatte und weil mir klar wurde, daß ich immer noch eine andere in meinem Herzen trug, und weil ...« Ich brach ab. Alles weitere hätte unerträglich hochmütig geklungen.

Diesmal wechselten alle drei vielsagende Blicke.

»Was ist aus dem hübschen Patenkind geworden?«

»Ich habe für sie einen gutaussehenden, talentierten Ehemann gefunden, der sie liebt. Und ich habe ihr eine Aussteuer besorgt. Wir haben beide furchtbar geweint.«

Danach schwiegen die drei betroffen. Ich hatte ein schlechtes Gewissen und ging zu Yelena. »Tut mir leid, ich wollte nicht ...«

Sie lächelte. »Nein. Es tut gut zu sehen, daß große Ordnungs-Meister auch menschlich sind und lieben und Fehler begehen.«

Ich schüttelte den Kopf. »Ich bin kein großer Ordnungs-Meister.«

Yelena schwang sich auf ihren braunen Wallach. »Dann gibt es überhaupt keine.«

Ich dachte über ihre Worte nach, als ich weiterritt.

Vielleicht war das die Schwierigkeit, daß es einfach keine großen Ordnungs-Meister gab, die große Chaos-Meister wie Antonin bekämpfen konnten. Dann runzelte ich die Stirn. Diese Lösung war zu einfach. Und einfache Antworten waren meist falsch.

Gegen Mittag spürte ich das drohende Chaos sehr stark. Das Gefühl wurde noch stärker und wich nicht.

Die Straße war seit geraumer Zeit nicht mehr benutzt worden, abgesehen von einem einzelnen Reiter. Ab und zu sahen wir die Hufabdrücke im Lehm. Ich vermochte nicht zu sagen, wie lange die Abdrücke zurücklagen. Auch Yelena wußte es nicht.

»Seit dem Sommer hatten wir keinen starken Regen.« Sie schürzte die Lippen.

Ich spürte die Energie vor uns, sehr nahe, vielleicht schon nach der nächsten Anhöhe.

Über uns zogen schwere graue Wolken dahin.

Kein Regen fiel, als wir einen besonders steilen Hang hinaufritten.

»Halt!« rief ich, weil ich den Druck von Chaos übermächtig spürte. »Da vorn ist etwas.«

»Bewaffnete?«

»Nein.« Ich schickte meine Wahrnehmung aus, spürte jedoch nur einen kleinen Buckel auf der Straße, der seltsam mit Chaos verbunden war. Sonst nichts. »Ich glaube, jetzt können wir weiterreiten.«

Der Buckel war ein Körper, beziehungsweise was von ihm übrig war.

Yelena stieg ab. »Der Gürtel stammt von einem Außenposten.«

»Vorsicht. Er strahlt Chaos aus.«

Sie nickte. »Ich weiß. So was haben wir schon gesehen.« Dann berührte sie die Leiche mit der Schwertspitze. Ein blauer Funke zuckte gegen ihre Klinge. Sie schaute mich an. »Das ist wieder ein Trick der Weißen Magier.«

Der Funke erwärmte die kalte Luft bis zu Gairloch und mir. Yelena drehte den Leichnam mit dem Schwert auf den Rücken. Das Gesicht des kyphrischen Soldaten war bis zur Unkenntlichkeit verkohlt – Ziel eines Feuerballs, den Antonin, Sephya oder ein anderer Chaos-Magier geschleudert hatte.

Ich konnte mir vorstellen, was geschehen war. Der Soldat war hierher gelockt und dann vernichtet worden.

»Chaos hat sich von ihm genährt. Leider können wir uns nicht von Chaos nähren, sonst würden wir nie wieder Hunger haben.« Sie winkte Weldein. »Wir haben nicht viel Zeit, aber wir wollen ihn ordentlich bestatten.«

Wir nahmen Steine und errichteten neben der Straße ein Steingrab.

Beim Aufsteigen dachte ich über Yelenas Bemerkung nach. Ja, auf rätselhafte Weise speiste Chaos wiederum Chaos. Je stärker Antonin wurde, desto mehr vermochte er zu zerstören, wodurch die Chaos-Menge in Candar wuchs. Ja, eigentlich in der gesamten Welt. Wenn die alten Meister recht hatten, mußte das vermehrte Chaos *irgendwo* durch vermehrte Ordnung ausgeglichen werden.

Ich schluckte. Wenn das, was ich dachte, tatsächlich zutraf, mußten Talryn und die Bruderschaft für verdammt vieles Rede und Antwort stehen.

Aber das löste nicht mein eigenes Problem. Justen hatte recht gehabt. Ich wurde stärker, aber sehr langsam. Antonin konnte buchstäblich Löcher in Berge und Gebäude reißen und ganze Armeen mit Chaos verseuchen. Es würde Jahre dauern, ehe ich Antonin unmittelbar gegenüberstehen konnte. Und das würde weder Krystal noch dem Autarchen oder den Menschen in Gallos oder Kyphros helfen.

Justens Methode war klar. Er verstärkte überall um Antonin herum auf niedriger Ebene Ordnung, indem er in Jellico heilte oder Schafen in Montgren half. Diese

Ordnung begrenzte das indirekte Überschäumen des Chaos und schützte die meisten Unschuldigen. Doch war ebenso klar, daß Antonin den Aufbau der Ordnung auf dieser unteren Ebene zuließ, da sie ihm gestattete, seine Macht zu vergrößern. Dadurch wieder vermochte Justen seine Macht auszuüben ...

Ich rieb mir die Schläfen. War das Ganze eine Übung im Kreis? War irgendein Magier – weiß oder schwarz – tatsächlich ehrlich? War das der Grund, warum mir niemand die Fragen hinter meinen Fragen beantwortet hatte?

»Was jetzt, Ordnungs-Meister?«

Ich verstand. Jetzt hatte Yelena einen Grund, entlassen zu werden. Krystal brauchte sie im Norden mehr als ich hier.

»Weiter kommt ihr nicht mit, Führerin. Hier beginnt Chaos.«

»Bist du sicher?«

Ich nickte. »Ich kann euch nicht beschützen und nach dem Weißen Magier suchen, ohne uns alle in Gefahr zu bringen. Ich danke euch für die Eskorte, für die Gesellschaft und für euer Verständnis.«

»Danke, Ordnungs-Meister.«

»Danke ...« Yelena zögerte, während ihre Gefährten anritten. »Wir würden dich gern wiedersehen.« Dann war ihr Gesicht wieder hart und verschlossen, ganz die disziplinierte Führerin.

Ich blickte den dreien nach, bis sie verschwunden waren. Ich spürte auch kein Chaos in ihrer Richtung.

Bei den Westhörnern war das anders. Angenommen die alte Straße kreuzte die der Magier bald. Angenommen ... Aber nie kam es so, wie es sollte. Und als es kam, wünschte ich, es wäre nicht so.

Aus dem Nichts wehte plötzlich ein kalter Wind. Es war, als blase er mehr in meinen Gedanken als tatsächlich, während ich steil bergab ritt. Jetzt begann der letzte, einsame Teil meiner Suche. Warum ritt ich auf einer nahezu verlassenen Straße zu einem Magier, der mich bei der letzten Begegnung wie eine lästige Fliege beiseite geschleudert hatte? Warum glaubte ich, etwas ausrichten zu können, wenn Talryn oder Justen nichts dergleichen vermocht hatten?

Aber hatten sie es wirklich versucht? Wer sagte die Wahrheit?

Mich schauderte, aber Gairloch hob den Kopf, als wollte er mich aufmuntern und sagen: Los, weiter!

LXIV

Drei Meilen nach dem Hügel, wo wir den namenlosen kyphrischen Soldaten bestattet hatten und wo ich mich von meiner Eskorte getrennt hatte, kreuzte die alte Straße die der Magier.

Ich brauchte nicht nach Trugbildern Ausschau zu halten. Ich schickte meine Sinne aus und nahm Spuren des älteren Chaos wahr, die anzeigten, daß früher einmal Magie im Spiel gewesen war, um die Straße unsichtbar zu machen. Das war jedoch vor langer Zeit geschehen. Mich schauderte, weil Antonin offenbar keinen Grund mehr sah, diese Straße zu verbergen.

Das künstliche Tal verlief kerzengerade von Ost nach West. Die Spuren der Kutsche waren mitten auf der Straße sichtbar.

Ich holte tief Luft. Plötzlich fragte ich mich, warum ich mitten in der Wildnis nach einem Chaos-Meister suchte. Ich fand keine Antwort.

Dann verfluchte ich mich selbst, lenkte aber Gairloch auf die Weiße Straße und schickte meine Sinne voraus. Außerdem hüllte ich mich in den Schutzschild, der es einem Chaos-Meister erschwerte, die Ordnung zu spüren, die ich verkörperte. Dieser Schild ließ Gairloch und mich sichtbar bleiben. Aber die größere Gefahr drohte von Weißen Magiern, nicht von Soldaten, die vom Chaos verseucht waren.

In der Ferne, in den Westhörnern, lauerte massive Chaos-Energie, doch nicht in der Nähe. Ich sah keine Spur eines lebenden Wesens. Keine Wildschweine, keine Ziegen und schon gar keine Menschen. Im Augenblick behagte mir das durchaus.

Auf der ebenen Straße kamen Gairloch und ich viel schneller vorwärts als auf der alten Straße aus Kyphrien. Trotz allem, was Justen mir erklärt hatte, fiel es mir schwer zu glauben, daß die Straßen der Magier und die steinernen Brücken so viele Jahrhunderte überdauert hatten. Allerdings hatte Justen gesagt, der Bau sei von ehrlichen Steinmetzen, unterstützt von Schwarzen Ordnungs-Meistern, ausgeführt worden, ehe ... etwas geschah.

Wieder einmal hatte ich nicht die gesamte Geschichte gehört.

Als es dunkel wurde, hatte ich beinahe die Westhörner erreicht. Selbst die Ausläufer ragten so hoch in den westlichen Himmel hinauf, daß ich den Nachmittag über in ihrem Schatten geritten war. Die fernen Gipfel glitzerten unheimlich weiß. Ein passendes Heim für Chaos.

Eigentlich hatte ich den armen Gairloch nicht so lange reiten wollen, aber erst gegen Abend fand ich eine seitliche kleine Schlucht mit Wasser und Gras, wo wir vor den Weißen Magiern einigermaßen geschützt waren.

Nach einer Biegung um einen Felsvorsprung wagte ich, das Pferd zum Stehen zu bringen.

Gairloch schnupperte sofort an den Satteltaschen. Sein Maul war naß und kalt, weil er vom eiskalten Wasser getrunken hatte.

»Sauf ja nicht mehr«, fuhr ich ihn an. Zuviel kaltes Wasser würde ihm schaden.

Ich legte ihm die Hände auf, um die Ordnung in seinem Körper zu stärken. Er überstand alles unbeschadet. Vielleicht hatte ich mir umsonst Sorgen gemacht, aber in letzter Zeit machte ich mir ständig Sorgen.

Er schnappte so schnell nach dem Getreidekuchen, daß er beinahe meine Finger mitnahm.

»Gairloch!«

Ich verzehrte Trockenobst, Brot und den letzten weißen Käse, dann breitete ich meine Schlafmatte unter einem Felsüberhang aus. Der Himmel war klar, die Sterne funkelten wie weit entfernte Laternen in der Finsternis. Ein kalter Wind pfiff durch die Schlucht. Der Bergbach plätscherte.

Ich schlief ein. Im Traum war ich Schiedsrichter bei einem Duell zwischen Krystal und einem Weißen Ritter. Der Weiße Ritter war Antonin. Ständig schleuderte er Feuerbälle auf mich und lachte gellend. Bei jedem Feuerball hörte Krystal auf zu kämpfen und blickte mich an. Seine Klinge traf ihren Schwertarm, bis dieser blutüberströmt war. Der Traum schien die ganze Nacht hindurch zu dauern. Beim Aufwachen war ich in kalten Schweiß gebadet. Über Nacht hatte es gefroren. Reif bedeckte das Gras, eine dünne Eisschicht lag auf dem Bach.

Es schien noch nicht richtig Winter zu sein, aber unterhalb der Westhörner war es kälter als an den kältesten Tagen in Recluce oder den meisten in Kyphrien.

Gairlochs Atem bildete eine weiße Wolke.

Ich gab Gairloch etwas Getreidekuchen und ließ ihn grasen. Ich stopfte mir die letzten getrockneten Äpfel von Brettel in den Mund. Mein Proviant ging zur Neige und reichte für höchstens einen Achttag. Aber mehr würde ich nicht brauchen – so oder so.

Die Äpfel sättigten mich nicht, deshalb öffnete ich das letzte Päckchen. Gelber Käse war darin, der nicht so gut schmeckte wie der weiße. Dazu hatte ich noch Brot.

Danach schickte ich meine Sinne vorsichtig zur Straße

der Magier hinaus. Sie war so verlassen wie am vorigen Abend.

Noch ehe die Sonne über die Berge hinter uns gestiegen war, trabte Gairloch bereits weiter auf dem engen künstlichen Tal in die Westhörner hinein.

Eine Zeitlang sah ich nichts Ungewöhnliches und fühlte nur die Spur des Chaos auf der Straße. Doch dann näherten wir uns der massiven Chaos-Energie, die ich erstmals am gestrigen Nachmittag gespürt hatte. Sie bestand irgendwo auf der anderen Seite eines schmalen Durchgangs der mächtigen Felswand, die abgesehen von der Straße der Magier jegliche Passage nach Westen zu blockieren schien.

Plötzlich warf Gairloch den Kopf hoch, als wollte er mich warnen.

Vor uns öffnete sich der Paß in der Morgensonne, die mir den Rücken wärmte. Grüne Hänge endeten zu beiden Seiten unvermittelt an den schroffen und zerklüfteten Felsen, die die Westhörner von den niedrigeren Bergen in Candar unterschieden. Die meisten Menschen mieden diesen Paß. Ich sah nur die Spuren von Antonins Kutsche. Entlang des Straßenrandes wuchsen dornige Beerenbüsche. Die Straße blieb unverändert fünfzehn Ellen breit.

Ich schickte meine Sinne voraus, fühlte aber nichts. Nicht einmal Bäume oder Felsen.

»Verdammt!« stieß ich hervor, weil ich wußte, was das bedeutete.

Antonin vermochte nicht zu entstellen, was ich sah, aber er konnte verhindern, daß ich irgend etwas wahrnahm, abgesehen vom Gefühl des Chaos.

Am liebsten hätte ich aus Jux und Tollerei ein gewaltiges Gewitter entstehen lassen, aber bei der bedrohlichen Nähe des Chaos schien es keine gute Idee, Energie zu verschwenden. Außerdem erinnerte ich mich an Justens Warnung, daß Frivolität sich in Chaos wandeln konnte.

Es gab auch keinen Ordnungs-Grund für ein Gewitter. Hätte eine furchtbare Dürre geherrscht, hätte ich durch den Regen Ordnung verstärkt – vielleicht.

Ich ruckte mit den Zügeln. »Los, Alter, weiter!«

Vor uns stieg die Straße an. Wenige Kiefern und Fichten erhoben sich über das kniehohe Gras. Ich sah nichts vor mir, doch als ich die Hand zu meinem Stab ausstreckte, der in der Halterung saß, schlug mir die Wärme entgegen.

Jenseits der Anhöhe war etwas. Ich wischte mir die Stirn, da ich plötzlich schwitzte.

Gairloch sträubte sich entschieden. Ich bemühte mich, zu erspüren, was uns jenseits der Kuppe erwartete. Ich fühlte jedoch nur die Wärme des Feuers, das Antonins Markenzeichen war.

Mußte ich wirklich weiterreiten?

Ein Blick in die Runde überzeugte mich. Alle grünen Wiesen endeten jäh in steilen Felswänden, die selbst eine Bergziege nicht erklettern konnte.

Ich schüttelte den Kopf, als ich begriff, was vor kurzem hier geschehen war. Einst war der Paß eine natürliche schmale Öffnung in den Bergen gewesen. Dann hatte jemand – oder etwas – vor langer Zeit, wahrscheinlich als Candar unter den Magiern von Fairhaven geeint war, eine tiefe Bresche geschlagen. Man hatte nicht nur die Straßen der Magier gebaut, sondern die gesamte Geographie verändert.

Vielleicht – aber nur vielleicht – hatte Magistra Trehonna recht gehabt. Dieser Gedanke behagte mir ganz und gar nicht.

Mit Hilfe des Wetters und der Zeit waren die Felswände abgebröckelt und hatten wohl nur einen schmalen, scheinbar natürlichen Durchgang zu den Westhörnern gelassen. Doch dann hatte man das Geröll entfernt, denn jetzt lag unter Gairlochs Hufen die glatte weiße Zauberstraße – dieselbe, die durch Frven führte.

Jetzt sah ich neben der Straße ein bräunliches Viereck, die Überreste einer Satteltasche? Und im hohen Gras dahinter lagen weiße Stücke. Ich schluckte.

Gairloch wieherte und sträubte sich.

»Ich weiß, Alter.«

Ich blickte nach vorn. Keine halbe Meile vor mir verwehrte eine Schar Soldaten den Zugang zum schmalen Paß. Die weißen Uniformen und weißen Gesichter wiesen sie als Truppen eines Magiers aus. Ihre Waffen blitzten in der Sonne.

Vor der Schar saß ein gespenstischer Weißer Ritter auf – selbstverständlich – einem Schimmel. Doch weder die metallene Brustplatte des Pferdes noch die Rüstung des Ritters spiegelten das Sonnenlicht. Ritter hatten eigentlich nur im Dienst von Chaos Erfolg gehabt, da das viele Metall der Rüstung ein großartiges Ziel für jeglichen Feuerangriff darstellte. Vielleicht diente dieser Ritter dem Chaos bereits weit länger, als er es je beabsichtigt hatte.

Ein verdammter Ritter. In mehr als nur einer Hinsicht. Er hatte das Visier heruntergeklappt und deutete mit der Lanze in meine Richtung. Die Lanze hatte eine weiße Spitze – eine Chaos-Spitze.

Auch wenn ich Antonins Taktik voraussehen konnte, blieb sie dennoch äußerst wirkungsvoll.

Der Schimmel hob den linken Vorderhuf und trug den stummen Ritter unbeirrten Schritts in meine Richtung.

Die weißen Gestalten hinter ihm marschierten ebenfalls los. Ihre Rüstungen knarrten wie ungeölte Türen, ohne Rhythmus, ohne Ordnung. Ihre scharfen Schwerter schwankten in einem unsichtbaren und nicht spürbaren Wind.

Rechts von mir lagen weitere weiße Teile im hohen Gras. Ich blickte auf diese weißen Gebeine, dann auf die weißen Geistersoldaten.

Die Knochen lagen tatsächlich dort, also konnten nicht

alle Gestalten Trugbilder sein. Doch waren *alle* real? Meine Sinne verrieten es mir nicht, das verhinderte die Leere, die den Paß und die Umgebung einhüllte. Ich ließ die Zügel auf den Sattel fallen und nahm den Stab in beide Hände, während Gairloch dem Weißen Ritter entgegentrottete.

Die Lanzenspitze schimmerte weiß. Doch hinter dem blendenden Weiß des Chaos glühte ein roter Kern.

Ein Feuerball flog auf mich zu und prallte gegen den Stab.

Gairloch trabte unbeirrt weiter.

Beim zweiten Feuerstoß schlug ich die Lanze beiseite und versetzte dem Schimmel mit dem Stab einen Schlag auf die Flanke.

Dann nahm ich den Stab in die linke Hand und zog mit der rechten die Zügel stramm, um Gairloch zum Stehen zu bringen.

Als hätte man eine Kerze ausgeblasen, waren die übrigen Trugbilder verschwunden. Allein der Weiße Ritter und der Schimmel blieben. Doch dann sanken vor meinen Augen Ritter und Roß in sich zusammen, bis ein Häuflein Asche blieb. Rüstung und Lanze lagen auf der Straße.

Die Todeszone behielt ihren Charakter. Ich vermochte nur mit meinen Augen zu sehen, nichts aber zu erspüren. Ich hörte weder Vögel noch das Pfeifen des Windes oder das Zirpen der Insekten.

»Komm, Gairloch, weiter!«

Ohne Sträuben trabte Gairloch auf den schmalen Spalt zu. Rechts und links erhoben sich glatte, fast senkrechte Felswände. Ich blickte nach oben zum Himmel. Wenn ein Felsbrocken herunterfiel, war es aus mit mir. Es gab kein Entrinnen.

Aber wenn Antonin die Straße blockierte, müßte er sie wieder räumen. Und wer – außer einem Schwachkopf – würde sich mit einer Schar Geister anlegen?

Ich warf einen Blick zurück und schauderte. Langsam bildete sich Nebel um Rüstung und Lanze.

Für diese Verteidigung war eine Menge Energie nötig gewesen, und ich war einfach hindurchgeritten.

Ich war sicher, der Ritter auf dem Schimmel wartete mit seiner weißen Schar auf den nächsten Reisenden.

An dieser Verteidigungsmaßnahme war günstig, daß es keine Rolle spielte, was geschah. Einige Menschen starben, etliche entkamen. Doch die Toten und die Geschichten der Entkommenen vermehrten Antonins Macht und stärkten die Abscheu der Menschen vor dieser fluchbeladenen Todesstraße. Im Krieg zwischen Gallos und Kyphros wollte niemand genügend fähige Soldaten ausschicken, um eine unbenutzte Zauberstraße zu säubern.

Der Schrei einer Aaskrähe riß mich aus den Tagträumen. Ich mußte mich wieder auf das Jetzt konzentrieren.

Das war ein Fehler, weil ich mich fragte, was ich hier überhaupt tat. Antonin hatte mich wie ein Nichts beiseite gefegt. Und wenn ich meinen Träumen trauen durfte, hatte er sogar Tamra in seine Gewalt gebracht, die bei weitem vorsichtiger und geschickter war als ich. Warum nur ritt ich jetzt zu seiner Festung?

Aber blieb mir eine Wahl? Sollte ich wie alle anderen Schwarzen Meister davonlaufen oder mich von den großen Weißen Magiern verbrennen lassen? Ich hatte die Wahl, ein Heuchler wie Talryn oder ein toter Held wie der kyphrische Grenzsoldat zu werden.

»Großartige Wahl!« murmelte ich vor mich hin.

Das Krächzen der Aaskrähen bestätigte meine Meinung.

Die Weiße Straße der Magier verlief ungefähr anderthalb Meilen durch ein enges Tal, dann bog sie nach rechts. Das Berggras am Straßenrand war braun. Nur vereinzelt wuchsen Büsche. Das Krächzen der Aaskrähe, die uns folgte, und Gairlochs Hufschlag waren die einzigen Laute, die von den Felswänden widerhallten.

Kurz vor Mittag hielt ich an einem schmalen Bach. Gairloch trank gierig, obgleich das Wasser eiskalt war. Ich ebenso. Dann gab ich ihm noch einige Getreidekuchen und ließ ihn auf dem spärlichen Gras weiden.

Ich aß etwas Brot und schnitt mehrere Scheiben vom gelben Käse ab; das half gegen den Hunger, mehr aber auch nicht. Essen stillt den Hunger. Einen Bissen warf ich der Aaskrähe hin, die sich auf einem Felsen auf der anderen Straßenseite niedergelassen hatte.

Eine Zeitlang lag das Brot unberührt im Gras. Dann stürzte der Vogel plötzlich hinunter und brachte das Stück zu seinem Platz auf dem Felsen.

Nachdem ich den gefiederten Zeitgenossen begrüßt hatte, verzehrte ich einige weitere Scheiben Brot und Käse. Es hatte mir schon immer widerstrebt, einfach Stücke davon herunterzureißen.

Immer noch herrschte Totenstille; ich hatte Lust zu reden, sogar mit der Aaskrähe hätte ich mich unterhalten. Doch statt dessen verstaute ich meinen restlichen Reiseproviant, füllte die Wasserflasche und bestieg Gairloch erneut.

Die Felswände entlang der Straße schienen weißer und lebloser zu werden, die Stille wurde fast unerträglich. Nicht einmal Insekten zirpten, die einzigen Lebewesen hier waren eine Aaskrähe, ein Bergpferd und ein einsamer Narr. In weiter Ferne glänzten kalt die Westhörner.

Ich ritt weiter.

Dann fand ich die Tore.

Auf den ersten Blick ähnelte das Tal allen bisherigen: eng, gerade, weiß. Es schien vor einer Felswand zu enden. Ich spürte, daß es eine Illusion war. Dann sah ich den engen Pfad dahinter. Hier waren die Felswände nicht von den Unbillen des Wetters abgeschliffen, sondern scharfkantig. Chaos hatte ihnen erst vor kurzem seinen Stempel aufgedrückt.

Ich betrachtete die Realität hinter dem Trugbild und fragte mich, ob etwas, das Chaos geschaffen hatte, in Wahrheit Realität sein konnte.

In der Mitte des schmalen Durchgangs standen zwei schwere Tore aus weißer Eiche. Ihre Angeln waren in den Fels eingemauert. Die Torflügel wirkten geschlossen.

Abgesehen von einem schmalen Band bargen die Tore kein Chaos. Ein schwerer, doch einfacher Riegel hielt sie verschlossen. Ich hätte das Band mit Leichtigkeit umgehen und das Tor öffnen können, ohne es zu zerreißen, aber ich tat es nicht. Welcher schlichte Schwarzstabträger hätte das gekonnt?

Als ich den Riegel umlegte, flog ein Funke, aber sonst geschah nichts.

Ich ritt hindurch. Dann stieg ich ab und schloß die Tore wieder. Ein Gebot der Höflichkeit.

Hinter dem Tor verlief die Straße zwischen baumlosen felsigen Bergen, ehe sie eine halbe Meile lang über eine steinige Ebene zu den hohen weißen Klippen führte, auf denen Chaos-Energien umherwirbelten. Unterhalb der Klippen stand eine Art Schloß, eigentlich ein großes dreistöckiges Haus mit weißem Dach und einer Mauer aus weißem Granit, die in den weißen Klippen mündete.

Mich schauderte. Eigentlich wollte ich nicht hier sein, doch hatte ich mich selbst in diese Zwangslage gebracht. Wie konnte ich nicht versuchen, Antonin aufzuhalten, nach allem, was ich gesehen und gesagt hatte? Doch würde ich siegen? Das war mehr als fraglich.

Ich blickte wieder auf Antonins Festung. Das Bauwerk schien eindrucksvoll, aber viel kleiner, als ich es für einen Chaos-Meister für passend hielt. Keine Türme, nur eine glatte Mauer mit einem Tor. Vor der Mauer zog sich ein tiefer Graben dahin, dessen Boden ich von der Straße aus nicht sehen konnte.

Von den Klippen her floß ein schmaler Bach, an dessen

Ufer etwas Gras wuchs. Ich stieg ab, weil ich Gairloch nicht mit in die Festung nehmen wollte. Warum nicht, vermochte ich nicht zu erklären. Ich ließ Gairloch weiden, nahm ihm jedoch nicht den Sattel ab.

Dann marschierte ich in der Sonne und mit dem Stab in der Hand die Straße zur Festung hinab.

Auf halbem Weg sah ich, daß eine einfache Holzkonstruktion den tiefen Graben überbrückte. Wahrscheinlich bestand sie aus schwerem Kiefernholz, das mit den Chaos-Energien schnell in Brand gesteckt werden konnte.

Ein fähiges Heer hätte diese Festung in wenigen Tagen gestürmt, allerdings nur, wenn der Herr kein Chaos-Meister war und wenn man überhaupt ein Heer so weit in die Westhörner hätte locken können.

Mir lief es eiskalt über den Rücken. Dieser Ort strahlte mehr Unheil aus als ganz Frven und schien verlassener als die Wüste, die Antonin mit seiner Chaos-Energie zwischen Gallos und Kyphros geschaffen hatte, angeblich um dem Präfekten zu helfen, in Wahrheit jedoch zu seinem eigenen Nutzen.

Kein einziges Banner flatterte auf dem weißen Bauwerk. Keine Rauchfahne kräuselte sich aus den acht Schornsteinen empor. Das schwere Tor aus weißer Eiche stand offen, die Straße führte geradewegs über die Holzbrücke in die Festung.

Die weiße Festung vor den weißen Klippen wirkte wie ein vollkommenes Gemälde.

Ich zögerte, doch dann dachte ich an das verkohlte Gesicht des kyphrischen Soldaten und den Kopf der blonden Soldatin auf der Mauer des Präfekten, den Chaos-Brunnen und vor allem die Selbstgefälligkeit der Bruderschaft, die einen isolierten Orden aufgebaut und Antonin so benutzt hatte wie dieser Justen.

Es gab noch einen Grund. Man hatte mich ebenso wie Justen benutzt. Nur so ergab es einen Sinn. Durch meinen Kampf gegen den Präfekten hatte mein Bemühen um Ordnung zu noch größerer Unordnung und einer Verschärfung des Konflikts zwischen Gallos und Kyphros geführt. Kein Wunder, daß man mich bis zu meinem Verlassen der Stadt nicht belästigt hatte. Ich hatte genau das getan, was Antonin wollte. Beinahe hätte ich mich auf der staubigen Straße übergeben. Ich machte mir bittere Vorwürfe, so dumm gewesen zu sein.

Doch dann hob ich den Kopf und marschierte geradewegs auf die Brücke zu. Ich schickte meine Sinne aus, um zu erspüren, wann Antonin seine Kräfte gegen mich sammelte.

Ich hatte erwogen, um die Feste einen Schild des Gleichgewichts der Kräfte zu legen, aber das war auf diesem Gelände schwierig, ohne meine Ordnungs-Meisterschaft zu enthüllen. Dann wäre meine Anwesenheit wie ein Feuerwerk am Nachthimmel kund geworden. Ganz zu schweigen von meinen Fähigkeiten. Außerdem hätte dieser Schild meine Mission vereitelt.

Ich mußte Antonin von Angesicht zu Angesicht gegenüberstehen. Ich vermutete, daß er das zulassen würde, allein schon, um von mir zu erfahren, wie es mir gelungen war, ihm so lange Zeit zu entgehen. Es war riskant, aber nicht sehr. Mir blieb auch keine andere Wahl.

Entschieden ging ich Schritt um Schritt weiter, fort von Gairloch, näher an die verborgenen Feuer, die hinter jedem Stein der weißen Festung schimmerten, näher an die Ängste heran, die drohten, mein Rückgrat zu lähmen.

LXV

Keine Seele – nicht einmal ein Dämon – blickte vom leeren Wehrgang, als ich über die weiße Straße auf die Holzbrücke zumarschierte. Das Tor stand weit offen.

Bei jedem Schritt wirbelte ich eine weiße Staubwolke auf. Kein Lufthauch gelangte ins Tal. Der Wintertag fühlte sich wie ein knochentrockener Sommernachmittag an. Die von Eis und Schnee bedeckten Gipfel der Westhörner glitzerten zu meiner Linken wie Kristall. Sie sahen ebenso teilnahmslos zu, was hier geschah, wie sie den Aufstieg und Fall Frvens oder den tödlichen Plan Recluces mitangesehen hatten.

Mein erster Schritt auf der Holzbrücke hallte wie gedämpfter Donner wider. Der tiefe Graben war gespickt mit spitzen, messerscharfen roten Steinen. Zumindest lagen jedoch, soweit ich feststellen konnte, keine Gebeine darin.

Ich hatte das Gefühl, auf dem weißen Holz wie auf einem riesigen Gong dahinzuschreiten. Antonins Kutsche mußte beim Darüberfahren mit dem Donner gewetteifert haben.

Das schwere Holztor in den massiven Bronzeangeln öffnete sich vor meinen Augen noch weiter.

Niemand und nichts erschienen. Doch ich spürte die Geschöpfe des Chaos jenseits des offenen Tors: gespenstisch Weiße Wesen mit rotglühenden Kernen, gegen die die Dämonen in Frven armselig gewesen waren.

Mit verschwitzten Händen umklammerte ich meinen Stab, der Schweiß rann mir über die Stirn. Die Feuchtigkeit rührte keineswegs nur von der Hitze her.

Das trommelnde Echo von der Brücke sagte mir, daß meine Beine mir nicht ganz gehorchten. Ich unterdrückte ein Lachen, doch ich wußte nicht, warum ich das alles so komisch fand.

Das massive Eichentor führte in einen Innenhof; alle Fenster und Türen im Erdgeschoß standen offen, um Luft und Licht hereinzulassen. Kein Mensch weit und breit, es zeigte sich niemand. Wieder spürte ich die unsichtbaren Chaos-Energien über den Innenhof wirbeln.

Ich schluckte und trat in den Toreingang.

»Hallo, ist da jemand?« Die Mauern verschluckten meine Worte, anstatt ein Echo zurückzuwerfen.

Keine Antwort.

Ich sah mich um, ließ meinen Ängsten und Befürchtungen freien Lauf, doch der Platz blieb leer und stumm. Es hüllte ihn auch kein unsichtbarer Mantel ein, was bei Anwesenheit eines Weißen Ritters der Fall gewesen wäre, er blieb einfach nur leer.

Ich trat noch einen Schritt weiter in den Toreingang hinein. Meine Beine trugen mich durch das Tor, ich blickte zurück. Die schwere Eichenkonstruktion verblieb in den Angeln – offen.

Im weißgepflasterten Innenhof, knapp dreißig Ellen im Quadrat, stand lediglich ein Block, um das Aufsteigen zu erleichtern. Über der Remise für die Kutsche hing ein aus Holz geschnitztes Schild. Die Fenster unmittelbar unter dem Dach standen offen. Wie das Tor im Innenhof stand auch die Tür zur Remise offen. Beide schmucklosen Portalflügel, deren Holz mit Goldfirnis überzogen war, standen einen Spalt angelehnt. Auch dort sah ich Bronzeangeln blinken.

Trotz größter Anstrengung spürte ich kein Leben, nur Chaos, ein tiefes, grundlegendes Chaos, und deutlich ein Weißes Feuer im ersten Stock. Dort mußte sich Antonin aufhalten – oder ein anderer Weißer Magier.

Ich schlug mehrmals mit dem schweren Türklopfer aus Messing an die Tür, das Geräusch hallte in den Gängen hinter der Tür wider.

Diesmal wartete ich. Man betrat nicht uneingeladen den Herrschaftsbereich von Chaos. Dort stand ich nun – den Stab in der Hand, von einem Fuß auf den anderen tretend –, mit dem Hemdsärmel wischte ich mir den Schweiß von der Stirn, noch immer staunend über die für diese Jahreszeit völlig unangemessene Hitze, und ich fragte mich, ob die Feste ein Vorposten des Chaos oder

der dämonischen Hölle war. Unterdessen betrachtete ich die Mauern und das Portal näher.

Onkel Sardit hätte das Gesicht verzogen, selbst Bostric hätte die Nase gerümpft. An den Ecken schienen die Fugen so groß, daß man ein Messer hineinstecken konnte. Auch zwischen Türstock und Mauer klafften Spalten. Entweder hatte man das Holzportal überhastet eingesetzt, oder der Schreiner war ein schlechter Handwerker gewesen. Der Goldfirnis war stellenweise verdickt wie Tropfen. Man hatte ihn nicht gesandet und auch keinen zweiten Anstrich gemacht.

Obgleich ich mich mit Steinmetzarbeiten nicht so gut auskannte, sah ich in den Mauern die gleiche Schlamperei. Die Mörtelschichten waren unterschiedlich dick.

Ich klopfte nochmals.

Jetzt näherten sich Schritte. Sie kamen so langsam, daß sie wie eine tropfende Dusche klangen. Hatte ich seit Recluce je wieder eine Dusche gesehen?

Ein dünner Bediensteter, der mir kaum bis zur Schulter reichte, öffnete das Portal ganz und trat zurück. Seine Haare und seine Haut waren weiß, ebenso Jacke, Stiefel und Hosen. Das Weiße in seinen Augen war rötlich gefärbt, nur die Pupillen schienen schwarz.

»Der Meister heißt dich willkommen.« Die Stimme war heiser und wie mechanisch, als sei ich der erste Mensch, mit dem er seit seinem Tod sprach. Aber vielleicht sah er nur tot aus. Falls er lebte, gab es in ihm nur Chaos-Energie. Ohne diese hätte er aufgehört zu existieren. Das war in sich ein weiteres Paradoxon: Selbst Chaos-Meister mußten ein gewisses Maß *Ordnung* einsetzen.

»Ich möchte ihn sprechen.«

Wortlos ging der Diener über den weißen Marmorboden der Eingangshalle zu einer geschwungenen Prachttreppe.

Ich packte meinen Stab fester, obgleich mir klar war,

daß er mich nur kurzzeitig schützen konnte, und folgte ihm. Wieder war ich von der Arbeit enttäuscht. Es tat mir richtig weh, einen so großartigen Entwurf und ein so gut proportioniertes Bauwerk durch stümperhafte Ausführung entstellt zu sehen. Die Säulen standen nicht genau in der Mitte. Überall hing ein weißer Nebelhauch, der sich noch nicht so verfestigt hatte, daß er sich als weißer Staub auf den nicht ganz ebenen Marmorfliesen niederschlug.

Noch etwas störte mich. Aber erst, als ich die Treppe zur Hälfte hinaufgegangen war, vermochte ich es zu benennen. Es gab nirgends Dekorationen. Keine Bilder, keine Wandteppiche, ja, überhaupt keine Teppiche.

Das Gebäude roch seltsam unfertig, obgleich es zweifellos fertig war. Das Fehlen von Ordnung?

Nach der Treppe ging der Diener nach links. Dann blieb er vor einer geschlossenen Tür stehen.

Eichentüren dürfen nicht so knarren, doch die des Weißen Magiers knarrten laut. Kopfschüttelnd folgte ich dem Diener hinein.

Ich warf einen Blick hinauf zum Deckengewölbe, das auf weißen Eichensäulen ruhte, die doppelt so nah beieinander standen, wie es nötig gewesen wäre. Unwillkürlich lächelte ich.

Wie die übrige Feste war auch der große Raum weiß: weißer Mamorboden, weiß gestrichene Granitwände und weiße Türstöcke und Türen, teilweise auch weiße Paneele. Ohne genau hinzusehen, fielen mir die Unregelmäßigkeiten an den Kanten und Verbindungsstellen auf.

Meine Nase juckte. Vielleicht wegen des weißen Staubs, den meine Stiefel beim Betreten des Raums aufgewirbelt hatten. Am Nordende erhob sich ein großer weißer Kamin aus Marmor. Ein Häuflein Asche lag darin, doch war die Asche kalt.

Auch in diesem Raum gab es keinerlei Bilder, nur ein halbes Dutzend Messinghalterungen mit weißen Kerzen.

Auch zwischen den vom Boden bis zur Decke reichenden Fenstern befanden sich diese Halter. Jedes Fenster bestand aus ungefähr zwanzig rautenförmigen bernsteinfarbenen Scheiben, in Blei gefaßt. Obwohl sämtliche Fenster offen standen, erfüllte ein leicht goldgelbes Licht den Raum, und es roch nach Asche.

Am Südende befanden sich die einzigen Möbel: ein schlichter runder Tisch aus weißer Eiche mit fünf passenden Stühlen und goldenen Kissen darauf. An der Wand standen zwei Tische zum Servieren von Speisen und Getränken, ebenfalls aus weißer Eiche. Auf dem linken standen mehrere Schüsseln mit Deckeln.

Am Tisch saßen zwei Gestalten.

Der stumme Diener marschierte zum Tisch, verneigte sich und ging wieder hinaus. Da stand ich nun, mit dem Stab in der Hand.

Antonin und die schwarzhaarige Frau, Sephya, schauten auf. Dampf erhob sich von den Tellern vor ihnen.

»Möchtest du uns beim Essen Gesellschaft leisten?« Seine Stimme war angenehm und freundlich, als wäre ich ein alter Bekannter, der zu Besuch gekommen war.

Ich lächelte höflich, wie man es mir beigebracht hatte, aber mein Magen drehte sich wegen dieser Heuchelei.

»Dieser Einladung fühle ich mich nicht würdig, Ihr überaus mächtigen Weißen Magier.« Ich verbeugte mich. Das Verbeugen machte mir nichts aus, denn mächtig waren die beiden – keine Frage.

»Der junge Bursche hat Achtung, Sephya. Das mußt du zugeben.« Antonin nahm einen Bissen vom Teller.

»Er hat gute Manieren, Mylord. Das ist nicht dasselbe.« Ihr Ton war respektvoll, aber nicht unterwürfig – und mir seltsam vertraut.

Ich blickte die Frau scharf an. Dunkle Haare, nicht ganz schulterlang, Augen, die zwischen grau und blau wechselten – und blasse Haut. Darunter … ich schluckte und zwang mich, an etwas anderes zu denken.

Immer nur ein Problem, dann das nächste.

»Er ist auch sehr wahrnehmungsfreudig«, fügte sie etwas zynisch hinzu und nahm einen Schluck aus dem Kristallglas. »Ein bißchen gefährlich. Wäre er nicht so ungestüm, hätte er ein würdiger Gegner sein können.«

Ich begriff, daß sie versuchte, mich wütend zu machen. »Ihr tut mir zuviel Ehre an, Mylady.«

»Dafür ist sie bekannt«, erklärte der Weiße Magier. »Bis jetzt hast du uns noch nicht erklärt, warum du meine Straßen benutzt und bis zu meiner Türschwelle vordringst – abgesehen von einigen weiteren kleineren Störaktionen.« Er hob eine Braue – die rechte. Dieser Trick nötigte mir Bewunderung ab.

Doch was konnte ich ihm erklären? Daß ich beschlossen hatte, ihn zu vernichten? Ich entschied mich, gar nichts zu sagen.

Während Antonin mit mir sprach, schienen seine Augen weißer zu werden. Ich blickte hinter ihn, um das Chaos abzumessen, das sich in und um diesen Raum bündelte.

»Du hast ein interessantes Puzzle angefertigt, Schwarzstabler. Du könntest in mancher Hinsicht hilfreich sein.« Der Weiße Magier lächelte und hob den Arm. Eine kleine Feuerkugel erschien zwischen Zeigefinger und Daumen der rechten Hand. »Vielleicht möchtest du lernen, wie Feuer funktioniert, und der Menschheit noch mehr Wissen vermitteln?«

Meine Haut juckte, und der Raum schien dunkler zu sein, obgleich draußen noch immer die Sonne am blauen Himmel strahlte.

»Der gesamten Menschheit?« Ich quälte mir ein Lachen ab. Das war schwierig, weil meine Kehle so trocken wie die Wüste war.

»Du bist zu mir gekommen, schließlich suchst du nach Antworten.« Die Feuerkugel verschwand, als er die Hand senkte. Er schob den Stuhl zurück und erhob sich.

Ich lächelte nicht, sondern atmete tief ein. Antonin war nicht ganz so groß wie ich. Ich trat zurück und blickte zur Fensterwand. Ob Gairloch noch geduldig auf mich wartete?

»Stimmt«, erklärte ich schließlich.

»Weshalb? Wegen der Antworten, die das verängstigte Recluce nicht mit dir teilen wollte? Oder aufgrund der Macht, die allen zuteil wird, die wahrhaft nach dem Wissen suchen?« Antonins Stimme war weich. Er klang durchaus einsichtig.

»Recluce fürchtet sich nicht vor Euch oder vor mir.« Als ich die Worte aussprach, spürte ich den Eiseshauch der Wahrheit. Beinahe hätte es mich geschaudert, weil sich mein Magen *nicht* umdrehte.

»Ach, in der Tat? Wenn du es sagst, muß es stimmen. Dennoch zögerst du, uns bei der Suche nach den Antworten zu helfen, die Recluce vor der gesamten Welt verbirgt.«

»Ich bin nicht sicher, ob ein Magier, der nach Antworten sucht, mehr Recht hat, sie zu erhalten, als ein Herrscher, der einen Krieg anzettelt, das Recht auf den Sieg hat.« Das war eine dumme Erklärung. Die Worte waren einfach aus mir hervorgesprudelt.

Antonin runzelte die Stirn. Er war einen Schritt näher getreten, während ich sprach.

»Er scheint etwas zu zögern, dir seine Dienste zu geloben.« Sephya lachte hart. Der Klang zerriß mir die Brust. »Ja, sogar seine eigene Suche nach Antworten durchzuführen.«

Ich nickte ihr zu, behielt dabei jedoch den Weißen Magier im Auge.

»Möchtest du in die Weiße Gemeinschaft eintreten?«

»Nein, wirklich nicht.« Ich lachte, doch dabei war mein Mund trocken, und mein Herz schlug viel zu schnell.

»Er ist tapfer, Sephya«, erklärte Antonin. »Tapfer, doch nicht besonders klug.«

Ich pflichtete dieser Beurteilung vollkommen bei.

»Nun denn.« Antonin hob die Arme. »Laß mir dir ein paar Antworten zeigen.«

Eine Feuerkaskade floß mir vom Weißen Magier entgegen.

Instinktiv blockte mein Schwarzer Stab die Flammen.

Antonin lächelte. »Ein guter Stab. Doch vermag ein Stab deine Fragen nicht zu beantworten.«

Dann hüllte mich Feuer von allen Seiten ein.

»In der Tat, ein sehr guter Stab.«

Die Theatralik seiner Geste machte mich wütend. Er mußte bestimmt nicht die Arme hochrecken. Chaos und Ordnung werden vom Verstand ausgelöst, nicht von den Händen.

Die nächste Feuergarbe hätte mich beinahe umgeworfen. Ich taumelte zurück.

»Bist du deiner Entscheidung sicher?« fragte Antonin mit vernünftiger Stimme, als hätte er mich nicht gerade erst verbrennen wollen. »Wissen gehört denen, die es suchen, nicht denen, die es leugnen oder davor fliehen.«

Ich reagierte rein instinktiv, nicht wohlüberlegt. Ich nahm den Stab und preßte ihn gegen meine Knie. Er verbog sich, brach jedoch nicht. Ein scharfer Schmerz schoß durch meine Beine.

»Das ist wohl kaum die richtige Methode«, bemerkte Antonin lächelnd. »Leg ihn einfach nieder.« Er deutete auf den Marmor vor meinen Füßen. Jetzt umgab ein unsichtbares weißes Feuer seine Gestalt, im Kern leuchtete roter kalter Haß. Er machte noch einen Schritt auf mich zu.

Den Stab wegzuwerfen würde nicht genug sein. Das würde nur die Ordnung, die ich besaß, teilen. Aber ich hatte ihn nicht brechen können. Das schwarze Holz war zäh und aufs feinste verarbeitet – von Onkel Sardit. Dennoch wußte ich, daß auch das beste Werkzeug eine Krücke sein konnte.

»Leg den Stab nieder. Er verhindert deine Suche nach Antworten.« Antonins Stimme klang freundlich und überzeugend.

Ich packte den Stab noch fester. Verstand besiegte Materie? War das die Antwort? Wie auch immer – mir schien es die einzige Hoffnung zu sein.

BRICH! befahl ich dem Schwarzen Stab und drückte ihn erneut gegen die Knie. BRICH ... BRICH ... BRICH!

Der schwarze Holzstab, der Schwerter abgewehrt, Felsen widerstanden und Eisenstangen aufgehalten hatte, brach so leicht, als wäre er aus Weichholz gefertigt. Kalte Dunkelheit, ein Schutz gegen Antonins Flammen, strömte aus den zerbrochenen Enden des Stabs und hüllte mich ein.

Wortlos schleuderte ich beide mit Eisen beschlagenen Stücke des Schwarzen Stabs dem Weißen Magier vor die Füße.

Verblüfft sprang er vor dem kalten Eisen auf dem schwarzen Holz zurück.

Während er erschrocken den Mund aufriß, lief ich vor und setzte einen reflektierenden Schild um uns. Allerdings warf dieser Energien von außen zurück, von uns fort.

»Du ...«, stammelte er empört.

Sein Feuer tropfte von der schwarzen Kühle, die mich umgab, ab. Seine Händen sanken herab.

Er wollte wieder eine Hand erheben. Silberfäden zeigten sich plötzlich in seinem schwarzen Haar, da der Schild uns isoliert hatte.

Diesmal schleuderte Sephya eine Feuergarbe gegen mich, doch sie prallte von dem Schild ab, den ich um Antonin und mich aufgestellt hatte.

Jetzt zückte Antonin sein kurzes Bronzeschwert. Runzeln überzogen sein Gesicht. Hinter Antonin kam Sephya mit schmalem scharfen Degen auf uns zu.

Ich ließ mich zu Boden fallen, ergriff eine Hälfte meines Stabs und schleuderte das Holz Sephya entgegen.

»Verdammt!« Der halbe Stab fiel innerhalb meines Schildes zu Boden.

Gib mir deine Energie ... gib sie mir ... jetzt! Antonins Gedanken zerrten an mir und forderten das Gefühl des Selbst, das ich in die Schwärze gehüllt hatte.

Jetzt ... gib mir ... gib. Wie ein Schraubstock umkreisten mich Antonins Gedanken innerhalb des Schildes, das ich hielt.

Ich bin Lerris ... ich bin ich ... ich ... So wie Justen es mich gelehrt hatte, hielt ich an mir fest.

Antonin schleuderte wieder Feuer, doch war es kaum größer als die Kugel zwischen den Fingerspitzen. Trotzdem brannte mein Gesicht vor Hitze. Ich blinzelte.

Sephya kam so langsam näher, als wäre sie sich nicht sicher, was sie tun sollte.

Da schlug Antonin mit dem Schwert nach mir. Ich wich aus und konzentrierte mich auf den Schild um uns.

Gib! ... Gib! Wie Schläge eines weißen Hammers sausten seine Worte auf mich herab.

Ich konzentrierte mich darauf, Lerris zu sein und die Barriere aufrechtzuerhalten.

Das Haar des Chaos-Meisters war vollständig weiß geworden. Jetzt fiel es aus wie Schnee.

Da traf mich ein Hieb von hinten.

»Ooh!« rief Sephya. Ihr Degen lag auf dem Boden, die Klinge war beim Aufprall auf meinen Schild glühend heiß geworden.

Ich wich seitlich aus und verlor einen Teil meiner Tunika, da Antonin meine augenblickliche Unaufmerksamkeit zu einem Schlag genutzt hatte.

Gib ... gib!

Der nächste Schlag.

Wieder wich ich aus.

»Denk nach ... sei klug«, murmelte Antonin. »Jetzt

kannst du nie wieder nach Hause zurück. Du weißt zuviel.« Er sprach zunehmend undeutlicher, seine Hände zitterten, das Schwert sank nach unten, als wäre es zu schwer für ihn.

Gib … Jetzt klang es kläglich.

Wieder schleuderte Sephya einen Feuerstoß gegen den Schild.

Antonin ließ das Schwert fallen und stürzte sich mit bloßen Händen auf mich. Ich wich aus, doch nicht schnell genug. Er packte meinen Unterarm. Seine Finger brannten wie glühende Brandeisen. Sofort verstärkte ich die Ordnung in diesen Chaos vertropfenden Wunden und stieß Antonin zurück.

»Verdammt!« Dann stockte mir der Atem, als ich den Weißen Magier sah. Die Hand, die mir die drei Brandwunden beigebracht hatten, schrumpfte und wurde zu Asche. Der schwarze Abdruck meiner Hand auf seiner Schulter, wo ich ihn zurückgestoßen hatte, brannte sich durch die weißen Gewänder. Vor meinen Augen taumelte die Gestalt in Weiß, schrumpfte und wurde zu einem Häufchen auf dem weißen Marmorboden.

»Neiiiin!« Sephyas Schrei hallte weithin.

Da sie den Schild nicht durchdringen konnte, hatte ich nicht auf sie geachtet, ebenso wie auf das Brennen in meinem Arm. Ich hatte mich voll und ganz darauf konzentriert, den Schild aufrechtzuerhalten, bis das Häufchen des Weißen Magiers tatsächlich tot war.

Plötzlich hörte ich Donnergrollen. Ich hatte das Gefühl, als ginge es von der Stelle aus, wo ich stand. Es rollte nach außen wie Wellen in einem Teich, in den man einen Stein geworfen hatte.

Ein greller Blitz zuckte vor den Fenstern auf, obwohl der Himmel wolkenlos war. Ich zuckte zusammen, hielt aber meine Gedanken weiterhin auf den Schild gerichtet.

Nach dem einen Blitzstrahl hallte das Donnergrollen weiter und weiter, bis es sich an den Westhörnern brach.

Ich hörte diese Töne noch, als ich rein körperlich dazu längst nicht mehr imstande war. Mich schauderte.

Dann atmete ich tief durch und ließ den Schutzschild fallen. Ich blickte Sephya an.

Entschlossen schleuderte sie mir Feuer entgegen. Ich lenkte die Hitze der weißen Flammenwand ab. Dann trat ich entschieden einen Schritt vor.

Mit dem nächsten Schritt war ich an ihrer Feuergarbe vorbeigegangen.

Ich hatte das Gefühl, durch Klebstoff zu gehen. Sephya wich fast bis zum Kamin zurück.

Dann hielt sie plötzlich einen Bronzedolch in der Hand. »Berühre mich, und du verlierst sie!«

Wie angewurzelt blieb ich stehen.

Sie hob den Dolch und richtete ihn gegen die eigene Brust.

Ich warf alles an Ordnung, das ich noch in mir hatte, in den Dolch, um die Klinge vom Chaos abzulenken.

»Ohhhh.« Die Muskeln an ihren Armen traten hervor, als sie versuchte, die Dolchspitze zur Brust zu führen. Ich machte einige unsichere Schritte vorwärts und konzentrierte meine Ordnungs-Gefühle auf sie.

Sie ließ den Dolch fallen. Dann versagten ihre Knie, sie fiel gegen einen Stuhl und dann auf den Boden.

Ich schleppte mich über die weißen Marmorplatten zu ihr. Wie eine Puppe lag sie zwischen dem Kamin und dem Tisch aus weißer Eiche.

Ich drehte sie auf den Rücken. Dann blickte ich zum Weißen Magier. Er war immer noch ein Häuflein Asche. Doch dann verwandelte sich die Asche in feinen weißen Staub und verschwand in den dünnen Nebelschwaden, die das Haus erfüllten. Nur die weißen Gewänder und die weißen Stiefel blieben auf den weißen Marmorplatten liegen.

Ich blickte auf Sephya. Ein rötlicher Schein hatte sich auf das schwarze Haar gelegt.

Mir drehte sich der Magen um, als ich meine letzte Energie sammelte, um das mentale Schloß aufzubrechen, mit dem Antonin sie gefangenhielt, um der Frau zu gefallen, die ewige Jugend begehrte und sich zu diesem Zweck eines unschuldigen Opfers aus Recluce bedient hatte.

Bis jetzt hatte ich lediglich vermutet, was man ihr, nicht als Sephya, sondern als eine andere Seele angetan hatte, die in Antonins Netz gefangen war. In gewisser Weise waren beide Frauen, Sephya und Tamra, gefangen. Aber Sephya hatte zugestimmt, obgleich sie wußte, daß Tamra im Laufe der Zeit unter Sephyas Persönlichkeit dahinwelken würde und daß Antonin diesen Prozeß beschleunigte. Der Weiße Magier hatte nicht wirklich gelogen. Er hatte Tamra glauben lassen, sie würde lernen, die Kräfte zu kontrollieren, die man ihr bisher stets verweigert hatte. Tamra hatte nicht gewußt, daß Sephya ihren Körper kontrollierte.

Dank Talryn und Recluce hatte Tamra nie gelernt – ebensowenig wie ich –, daß sie diese Kräfte bereits besaß. Tamra hatte sich allerdings geweigert, ihre Kräfte anzunehmen, und darauf bestanden, jemand müsse sie zuvor für dafür würdig erklären. Ich dagegen hatte ständig nach Gründen gefragt, anstatt zu handeln. Für mich waren die Gründe beinahe eine Entschuldigung geworden, nicht zu handeln.

Ich holte tief Luft. Jetzt mußte ich schnell handeln, ehe mich der Mut verließ, wie es wohl meinem Vater ergangen war.

»Lerris, das darfst du nicht tun!«

Ich überging die Warnung wie aus weiter Ferne und blickte auf die geschlossenen Augen der zarten Frau mit dem roten Haar. Tränen strömten über mein Gesicht, aber auch sie nahm ich kaum wahr. Ich mußte handeln. Hätte ich früher zugehört … doch das war eine andere Frage. Wir alle wählen unsere eigene von Dämonen bewohnte Hölle.

Nochmals ein tiefer Atemzug, dann stürzte ich mich tief hinein in die Dunkelheit, fort von den Wirbeln meiner Gedanken, fort von den zerknautschten Gewändern, den einzigen Überbleibseln des Weißen Magiers, dessen Festung alsbald einstürzen würde.

Man kann die Tiefen des Verstandes Weiße Dunkelheit nennen, das Chaos, das dem Chaos vorausging. Man kann es nennen, wie man will, es bleibt Chaos, ein Chaos, so gestaltlos, daß man es nicht zu beschreiben vermag.

Als erstes mußte ich im Chaos die Muster finden, die jetzt dort wirkten, und die, die es früher getan hatten. Ich bemühte mich nicht, die Bedeutung dieser Muster zu ergründen, das wäre eine weitere Vergewaltigung gewesen. Ich stellte fest, daß ich einen hauchdünnen Faden nur berühren mußte, um ihm die ursprüngliche Lage im Gespinst zurückzugeben. Ich las nicht die Freuden, die Tränen, die Wut oder die Langeweile, die die Fäden enthielten, sondern brachte sie nur wieder in die Stellung, die sie eingenommen hatten, ehe Antonin Tamras Tempel in Sephyas Hurenhaus verwandelt hatte. Dennoch zerrten die verborgenen Gefühle an meinen eigenen Ängsten und meinem Wert. Hatte ich das Recht? Wer ernannte mich zum Richter, daß ich entschied, wer leben und wer sterben sollte?

Ich tat, was ich tun mußte.

Wie lange das dauerte? So lange, wie mein Vater für die Zerstörung Frvens brauchte. Ich war sicher, daß er und Justen, die beiden Brüder, das getan hatten. Danach hatte der eine eine Nation errichtet, um sicherzugehen, daß Chaos nie wieder herrschen würde, und der andere hatte sich dem Dienst an den Verdammten und ihren Nachkommen in der Hölle verschrieben. So lange, wie ich durch die Wüsten geritten war und mich geweigert hatte, die ewige Buße zu begreifen, die meinem Vater auferlegt war ... und auch Justen, dem verdammten Grauen Magier, vielleicht dem einzigen wahren Grauen Magier.

Ein Faden Erinnerung, dann der nächste und der nächste ... Mit jedem Faden wuchs die Traurigkeit. Mit jedem Faden stieg der Fluß der Tränen, der von den Westhörnern bis zu den Osthörnern hätte fließen können, um sich in die Große Nordbucht oder in den Golf von Candar zu ergießen.

Jedesmal, wenn ein ursprünglicher Faden zurückkehrte, flog ein falscher Faden fort und klagte, weil noch ein Teil Sephyas gestorben war. Er sträubte sich dagegen, daß ich ihn von der darunterliegenden Traurigkeit und der unter einer harten Schale verborgenen Empfindlichkeit der Rothaarigen entfernte, die ich eigentlich nie richtig gekannt oder gesehen hatte.

Mit jedem Faden zerschnitt ich meine Bindungen an Recluce, denn ich zerstörte eine Seele, um eine andere zu retten.

Die letzten Fäden ersetzte ich rein mit dem Gefühl, da auch die Augen meines Verstandes mit Tränen gefüllt waren.

Dann trat ich zurück in das bernsteinfarbene Licht dieses verfluchten Hauses. Meine Knie wurden weich, und ich versank in meiner eigenen Finsternis.

Keine schöne Frau weckte mich mit einem Kuß, sondern der heisere Schrei einer Aaskrähe.

Mein Mund war trocken, staubtrocken. Ein unsichtbarer Schmied benutzte meinen Schädel als Amboß. Mein Unterarm brannte und schmerzte scheußlich. Auch die Knie taten fürchterlich weh.

Die Aaskrähe auf dem Dach über dem offenen Fenster beschwerte sich, daß sie nicht zu dem rohen Fleischbrocken gelangen konnte, der ich war.

Mühsam setzte ich mich auf und blickte auf das Häuflein weißer Gewänder, das Antonin gewesen war. Die weißen Stiefel gab es nicht mehr.

Dann schaute ich auf die Frau, die Tamra und Sephya gewesen war. Sie hatte sich neben dem Tisch aus weißer Eiche zusammengerollt. Ihr Haar war wieder so rot wie in meiner Erinnerung.

Durch die offenen Fenster blies ein kalter Wind herein. Das schwache Nachmittagslicht und die langen Schatten verrieten mir, daß ich zu lang auf dem Marmor gelegen hatte. Mein schmerzender Leib war derselben Meinung.

Das leise Knirschen im Mauerwerk brachte mich dazu, mich zu bewegen – ganz langsam zu bewegen.

Ich stand auf, ging zu Tamra und berührte behutsam ihren bloßen Unterarm. Nichts. Nur ein schwacher Hauch von Chaos und ein überwältigendes Gefühl von Schmerzen und Verlust.

Vorsichtig löste ich ihre Gliedmaßen aus der Verkrampfung und stellte sie auf die Beine. Sie ließ wie eine Marionette alles mit sich geschehen. Ihre Augen wirkten offen, aber leer, wie bei einer Porzellanpuppe. Mir war bewußt, daß dieser körperliche Zwang keine gute Idee war, aber ich konnte sie nicht tragen. Die Zeit drängte, Antonins Feste klang bereits, als würde sie bald einstürzen.

Gemeinsam gingen wir mühsam die große Treppe hinab auf den Innenhof. Das Portal hatte sich schon gesenkt.

Auch die Holzbrücke ächzte und senkte sich, hielt aber, bis wir hinübergewankt waren. Mein Herz klopfte so laut, daß ich es hörte, und mein Mund war völlig ausgetrocknet.

Endlich standen wir jenseits des tiefen Grabens. Ich achtete nicht auf die verdammte Aaskrähe. Sofort setzte ich einen Fuß vor den anderen. Die Schritte wurden immer kürzer.

Tamra ging leichter. Sie ahmte meine Schritte nach, ohne zu denken.

An dem schattigen Platz, wo ich Gairloch zurückgelassen hatte, herrschte kein Schatten mehr, aber das Pferd stand da am Bach. Er hob den Kopf, als er mich kommen hörte.

»Ja, ich weiß, ich war zu lange weg«, sagte ich und öffnete mühsam die Wasserflasche. Die Flüssigkeit belebte mich soweit, daß mir klar wurde, ich hätte leichter aus dem Bach trinken können.

Das Wasser des Bachs war kalt. Auch Tamra trank davon, nachdem ich es ihr befohlen hatte.

Dann setzte ich mich ans Ufer und packte meinen mageren Proviant aus. Der gelbe Käse schmeckte mir nicht besonders, aber es machte mir nichts aus. Nach der Stärkung fühlte ich mich besser.

Ich bot Tamra ein Stück Brot an. Sie nahm es und betrachtete es gleichgültig.

»Nur zu. Iß!«

Mechanisch biß sie hinein. Ihre Augen wirkten immer noch so leer wie die einer Puppe.

Es würde ein langer und mühsamer Rückweg nach Kyphrien werden. Dann widmete ich mich der Narbe an Tamras Hals. Ich wollte sie heilen. Tamra brauchte keine äußeren Wunden, die inneren waren groß genug.

Tamra protestierte nicht, als ich sie auf Gairloch setzte.

Das Pferd scheute und riß mir beinahe die Zügel aus der Hand.

»Ruhig, ruhig, du mußt mir helfen«, erklärte ich ihm.

Der Ritt nach Kyphrien würde eine Ewigkeit dauern, fürchtete ich. Erst bei Sonnenuntergang fand ich einen Bach in einer Nische neben der Straße der Magier. Tamra und ich waren abwechselnd auf Gairloch geritten. Sie blickte leer vor sich hin, ganz gleich, ob sie im Sattel saß oder auf der Straße dahinmarschierte.

Zum Abendessen verzehrten wir wieder Brot und gelben Käse, dazu ein paar getrocknete Sauerbirnen. Tamra verzog keine Miene, während sie die sauren Fruchtscheiben aß.

Als es dunkel geworden war, stellte ich mit letzter Kraft doppelte Abwehrstäbe auf – gegen Tamra und gegen Gefahren von außen.

Doch waren sie unnötig gewesen. Als ich am nächsten Morgen erwachte, blickte Tamra immer noch leer vor sich hin.

»Geht es dir gut?« fragte ich. Selbstverständlich war das nicht der Fall, aber ich mußte fragen. Sie antwortete nicht. Ihre tiefblauen Augen nahmen alles ringsumher auf, sahen jedoch nichts. Sie tat alles, wozu ich sie aufforderte.

Der zweite Tag schien besser, aber Tamra verhielt sich weiterhin wie eine Marionette. Ich spürte keinerlei aktives Chaos in ihr oder in ihrer Umgebung. Irgendwo tief in ihrem Inneren gab es eine bis zum Zerreißen gespannte Feder der Ordnung, die ich jedoch nicht zu berühren wagte. Warum, wußte ich nicht. Ich hoffte, Justen, der nicht nur ein Grauer Magier, sondern auch ein Heiler war, konnte ihr helfen.

Wir ritten weiter, vorbei an dem schmalen Felspaß, den der Geisterritter mit seiner weißen Schar bewacht hatte. Ich sah nur die grüne Spitze seiner Lanze neben der Straße liegen.

In der zweiten Nacht in den Westhörnern tat ich kaum ein Auge zu. Auch Tamra lag mit offenen Augen da und starrte zu den dunklen Wolken hinauf, aus denen kein Regen fiel, kein Donner ertönte, und die nur die Sterne verdeckten.

Am späten Morgen des dritten Tages erreichten wir die alte Straße nach Kyphrien. Eine vertraute Gestalt ritt uns auf einem prächtigen Roß entgegen, begleitet von einem zottigen Bergpferd und einer bewaffneten Abteilung der Elite. Für alle Fälle hatten sie zwei reiterlose Pferde mitgebracht.

»Yelena ... Justen!« Meine Stimme klang rostig. Ich war nicht gerade begeistert, Justen zu sehen. Ihn zu sehen gab mir das unbestimmte Gefühl, versagt zu haben.

»Glückwunsch, Meister der Ordnungs-Meister.« Er neigte den Kopf, als meinte er es ernst.

Yelena wich meinem Blick aus und sah Tamra an. Ihre Hand blieb am Schwertgriff. Ihre Lippen waren schmal. »Was ... ist geschehen? Ist sie eine Gefangene ... oder was sonst?«

Stumm blickte ich Justen an. »Weißes Gefängnis«, erklärte ich schließlich. »Ich tat, was ich konnte, aber ihre Seele steckt in einem äußerst engen Ordnungs-Knoten.«

Justen blickte mich ruhig an. »Hast du nicht auf mich gehört?«

»Ich habe es dennoch getan.«

Er schüttelte den Kopf. »Ohne diese Erinnerungen kann sie nicht leben.«

»Das weiß ich!« fuhr ich ihn an. »Warum habe ich ihre alten Erinnerungen wiederhergestellt? Aber vielleicht erinnert sie sich trotzdem an nichts.«

»Wie hast du das erreicht?«

»Es ist wie beim Weben von Energie, nur tut es viel mehr weh. Ich habe nur die Erinnerungen geschaffen, nicht die Schmerzen.«

»Ordnungs-Meister, ich möchte Euch nicht drängen, aber ...«, sagte Yelena.

»Ja, wir können beim Reiten sprechen. Tamra braucht eine bessere Pflege, als ich ihr bieten kann.«

Justen würdigte mich keines Blickes, sondern ritt zu Tamra und sprach leise mit ihr. Auch bei der Mittagsrast blickte er nicht in meine Richtung.

Alle anderen sahen mich auch nur an, wenn sie glaubten, ich bemerkte es nicht. Äußerst höflich boten sie mir frisches Brot, weißen Käse und Obst, wenn wir rasteten. Doch beim Weiterreiten hielten sie achtungsvoll Abstand von Gairloch und mir, als wäre ich verseucht. Verdammt, sie redeten unbefangen mit Justen, und er war ein Grauer

Magier. Aber selbst Justen schien sich in meiner Nähe nicht wohl zu fühlen. Stumm und in mich gekehrt ritt ich dahin.

Worin unterschied ich mich von Antonin? Ich hatte meine gesamten Kräfte eingesetzt, selbst die unbewußten. Würde ich ein Grauer Magier werden? Oder etwas Schlimmeres?

LXVI

Wieder stand ich auf einem Balkon in Kyphrien und sah zu, wie die Sonne emporstieg. Ich war allein. Diesmal blieb die Wintersonne kalt. Von der Stadt blies ein eisiger Wind herauf, der den köstlichen Duft frisch gebackenen Brotes – aber auch den Geruch der Ziegen – mit sich führte. Irgendwie störten die Ziegen mich nicht mehr. Das konnte die Folge von einem Achttag mit gebratenem, gesottenem und geräuchertem Ziegenfleisch sein, das der Koch des Autarchen mehr oder weniger gewürzt mit allerlei Beilagen serviert hatte.

Wenigstens enthielten die Frühstücksbrötchen kein Ziegenfleisch. Ich hatte sie aus der Kantine mitgenommen, weil ich durch meine Anwesenheit dort langes betretenes Schweigen hervorrief. Jeder Wachposten schien mich anzustarren.

Mein Balkon lag neben dem Krystals. Nur ein eisernes Gitter mit Tür trennte uns. Obwohl kein Schloß davor hing, hatte ich die Tür nicht geöffnet. Ich hatte auch Krystal noch nicht gesprochen.

Bei meiner Rückkehr war die Sub-Kommandantin nicht in Kyphrien gewesen. Sie hatte die Unruhe, die ich herbeigeführt hatte, genutzt, um die Reste der Grenztruppen des Präfekten zu vernichten. Ohne die Unterstützung von Chaos waren die jungen gallischen Soldaten kein ebenbürtiger Gegner für die Elite, ja nicht einmal für die Außenposten. Ich hoffte, daß der redselige Shervan alles gut überstanden hatte. Allerdings war ich nicht sicher, ob ich mich gleich wieder mit ihm unterhalten wollte.

Ich war auch nicht sicher, ob ich für ein Gespräch mit Krystal bereit war. Wie ich war auch sie nicht mehr dieselbe Person, die Recluce verlassen hatte. Wie ich hatte auch sie sich in ihren Feuern in eine andere Stahlsorte geschmiedet. Ich bezweifelte nicht, daß ihre Klinge meinem Schwarzen Stab überlegen wäre. Aber niemand war besser als Krystal, abgesehen von Ferrel, doch selbst da war ich nicht sicher.

Justen hatte Tamra unter seine Fittiche genommen, wie ich gehofft hatte. Langsam reagierte sie. Ich hatte die beiden nur aus der Ferne gesehen, aber der Graue Magier hatte einen neuen Lehrling. Wahrscheinlich würde es beiden guttun.

Es klopfte.

Eigentlich wollte ich nicht, aber dann ging ich doch zu der mit Eisen beschlagenen Tür aus Roteiche. Dem Ordnungs-Muster auf der anderen Seite nach konnte es nur ein einziger Mensch sein. Ich hob den Riegel.

Justen stand da. »Darf ich eintreten?«

»Sei mein Gast.« Ich spürte, daß der Graue ein bißchen mißtrauisch war. All das Verbeugen ging mir mächtig auf die Nerven. Erst vor einem Achttag hatte ich Antonins weiße Feste verlassen. Man hätte denken können, ich hätte eine phantastische Heldentat vollbracht: ein paar Berge eingeebnet oder die schönste Truhe in ganz Kyphros gefertigt.

Tollkühnheit, Glück und der Einsatz meines gesamten Könnens hatten mir Erfolg beschert, kein Vergleich zu der langwierigen mühseligen Arbeit, eine Truhe oder einen Tisch vollendet herzustellen.

Außerdem hatte ich es beinahe unbewußt geschafft,

mir gegenüber ehrlich zu sein. Ich hatte allerdings keine große Wahl gehabt, doch das war der Unterschied zwischen Antonin und mir. Auf dem Ritt zurück nach Kyphrien hatte ich die Antwort auf meine Frage herausgefunden. Wie ich mich von Antonin unterschied? Selbst Justen war anders als der Weiße Magier. Konnte ich mir vorstellen, daß Antonin mit stinkenden Schafen arbeitete? Und genau das war die wahre Sünde der Weißen Magier: Stolz! Der Hochmut, daß sie imstande wären, der gesamten Welt ihren Willen aufzuzwingen. Ohne es auszusprechen, hatte Justen mir das mit den stinkenden Schafen in Montgren klargemacht. Und ich hatte nicht einmal begriffen, was ich gelernt hatte.

»Darf ich nun eintreten?« fragte Justen.

»Oh, tut mir leid. Ich habe mich soeben an etwas erinnert«, sagte ich und trat beiseite.

Ich zeigte zum Balkon.

Wir gingen hinaus.

»Warum geht mir jeder aus dem Weg?« Dann fügte ich hinzu: »Onkel Justen.«

Er nickte. »War es so offensichtlich?«

»Schon, aber ich sah es erst, als ich die Verfolgung Antonins aufnahm. Ich bin immer noch verdammt wütend auf Talryn und Recluce – und auf meinen Vater.« Das stimmte. An mir nagte, daß man mich geschickt hatte, seine Buße zu leisten. Jetzt verstand ich zwar, daß es unmöglich war, mir meine Fragen zu beantworten. Aber trotzdem hatte Recluce nicht das Recht zu derartig exzessiver Geheimhaltung.

»Wahrscheinlich zittert Talryn in seinen Sandalen«, sagte Justen. Er klang nicht amüsiert.

»Das bezweifle ich. Bestimmt ist er froh, mich los zu sein.« Seltsam, obwohl ich wütend war, *so* wütend war ich nun auch wieder nicht. Eigentlich machte ich mir mehr Sorgen um Gallos und Kyphros als um Recluce.

»Darf ich dich fragen, wie ...?« fragte Justen untertänig.

»Glück, Tollkühnheit, Blödheit – die üblichen Zutaten des sogenannten Heldentums.«

»Lerris.«

Ich zuckte mit den Schultern. »Gleichgewicht zwischen Chaos und Ordnung. Ganz einfach.«

Zum ersten Mal sah ich Justen verblüfft.

»Chaos ist sozusagen gebündelte Anarchie. Ordnung wird durch die Natur zerstreut. Sie müssen im Gleichgewicht sein. Recluce wurde stärker, indem es Candar mehr Chaos schaffen ließ. Ja, tatsächlich hat es zugelassen ...« Jetzt war ich an der Reihe, den Kopf zu schütteln. »Du weißt das. Du hast es mir schließlich aufgezeigt. Ja, ich schwöre, daß du das getan hast. Aber nachdem ich Antonin stärker gemacht hatte, ihm geholfen hatte, mehr Chaos zu schaffen, blieb mir keine Wahl.«

Jetzt schaute mich der Graue Magier schlichtweg ... *entsetzt* an.

Ich bemühte mich, ihm zu erklären, was er bereits wissen mußte. »Ordnung kann nicht gebündelt werden, außer unter ganz besonderen Umständen. Ich meine nicht die Stärkung von bereits geordneten Menschen – oder Schafen oder Stühlen –, sondern Ordnung pur. Chaos kann das. Weil Ordnung und Chaos im Gleichgewicht sein müssen, sind die Möglichkeiten für Chaos um so größer, je stärker Ordnung in einem Gebiet zerstreut ist. Meine Bemühungen, in Gallos Ordnung zu stärken, erlaubten Antonin, mehr Chaos zu schaffen.« Mir kam noch ein Gedanke. »Ich nehme an, das bedeutete eine allumfassende Abnahme der Ordnungs-Chaos-Energien irgendwoanders. Aber das habe ich noch nicht ganz herausgefunden. Wie auch immer – sobald ich das Gleichgewicht und meinen Beitrag erkannt hatte, blieb mir keine Wahl. Ich war an der Zerstörung ebenso schuldig wie Antonin.«

Meine Eingeweide protestierten. »Nicht ebenso schuldig«, verbesserte ich mich. »Aber ich habe dazu beigetragen.«

Justen schüttelte den Kopf. Ich überging ihn und wollte die Frage endlich beantworten.

»Bei Antonin legte ich nur einen umgekehrten Schild um uns, der die Energie von dem kleinen Kreis reflektierte, den ich behaupten konnte. Er nährte sich von den Chaos-Kräften in seiner Umgebung. Mit dem Schild vermochte er sich nicht mehr zu nähren, solange ich meine Ordnungs-Energie vor ihm schützen konnte.« Ich zuckte mit den Schultern. »Ohne Energie ist er schlichtweg gestorben.«

Justen nickte. »Wie viele Menschen können einen solchen Schutzschild errichten?«

»Wahrscheinlich jeder guter Ordnungs-Meister. Darüber habe ich nicht nachgedacht.«

Wieder nickte er. »Wie viele Träger des Schwarzen Stabs könnten und würden ihre einzige Verteidigung angesichts der Bedrohung durch einen Weißen Magier zerbrechen?«

»Das war einfältig, nehme ich an. Ich hatte keine Ahnung, ob es gelingen würde, aber wenn ich den Stab festgehalten hätte, wäre das auch kein Schutz für längere Zeit gewesen. Außerdem behinderte er mich. Und überhaupt hat es so im Buch gestanden!«

»Du hast recht. Aber … seit den Zeiten vor Frven hat niemand mehr dem höchsten Chaos-Meister von Angesicht zu Angesicht gegenübergestanden und ihn besiegt.« Justen zeigte auf die Stadt. »Du wunderst dich, weil alle sich vor dir verneigen und deinem Blick ausweichen? Nun, das ist der Grund. Du wunderst dich, warum Talryn in seinen Sandalen zittert? Jeder Chaos-Meister und jeder Ordnungs-Meister in der westlichen Hemisphäre hat gehört, wie Antonin gestürzt ist …«

»Das ist schön und gut, aber ich bin kein Ordnungs-Meister aus grauer Vorzeit. Ich bin sogar bereit, mich von Tamra beschimpfen zu lassen. Zumindest ist ihre spitze Zunge echt. Ich bin bereit, wieder als Schreiner zu arbeiten, denn auch das ist real.«

Justen lächelte. »Wer sagt, daß du das nicht tun kannst?«

»Stimmt! Der gute alte Lerris ist ja so gescheit … warum habe ich nicht von Antonins zu Unrecht erworbenen Schätzen etwas eingesteckt, ehe ich fortlief? Ich habe gerade noch drei Goldstücke im Beutel. Das reicht nicht einmal für Werkzeug.«

»Ich nehme an, daß die Belohnung, die der Autarch dir …«

»Noch eine Zeremonie?« Ich stöhnte. Es war schlimm genug gewesen, als sich die halbe Stadt am Tor aufgestellt und – stumm – Fähnchen geschwenkt hatte. Selbst Yelena hatte gegrinst, als sie mich ansah.

»Diese Bürde mußt du tragen. Das ist der Preis des Heldentums.«

All das beantwortete meine Fragen nicht, aber niemand würde sie beantworten.

»Wie geht's Tamra?« Ich wechselte das Thema.

»Frage sie selbst. Ich werde sie gleich heraufschicken.« Er lächelte. »Sie wird dich beschimpfen. Jedenfalls hat sie mir gesagt, daß sie das tun würde.«

Ich ließ ihn gehen. Er würde keine meiner Fragen beantworten, auch nicht die, die ich nicht laut stellte. Also wartete ich.

Und wartete.

Und wartete. Dann erinnerte ich mich, daß Tamra nie pünktlich gewesen war.

Klick. Das war die Tür. Tamra hatte auch noch nie angeklopft.

Tamra trug wieder Dunkelgrau und ein leuchtendblaues Tuch. Als sie auf den Balkon trat, musterte sie mich mit den tiefblauen kalten Augen scharf. Ihr rotes

Haar schimmerte im Sonnenlicht. Sie hatte es mit zwei Kämmen seitlich hochgesteckt.

»Guten Morgen, Lerris.«

»Guten Morgen, Tamra.«

Ich trat vor. Aus Gewohnheit stellte ich mich weder zu nahe ans Geländer noch zu nahe an Tamra. Dann blickte ich auf Kyphrien hinab.

Wir schwiegen eine Weile. Eine weiße Wolke schob sich vor die Sonne, so daß der Balkon kurz im Schatten lag, wo wir ein Fleckchen von Recluce errichtet hatten. Dieses Fleckchen mußte über die schwarzen Mauern der Bruderschaft ausgedehnt werden, hinaus über die schwarzen Mauern Nylans und den Hohen Tempel.

»Ich sollte dir danken.« Ihre Stimme war völlig ausdruckslos.

»Nein, Justen verdient Dank.«

Sie legte die Hand vor den Mund, blickte mich aber nicht an.

»Wenn Justen mir nicht die Hinweise gegeben und mich gezwungen hätte, selbst die Antworten auf meine Fragen zu finden, wären weder du noch ich jetzt hier.« Mein Magen drehte sich leicht.

»Glaubst du das wirklich? Oder spielst du nur wieder den armen kleinen Lerris?«

Gute alte Tamra! Unwillkürlich mußte ich grinsen. »Selbstverständlich, eher den armen kleinen Lerris. Aber erinnere dich. Ein klein bißchen hatte ich schon mit deiner Rettung zu tun.«

»Erwartest du tatsächlich, daß ich dir zu Füßen falle und ewige Dankbarkeit schwöre? Um dein strahlendes Licht widerzuspiegeln?«

Ich grinste noch immer. Jetzt klang sie wie die Tamra, die ich in Erinnerung hatte. »Nun … ewige Dankbarkeit wäre ganz schön.«

»Du bist immer noch unmöglich.«

»Nur manchmal. Während der übrigen Zeit strebe ich nach Vollkommenheit.«

Tamra schwieg lange. »Ich meine es ernst. Ich werde dir nicht zu Füßen fallen«, sagte sie schließlich.

»Das weiß ich. Am liebsten würdest du mich mit deinem Stab kräftig verdreschen.«

»Kann ich nicht – und du hast deinen Stab zerbrochen.« Dann senkte sie ihre Stimme. »Wir würden zuviel streiten. Wenn wir das nicht täten, würde ich dich hassen, und wenn wir es täten, würdest du mich hassen.«

Tamra hatte recht, aber das war eine der wenigen Antworten, die ich bereits herausgefunden hatte. Südlich von Kyphrien gab es Berge, nicht allzuweit entfernt, mit Wasser und Bäumen, sogar mit den richtigen Baumarten. »Du hast recht. Das war schon klar, als wir uns auf dem Schiff unterhielten. Ich war nur zu begriffsstutzig, und jetzt ist es wohl zu spät.«

»Was wirst du tun?« Sie überging meine unausgesprochene wahre Frage.

»Ich habe da eine Idee. Aber ich weiß nicht, ob die Sub-Kommandantin von Kyphros an einem schlichten Schreiner interessiert ist, der sich gelegentlich mit Ordnung befaßt.«

Diesmal war Tamra verblüfft.

»Oder daß er auf einem Hügel ein Haus baut, das nicht zu weit entfernt ist, und wo sie ihrer Arbeit nachgeht.«

Tamra stand mit offenem Mund da.

»Oder daß ein Rotschopf, der mir wie eine Schwester ist, gelegentlich zu Besuch kommt.«

Jetzt war Tamra in der Tat einen Augenblick lang sprachlos.

»Du bist immer noch ... unmöglich. Du glaubst *tatsächlich ...*«

»Nein, aber ich kann hoffen.«

Als ich auf dem Nebenbalkon die Gestalt in grünem

Leder, mit schwarzem Haar und schwarzen Augen sah, wandte ich Tamra den Rücken zu.

»Du hattest Erfolg, wie ich hörte.« Die Musik war immer noch da, eingebunden in die Ordnung, die sie gefunden hatte.

»Du ebenfalls, richtig?«

Sie blickte über meine Schulter. »Wie geht es Tamra?«

»Dank Justen ist sie boshaft wie immer.«

»Mach ihm die Hölle heiß, Krystal!« rief Tamra und verließ meinen Balkon.

»Sie scheint sich wirklich erholt zu haben.« Um Krystals Mundwinkel zuckte es. Wir standen über eine Armeslänge voneinander entfernt und schauten uns nur an.

»Ja, sie hat sich erholt«, sagte ich und verfluchte mich, weil ich ständig um den heißen Brei herumredete.

Schließlich trat ich vor und ergriff Krystals Hände.

Und – wie Tamra gehofft hatte – zog sie die Hände zurück, trat ans Geländer und blickte auf die Stadt. »Du glaubst wohl, du hättest alle Antworten. Aber du hast mich noch nicht gefragt.«

Mir drehte sich der Magen um. Warum machte ich immer den gleichen Fehler und nahm an, ich wüßte, was für die Frauen am besten war, die mir am Herzen lagen? »Nein. Ich entschuldige mich, Höchste Sub-Kommandantin, daß ich so kühn war, zu denken, daß die Gefühle eines Schreiners, der sich gelegentlich mit Ordnung befaßt, für dich von irgendwelchem Interesse sein könnten.« Ich schluckte, schlug die Augen nieder und überlegte, wie schnell ich Kyphrien verlassen könnte – allerdings brauchte ich die Belohnung, die mir der Autarch geben würde.

Krystal schüttelte langsam und traurig den Kopf. »Du machst es immer noch.«

»Was?«

»Du sagst keinem Menschen etwas. Vielleicht suchst

du nach Antworten, aber du bittest nie um Hilfe. Es gibt da einen Unterschied.«

Ich zuckte mit den Schultern. Was sollte ich sagen? Ich blickte auf ihr kurzes schwarzes Haar. Obgleich ich genug wußte, um sie jung zu erhalten, so wie mein Vater meine Mutter jung erhalten hatte, würde es grau werden. Dann betrachtete ich die breiten Schultern, die die halbe Last für Kyphros trugen, und schüttelte den Kopf.

Krystal blickte mich leicht amüsiert an. »Augenblick mal. Ich habe dieses verdammte Schwert fünf Tage und Nächte getragen.« Sie löste den Gürtel und legte ihn samt Schwert auf einen Tisch.

»Verdammtes Schwert?« fragte ich. »Nicht länger. Jetzt ist es geordnet.«

»Hör auf, dir anzumaßen, alles zu wissen.«

»Was?«

»Nun, ob ich das bin oder das. Ich bin. Ich bin immer gewesen.« Sie trat näher.

»Was bist du gewesen?«

Wieder eine dumme Frage, aber das spielte jetzt keine Rolle mehr. Diesmal wiesen ihre Hände die meinen nicht zurück. Unsere Finger schlangen sich ineinander. Wir vermochten nichts mehr zu sagen. Selbst die kalten Windböen machten uns nichts aus. Aber wir blieben auch nicht lang auf dem Balkon. Die Tür hatte Tamra bereits zuvor verriegelt.

Selbstverständlich klopfte jemand – aber das war später. Viel später.